紅皇后Ⅳ

熾風暴

WAR STORM

VICTORIA AVEYARD

維多利亞・愛芙雅—著　翁雅如—譯

獻給我的父母、我的朋友、
給我自己，也給你。

人物介紹

——新血脈——

梅兒·巴蘿

出身貧窮的高棚村，擅長說謊和偷東西，
卻意外發現擁有能夠控制所有電力設備和雷電的超能力。
被迫假扮銀血公主時，捲入政變被送上刑場。
幸虧赤紅衛隊幫助她死裡逃生。
如今她在自由與愛情之中，面臨兩難的抉擇。

謝德·巴蘿

梅兒的三哥，聰明而驕傲，能力為瞬間移動。
政府為了隱瞞他這種看似紅血人卻擁有超能力的未知族群，
曾謊稱他服兵役時因為叛逃而被處死。
最後，他為了爭取自由，犧牲了自己的生命。

卡麥蓉·可兒

皮膚黝黑的少女特工人，
因為擁有能夠屏蔽他人的超能力，被政府關入監獄。
她卻自行逃脫出來，
一心只為營救被迫加入少年軍團的弟弟。

——銀血人——

卡爾·克羅爾

墨黑色的頭髮，金紅色的眼瞳，個性溫暖正直，能操控火與熱。
他原本是諾他王國的王儲，卻在同父異母的弟弟馬凡的陷害下，
被世人誤認為是殺害父王的兇手。

馬凡·克羅爾

蒼白而優雅，有一雙冰藍色的眼睛，和卡爾同為控火者。
一度與梅兒訂有婚約，利用她的信任趁機弒父篡位。
善於權謀算計、說謊，為爭奪皇位野心勃勃。

伊凡喬琳·薩摩斯

驕矜自負的大小姐，來自貴族中最具威望的薩摩斯家族。
她是磁能者，能召喚所有金屬，化為致命的武器。

朱利安·傑可斯

歌唱者，能用如油似蜜的嗓音催眠和操控別人。
他是卡爾的舅舅，也是幫助梅兒探索能力、分析時政的老師，

安娜貝爾·雷洛藍

諾他王國的前任皇后，卡爾的奶奶。
臉龐布滿皺紋，看起來親切卻帶著殺氣，
超能力是爆破。

——紅血人——

法爾莉

革命組織「赤紅衛隊」的隊長，
臉上帶著傷疤，高冷霸氣，
有一頭金髮和外地人的五官。
與謝德·巴蘿相戀，並誕下一個女兒。

奇隆·華倫

孤兒，小時候被梅兒所救，兩人是青梅竹馬。
梅兒曾為了幫助他逃避兵役鋌而走險，
後來不顧梅兒的阻擋加入赤紅衛隊，
幾次在生死邊緣徘徊。

吉莎·巴蘿

梅兒的妹妹，裁縫師的學徒，
靠著為銀血人製作精美刺繡養活一家人。
一家人相聚後，重拾往日歡笑。

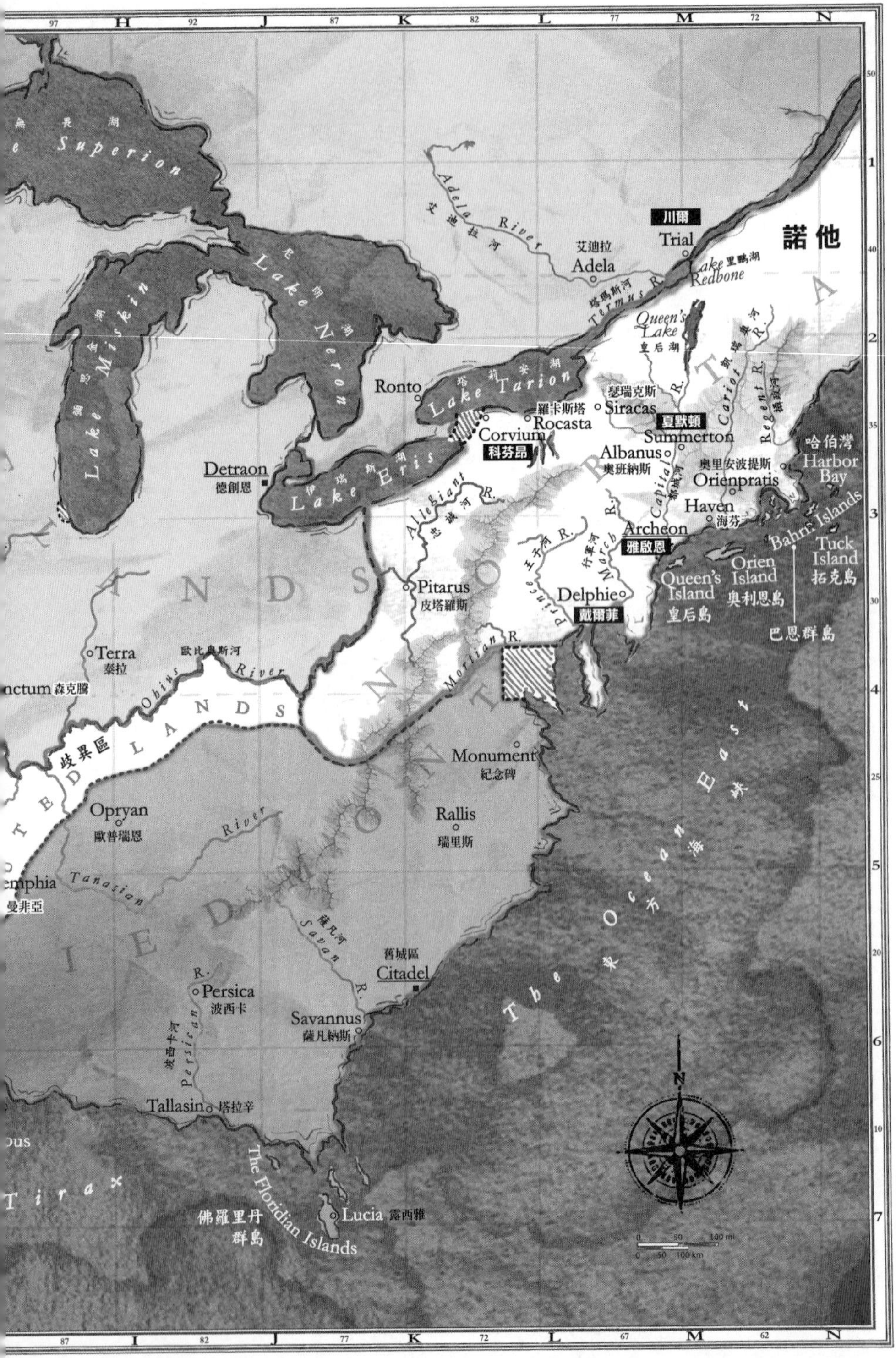

Lake Superion
Lake Miskin
Lake Neron
Lake Tarion
Lake Eris
Adela River
艾迪拉河
川爾
Trial
諾他
艾迪拉
Adela
塔瑪斯河
Termus R.
Lake Redbone
里鵬湖
Queen's Lake
皇后湖
Ronto
羅卡斯塔
Rocasta
瑟瑞克斯
Siracas
夏默頓
Summerton
Corvium
科芬昂
Albanus
奧班納斯
Detraon
德創恩
奧里安波提斯
Orienpratis
哈伯灣
Harbor Bay
Haven
海芬
Capital R.
Cariot R.
Regent R.
Allegiant R.
Archeon
雅啟恩
March R.
Prince R.
Queen's Island
皇后島
Orien Island
奧利恩島
Tuck Island
拓克島
Bahrn Islands
巴恩群島
Pitarus
皮塔羅斯
Delphie
戴爾菲
Terra
秦拉
歐比奧斯河
Obius River
森克臘
岐異區
Mortian R.
Monument
紀念碑
Opryan
歐普瑞恩
Rallis
瑞里斯
Tanasian River
曼非亞
Savan R.
薩凡河
舊城區
Citadel
Persica
波西卡
Persican R.
波西卡河
Savannus
薩凡納斯
The Ocean East
東方海域
Tallasin
塔拉辛
Tirax
The Floridian Islands
佛羅里丹群島
Lucia
露西雅

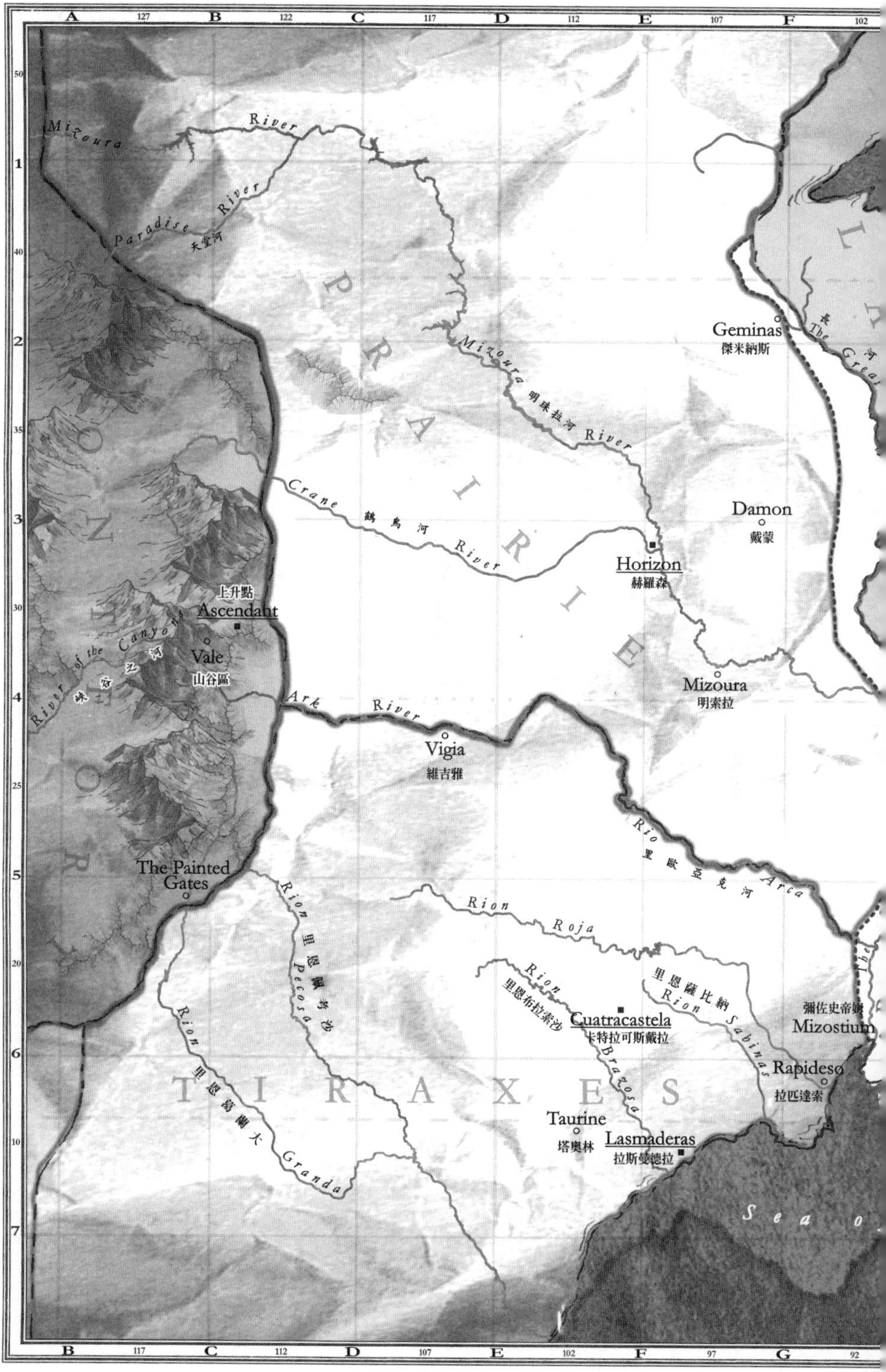
Mizoura River
Paradise River
天堂河
PRAIRIE
Mizoura River
明珠拉河
Geminas
傑米納斯
The Great
長河
Crane River
鶴鳥河
Damon
戴蒙
Horizon
赫羅森
上升點
Ascendant
River of the Canyons
峽谷之河
Vale
山谷區
Mizoura
明索拉
Ark River
Vigia
維吉雅
Rio Arca
里歐亞克河
The Painted Gates
Rion Roja
Rion Pecosa
里恩佩考沙
Rion Brazosa
里恩布拉索沙
Cuatracastela
卡特拉可斯戴拉
Rion Sabinas
里恩薩比納
彌佐史帝姆
Mizostium
Rapideso
拉匹達索
Rion Granda
里恩葛蘭大
TIRAXES
Taurine
塔奧林
Lasmaderas
拉斯曼德拉
Sea o

1 梅兒

我們沉默了好長一段時間。

科芬昂的街景在我們身邊鋪展開來，雖然人來人往，但感覺非常空洞。

分裂與攻克。

暗示已經很清楚，界線也已經劃明。法爾莉和大衛森看著我的時候，兩人一樣緊張，而我的視線也回望著他們。

我猜想卡爾什麼都不知道，對於不論他贏得什麼樣的王位，赤紅衛隊和蒙特福特完全不打算讓他繼續坐在上頭這件事毫無概念。我猜想他在乎王位的程度遠勝過任何紅血人的想法，而我也不應該再叫他卡爾了。

泰比瑞斯・克羅爾。泰比瑞斯國王。泰比瑞斯七世。

這是他與生俱來的頭銜，我認識他的時候就在他身上的名字。

小偷，當時他這麼叫我。那是我的名字。

我真希望把過去那一小時的一切忘記，只要往回倒帶一點點，能夠蹣跚而行、跌跌撞撞地享受那奇怪幸福的最後一秒時間就好——雖然那時我只能感覺到肌肉痠痛和剛癒合的骨傷疼痛。戰鬥後留下的腎上腺素與空虛、對他的愛與支持的確定，甚至於經歷了心碎，我都無法恨他作出這個選擇。憤怒的感覺要晚點才會出現。

法爾莉露出擔心的神情，但這種情緒會在她身上出現很奇怪，我比較習慣那個冰冷堅決或怒火沸騰的黛安娜・法爾莉。她注意到我的視線，帶著傷疤的嘴角抽動了一下。

「我會把卡爾的決定上呈給指揮部。」法爾莉打破緊張的沉默說道。她的口氣緩慢、注意用字遣詞，「只有指揮部。艾妲會把訊息傳到。」

蒙特福特總理點頭同意，「好。我看鼓手和天鵝將軍（Swan）對目前的發展可能也已經略知一二，畢竟自從雷洛藍皇后加入之後，他們就一直在注意她的動態。」

「安娜貝爾．雷洛藍在馬凡的宮廷裡也待得夠久了，至少有幾個禮拜。」我回答。不知怎麼地，我的聲音沒有顫抖，話就這樣平穩地說出來，字字鏗鏘。我得展現出強壯的模樣，即便現在不這麼覺得也一樣。是謊話，但是個好謊話。「她掌握的資訊可能比我能給你們的更多。」

「有可能。」大衛森若有所思地點點頭。他瞇眼看著地面，並不是要找東西，而是聚精會神。計畫在他眼前逐漸成形，很顯然眼前的路不會好走，就算是三歲小孩也知道這點。「這也是為什麼我得去那裡找援兵。」他的口氣像是帶著歉意，好像我會因為他作了必要之舉而生他的氣一樣。「保持警戒就是了，好嗎？」

「保持警戒。」法爾莉和我同聲回答，這讓我們彼此都驚訝了一下。

他踏出小巷，揚長而去，只見陽光照得他一頭銀髮閃閃發亮。戰鬥之後他謹慎地整裝過，洗去汗水和灰燼，把沾了血的制服換成另一套乾淨的。這一切都是為了展現出他一如往常的冷靜、收斂和平常得古怪的態度，但這是個明智的決定。銀血人對外表投入大量心血，只為了把能力和力量展現在外以虛張聲勢，但這都比不上高高住在塔裡的薩摩斯國王和他的家族。在沃羅、伊凡喬琳、托勒瑪斯和嘶嘶作響的維波王后身邊，大衛森毫不起眼，如果他想的話，隱身到牆中也沒有問題。他們不會發現他，也不會發現我們。

我顫抖地淺淺吸氣，逼自己面對下一個思緒。卡爾也不會發現。

是泰比瑞斯！我對自己生氣地想著，一手拳頭用力握緊，直到指甲扎得我發疼才滿意。叫他泰比瑞斯。

不再圍城後，科芬昂那些黑色牆面感覺異常地靜默、赤裸。我把視線從遠離的大衛森身影上移開，望向這碉堡城市內部的女兒牆。暴風雪早已離去，光線不再陰暗，這裡的一切都顯得小了點，少了點雄偉的氛圍。以前常有紅血士兵在城市裡穿梭，多數是以正步走向壕溝，面對死路一條，而現在紅血人在城牆、街道、閘門前巡邏。紅血人坐在銀血國王身邊談論戰爭，幾個戴著赤色領巾的士兵來回走動，視線掃射四周，他們經年累月使用的槍就握在手上。赤紅衛隊絕對不會掉以輕心，不過他們實在沒太多理由這麼緊繃，至少現在來說是如此。馬凡的軍隊已經撤退了，就連沃羅．薩摩斯也沒有這麼膽大包天，敢從內部攻擊科芬昂。他還需要赤紅衛隊、需要蒙特福特、需要我們，特別是卡爾——是泰比瑞斯，妳這蠢蛋——還在空談平等的時候。沃羅跟我們一樣需要他，需要他的名字、需要他那頂皇冠，也需要他那該死的手在該死的婚禮上牽起他該死的女兒的手。

我的雙頰發熱，為內心裡的那抹嫉妒之情發窘。我最不該擔心的就是失去他，失去他跟死亡、跟輸掉戰爭、跟讓一切的努力付諸流水的痛相比，根本差得遠了。但痛還是在，我只能想辦法承受。

為什麼我不答應？

我就這樣不顧他的提議走開，從他身邊走開。另一個背叛讓我撕心裂肺——卡爾的背叛，但也是我自己的背叛。我愛你，這是我倆的承諾，但我倆都沒有守住。這句話的意思應該是：不論任何情況下，我都會選你。我更想要你，我永遠需要你，沒有你我活不下去，為了讓我們的人生不再分別，我什麼都願意做。

但是他不肯，我也一樣。

我比不上他的皇冠，他比不上我的革命理由。

也遠遠比不上我對另一座監牢的恐懼。妃子，他這麼說，想給我一頂不可能的后冠。只要能再次把伊凡喬琳打發走，他就會立我為后，但我已經知道活在國王右手邊的生活是什麼模樣，我沒有興趣再過一次那種生活。就算卡爾不是馬凡，王座還是一樣，會改變人、會腐蝕人。

若真如此，那樣的日子會有多古怪？卡爾擁有皇冠、薩摩斯家族的王后和我。我心裡有那麼一小部分其實希望自己能答應他，這麼一來一切就簡單多了。那是個放手的機會，是個退讓的機會，能贏得並且好好享受所有美夢成真的機會。我能讓我的家人過上最好的日子，讓大家都能安全度日，還能待在他的身邊。站在卡爾身側，當一個挽著銀血國王的紅血女孩，我能掌握改變世界的權力，可以殺死馬凡，可以一夜好眠不受噩夢干擾，更可以不用在恐懼中度日。

我用力咬唇，讓思緒不再去想自己想要的一切。那些事物會勾引人，我差點就覺得可以理解他的選擇。雖然被拆散，但我倆仍如此匹配。

法爾莉大聲移動身子，引起我的注意。她嘆了口氣，背靠著小巷牆面，雙手環胸。跟大衛森不同，她懶得換掉血跡斑斑的制服。她的衣服不像我的這麼噁心，沒有泥巴和糞土，身上當然有銀色血跡，但現在已經乾了變成黑色。克勞拉才出生幾個月，她毫不介意臀部周圍增添的豐腴。不論她本來有什麼同情的心情，現在都已經消散無蹤，取而代之的是藍眼睛裡直射的怒火。不過那不是對我就是了。她看著天際，看著上方的高塔，銀血人和紅血人組成的奇怪議會，現在就在裡頭試著決定我們的命運。

「他就在裡面。」她沒等我問她說的人是誰，就逕自說下去：「銀色頭髮、粗脖子、荒唐的盔甲。就是他把刀子穿過謝德的心臟，這人竟然還活著。」

想到托勒瑪斯，我的指甲就往手心扎得更深。歧異區王子，殺死我哥哥的兇手。跟法爾莉一樣，我突然感到內心一股怒火，以及一樣強烈的羞愧感。

「對。」

「因為妳跟他妹妹談了協定，他的犧牲換來妳的自由。」

「換我的復仇，」我喃喃承認，「對，是我給了伊凡喬琳承諾。」

法爾莉咬牙切齒，不屑的情緒展露無遺，「妳對銀血人承諾，承諾比灰燼還不值。」

「但仍是承諾。」

她從喉嚨深處發出低吼，像是咆哮，寬闊的肩膀一挺，轉身正面對著高塔。我不知道她用了多大力量才沒有大步衝向那個地方，把托勒瑪斯的眼珠子從眼眶裡挖出來。如果她可以做到，我不會阻止她，而且事實上，我會拉把椅子坐下來欣賞。

我稍微放開拳頭，放下刀割般的痛楚，靜靜地向前走了一步，縮短我倆間的距離。猶豫了一秒後，我把手放在她的手臂上，「是我做的承諾，不是妳，不是別人。」

法爾莉微微一僵，怒氣變成了冷笑。她轉過身正面對著我，藍色的雙眸像是捕捉到了一抹陽光一樣明亮，「我想，比起戰場，妳可能更適合從政，梅兒．巴蘿。」

我露出痛苦的微笑，「他們也這麼說。」我想我終於明白了這艱難的事實。「妳覺得妳做得到嗎？殺掉他？」

以往的我會期待看見她不悅地怒斥，直接嘲諷我暗指她可能做不到這件事。法爾莉天性剛烈，她的防護殼比起個性還更加堅硬，她總讓自己表現出該有的樣子。但是有些事——也許是謝德，克勞拉則一定是其中之一，也是現在我倆之間的繫絆——讓我能有那麼一秒，看穿這將軍岩石般堅硬、肯定的外表。她遲疑了，張揚的自信消散了一點。

「我不知道。」她低聲說：「但我若不嘗試，就會無法正視自己、無法正視克勞拉。」

「可是若我讓妳在嘗試中喪命，我對克勞拉的感覺也一樣。」我握緊了放在她臂膀上的手，「拜託妳，別做傻事。」

像是按下了開關一樣，她那抹嘲諷又全部都回來了，還眨了眨眼，「我哪時犯過傻了？梅兒．巴蘿。」

抬頭望向她讓我的後頸傷疤抽痛起來，我都快忘了這條疤痕的存在了。然而，跟其他的一切相比，這疤痕給我的痛顯得如此微小。「我只想知道到哪裡會是終點。」我喃喃自語地說，希望她能明白。

她搖搖頭，「我不能回答一個有太多答案的問題。」

「我的意思是……謝德的事，還有托勒瑪斯。妳殺了他，然後呢？伊凡喬琳殺了妳嗎？還是殺了克勞拉？然後我再殺了伊凡喬琳？沒完沒了，像是永遠沒有終點？」我對死並不陌生，可是這感覺不一樣。計算結局，這感覺像是馬凡會做的事，不是我們。雖然法爾莉老早就決心要殺掉托勒瑪斯，就在我扮成梅琳娜．塔塔諾斯的時候，但那時是為了赤紅衛隊，是為了革命，不是只為了盲目又血腥的復仇。

她睜大了雙眼，一臉生氣勃勃、不可置信的樣子，「妳要我放過他？」

「當然不是，」我差點生氣起來，「我不知道我想要什麼，我不知道我在說什麼。」話語脫口而出，「但我還是會想，法爾莉，我知道復仇和怒火會對一個人造成什麼影響，還有對身邊的人。而且，我當然不希望克勞拉在長大的過程中沒有媽媽。」

她倏地轉身別過臉，但速度不夠快，來不及藏住一湧而上的淚水。淚珠終究沒有掉下來，她只是抖抖肩，甩開我。

我追上去。我一定得追上去。她必須聽聽這句話：「她已經失去謝德了，如果要在替父親報仇和還活著的母親之間做選擇——我知道她會選擇什麼。」

「說到選擇，」她仍不面對我，咬著牙說：「妳做的選擇，我引以為榮。」

「法爾莉，不要改變話題——」

「妳聽見了嗎？閃電女孩。」她吸吸鼻子，擠出個微笑，轉過身露出紅通通、淚痕斑斑的臉，「我說我以妳為榮。快寫下來吧！好好記住，因為妳可能不會再聽到第二次。」

我不禁陰鬱地一笑，「好吧，到底是為什麼以我為榮？」

「嗯，除了妳的時尚品味，」她拂拂我的肩頭，撥去一點血跡斑斑的泥沙，「還有善良又冷靜的性格……」

我又笑出聲。

「……我以妳為榮，是因為我知道失去所愛之人是什麼感覺。」這次換她抓住了我的手臂，大概是知道這樣才能讓我不會逃避這個我自認沒有能力面對的談話。

梅兒，選我。聽見這幾個字，不過才幾個小時前的事，竟這麼輕易地糾纏著我不放。

「我覺得很像背叛。」我悄聲說。

我把目光停在法爾莉的下巴，這樣就不用直視她的雙眸。她嘴角左緣的傷疤很深，微微把嘴唇往一邊牽動，就能見到一道乾淨俐落的傷痕，是刀傷。我第一次在威爾．威索的篷車裡，那藍色蠟燭的火光下見到她的時候，她還沒有這道疤。

「被他嗎？這是當然……」

「不，不是被他。」一朵雲飄過上方天空，讓我倆暫時被陰影籠罩。夏日微風拂過，感覺異常寒冷，我打了個冷顫。像是直覺反應，我心裡想念起卡爾的溫暖陪伴，他從不會讓我覺得冷。這念頭讓我的胃一陣翻攪，想到我們背棄了什麼，不禁反胃。「他對我承諾過，」我繼續說道：「但我也對他承諾過。我打破了承諾，而他有其他承諾要遵守。對他自己的承諾，還有對他死去的父王的承諾。他愛上我之前，已經先愛著那頂皇冠，不論他自己知不知道都一樣。到頭來，他認為自己是為了我們倆做了對的事，為了所有人。我真能怪他這麼做嗎？」

我強迫自己望向法爾莉的雙眼尋找答案，可是她沒辦法回答我，至少沒有我想要的答案。她咬著嘴唇，忍住想說的話，可是沒有用。

她冷笑一聲，努力想表現出屬於她的版本的溫柔，然而還是一如往常地刺人。「不要替他，還有替他的為人道歉。」

「我沒有。」

「聽起來倒是很像。」她惱怒地嘆口氣，「不一樣的國王一樣是國王，就算他是個可靠的朋友，還是一樣，他心知肚明。」

「也許對我來說也是這樣。對紅血人來說，誰知道紅血皇后能做到多少事？」

「很少，梅兒。如果真能做點事的話，也是很少。」她冷淡的口氣很肯定，「靠著在妳頭上戴上后冠能做出的改變太慢了，也太微小了。」她軟化口氣，「也太容易被一筆勾銷，是持續不了多久的。不論我們達成多少改變，最後都會隨著妳一起死去。不要誤會我的意思，但是我們想要打造的世界必須比我們活得更長久才行。」

為了後人。

法爾莉的視線強而有力，幾乎不像人類該有的專注，直直射穿了我。克勞拉遺傳了謝德的眼眸，不是法爾莉的。是蜜糖，不是大海。不知道未來的她，身上何處會像法爾莉，何處會像謝德？

微風吹亂了法爾莉剛剪短的頭髮，在雲層的陰影下，閃爍著深金色。疤痕底下的她還這麼年輕，只是個在戰場和廢墟中長大的孩子。她見過的場景比我見過的還可怕，做過的事比我能做的多更多，犧牲和承受的苦也是。她的母親、妹妹、我的哥哥，也就是她的愛人，所有她從小夢想過一起生活的人，都沒了。如果她都能繼續推進、繼續相信我們在做的事，那我也可以。我跟她雖然總是意見不合，但我仍相信法爾莉。她說的話雖然聽起來陌生，但正是我急需的安慰。我已經在自己的思緒裡沉浸太久、跟自己爭執太久，連我都開始厭倦了。

「妳說得對。」我心裡的某部分放手了，讓卡爾提出的選擇沒入黑暗之中，永遠不再浮現。

我不會成為紅血皇后。

法爾莉捏捏我的肩膀，那是幾乎讓人發疼的手勁。雖然有醫療師照料，我仍全身痠痛，而法爾莉的力道也是大得嚇人。「而且，」她說：「戴上后冠的人也不會是妳。雷洛藍門脈的皇后和歧異區國王已經表現得很明白了，會是她，那個薩摩斯門脈的女孩。」

我對此嗤之以鼻。還在會議廳裡的時候，伊凡喬琳．薩摩斯已經表達得很清楚了，我很意外法爾莉竟然沒發現。「如果她可以控制的話，情況可不會是如此。」

「嗯？」她的視線犀利，我只是聳了聳肩。

「她在裡面的反應妳也看到了，看她是怎麼故意激妳的。」記憶猶新。伊凡喬琳在眾人面前召來一名紅血女僕，摔破一只酒杯，逼那可憐的女僕清理現場，全然只是為了好玩，為了激怒現場每一個紅血成員。她這麼做的原因不難理解，也可以想像她希望此舉能達到什麼目的。「她不想參與這場結盟，特別是代表著她得嫁給……泰比瑞斯。」

法爾莉難得露出意外的神情。她眨眨眼，一臉困惑與好奇。「但是她又回到原點了……我沒打算假裝了解銀血人的行為，但這也太……」

「伊凡喬琳現在就是個公主，擁有想要的一切，我不認為她想要回去當某人的誰。對她來說，他們的聯姻就只是這個意義而已，對他來說也是。」我補充道，感到一股心痛。「這是權力的安排，而這權力她現在就具備，或者……」我遲疑了一下……「已經不想要了。」我回憶起伊凡喬琳，想起那段一起在蒼火宮的生活。馬凡娶了艾芮絲．席格內特而不是娶她的時候，她鬆了一口氣。那不單只是因為他是個怪物，我認為是因為……她有更在乎的人，這人比她自己或馬凡的后冠更重要。

伊蓮．海芬。在她的門脈叛變之後，我記得馬凡說她是伊凡喬琳的婊子。我在宮裡的時候沒特別注意到伊蓮，但是海芬門脈的人大多都站在薩摩斯門脈這一邊，與他們同盟。他們個個都是光影人，能隨心所欲讓身影消失。我猜伊蓮可能從頭到尾都在那裡，而我一點都沒有注意到。

「妳覺得她如果可以，有可能會擊潰她父親打造的一切？」法爾莉看起來就像一隻剛抓到超肥大老鼠的貓。「只要有人……幫她一把？」

卡爾沒有為了愛放棄皇冠，那麼伊凡喬琳會嗎？

我心裡的預感告訴我她會。她的行為舉止、低調的反抗，每一步都是走在刀鋒上。

「有這個可能。」這話對我倆來說都有了全新的意義、全新的重量。「她有自己的動機，我想這點就讓我們稍微占了優勢。」

法爾莉的嘴角上揚，在陰影中露出真正的微笑。雖然經歷了這麼多，我的心裡仍燃起了一線希望。她搥了我的手臂一拳，咧嘴笑開。

「好樣的，巴蘿。這次也寫下來，我真該死地以妳為榮。」

「我偶爾也是會證明自己的用處。」

她大笑出聲走開了，揮手要我跟上。小巷外的大道召喚著我們，最後一點積雪在夏日陽光下融化，讓石板閃閃發亮。我猶豫了一下，不太想離開陰暗角落的安全感，畢竟這小巷以外的世界感覺上還是太大了。科芬昂的內牆高聳地籠罩住整個城鎮，高塔就在正中央。我顫抖地吸了口氣，逼自己移動腳步。第一步踏出去的時候感覺好痛，第二步也是。

「妳不需要回去。」法爾莉低聲說道，一邊走到我身側。她瞪了高塔一眼，「我會讓妳知道一切怎麼發展，大衛森和我有辦法。」

一想到回到宮裡，沉默地坐在那兒看著泰比瑞斯把我們一起經歷的一切拋棄……我不知道自己撐不撐得住，但我不得不。我能注意到其他人沒有注意到的事，我知道其他人不知道的資訊。我得回去，為了這場革命。

也是為了他。

我不能否認自己有多希望能回到他身邊。

「我要知道妳知道的一切。」我對法爾莉氣聲說：「大衛森計畫的一切。我不要蒙著眼進行下一步。」
她馬上同意，感覺有點太快了。「沒問題。」
「我任妳差遣，怎麼派上用場都可以，我只有一個條件。」
「說吧。」
我慢下腳步，她也配合我的速度，「這一切結束時，要留他活口。」
她像是迷惘的小狗般歪著頭。
「擊碎他的皇冠也好、擊碎王座也好，把他的君主制度消滅。」我抬頭，用盡僅剩的力氣凝視她。我血液裡的閃電回應著我的強烈情感，躁動地想要掙脫。「但是要留泰比瑞斯活口。」
法爾莉深吸一口氣，站直了身子，展現駭人的身高。感覺上她彷彿能看穿我，看穿我那不完美的心。我堅持著立場，這是我應得的權利。
她的口氣有點動搖，「我不能跟妳保證這種事，但我會去試。一定，梅兒。」
至少她沒對我撒謊。
我覺得自己被一分為二，被往相反的方向拉扯。一個明顯的問題就在我腦海中揮之不去，這是我可能得做出的第二個選擇。他的性命或是我們的勝利？我不知道如果真的得選，自己到底會選哪一個，我會背叛哪一邊？想到這件事，那刀鋒就剮得更深了一點，我身上沒人看見的地方正在流著血。
我想先知說的就是這個吧。瓊恩說得很少，但他說的一切都有特定的意思。雖然我不想，但看來也只能接受他預告的命運。
崛起。
獨自崛起。
伴隨我的腳步，石板在我腳下延展開來。微風再次揚起，這次是從西邊吹來的，夾帶著不容忍視的刺鼻血味。回憶一次湧上，我忍住反嘔的衝動。圍城、屍體、兩種顏色的血液、我的手腕在史東斯金人的手中斷成兩段、折斷的頸子、血肉爆炸後整個胸腔消失不見、亮閃閃的內臟、刺穿的斷骨。在戰場上，要擺脫這種恐懼很容易，或應該說是必要的，因為害怕只會害我丟了小命。現在則不一樣，雖然我們生還了、贏了，但戰敗的恐懼已經在我心裡撕裂成一道深谷。

我還感覺得到那些神經，我的閃電殺死那些人時流通的管道，像是細細的、閃閃發亮的樹枝，各有不同，但也都一樣，只是太多了，數也數不清。在紅色和藍色的制服底下，諾他王國人和湖居者。全都是銀血人。

我希望是這樣。

那可能性讓我覺得肚子被揍了一拳。馬凡曾讓紅血人去當砲灰，或當人肉盾牌。我連想都沒想到，我們都沒想到——或者其他人其實不在乎。大衛森、卡爾，也許連法爾莉都是，如果她覺得結果值得這樣的犧牲的話。

「嘿。」她輕聲說，牽起我的手腕。她的肌膚一接觸到我，就讓我跳了起來，那觸感好像手銬。我用力抽手，發出像是怒斥的聲音，最後只覺得滿臉通紅，對於自己仍有這種反應感到羞愧。

她後退，舉起雙手，雙眼圓睜。但她不是害怕，也沒有批判，甚至連同情也不是。我在她身上看到的是理解嗎？「對不起。」她很快地說：「我忘了手腕的事了。」

我輕輕點點頭，把雙手插進口袋裡，藏住指尖的紫色火光，「沒關係，根本不是……」

「我明白，梅兒。一旦腳步慢下來就會這樣，身體會再次開始分析更多，有時候實在太多，難以承受，沒有什麼好困窘的。」法爾莉瞥頭，指向塔的另一邊，「偶爾鬆懈一下也不用覺得羞愧，軍營……」

「外頭有紅血人嗎？」我往戰場和破敗的科芬昂城牆一揮，「馬凡和湖居者把紅血士兵送去其他人那裡了嗎？」

法爾莉眨眨眼，很驚訝的樣子，「就我所知沒有。」我聽見她口氣裡的不確定。她也不知道。她不想知道，我也一樣。我沒辦法承受。

我轉身，迫使她得跟上我的腳步。我倆再次沉默下來，而這次的沉默充滿憤怒和羞愧。我任憑自己深陷，折磨自己，讓自己想起這種反感和痛苦。有更多戰爭即將到來，有更多人即將死去，無論他們的血是什麼顏色的都一樣。這就是戰爭，是革命，其他人將被捲入戰火當中，忘卻只會讓他們再次遭逢厄運，與其他人一起被厄運所籠罩。

我們一邊踏上高塔階梯，我一邊雙手握拳，插在口袋裡。耳環刺痛我的皮膚，但我感覺到那顆紅色寶石在我手裡的溫熱。我真該把它丟出窗外。如果說我該忘記什麼的話，那就是他。

但是耳環還是在。

我倆並肩再次回到會議廳，但我的視線邊緣開始模糊。我試著回到過去熟悉的位置，想著要觀察、要記憶、要在那些話語中找尋漏洞，找到他們沒說出口的秘密和謊言。這是我的目標，也是分心的方式。我這才發現為什麼我這麼積極想回到這裡，即便我其實有權逃離這一切。

不是因為這件事很重要，不是因為我能派上用場。

而是因為我自私、軟弱又害怕。我無法獨處，現在不行，還不行。

所以我坐下，開始傾聽，開始觀察。

在這一切之中，我感覺到他的視線。

2 伊凡喬琳

殺她不難。

安娜貝爾．雷洛藍的後頸上有在紅色、黑色和橘色珠寶間穿梭的玫瑰金紡線，只要一抽，我就能把這個爆破人的喉嚨斬斷。我能讓她的血和詭計都流光殆盡，在整屋子人面前結束她的生命和這場聯姻，譬如我的母親、我的父親、卡爾——更別提那些跟我們糾纏的紅血罪犯和外國來的怪胎。不過不包含巴蘿。她還沒回來，也許還在為了失去王子而痛哭。

當然，這會掀起另一場戰爭，結束這像是處處破洞蜘蛛網的結盟。我能做這種事嗎？用我的皇室身分換取幸福？光是問這個問題就讓人感覺羞愧，即便只是在我的腦袋裡想想也一樣。

這老女人一定是感覺到我的視線了，她的雙眼掃過我短短一秒。一身華美的紅、黑、橘色，坐回位置上的時候，她的唇角露出的嘲笑我絕對沒有錯看。

那是克羅爾家的代表色，不只是雷洛藍家。她的忠誠度清清楚楚。

我打了個冷顫，垂下視線專注在我的雙手上。我的一片指甲裂得很嚴重，那是在戰鬥中受的傷。我吸了口氣，把一枚鈦金戒指變成甲型，固定在手指上，就像爪子一樣，在我的王座扶手上輕敲，想惹惱母親。她用眼角餘光往我瞥了一眼，這是她表現藐視的唯一證據。

因為不小心花了太多時間沉浸在謀殺安娜貝爾的幻想中，我竟沒注意到會議上這敗壞的小圈圈討論到哪裡了。我們的人數少了，只剩下各派系倉促組成的聯盟領袖。將軍、王爵、隊長和皇室成員，每個人講話的口氣都帶著忍耐，一臉假笑、做空洞的承諾。

要是伊蓮在就好了，我真該帶她來的。她問過我能不能來，事實上，她是求我讓她一起來。伊蓮向來喜歡跟得很緊，就算有致命危機在眼前也一樣。我試著不去想我們最後相處的時光，不去想她的身子在我臂彎裡的感覺。她比我還消瘦，但是比我更柔軟。當時托勒瑪斯在我門外守著，確保不會有人來打擾。

「讓我跟妳一起去。」她在我耳邊低語了幾十次、幾百次，但她父親和我父親都沒有允許。

夠了，伊凡喬琳。

我對自己咒罵道。在這場混亂中，他們根本不會發現的，畢竟伊蓮是光影人，要藏匿一個隱形的女孩怎麼會難呢？托利一定會幫忙的，如果我請他幫忙，他不會阻止自己的妻子隨行。可是我不能這樣做。眼前還有一場戰爭得贏，一場我都不知道我們贏不贏得了的戰爭，而我可不打算讓她冒險。雖然技巧過人，可是伊蓮．海芬不是鬥士。真要說的話，她只會成為讓我分心、擔憂的對象，而我現在可沒有餘裕分心或擔憂。可是……

夠了。

我的手指在王座扶手上蜷曲起來，開始把鐵製的部分扯碎。山脊大屋裡有好幾條金屬長廊，那兒是我的速癒之地，我可以隨心所欲地破壞，把心裡的一把火釋放在常常改變形狀的雕像上，不用擔心其他人會怎麼想。不知道在科芬昂這裡，我還能不能這麼做？但這樣的釋放讓我能夠神智冷靜。我把甲型戒指往椅子上扎，金屬與金屬的撕扯，動作之輕，只有母親聽見了，可是她不能在會議場合上因為我的行為斥罵我。既然要把我帶來展示，那我不如好好利用這點好處。

好不容易才把思緒從安娜貝爾那毫無防禦力的頸子，和伊蓮不在場這兩件事上頭移開，若我真想找辦法從父親的計畫中脫身，那我至少要專心點聽。

「他們的軍隊在撤退，不能讓馬凡國王的軍力有時間重組。」父親冷酷地說道。挑高的窗戶在他身後，可見到陽光正慢慢消失在西邊地平線的雲層背後，被轟炸過後的景象仍冒著煙。

「他要去重振旗鼓。」

「那孩子已經進入丘克了。」安娜貝爾皇后很快回答。那孩子。她提到馬凡的模樣好像他不是自己的孫子一樣。我想在馬凡出手殺了她兒子泰比瑞斯國王之後，她大概不會再承認他的身分了。馬凡不是她的血脈，是亞樂拉的，只屬於亞樂拉。

安娜貝爾撐著手肘傾身向前，把長滿皺紋的手掌握在一起。她的古老婚戒雖然老舊卻仍十分明亮，在她的手指上閃爍不已。她在山脊大屋讓我們大吃一驚、宣布要支援自己的孫子時，身上完全沒有穿戴任何金屬物件，以閃避我們磁能者的感應能力。現在她則公開穿戴，賭我們不會用她的王冠或首飾來對付她。她身上從頭到腳都是計算後的結果，而且她也不是空著手來的。安娜貝爾成為皇后之前是戰士，她曾是湖居者前線的軍官。她是爆破人，一觸斃命，能把東西消滅或炸裂——人也可以。

若不是因為對她要逼我做的事情恨之入骨，我一定會至少尊重她的奉獻。

「現在這時間點，他的軍力大概都過了少女瀑布、出了國境。」她繼續說道：「他們已經進入湖居地。」

「湖居者軍隊也受了傷，一樣脆弱。我們準備好了就出擊，就算只是把脫隊的人處理掉也好。」我父親望向安娜貝爾，再望向銀血王爵之一。「賴瑞斯的軍隊一小時內就能準備好，不是嗎？」

王爵賴瑞斯將軍在父親的凝視下，勉強振作起精神。他的小酒瓶已經空了，徒留他沉浸在勝利的微醺之中。他咳了一下，清清喉嚨。隔著整個會議室，我還是能聞到他的酒氣。「可以，陛下，只要您一句話。」

這時，一陣低語聲傳來：「如果您這麼做，我會反對。」

卡爾跟梅兒．巴蘿吵架回來之後說的第一句話鏗鏘有力。他跟自己的奶奶一樣，早已換掉了打仗時借來穿的制服，現在是一身漆黑，搭配些許紅色裝飾。他移動到安娜貝爾身邊，接下自已被指派的位置，當安娜貝爾的行為動機、當她的國王。他的舅舅，傑可斯門脈的朱利安站在他的左邊，雷洛藍皇后則在他的右邊。在銀血貴族、掌權門脈兩人的簇擁下，他展現出團結的陣線。一個值得我們捍衛的國王。

我為此憎恨他。

卡爾大可讓我免除這番折磨，只要取消我們的婚約，拒絕父親要他娶我的條件。但為了皇冠，他放開了梅兒。為了皇冠，他困住我。

「什麼？」父親說道。他的話不多，問題更是少之又少，光是聽到他問這話就已經讓人夠不安了，我不禁稍微緊繃了起來。

卡爾挺胸，展開寬闊的肩膀，用手指關節撐著下巴，眉頭深鎖地思考著。他看起來更魁梧、更老成、更聰明了，已與歧異區的國王站在同一個賽場上。

「我說我會反對派出空軍艦隊，或是從我們這個結盟中派出任何支隊、前往危險環境中追擊的提議。」卡爾口氣平穩地回答。我得承認，就算沒有皇冠，他仍散發出皇室的氣質。說出這樣的命令，若非令人敬畏，也吸引了大家的注意力。這也不奇怪，畢竟他就是受這樣的教育，而卡爾骨子裡就是個聽話的學生。他的祖母雙唇一抿，露出微小但發自內心的微笑。她以他為榮。「丘克仍是名符其實的地雷場，若要往瀑布另一頭前進，我們手上的情報非常有限。這可能是陷阱，我不會拿我的軍隊去冒這種險。」

「這場戰爭有哪裡不是冒險？」我聽見托勒瑪斯在父親另一邊說道。卡爾舒展身軀的時候，他也照做了，在王座上挺直了身子。托利頭上映照著紅色的霞光，讓他的銀色油頭在王子的王冠下閃閃發亮。同樣的夕陽也讓卡爾沐浴在自家代表色的光芒中，一雙赤色雙眸，身後的黑影拉長。他們兩人用一種男人間會有的那種奇怪的方式凝視著對方。一切都是競爭，我在心中暗諷。

「真知灼見啊，托勒瑪斯王子。」安娜貝爾口氣冷酷，「但諾他國王陛下非常清楚這場戰爭是什麼狀況，我也同意他的評估觀點。」

她已經稱他為王了，而我不是唯一注意到她的用字遣詞的人。

卡爾垂下視線，一臉震驚。但他很快就恢復了冷靜，抱著決心咬緊牙關。他已經做出選擇。不能回頭了，克羅爾。

蒙特福特總理大衛森的桌邊只有他獨自一人，只見他在位置上點點頭。少了赤紅衛隊的指揮官和梅兒．巴蘿，他實在很容易被無視，我幾乎完全忘了他的存在。

「我同意。」他說道。這人就連嗓音都很乏味，一點感情或口音都沒有。「我們的軍隊也需要復原的時間，這個結盟也需要時間找到……」他停下來，開始思考。我仍讀不透他的表情，這件事讓我煩躁不已。搞不好悄語者都無法穿透他的精神盔甲。「平衡。」

母親就不像父親那樣泰若自然了，她用黑得嚇人的雙眸盯著這個新血脈的領導人。她的蛇有樣學樣，直望著總理。「所以沒有情報，邊境四周都沒有間諜嗎？諒我無知，但我以為赤紅衛隊……」她的嫌棄昭然若揭……「在諾他王國和湖居地都布有複雜的間諜網呢！這時候可以派上用場吧？除非紅血人扭曲事實，搞錯了自己的力量。」嫌惡之情就像尖牙上的毒液一樣，從她的話聲中滴落。

「我們的探員都在待命中，陛下。」

那個永遠帶著一抹嘲諷神情的金髮女子、紅血將軍大步走進來，梅兒則緊跟在後。兩人的步伐堅定，從會議廳門邊一路穿過會議廳，坐在大衛森身邊。她們的動作很快、無聲無息，彷彿這樣就能避免被整個會議廳的人所凝視。

梅兒坐下的時候，視線望向前方，但在所有人之中，她只凝視著我。我很驚訝地發現她的視線中似乎帶了一抹陌生的情緒。那是同情嗎？不，不可能。即便如此，我仍感覺到雙頰一陣熱。我別開視線，望向卡爾，靠那唯一一個比我的感覺更悲慘的人來轉移注意力。

他看起來絕對是想表現出不受她在場這件事影響，但卡爾畢竟不是他的弟弟。跟馬凡不一樣，卡爾對於掩飾情緒的技巧有限。他的肌膚一陣漲白，雙頰、脖子，連耳朵尖端都變了色。屋裡的溫度上升了點，隨著他壓抑的那股不知道是什麼樣的情緒波動。真是個傻子，我在心裡嘲笑道。是你做的選擇，克羅爾，你讓我倆都萬劫不復。你好歹也裝一下冷靜吧！真要說有誰該因為心碎而失去理智，那也應該是我才對。

我還以為他要開始像走丟的小貓一樣喵喵哭叫，不過他只用力眨眨眼，把視線從閃電女孩身上勉強移開。他的一拳緊抵著椅子的扶手，手腕上會製造火焰的手環在夕陽光線中發出紅光。他控制住自己了，火沒有燃起來，他也沒有。

跟卡爾比起來，梅兒不動如山。固執、堅定、毫無感情，連一點火星都沒有。她眼中罕見地沒了平日的怒火，當然算不上親切，但也沒有展露出嫌惡的神情。我猜這閃電女孩現在也沒什麼理由恨我了。我的胸口一緊——她知道這不是我的選擇嗎？她一定知道。

「妳回來了真好，巴蘿小姐。」我對她說道，而且我是真心的。她向來對克羅爾家的兩個王子有極大的分心效果。

她沒有回答，只環抱著自己的雙臂。

不過她的夥伴，赤紅衛隊的將軍，可就沒打算保持沉默了。她玩命一樣地用兇惡的口氣對我母親說話，這真是不智之舉。「我們的探員全員接力中，在馬凡國王的軍隊撤退時持續追蹤。目前已有消息回報，他的隊伍正在徒步往德創恩高速前進中。馬凡本身和幾個手下將軍在伊瑞斯湖搭上船，預計目的地也是德創恩。有人提起要替湖居地國王舉辦喪禮，而且他們的醫療師人數比我們多得多，所有在戰場上存活的人，都會比我們的人更快回到戰鬥狀態。」

安娜貝爾嗤之以鼻，銳利的眼神掃過父親，「對，史柯儂思門脈仍處於分裂狀態，而且大多數都效忠於篡位者。」說得好像是我們的錯一樣。我們能做的都做了，能被說服的人也都被說服了。「更別提湖居地還有自己的皮膚醫療師門脈。」

大衛森揮揮手，笑容僵硬，「蒙特福特會支援。我打算申請加派更多醫療師，銀血人和雅登人都有。」

「申請？」父親不屑一顧，其他銀血人也露出一樣的疑惑神情。我不禁望向托利的視線，只見他皺起眉，他不明白大衛森在說什麼。我的胃翻攪了一下，咬唇壓下這種感覺。通常我跟他都能互補，但是在這件事上，我跟他一樣如入汪洋大海，一無所知。父親也一樣。我雖然氣他，但這件事卻讓我比什麼都還害怕，畢竟父親在他不懂的情況下就無法保護我們。

梅兒也不明白，疑惑地皺皺鼻子。這些人真是的！我在心裡咒罵。搞不好連那一臉嘲諷的傷疤女子都不知道大衛森在說什麼。

這位總理自己笑了一聲。這老傢伙倒是挺樂在其中的。他垂下視線，讓深色睫毛拂過臉頰。若他有心，倒也是可以有個帥氣的外貌，但我猜那與他心中無人能知的目的不相符合吧。

「我不是國王，各位應該知道。」他再次抬頭，凝視著父親，然後是卡爾，接著望向安娜貝爾，「我是在替人民服務，我的人民可以透過其他選出的政治人物表達他們的看法，他們必須達成協議。等我回到蒙特福特去請求指派軍隊……」

「回去？」卡爾重複他說的話，中斷了大衛森的發言。「你打算哪時候告訴我們這件事？」

過了片刻，大衛森聳聳肩，「就現在吧。」

梅兒唇角抽動，忍著怒意或是諷刺神情，我看不太出來，但是可能是後者。

我不是唯一一個注意到她表情的人。卡爾的視線轉動，在她和總理之間移動，越顯疑心。

「那你不在的時候我們要怎麼做？總理。」他問道：「空等嗎？還是像綁著一隻手也要去打仗？」

「陛下，我很感謝您在此戰中將蒙特福特看得這麼重要。」大衛森咧嘴笑著說：「我道歉，但是我國的法律是不可違抗的，就算在戰爭期間也一樣。我不會背叛蒙特福特的原則，我也跟人民的權利站在一起，畢竟他們之中有部分的人會協助您取回自己國家的主權。」他話裡的警告就跟臉上擠出的那抹微笑一樣清楚。

面對這種事，父親比卡爾懂得該如何處理。他也擺出了空洞的微笑。「總理，我們絕不會要求統治者跟自己的國家作對。」

「當然不會。」帶疤的紅血女子冷冷地跟著說。父親看在結盟的情分上，不去理會她的無禮。若不是因為其他盟友，我猜他會殺了她，讓大家學學什麼叫分寸。

卡爾稍微冷靜了點，全力保持理性，「你會離開多久呢？總理。」

「那就要看我的政府了，但我猜不會爭辯太久。」大衛森說。

安娜貝爾像是被逗樂了一樣地拍著手，她大笑時，臉上的紋路更明顯了。「真是有趣啊，總理。那你的政府覺得爭辯多久算是久呢？」

到這個時候，我已經開始覺得現在是在觀賞一齣由演技平庸的演員在上演的戲碼了。所有人——父親、安娜貝爾、大衛森，他們對彼此都沒有半點信任。

「喔，好幾年啊。」大衛森配合她裝出的幽默，嘆了口氣，「民主就是這麼有意思，不過你們都還不明白就是了。」

最後這一刀是故意補的，但效果也達到了。安娜貝爾的微笑瞬間凍結，她一手輕拍著桌面，再次發出警告。她的能力可以輕易致人於死，就跟我們其他人一樣，人人都是非常危險的角色，每個人也都有自己的動機。我不知道自己還能再忍多久。

「我很期待親眼看看。」

梅兒話才剛說完，室溫已經立刻升高。全場只有她沒望向卡爾，但他怒瞪著梅兒，眼神如火，牙齒緊咬著嘴唇。她仍是一副堅定的模樣，神情愉悅地放空。我想，這應該是跟大衛森學的。

我馬上舉起一手掩嘴，忍住一陣連我自己都沒意料到的笑聲。講到惹克羅爾家的男人生氣，梅兒．巴蘿真的是厲害得出奇！這狀況讓我懷疑，這到底是不是她計畫中的事？晚上躺在床上不睡覺，計畫著如何能最有效地讓馬凡摸不著頭緒，或者讓卡爾分神。

但她真的有嗎？她做得到嗎？

我直覺想平復心中突然冒出的一絲希望，但我轉念決定讓這想法繼續發展下去。

她就是這樣對馬凡的，讓他無法分神，讓他失去平衡，讓他離妳遠一點。為什麼她不能對卡爾施展一樣的技巧？

「那妳就去當諾他王國的好大使吧。」我裝出一派無聊、沒興趣的聲音。我一點都不積極，我不想要任何人發現我是故意在釣魚。梅兒的視線猛地轉到我身上，眉毛挑高了一公分。來吧，梅兒。我很慶幸，現場沒人會讀我的心。

「她不會去的，伊凡喬琳。」卡爾很快地咬牙切齒說道：「我無意冒犯，總理，但是我們對你的國家所知甚少……」

我歪頭，看著我的婚配對象，銀色髮絲掃過我鱗片狀的盔甲。不論此刻我握有的權力是否過於微小，仍衝上我的腦門，「若想知道多一點，還有其他更好的方法嗎？她會受到款待，被視為英雄。蒙特福特是新血脈的國家，親臨現場對我們的行動更有幫助，不是嗎？總理。」

大衛森用空洞的雙眼凝視著我，我感覺視線穿透。隨你看，紅血人。「絕對是如此。」

「妳信得過她會回報在當地看到的東西？不會修飾或刪減細節？」安娜貝爾不可置信地質疑，「別誤會我的意思，伊凡喬琳公主，那女孩可不效忠任何銀血人。」

卡爾和梅兒同時低下了視線，彷彿在忍著不去看對方。

我聳聳肩，「那就派個銀血人跟著去啊。傑可斯爵士？」那個老人穿著黃色長袍的身形消瘦，聽見自己的名字後好像很震驚。他看起來吃盡苦頭，像一塊破舊的布。「若我沒記錯，你是學者吧？」

「我是。」他喃喃說道。

梅兒倏地抬起頭，她的雙頰漲得通紅，可是在其他方面仍保持沉著。「要派誰跟我來都可以，我會前往蒙特福特，沒有哪個國王有權利阻止我，但歡迎嘗試。」

太棒了。克羅爾坐在原位的身子一僵，他的祖母傾身往他靠過去。她在他身邊顯得身材嬌小，但是兩人的相似度還是很明顯：一樣的銅色雙眸、寬肩和挺拔的鼻梁。兩人都有軍人的心，而且最終也有著一樣的野心。她說話時看著他，注意著他的反應。「那就是讓傑可斯爵士和梅兒．巴蘿代表諾他國王，並且與……」

他的手環噴出火花，小小的紅色火焰冒了出來，緩緩地沿著他的指關節移動。

「真正的國王會親自出馬。」卡爾說道，眼神燃燒。

會議室另一頭的梅兒咬緊牙關。我用盡全力才讓自己保持安靜地坐在原位不動，但是我心裡可是高興得跳舞慶祝。真是易如反掌。

「泰比瑞斯。」安娜貝爾低聲斥責道，可是他不予理會，而她也無法逼迫他。都是妳自找的，愚蠢的老女人。既然妳要任命他為國王，那就聽命吧。

「我承認，我遺傳了朱利安舅舅……和我母親……天生的好奇心。」卡爾說。提起母親，他的口氣變得溫柔。說老實話，我對她的了解不多，柯瑞安．傑可斯可不是亞樂拉皇后能包容的話題。「我想去拜訪這個自由共和國，看看那些傳聞是否為真。」然後他放低了音量，焦灼的眼神看著梅兒，彷彿這樣就能強迫她回望他一樣。可是她沒有。「我喜歡眼見為憑。」

大衛森點點頭，眼神閃過一抹光芒，那張空白面具露出了一點破綻。「陛下，我們當然歡迎您。」

「很好。」卡爾收起火焰，拳頭往桌面一敲，「那就這麼說定了。」

只見他祖母嘴角一撇，好像剛吃到什麼很酸的東西似的。「說定了？」她冷笑道：「沒有什麼說定不說定的，你必須在戴爾菲整頓勢力，宣告主權，還得奪下領地、爭取資源、贏得人心，爭取更多名家門脈的支持……」

卡爾堅定不移，「我的確需要資源，奶奶。我需要兵力，而蒙特福特就有。」

「你說得非常有道理。」父親說道，嗓音低沉，讓過去的恐懼再次湧入我心裡。

他是不是氣我一手造成這個狀況？還是他覺得高興？自小我就知道得罪沃羅・薩摩斯會有什麼下場，你會變成幽魂一樣，被無視、被排斥，直到你想辦法靠著成就和智慧再次贏回他的愛為止。

我用眼角餘光瞄向父親，歧異區的國王仍挺直背脊坐在王位上，一臉蒼白，模樣完美。我在他精心修剪過的鬍鬚底下逮到了一抹竊笑，不禁默默在心裡輕輕地鬆了口氣。

「諾他王國真正的國王親自聲請援手，在總理的政府一定有相當的影響力。」父親繼續說道：「這麼做也能強化我們的聯盟關係，所以我也必然會派出我方的使節，代表歧異王國前往。」

不要派托利……不！我在心裡大喊。梅兒・巴蘿答應過不會殺他，但是我實在信不過她的承諾，更何況現在簡直是大好時機。我已經可以預見一場愚蠢的意外發生，只是絕對不會是意外。而且這樣一來，伊蓮也得去，因為她是他的賢妻，必須隨行。如果父親派托利前去，我們只會迎回一具屍體。

「伊凡喬琳會陪你一同前往。」

一陣暈眩感抹去了我才剛感覺到的放鬆。

我不知道自己現在是想要再叫一杯酒還是大吐一場，我的腦海滿是各式各樣的吼叫聲，每個聲音都在吼著同一句話——

這是妳自找的，蠢女孩。

3 梅兒

我的笑聲在東牆和漆黑的空地間迴盪。我彎著腰，手扶著平滑的矮牆喘氣。我控制不住，這是發自真心的大笑，從腹部深處湧現的感覺不受控制。但這笑聲很空洞刺耳，久沒使用，聽起來有點乾澀。我的傷疤被拉扯，沿著頸部和脊椎發出陣陣刺痛，但我就是忍不住。我一直笑到肋骨都痛了、不得不坐下來躺在冰冷的石頭上為止。即便如此，我的笑聲仍不間斷，就算我咬著嘴唇硬是閉上嘴，笑意仍不斷從唇齒間迸出。

除了巡邏人員以外，沒人會聽見我的聲音，但我想他們也不在乎一個女孩子在黑暗裡大笑這件事。我有權隨興大笑、大哭或尖叫，我心裡有那麼一部分希望可以一次做這三件事，不過最後是大笑勝出了。

我聽起來像瘋了一樣，但搞不好我真的瘋了，畢竟經過了這一天，會發瘋也不是全無道理。其他人仍在清理科芬昂另一頭的屍體，卡爾不顧我們奮戰的一切，選了皇冠。這兩件事是仍在流血的傷口，沒有醫療師能修復得了。想要保持神智正常，我只能先忽視這些傷口，而我唯一能做的事就是雙手掩面、咬著牙關、想辦法忍住自己可憎又愚蠢的大笑。

這實在是太瘋狂了。

伊凡喬琳、卡爾和我要前往蒙特福特，這簡直是天大的笑話。

我在給奇隆的訊息裡跟他說了。奇隆仍安然地待在皮蒙特，他一定會想知道我能告訴他的一切大小事。在我說服他留在原地之後，我得讓他隨時跟上現況進度。當然，我也希望他能一直跟上進度，我想要有個人能跟我一起笑、一起罵眼前即將到來的一切。

我再次苦澀地笑了兩聲，把頭後仰靠著石塊。天上的星辰點點，科芬昂市區的光害讓星光和剛升起的月色顯得黯淡。星辰似乎都在看，低垂著視線望著這座堡壘城市。如果艾芮絲・席格內特的神祇真的存在，不知道祂們會不會跟我一起放聲大笑。

不知道瓊恩是不是也在笑。

想起瓊恩讓我打從骨子裡發寒，瘋狂的怪笑戛然而止。那個詭異、有預言能力的新血脈逃離了我們，現在就藏身某處，但他要做什麼？坐在小山丘上看著一切發生？任憑紅色雙眼來回轉動，看著我們互相廝殺？他難道是遊戲主持人還是什麼的，光是把我們逼到該走的位置、演出他選擇的未來就心滿意足？如果真有可能，我會想辦法找到他，逼他保護我們不踏上死路。但那就太扯了！他一定知道我會去找他，而要找到瓊恩，只有在他自願被找到的時候才有可能。

我滿心挫敗，伸手抹臉抓頭，任憑指甲劃過肌膚。刺痛感一點一滴讓我回到現實中，而寒冷也有一樣的效果。我躺的石塊隨著夜色降臨變得越來越冰冷，制服單薄的布料無法阻止我發抖，銳利又堅硬的質地也一點都不舒服，但我仍一動也不動。

要移動就表示我要去睡覺了，同時也表示我得回到下面去，回到其他人身邊，回到營區。就算我故作發怒的模樣逃開了，最終還是得面對紅血人、新血脈和銀血人。特別是朱利安。我完全可以想像他在我的小床旁邊等著再對我說一番大道理，但他能說什麼，我毫無頭緒。

我猜他會站在卡爾那邊。整件事情結束的時候，等到我們不會讓卡爾繼續戴著皇冠的意願已經很清楚的時候，非皇室血統的銀血人將毫無身分可言。朱利安若非靠著自己已逝的妹妹，他誰也不是，而卡爾是他僅存的一部分了，他不會背棄這點，即便讓自己講過的進化和歷史的言論都破滅也一樣。

泰比瑞斯。叫、他、泰比瑞斯。

光是想到這名字都會痛。他的真名。他的未來。北方烈焰、諾他國王、泰比瑞斯・克羅爾七世。我想像他坐在自己弟弟的王座上，被沉默岩安全包圍，還是他會把他父親坐過的鑽石玻璃火焰王座搬出來？摧毀馬凡的一切，把他從歷史上抹去？他會重建他父王的皇宮，諾他王國會恢復往日的容貌。除了歧異區的薩摩斯國王，其他的一切都會恢復成我墜落競技場那天的模樣。

抹去自從那天起發生的一切。

我不會讓這種事發生。

而且我很幸運，這奮鬥的過程我不是孤身一人。

月光照亮黑色岩石表面，讓每一座高塔和矮牆隱含的金色部分發著銀光。巡邏隊在我下方來回走動，穿著紅綠色制服的守衛在站哨，是赤紅衛隊與蒙特福特的人。他們的夥伴，來自各色門脈的銀血人則沒這麼密集出現，總是成群結隊地移動。黃色的賴瑞斯門脈、黑色的海芬門脈、紅藍相間的依蘿門脈、紅橘相間的雷洛藍門脈。我沒有看到薩摩斯家族的顏色，他們現在已經是皇室身分了，這都多虧了沃羅的野心和時機，現在他們不需要在夜巡這種平凡的事情上浪費時間。

不知道馬凡對此會有什麼看法？他這麼執著在泰比瑞斯身上，我可以想像再出現另一位像沃羅這樣競爭的國王會是多沉重的負擔。雖然馬凡似乎已經得到一切他所要的，但這世界似乎仍然繞著他的哥哥打轉。皇冠、寶座、我。他仍感覺到那種陰影。這是亞樂拉的傑作，她親手把他調教成她要的樣子，不僅摧毀，也重建不少。這種心情會延伸到沃羅國王身上嗎？或者馬凡最黑暗、最恐怖的渴望僅限於我倆身上？殺了泰比瑞斯、留下我？

只能讓時間來解答了。等他再次出手，他一定會再次出手，那時我就會明白。

我只希望到時候我們已經做好了準備。

大衛森的部隊、赤紅衛隊和深入各處的間諜——我們的勢力足夠，一定得足夠。

但這不代表我可以不要小心為上。

「我們什麼時候出發？」

雖然不得不進行痛苦的互動，我仍成功地問到了大衛森住所的位置，他在行政區取得了幾間比較大的辦公室，作為蒙特福特人員的使用空間。赤紅衛隊也在這裡，不過法爾莉目前不在。軍官們看到我已經很自在了，可以泰然自若地讓路給這個他們仍稱為閃電女孩的人。這些人大多在忙著打包，主要是文件、卷宗、圖表，沒什麼是真的屬於在場任何人的東西，而是一些要提供給比我更聰明的人去消化的情報，很可能是之前使用這個空間的銀血軍官所留下來的資訊。

我招募的其中一位新血脈成員艾妲，正是這整個打包工作的中心，每一張紙片在打包之前都要先讓她的視線掃過一遍，她則會利用完美記憶這個能力記下一切內容。經過的時候，我與她四目交接，互相點頭示意。我們去蒙特福特的時候，艾妲就會被派到法爾莉身邊協助，因此我想接下來這段不短的時間裡，我大概都不會再見到她了。

坐在空蕩蕩的桌前，大衛森抬起頭，他銳利的眼角一皺，這是臉上那抹微笑的唯一線索。雖然辦公室的燈光亮得什麼都不放過，他仍看起來英俊挺拔、高人一等且氣勢懾人，他雖然不是國王，卻散發王者風範。他揮手要我過去，我想起他在圍城時的模樣，有點不自在。當時的他身上血跡斑斑、精疲力盡，流露出恐懼的神情，但同時也很堅定，就跟我們其他人一樣。想起這點，我感到了一點安心。

「妳剛剛在上面表現得不錯，巴蘿。」他頭一擺，大略地往核心塔樓的方向示意。

我眨眨眼，挖苦地說：「你是說我閉嘴沒多說吧。」

窗邊有人笑出聲來，我瞥眼看見泰頓斜靠著玻璃，雙臂環胸，一綹白髮如常地垂落在一眼前。他身上也穿了一套乾淨的森林綠制服，不過手腕和褲管顯得短了點。他的制服上沒有閃電徽章標示身分——他跟我一樣是馭電者，不過這是因為他穿的不是他的制服。我上一次見到他的時候，他從頭到腳沾滿了銀血人的鮮血。他像是炫耀著武器一樣，手指在手臂上輕彈。

「有可能嗎？」他說話時沒看我，嗓音低沉。

大衛森掃視我，輕輕搖了下頭，「事實上，是妳對其他人說的那番話讓我覺得很高興，梅兒。關於要陪伴我回家這件事。」

「我說過了，我很好奇……」

總理舉起掌心，打斷我的話，「省省吧。我想在場的人，只有傑可斯爵士是真的會因為好奇而去做事的人。」嗯，他說錯了。「妳對蒙特福特的真正目的是什麼？」

泰頓在窗邊眼神一閃，他終於決定要看向我。

我抬起下巴，「就你承諾的那些。」

「重新安頓嗎？」大衛森第一次露出真的感到驚訝的神情，「妳想要……」

「我要我家人安全。」我的聲音沒半點讓步。我努力想起那死去的銀血人和她在禮儀課上硬塞給我的那些規則。挺直背脊、抬頭挺胸、保持視線交會。

「我們是真的開戰了。」我說：「諾他、皮蒙特、湖居地和您的共和國。沒有任何地方安全，不論哪一邊都一樣。但是您的國家最遠，看起來也最強大，或者至少防禦是最好的。我認為若可以親自帶我的家人過去，這會是最好的安排，屆時我再回來解決其他強者起頭的事宜。」

「我的承諾是指新血脈，巴蘿小姐。」大衛森低聲說道，四周的吵雜聲幾乎掩蓋了他的聲音。

我的心一沉，但我擺出更堅定的神情，「我可不認為，總理。」

他露出擅長的空洞笑容，躲回平日的面具底下。「真的嗎？妳真覺得我這麼鐵石心腸啊？」奇怪的玩笑話。大衛森就是個奇怪的人。他露出整齊的牙齒，「我當然歡迎妳的家人，能讓他們成為市民的一分子，蒙特福特一定會感到很光榮。對了，艾伯朗可以跟妳說句話嗎？」他朝我身後說道。

一名男子從另一間連通的房間裡匆忙走來，看起來跟新血脈雙胞胎拉許和塔希爾非常像。

若我不知道塔希儞還在皮蒙特、拉許深入雅啟恩，兩人都在為了革命傳遞消息，我一定會以為這個人是雙胞胎之一。是三胞胎，我立刻意識到這件事，口中嚐到一股苦澀。我不喜歡驚喜。

艾伯朗跟他的兄弟一樣，有深棕色肌膚、一頭黑髮，留著修剪得整整齊齊的鬍鬚。我可以隱約看見下巴鬍鬚底下的疤痕，一道浮起的白線。他也一樣在許久以前被銀血主子做了記號，以利分辨他和另外兩個長得一模一樣的兄弟。

「很高興見到你。」我喃喃說道，瞇眼望向大衛森。

他感覺到我的不自在。「啊，對了，這位是拉許和塔希儞的兄弟。」

「還真看不出來。」我口氣平板地回道。

艾伯朗擠出一抹小小的微笑，點頭打招呼道：「很高興終於見到妳了，巴蘿小姐。」然後他轉向總理，「總理，您找我？」

大衛森看著他，「傳訊息給塔希儞，讓他告訴巴蘿一家，他們的女兒明天會回去接他們，準備到蒙特福特安頓。」

「遵命。」他回答道。他的視線停滯了片刻，將訊息從自己的腦袋傳到兄弟的腦袋裡。雖然彼此之間距離數百英里，但傳訊只花了一秒時間。然後他再次低下頭，「報告，訊息已經傳達。塔希儞說恭喜以及歡迎，巴蘿小姐。」

我只希望我父母能接受這個安排，雖然說他們其實不會不接受。吉莎想要去，媽會聽她的，布利和特瑞米則會遵照媽的決定行事。但是爸要是知道我不會跟他們待在一起，我不能確定他會作何反應。拜託去吧，拜託至少讓我為你們做這件事。

「跟他說謝謝。」我喃喃說道，他的出現仍讓我心煩意亂。

「已傳達。」艾伯朗說：「塔希儞說不用客氣。」

「謝謝你們兩位。」大衛森打斷對話，而這是有原因的。三兄弟可以用驚人的速度來回傳遞消息，要是肩並肩的時候會更誇張。艾伯朗點點頭，接受要他退下的指令，然後便回頭去做剛才做到一半的事了。

「還有其他人嗎？」我傾身向前對著總理咬牙說。

他態度輕鬆自在，「沒了，不過我真希望手下有更多這些人可以差遣。」他嘆口氣，「這三兄弟很有意思。通常雅登人的能力在銀血人之中都能找到對應的門脈，但是我在其他血脈中沒有見過像他們這種能力的人。」

「他的腦袋跟其他別人都不一樣。」泰頓低聲說。

我瞪了他一眼，「你形容的方法有點令人反感。」

泰頓只是聳聳肩。

我轉頭回去看著大衛森，心裡雖然還是很憤慨，可是也無法忽視他剛送我的禮物。「謝謝你這麼做，我知道你要領導整個國家，這件事對你來說也許不是什麼大事，但對我來說卻非常重要。」

「當然。」他回答：「我希望等到時間成熟，我也能為其他像你們這樣的家庭做一樣的安排。我的政府現在正在辯論如何處理可能的難民問題，包含如何遷移流離失所的紅血人和新血脈。但是妳的話，有鑑於妳目前的成就，以及持續進行中的行動，我們可以例外安排。」

「我具體究竟做了什麼？完成什麼？」我還來不及阻止，話聲已經脫口而出，而我的雙頰一陣火熱。

「妳在不可突破的點上留下了裂痕。」大衛森的口氣理所當然，「把盔甲打出一個凹痕，妳鬆開了那個大家都知道轉不動的蓋子，巴蘿小姐。讓我們來一舉擊破吧。」他的笑容很真誠，燦爛、一口白牙、一直延伸出去，讓我想起貓。「而且因為妳的緣故，諾他王國的王位爭奪者要來到我們的共和國了，這可不是小事。」

我的身子感到一震。這是威脅嗎？我動作很快，傾身靠在他的書桌上，雙手掌心抵著木頭桌面，壓低嗓子發出警告的聲音：「你跟我保證不會傷害他。」

他沒有半點猶豫。「我保證。」他用跟我一樣的嗓音回我：「我不會動他一根寒毛，其他人也不會，只要克羅爾在我的國家就是如此。我真誠地跟妳保證，我這個人就是這樣做事的。」

「很好。」我答道：「因為除掉我們的盟友和馬凡．克羅爾之間的緩衝，絕對是不智之舉。而你不是不智之人，對吧？總理。」

那隻貓的笑臉更深了。他點點頭。

「讓小王子看看不一樣的東西難道不好嗎？」大衛森挑起一邊修得乾乾淨淨的眉毛，「一個沒有國王的國家？」

看看這是可能的。看看皇冠、王座——不是他的責任的樣子。只要他不想，他不必非得當國王或王子。

但我認為他想。

我張口只說得出：「對。」這也是我唯一的寄望。畢竟我一開始在陰暗的小酒館遇上的，不就是裝扮成別人、好看看這世界真實模樣、看看到底該改變什麼的泰比瑞斯嗎？

大衛森往後一靠，顯然已經跟我談完了的模樣。我也一樣。「妳的要求就當已經批准了吧。」他說：「我們無論如何得先回一趟皮蒙特這件事，就當作是算妳好運，否則我可不見得會這麼樂意去接回這麼大一群姓巴蘿的。」

他差點就眨眼了。

我也差點微笑了。

回營區半途上，我發現在這碉堡城裡，有人在跟蹤我。緊跟在後的腳步聲，在這蜿蜒的街道上顯得敏捷而平穩。日光燈照出兩個人影，我和別人的影子。我繃緊神經，保持警覺，但不是恐懼。科芬昂滿是我們同盟的士兵，要是有人笨到想在這裡傷害我，我很歡迎。我可以保護得了自己，電流在我的肌膚底下流動，我隨時可以出手，隨時可以發動攻擊。

我一個急停轉身，想讓跟蹤的人措手不及，結果沒效。

伊凡喬琳平穩地停下腳步，早有預期的模樣。她盤起雙臂，挑起一道完美的深色眉毛。她的身上還穿著那套華麗的盔甲，那種比較適合穿到國王的宮廷上而非深入戰場的盔甲。不過她倒是沒戴頭冠。她以前很喜歡沒事就把各種能拿得到手的金屬編造成頭冠和頭飾，但是現在真的有這身分可以佩戴的時候，她的頭上卻是空的。

「我跟著妳去了兩個地方，巴蘿。」她往後撇頭說：「我以為妳以前好歹是個小偷？」

稍早讓我笑個不停的感覺又浮現了，我忍不住噗哧一聲露出一抹冷笑。她的攻擊如此熟悉，而此刻熟悉的事物都是一種安慰。「一點也沒變啊，伊凡喬琳。」

她的笑容一閃而逝，快得跟刀一樣，「當然沒變，已經是完美的事物，又何必去改動它呢？」

「那請別讓我耽誤妳完美的人生了，殿下。」我對她說。臉上的冷笑還在，我退到一邊去，把路讓給她。伊凡喬琳．薩摩斯可不是來找我互相羞辱的，她今天在會議廳的行為讓她的動機一覽無遺。

她眨眨眼，那股魄力稍微融逝了一點點。「梅兒。」她的口氣放輕了，是懇求，但是她的自尊不讓她做出幾乎是懇求的行為。該死的銀血人骨氣，讓她不知道怎麼低頭。沒人教過她這種事，也不會有任何人准許她嘗試這麼做。

即便我倆之間的過節，我心裡仍感到一絲同情。伊凡喬琳是在銀血人的宮廷中長大的，天生詭計多端、事事好勝，教得她火力全開地保護自己的心思。但她的面具離完美還很遠，特別是跟馬凡相比的情況下。研究馬凡陰沉的眼眸幾個月之後，伊凡喬琳的思緒就像攤在大太陽下一樣清楚。她散發著一股痛，一種渴望，她露出那種被關在牢籠裡不得逃脫的掠食者的模樣。我心裡有一部分想任她這樣受困，讓她了解她過去想要過的生活是什麼模樣。我想相信自己沒那麼殘酷，而我不笨，伊凡喬琳．薩摩斯會是個強大的盟友，如果我得讓她如願才能買通她，那就是我該付出的代價。

「如果妳是想要我同情妳，我看妳還是繼續走吧。」我喃喃道，再次往空曠的路上揮揮手。無用的威脅，但她仍被激怒了，一雙原本就漆黑的雙眸變得更深沉。譏笑發揮了作用，把她逼到絕境，逼她開口。

「我一點都不需要妳的同情。」伊凡喬琳翻臉說道，盔甲邊緣的尖針隨著她的怒火變得更銳利，「我也知道我不值得妳同情。」

「的確如此。」我冷笑道：「那妳是需要幫忙嗎？想要有個理由不要跟我們其他快樂夥伴一起去蒙特福特？」

伊凡喬琳的臉扭曲成另一抹帶刺的微笑，「我沒笨到來欠妳人情。不是，我是要來提出交易的。」

我的表情維持不動，凝視著她的雙眼，換上了一點大衛森那種深不可測的空白神情。「我也是這樣想。」

「很高興知道妳不是別人想的那麼遲鈍。」

「妳有什麼條件？」我問道，想加速這整個過程。我們就要啟程前往蒙特福特了，就是明天，我沒空在那裡唇槍舌劍、你來我往。「妳想要什麼？」

話到她嘴邊像是哽住了一樣，她緊咬著嘴唇，紫色唇膏脫落了一小塊。在科芬昂明亮的街燈底下，她的妝容顯得很強烈，宛若戰時的彩繪，其實應該也可以視為就是戰時彩繪。她顴骨下方的紫色陰影為的是凸顯五官，使其看起來銳利無比，可是此刻在黑夜中看起來卻是一臉病容，就連肌膚上為了讓她月色般的臉色更加平滑的白色亮粉，現在也有了瑕疵。是淚痕。她想藏，可是證據就在眼前。不平均的色澤，一抹睫毛上的黑色塗料還是留下了痕跡。她高牆般的美貌和殺傷力，出現了深深的裂痕。

「說來簡單，對吧？」我自問自答，往前走近一步，她則微微露出縮身的反應。「過了這麼久，進行了這麼多詭計，妳得到泰比瑞斯了，得到第三次嫁給克羅爾國王的機會，成為諾他王國的王后，達成所有努力想換得的目標。」

她的喉頭顫動，可能是把嗆人的話給嚥了下去。我們的確沒有太多文明對待彼此的機會。

「而妳現在想退出。」我悄聲說：「妳不想成為自己命中注定該成為的那個人。為什麼突然有這樣的轉變？為什麼要拋棄過去那麼想要的成果？」

她再也控制不住自己，「我不需要對妳解釋任何原因。」

「妳的原因可以由有著一頭紅髮、叫伊蓮・海芬的人來回答。」

伊凡喬琳身子一繃，握緊拳頭，盔甲上的鱗片被突如其來的情緒牽動，全都蓄勢待發。

「不准談她。」她怒斥道，揭露了她的弱點，成了我們可以輕易利用的槓桿。

她走近我。伊凡喬琳比我高了好幾吋，她可沒浪費這小小的優勢。只見她雙手扠腰，怒目相視，在市區的街燈下抬頭挺胸，我整個人被她的影子包圍。

我抬頭對她眨眨眼，歪著頭，「所以妳想回她身邊。然後怎麼樣？妳以為我可以阻止泰比瑞斯娶妳嗎？」

「不要自以為是了。」她翻白眼回答道：「妳很能讓克羅爾國王分神沒錯，但是我沒有幻想症。卡爾不會解除婚約的，這種事馬凡比較可能，妳也的確影響了他做出把我拋棄的決定。」

「說得好像妳真的會嫁給馬凡一樣。」我緩緩對伊凡喬琳說。還在馬凡的宮廷時，我目睹的事比她發覺得更多。她家族門脈的反應有點太恰到好處，可見歧異王國的計畫早在我影響馬凡之前就開始了。

伊凡喬琳聳聳肩。「亞樂拉死後，我本來就不會成為他的皇后。抱歉，應該說是妳殺了她以後。」她很快地說道：「至少她還控制得了他，讓他維持在狀況內。現在我不認為有任何人能做到這點，連妳也無法了。」

我點頭表示同意。馬凡．克羅爾已經徹底失控了。

而我也不是沒有嘗試過。回憶湧現，我的喉嚨嚐到膽汁的滋味。那時的我企圖控制這個少年國王，為了我自己而控制他的軟弱。然而馬凡後來把薩摩斯門脈拿去換取和平，換取湖居者的支持，換了一位可能比伊凡喬琳加倍致命、加倍狡詐的公主。遇上沉默寡言、工於心計的寧夫斯人艾芮絲．席格內特，不知道馬凡是否覺得棋逢敵手？

我試著想像他的模樣，想像他離開科芬昂、逃往湖居地。黑紅相間的制服襯著蒼白的臉龐，藍色雙眸燃燒著無聲的怒火。撤離到一個陌生的國度、陌生的宮廷，沒了靜默岩的保護。沒帶什麼能見人的東西，只有湖居地國王的遺體。想到他失敗得這麼慘痛，我不禁感到一絲安慰。也許湖居地的王后會直接殺掉他，懲罰他在圍城時白白犧牲她丈夫的性命。

我有機會的時候沒能把馬凡淹死，也許她會這麼做。

「妳也不能控制卡爾，或者說，我想要的目的妳完全做不到。」伊凡喬琳繼續說道，她的字字句句就像扭轉的刀鋒。「只要皇冠還在天平上，他就不會為了妳而冷落我。我很抱歉，巴蘿，他不是會放棄的那種人。」

「我知道他是什麼樣的人。」我冷言回道。雖然她的攻擊刀刀見骨，我的攻勢也不遑多讓。若我的人生會繼續這樣下去，不論做什麼都會導致這個傷口被挖開，那我大概再也沒有康復的一天了。

「他已經做了選擇。」她說。此話的目的除了懲罰我，也是把事實點破。「等他贏回諾他王國，他也一定會贏，我就會嫁給他，強化盟友關係，確保歧異王國會存活，讓沃羅．薩摩斯和他的鋼鐵之王能繼續傳承下去。」伊凡喬琳的視線望向黑暗的街道。十碼外，巡邏警衛走過鄰近的街道，他們的聲音很低，腳步聲也是。從鐵鏽色的制服看來，是赤紅衛隊。他們的制服多是從諾他王國的紅色制服改成的，徽章已經被扯下。不知道伊凡喬琳有沒有注意到？她凝視著前方，思考著遠處的某事。從她緊咬的下巴線條看來，是某件她一點都不喜歡的事。

「那妳要是不嫁給他呢？」我問道，把她的注意力喚回。

這是最簡單、直接的問題了，但只見她滿臉通白，被這建議弄得很困惑的模樣。她睜大了雙眼，驚訝地張著嘴。「不可能啊，」她冷笑，「根本躲不掉，要也得跑到特萊克斯或席朗或任何我父親無法攻打的地方。」想到這個念頭，她鬱鬱地笑了幾聲。「就算是那麼做也沒有用，不論我在哪裡，他都會找到我，把我拖回來，利用我去做他一開始打算做的事。我唯一看見的方法、我唯一的機會，很簡單。」

當然了，伊凡喬琳。

我們的目標是一樣的，雖然動機不同。我讓她繼續說下去，等著她端出我想聽的話，讓她以為這一切都是她一個人的想法，會比較容易一點。

「如果卡爾失敗，這婚約就不存在了。」伊凡喬琳的視線射穿我，一個字一個字說得艱難。這是一種背叛，背叛家族，背叛她的代表色，背叛她父親，背叛自己的血統。這番話在她身上砍下的傷口深可見骨。「若他不是諾他國王，我父親就不會把我浪費在他身上。如果他輸了這場皇冠之戰，若我們輸了，父親會忙著保住自己的王座，沒空盤算把我賣給別人的事，至少不會把我賣到遠方。」

不會遠離伊蓮。她的意思很清楚了。

「妳是要我阻止卡爾贏回自己的王國？」

她冷笑，後退一步。「妳在銀血人的宮廷上學了不少，梅兒．巴蘿。妳比外表看起來聰明，我再也不會小看妳，妳最好也別小看我。」她一邊說話的同時，盔甲開始震動，沿著手腳開始變形、重整。鱗片開始縮小、移動，像是受到她母親控制的蟲子，每一片都是閃閃發亮的黑銀光點。她重新把盔甲組合成一套比較結實、比較沒那麼富麗堂皇的裝扮，是一套真正的盔甲，穿上戰場是它唯一的用途。「我說我要妳去阻止卡爾，指的是妳的小圈圈。雖然我不知道蒙特福特和赤紅衛隊到底是多『小』，畢竟若非有重要的利害關係，他們不可能真心去替另一個銀血王國撐腰。」

「啊。」我的心一沉。亮牌了，然而這牌我寧可藏好。

「是的，不必找政治天才也知道紅血人和銀血人結盟，一定會出現背叛事件。我相信所有領導人都知道不要相信彼此。」她轉身準備離開我的時候，眼光一閃。「除了一位充滿抱負的國王以外。」她回頭補充道。

這我太清楚了。泰比瑞斯就跟新生的小狗一樣容易相信他人，容易被他愛的人牽著走。我、他奶奶，最有影響力的還有他死去的父親。他是為了那個男人去追逐皇冠，為了服從那還沒被斷開的連結。雖然他的信心、勇氣和頑強的專注力讓他能保持堅強，但是除了戰場，他對一切都陷入了盲目之中。他能預期敵方從何而來，卻無法針對人事計謀。他不肯去看，或說看不見環繞在他身邊的心機和算計。以前的他就沒辦法，現在的他也一樣。

「他跟馬凡真的不一樣。」我喃喃自語。

但我仍聽見伊凡喬琳的聲音在科芬昂的石牆間迴盪。

「真的不一樣。」她回道。

我在她的聲音裡聽見了跟我一樣的感受。解脫，還有悔恨。

4 艾芮絲

水波打在我赤裸的腳踝，如此清新醒腦。日出之前溫度很低，但是我幾乎不覺得冷，這種感覺讓我找到一種庇護感。我對這片水域的熟悉程度不下於我對自己面容的熟悉程度。我感覺得到遠超過腳板的範圍，從河流流入水灣、水灣湧入湖區，最輕柔的水流脈動、最微小的漣漪。晨曦的光線照在平滑的水面上，鏡面般地映照出淡藍色和玫瑰粉的景致隨水流流轉。這樣的平靜讓我忘了我是誰，不過只維持了片刻。我是艾芮絲．席格內特，天生的公主、後天的王后。我沒有餘裕可以忘記任何事，不論我有多想都一樣。

我們一起等待，我的母親、姊妹和我，注意力全都集中在南邊的地平線上。濃霧低低的，籠罩狹窄的澄澈灣灣口，遮住了布滿哨站塔台的半島以及前方的伊瑞斯湖。幾座塔台的光線在霧裡閃爍，像是低垂的星星。隨著霧氣被湖面拂來的風吹動，越來越多塔台出現在視線之中。高聳的石頭建築，在數百年來被修建重整了百來次，這些塔台見過的戰爭和殘骸，就連歷史學家都數不清。光線搖曳，都快黎明了，燈光數顯得太多，但這些燈塔是終日發光的，火炬持續燃燒，電力讓燈光不滅。塔台上在微風中飄動的旗幟不同於平日的湖居地旗幟，每座塔上高掛的是鈷藍色底與黑色條紋的旗。這是為了向在科芬昂喪命的眾多死者致敬，展現哀悼之情。

向我們的國王道別。

我已經流過淚，昨晚哭了幾個小時，雙眼早該乾涸，但眼淚還是流了下來。我姊姊緹歐拉就控制得比較好，她抬著下巴，加冕王冠在她眉上閃爍。那頂王冠是由深藍寶石和黑玉編織而成的，低低地橫跨她的額間。雖然我現在是皇后了，但我的后冠比較簡單，基本上就是一道藍鑽，中間穿插著象徵諾他王國的紅寶石。

我倆的肌膚一樣是冷銅色的，面容一樣有著高顴骨和高聳的眉峰，但是她那雙深紅木色的雙眸是遺傳自母親，我則是有父親的灰眼睛。緹歐拉二十三歲，比我大四歲，也是湖居地的王位繼承人。我以前常說她天生就冷酷又沉默，最受不了哭，沒有笑的能力。身為母親的接班人，她嚴肅的天性恰如其分。她比我更懂得控制情緒，我只能盡力像湖水般靜止不動。緹歐拉的視線凝視前方，挺直了背脊，即便喪禮都影響不了她的霸氣。然而即便天性堅忍，她也一樣為逝去的父親落淚。她的淚水比較不明顯，只快速地滴落到腳邊流動的水灣裡。她跟家族其他人一樣是寧夫斯人，利用自己的能力把淚水揮走，不留任何痕跡。若我有那力氣，我也會做一樣的事，可是現在的我已喚不出任何氣力。

母親森菈，湖居地的統治者皇后可不一樣。

她的淚水飄浮在空中，水晶般的淚珠聚集成雲霧，接住了慢慢露出的晨曦。隨著淚珠一顆顆飄出，雲霧漸漸變得越來越寬闊，偶爾閃耀著光芒，讓她金棕色的肌膚上掛著淡淡的虹霓。這是她破碎的心生出的鑽石。

她站在我們前方，水深及膝，喪服在身後漂動。母親與緹歐拉和我一樣，身穿黑色為底、綴以我們的代表色皇室藍的服飾。衣物是由薄薄的絲綢經過精密做工製成，但完全沒有身形線條，就這樣像是無心穿戴一樣地披掛在她身上。緹歐拉顧及了我倆的穿著打扮需符合喪禮禮節，挑選成套的珠寶和長袍，母親卻沒這麼做。她看起來很樸素，沒有編理的髮絲像是烏鴉與風暴交織成的光滑瀑布。身上沒有手環、沒有耳環、沒有皇冠。一位傷慟的皇后。這樣已經夠了。我多想去拉住她的裙角，像小時候那樣。我可以永遠拉著她不放手，再也不離開家，再也不回到那個環繞一位已經崩潰的國王的那座分崩離析的宮廷。

一想起我的丈夫，只讓我覺得心裡發寒，也覺得心意堅決。

淚水在我的雙頰上乾涸。

馬凡・克羅爾是個把玩大槍的孩子，究竟他懂不懂得用槍？那只能拭目以待。但我心裡已經想好了目標，想好了我要舉槍的對象。當然，就是那個殺了我父王的銀血人，一個依蘿王爵。是他劃開我父王的喉嚨，跟無恥的鼠輩一樣從背後攻擊他。但是依蘿擁戴的是另一個國王，薩摩斯。沃羅。另一個完全沒有榮譽或尊嚴可言的傢伙，為了可悲的皇冠發動叛變，只為了自稱是一小塊不足為奇的角落的首領。而他並不孤單，還有其他諾他王國的門脈站在他那邊，準備以另一個克羅爾家的兄長取代馬凡，也就是被放逐的那一個。我父王去世前，馬凡突然被罷黜或喪命我都不會在乎，只要諾他王國與湖居地維持和平，對我來說有什麼分別？但是現在可不一樣了。歐雷克・席格內特已經不在，我父親是因為像沃羅・薩摩斯和泰比瑞斯・克羅爾這樣的人喪命。我願意不計代價把他們抓來用我的怒火溺斃。

不計代價。

船隊穿透霧氣，悄悄前進。三艘船隻的模樣很熟悉，船槳都漆成銀色與藍色，每艘船都只有一層甲板。曦船不是為戰爭打造的，這種船的設計講求的是速度、寂靜，以及強大的寧夫斯人的意志力。船體特別打造了溝槽，以迎向像現在的強勁水流。

派船是我的主意。想到父親的遺體被長長的船隊大老遠從莫爾拖回來，也就是諾他人說的丘克，一路上他得經過好幾個城鎮，他去世的消息會搶在陰森的隊伍前方先傳出去。不，我要他回家，讓我們能先道別。

這樣我才不會失控。

席格內特這邊的堂表親穿著寧夫斯人的藍色服飾，聚集在領頭曦船的甲板上。哀傷之情籠罩他們陰暗的面孔，每個人都跟我們一樣在哀悼。父親在家族之中很受景仰愛戴，即便他來自一個沒有那麼顯赫的家族也一樣。母親是皇室血統，是一支歷史悠久、堅不可摧的君王家系的後代，因此她被禁止跨出國境，除非情況迫切需要。緹歐拉也完全不能離開國內，就算在戰時也一樣，以此保護繼承人的安全。

至少她們永遠不會跟爸遭遇同樣的命運，命喪戰場。也不會跟我一樣，在遠離故鄉的地方度過餘生。

在一片深藍色制服當中，我丈夫的身影並不難找。他身邊有四名哨兵人，火焰般的長袍已換成戰略裝備，但頭上仍戴著鑲有深色寶石的面罩，既美麗又陰森。馬凡一如往常一身漆黑，雖然沒有勳章、皇冠或家徽，仍然非常顯眼。沒有哪個君王會笨到在踏上戰場時把那些讓自己成為標靶的東西穿戴上身，雖然我不認為他會加入戰事就是了。馬凡不是戰士，至少不是戰場上的那一種。站在他和我的士兵身邊，他顯得好嬌小、好軟弱。我們第一次見面的時候，在戰場上隔著大帳篷四目相接時，我就這樣想了，但他仍懂得善用自己的外表、利用那些對他的猜想。這招在他的國家有用，那些人對他的謊言照單全收，相信他的無辜。他的宮廷外的紅血人和銀血人死心塌地地相信他哥哥的傳言，那個完美王子被間諜誘惑，最後犯下謀殺罪的故事。精采的故事，一則勁爆的八卦，讓人民可以不斷討論。加上馬凡終結我國與諾他的戰爭，讓馬凡變得更吸引人。這結果讓他的狀況很尷尬。他是個受到人民擁戴的國王，但是與他最親近的人則否。仍緊抓著他褲腳的那些貴族不算，他們之所以會留下來，只是因為他們需要他保住現在搖搖欲墜的王國。

而我雖然百般不想承認，他們留下來也是因為馬凡很擅長面對宮廷上的爾虞我詐。他讓這些貴族維持一個良好的平衡，玩弄各家門脈，同時還伸展鐵血手腕，掌控整個國家。

諾他王國的皇室宮廷就是個毒蛇之窟，現在的程度更勝過往，不過，馬凡的手段在我身上永遠不會管用就是了。我很清楚不能小看他，特別是現在，在他的執著顯得控制了一切的時候。他的思緒就跟他的國家一樣四分五裂，讓他變得更加危險。

第一艘船漂近岸邊，因為吃水很淺，船只能停在母親前方僅幾碼處。寧夫斯人先下船，跳進水中。湖水在他們腳邊往四周流去，堂親們得以走在乾燥的湖床上。不過這不是為了他們自己，而是為了馬凡。

他的腳步緊跟在後，盡快跳下船好走在乾地上。像他這樣的控火者對水可沒有好感，只見他雙眼猜疑地盯著沿路的水牆。他帶著哨兵人走過我身邊，我沒有預期他會對我表現任何同情的態度，而他的確也沒有這麼做，甚至連一個瞥眼也沒有。以一個被稱為北方火焰的人來說，他的心腸真的是冰凍三尺。

席格內特家族的堂親仍站在船身旁，隨後便放開了對水的控制。潮水湧動回流，像是抬起頭的野獸，或是伸手擁抱孩子的家長。

士兵們從甲板上搬起一塊板子，熟悉的景象映入眼簾。

我不是嬰兒，我早見過屍體。我的國家打了超過一世紀的仗，身為小女兒、次女，我能自由地在戰線上進出。我從小沒有學習統治，而是接受打仗的訓練。只要姊姊需要，我必須像父親對母親的支援那樣支援她。

緹歐拉罕見地壓抑著一聲哽咽。我牽起她的手。

「小緹，要跟湖面一樣平靜。」我悄聲對她說。她捏捏我的手回應，五官緊繃，形成空白的面具。

席格內特家的寧夫斯人舉起雙臂，水面像鏡子一樣反射他們的動作，往上湧起。士兵們緩緩地放低板子，遺體上只蓋著一張薄薄的白幛。板子漂在水面上，輕輕地下了船。

母親往前走了幾步，往水灣走去，直到水面淹過她的手腕才停下腳步，我瞥見她轉動的手指。父親的遺體在水面上往母親漂去，宛若有線控制一樣。堂親們走在國王身邊，即便國王已經去世，也一樣護衛他的左右，其中兩人在哭泣。

她碰到白幛的時候，我只能強忍著不要閉上雙眼。我想要記住父親的樣子，不想在看見他的遺體後影響所有的回憶。但是這麼做的話，我總有一天會後悔。我緩慢呼吸，專心保持冷靜。水波在我的腳踝邊流轉，輕輕漩動的水流就像我翻攪的胃。我把注意力放在水流上，心思跟著慢慢的漣漪走，以免最沉痛的哀傷不小心漫出來。我緊咬著牙關，下巴高抬。眼淚還沒回來。

他的臉好奇怪，血色跟著生命力一起流光了。平滑的棕色肌膚即便都這個年紀了還是沒有皺紋，但現在有一種蒼白的褪色感，病態的面色。我多希望他只是生病，不是死去。母親把雙手放在他的臉頰兩側，低頭用一種我無法承受的力量凝視，淚水仍像閃亮亮的昆蟲般成群環繞。過了好一會兒，她輕吻他緊閉的雙眼，手指拂過他鋼鐵般灰白的髮絲，然後她雙手攏成碗狀，舉在他的臉龐上方。只見淚水聚集，流入她的指間，最後，她放開了淚珠。

我以為他會身子一縮。但父親沒有動，他再也不會動了。

緹歐拉跟著母親，用她的手掬起湖灣的水，輕輕放在父親臉上。她停了一下，端詳他。因為身分的關係，她向來與母親比較親，但這沒有讓她比較不痛苦。她的冷靜神情出現波動，很快轉過身，舉起手掩著臉。

我走過水間，覺得整個世界都縮小了，我的手腳發軟，不受控制。母親傾身向前，一手抓著白幛蓋住他身軀其他部分。隔著父親，她望向我，神情靜止而空洞。我認得那表情。每當我需要掩飾洶湧的情緒時，我也是用這張臉來包覆。婚禮當天我就是這個樣子，可是我當時隱藏的是恐懼，不是痛楚。

不是像這樣。

我學著緹歐拉的行為，將水倒在父親的面容上。水珠從他的鷹鉤鼻流到顴骨，在後腦勺的髮絲間聚集。我輕撥開一縷灰髮，突然希望能剪下一綹收藏。我在雅啟恩有一座小廟——其實比較像神殿——放滿了蠟燭和老舊的無名神像。雖然擁擠，但皇宮裡就這個小空間能讓我感覺到自我。我多想把他留在那兒陪我。

但這是不可能實現的願望。

我後退之後，母親再次向前。她把雙手放在木板上，手心平貼著木板。緹歐拉和我跟著照做。我從沒這麼做過，而且我希望自己不需要這麼做，但這就像神旨一樣，回歸，這是命令。回歸到原本的自我，回歸到自己的能力。綠衛者以土葬，史東斯金人要用大理石和花崗岩做棺木，水葬寧夫斯人。

若馬凡死時我還活著，我會獲准去放火燒他的遺體嗎？

我們用力一推，用雙手的力氣和能力把木板壓低。利用身上的肌肉和我們製造出來的水流讓遺體下沉。即便在陰影中，水的折射仍讓他的面容失真。晨曦在我左邊探出，太陽從低矮的山丘後方升起。光線照在水面上，讓我一時間什麼都看不到。

我閉上眼睛，回憶父親生前的模樣。

而他則回到了水的懷抱。

德創恩充滿交織的運河水道，位於澄澈灣西側，由寧夫斯人一手打造的城市。以前位於這地方的古老城市在千年前遭洪水沖走，早已不復存在，下游處則仍有廣大面積的殘骸堆積，塞滿其他時代的毀壞遺物。直至今日，鐵鏽仍令土地呈現紅色，磁能者也仍像農夫收割稻穀般採收那些金屬。水位退去以後，這個地方依然是建立都城的完美地點，位居伊瑞斯湖畔，只要穿過一小段水灣，便可輕易往返尼朗湖以及其後方的大小湖泊。從德創恩穿過許多天然形成及寧夫斯人鑿建的水道，就可以快速抵達整個國度的各個角落，遠從北邊的哈德到西邊沿著長河劃下、爭議未歇的國界，到南邊的歐海斯。寧夫斯王爵都無法抗拒這個地方，所以我們就留在此地，從水中吸取力量、接受保護。

水道的分界很清楚，以中央廟宇為準，將整個城市劃分為四塊。大多數紅血人都住在東南邊，距離美好的水域最遠，而皇宮及貴族則位於湖岸邊，俯瞰受到大家喜愛的水景。人稱漩渦區的地方，就位於東北邊，富裕的紅血人和地位較不重要的銀血人在這裡相安無事。這裡主要是做生意的地方，生意人、低階官員和士兵，還有在貴族區念書的窮大學生，此外還有有水準、受需要的紅血人。專業人員，通常會是獨立身分。財產足夠或是夠重要的僕傭之輩，往往住在銀血人的家裡，不是自己的房子。都市治理不是我的強項，留給緹歐拉來做就好，但我還是盡量想讓自己對這類事物保持熟悉。就算無聊，我最起碼還是得了解一些。無知是我不想要背負的重擔。

今天我們沒有走水道，因為皇宮離水灣距離很近。*很好*，我心想，一邊享受熟悉的散步過程。拱門跨越寶石綠與金色交織的貴族區城牆，線條如此流暢、滑順，一定是銀血人的作品。我閉眼都能細數的家系樓宅從牆緣冒出頭來，窗戶敞開迎接早晨，代表色彩在風中驕傲地飄動。血紅色屬於雷納迪一系，翠玉色是強大無畏、古老的席艾爾家系——我在心裡一一唸出他們的名字。他們的子女為我們的新友邦出戰。*多少人跟父親一起死去？有多少是我認識的人？*

今天似乎是好天氣，太陽從只有稀疏雲朵的天空升起。伊瑞斯湖上吹來的微風徐徐，輕輕梳過我的髮絲。我以為會聞到腐敗、毀壞、戰敗的氣味從東方傳來，但我只聞到湖水的氣息，那是潮濕、夏日的綠意。沒有任何軍隊瘸行而來的景象，他們的鮮血噴灑在科芬昂的城牆上。

護衛隊在我們身邊排開，眼神銳利的湖居地士兵與馬凡的分隊合作。他的貴族大多還跟軍隊在一起，盡可能加速移動中，而他仍保有哨兵人守衛。他們靠得很近，馬凡手下兩名高階將軍也是，這兩人各自有自己的手下和護衛。葛雷科門脈的將軍已經一頭銀髮，纖瘦身材掩飾了她身為史壯亞姆人的身分，不過肩膀上搶眼的黃藍色家徽可不容錯看。緹歐拉早已要我熟記諾他王國的每個重要家系，他們說的門脈，直到我對他們如自家一樣熟稔為止。另一個將軍，麥肯朵斯將軍——藍與灰——他年紀很輕，有淺褐色的頭髮、緊張的雙眼。做這個職位他還太年輕了，我猜他剛上任，來接任剛死去的親戚的位置。

算馬凡聰明，知道要在母親的國度表現對她的尊重，走在她身後幾步距離處。我則照規矩保持一樣的速度，走在他身邊。我們不碰彼此，連無害的勾手臂或牽手都沒有。這是他的規則，不是我的。他不肯碰我，從他讓梅兒·巴蘿從手中溜走那天之後就沒有了。我們最後一次碰到彼此，是在風暴增長下的一個冷冷的吻。

關於這點，我在心裡暗自慶幸。我知道身為銀血人、身為皇后、身為兩國間的橋梁有什麼責任，這也是他的責任，我倆都該承擔。但是如果他沒在子嗣這件事上施壓，我當然也不打算這麼做。主要是我才十九歲，年紀考量上，我的時間還很充足。另外則是若馬凡失敗了，若他哥哥贏回皇冠，我便沒有留下來的理由了。沒有孩子，我就能自由返家；若沒有必要，我不希望留下任何離不開諾他王國的理由。

我們的長袍拖地，在與水際相連的路面上留下潮濕的痕跡。白色石磚反射陽光，我的視線四處張望，將家鄉都城的夏日景致盡收眼底。真希望能像以往一樣停下腳步，爬上把大道和水灣分隔開來的低牆，閒散地練習我的能力，或是找緹歐拉來進行個無傷大雅的小競賽。但是現在沒有時間，也沒有機會了。我不知道我們會待多久，或有多少時間可以跟存活的家人相聚，我只能盡量抓住零碎的時光，把一切記在心底，像我背上刻印的洶湧水浪一樣，烙印在腦海中。

「我是百年來第一個涉足此地的諾他國王。」

馬凡的音量很低，口氣冰冷，像初春時突然又返轉的寒流。在他的宮廷裡待了這麼多個禮拜之後，我已學會判讀他的情緒，像研究他的國家那樣地研究他。諾他國王不是什麼善人，雖然讓我保命對兩國聯盟這件事十分重要，但我感覺舒不舒適可能不在他的考量範圍。我盡量讓自己討他歡喜，直至目前看來還不算難。他沒有虧待我，事實上，他對我根本沒有特殊之處，不過在蜿蜒的蒼火宮要避開他的確需要一點努力。

「若我沒記錯的話，應該已經超過一百年。」我掩飾對於他突然對我說話的驚訝，回答道：「泰比瑞斯二世是最後一個進行國際參訪的克羅爾國王，那是在你的祖先和我的祖先開戰之前的事了。」

聽到那名字，他咬牙切齒。泰比瑞斯。手足間這種恨意對我來說並不陌生。我羨慕緹歐拉很多事，但我從沒有經歷過像馬凡對那被放逐的哥哥這種深厚又全方面的嫉妒情緒。那情緒深達骨子裡，每次我提到他，就算是在公開場合，都像是直接拿刀捅他一樣刺激他。我猜那祖傳的名字又是另一個讓他心生覬覦的東西，另一個真正的國王才有的記號，而他再次不可能得到。

也許這就是為什麼他這麼執著於占有梅兒．巴蘿。故事傳言聽起來可信度挺高的，我自己也眼見為憑。她不只是一個強而有力的新血脈，擁有類似我們能力的奇怪紅血人，除此之外，被放逐的王子還愛著她，一個紅血女孩。見過她以後，我算是可以理解原因，因為即便被監禁，她仍不放棄反抗，一直堅持不休。她是一幅我樂於拼整的拼圖，而顯然她也是克羅爾兄弟倆想要爭奪的獎盃。雖然沒有什麼東西比得上皇冠，但仍有其他事物能帶來嫉妒，讓兄弟倆跟兩隻搶奪一根骨頭的狗一樣爭吵打鬥。

「陛下，如果您有興趣，我可以安排一趟都城的導覽。」我繼續說道。雖然在不必要的情況下與馬凡多花時間相處並非好事，但這麼做代表能在市區裡多待一會兒。「城裡的大小廟宇都整建過了，您的蒞臨一定能讓神祇感到榮幸。」

雖然拍馬屁對貴族和朝臣有用，但對他卻無效。他一撇嘴，「我想把注意力放在真的存在的東西上，艾芮絲，比如那場我們都想贏的戰爭。」

隨你便。我用冷靜的漠然態度，把這句話壓了下去。這些無神論者不是我的問題，我無法讓他們張開雙眼，而這也不是我的工作。等他死後進入自己一手造成的地獄，見到神祇後，就會知道自己之前錯得多離譜。他們會永遠讓他被水淹沒，這就是控火者死後的懲罰，跟我的詛咒是火焰一樣。

「當然。」我輕輕低頭，感覺到冰冷的珠寶貼著我的眉心。「軍隊到了以後會到湖區堡壘療傷及整頓隊伍，我們應該去那裡跟他們會面。」

他點點頭，「我們該去那裡。」

「還有皮蒙特的事要考慮。」我說。追隨巴拉肯王子的貴族前往諾他王國求救時，我人不在諾他王國，當時我們兩國還在戰爭中，但是傳來的情報很清楚。

馬凡的臉頰肌肉抽動。「巴拉肯王子不會攻打蒙特福特，特別是那些混帳挾持他的孩子當人質的時候。」他講話的樣子好像我是什麼傻瓜一樣。

我控制著脾氣，輕輕點頭。「當然。」我回答：「可是會不會有人秘密結盟呢？蒙特福特會失去南邊的基地，巴拉肯王子有的資源都切讓給對方，他們也會多一個強力的敵手，多一個銀血國度要打。」

他踏在走道上，腳步聲迴盪，清楚、平穩。等著他的答覆時，我聽著他的呼吸，吐氣時的嘆息，緩慢的嗡嗡聲。雖然我們幾乎一樣高，我也至少跟他一樣重，但在馬凡身邊的我還是覺得自己很渺小，渺小又脆弱，像是一隻與貓結盟的鳥。我不喜歡這種感覺。

「企圖救出巴拉肯的孩子可能會讓我們白忙一場。我們不知道他們在哪、被看守得多嚴密。就我們所知，他們搞不好人在這塊大陸的另一頭也說不定，或是已經死了。」馬凡低聲說道：「我們的重點應該放在我哥身上。等除掉他以後，他們就沒有靠山了。」

我努力掩飾失望之情，但是雙肩還是情不自禁地一垂。我們需要皮蒙特，我很清楚。把他們留給蒙特福特是個錯誤，這種失誤可能會導致我們喪命亡國，所以我再試了一次。

「巴拉肯王子現在分身乏術，他無法親自去拯救孩子，就算他知道他們在哪也一樣。」我壓低音量喃喃說道：「失敗的風險太大了。但也許有其他人可以替他出馬。」

「妳是在毛遂自薦嗎？艾芮絲。」他猛一問，眼神從鼻尖往下望向我。

這種愚蠢的想法令我神色一繃，「我是皇后，還是公主身分，可不是玩你丟我撿的狗。」

「親愛的，妳當然不是狗。」馬凡從頭到尾都沒停下大步向前的腳步，用一種嘲諷的口吻說：「狗是很聽話的。」

我沒有退縮，無視這番毫無掩飾的羞辱，嘆口氣說：「我想你說得對，國王陛下。」我的最後一張牌是張好牌。「畢竟你對於挾持人犯這件事早有經驗。」

溫度瞬間在我身邊升高，明顯得讓我立刻冒出汗珠。讓馬凡想起梅兒——以及他如何失去她——可以輕易點燃他的怒火。

「要是真找得到那些孩子的位置，」他怒目說道：「也許可以做點安排。」

我頂多能把這個克羅爾國王逼到這裡了。我決定這次對話算是成功了。

牆面從拋光的金色與寶石綠油漆轉變為閃亮的大理石，代表貴族區的終點，進入了皇室宮殿的範圍。沿路仍有拱門點綴，但這裡的拱門有閘門和守衛，每座拱門前各有一位身穿嚴肅藍色制服的湖居地士兵。有更多士兵沿著牆邊行走巡邏，當女王經過時，都用懾服的眼光望向她。母親的腳步稍微加快了些，她想快點進入宮裡，擺脫這些窺探的視線。與我們單獨相處。緹歐拉緊跟在後，不是為了離母親近一點，而是為了與馬凡保持距離。他讓她心神不寧，跟大多數人對他的感覺雷同。這與他那雙帶了電的眼眸有關，在年紀這麼輕的人身上看到這種眼神，感覺就是不大對勁，甚至有種刻意的感覺，像是被植入的雙眸。

有他那種母親，大概也不無可能。

若她還活著，絕對進不了德創恩，更別說走在皇室家族咫尺距離處。在湖居地，沒有人信任她那種銀血人，那種會控制思緒的悄語者。這類人在這裡也不存在了，瑟方早已滅絕，這樣也好。至於在諾他王國，我認為莫蘭達斯門脈不久後也會遭逢一樣的結局。自從我踏入蒼火宮到現在，還沒跟任何悄語者說過話。自從馬凡的表哥在我們的婚禮上送命之後，我認為他一定是把他母親那邊剩下的親戚——如果還有活口的話，全都藏起來了。

我們的皇宮，羅耶爾宮，聳立在其所在的廣闊分區之中。皇宮有自己的運河和水道，水會從噴泉和瀑布湧出。有些水道跨過我們的路徑上方，銜接到水灣，其他水道則穿過走道下方而行。冬天的時候，這些河道大多都會結凍，以沒有任何人為力量能做得出來的冰雕來點綴這條路徑。慶典和節日時，廟宇裡的祭司會判讀冰的訊息，藉以與神祇溝通。通常他們說話就像謎語一樣，在地上和湖面上寫下文字，只給受庇佑者觀看，很少人能夠理解。

身為一個控火者國王，不久前還是敵對的身分，就這樣進入湖居地的核心重鎮，其實要有一點勇氣，而馬凡毫不退縮地做到了。也許有些人會認為他本來就不懂得什麼是恐懼，認為他母親可能把他這種軟弱的情緒移除了，但是他們都錯了。我在他的所作所為中看見恐懼，主要都是對自己的哥哥的恐懼；也因為那個叫巴蘿的女孩已經脫離他的控制而恐懼。就跟這世界上其他人一樣，他對於失去權力這件事怕得要死，這就是他來到此地的原因，也是他娶我的原因。他會盡其所能保住皇冠。

如此投入，這是他的最大優點也是他最嚴重的弱點。

我們走近通往水灣那扇富麗堂皇的閘門，此門兩側都有守衛和瀑布守護。守衛們在母親經過時向她鞠躬行禮，連水都隨著她強大的力量為之波動。走近水灣閘門後就是我最喜歡的庭院，裡面空間寬廣、滿是整齊設計的各種藍色花卉。玫瑰花、百合花、繡球花、鬱金香、扶桑花——花瓣的色彩從長春花的淡藍到深靛藍色都有，至少花朵本該是藍色的。但是就跟旗幟一樣，跟我的家人一樣，花朵也在哀悼。

花瓣都成了黑色。

「陛下，請問我是否可以邀請我女兒前往神殿呢？這是我們的傳統。」

這是今天早上我第一次聽見母親開口。她用的是宮廷上的口吻，也是諾他王國的語言，如此一來馬凡就沒有辦法藉口說他聽不懂她的要求。她的口音掌握得比我還好，幾乎不留一點痕跡。森菈·席格內特是個聰明的女子，雙耳精通各種語言，雙眼看外交事宜從不走眼。

她停下腳步觀察馬凡，用一種正常的禮儀姿態轉身面對他。詢問國王問題的時候，背對著對方可不行。就算這個問題是為了我，為了她女兒，一個有自由意識的活人也一樣，我嘴裡嚐到一股苦澀。其實不然，他的位階比妳高，妳現在是他的財產，不屬於她。妳要照他的心意行事。

或者至少在外要這樣表現。

我一點都不想要當一個被綁住手腳的皇后。

感謝老天，馬凡在我母親面前比較沒有表現得對宗教那麼不屑一顧。他露出了勉強的微笑，微微行了個禮。在白髮蒼蒼、眼角有魚尾紋的母親身邊，他顯得更年輕了。嶄新的氣氛，像初生之犢，然而他與外表的形象絕無一處相符。「我們一定要尊重傳統。」他說：「即便在這麼混亂的時刻也一樣，諾他王國和湖居地都不能忘記自己的出身，畢竟到最後，能拯救我們的可能就是我們的傳統了，皇后陛下。」

他說得很好，字字句句像糖漿般甜蜜。

母親露齒一笑，但笑意只停留在嘴邊。「的確是如此。來吧，艾芮絲。」她朝我揮手說。

如果我不控制自己，我一定會牽起她的手用跑的離開。但是我當然明事理，用平緩的腳步走向她。我跟在母親和姊姊身後，穿過黑色花叢、藍色花紋的大堂，進入羅耶爾宮中皇后專屬的神聖殿堂，我的腳步甚至可以說是太慢了些。

與這個帝國的皇室住所相連，這座僻靜的神殿的設計很簡單，就在沙龍和臥房之間，傳統就跟平常生活交織在一起。一座及腰的潺潺噴泉在這座小小的神殿中間冒著泡泡。古老的臉龐，五官都快磨光，模樣既陌生又熟悉，從天花板和牆上低頭往下望。我們的神祇沒有名字，沒有階層，祂們隨機賜予庇佑，沉默寡言，若要降下懲罰，那也是不能預期的。但祂們存在在所有事物之中，時時刻刻都能感應得到其存在。我想著自己最喜歡的神祇，那是一張隱約可辨識出屬於女性的臉龐，雙眼空洞蒼茫，唯一可辨識的是撇嘴的線條，可能是石頭原本就有的裂縫，看起來卻像是露出心照不宣的微笑。祂讓我安心，即便此刻，在父親喪禮的陰影之下也一樣。一切都會沒事的，我想她這麼說。

這空間不像皇宮裡其他的神殿那麼大，比方宮廷祭祀活動時用的那間，也沒有像德創恩市中心的大型神殿那麼美輪美奐，更沒有黃金神壇或鑲了珠寶的天條書籍。我們的神明要讓人知道祂們的存在，除了虔誠相信以外，要的不多。

我把手放在一扇熟悉的窗邊等待。剛升起的陽光柔弱地穿透厚重的鑽石玻璃照射進來，窗格的設計安置得像是旋轉的水流。一直到神殿的門關上，把我們跟神祇鎖在裡面，沒有其他人，我才放鬆下來，吁了口氣。我的雙眼還沒有適應昏暗的光線，母親已經用溫暖的手掌捧起我的雙頰，我忍不住一縮。

「妳不必回去那裡。」母親悄聲說道。

我從沒聽過她懇求，這話聲聽起來好陌生。

我擠出回答：「什麼？」

「拜託，我最親愛的孩子。」她熟練地切換回湖居地的語言，這是我們最深愛的母語。她的眼神變得銳利，在這狹窄的屋子陰影中變得深沉，像是兩口深井，我要是掉進去就再也爬不出來。「沒有妳在那裡撐著，盟國也不會有事的。」

她還沒放開我的臉頰，拇指輕撫著我的顴骨。我停了一會兒，在她眼中我看見希望之情湧現，然後我用力閉上雙眼。慢慢地，把我的雙手放在她的手上，把她的手拉開。

「我們都知道事情不是妳說的那樣。」我逼自己看著母親的臉，對她說。

她牙一咬，態度變得強硬。皇后可不習慣被拒絕，「別跟我說我知不知道什麼事。」

但我現在也是皇后了。

「難道神祇跟妳說不是這樣？」我問她：「妳能替祂們發言嗎？」這是瀆神行為。妳可以在心裡聽見神祇的話語，但是只有祭司可以替祂們傳遞訊息。

即便是湖居地的皇后也一樣要遵守這樣的約束。她感到羞愧，撇開視線望向緹歐拉。姊姊什麼話都沒說，看起來比平時更加嚴肅。真是不容易。

「還是妳是替皇室發言？」我繼續追問，拉開我們之間的距離。母親一定能理解。「這麼做對我們的國家有幫助嗎？」

再次只有沉默。母親不肯回答，她只拿出強硬的態度，在我面前切換成皇室人格。她看起來變得更堅強、更高大了，我差點以為她會就這樣變成石頭。她不會騙妳。

「還是妳是在為自己發聲？母親，為一個哀悼的女子發聲？妳剛失去父親，不想連我也失去……」

「我不否認我想要妳留下來。」她的口氣堅決，我認出這是她擔任統治者的時候的講話口吻，是她在宮廷上裁決時用的語調。「安全，受到保護，遠離像他這種怪物。」

「我能處理得了馬凡，這幾個月來都是這樣，這妳是知道的。」我像她一樣，望向緹歐拉，希望能獲得一些支援。她的神色紋風不動，保持中立的表情。善於觀察、保持沉默、工於心計，這就是準女王該有的樣子。

「喔，妳的信我都讀過了。」母親揮揮手，一副打發的樣子。她的手指一直都是這麼纖細、這麼多皺紋、這麼老嗎？我被眼前的景象嚇了一跳。這麼灰白，看著她踱步，我在心裡沉思。比我記憶中還要多多了。

「妳的官方通訊和秘密報告我都收到了，艾芮絲。」母親說：「兩者我都沒有覺得踏實。現在看到他……」她喘了口氣，思考著。只見皇后走到另一頭的窗邊，手撫著漩渦狀的鑽石玻璃。「那個男孩全身都是利刃，心裡只有空洞，他沒有靈魂。他殺了自己的父親，還想對被放逐的親哥哥做一樣的事。不論他那邪惡的母親做了什麼事，都已經對諾他國王下了詛咒，要受一生折磨。我不想要對妳下一樣的詛咒，我不想要讓妳在他身邊浪費一輩子的時光。他的宮廷吞噬他是早晚的事，不然他也會吞噬那個宮廷。」

我跟母親有一樣的恐懼，但是已經做的決定，後悔沒有意義。大門已經敞開，我已經踏上這條路。「妳要是早點對我說這番話就好了。」我冷冷地說：「那些紅血人攻擊我們的婚禮時，我大可讓他死在那裡，這麼一來父親就會活下來了。」

「對。」母親喃喃說道。她像是研究一幅細緻的畫作一般看著窗戶，藉此不去看自己的女兒。

「可是若他死了……」我壓低嗓音，想辦法讓自己聽起來跟她一樣堅強。像母親，像緹歐拉，像是天生的皇后。我緩慢地移動到母親身邊，把雙手放在她窄小的肩膀上。她向來比我還纖細。「我們就要打一場兩面夾擊的仗了。要對抗諾他王國的新國王，還有看似全世界都沸騰而起的紅血叛軍。」就在我自己的國家裡，我在腦海裡咒罵。紅血叛軍的起源就在我們的國境內，就在我們的面前。讓這種腐敗的問題散布開來的，就是我們。

母親眨眨眼，深色的睫毛掃過古銅色的面頰。她伸手蓋住我的雙手，「但我還能留住妳們倆，我們還能守在一塊。」

「能撐多久？」姊姊問。

緹歐拉比我倆都高，她的視線順著高聳的鼻梁往下望向我們。只見她交疊雙臂，身上的藍黑色絲綢發出沙沙聲響。在這封閉狹小的神殿裡，站在神像旁，她自己看起來也像一座雕像。

「誰說那樣做就不會死更多人？」她說：「不會比起我們放在水灣底的遺體更多？妳覺得赤紅衛隊若拿下我們的王國，還會讓我們苟活嗎？我可不這麼認為。」

「我也是。」我低聲說道，將額頭靠在母親的肩膀上。「母親？」

在我的碰觸下，她的身子變得僵直，肌肉繃緊。「可以安排。」她的口氣平板，「這個結可以解開，妳還是可以留在我們身邊，但是必須要是妳自己的選擇，monamora。」

我的愛。

若我要向母親提出一個要求，那就是希望她替我做決定，就像她過去為我做過數千次一樣，穿這個，吃那個，說我教妳說的話。當時我多羨慕她的智慧，多嫉妒她或我父親可以這樣把責任從我身上拿走。現在我只想把責任拋開，把命運交給我信得過的人。如果我還是個孩子該有多好，這一切就只會是一場噩夢。

我回頭望，想找姊姊，只見她朝我皺眉，一臉抑鬱寡歡，沒有給我任何退路。

「如果可以，我也想留下來。」我想讓自己聽起來像個皇后，可是話說出口就哽咽了。「這妳是知道的，妳心底也知道妳的要求是不可能的事，是對自己的皇冠的背叛。妳以前都是怎麼跟我們說的？」

母親皺眉，緹歐拉替她把話說出口：「責任優先，榮譽永遠共存。」

這回憶讓我的心裡暖了起來。眼前的事並不容易，但是那是我的責任。再怎麼說，在這件事裡，我有我的用途。

「我的責任就是跟妳們一樣，保護湖居地。」我對她們說：「我與馬凡的婚約也許不能打贏戰爭，但是我們有機會。這婚約讓我們可以在家門外的狼群與我們之間加上一道牆。至於我的榮譽——在替父親復仇之前，我沒什麼榮譽可言。」

「同意。」緹歐拉咬牙說道。

「同意。」母親悄聲說道，聲音輕得幾乎聽不見。

我越過她的肩頭凝視前方，看著微笑的神祇的臉。從祂撇著嘴角的微笑和那種自信之中，我有了勇氣。祂讓我安心。「馬凡和他的國度是一個盾牌，也是一把利刃。我們必須利用他，即便他對我們所有人來說都是一種威脅也一樣。」

母親苦笑，「特別是妳。」

「對，特別是我。」

「我一開始就不該同意。」她咬牙說：「那是妳父親的主意。」

「我知道，但這也是個好主意。我不怪他。」我不怪他。在蒼火宮的期間，我有多少夜晚獨自躺在床上告訴自己，我心裡沒有悔恨？沒有氣自己像是寵物或一塊土地一樣被賣掉？當時只是在騙自己，現在也是一樣。但是我對這些事的憤怒，已經隨著我父親一起死去。

「等這一切結束……」母親說。

緹歐拉打斷她，「如果我們贏了……」

「等我們贏的時候，」母親一個轉身說道。光線照進她的雙眼，讓雙眸閃閃發亮。神殿中央，噴泉帶著弧度的水慢了下來，本來速度穩定的瀑布在落下的過程中也減緩了。「等殺妳父親的兇手的鮮血沐浴在妳父親身上時，等赤紅衛隊跟肆虐的鼠輩一樣被滅絕時……」流水停止了動作，被她高漲的情緒定格，「就沒有留妳在諾他王國的原因了，更沒有理由留一個不穩定、不適任的國王繼續坐在雅啟恩的王座上，尤其是一個對於自己國人和我國人民的性命這麼愚昧處置的人。」

「同意。」姊姊和我壓低音量，異口同聲地回答。

母親的動作平穩流暢，轉向靜止不動的噴泉。她隨心所欲地控制水的形狀，讓水跨越空中，像是玻璃一樣。光線穿透水柱，宛若透過三稜鏡一樣發散成各種色彩。母親動也不動，在刺眼的陽光下完全不眨眼。「湖居地會將那些無神國度洗淨，征服諾他王國，還有歧異王國。他們早已開始互相殘殺，為了一點微不足道的小事爭奪不休，犧牲自己人的性命。不用多久，他們便會氣力耗盡，到時他們便躲不過席格內特一系的怒火。」

我向來以母親為傲，從小便是如此。她是個了不起的女性，是責任與榮耀的化身。她雙眼清澄透澈，堅不可擋。她是孩子們的母親，也是整個王國的母親。我現在才發現，我知道的根本連一半都不到。她堅定外表下的決心，比任何風暴都來得強烈，可想見這樣的決心能掀起什麼樣的風暴。

「讓他們看看洪水氾濫的模樣。」我說。這是一個古老的罪罰，用來懲罰叛徒，懲罰敵人。

「那紅血人呢？那些有能力的紅血人，住在山城國度的那些人怎麼樣？他們在我們自己的國內就有間諜到處奔走。」緹歐拉皺眉，在臉上劃下深谷。我想要安撫她無止盡的憂心，但是她說得沒有錯。

必須要想辦法解決像梅兒．巴蘿這樣的人，他們跟這件事也密不可分，我們也要跟他們對戰才行。

「利用馬凡來對付他們。」我對緹歐拉說：「他對新血脈特別糾結，尤其是那個閃電女孩。如果有需要，他追到天涯海角也不會放過，絕對用心盡力也要達成。」

母親點點頭表示認同，「皮蒙特呢？」

「我照妳說的做了。」我緩緩地挺直背脊，為自己感到光榮，「種子已經種下，馬凡需要巴拉肯站在我們這邊，不用我們的軍隊，而是利用他的軍隊……」

姊姊替我把話說完：「這樣就能保住湖居地。我們召集軍力做好準備，甚至可能可以讓巴拉肯反過來對付馬凡。」

「對。」我說：「如果我們夠幸運，他們早在我們展露出真正的實力之前就會殺個你死我活了。」

緹歐拉咋舌，「妳的命都賭上了，我可不想只靠幸運啊，petasorre。」妹妹。

雖然她是用愛憐的口氣說這句話，沒有不敬的意味，但我還是覺得不太自在。不是因為她是繼承人、她最年長，不是因為她注定成為治理者，而是因為這代表她有多在乎，她願意為我犧牲多少。這是我不想要她做的事，我也不希望母親這樣。我的家人已經付出夠多了。

「一定要是妳去救出巴拉肯的孩子，」母親說道，口氣嚴肅冰冷，眼神也一樣，「一定要是席格內特家的女兒。馬凡會派他自己的銀血人，但是他不會親自去。他沒這本事，也放不下身段。但如果是妳帶著他的士兵去，如果是妳懷裡摟著巴拉肯王子的孩子去見他……」

我勉強地嚥嚥口水。我不是玩你丟我撿的狗。不過幾分鐘前我才這樣對馬凡說，而且我還差點對我的皇室母親說出一樣的話。

「太危險了。」緹歐拉很快說道，差點就要走到我倆之間。

母親堅持不讓步，一如往常地沒有半點退縮，「妳不能離開國境，小緹。如果巴拉肯能被拉攏來靠向我們這邊，而且是只靠向我們這邊，我們就一定要是出手相助的那一個。這就是皮蒙特的方法。」她咬牙，「還是妳寧可讓馬凡去做，最後獲得忠實的盟友？那男孩光是自己一個人就夠危險了，別再給他一把劍讓他亂揮。」

雖然這麼做有傷我的自尊和決心，可是不得不說，我懂她這番話的道理。如果由馬凡領隊去救援，或者派救援去把那些孩子救出來，那麼馬凡肯定就會成為巴拉肯的同盟。絕不能讓這種事發生。

「當然不會。」我緩緩答道：「看來那就得是我了。」

緹歐拉也讓步了，整個人好像縮小了一樣，「我會派外交人員去聯繫，盡可能低調行事。妳還需要什麼？」

我點點頭，只覺得指尖麻麻的。拯救巴拉肯的孩子。我連要從哪裡開始著手都不知道。

時間一秒秒流逝，令人越來越難忽視。

若我們繼續待在這，諾他王國的人就會起疑心，我咬著嘴唇心想。特別是馬凡，他可能已經開始懷疑了。我從母親身邊轉開，雙腿自己移動腳步，手脫離了她的體溫，我突然間覺得好冷。

我走過噴泉的時候，伸出手指劃過拱形水柱，沾濕指尖。我把水帶到眼皮上，弄糊了睫毛上深色的妝。假淚水流下我的雙頰，跟哀悼中的花朵一樣黑。

「禱告吧，小緹。」我對姊姊說：「若不相信運氣，那就相信神。」

「我對神有絕對堅定的信念。」她回答。那麼制式，那麼自動。「我會替我們每個人禱告。」

我在門邊停了一下，一手放在那樸素的門把上。「我也會。」然後手一拉，打開我們身邊的這個泡泡，結束了這可能是接下來幾年最後一次安全的時光。我低聲自言自語：「會有用嗎？」

不知怎麼地，母親聽見了。她抬起頭，在我退開的時候，眼神令人無法逃脫。

「只有神知道。」

5 梅兒

空降機在空中有種拖泥帶水的感覺，比平常沉重。我繫上安全帶，閉上雙眼，機身的震動加上令人安心的電力嗡嗡聲讓我半睡半醒。雖然載重多了，引擎仍冷靜地鏗鏘運轉。多了貨物，我知道。機艙內裝得滿滿的是科芬昂的補給品：火藥、槍枝、爆裂物，各式各樣的武器；軍隊制服、乾糧、燃油、電池，甚至連軍鞋都有。其中一半現在要送去皮蒙特，剩下的在另一架空降機上，要回到大衛森的山城。

蒙特福特和赤紅衛隊也沒白費努力。在攻擊蒼火宮後，他們也做了一樣的事，在有限時間中把皇宮裡能搜刮的都帶走了。主要是金錢，發現馬凡已經逃離我們的追捕範圍後，從財政廳裡搬出來的錢。在皮蒙特的時候也有一樣的事。這就是為什麼南邊的基地都是空的，不論是住所，或是在那些曾經是為了重大軍事會議打造的行政建築。沒有畫作、沒有雕像、沒有高級碗盤餐具。沒有任何喜愛鋪張的銀血人要的東西，一切都是必需品。其他東西都被拆走了，被變賣、被改造。戰爭可不便宜，有用的東西才能留下來。

這就是為什麼科芬昂在我們離開後只剩一片殘局，因為科芬昂已經沒有用了。

大衛森認為留下一批士兵駐守要塞很愚蠢，是浪費人力。這座碉堡城市的建立目的是為了送士兵到丘克去打湖居者用的。那場戰爭現在已經結束，這城市等於已經失去用途。沒有河流好鎮守，也沒有戰略資源，只是其中一條通往湖居地的路罷了。科芬昂成了一個累贅。我們現在占下這座城，其位置太過深入馬凡的領土，又太接近國界。湖居者可能隨時一舉進攻，馬凡也可能帶軍力攻回來。真要如此，我們可能會再次打贏，但是會死更多人，而這一切只是為了一座頂多就是在荒野中的幾道城牆罷了。

銀血人則不認同這個說法，這是當然。我想他們一定都約好了，紅血人說什麼他們都要反對。安娜貝爾的爭論點是觀感問題。

「死了多少人，有多少人的血染紅了這些城牆，你想這樣放棄這座城市？別人會覺得我們是笨蛋！」她斥責道，隔著會議廳對另一頭怒目相視。這個老太太看著大衛森的模樣，宛若他有兩顆頭。「這是卡爾的首勝，他的旗幟飄揚……」

「我沒看到哪裡有他的旗幟啊。」法爾莉口氣漠然地打斷她。

但安娜貝爾沒有理會，她繼續說著，看起來像是隨時都會把手指下方那張桌子爆裂一樣。卡爾沉默地坐在她身邊，雙眼亮著火光，盯著雙手看。「棄城會看起來像是在示弱。」老皇后說道。

「事情看起來是什麼樣子我不太在乎，我只在乎事情實際上是怎麼樣，陛下。」大衛森回答：「我不介意妳留下自己的軍隊來守住科芬昂，但是蒙特福特的士兵或赤紅衛隊的人都不會留在這裡。」

聽聞這番話，安娜貝爾嘴一撇，沒再繼續反擊，她可沒打算這樣浪費兵力。她往後一靠，別開頭不看大衛森，視線掃過沃羅・薩摩斯。但他也沒表示願意留下自己的士兵，只保持沉默。

「若我們要把這座城留在原地，那就讓它成為廢墟吧。」泰比瑞斯在桌面上握起拳頭。那情景我記得一清二楚，他的指關節皮膚白得跟骨頭一樣。他的指甲裡還有泥土，可能也有些血垢。我把視線集中在他雙手上，這樣就不用看他的臉。他的情緒太好讀了，我一點都不想知道。「每支軍隊都派一支特殊小隊，」他說：「雷洛藍門脈的爆破人，新血脈的引力人和炸藥手，任何有摧毀能力的人都來。把這座城市所有資源都帶走，剩下的就化為灰燼，讓它灰飛煙滅，不留任何東西給馬凡或湖居者。」

他說話的時候沒有抬頭，他沒辦法迎向我的視線。要下令摧毀自己手下其中一座城市一定很難，這是他熟悉的地方，他父親和祖父捍衛過的地方。泰比瑞斯對責任和傳統一樣看重，這兩者都是深入骨子裡的觀念。但我當下並不怎麼同情他，現在在往皮蒙特的路上想起來，更覺得一點都不替他難過了。

科芬昂不過就是一扇通往紅血人的墳墓的大門，我很高興它消失了。

即便如此，我心底還是有點不舒服。科芬昂燃燒的模樣我閉眼仍能看見，城牆倒塌，被爆炸毀損，建築物在被控制的引力下傾倒，金屬閘門被扭成一團。黑煙在街道上瀰漫。像我一樣是馭電者的艾拉叫出了風暴，藍色閃電擊中中央塔樓，石塊應聲碎裂。蒙特福特的寧夫斯人，也就是具有強大能力的新血脈，利用鄰近的小溪甚至河流裡的水流把碎石都掃到了遠方的湖裡去。科芬昂全城無一處能逃過這場浩劫，有些地方甚至往下沉，跌落城市底下的隧道。剩下的部分則像是警告，宛若經歷了千年洗禮的古老石柱，實際上不過是幾小時的工夫而已。

還有多少城市要遭遇一樣的下場？

我最先想到的就是高棚村。

我已經將近一年沒見到那個我長大的地方，自從我被取名為梅琳娜之後就沒再見到了。當時我站在皇家船艦的甲板上，眺望都城河畔，身邊跟著幽魂般的人。亞樂拉當時還活著，國王也是。他們逼我在經過自己的村莊時站在那兒看，看村莊裡的人在鞭刑或牢獄之災的威脅下只好聚集在水邊的模樣。我的家人也在那兒。我的視線凝聚在他們的面孔上，不去看那個地方。高棚村從來不是我的家，他們才是。

要是現在村子消失了，我會在乎嗎？如果沒有人受傷，但是高棚屋、市集、學校、擂台——若這些都被摧毀呢？放火燒掉、被洪水淹沒，或純粹消失不見的話呢？

我真說不上來。

倒是有些地方實在應該加入科芬昂一起被銷毀。我列出想要摧毀的名字，詛咒那些地方。

格灰城、歡欣城、新城，還有其他每一個類似的地方。

特工人貧民窟讓我想起卡麥蓉。她就睡在我對面，扣在安全帶下搖來晃去。她垂著頭，打呼聲在引擎聲的掩蓋下幾乎聽不見了。刺青在她的衣領下方若隱若現，黑色墨水印在深棕色的肌膚上。很久以前，她的專長就被烙印在身上，或說是她的牢籠。我只有從遠處看過特工城，想起那畫面仍讓我作嘔，我實在難以想像在裡頭長大，一輩子活在灰煙之中。

一定要消滅紅血人貧民窟。

那些地方的城牆也該被燒毀。

接近午時的一場大雨中，我們降落在皮蒙特的基地。才踏上跑道往排成一列等待的接駁車走了三步，我已全身濕透。法爾莉輕易超越我的步伐，一心想快點回到克勞拉身邊。她心裡已容不下其他事，直接繞過上校和其他來迎接我們的士兵。我加速跟在她身後，勉強小跑步前進。我試著不回頭望向另一架空降機，載著銀血人的那架。大雨中我聽見他們的聲音，整隊裝腔作勢地踏上平坦的機坪。雨水讓他們的代表色都暗淡了，泥濘的雷洛藍橘、傑可斯黃、克羅爾紅和薩摩斯銀。伊凡喬琳很聰明，知道不要穿盔甲，畢竟金屬衣著在暴風雨之中可不算安全。

至少沃羅國王和他手下的其他銀血貴族沒有跟著我們來到這裡。他們應該已回到歧異王國，或者正在路上。只有明天要去蒙特福特的銀血人才會來皮蒙特。安娜貝爾、朱利安、幾個守衛和策士，以及伊凡喬琳，當然，還有泰比瑞斯。

我到車邊，一屁股滑進乾燥的車內後，眼角餘光瞥見他的身影，陰鬱的模樣彷彿一團暴風雨雲。泰比瑞斯跟大家分開站，他是他們之中唯一一個熟悉皮蒙特基地的人。一定是安娜貝爾替他多帶了不少宮廷穿著，這是他身穿長袍和發亮靴子的唯一解釋。距離這麼遠，我看不出來他有沒有戴皇冠，但就算沒有皇室穿著，也不會有人把他跟馬凡搞錯。泰比瑞斯的顏色是反的，血紅色長袍，服飾也是，全都鑲著黑邊和皇室銀。在雨中的他發著光，像火焰一樣明亮。他的視線凝視前方，深色眉毛緊蹙，在傾盆而下的暴雨中不受任何影響。

第一道閃電還沒劃破天際時我就感覺到了，艾拉控制住閃電好讓空降機降落，現在她應該是放手了。

我把視線從車窗移開，頭輕靠在玻璃上。隨著車子開始加速，我也試著把某些事放手。

分出來給我家人住的排屋看起來跟我幾天前離開時一樣，不過現在非常潮濕。雨水往窗戶潑，花圃裡的花都淹在水裡。特瑞米對此肯定不會開心，因為他對這些花的照料特別上心。

到了蒙特福特，他可以愛種多少就種多少。他有整座花園可以種，一輩子欣賞花開的模樣。

車子都還沒完全停下來，法爾莉就下車了，她的靴子嘩啦一聲踏在水窪裡。我猶豫了一下，原因很多。

我當然得跟家人討論蒙特福特的事，希望他們同意待在那裡，即便我會再次離去。到現在，我們都該習慣這件事了才對，但是離開從來都沒有變得比較容易。若他們拒絕搬到蒙特福特……這念頭我光用想的都打冷顫。知道他們都很安全，已經是唯一能讓我平靜的方法了。

這場無可避免的爭執與其他我得向他們坦承的事相比，還算是一場美夢。

卡爾選了皇冠，沒選我，沒選我們。

話一說出口就成真了。

車外的水窪比我想像中還深，濺上我的短靴，寒意直往雙腿送。我不排斥這令人分神的插曲，跟著法爾莉的腳步踏上階梯，走向敞開的門。

一群巴蘿家的人影把我拉進屋內。媽、吉莎、特瑞米和布利環繞著我，老友奇隆也加入他們的行列。看見他的身影，讓我突然大感解脫。他還沒準備好上科芬昂的戰場，我仍慶幸當時他同意留在這裡。

爸又站在後面，等著沒人擠在一起的時候好好擁抱我。他可能得再等等了，因為媽似乎沒有放開我的意思。她一條手臂繞著我的肩膀，把我拉進懷裡。她身上的衣服聞起來好乾淨，像有露水的清晨和肥皂的味道，高棚村的家完全比不上。我在軍隊裡的地位，具體是什麼不說，總之能讓我的家人過上一種我們從來過不起的奢華生活。光是原本做軍官宿舍用的排屋本身，就比我們老舊的高棚屋豪華多了。雖然少了裝飾，但至少必需品終於全都到齊，也有專人確保不會短缺。

法爾莉眼裡只有克勞拉，我還沒走進前門，法爾莉已經把克勞拉抱在懷裡，讓她的小寶貝把頭靠在她肩上。克勞拉打著哈欠，緊挨著法爾莉，一心只想繼續打盹。法爾莉趁沒人注意的時候，低下頭把鼻子靠在克勞拉小小的、長著棕髮的頭上，閉上雙眼吸氣。

這時，媽則接連往我太陽穴又親了十幾下，咧嘴笑著喃喃說：「歡迎回家。」

「他們真的做了嗎？」爸說：「科芬昂沒了。」我從媽這個已經持續太久的擁抱中掙脫，走上前去好好抱了下爸。爸已經不用縮在輪椅上了，但這樣的接觸方式我們還是不太習慣。雖然長達數個月的治療期間有莎拉．史柯儂思、蒙特福特軍隊的醫療者和護理師的協助，卻仍無法抹去長年在我們記憶中的一切。痛還是在，深植爸的腦海中。我想這也是應該的，就那樣忘記感覺不太對勁。

我扶著他往客廳走，他傾靠在我身上，但已不像過去那麼沉重。我倆相視苦笑了一下，這是一個僅止於我倆之間的心有靈犀。他明白親眼見識死亡的景象並逃出生天的感覺。我想像他以前的樣子，在皺紋和逐漸灰白的凌亂鬍碴底下、在那雙眼睛底下的他。老家有幾張照片，我不知道有多少張跟著一起逃到拓克島上，再到了湖居地其他基地，最後跟著到這裡。其中一張照片在我記憶中特別鮮明，那是一張舊照片，邊緣都磨損了，畫面模糊不清還有點褪色。照片裡是好久以前的媽和爸，那時連布利都還沒出生。照片中的他們只是青少年，跟我一樣，是高棚村的孩子。爸一定還不滿十八歲，當時他還沒被徵召，媽也只是學徒。爸以前看起來跟我的大哥布利那麼神似，笑容一樣，嘴巴有種笑得太開的感覺，兩邊掛著酒窩。又粗又直的眉毛掛在高額頭上，還有一對略嫌太大的耳朵。我努力不去想哥哥們會跟父親一樣老去的事，不去想他們經歷了一樣的痛苦和憂愁。我可以確保他們不會走上跟父親一樣的路——或謝德的路。

布利倒坐在我們身邊的單人椅上，光腳丫在簡單的地毯上交叉。我皺皺鼻子，男人的腳真的是一點都不討喜。

「好樣的啊。」布利咒罵著科芬昂。

特瑞米點頭表示認同，他的深色鬍鬚越來越茂密了。「完全不需留戀。」他同意道。他們倆都跟爸一樣被徵召過，兩人對那座碉堡城市都瞭若指掌，光是想起來就嫌惡。他們互換笑容，好像贏了什麼比賽一樣。

爸就比較沒有那麼強烈的慶祝心情。他坐到另一張椅子上，伸直重新長回來的腿。「銀血人只會再蓋一座，這就是他們的作風，他們是不會改變的。」他的眼光一閃，望向我。我意識到他想說什麼的時候，只覺得心一沉，他話中有話讓我雙頰火熱。「不是嗎？」

我無地自容，急忙地望向吉莎。她雙肩一垂，嘆了口氣，微微點點頭。她捏著袖子，避開我的視線。

「所以你們都聽說了。」我的聲音平板空洞。

「也不是全部。」她回答道，目光望向奇隆。我敢打賭一定是他先通知了大家，把我昨晚的訊息中比較沒那麼傷心的部分都傳達了。吉莎緊張地扭著一綹頭髮，深紅色的髮絲閃閃發亮。

「不過足以猜到大概了。跟另一個皇后、新國王、蒙特福特有關，不意外，總是跟蒙特福特有關。」

奇隆緊閉著雙唇，不悅地撇嘴。他一手梳過短短的金髮，對應著吉莎的不自在。他還有種憤怒，在他體內小小地沸騰，點亮了那雙綠色眼眸。「我不敢相信他居然答應了。」我只能點頭。

「懦夫。」奇隆怒斥道，握起一個拳頭，「愚蠢的懦夫。揮霍無度、被寵壞的小王八蛋，我實在應該一拳打碎他的下巴。」

「我可以幫你。」吉莎喃喃說道。

沒有人喝止他們，連我都沒有，即便奇隆一定以為我會。他瞥了我一眼，很驚訝我竟保持沉默的樣子。我凝視著他的雙眼，想開口又不想提起那名字。謝德為我們的目標犧牲了性命，而泰比瑞斯連皇冠都放不下手。

不知道奇隆知不知道我的心已經裂成兩半。他一定知道。

我把奇隆推開的時候，他就是這種感覺嗎？我跟他說我對他不像他對我的感情的時候、說我不能給他他想要的時候，就是這樣嗎？

他的目光因同情而軟化了些，我希望他不知道我現在是什麼感受，我希望我沒讓他這麼痛苦。妳就是沒辦法愛我，他曾這麼說。現在我只希望這話不是真的，我希望我能讓我倆都不要受這種苦。

多虧了媽，她伸出手放在我的手臂上。她只是輕輕地碰觸，但是足以領著我走向長沙發。她沒再多提克羅爾王子的事，而她朝眾人射出的視線已經把她要表達的意思說得很清楚了：到此為止。

「我們有收到妳的消息。」因為勉強換話題，她的聲音聽起來有點太大聲、太開朗，「另一個新血脈傳來的，有鬍子那個……」

「塔希爾。」吉莎一邊在我身邊坐下，一邊幫媽把話說完，奇隆則站在我倆身後。「他說妳已經幫我們決定好安頓地點了。」雖然這是她想要的，可是我沒錯過她口氣裡的銳利。我妹妹對我眨眼，挑起一眉。

我大聲嘆了口氣。「嗯，我不是在幫你們做決定，但如果你們願意走，我知道有個地方可以讓你們全部都過去。總理說你們會受到熱烈歡迎。」

「那其他人呢？」特瑞米問道。他瞇眼坐在布利的單人椅扶手上。「撤退的不是只有我們。」

一記肘擊打中他的側面，讓他彎下了身子，只見布利奸笑道：「在想那個店員嗎？叫什麼名字來著，鬈髮那位。」

「才沒有。」特瑞米嘟噥著說，鬍子底下的麥色肌膚漲得火紅。布利想去戳他羞紅的臉頰，不過被揮開了。我的哥哥真的很擅長表現得跟小孩一樣。以前這行為會讓我很煩，但是現在不會了，他們正常發揮的模樣令我心安。

「要點時間。」我只能聳聳肩，「但是為了我們……」

吉莎大聲發出嘲笑，把頭往後一甩，不悅地說：「是為了妳，梅兒。我們可沒笨到以為那個共和國的領導人會想要幫我們一個忙。他有什麼好處？」她靈活的手指抓著我的手，緊緊握著不放，「他想從妳身上得到什麼好處？」

「大衛森不是銀血人。」我說：「他要的條件，我願意答應。」

「那妳哪時候才能停止答應別人的要求？」她斷然回道：「等妳死後嗎？等妳跟謝德下場一樣的時候？」

那個名字一說出口，整個屋裡的人都噤了聲。站在門邊的法爾莉別開臉，躲進了陰影中。

我盯著吉莎，在妹妹清秀的臉龐上搜尋。她十五歲了，開始有了自己的樣子。以前她的臉龐比較圓潤，雀斑也變少了。過去的她也沒有現在這種在乎，只有一般的擔憂而已。我們以前都要靠小吉莎過活，靠她的技巧、她的專長，靠她救贖全家的能力，可現在不是這樣了。對於那個重擔，她並不留戀，但是那種憂心很清楚，她不希望我也得扛起這個負擔。

可惜為時已晚。

「吉莎。」媽的口氣帶著一點警告。

我盡可能收拾心情，抽開手，感覺到自己的背脊變成鋼鐵般堅硬。「我們需要更多軍隊，可是大衛森總理的政府得先同意才能派人。我會幫忙解說我們的組織狀況，讓他們知道我們是誰，說服他們與諾他王國和湖居地開戰。」

妹妹沒有被說服的樣子，「我知道妳很會說服人，但是也沒有那麼厲害。」

「不，但是我是那個十字路口。」我顧左右而言他地說：「我是赤紅衛隊、銀血宮廷、新血脈和紅血人的交會點。」至少我沒有說謊。「要做大戲，我的練習也夠了。」

法爾莉一手摟著嬰兒，一手扠著腰，手指在黏在身側的槍套上打著節奏。「梅兒想說的是，她很擅長令人分心，只要她去的地方，卡爾就會跟著去，就算現在他想要奪回王位的情況下也一樣。他會跟我們去蒙特福特，新的婚配對象也會跟著一起去。」

我聽見身後傳來奇隆憤怒地吸了一口氣的聲音。

吉莎也一樣反感，「只有他們會在戰爭期間停下來安排結婚的事。」

「為了另一個盟友，對吧？」奇隆不屑地說：「馬凡就已經做過一樣的事了，成功拿下湖居地。卡爾也得做一樣的事，所以這次是誰？某個來自皮蒙特的女孩嗎？可以真的強化我們在做的事？」

「她是誰不重要。」我意識到他的對象是伊凡喬琳，這還算我好運時，我放在腿上的手忍不住握緊了拳頭。一個完全不想跟他扯上關係的女孩，她只是他火焰盔甲的另一道裂縫。

「妳要就這樣袖手旁觀嗎？」奇隆移動長腿，邊從我們身後走開邊說，眼神望向法爾莉和我。「不，抱歉我說錯了，妳還打算幫忙？幫卡爾贏回一頂沒人該擁有的皇冠？在我們做了這麼多以後？」他不悅的程度，讓我以為他會往地上吐口水。我保持神情自若，不動聲色，任憑他的怒火越燒越烈。我不記得他有對我這麼失望過。生氣是有的，但不是像這樣。他的胸膛急速起伏，等著我的回答。

法爾莉替我答了話，「蒙特福特和赤紅衛隊不會打兩場戰爭。」她的口氣平靜，一個字一個字地強調，傳達她的的意思，「我們只能一次對戰一個敵人，你明白嗎？」

我的家人似乎全體一起緊繃了起來，眼神一沉，尤其是爸。他伸手撫過下巴，若有所思的樣子，雙唇緊抿成一條線。奇隆就沒這麼沉著了，只見他的雙眼冒出綠色火焰。「喔，」他喃喃說道，幾乎露出微笑，「原來如此。」

布利眨眨眼，「呃，我不懂，如此什麼？」

「不意外啊。」特瑞米低聲說道。

我傾身向前，急著想要讓他們都明白。「我們不會再把王位交給另一個銀血國王，至少不會讓這種事持續太久。克羅爾兄弟在打仗，消耗火力對抗彼此，等一切塵埃落定之後……」

爸把手放回膝蓋上，我注意到他手指的顫抖，我也覺得自己的手在顫抖。「解決贏家會比較容易。」

「不會再有其他國王。」法爾莉氣聲說：「以後再也不會有王國。」

我不知道那個世界會是什麼模樣，但只要蒙特福特沒失信，我可能很快就會知道了。

我們已經不必再偷偷溜出去了。媽和爸的呼聲跟打雷一樣，其他手足則早知道不用白費力氣阻止我。雨還是沒停，但奇隆和我不在乎，我們沉默地走過排屋街道，唯一的聲響來自腳下踩的碎石頭還有遠處的風暴。我已經幾乎感覺不到了，閃電和雷擊已往岸邊移動而去。溫度沒那麼冷，基地的照明充足，驅逐了黑暗。我倆沒有真正的目的地，沒有特定的移動方向，只是一直向前行。

「他是個懦夫。」奇隆喃喃說，往一顆鬆脫的石頭一踢。小石頭滾遠了，在潮濕的街道上掀起漣漪。

「你已經說過了。」我回答：「還說了一些別的。」

「是啊，我真心的。」

「他活該被你那樣說。」

沉默像厚重的布幕一樣披掛在我倆身上，我們都知道這情況很詭異。我的愛情經歷不是他最喜歡的話題，我也不想對我最要好的朋友造成更多打擊。

「我們不必談……」

他打斷我，一隻手放在我的手臂上，這個觸碰堅定但友善。我倆之間的界線已經劃得很清楚，而奇隆重視我的程度，讓他絕不會越線。過去幾個月的我改變了許多，他以為自己愛上的那個女孩，很可能早已不復存在。我知道那是什麼感覺，愛上一個不是真正存在的人。

「對不起，」他說：「我知道他對妳代表的意義。」

「曾經的意義。」我低聲咆哮，想從他身邊走開。

但他沒放手。「不，我沒有說錯。他現在仍對妳有特殊意義，即便妳不願承認也一樣。」

這話題不值得再爭辯下去。「好啊，我承認。」我咬牙說。光線夠暗，他可能不會發現我已經漲紅了臉。「我請那個總理，」我喃喃說道，奇隆一定能理解，他一定得理解。「我請他留他活口。等時候到來，等我們扭轉情勢之後。這樣是軟弱嗎？」

奇隆的臉色一沉，刺眼的街燈打在他身後，為他上了一圈光環。若不是他已經成為一個成熟男子的話，他也會是個帥氣的男孩。要是我是為他心動而不是為了其他人，那就好了。

「我不認為。」他說：「我想，愛是可以被利用的，用來操控別人，那是一種槓桿力量，但我絕不會說愛上其他人是軟弱。我認為活著卻沒有愛，沒有任何形式的愛，那才是軟弱，也是最糟的那一種黑暗。」

我覺得口乾舌燥，眼淚不再那麼瀕臨潰堤的感覺。「你哪時候變得這麼有智慧了？」

他咧嘴一笑，雙手插進口袋裡，「我現在會看書了。」

「圖片書嗎？」

他大笑出聲，開始繼續向前走。「妳人真好啊。」

我跟上他的腳步，「大家都這樣說。」我答道，抬頭望向他瘦長的身子。他的頭髮已經濕透，顏色變得更深，幾乎是棕色了。如果瞇起眼看，奇隆看起來就像謝德。我突然間覺得好想念哥哥，幾乎不能呼吸。

我絕不會再像失去謝德那樣失去任何人。這誓言很空洞，也沒有任何保證，但我需要一點希望。一點希望就可以，多小都沒關係。

「你會來蒙特福特嗎？」我發現自己再也忍不住，話就這麼脫口而出。奇隆不必隨著我到哪裡就跟到哪裡，我也沒有資格要求他任何事，但我不想要再把他留下了。

他用咧嘴笑容回答我，消除了我心中所有的恐懼。「我可以跟嗎？我以為妳是要去執行什麼任務。」

「我是，但我讓你跟。」

「因為很安全。」他在我身旁看著我說。

我抿起嘴，尋找一個他會接受的答案。對，是很安全，或說對我們而言最接近可稱之為安全的程度。希望他能脫離險境並不是一種錯。

奇隆拍拍我的手臂。「好啦，我懂。」他說：「我不能召喚風暴籠罩整座城市，或是從天上把飛機打下來。我知道自己的極限在哪，也知道跟你們相比，我有多少極限。」

「就算你不能彈指就殺人，也不代表你比不上其他人。」我怒回道。突如其來的怒氣差點讓我開始釋放電流。我多希望自己能把奇隆的優點全都列出來，所有他之所以對我而言重要的原因。

他的表情變得苦澀。「不用提醒我。」

我抓住他的手臂，指甲掐在濕漉漉的衣料上。他沒有停下腳步。「我是認真的，奇隆。」我說：「那你來嗎？」

「我看看我有沒有空吧。」

我朝他的身側給了他一個肘擊，他跳開來，誇張地皺眉。

「夠了喔，妳明知道我跟蜜桃一樣容易瘀傷。」

我再次肘擊他，讓他知道我是認真的，然後我倆都大笑了起來。

我們繼續安靜地走著，輕鬆地擁抱沉默。這次氣氛不再那麼令人窒息了。我放不下的憂慮散去，或至少可以暫時退下好一陣子。就跟家人一樣，奇隆也是我的家，他在我身邊就像一個時間的夾層，是個小小的地方，能讓我們不必面對後果，不用理會過去，也不必在乎未來。

走到街道尾端的時候，有個人影像是從雨中忽然出現，攔截了黑暗和光影。我的身子還沒時間反應，腦中已經認出那個身影。

朱利安。

這個骨瘦如柴的銀血人看見我們，猶豫了一下，但就只有那麼一下，卻已足以讓我明白，他已經選了邊，而他選的不是我這一邊。

我感到寒意傳遍全身，從頭到腳無一處倖免。連朱利安也是。

他走近我們，奇隆推推我。

「我可以先回頭。」他悄聲說。

我瞥了他一眼，從他身上找回一點力量。「拜託別走。」

他憂心地皺起眉，但點點頭。

雖然下著大雨，曾是我的老師的他仍穿著那一身長袍。他想把雨水從褪了色的黃色衣物絀褶中甩掉，不過只是徒勞。雨水傾瀉而下，把他灰白的微鬈髮都拉直了。

「我原本打算到妳家找妳。」他在嘩啦啦的雨聲中喊道：「嗯，說老實話，我本來是希望去找妳的時候妳不方便，這麼一來我就可以等到早上再說，而不是在現在這無止盡的雨水之中。」朱利安像小狗甩水一樣地甩甩頭，把頭髮從眼睛前面往後推。

「你來是要說什麼的就說吧，朱利安。」我雙臂環胸。夜色越來越黑，溫度也漸漸降低。即便是在溫暖的皮蒙特，我還是可能會感冒。

朱利安沒回話，而是把視線移到奇隆身上，挑起一道眉毛，無聲地發出疑問。「他在場沒關係。」他沒開口前，我先回答了：「快點在我們都淹死之前把話說了吧。」

我的口氣變得尖銳，朱利安也一樣。他不是笨蛋。只見他臉色一沉，解讀我釋放出來的失望之情。「我知道妳覺得被拋棄了。」他開口說道，用字遣詞謹慎到底。

我忍不住嗤之以鼻。「莫忘歷史的教訓，我不會讓你告訴我該覺得如何。」

他只是眨眨眼，無視我的回應。他再次停頓，時間長得足以讓雨水滾落他高挺的鼻梁。他這麼做是為了審視我，好好看看我，研究我的反應。他的耐心第一次讓我覺得想要抓住他的雙肩，用力甩一甩，逼他說出一些衝動的話。

「很好。」他的嗓音很低，聽起來有點受傷，「說到歷史，或說馬上就會寫入歷史的事，就是我還是會跟我的外甥，陪妳一起前往這趟旅程。我想親眼看看這個自由共和國，到了那裡我對卡爾應該也有幫助。」朱利安往前踏了一步，朝我的方向走來，但又改變了心意，保持著我倆之間的距離。

「泰比瑞斯對難解的歷史有興趣，我竟然不知道嗎？」我嘲諷地說，口氣比平時更挖苦。

他看起來很糾結，這點倒是很清楚，他幾乎無法直視我的雙眼。雨水打得他的髮絲緊貼前額，水珠還掛在他的睫毛上，像是伸出小手指一樣拉扯著他。不過不知怎地雨水也把他撫平了，像是洗去過去的時日一樣。朱利安看起來比我認識他時還年輕，那是將近一年前的事了。他好像對自己沒那麼自信了，充滿了憂慮與懷疑。

「不。」他承認道：「雖然我常鼓勵外甥去追求各式各樣的知識，有些事我仍希望能讓他避開。畢竟，有些巨石不該浪費時間去嘗試翻轉。」

我挑起一眉，「什麼意思？」

朱利安皺眉，「我相信他提過他希望馬凡如何吧？之前的時候。」

在他選皇冠不選我之前的時候。「有。」我悄聲說道，聽起來覺得渺小。

「他覺得一定有辦法可以修好自己的弟弟，把亞樂拉．莫蘭達斯留下的傷口醫好。」朱利安緩緩地搖搖頭，「但是不齊全的拼圖是不可能拼成的，打破的玻璃也沒辦法再復原。」

我的心一沉，想到我早已明白的事不禁感到全身緊繃。我親眼見過的事。「是不可能的。」

朱利安點點頭，「不可能，而且根本一點希望都沒有。追求這個目標注定會失敗，是一段只會讓我這孩子心碎的路。」

「你怎麼會覺得我會在乎他心不心碎？」我冷冷地說道，嘴裡嚐到謊言的苦澀。

朱利安謹慎地向前走了一步。「不要太怪罪他。」他喃喃說道。

我立刻回話，「你哪來的膽子這樣對我說？」

「梅兒，妳還記得妳在那些書本裡發現什麼嗎？」他拉緊袍子問我，聲音裡有種懇求的語氣，「妳記得那些文字嗎？」

我打了個冷顫，而且不是因為雨水的緣故。「『不是神之選，而是神的詛咒。』」

「對。」他點頭，身體熱烈地跟著擺動，讓我想起他以前教課時的模樣，我做好聽大道理的準備。「這不是新的狀況，梅兒。男人和女人在某些情況下會這樣覺得，數千年以來都是如此。不論是被選中還是被詛咒，是受到命運之神的眷顧或是嫌惡，我認為這是從知覺存在的時候就存在的事，早在銀血人、紅血人或任何能力存在之前就存在的。妳知道那些帝王、政治人物和各種統治者，都覺得自己受到神祇的保佑嗎？妳知道他們覺得自己是被任命而來到他們的世界的嗎？許多人都覺得自己是神之選，但是當然也有少數，覺得這份責任是種詛咒。」

奇隆在我身邊小聲地表達了他的不以為然，我則是比較明顯，直接對著朱利安大翻白眼。我移動身子的時候，衣領也跟著動了，讓雨珠直直地沿著背脊滾落。我握緊了拳頭，才忍住不打顫。

「你是說你外甥與皇冠的關係是因為被詛咒才存在的嗎？」我不屑地說。

朱利安的神情變得嚴肅，我有點後悔自己如此冷漠無情。他對我搖搖頭，好像我是個等著被教訓的孩子。「被迫從他愛的女人和他認為是對的事之間二選一？他認為他必須要做，是因為他從小被教導那是件自己非做不可的事？如果這不是被詛咒，那妳覺得是什麼？」

「我會說是個簡單的選擇。」奇隆咬牙說道。

我用力咬著自己的口舌，忍下一連串無禮的答話。「你來的目的真的是要幫他的行為辯解嗎？因為我可沒那心情聽。」

「不，當然不是，梅兒。」朱利安答道：「但是如果可以，我希望能夠解釋給妳聽。」

想到竟然是朱利安來對我解釋他外甥的心意，用他抽絲剝繭和深思熟慮的能力？我不禁覺得心一揪。他會把這件事歸屬在簡單的科學觀念上嗎？會列出算式來告訴我王子的眼中，皇冠和我就是不平等嗎？我完全不能忍受。

「省省吧，朱利安。」我冷酷地說：「回到你的國王身邊去，站在他那邊吧。」我凝視他的雙眼，讓他知道我沒有說謊，「好好保護他的安全。」

他看明白了我的意思。我唯一能做的事。

朱利安．傑可斯深深地一鞠躬，想要遵照宮廷的禮儀一甩濕透的長袍。那瞬間，我們就像是回到了夏默頓，只有他和我在一間堆滿書本的教室裡。當時的我活在恐懼裡，被迫假扮成其他人，朱利安是我在那個地方唯一的慰藉，當然還有卡爾和馬凡。他們是我唯一的庇護所。但克羅爾兄弟已經不復存在，我想朱利安也一樣。

「我會的，梅兒。」他對我說：「如有必要，我會賭上我的性命。」

「我希望情勢不需要走到那一步。」

「我也是。」

我們的對話是對彼此的警告，他的聲音聽起來很像是在與我道別。

布利似乎在整趟飛行過程中都閉著雙眼，不是在睡覺，是他真的很討厭飛，討厭到他連自己的雙腳都沒辦法看一眼，更別說往窗外看了，他就連特瑞米和吉莎鬧他都沒回應。他們倆坐在他身邊，樂於沒事鬧一下。吉莎故意假裝要跟特瑞米說悄悄話，就越過布利說一些墜機或引擎失靈的事。我沒有加入他們，我知道墜機是什麼感覺，或至少說我知道差點墜機的感覺。但我也沒打算打壞他們的興致，這段日子裡愉快的時光真的太稀罕了。布利坐在位置上一動也不動，雙眼緊閉，把手緊緊交叉在胸前，眼皮像是黏死了一樣。最後他的頭往前垂，下巴抵在胸前，一路睡到目的地。

這對他來說可不是容易的事，畢竟從皮蒙特基地到蒙特福特自由共和國的這段旅程，是我搭過最長的一段，至少飛了六小時。對空降機來說太長，所以我們搭的是一架更大的飛行器，一架更像黑駒號的交通工具。不過好在這一架不是黑駒號，黑駒號去年已經被薩摩斯的戰隊和馬凡的怒火肢解了。

我打量機身結構，望向兩名駕駛背影。蒙特福特的男子，兩個我都不認識。奇隆就坐在他們後面，看著他們飛行。

媽跟布利一樣，對飛行沒有興趣，但是爸則是額頭都黏在玻璃上了，眼睛直盯著下方的陸地。其他蒙特福特隨行人員——大衛森和他的智囊團——則全程都在睡覺，他們八成打算一落地就開始緊鑼密鼓地做事吧。法爾莉也在睡覺，她把臉抵著座位。她坐在沒有窗戶的位置上，飛行仍會讓她不適。

她是赤紅衛隊的唯一代表成員。即便熟睡中，她的臂彎仍環抱著克勞拉，隨著飛機的震動搖晃她，讓她保持安定。上校已經回到基地，可能還覺得特別開心。法爾莉不在，他就是赤紅衛隊在場最高指揮官，他可以隨心所欲地扮演指揮官的身分，他女兒則從外地把情報傳回機構。

翠綠的皮蒙特在下方，與泥濘的河水和起伏的山丘交織，地勢漸漸成了長河的沖積平原。爭議區落在河岸兩邊，邊界怪異，隨時在改變。我對這些地區不太熟悉，只知道大多人都知道的幾項。湖居地、皮蒙特、普萊利，甚至連遠在南邊的特萊克斯都在爭奪這條泥濘、布滿沼澤、丘陵和樹林的土地，主要就是為了要取得對這條河流的控制權。我希望是如此。銀血人大多數時候打的仗都沒有什麼目的，為了不值一提的小事揮灑紅血人的鮮血。他們也控制這塊土地，但是沒有像他們對諾他王國和湖居地那麼嚴格地控制。

我們繼續向前飛行，一路往西前往有著平坦草地和坡度平緩丘陵的普萊利。這裡一部分是農地，麥穗成了金黃色的波浪，一排排無盡的田地，偶爾混著幾塊玉米田。其他地方看起來就像空地，零星有幾片森林或湖泊。就我所知普萊利沒有國王，沒有皇后，沒有王子，他們的貴族王爵是以權力統治，而非血脈。父親倒下後，兒子不一定會接下他的位置。這是另一個我以為永遠不會親眼見識的國家，但我現在就在這裡，從高空往下看。

那感覺永遠不會消失，過去的我和現在的我的怪異分界所帶給我的感覺。高棚村的女孩，熟悉泥巴的女孩，受困於一個小地方，直到命中注定的徵召日期到來。那時，我的未來如此空洞，可是是否比現在這樣輕鬆點？那段人生現在想來只覺得陌生，像是距離百萬英里、是千年之前的事。

朱利安不在這架飛行器上，否則我可能會想去問他在我們底下這些國家的事。他搭的是另一架飛行器，漆成黃色條紋，屬於賴瑞斯門脈，跟其他克羅爾家的人和薩摩斯家的代表和他們的守衛在一起。他們的行李也不用說，顯然準國王和皇后需要大量服飾。他們飛在我們後方，從左側窗口可以清楚看見，在我們追日的路途上，可以看見金屬機翼若隱若現。

艾拉告訴過我，她在到蒙特福特之前來自於普萊利，沙丘區、偷襲者領地。許多詞語我都不明白。她不在場，沒能解釋給我聽，她跟瑞夫留在皮蒙特基地了。泰頓是唯一一個隨行的馭電者，他出生於蒙特福特。我懷疑他回去還有家人可以探望，有朋友可以找嗎？他坐在機艙尾端，占據了兩個座位，臉埋在一本破舊的書籍之中。我望向他的時候，他感覺到我的視線，與我眼神交會了一秒。他眨眨眼，灰色眼珠算計著。不知道他能不能感覺到我腦海中的微弱電流？他知道那些電流的差別嗎？他可以分辨電流是來自於恐懼或興奮嗎？

我在未來有沒有機會能分辨得出來呢？

我對於自己的能力有多深厚可說是毫無概念，所有我遇過的、訓練過的新血脈都一樣。但也許蒙特福特的狀況不同，也許他們都知道我們是什麼身分、能做多少事。

接下來我只知道有人推了推我的手臂，把我從淺眠中驚醒。爸指著我倆間、位於座位後方弧形牆面上的圓窗。

「從沒想過我會親眼見到這樣的景色。」他邊說邊輕敲厚厚的玻璃。

「什麼？」我讓自己恢復狀況問道。他把我的安全帶解開，讓我有活動空間能轉身回頭往外看。

在土屋的時期，我已見過高山，見過密林區。綠意漸漸轉變成秋天似火的顏色，然後是貧瘠的冬日，刺骨的低溫。在歧異區，山脊一波波延伸至地平線之中，像長了樹葉的海浪一樣起起伏伏。深入窮鄉僻壤的皮蒙特，坡地會轉換成藍色和淡淡的紫色，只有從飛行器的窗口望出去才能稍微瞥見。這一切都是亞勒斯亞山脈的一部分，一座長長的古老山脈，從諾他王國延伸到皮蒙特內部。但我從沒見過眼前這樣的山脈景象，我甚至覺得這已經不能稱為山脈了。

我張著嘴，視線隨著飛行器往北方攀高，完全離不開地平線。平坦的普萊利地勢到此驟然結束，西側的邊緣被巨大的山群阻斷，這山比我過去看過的任何山脈還要高大。山坡隆起的模樣像刀鋒，太銳利、太高聳，像是一排又一排又尖又刺、體型龐大的牙齒，有些山峰處光禿禿的，完全沒有樹，好像是什麼都長不出來一樣。遠方有幾座山頭被白色覆蓋，是雪，即便現在是夏天。

我猛吸一口氣。我們到底跑到什麼國家來了？銀血人和雅登人的統治這麼徹底，還有足夠在這不可能的土地上打造一切的力量？高山讓我心生畏懼，但是也有一絲興奮。不過是從空中望去，這個國家已散發出不一樣的氛圍，蒙特福特自由共和國讓我心底深處翻攪著。

爸在我身邊，伸出一隻手放在玻璃上。他的手指劃過山稜的剪影、山峰的線條。「好美。」他喃喃說道，音量低得只有我聽得見，「希望這地方會善待我們。」

在不該抱持希望的時候讓人有所期待，是很殘忍的一件事。

我父親曾在高棚屋的陰影下這麼說過。當時他坐在輪椅上，一條腿沒了。過去的我常會覺得他不完整，現在的我知道情況不是那樣，爸就跟我們其他人一樣完整，一直以來都是如此。他只是想要保護我們，不要因為追求那些得不到的人事物、永遠過不上的未來而受苦。我們的命運已大不相同，看來我的父親也跟著改變了，現在的他已經懂得抱持希望。

我深呼吸，意識到一樣的事。即便在馬凡之後，在我被關了那漫長的數個月之後，經歷或造成了那麼多死亡和毀滅之後。即便我受傷的心仍在我體內流著血，即便為了深愛的人、想要拯救的人所承受的恐懼永無止境，這一切都不會離我而去，是我必須永遠承擔的重量，但我不會被擊沉。

我也還懂得抱持希望。

6 伊凡喬琳

空氣很古怪。太稀薄，乾淨得詭異，像是從世界其他地方脫離了一樣。

我嗅著我身上的鐵、銀、鎘的邊緣。當然，空氣中有飛行器發出來的金屬刺鼻氣味，引擎在旅途後仍然很高溫。那感覺真的太強烈，就算擠在賴瑞斯門脈的飛行艙中漫長的幾個小時後，我還是這樣覺得。那麼多金屬片、管線和螺絲釘。整趟航程中，我花了太長時間細數鉚釘和金屬接縫。如果我把那裡撕開，或是那裡，或那裡，就能把卡爾或安娜貝爾或任何我想的對象直接從高空摔死，就連我自己也可以。旅途大部分時間我都得坐在海芬王爵身邊，他的鼾聲簡直讓雷聲相形失色，跳機這選擇，感覺都快比坐在那裡好了。

雖然時值夏日，空氣中的溫度仍比我預期來得低，肩膀上的單薄絲綢底下爬滿雞皮疙瘩。我特別照著皇后該有的形象打扮，即便冷得要命。這是我的首次跨國造訪，代表歧異王國，也是諾他王國未來皇后的身分。若這受詛咒的未來真的成真，我一定得好好扮演這個身分，從頭到腳令人印象深刻、感到畏懼。我得做好準備，我已離自己熟悉的世界非常遠。我再次吸氣，大口吸入稀薄得異常的空氣。在這裡，就連呼吸都這麼陌生。

時間還沒到日落時分，但是因為山區地勢高聳，陽光已經顯得微弱。長長的影子爬上深刻在山谷中的降落場上，我覺得自己彷彿伸手就能碰到天空，用戴滿珠寶的指爪劃破雲層，讓天空流出紅色的星光。但我把雙手放在身子兩側，滿滿的戒指和手鏈藏在全襬和袖子的縐褶之中。只是裝飾品，漂亮又無用，安靜的玩意兒。就跟我父母希望我成為的模樣一樣。

機坪另一頭，路面在斷崖處結束，山腰間刻蝕而成的邊緣像窗戶一樣把地平線框了起來。

卡爾的身影站定，看著東邊，朦朧夜色以各種深淺不一的紫色緩緩降臨。群山形成山影，全世界似乎都在蒙特福特的影響下，準備沒入黑暗之中。

卡爾不是自己一個人，他的舅舅，那位怪到底的傑可斯爵士，就站在他身邊。他在一本筆記本上匆匆寫著筆記，用一種小鳥般興奮、緊張的氛圍做事。兩名守衛，一位身穿雷洛藍門脈的橘色與紅色，另一名則穿著賴瑞斯門脈的黃色，保持禮貌的距離，沿著兩側走在他們身邊。被驅逐的王子視線望著遠方，全身靜止，只有風吹得他的紅色披風搖擺不已。反轉門脈色彩是個很聰明的決定，可以把他和馬凡國王的一切都切割開來。

想起那張蒼白的面孔、藍色的雙眸、全身上下似乎都燃燒著能吞噬一切的火焰，我不禁打了個冷顫。馬凡除了飢渴，沒有別的了。

直到梅兒跟家人下了飛行器、匆匆走到等在一旁的蒙特福特接待人員旁邊，卡爾才轉身。巴蘿一家的聲音在高山深谷的岩石間迴盪，這一家人實在是很……多聲音。以一個這麼矮小袖珍的人來說，梅兒的哥哥們的個子真是令人意外地高。一看見她的妹妹，我馬上覺得胃一絞。那女孩一頭紅髮，顏色比伊蓮的還深，光澤度則完全比不上伊蓮。她的皮膚黯淡無光，沒有特殊能力或什麼我無法解釋的隱含魅力。她不蒼白也不迷人，只是一張普通的清秀臉龐，膚色偏像金棕色，平凡的美。普通，紅血人。伊蓮只有一個，不論是外貌和內在都一樣。在我眼裡，沒人能跟她相提並論，但是這個巴蘿家的女孩仍讓我想起我最渴望的那個人，那個我永遠無法真正擁有的人。

伊蓮不在這裡，我哥哥也不在。這就是代價。為了他的安全，為了讓他保命。若有機會，法爾莉將軍絕對會殺了他，我可不希望她有這種機會，我自己的心也一樣。

卡爾轉身看著梅兒消失，他的視線一直跟著她的背影，看著接待人員帶著她和家人走遠。想到他的愚蠢，我的嘴角不禁揚起。她就在他面前，他卻用雙手把那女孩推開，只為了一個如此脆弱、如此無常的皇冠。然而即便如此，我還是羨慕他。只要他想，他還是能選擇她，我只希望自己能有機會可以做一樣的事。

「妳覺得我孫子很傻，對吧？」

我轉身看見安娜貝爾．雷洛藍在看著我，她那致命的手指交握在身子前方，玫瑰金的皇冠在她頭上閃閃發亮。就跟我們其他人一樣，她也盡力展現最好的一面。

我咬牙淺淺地行了個完美的禮。

「我不知道您的意思，陛下。」我沒打算讓自己聽起來有點可信度，反正沒什麼關係，不論好壞都一樣。她對我有什麼看法，對事情沒有什麼影響，不論如何，她都還是能控制我的人生。

「妳跟那個海芬門脈的女孩在一起，對吧？傑洛德的女兒。」安娜貝爾大膽走近我身邊，我只想把伊蓮的面孔從她的腦海裡挖出來。「若我沒弄錯，她已經嫁給了妳哥哥，跟妳一樣是未來的皇后。」

威脅與她的話語交織，宛若我母親的蛇。

我強笑出聲，「我過去的小情小愛不關妳的事。」

她動起一根手指，在乾枯的指節上輕敲。她抿抿嘴，嘴邊的皺紋變得更深了。「跟我關係可大了，特別是妳說謊的速度這麼快，只為了保護伊蓮．海芬不用受到任何檢視。過去的小情小愛？差得遠了，伊凡喬琳，妳分明還沉浸在其中。」她瞇起眼，「我認為妳和我的共同點比妳以為的還多。」

我對著她不安好心地一笑，露齒掩飾不耐，「我跟其他人一樣熟知宮廷八卦。妳要講嬪妃的事，妳自己的丈夫就有一個，一個叫羅伯特的男人，這樣就讓妳覺得如此……能夠理解嗎？」

「我嫁給一位克羅爾國王，坐在他的身側，即便他心裡愛的是別人。我認為我很了解這種狀況……」她伸出兩根手指在我面前比劃，「要怎麼進行。讓我告訴妳，最好的情況就是所有參與在其中的人都有共識，而且沒有人被蒙在鼓裡。不論妳喜不喜歡，妳和我孫子必須在所有事情上都站在同一陣線才行，這是要存活的最佳做法。」
「妳是說在他的陰影下存活吧？」我控制不住，斷然答道。
安娜貝爾看著我眨眨眼，臉上出現了罕見的疑惑神情，然後她露出微笑，輕輕點頭。「皇后也是有影子的。」
很快，她的神情態度瞬間改變，「啊，總理。」她轉身到我左邊，往站在我身後那男人走去。我也一樣，看著大衛森走向前。他朝我倆點頭示意，視線始終凝視。他那雙古怪金色的斜眼，從安娜貝爾身上往我射過來。那雙眼睛是他全身上下唯一看起來是活著的部分，其他部分從空洞、空白的表情，到他靜止不動的指頭，看起來都被控制住了。
「陛下，殿下。」大衛森邊說邊低頭。我望向他身後，瞥見他的蒙特福特守衛穿著一身綠衣，還有他手下的官員和戴著勳章的士兵，總共有幾十個人。有些人在皮蒙特時就在他身邊，但大多數都是提早來等在這裡，準備迎接他的人。
他總是帶這麼多守衛在身邊嗎？需要這麼多槍？我感覺到槍管裡的子彈，一一數過，這是我的習慣。然後我把長裙裡的鐵強化，覆蓋住身上大多數重要器官。
總理伸出一手示意，揮揮手臂，「我想陪兩位進入我們的都城，當第一個歡迎兩位抵達蒙特福特自由共和國的人。」雖然他仍盡力維持毫無情緒的模樣，但我仍感覺得到他引以為豪的情緒，對自己的家鄉、對自己的國家引以為豪。至少這情緒我還懂。
安娜貝爾用一種能把那些坐擁可怕權力及可怕傲慢的男女銀血貴族看扁的眼神打量他，但總理絲毫不受影響。「這裡，」她嗤之以鼻，眼神看著我們兩側光裸的斷崖說：「就是你的共和國？」
「這裡，」大衛森說：「是一條私人降落跑道。」
我轉動手指上的戒指，用交織的珠寶來讓我分心，以免我不小心笑出聲來。
閃亮亮的鈕扣進入我的意識範圍，是厚實鐵製的鈕扣，形狀精美，上面烙印著火焰的圖騰。鈕扣接近我，一顆顆繫在我未婚夫的服飾上。他停在我身邊，散發溫度不高但穩定的熱度。

卡爾什麼都沒對我說，我為此感到慶幸。我們已經幾個月沒真的講上話了，自從他從骸骨刑場上死裡逃生之後就沒有。在那之前，當他第一次成為我的未婚夫時，我們的對話就不多，而且內容很乏味。卡爾的腦袋裡只有戰爭和梅兒．巴蘿，而我對這兩者都沒有太大興趣。

我瞥了他一眼，看得出來他奶奶已經好好打理過他的外表了，胡亂剪的髮型以及參差的鬍碴已經不復存在。他的雙頰現在很平滑，黑色髮絲從前額往後梳得整齊有光澤。卡爾看起來就像是剛踏出蒼火宮的樣子，一點都不像剛結束圍城，還飛了六小時的模樣。但是他的目光死板，流露出深沉的金棕色，也沒有戴皇冠。若非安娜貝爾無法取得皇冠給他，就是他拒絕戴上。而我猜是後者。

「私人降落跑道？」卡爾低頭問大衛森。

總理看起來對於身高差沒什麼困擾，也許他就是不像其他男性對尺寸那樣永無止境地在意。

「是的。」大衛森說：「這座機場的位置較高，比起在平地或深入山群中的機場來說，能較輕易進入上升點之城。我認為帶你們到這裡比較好，不過沿著東邊的獵鷹道攀高的風景才是絕美。」

「戰爭結束後，我很想親眼看看。」卡爾回答道，表現得很禮貌，不過掩飾不住他赤裸裸的乏味神情。

大衛森看起來不在意。「就等戰爭結束。」他回應道，眼神閃閃發亮。

「我們可不想耽擱你們向政府報到的時間。」安娜貝爾伸出手臂勾住卡爾，真是個慈愛的祖母。她傾身靠向他的程度有點超過必要了，畫面經過算計，看起來如此和諧。

「我是不擔心這點。」大衛森用一貫自在的態度說話，臉上掛著慵散的微笑，「我要在蒙特福特集會上報告的時間安排在早上，到時候我就會送出我們的提案。」

卡爾一愣。「明天早上？總理，你我都明白，那時間……」

「集會都是早上舉行的，今晚我希望你們願意加入我一起用晚餐。」大衛森泰然自若地說。

「總理……」卡爾咬牙切齒地開口。

但是新血脈就是有說服力、態度又堅定，儘管表現出歉意也一樣。「我的同事都已經同意在平常會議期間以外特別召開一場會議，我跟你保證，我已經在我國法律允許之下盡了全力。」

法律。在像這樣的國家，真的會有法律存在嗎？沒有王座、沒有皇冠、大家爭執不休的時候沒有人來做最終決策的地方？蒙特福特到底打算怎麼撐下去？這麼多人有這麼多意見，他們要怎麼前進？

但是如果蒙特福特無法前進，如果大衛森無法幫卡爾迎來更多軍隊，那麼這場戰爭就會以我想要的模樣結束了，也許會比我預期得還要早結束。

「那就去上升點之城吧？」我問，希望能快點離開這越來越寒冷的地方，而且讓卡爾可以越接近這能給他帶來心煩意亂的地方越好。既然安娜貝爾已經勾住了卡爾，我便朝大衛森伸出手臂。他微微鞠躬後勾起我的手臂，手放在我的手腕上，像羽毛一樣輕。

「請往這裡走，殿下。」他說。

我很驚訝地發現，被新血脈碰到的感覺，竟沒有像未婚夫碰到我時那麼令人嫌惡。他以一個舒服的速度邁開步伐，帶我們遠離飛行器，踏上通往上升點之城的路。

這座城市位於巨大的山群最東邊高處，俯瞰其他較低矮的山峰以及邊境。普萊利在地平線處若隱若現，外緣處就是被稱為爭議區的地方，巡視的銀血人不屬於任何國家，只要有人穿越就鎖定攻擊。其他地方就是空無一物的平地，只有一處凹陷的殘骸，標示出一處很久以前的城市遺跡，只是我不知道那地方的名字。

上升點之城看似為高山的產物，建築在山坡上，深入山谷中，跨過往東邊蜿蜒峽谷流去的潺潺小溪與河流。幾條道路鑽入山洞中，交通工具在上頭進進出出。表面下一定還有更多，深埋在這些山的岩石核心之中。

上升點之城的大多建築都是由石料建成的，如花崗岩、大理石還有石英，開採後雕刻成平坦得幾乎不可能的白灰板材。松樹聳立，有些比塔尖更高的松樹穿插在建築物之間，針葉與蒙特福特國旗的深綠色一樣。夕陽和高山讓整座城市沉浸在一道道深粉色和逐漸轉深的紫色之間，在光和影之間流轉。披著白雪的山峰像是勝利般地站在天空下，一路延伸到西邊去，看起來太巨大、太近了。幾顆提早現身的星星在暮色中閃閃發亮，看上去很熟悉，那排列的陣列我認得。

我從沒見過像這樣的城市，這讓我擔心了起來。我不喜歡驚喜，也不喜歡覺得敬佩。這代表有東西比我還好，或比我的血脈、我的家鄉好。

但是上升點之城、蒙特福特、大衛森，他們都做到了。

我無法自拔地對這奇怪又美麗的地方驚嘆不已。

走到城市的這段路不到一英里，但是為數眾多的階梯讓路感覺上比實際還長。我想總理是想炫耀，所以與其把我們塞進交通工具裡，他選擇逼我們走路好欣賞整座城市。

若我人在克羅爾國王的宮廷，勾著的是某個王公貴族，我根本不會想要聊天。薩摩斯門脈早已名聲顯赫，但是在這裡呢？我得證明自己。我嘆了口氣，咬緊牙關，望向身旁的大衛森。

「就我所知，你是被選來接任這個職位的。」話語如此陌生，在我口中滾動，像顆平滑的石頭。

大衛森忍不住一笑，高深莫測的面具出現了一道裂縫。「是的，沒有錯，兩年前的事，由這個國家投票選出。到了第三年，也就是明年春天，我們會再選舉一次。」

「具體投票的人是誰？」

他收起笑容，「各式各樣的人，妳問的是這個吧？紅血人、銀血人、雅登人。所有選票都與血色無關。」

「所以說你們這裡也是有銀血人。」我早就聽說過這件事，我不知道哪個銀血人會願意貶低自己到跟紅血人並肩生活的地步，更別說還受紅血人統治，甚至是新血脈。不過，我還是很疑惑。為什麼要住在這裡，過著平等的日子？明明在其他地方生活可以有神一樣的地位。

大衛森壓低下巴，「我們有很多銀血人民。」

「他們就這樣允許這一切嗎？」我冷笑道，懶得注意自己的言詞。我只有在父母身邊才會小心說話，而他們現在不在這裡，只把我丟到這群紅血狼群中。

「妳是說，允許我們生而平等吧？」總理的口氣變得有點尖銳，穿透高山的空氣而來。

他直視著我的雙眼，金色帶點炭灰色。我們繼續走，兩人都沉著地走過許多階梯。他想要我道歉，但我可不想。

終於走到了階梯平台，這是一座大理石平台，俯瞰著寬廣、盛開的花園。陌生的花，紫色、橘色還有淡藍色，在我們面前茂密生長，充滿野性、氣味芬芳。前方幾碼處，梅兒．巴蘿和家人跟著蒙特福特的接待人員穿過花園，其中一個哥哥停下來近看這些鮮花。

大家都在欣賞花園的時候，大衛森突然朝我靠近，嘴唇差點就要碰到我的耳朵，我忍住把他劈成兩半的衝動。

「請原諒我的冒失，伊凡喬琳公主。」他悄聲說：「但妳有個女性愛侶，對吧？妳被禁止與她成婚。」

我發誓，絕對要把這裡所有人的舌頭都挖出來。這世界難道都沒有秘密了嗎？

「我不知道你在說什麼。」我咬牙不悅地說道。

「妳當然知道。她嫁給了妳哥哥，這是協議的一部分，不是嗎？」

我的雙手握緊了石製扶手，但冰涼的平滑表面完全無法平靜我的心情。我把指甲往石頭插，尖銳、裝滿珠寶的裝飾指爪直陷入石頭表層。大衛森繼續說，話聲吵雜、低沉又快速，令我無法無視。

「如果一切都如妳所願，如果妳不是爭奪皇冠的其中一枚籌碼，她也沒結婚，妳會與她結婚嗎？在最佳的情況下，諾他王國的銀血人會允許妳滿足自己的渴望嗎？」

我咧嘴轉向他。總理離得太近了，可他一點都沒退縮，也沒後退腳步。我能看見他臉上皮膚的小瑕疵，皺紋、疤痕，甚至毛孔。若我想要，可以立刻把他的眼珠從腦袋上挖下來。

「婚姻與渴望無關。」我斷然答道：「婚姻唯一的目的就是傳宗接代，別無其他。」

不知道為什麼，他那雙金色眼眸突然軟化了下來。我在他眼中看見了同情，看見遺憾，而我痛恨這些情緒。「所以單單只因為妳的身分，妳的心願就被拒絕。因為一個妳從未做過的決定，因為妳永遠無法改變的那一部分自己——而且妳也不想改變。」

「我……」

「妳可以儘管看不起我的國家，」他喃喃說道，我看出了一點他努力壓抑的脾氣，「質疑這裡的一切。但也許答案妳會喜歡。」然後他後退了一小步，回到政治人物該有的模樣。一個一般的男子，散發著一般的魅力。「當然，我希望妳會喜歡今天的晚餐，我先生卡麥登為了各位的蒞臨忙了好久。」

什麼？我眨眨眼。絕對不是，一定是我聽錯了。我的雙頰一陣熱，羞愧得發白。我不能否認心臟在胸膛裡像是要跳出來一樣的感覺，腎上腺素衝過全身，然後又瞬間消失。巴望不可能的事情是沒有用的。

但是總理只那麼輕微地點了點頭。

我沒有聽錯，他也沒有說錯。

「這只是另一件我們在蒙特福特允許的小事，伊凡喬琳公主。」

他沒多做其他禮儀舉動便放開我的手臂，逕自加快腳步，拉開我倆的距離。我感覺到心臟在體內用力敲擊。他是在說謊嗎？他說的事情真的有可能嗎？迷惘中，突如其來的熱淚湧上眼眶，我覺得胸膛一緊。

「外交向來不是妳的長項。」

卡爾在我身後凝視前方說道，他的祖母正轉身對著其中一位依蘿門脈的王爵悄聲說話。

我轉過頭，利用銀色髮絲掩面片刻，讓我稍微能恢復一點理智。幸運的是他決心一直望著梅兒的背影，視線可悲地跟著她的一舉一動，心心念念。

「你到底為什麼要選我？」我終於忍不住在他身後挖苦地說，希望他能感覺到我的每一分憤怒和痛楚。「為什麼要選我這樣的人當皇后？明明我只會是你的眼中釘。」

「裝傻也不是妳的長項，伊凡喬琳。妳很清楚這一切的運作道理。」

「我知道你有過選擇，克羅爾。兩條路，而你選了會來到我身邊的那一條。」

「選擇。」他低聲咆哮：「妳們女生真愛說這個詞。」

我的白眼都翻到腦門去了，「嗯，看來你對這個概念很陌生啊。把自己做的決定拿來怪所有人、所有事。」

「那是我非做不可的決定。」他轉向我，眼神閃爍，「不然怎麼辦？妳覺得安娜貝爾和妳父親還有其他人會跟紅血人結盟嗎？如果沒有籌碼的話，會嗎？妳覺得他們不會去支援其他人，其他更糟的人？如果是我的話，至少還可以……」

我一個箭步走到他面前，讓我們倆直接面對面。我挺胸做好戰鬥的準備，一輩子的訓練在我體內自然做出反應。「可以怎麼樣？讓一切變好嗎？等到戰爭都結束，你覺得你就可以坐在新王位、舞動那愚蠢的火焰，改變這個世界嗎？」我嘲諷一笑，從他的靴子打量到他的前額，「別讓我笑掉大牙了，泰比瑞斯．克羅爾。你跟我一樣，就是個傀儡，但至少你有過剪斷繩索的機會。」

「妳就沒有嗎？」

「可以的話我就剪了。」我悄聲說道，覺得這話發自內心。如果伊蓮在這裡，如果我們能留下來……

「等到……等到時候到了，我們該成婚的時候……」他的話結結巴巴地說不出來，但克羅爾家的人是不會口吃的。「我會盡量讓事情容易一點。國際探訪、會面，妳和伊蓮可以繼續隨心所欲過活。」

我打了個冷顫。「只要我最後還是有籌碼的話。」

光想到那個情境，就讓我倆都一陣作嘔，把視線從彼此身上移開。「沒有經過妳的同意，我什麼事都不會做。」他喃喃說道。

雖然我不意外，但心裡仍感到放下大石。「你要是敢試，我就讓你看看一刀兩段是什麼模樣。」

他發出微弱的笑聲，只比吐氣聲大一點。

「真是一團糟。」他喃喃說道，音量低得像是覺得我不會聽見。

我用力吸了一口氣，「你還是可以選她。」

話就這樣懸在空中，折磨著我倆。

他沒回話，視線變成盯著穿了靴子的雙腳。花園裡的梅兒背對著他，緊跟在妹妹身後，即便髮色不同，仍能看出姊妹倆的相似之處。兩人移動的方式一樣，小心、安靜、刻意，像老鼠。妹妹邊走邊摘了朵花，一朵顏色淺綠、花瓣奔放的花朵，然後插在自己髮間。我看著那個高高的紅血男孩，那個梅兒不論到哪都一定要拖著一起走的男孩，他也做了一樣的事。花朵在他耳後顯得很傻氣，巴蘿姊妹倆都笑彎了腰。他們的笑聲傳到我們這兒來，比什麼都挑釁。

他們是紅血人，他們比較低下。可是他們卻很快樂，這是怎麼回事？

「不要再牽腸掛肚了，克羅爾。」我咬牙說著，但這話是說給我們倆聽的。「這皇冠是你親手打造的——要不就好好戴上，要不就不要戴。」

7 艾芮絲

歐海斯的堤防很高。時值潮濕的春天，湖居地南邊的農地已經淹了好幾次水。緹歐拉幾個禮拜前才來過這不安定的國境邊界，一邊微笑揮手，一邊幫忙搶收作物。她那罕見的淺淺微笑讓我們在這裡贏得不少人心，但是還是不夠。宮廷裡收到的報告指出，紅血人仍繼續逃走，穿過山丘跑到東邊的歧異王國。要是相信那個銀血國王會給他們更好的生活，那他們就真的太傻了。比較聰明的人則是越過歐海斯，逃到爭議區去，那裡沒有國王、皇后統治，但是這段路途非常紛亂，得在湖居地和北邊的皮蒙特之間面對紅血人和銀血人。

河流上方的階梯平台，形成能夠掌握整個河谷的制高點，那是一個等待的好地方。我望向南邊，看著夕陽餘暉下閃著金色光芒的樹林。今天過得很輕鬆，只是忙著穿越玉米和小麥。馬凡人不錯，自己搭乘一輛交通工具，一路向南移動的路上，為我換來好幾小時獨處的平靜。這段旅途簡直像是特赦，雖然也代表要離開母親和姊姊。她們已經回都城去了，我不知道哪時候才會再見到她們，甚至不知道到底有沒有機會再相見。

雖然微風宜人、氣溫溫暖舒適，馬凡還是選擇在車上等。至少是現在。等皮蒙特人抵達了以後，他多少會現身才對。

「他遲到了。」我身邊的女子喃喃說道。

面對這樣的處境，我仍不自覺揚起嘴角。「有耐性點，吉坦莎。」

「天啊，世道真是變了啊，陛下。」她笑道，棕色臉龐上的皺紋隨著笑容變得更深刻，「我都還記得不知道多少次給妳這般的建言，但通常都是跟食物有關。」

我放下警戒，視線從地平線移過來瞥了她一眼。「關於這點，世道還是一樣的。」

她沙啞的笑聲更大聲了，在河面上迴盪不休。

出身梅寧一系的吉坦莎，從我有記憶以來就是我們家族的好友，像姑姑、阿姨一樣親近，疼愛人的程度就像是個祖母。我和小緹還小的時候，她會用特爾基人的能力來逗我們，用念力把我們的鞋子或玩具拋來丟去。雖然滿臉皺紋、白髮蒼蒼、身材發福，但吉坦莎可是個令人生畏的對手，是一名能力高超的特爾基人，我國最頂尖的好手之一。

若我不是這麼狠心，我會要求她跟我一起回諾他王國。她一定會答應，但是我很清楚不該提出這種要求。她的家人大多死於戰爭，跟諾他人生活在一起，對她一定是一種根本不該降臨的處罰。

她在身邊令人安心。即便我們人在湖居地境內，但只要在馬凡身邊，我就無法放鬆。

我的隨從在我身後排開，保持一段尊重的距離。哨兵人應該要讓我覺得安全，但是在他們的凝視下，我根本不可能放鬆。要是我丈夫下令，他們就會殺了我，或說至少會試著殺掉我。

我把雙臂交叉在胸前，撫摸著我的藍色通勤夾克。雖然我即將與皮蒙特的王子見面，具統治身分的王子，但我仍不幸地穿得過度輕便。希望他不像我認識的那種超級注意外表的銀血人一樣。

我馬上就會知道答案了。

從制高點可以看見護送隊跨過爭議區。那塊土地跟湖居地南方的林區的分別不太清楚，其中沒有城牆、沒有閘門、沒有道路來區隔國境。我們的巡邏人員現在藏匿得很好，他們已經接到指令，要讓皮蒙特的王子順利通行。

他的護送隊規模就算跟我們這六台車、五十幾個守衛相比也不算大，我只看到兩台車，高速、敏捷的機械，穿過森林邊緣。兩台車身都漆成迷彩花色，一種病懨懨的綠色，好搭配環境色彩。隨著他們越來越接近，我陸續看見黃色、白色和紫色的星星裝飾在側面。

巴拉肯。

我身後傳來金屬聲響，馬凡踏下車。他跨出大步，走過已經被壓扁的草地，不疾不徐地停在我身邊，慢慢地把雙手交疊。他的蒼白肌膚在光線下顯得偏金黃色，看起來比較像個人了。

「我不太信任巴拉肯王子，他實在是個傻子。」他伸手比一比王子帶來的小型團隊。

「絕望讓人犯蠢。」我冷冷地回答。

馬凡笑了一聲，視線用一種懶散的態度飄向我，「妳就不是。」

對，我不是。

這根針一定要小心地穿線。我像馬凡一樣把雙手交疊，展現有力的形象，還有決心和堅強。巴拉肯的孩子們已經失蹤數月，遭到監禁、成為談判籌碼。他們行蹤不明的每分每秒，皮蒙特都在失血。蒙特福特已經花了他們的皇室數百萬開銷，能拿出來的都拿出來了，買槍、買飛機、儲存食物。這個低國城的軍事基地的大多物資都運回了山區，那地方已經什麼都不剩了。蒙特福特人跟蝗蟲一樣，有什麼就拿什麼，巴拉肯僅有的資源已經幾乎被消耗殆盡。

車隊在幾碼外停了下來，與我方的人馬保持安全距離。車身打開後，十二名守衛先行下車，人人都穿著華麗，紫色的布料邊緣滾著金邊。他們身上配有長劍和槍枝，其中幾人看起來比較喜歡用戰鎚或斧頭，而不是刀鋒。

巴拉肯身上則完全沒有帶武器。

他的個子很高，肌膚黝黑，膚質平滑，嘴唇豐滿，雙眼像是擦亮的煤玉圓石。馬凡身上披著披風、戴著勳章和皇冠，巴拉肯則沒這麼依賴造型。他的衣著做工精細，金邊鑲在深紫色布料上，與他的守衛相匹配，但是我沒看見皇冠，沒有毛皮也不見珠寶。這人單純為了一個危急的理由而來，完全無心在乎華麗裝飾。

王子比我倆都高，有著史壯亞姆人的壯碩身材，但我知道巴拉肯是仿行人，若他碰到我，就能利用我的寧夫斯人能力，不過時間有限，力量也會略減。同樣的概念也能運用在任何銀血人身上，也許在新血脈身上也行得通。

「我真希望我們的首次會晤是在更好的情況下進行。」他的聲音低沉，隆隆作響。他依禮低頭淺淺地敬禮，觀察我倆的位階。他雖是皮蒙特的領導人，可是他們的國家地位跟我們比還差得遠了。

「我們也這麼希望，陛下。」我回答道，同時朝他點頭。

馬凡學著我的動作反應，不過他的速度太快了，好像希望這一切能速戰速決。「你帶了什麼給我們？」

對於這麼不圓滑的說話方式，我不禁皺起眉頭。我反射性張口準備圓場，但是出乎我意料之外，巴拉肯竟咧嘴一笑。

「我也不喜歡浪費時間。」他回答，微笑中帶著剛硬。他身後的其中一位守衛走上前來，手上拿著一個皮革文件夾。「尤其是跟我的孩子有關的時候。」

「這是您對蒙特福特掌握的情報嗎？」我看著守衛將文件交給王子時問道：「你們準備的速度很快。」

「數月以來，王子和所有投入協助的人都在搜找孩子們。」馬凡拖長了語調說道：「我還記得你們的使節人員，亞歷山德王子和戴瑞爾斯王子。真的很遺憾，當時沒……幫上他們什麼忙。」

我差點岔氣。其中一個王子就是死在雅啟恩皇宮，因為馬凡發動的叛亂而喪命。另一人就我所知，也已經不在人世。

巴拉肯揮揮大手，拒絕了歉意。「他們自己知道風險，其他人也一樣。為了搜救我的兒女，我已經失去了幾十人了。」他的話聲中帶著真心的哀傷，掩蓋在憤怒之下。

「希望接下來不會再有人喪命了。」我喃喃說道，沉浸在自己的思緒中，想著母親說的那句一定得是妳。

馬凡抬高下巴，眼神瞥過巴拉肯和那份文件夾。那裡面一定充滿蒙特福特的資訊，包含他們的秘密城市、山峰、軍力。都是我們需要的資訊。

「我們已經準備好進行你做不到的事，巴拉肯。」他說。馬凡非常善於演戲，他的話裡包含了恰到好處的同情心。若有機會，這個年輕的國王搞不好會在我出手之前就把巴拉肯拉到自己陣線。「我明白，蒙特福特人挾持了你的孩子，你便無法與他們為敵。即便是最微小的搶救任務都可能造成他們的生命威脅。」

「沒錯，就是這樣。」巴拉肯用力點頭。馬凡拋給他的一切他全都一口咬住。「就連搜集情報都近乎太過冒險。」

諾他國王挑眉，「所以說？」

「我們成功追蹤孩子們的行蹤到他們的都城，上升點之城。」王子說道，他伸出手，將文件夾遞給我們。「那座城市深藏在高山之中，有河谷保護。我們手上有的地圖舊歸舊，但是還是可以用。」

我在哨兵人來得及接手前先接過了資料，資料夾很重，資訊價值可比黃金。

「你們有找到他們被藏在何處嗎？」我問道，只想快點翻開文件、著手進行工作。

巴拉肯點頭，「應該有，付出了極大代價。」

我雙臂交叉，將這一大本資料抱在胸前：「我不會浪費的。」

皮蒙特王子上下打量我，臉上露出有禮的疑惑神情。馬凡則沒這麼明顯。他沒有移動，表情沒有變化，溫度一度也沒上升，可是我可以察覺他強烈的疑心。還有警告。他太聰明，知道在王子面前不要開口，無法阻止我張開羅網。

「我要親自領隊前往。」我用最堅定的眼神凝視著巴拉肯。他沒眨眼，跟雕像一樣堅決。他看著我，估量著我。我身上的輕便穿著有利於我，讓我看起來不像皇后，更像戰士。「我會利用諾他王國和湖居地的士兵，人力規模夠小，足以不引起注意。別擔心，我們昨天就開始動員了。」

雖然滿心不願意，但我還是伸出一隻手放在馬凡的手臂上。袖子底下的手臂摸起來冰涼。我雖沒看見，但是感覺到他微乎其微的一振。我展開更開朗的微笑。

「馬凡想到了一個絕佳的計畫。」

他的手滑到我手上，手指冷得像冰，清楚的威脅。

「的確。」馬凡說。嘴角咧成兇狠的微笑，與我相稱。

可是巴拉肯只看見我們的提議，以及他的孩子被救援的機會。我不怪他，我可以想像要是換作緹歐拉和我淪落這樣的處境，我母親會怎麼做來救回我們倆。

王子長長地吁了一口氣。「那就太好了。」他說道，再次鞠躬。「作為回報，我可以誓言讓我們已經建立了數十年的盟國關係繼續下去，直到嗜血之人打斷這段關係為止。」巴拉肯的態度轉硬：「但就只能這樣了。情勢已經轉變。」

我能清楚感覺到這段話裡的每一個字，宛若腳下河流裡的水一樣，流暢地移動，無法打斷，無法阻止。

「情勢已經轉變。」我附和道，手上緊緊握著文件夾。

這次馬凡跟著我上了我的車，我真想一腳把他踹到草地上。可是我只縮身在離他最遠的角落，巴拉肯的資料夾打開在腿上。馬凡一邊坐下，視線一直在我身上，那種冷靜的態度差點把我逼得冒出汗來。

我等著他開口，目光迎向他冰冷的凝視。我在心裡咒罵他上了我的車，一心只想立刻開始拆解資訊，把我的救援計畫的缺漏處補滿，但是馬凡在一旁睨視，我根本無法做事。他心裡也很清楚，對此非常怡然自得，就跟他平常享受自己對他人造成的困擾一樣。我覺得這行為讓他能滿足邪惡的心念，讓大家都淪入邪惡心念的影響之中。

直到車子開始移動，高速駛離國界，他才開口說話。

「妳究竟是在做什麼？」他的口氣平穩，完全不含一絲情緒。這是他最喜歡的策略，讓人看不出他的心情。想要像是面對其他人一樣，從他的眼中或臉上找到任何情緒是不可能的。面對這種情況，他已經應付得太老練。

我只抬著頭，簡單回話：「幫我們贏下皮蒙特。」

我們。

馬凡從喉嚨深處發出了一聲嗯。然後便往後靠，等著旅途結束。「很好。」他說道，然後就沒再開口了。

8 梅兒

蒙特福特隨從帶著我們走到位於高聳山脊上、可以俯瞰中央河谷的建築，其他上升點之城的居民則多居住在山坡上。所到之處都能看見深綠色的布幔在美好的晚風中輕飄，布幔上是白色三角形符號。是山，我這才意識到，覺得自己太傻，竟沒早點看懂這符號。他們的制服上也有一樣的符號。

我自己身上的服飾沒有記號，甚至不是制服，只是從科芬昂和皮蒙特的店裡找來湊成的。從夾克、長褲、靴子和上衣細緻的做工來看，可能屬於銀血人。法爾莉走在一旁，一身她的版本的制服，克勞拉就跟在她身邊。她一身紅色裝束，領口掛著三張金屬方塊，這是指揮官將軍的符號。

我們身後的銀血人裝束就比較浮誇了，但以他們來說，我不覺得意外。他們跟彩虹一樣豔麗，在城裡蜿蜒的白色的走道上色彩奪目。卡爾火紅色的長袍不容忽視，但我還是盡量不去注意。他與伊凡喬琳走在一起，我有點希望看到她在某一段比較危險的路上或是樓梯上把他推下去。

我緊跟在父親身邊，聽著他的呼吸。上升點之城的階梯眾多，父親不僅年邁，還有一條重新長出的腿，更別說他剛修復的肺了。空氣稀薄的環境一點也沒有幫助。

他極力穩住腳步，漲紅的臉色是他付出多大努力的唯一線索。媽走在他的左側，跟我想著一樣的事。她的手放在他身後，張開了掌心準備在他踉蹌時接住他。

若爸開口，我一定會找人幫忙，也許是史壯亞姆人，即便只是布利和特瑞米也好。但我知道他是不會開口的。他勉力向前，僅碰碰我的手臂一、兩次。表示感謝我在他身邊，也感謝我忍住沒有開口。

終於走完了階梯，我們來到雕刻成像樹幹和樹葉形態的拱門前。穿過拱門，走進了中央廣場，這裡的石工以綠色的花崗岩和乳白色的萊姆石交織為棋盤狀。各種松木沿著環繞此處的拱門生長，有些高聳如塔樓，樹幹也跟塔樓一樣粗。我對如此歡欣的鳥鳴聲感到詫異，鳥群在染了紫色的天空上嘰嘰喳喳地叫個不停。

奇隆在我身後小聲地吹了個口哨。他盯著大樹間一座有石柱裝飾、蓋在峰頂斜坡上的建築看。這建築看起來像是用撞圓了的石頭混合建成，有點像河床底部，再加上上了白漆的木頭和大理石裝飾。建築各翼都有陽台，其中有些還有盛開的野花。每扇窗口都面對河谷，俯瞰上升點之城。

這就是總理的家，我很確定。一座不叫城堡的城堡。這景象讓我有點不自在，至於我的家人則全都看傻了眼。我見識過太多城堡，早已知道不該相信躲在這雕刻之美和閃亮窗戶後頭的東西。

城堡四周沒有城牆，也沒有閘門。上升點之城外部看起來也沒有東西包圍，或者沒有我看得見的東西。我隱約感覺到這座城、這個國家本身的地理位置，就是一種疆界。蒙特福特夠強大，不需要城牆，或是蠢到不懂得要蓋一座。從大衛森的模樣看來，我強烈懷疑後者的可能性。

法爾莉一定也在想一樣的事。她的目光掃過拱門、松樹、皇宮，用專注的視線一一看進眼底。然後她回頭望向那些大步跟著我們走進來的銀血人，只見個個都在假裝對大衛森的家不感興趣。

總理只揮揮手要我們上前，越走越深，直入他的國家核心。

就跟在皮蒙特的時候一樣，巴蘿一家人可以獲得比起過去舒適得多的居住區。大衛森家的寓所十分遼闊，大到我們每個人都能有一間自己的房間。奇隆和吉莎忙著到處探索，跑到每間房間探頭探腦。布利則比較懶得動，在長長的客廳裡，坐在一張絲絨沙發上。我站在陽台上都已經能聽到他的鼾聲了。這只是暫時的，直到我們在市區裡找到能長久安身的住處為止。

沒人來煩我，不知道是不小心的還是刻意的，不過不論如何，我都不在意。

上升點之城在下方閃閃發亮，像是山邊的一串星座圖。我感覺得到城裡的電流，距離遙遠但很穩定不斷，在諸多燈光裡對我眨眼。眼前的景象看起來就像是天上景色的反射。這裡的星星看起來清楚得不可思議，近得像是能伸手就摸到。我深呼吸，把山間野外的新鮮氣息全部吸收。把他們留在這裡很好，是我能想到最好的地方了。

陽台邊緣有鮮花從盆栽和花盒裡冒出來，色彩繽紛鮮豔。我眼前的這朵花是紫色的，形狀怪異，花瓣像尾巴一樣。

「他們稱這種花叫大象花。」

特瑞米悄悄走到我身邊，一隻手肘撐在欄杆上。他傾身往外靠，看著下方的城市。雖然時值夏日，刺骨的寒意仍隨著夜色降臨。我一定是在發抖，因為他伸手遞給我一條披肩。

我接過來，把織料裹上肩，他皺起眉：「我不知道什麼是大象。」

這兩個字在我腦海裡依稀有點印象，但我搖搖頭，聳肩說：「我也不知道。可能是一種動物吧，朱利安一定知道。」我脫口而出他的名字，讓我自己差點皺起眉，只覺得胸口一疼。

「妳今天晚餐的時候可以問他。」我的哥哥若有所思地說道，一手撫過參差不齊的鬍碴。

我再次聳肩，想把自己提到朱利安．傑可斯的事甩掉。「你該刮鬍子了，特瑞米。」我竊笑道。再次深吸一口甜美的空氣，轉身望著城市的燈光，「想問朱利安的話你可以晚餐時候自己問他。」

「不。」

他的口氣讓我停了一下。微微顫動的堅定，大膽的口吻。特瑞米向來不會拒絕我們家任何人。他已經太習慣跟在布利身後，或是撫平家裡的紛爭。他是和事佬，永遠不是會介入任何事的人。

我抬頭望向他，等著他解釋。

他咬緊牙關，深棕色雙眼凝視我的眼睛。他遺傳了媽的眼睛，跟我一樣。「那不是我們該做的事。」

我們。

他的意思很清楚。我們最多就是到這裡。巴蘿家的人不是政治人物，也不是戰士。他們沒道理一起成為鎂光燈的焦點，或是加入我生活的險境之中。但是光是想到我得獨自站在那裡，沒有他們在身邊——那種恐懼無止盡，自私又突然。

「可以的。」我說得太快，伸手抓住他的手腕。特瑞米很快地伸出手蓋在我的手上。「你們該在場，那裡屬於你們每個人。你們是我的家人……」

一扇門往陽台打開來，吉莎和奇隆走進陽台後把門關上。我的妹妹打量我們，雙眼發光。

「有多少人單純只因為家人的緣故就享有不該屬於他們的權力？」她問道。

她問的是銀血人。皇室成員、貴族等，權力世代相傳，不論下一代是否根本不夠格繼承。對血脈的執著、對命運的堅持，正是馬凡一開始會登上王位的原因。一個扭曲的孩子王統治一整個國家，而他明明連自己的思緒都管不好。

「那不一樣。」我喃喃回話，這反擊連我自己都站不住腳。「你們跟他們不一樣。」

吉莎朝我伸出手，幫我調整披肩。她對我的疼愛像是姊姊對妹妹那樣，雖然實際上我才是年長的那一個。她的耳後仍插著那朵花，顏色跟黎明一樣蒼白。我緩慢地伸手觸碰花瓣，然後手指繞著她的一縷髮絲。花朵很適合她。蒙特福特也會嗎？

「就像特瑞米說的，」她回答：「你們的會議、議程，你們打的戰爭，都不適合我們，我們也不想參與。」吉莎凝視著我，與我四目相接。我們這時候身高一樣，但我希望她能繼續長高，她不該只看到我能看到的世界。

「好。」我氣聲說，把她拉近我。「好。」

「他們同意了。」她靠著我，喃喃對我說。

媽，甚至爸也是。

我心裡有個什麼東西鬆手了，放下了極大的重量。但這是把我往下拉的錨，還是讓我穩定的錨？可能兩者皆是。天平上沒了父母或手足，我會變成什麼樣子？

我必須變成的模樣。

我的頭還靠在吉莎肩膀上，要不看站在她身後的奇隆也難。他的臉色深沉，看著我們，臉上籠罩著一場風暴。他發覺我的視線時，與我四目相接，我看見他眼中的決心。他很早就加入赤紅衛隊，不會藉此違背誓言，就連可以留在這裡，安全地與他唯一能稱之為家人的人待在一起也一樣。

「好了。」吉莎後退身子說：「快來幫妳打扮一下，準備參加這場麻煩的晚宴吧。」

數月在反叛軍基地的生活，反而提高了我妹妹對顏色、布料和造型的敏銳度。她不知怎麼地從皇宮裡找來了幾套不同的造型來選擇，每套裝束都舒適同時也很正式，各種風格都有。當然沒有諾他王國的銀血人會穿的那種可怕的寶石風格，但是仍適合與國王和領導者同桌用餐。我得承認，我喜歡做這種打扮。伸手撫過棉布或絲綢、決定怎麼整理頭髮，這些事都是好的分心主題，也是必要之事。

泰比瑞斯當然會跟我同桌，一臉不悅地穿著紅色裝束入席，氣我在他對立場棄之不顧時，我仍堅持立場。就讓他好好看看自己到底是背棄了什麼事、什麼人吧。我感到一種病態的滿足感，而這個念頭讓我覺得愉快。

雖然吉莎喜歡我穿比較複雜的服飾，我們最後還是選了一套兩個人都喜歡的洋裝。簡單，深邃的李子紅，長袖配長拖襬。沒有任何珠寶，只有耳朵上的耳環。粉色代表布利，紅色代表特瑞米，紫色代表謝德，綠色代表奇隆。最後的那顆紅寶石被我收在雜物裡了。我不會戴泰比瑞斯給我的耳環，但我也無法把它丟掉。它就在那裡，沒人理會，但是也沒有被遺忘。

吉莎很快地在兩個袖口縫上現成的精美刺繡金辮圖。我不知道她上哪找到的縫紉工具，還是大衛森的手下知道要留一套給她。她靈巧的手指也巧妙地整理了我的髮型，把我一頭泥棕色的髮絲編成皇冠的模樣。這髮型完美掩飾了我褪色的髮尾，即便褪色狀況散布得很厲害也沒問題。這段日子的壓力當然也在我身上留下了痕跡，這我在鏡子裡可沒少注意到過。我看起來精疲力盡、臉頰凹陷，我的黑眼圈像瘀青一樣。我身上有各式各樣的疤痕，從馬凡留下的印記，到沒有好好治癒的傷口，到我自己的閃電造成的痕跡。但我不殘破，我還不殘破。

總理的皇宮很大，但是內部規劃還算單純，我只花了一點時間就下樓到了地面樓，公共空間都在這裡。最後只要跟著食物的香氣走就好，讓香味帶著我穿過一間又一間華美的沙龍和藝廊。我穿過一間跟舞會大廳一樣大的餐廳，裡頭的餐桌大到能容納四十人用餐，還有巨大的石雕壁爐。但是這裡的餐桌上沒有東西，壁爐裡也沒有火焰劈啪作響。

「巴蘿小姐，是嗎？」

聽見親切的話聲，我轉過身，看見一張比話聲更加親切的面孔。一名男子站在通往露台的眾多拱門之一朝我揮手。他的頭上完全沒有頭髮，夜色般的肌膚，色澤簡直接近紫色。他露出白色月牙般的微笑，身上則是比笑容更潔白的絲質西裝。

「是的。」我平靜地回答。

他的笑容更燦爛了。「很好。我們會在外面這裡用餐，我想你們第一次來訪，在星光下的晚宴是最適合不過了。」

男子揮揮手，我跟了上去，穿過華美的宴會廳去找他。他流暢地勾起我的手臂，手肘與我緊扣，帶著我走到涼爽的夜色裡。食物的香氣變得更濃郁了，讓我饞得快流口水。

「這麼緊繃啊。」他笑著說，動動自己的手臂與我僵硬的肌肉對比。他散發好相處的氛圍，讓我都想要誤信他了。「我是卡麥登，晚餐是我煮的，所以如果有什麼不滿意的地方，可別說出來啊。」

我咬著嘴唇以免傻笑出聲：「我盡量。」

他只點點鼻尖回應我。

他雙眼中的血絲是灰色的，覆蓋在眼白上。他的血是銀色的。我嚥下喉間突然而來的緊綳。

「可以請教你的能力是什麼嗎？卡麥登。」

他微微一笑。「不明顯嗎？」他指向露台、陽台和窗邊擺動的各式盆栽和花朵。「我只是個平凡的綠衛者，巴蘿小姐。」

為了做做樣子，我勉強露出個微笑。平凡。我見過眼眶和口中都鑽出樹根的屍體，銀血人沒有什麼普通可言，也沒有無害的銀血人。他們都有殺人的能力。但是認真想來，我們也一樣，全地球上的每個人類都是。

我們走過露台，往食物香氣、柔美燈光以及生硬的低聲談話傳來的方向移動。皇宮這一區探出山脊外，可以毫無障礙地看見松木林、河谷和遠方披著白雪的山峰。在升起的月色下，山峰彷彿都發著光。

我努力不露出熱切或有興趣甚至是憤怒的神情，把情緒完全藏起不留痕跡。但一看到泰比瑞斯熟悉的身影，我仍能感覺得到我的心跳加速，腎上腺素湧入。他的視線依然眺望著遠方風景，無法看向身邊任何人。我感覺到嘴角微微揚起。從什麼時候開始你變得這麼沒用了？泰比瑞斯．克羅爾。

法爾莉在幾碼外來回踱步，她身上仍穿著指揮官的制服。頭髮已經洗過了，在籠罩著露台餐桌的燈光下閃閃發亮。她朝我點點頭後入席坐下。

伊凡喬琳和安娜貝爾已經坐在位置上，分別位於長桌一頭的兩側。她們一定是刻意要坐在卡爾的兩側，一人在左、一人在右，顯示自己的重要。安娜貝爾看起來仍自在地穿著稍早的裝束，也就是一套厚重的紅橘色絲綢禮服，伊凡喬琳則窩在一圈黑狐毛皮衣領之中。她看著我接近桌邊，雙眼像是會騙人的星辰般閃閃發亮。我在她斜對角坐下，盡可能遠離被放逐的王子，她的唇角揚起，露出可能是微笑的神情。

卡麥登看來似乎不在意他的晚宴客人都在心裡默默地對彼此恨之入骨。他優雅地坐在我對面的位置上，右手邊應該是大衛森的位置。一名家僕從陰影中匆忙來往精美雕琢的酒杯裡倒上美酒。我瞇眼看著這一切。從雙頰的紅潤神色看來，家僕是紅血人。她看起來不老也不年輕，但是工作時面帶著微笑。我從沒見過紅血家僕這樣微笑，除非是被命令這麼做。

「他們是有領薪水的，而且薪水很優渥。」法爾莉坐在晚宴主人身邊說道：「我已經確認過了。」

卡麥登搖搖酒杯裡的酒，「隨妳到處詢問和訪查，法爾莉將軍。窗簾背後都翻開來看也沒關係，我們家裡可沒有奴隸。」他說道，口氣有點強勢。

「我們還沒正式自我介紹過。」我說道，覺得自己比平常還失禮：「您的大名是卡麥登，但……」

「當然，請原諒我，巴蘿小姐。大衛森總理是我的丈夫，他遲到了。為了等他讓菜色都涼了的話，我實在應該跟大家道歉……」他朝著旁邊一張放滿我們的前菜的桌子揮揮手，「但他的守時能力既不是我的問題，我也管不著。」

他說話很嗆，但是態度很親切又開放。若說大衛森很難懂，他的丈夫則是一本打開的書。伊凡喬琳現在也一樣。

她盯著卡麥登的神情充滿了赤裸裸的嫉妒，我看她臉色可能都要發綠了。這也不奇怪，他們的生活，像這樣的婚姻關係，在我們的國家根本不可能，是被禁止的。被視為浪費銀血人的血液。可是在這裡並非如此。

我把雙手交疊，放在大腿上，在餐桌邊這種緊張的氣氛之下，努力不要露出焦躁的模樣。安娜貝爾沒有說話，可能是不認同卡麥登，也可能是不高興要跟紅血人同桌用餐。也可能兩者皆是。

卡麥登往法爾莉的酒杯中注入色澤濃郁、近乎黑色的酒，法爾莉僅微微點頭答謝。她舉杯喝了一大口。

我只喝冰水，冰水裡頭有一片亮黃色的檸檬。泰比瑞斯．克羅爾在附近，我最不該做的就是喝得自己暈頭轉向、腦袋混沌。他走向餐桌的時候，我瞥了他一眼，視線在熟悉的肩膀在紅色長袍下寬闊的線條。在露台溫暖的燈光下，長袍看起來好像火焰。

他轉過身的時候我就別開了視線。他接近時我只能用聽的來分辨，他的存在感如此強烈。鑄鐵椅子摩擦著石製地面，動作刻意慢得令人心煩。發現他選擇要坐在哪裡的時候，我簡直要跳起來。

他的手臂掃過我的手臂，只維持了短短的一秒，身上散發的溫暖包圍了我，我暗自咒罵這熟悉的舒適，在深山寒氣之中感覺特別明顯。

最後我終於敢抬起眼神，只見卡麥登歪著頭，下巴擱在一個拳頭上。他看起來樂歪了。他身邊的法爾莉則一副快吐了的模樣，至於安娜貝爾，我不用看也知道她一定氣急敗壞。

我把雙手放在桌面下十指交扣，握得緊緊地，直到關節都發白了。我不恐懼，不是憤怒。泰比瑞斯在我身邊傾身向前，手肘放在扶手位置上離我最近的地方。要是他想的話，隨時可以對我悄聲說話。我咬牙，抗拒著想要吐口水的衝動。

餐桌對面，伊凡喬琳的口氣輕得像是自言自語。她輕輕撫摸著身上的毛皮，裝飾用的指爪閃閃發亮。「晚餐有幾道菜呢？親愛的卡麥登王爵。」

大衛森的丈夫視線沒有從我身上移開，嘴角露出了諷刺的笑容，「六道。」

法爾莉一臉不悅，一口將杯中的酒飲盡。

卡麥登笑著朝陰影中的家僕揮手。「丹恩和你們的朱利安爵士可以晚點加入。」他彈彈手指，叫第一道菜上菜。「希望你們都喜歡，我可是努力準備了一些蒙特福特的道地美食。」

上菜的服務順暢快速，跟我在銀血國王的皇宮中見過的晚餐相比，一樣有效率，但比較沒有那麼正式。卡麥登指揮著一盤盤小巧優雅的骨瓷盤在我們面前排開，我低頭只見一片跟我拇指一樣大的粉色魚片，上面放著某種奶油起司和蘆筍。

「這是現流鮭魚，從西邊的凱魯安河裡捕捉的。」卡麥登解釋道，語畢便把整道菜一口放進嘴裡。法爾莉很快地效法他的行為。「凱魯安河往西岸流入海洋。」

我在腦海裡想像他到底在說什麼，可是我對這塊土地的了解實在是太薄弱了。有其他海洋，沒錯，位於這塊大陸的西邊，但是我只知道這麼多。

「我的舅舅朱利安一定會很想多了解您的國家。」泰比瑞斯說。他說話的速度緩慢，口氣裡充滿堅定，讓他聽起來突然老了十歲，「我想他現在的問題應該會是他和總理到底有多遲。」

「也許吧，我的丹恩的確很常沉迷於圖書館。」

朱利安也是。不知道總理是否正在建立自己的人脈，也許是想跟那友善的諾他王國銀血人結交友誼。或者大衛森只是在享受與另一個學者的交流，迫不及待想把自己國家介紹給對方認識。

鮭魚料理以及在寒風中冒著煙的熱蔬菜湯過後，上桌的是這座山上生長的新鮮綠色蔬菜和野生酸越橘製成的沙拉。卡麥登似乎不介意其他人都沒說話。他自己閒聊來填補沉默的時間，愉快又自在地介紹他準備的每道菜的細節。沙拉醬汁的材料、現在是採收莓果最佳季節、蔬菜該烹煮多久、他的私人田園有多大等等。我猜伊凡喬琳、泰比瑞斯或安娜貝爾此生從沒下廚過，法爾莉大概也從沒吃過偷來或配給以外的食物。

我盡力表現出禮貌的模樣，雖然我沒什麼話好說。特別是泰比瑞斯離我這麼近，吃光盤子上的所有食物的情況下。我三不五時瞥他一眼，偷看他的臉。他咬著牙，喉嚨吞嚥食物。以前的他從沒把鬍子刮得這麼乾淨，若我不是為了自尊或者沒這麼堅定的信念，我可能會一拳往他臉頰上招呼，讓關節撞上平滑的肌膚。

這次，他在我能移開視線之前逮到我的目光。

我的直覺是立刻眨眼，把交接的目光打斷，轉回來看著盤子，或是找個藉口離開桌邊。但是我堅持住了。若這個未來國王接班人想要讓我這麼緊張，讓我出醜，那好啊！這我也可以。我坐直身子，挺直背脊，最重要的是，我還記得呼吸。泰比瑞斯只是另一個會讓我族人被人奴役的銀血人，不論他怎麼說都一樣。他是個障礙，也是個盾牌，這個微妙的平衡必須小心維護。

他先眨了眼，眼神轉回食物。

我也做了一樣的反應。

待在他身邊、這麼接近這個我過去曾信任的人身邊、我曾熟悉的身軀身邊很煎熬。只要一個選擇，一個字，情況就會全然不同。這頓晚餐就能互換眼神，用我們的方法當作伊凡喬琳、安娜貝爾或大衛森不在場一樣溝通。或者，他們可能根本就不在場。只有我們在這露台上，在星光下，在一個全新類型的國家環繞之下。也許不算完美的國家，但至少目標一樣。卡麥登是銀血人，他的丈夫是紅血新血脈。家僕不是奴隸。蒙特福特的模樣我看得還不多，但已經足以讓我知道這地方可能不一樣。我們在這裡也可以不一樣，只要他願意。

泰比瑞斯仍沒有戴皇冠，但我仍能看見皇冠在他頭上的樣子，看見皇冠在他肩膀上、雙眼中、在緩慢而堅定的動作裡。他或其他人都能當國王，寫在血液裡，寫在骨頭裡。

家僕收走沙拉盤之後，卡麥登瞥了門口一眼，彷彿是在期待大衛森能來加入大家。見無人現身，他皺了下眉，但仍揮揮手示意下一道菜上桌。「這道菜是蒙特福特的特產。」他客氣地笑著說。

盤子被送到我面前桌上。菜色看起來像是一塊特別厚又多汁的牛排，由煎得金黃的馬鈴薯和蘑菇、洋蔥和在醬汁中煮過的綠色葉菜陪襯。一言以蔽之，很可口。

「牛排？」安娜貝爾傾身向前，臉上露出不友善的微笑，「我跟您保證，卡麥登王爵，我們國內也是有牛排的。」

但是晚宴主人舉起一根深色手指，此舉以及他無視名號的用途，讓老皇后變得更不悅。

「正好相反，你們有牛，這是野牛。」

「什麼是野牛？」我問道，簡直迫不及待想嚐嚐滋味。

他的刀在切肉時摩擦餐盤。「不一樣的品種。雖然與你們熟知的牛是近親關係，但是滋味更美味。野牛比較強壯也更堅韌，長著牛角和蓬鬆的毛皮，全身肌肉足以翻倒一整台車。這裡的野牛多數為野生，不過也有少數牧場豢養。牠們漫遊在天堂谷裡、山丘上和平原地區，連能夠殺死人類和野獸的嚴冬，牠們都能茁壯成長。我可以保證，你絕不會看著一頭活野牛的臉，卻說牠是一般牛犢。」我著迷地看著他把刀切入這奇怪的肉排之中。紅色肉汁從肉排上流遍餐盤，染紅了白色的瓷器。「野牛和牛犢，真的很有趣。如此相似，像是一棵樹上的兩根枝幹，同時卻又這麼不一樣。而即便牠們分隔得這麼遠，兩個品種又完全不同，卻能夠和平共處地生活在一起。牛群能混合在一塊，甚至能育種。」

泰比瑞斯在我身旁咳了一聲，像是被食物嗆到一樣。

我的雙頰漲得火熱。

伊凡喬琳掩面笑了起來。

法爾莉把整瓶酒都喝乾了。

「我說了什麼失禮的話嗎？」卡麥登看著我倆，黑色雙眸跳著舞。他完全知道自己說了什麼，也知道那話有什麼意涵。

安娜貝爾搶在任何人能開口之前先搭話，假裝想讓自己孫子免於窘迫處境。她舉著酒杯望向皇宮：「王爵大人，您丈夫遲到這麼久是滿失禮的。」

微笑的卡麥登不疾不徐地答道：「我同意。我一定會確保他受到應有的懲罰。」

野牛肉很精實，而且卡麥登說得對，真的比牛肉好吃。我撇下禮儀，畢竟卡麥登用手拿馬鈴薯來吃的模樣看起來很自在。我只花了一分鐘就狼吞虎嚥地吃掉半份野牛排，還有所有焦黃的洋蔥。我太專注在用叉子把食物吃光，一心想理出一口口完美的大小，連門在身後開了都沒發覺。

「當然，要先跟大家說聲抱歉。」大衛森說道。他往餐桌移動，腳步穩定，但走得很快。朱利安緊跟在他身後。兩人並肩站在一塊，我這才發現朱利安和大衛森看起來有多相似。我是指氛圍，不是外表。兩人都有一種對知識渴求的模樣，除此之外，兩人可說是南轅北轍。朱利安太過纖瘦，灰白的頭髮稀疏，一綹一綹地披散，棕色雙眼霧茫茫。大衛森就是健康的模樣，灰白色髮絲整齊地剪短，散發著光澤。雖然年紀大了，他仍一身精實的肌肉。「我們錯過了什麼啊？」他問道，走到丈夫身邊的位置坐下。

朱利安尷尬地掃視餐桌，最後坐在唯一一張空位上。這個位置本來是給泰比瑞斯的，如果泰比瑞斯不是這麼該死地想惹怒我的話。

卡麥登抱怨道：「討論了菜單、野牛的繁殖習性，還有你缺乏時間觀念的事。」

總理發出開朗、真誠的笑聲，他可能是覺得不需要再表演了，或者說在自己家讓他的表演變得更完美。「那就是正常的晚餐對話囉。」

朱利安在長桌另一頭傾身向前，看起來有點難為情，「這恐怕是我的錯。」

「圖書館嗎？」他的外甥露出一臉「早就知道」的笑容說：「我們聽說了。」

泰比瑞斯語氣裡的暖意，讓我的心突然一痛。他很愛舅舅，任何事，只要能提醒我泰比瑞斯做的壞決定底下的那個人的模樣，都會讓我心痛。

朱利安的嘴角揚起。「我就是這麼好猜，是吧？」

「我喜歡好猜的人。」我喃喃說道，但音量大到讓桌邊的人都聽得到。

法爾莉對著盤子嘲諷一笑，泰比瑞斯則露出怒容，倏地轉過頭來看著我。他張嘴像是要說出什麼衝動的蠢話似的。

不過他的奶奶搶先他一步，急著想保護他，「那這圖書館為什麼這麼……有趣呢？」她問道，口氣裡充滿不屑。

我控制不住自己，「大概是書吧。」

法爾莉毫不保留地爆出大笑聲，朱利安則舉起餐巾想藏起偷笑的表情。其他人的反應則得體多了。然而泰比瑞斯的笑聲讓我止住了所有動作，我望向他，看見他臉上帶著微笑，眼角漾開笑紋，低頭看著我。我意識到那瞬間，他忘了我們在哪，以及我們是誰。他的笑聲立刻停止，臉上的表情恢復比較沒有情緒的神色。

「是啊，」朱利安說道，想讓大家快點轉移注意力，「這裡的書卷收藏真的很豐富，不只有科學相關的書籍，還有歷史。我們恐怕是有點太忘我了。」他低頭嚐了嚐酒。然後把杯子往大衛森的方向舉，「或是總理對我太寬容了。」

大衛森也舉杯回應，他的手腕上戴著的錶動了下指針。「我很樂意分享書，知識就像上漲的潮水，能載得動所有的船隻。」

「你該去看看谷窖，」卡麥登加入對話，「還有牛角山。」

「我們可沒打算在這裡待那麼久，還去觀光。」安娜貝爾不以為然地說。她慢慢地把銀製餐具放在吃了一半的盤上，高高在上地表達自己對這一切已經嚐夠了。

包圍在皮草底下的伊凡喬琳抬起頭，像貓一樣觀察老皇后，盤算著。「我同意。」她說：「能越早回去越好。」

回到某人身邊，她的意思是這樣。

「嗯，這也不是我們能決定的，不是嗎？抱歉啊。」法爾莉邊說，邊傾身越過餐桌。看著一個紅血人伸手抓起她放棄的那盤食物，並把剩菜倒進自己盤中時，安娜貝爾的眼珠子都快掉出來了。只見法爾莉毫不猶豫，往這塊多得的牛排切下去，刀鋒在肉排中舞動。我看過她對人肉做過更可怕的事。「這都要看蒙特福特政府，」法爾莉說：「以及他們決定要不要加派兵力給我們。是吧？總理。」

「沒錯。」大衛森說：「戰爭不是靠關係就能打贏。不論旗幟多奪目、標準有多高都一樣。」他的視線從泰比瑞斯身上移到我身上。他的意思很清楚了。「我們需要軍隊。」

泰比瑞斯點點頭，「我們會取得軍隊。如果不是蒙特福特出兵，那就看能從哪裡找到就從哪裡去找。諾他王國的王爵貴族會動搖的。」

「薩摩斯門脈試過了。」伊凡喬琳的手指懶散、熟悉地動了動，示意再來點酒。「我們已經與能拉攏的結盟，剩下的呢？我是不會想靠他們。」

泰比瑞斯臉色一白，「妳認為他們會繼續效忠馬凡，即便……」

「即便他們能選你嗎？」薩摩斯公主不以為然地諷刺道，傲慢地一瞥眼，打斷他的話。「親愛的泰比瑞斯，他們早在幾個月前就能選你了，但是在多數人眼裡，你仍是個叛徒。」

法爾莉在我對面怒目相視，「你們的貴族有蠢到現在還以為泰比瑞斯殺了自己的父親嗎？」

我搖搖頭，手上拿著刀。「她的意思是因為他跟我們在一起，跟紅血人結盟。」刀把我盤中剩下的肉切開，我恨恨地切著肉，嘴裡嚐到苦澀的滋味。「這麼想找到我們兩邊人民之間的平衡。」

「這就是我想做的。」泰比瑞斯說道，口氣異常地輕柔。

我把視線從牛排上頭移開，再次盯著他看。他與我四目相接，雙眼圓睜，明顯地溫柔。面對他的魅力，我讓自己強硬起來。

「你表現的方式很有意思。」我嘲諷道。

安娜貝爾搶著反擊道：「夠了，你們兩個。」

我咬緊牙關，視線略過泰比瑞斯，望向他祖母，只見對方正瞪著我。我用一樣不悅的視線凝視她的眼神。「這就是馬凡的專長，他的諸多專長之一。」我說：「他就是可以這麼輕易地令人反目，不費吹灰之力。他對自己的敵人這麼做，對盟友也一樣。」

大衛森在餐桌主位上舉起手指，從指關節間望向我，眼睛眨也不眨，「繼續說。」

「就像伊凡喬琳說的，就是有貴族門脈絕不會放棄他，因為他沒有改變現況。他也很擅長治國，不僅能贏得自己的目標，又讓貴族滿意。結束湖居地之戰讓他得到極大的支持。」我指出情況，想起他遊行到鄉下時，就連紅血人都替他歡呼的情景，那畫面到現在還是會讓我覺得作嘔。「他玩弄那種愛戴之情，就跟他操控恐懼一樣。我被他囚禁時，他很小心地留了許多孩子們在宮廷裡，各個門脈的後裔。表面上不說，但其實就是人質。要控制一個人，用這個方法很容易成功，只要挾持他們最在乎的事就可以了。」

這我最清楚了。

「除此之外，」我繼續說道，壓下喉嚨裡的苦澀，「不能預料馬凡．克羅爾的行為。他母親的悄語仍在他腦袋裡迴盪、控制著他，即便她本人早已一命嗚呼。」

我身邊傳來一波微微的熱氣，泰比瑞斯盯著桌面，彷彿要把盤子燒出一個洞。他的雙頰現在已經完全沒有血色，白得跟骨頭一樣。

安娜貝爾的視線仍停在我身上，看著我吃下最後一塊牛排，她嘴角上揚，「皮蒙特的巴拉肯王子在我們的控制之下，」她說：「我們要什麼他都會給。」

巴拉肯。另一個蒙特福特的詭計。皮蒙特的統治者王子現在就在我們的掌控之中，因為蒙特福特仍扣押著他的兒女。我心想不知道他們在哪、他們是什麼人？他們年紀還小嗎？只是孩子而已嗎？在這整件事之中，他們是不是無辜的？

溫度漸漸升高，雖然微小，但穩定地爬升。泰比瑞斯在我身邊變得緊繃，凝視著自己的祖母，「我不要用沒有同意為我戰鬥的士兵，特別是巴拉肯的銀血人。他們不值得信賴，巴拉肯也是。」

「我們抓了他的孩子，」法爾莉說：「這樣應該夠了才對。」

「抓了他的孩子的是蒙特福特。」泰比瑞斯回答道，口氣加重。

以往在基地的時候，要忽視某人付出的代價並不難。骯髒事背後都有其原因。我望向大衛森，只見他看著手錶。這是戰爭，他曾這麼說過，想平反自己的行為。

「倘若釋放他們，我們能說服皮蒙特不要插手嗎？」我問：「保持中立？」

總理舉起空酒杯，讓酒杯上的切面反射燈籠的溫柔光芒。我覺得好像看到他露出了後悔的神情。「我覺得機會不大。」

「他們在這裡嗎？」安娜貝爾問這問題時強裝出來的冷靜讓我覺得她可能會因為用力過猛而中風。「巴拉肯的孩子們？」

大衛森沒有回話，只伸手去把酒杯添滿。

老皇后舉起手指，眼睛閃閃發亮。「啊，在啊。」她的微笑變大了，「很好的籌碼。我們可以用來換更多巴拉肯的士兵，想要全國軍隊也可以。」

我看著腿上的餐巾，上頭沾著油膩的指印和一點唇膏。他們很可能現在就在這座皇宮裡，低頭看著我們。孩子們在窗邊，被困在上了鎖的門後。他們有強大到需要用上靜默者士兵嗎？甚至掛上折磨人的鐵鏈，像我過去戴過的那種？我知道監牢是什麼模樣。我在桌子下方撫摸雙手手腕，感覺那一片光裸裸的肌膚。摸到的是血肉之軀，不是鐵鏈，感覺到的是電流，不是靜默者的能力。

泰比瑞斯突然握拳往桌上一捶，杯盤全都彈了起來，我也驚訝地身子一震。「我們不會做這種事。」他怒道：「資源已經夠了。」

他的祖母怒瞪他，臉上的皺紋變得更深。「你需要用人數來贏得這場戰爭，泰比瑞斯。」

「關於巴拉肯的討論，到此為止。」他只這樣回答，然後用一種大局已定的態度，舉刀把剩下的牛排一切為二。安娜貝爾嗤之以鼻，露出牙齒，但什麼都沒說。他是她的孫子，但是也是在她宣告下登基的國王，她早已跨過與君王辯論該有的那條界線。

「那我們明天一定得好好地求人了，」我喃喃說：「這是我們僅剩的選擇。」

因為覺得挫敗，我示意要了一杯酒，一鼓作氣地喝掉。甜美的紅酒讓我的心情平復到幾乎可以無視凝視著我的目光，那雙金銅色的雙眸。

「這樣說也沒錯。」大衛森說道，眼神望向遠方。他低頭，先再次看了看錶，然後側眼望向卡麥登。兩人的目光交談的模樣令我無法忽視，讓我覺得緊張，我再次發現自己在心裡默默希望情況不是現在這樣。

「我們的機會怎麼樣？」泰比瑞斯毫不遮掩，口氣逼人且態度直接。這是他從小學到的國王該有的樣子。

「我們全國軍隊都投入嗎？」大衛森搖搖頭，「完全不可能。我們有自己的國界要守衛，但是一半？或是一半再多一點？我覺得天平有可能往我們這裡靠，不過有個前提。」

前提。我恨這個詞。

我坐在位置上，做好心理準備。我突然間覺得比平時更焦慮，好像露台會在我腳下碎裂，讓我們全都跌落谷底。

法爾莉的臉反映著我的恐懼，她的手摸著刀，提防著我們的盟友。「什麼前提？」

大衛森還沒開口，突然一陣鐘聲大響，所有人都嚇了一大跳，被突如其來的巨響驚動，但大衛森卻一動也不動，看來他早已習慣了。

或者說，他就在等這一刻。

這聲響不是整點報時的叮噹一響，而是深沉、渾厚的鐘聲，沿著山邊震動，迴盪在整座上升點之城，喚醒其他鐘聲相互回應。叮噹聲響像海浪一樣，從斜坡席捲而去，追上其他聲響。吵雜聲讓眾多燈光陸續亮起。明亮、刺眼的燈光。是探照燈。保全燈。隨後響起的警報聲是機械播放的聲響，哀鳴不已，呼號聲打碎了山谷的寧靜。

泰比瑞斯跳起來，肩上長袍一甩。他空出一隻手，張開了指頭，製造火焰的手環在袖子底下噴出火花。若他這時召喚火焰，火焰就會襲來。伊凡喬琳和安娜貝爾的反應也一樣，兩人都做好致命準備，沒有人露出恐懼的神情，而是一臉堅決要自保的樣子。

我感覺到閃電也一樣湧上來，思緒立刻飛往人在我身後的城堡裡的家人。不安全。連這裡都不安全。但是我們沒有時間再讓我心碎一次了。

法爾莉也站了起來，雙手撐在桌上，傾身向前，瞪著大衛森，「什麼前提？」她再次堅決地開口，在警報聲響下大喊著問。

「若蒙特福特要幫你們打仗，」總理開口說道，把視線移到泰比瑞斯身上，「你們也要替我們打仗。」

卡麥登看起來並沒有被鐘響嚇到，他只瞥了皇宮一眼，然後嘆了口氣，好像很困擾似的。「又是偷襲者。」他不悅地說：「每次我要辦晚宴都這樣。」

「才沒有。」大衛森咧嘴一笑，不過眼神從頭到尾都沒有移開。他仍看著泰比瑞斯，一臉挑釁。

「感覺就是這樣啊。」卡麥登嘟嘴說。

保全燈光照亮我們四周，大衛森的雙眼射出金色光芒，泰比瑞斯的目光則是火焰般的紅。

「他們稱你為北方火焰，陛下。讓我們看看火吧。」

然後總理望向我。

「也讓我們看看風暴。」

9 梅兒

「我說過不要再搞驚喜了。」我對大衛森咬牙說道，一邊隨著他的帶領，往他的皇宮走去。法爾莉大步走在他身邊，手就放在腰間的手槍上，似乎是覺得偷襲者會突然從櫥櫃裡跳出來。

我們團隊中的銀血成員也一樣緊繃。安娜貝爾控制著隊形，她不斷要泰比瑞斯慢下腳步，把他推回身後由雷洛藍門脈成員組成的皇家守衛隊的保護牆裡。伊凡喬琳的恐懼隱藏得比較好，臉上掛著一如往常的不可一世和嘲諷表情。她身邊有兩名隨從，我想應該是薩摩斯門脈的堂親。她的禮服很快地改變了模樣，一邊走過蒙特福特皇宮的大廳，一邊重組成由鱗片拼成的盔甲。

我說話時，總理回頭看著我，眼神尖銳批判。鐘聲和警報器在大廳裡詭異地迴盪，與他的話聲穿插。「梅兒，我根本無法控制偷襲者的想法，即便他們這麼常偷襲，他們的攻擊時間也不是我安排的。」

我凝視著他的目光，加快腳步，熱滾滾的怒火在我的血管裡蔓延。「不是你安排的嗎？我真不意外，我看過國王為了權力對自己的人做出更可怕的事。」

大衛森猛地轉身，嘴形嚴肅地拉成一條線，高聳的顴骨倏地充滿血色。他的聲音變低，幾近耳語：「沒錯，我們有接獲警告，我們知道他們要來，也有足夠的時間先把國境邊緣保護好，但是我痛恨妳暗示我會任憑子民濺血、拿子民生命去冒險，這都是為了什麼？戲劇效果嗎？」他咬牙切齒地說，口氣宛若刀鋒般尖銳致命。「對，這情況讓赤紅衛隊和克羅爾能夠更有溝通籌碼，在前往我國政府懇求出兵協助之前先證明自己，但是這不是我會樂於進行的交換。」他怒道：「我寧可跟我丈夫坐在露台，愉快地喝醉，看著一群濫權的小孩對彼此不屑一顧，也不想這麼做。」

我覺得被訓了一頓，但同時也安了心。大衛森瞪著我，金色雙眼裡有怒火。平常的他如此祥和平靜、不會受到任何波瀾起伏影響，無法看穿。他如此善於說謊，不是透過特殊能力或是有什麼迷惑人的魅力，而是透過特別訓練過、極少數人能看穿的冷靜。可是現在不是這麼回事。光是暗指他對國家有任何背叛行為，不論有多微小，就能讓他勃然大怒。我懂那種忠誠，我尊重這種精神，幾乎可因此就信任這個人。

「那我們現在要做什麼？」我暫時安下心問道。

總理慢下腳步，然後停了下來，轉身背對牆面，好面向我們所有人。此舉讓大家都驟然停下腳步，寬敞的走道上擠滿了等待的紅血人和銀血人，就連安娜貝爾皇后都極為專注地看著大衛森。

「一小時前，我們的巡守人員回報，有偷襲者越過了國境。」他說：「他們通常會往平原上的城鎮移動，或是去市區。」

我想起我的父母、手足和奇隆，他們不是在噪音中仍繼續睡，就是醒來了卻不知道是怎麼一回事。如果要我去打仗、留他們在險境之中，我不肯。法爾莉迎向我的目光，我在她眼裡看見了一樣的恐懼。克勞拉也在樓上，就睡在嬰兒床上。

大衛森盡力安撫我們，「為了安全起見所以播放警報，我們的市民都明白。」他說。「上升點之城面對攻擊行動，具有極佳的防禦安排。光是高山本身就提供了足夠的保護，讓多數攻擊都只發生在平原或東邊低坡處。他們得先殺出一條血路，才能接近足以攻擊城市的距離。」

「那這些突襲者特別蠢嗎？」法爾莉問，想掩飾自己的憂慮。她的手還放在槍柄上。

大衛森的一邊嘴角揚起，我好像還聽到卡麥登掩嘴咳嗽時，說了聲對。

「不。」總理回答：「但他們看起來還是很樂在其中。攻擊蒙特福特都城已經成了他們的一種習慣，這麼做能在他們自己之間贏得他人和普萊利王爵們的賞識。」

泰比瑞斯抬著下巴，緩緩地移動，在其中一名守衛前方擠著身子。從他雙肩的緊繃程度，我看得出來他有多厭惡像這樣被層層包圍保護。他無法忍受自己不在前線，泰比瑞斯．克羅爾天生沒有辦法要求其他人去做他不做的事、去面對他沒有面對的危險。「他們到底是誰？」他問。

「你們都問過蒙特福特銀血人的事。」大衛森說，聲音渾厚，足以蓋過警報聲響。「你們想知道銀血人怎麼能這樣生活，想知道我們如何在幾十年前改變一切。有些銀血人認同自由、認同民主。我可以說，很多人如此。大多數人。」他咬緊牙關：「他們看見這個世界該有的模樣，或是看見這個世界不只可以那樣，然後決定，留在這裡比較好，比較容易調適。」

他的目光停在伊凡喬琳身上，而她竟不知怎地在大衛森的凝視下漲白了臉，差點要低頭掩面。

「有些人則否。老銀血人、皇室成員、貴族，這些無法忍受我們的新國度的人，他們或逃或打，一路到了國境邊緣。北邊、南邊、西邊。到了東邊，進入夾在我們和普萊利的高山之間的無人山丘之後，他們結黨成團，試圖占地為王，維護貴族身分。可是他們總是在打鬥，永遠互看不順眼。他們就這樣過著像水蛭般的生活，靠著搜找來的資源度日。他們不種植作物、不建築屋舍，除了怒氣和漸漸逝去的自大以外，幾乎無以為繼。他們會攻擊普萊利和蒙特福特的交通工具、農地、城市，主要都是鎖定紅血人的城鎮和村落，鎖定那些在銀血人的屠殺行動下無力防衛的人。他們會移動、會攻擊、然後再次移動，所以我們稱他們為偷襲者。」

卡麥登大聲發出嘖嘖聲響，一手撫過閃閃發亮的紫黑色腦袋，「跟我的銀血族人差得可遠了，只一味追求驕傲。」

「還有他們認為是權力的東西。」大衛森補充道。他的視線停在泰比瑞斯身上。被放逐的王子挺直背脊，咬緊牙關。「為了他們自覺理應得到的東西，他們寧可失去一切，也不願意活在他們瞧不起的人底下。」

「白痴。」我咒罵。

「歷史上這樣的人不少，」朱利安說：「反對改變的人。」

「但是他們讓那些願意改變的人變得更像英雄，不是嗎？」我回答，毫不掩飾我的意思。

泰比瑞斯沒有上鉤。「他們會攻擊哪裡？」他的視線沒有離開過大衛森的臉。

總理鬱鬱一笑。

「我們接獲平原城鎮傳來的消息，突襲者很接近了。」他說：「陛下，看來我仍然有機會讓您看看獵鷹道。」

每座城堡都一定會有火藥庫。

大衛森的守衛隊已經到場，在放滿武器和裝備的狹長空間中換裝。他們沒穿我已經看習慣的綠色連身制服，而是緊身黑色裝束和長靴，適合抵禦夜襲。他們讓我想起以前訓練時穿的裝束，那套標示我為塔塔諾斯門脈後裔的紫銀條紋裝。把我標示為一個徹頭徹尾的銀血人。是一場謊言。

安娜貝爾在門邊，手放在卡爾手臂上。她的雙眼露出懇求之情，但他只掠過她，堅定但溫柔地把她推到一邊去。她的手指沿著他紅色披肩的邊緣滑開，任憑黑色綢緞隨著他離開她的掌心。

「我得這麼做。」我聽見他喃喃說道：「他說得對，若我想要他們為我出征，我也該為他們戰鬥。」

沒有人開口，沉默像雲層般低垂地掛在空氣中。唯一的聲響只有衣服布料摩擦的聲音。我的禮服脫在腳邊，我則快速地把裝備穿在襯衣外頭。我移動身子，轉換姿勢，目光停留在熟悉的肌肉上。

泰比瑞斯沒有面對我，他的上衣丟在一旁，裝束緊貼他的腰桿。我的視線沿著他的脊椎移動，除了幾道傷疤以外，肌膚平滑充滿線條。那些傷疤很久了，比我的還要更久。雖然只要讓醫療師輕輕撫過，就能恢復平整，他仍留著這些傷疤，像其他人搜集徽章般搜集傷痕。

他今天會換得更多傷疤嗎？大衛森會守信嗎？

我心裡有一部分懷疑這是要抓真正的克羅爾國王的陷阱，一場假裝為真正的威脅的簡單暗殺任務。但是就算大衛森說不會傷害泰比瑞斯是騙人的，他也不是白痴。把克羅爾家的哥哥殺掉只會讓我們陷入弱勢，摧毀蒙特福特和赤紅衛隊以及馬凡之間的重要屏障。

我無法移開目光，直盯著看。那些傷疤雖然存在已久，可是他的頸子與肩膀銜接處一塊幾乎發紫、看起來像瘀青的痕跡卻不是那麼回事。那是新的，才幾天而已。那是我留的，我心想，猛地想著那段如此近卻又遠得不可觸及的回憶。

有人撞了下我的肩膀，讓我從泰比瑞斯．克羅爾的流沙裡跳了出來。

「給妳。」法爾莉聲音沙啞，帶著警告語氣。她沒有換下身上的深紅色指揮官制服，低頭望著我，藍色雙眸圓睜。「讓我來。」

她很快替我拉上裝備後拉鏈，讓裝備貼合我的身子。我動一動，調整過長的袖子上厚厚的布料。有事讓我把注意力從正在穿戴盔甲的放逐王子身上移開都好。

「沒有妳的尺寸嗎？巴蘿。」泰頓低沉緩慢的語氣來得正是時候，他就斜靠在我們身旁，背倚著牆面，長腿伸直。他的裝備跟我的一樣，不過在纖長的他身上合身多了。沒有閃電的徽章，沒有記號，沒有任何標示這個新血脈有多致命的地方。看到他，我意識到大衛森根本不用安排什麼意外來消滅對手，他有泰頓就夠了。這可怕的念頭卻有一種舒緩的功能。至少，這不是陷阱。沒有這種必要。

我套上靴子，嘲諷地笑，「等我們回來，我再跟裁縫師聊聊吧。」

泰比瑞斯在屋裡另一頭捲起袖子，露出造火手環。伊凡喬琳在他身邊，表情一副無聊樣。她身上的皮革已被丟在地上，露出底下從頭到腳滴水不漏的盔甲。

她發現我在看她，與我四目相接。

我不認為除了伊蓮．海芬以外，她會願意為誰挺身而出，但在她身邊我覺得安全。她救過我兩次，我對她也還有價值，我們的協議仍有效。

泰比瑞斯一定不能贏得王座。

我們在準備的時候，屋裡已經清空了。我們從更衣區移動腳步到後方，只見一排又一排的武器陳列在那兒。法爾莉全身背滿了軍火，腰間另一頭掛了一把手槍，背上背著一把短小精幹的機關槍。我猜她的匕首也收好了。我沒拿任何武器，但是泰頓從架子上抓了一條腰帶、一把手槍和槍套塞到我手中。

「不用了，謝謝。」我喃喃說道，不太情願。我不喜歡槍或子彈，我信不過這些東西，我也不需要。比起控制這些東西，我更能控制閃電。

「有些突襲者是靜默者。」他回答道，話聲像低低的皮鞭聲響。光是這個念頭就讓我作嘔，我太熟悉靜默岩的感覺了，那可不是我會想要再承受一次的感覺，不論什麼理由都一樣。

泰頓什麼都沒說，直接把槍枝腰帶掛上我的腰間，眼明手快地扣上釦子。槍滑進槍套裡，掛在我身側，感覺沉甸又陌生。「為防失去能力，」他說：「最好還是有個備案。」

我們身後的溫度突然升高，一波波的高溫只代表一件事。我抬起頭，正好看見泰比瑞斯與我們保持距離地經過，一邊用力地瞪著地面，試著無視我。

他不如直接在脖子上掛個招牌算了。

「小心手，泰頓。」他回頭惡狠狠地說：「她會咬人。」

泰頓只乾笑幾聲。他不必回話，也沒打算回，回話只會讓泰比瑞斯更不悅而已。

這一次，我不在乎自己雙頰的紅暈。我從泰頓身邊退開，而泰頓還笑個不停。

我追上泰比瑞斯的腳步，他看著我，金銅色雙眼裡的光芒比平時的火焰更多了點什麼。電流能量流過手腳，我控制著強度，用這力量來強化堅決的心情。

「不要像個占有狂一樣。」我斷然說道，經過他的時候用手肘頂了他的肋骨一下，但感覺就像撞到牆壁。「若你這麼堅持要說自己是國王，至少拿出像樣的表現。」

他在我身後發出一聲像是生氣又像是挫敗的嘆氣。

我沒理會，也沒回頭，直到我跟著一群士兵來到屋外，停在幾個小時前抵達時來過的中央廣場。黑色與森林綠的交通工具停滿石板廣場，車輛整齊地排開，大衛森在領頭車旁等著，卡麥登在他身邊。兩人很快地擁抱了一下，靠著彼此的前額吻別後，卡麥登才離開。兩人看來都不太煩惱迫在眉睫的前哨戰，這種事一定很常發生，或者是他們很擅長掩飾恐懼。也可能兩者皆是。

城堡聳立在人數越來越眾多的士兵旁，人影在陽台上來來去去，大多是家僕和賓客。我瞇眼想在那些人影中找到我的家人。吉莎的髮色應該很好認才對，但是我最先看到的是爸，他傾身靠在扶手上，探出身子張望。一看到我，他朝我點點頭，但動作很小。我想揮手，但感覺好蠢。後來交通工具逐一發動，引擎聲傳遍松木林，我明白這時候再呼喚他們也沒有用了。

我在領頭車旁找到法爾莉，在大衛森身邊等著。她爬上車，把自己拉進加高的車身中。這些車跟我習慣的車不一樣，輪胎大得多，幾乎跟我一樣高，上面的胎紋很深，用來征服顛簸崎嶇的山區路徑。車身其他地方都做了強化處理，加上鋼條，還有許多手把、腳踏處和晃動的繩帶，功能已十分明顯。

泰頓跳起來，爬到領頭車後方的車上。他跟另一位蒙特福特的士兵一樣，把自己扣在車身外。繩帶與他們的腰間相連，留下的空間足夠讓他們可以靠其拉住身子，又不至於受車身彈震。其他由各種血脈人種組成的士兵也分別在每台車上做一樣的事。沒了徽章，我便無法確定，但我猜他們應該是菁英成員，不論靠的是能力還是子彈。

大衛森總理開著車門，等我上車，可是某種渴望和狂野的想法，讓我做了相反的舉動。

我爬到泰頓車上，把自己固定在他的右側。他揚起一側嘴角，這是他對於我的選擇唯一的反應。

我們身後的車載的是泰比瑞斯和伊凡喬琳，他們的護衛群個個身穿著讓人一眼就能辨識的色彩，守在車身兩側。我看著伊凡喬琳停下腳步，一腳踩在踏板上。她的目光凝視，但不是朝著我，而是朝著皇宮，看著卡麥登站在華麗入口前、雙臂交叉等待的身影，他身上的白色西裝在探照燈下發著亮。安娜貝爾就站在一旁，距離幾呎遠，站在禮貌與失禮的分界上。看見泰比瑞斯大步走過廣場的身影時，她揚起下巴。

少了門脈色彩，他看起來就跟其他人無異，是一名等著聽命行事的士兵，恰如其分。這就是他自認的模樣，只是一個聽自己父王命令做事的人，遵從一個死人的意願行事。我們再次四目相接，我倆心中都燃起了某種火焰。

即便現況如此，他的身影仍讓人感到安全。不論如何，他都能趕走我內心的害怕。

當然，這樣一來，就只剩下我為所愛之人所產生的恐懼了。

為法爾莉，為我的家人。

還有一如往常地，為他。

平地上有處聚落現在有危險，從山頭另一側請求協助。時間不容許我們下山坡再蜿蜒地穿過山谷，所以我們直接越山而行。

皇宮上方有路，曲折向上深入松林。車隊疾駛過陡峭的地形，在茂密到遮蔽星光的枝葉下移動。我趴平在車身上，深怕被低垂的粗樹枝擊中。沒多久，樹林就完全消失了，車輪下的路面開始變得顛簸。我覺得頭腦發脹、耳鳴，就像是飛行器起飛時那樣。拔高的地面上開始出現小雪堆，一開始只有凹陷處可見，慢慢變成鋪滿整座山峰。我暴露在空氣中的臉龐被凍得發紅，不過身上的裝備是特製的，足以讓我保暖。我仍冷得牙齒打顫，不知道自己到底是著了什麼魔，決定不坐在車裡頭，而是要跑到車頂上站著。

山頂的模樣出現在高處，像一把白色利刃抵著灑滿閃爍星光的天空。我盡可能往後傾倒，眼前的景象讓我覺得自己好渺小。

我的重心改變，顯示車身開始向下。眼前先是一片白雪，然後開始出現石塊和泥土，車隊一路往下朝東邊山坡開去，掀起碎石沙塵。再次接近森林邊緣時我只覺心一沉，松林後延伸而出的就是平原了，無邊無際、一片漆黑，就像海洋。我覺得自己彷彿可以一眼望穿一千哩遠，一口氣看見湖居地、看見諾他王國。看見馬凡和其他他準備好要對付我們的人。另一把錘子即將落下，而且很快就會來了。可是哪裡呢？會掉在誰身上？我們都還不知道。

我們高速駛入樹林間，車身壓過樹根和石塊，山頭這面沒有路，只有勉強清出來的小徑，穿梭在拱起的樹枝之間。我的牙齒跟著車身震動喀啦作響，繩帶肯定在我腰間留下瘀青。

「開始召喚吧。」泰頓咆哮道。他擠到我身邊來，讓我在引擎隆隆聲響和呼嘯風聲中能聽見他說什麼。「做好準備。」

我點點頭，繃緊了身子。電流很容易喚出，我確保不用到身邊引擎的電力，只召喚閃電裡的電流。紫色的危險電流，在我的肌膚底下跳動。

茂密松林開始轉為稀疏，我開始能在針葉間瞥見點點星光。星光不是來自上方，而是面前，遠遠地，在前方。

我發出尖叫聲，把身體緊貼著打滑的車身，只見車子一個急左轉，開上了懸崖邊突然出現的一條平整道路。在驚恐的瞬間，我以為我們要翻下山頭直衝下方的漆黑之中。但是車身穩住了，輪胎緊抓住路面，隨著一台台車陸續跟上，重重落在鋪好的馬路上。

「放輕鬆。」泰頓說道，目光瞄過我的身體。

紫色電流受我的恐懼影響，在我的肌膚跑上跑下。這些電光火花無害地燒光，在黑暗中閃閃發亮。

「難道沒有其他辦法上馬路嗎？」我喃喃說道。

他的聳肩小得幾乎看不見。

每隔一段路就出現巨石拱門，線條平順，由大理石或石灰岩形成的弧度。每座拱門頂端都有一對雕刻而成的翅膀，羽毛深深刻蝕在石頭上，由強光環繞，照亮整條路徑。

「獵鷹道。」我大聲說出。以一條所在位置跟獵鷹和老鷹飛翔高度一樣高的路來說，這名字恰如其分。白天來看一定美得懾人。

路徑左右曲折，一路沿著幾乎像是懸崖般陡峭的山壁向下，「之」字形的路線讓過程十分驚險。這一定是能最快下山到平原的路徑，也是最瘋狂的路徑。但是車隊駕駛技巧高超，每次急轉彎都準確繞過，也許他們全都是絲綢人或是有相當能力的新血脈，敏捷的能力已經移轉到駕駛的機械之中。我們一路沿著獵鷹道開下山，我努力保持警覺，注意是否有敵方銀血人躲在岩石後或大樹上。平原上的燈光開始出現在前方，大衛森提過的幾個城鎮零星散布。景象看起來很祥和，好像沒有遭受攻擊，且很脆弱的模樣。

正當我們繞過另一個「之」字形彎，一陣宛若尖叫的淒厲聲響突然穿透夜色。是金屬被撕碎的聲音，從接縫處扯開，在我們身邊發出尖銳聲響。我一抬頭，只見一台車正在從半空中落下，不斷翻轉，從車隊中間脫隊。看清楚的那一刻，一切似乎都變成了慢動作。我的感官鎖定空中翻騰的車身，車上的蒙特福特士兵拉扯著安全帶，希望能抵擋地心引力。另外有一位史壯亞姆人，伸手去抓路緣，可是沒抓住，路面在他的碰觸下粉碎。車身持續往下墜，旋轉不已。這不可能是意外，彈射的軌跡太完美了。

這台車即將把我們壓扁。

我們這台車猛地晃動，我幾乎沒時間縮身，煞車發出尖聲，試圖即時停下來。煞車鎖死，輪胎冒出黑煙。

車子從天而降的時候，整條路都震了一下，我們的車則直撞上去。泰頓抓住我的裝備後方，把我往上一拉，我則把手臂從繩帶扯開，用電流把厚實的布料截斷。我們跌跌撞撞地往前跑，泰比瑞斯和伊凡喬琳的車則撞上我們的車尾，把我們困在墜落的車和他們的車身之間。

身後傳來更多急煞車和撞擊聲響，一台接著一台，形成扭曲引擎與輪胎燃燒的連鎖反應。只有車隊最後六輛車左右免於慘痛撞擊，及時停下車身，閃開毀壞下場。

我前後張望，瞻前顧後，不知道該往哪去。跌落的車身上下顛倒，像隻翻了身的烏龜。大衛森已經下了領頭的車，往被壓在車下的士兵奔去。法爾莉跟在他身邊，手上已經握著槍。她跪下單膝，瞄準我們上方的懸崖。

「磁能者！」大衛森吼道，一手高舉，召喚協助。他伸開一隻手掌，形成一面透明的藍色盾牌，擋住致命的路緣。

伊凡喬琳已經不知何時趕到他身邊，舞動著雙手的她，把沉重的車身從路面上撐起時發出吃力的聲音，露出車底下扭曲的手腳和幾個已被壓扁、宛若爆裂的葡萄流出果汁般流著腦漿的腦袋。大衛森沒有浪費半點時間，立刻衝上前去把生還者從飄浮的車身下拉出來。

伊凡喬琳慢慢地把車身再次放下。只見她動動手指，便把其中一扇車門扯下，讓被困在車內的人爬出車身。士兵個個鮮血淋漓，頭昏腦脹的模樣，但至少還活著。

「快讓開！」她大聲說道，揮手要他們離車身遠一點。士兵們聽話照做，腳步踉蹌地讓開來之後，伊凡喬琳雙手大聲一拍。

車身在她的控制下，壓縮成一個緊密、凹凸不平的圓球，大小剩下跟一扇車門差不多。只有玻璃和輪胎四處噴飛，這些不是伊凡喬琳的磁力能控制的材質。其中一個輪胎在路面上滾動，看起來十分古怪。

我意識到自己正站在被困住的車身上，伊凡喬琳轉過頭來，身上的盔甲反射著星光。雖然泰頓在我身邊，我仍覺得赤裸，成了顯著的目標。

「快叫醫療師來！」我喊道，回頭看著撞成一團、堆疊在拱門下的車隊。「也想辦法讓路面亮一點！」

我們上方有東西亮了起來，一道揚起的光芒，像太陽。這一定是光影人的傑作，無庸置疑，他們能操控光線。此舉產生了強光，也讓我們四周變得更加陰暗。我瞇眼握拳，讓指關節出現電光舞動。我跟法爾莉一樣注意著四周高起的岩石堆，如果偷襲者站在高處，若他們搶下制高點，那我們就失去先機了。

泰比瑞斯早已想到這點。「大家往上看，注意懸崖！」他喊道，背靠著車身。他也一樣握著一把手槍，火焰在另一手的指間舞動。不過士兵們倒不是真的需要這道指令，所有手上有槍的人都已經高舉槍口，手指在扳機上做好準備。我們只需要一個目標。

但是獵鷹道上安靜得出奇，除了車隊中傳遞命令時的幾聲喊叫和迴音以外，什麼聲音都沒有。十多名蒙特福特的士兵沿著「之」字形山路忙碌著，黑色裝備的身影晃動。他們在每台車身旁停下來，利用自己的能力想辦法把扭曲的車體拆開。其中不乏磁能者和史壯亞姆人，以及擁有相同能力的新血脈。

伊凡喬琳和他的堂親大步走在我下方，專注地把我搭的車和他們的車分離。

「妳能修得好嗎？」我往下喊道。

她一邊用力量把扭曲的金屬解開，一邊嗤之以鼻。「我是磁能者，不是技工。」她不悅地說，側身鑽進殘骸中。

我突然間希望卡麥蓉和她的工具腰帶在場，但她在很遠的地方，跟她的兄弟遠離危險，待在皮蒙特。我咬唇動腦。這是個明顯的陷阱，不費吹灰之力就讓我們在山邊陷入弱勢，或單純要把我們困在這裡，好讓其他偷襲者可以繼續攻打下方的城鎮，甚至我們後方的市中心。

泰比瑞斯也在想一樣的事。他加緊腳步，跑到路邊，看著懸崖下的漆黑。「你們可以用對講機聯絡聚落嗎？我們該警告他們。」

「比你早想到了。」大衛森喊道。他跪在一名傷兵身邊，扶著他的手臂等醫療師處理那人的斷腿。總理身邊有一名軍官正不斷對著通訊說話。

泰比瑞斯皺眉，從懸崖邊轉身走回混亂現場。「也給市區傳個消息，叫第二分隊做好準備。有辦法趕來的話，叫他們開空降機來。」

大衛森只點點頭。我猜他早已這麼做了，但是他沒有回話，思緒專注在身邊的士兵身上。大約六、七個醫療師正認真工作，照顧每個在大車禍中遭波及的傷者。

「那我們呢？我們不能在這裡待太久。」我從車上滑下來，輕輕落地。站在地面上的感覺好多了。「有東西把那台車掀倒。」

泰頓仍站在車頂上，雙手扠腰。他看著「之」字形彎路上方，調查第一台車跌落的那個空位。「可能是小型炸彈，引爆時間點夠準的話，就能讓車身翻掉。」

「太準確。」泰比瑞斯不悅地說。他沿著路徑往上走，整個身子都站在邊緣。他的雷洛藍守衛跟得有點太緊，幾乎要踩到腳跟了。「是合作結果。有人在上面，在我們這裡。我們得快點下去，以免他們再次出手。在這裡等於是坐以待斃。」

「還是在懸崖邊坐以待斃。」伊凡喬琳補充道。她挫敗地踢了自己的車一腳，在已經撞壞的車頭上留下一個扎實的凹陷。「我們可以叫還能動的車到前面來，能載多少人就載多少人。」

泰比瑞斯搖搖頭，「不夠。」

「至少有點動靜吧。」我反駁他。

「我們的高度只勝幾千英尺了，軍團的人可以先開始動作，前往地面。」大衛森一邊扶著傷兵跛著離開等候救治的隊伍前方一邊說道。他的通訊官還跟在身邊，仍對著話筒說個不停。「黃金林的前哨站有車，離山腳不遠。」

蹲在地上的法爾莉猛地轉身，急忙放下手中的槍。「你要我們分頭走？」

「不用太久。」大衛森回答。

她臉色一白，站起身子：「但已經久到足以……」

「足以？」他問。

「若這是陷阱，是牽制，這時間就足以成效。城鎮那裡傳來的消息說偷襲者已經很接近了，但是攻擊事件在哪？」她往漆黑的地平線揮揮手。「根本沒有。不在這裡。」

大衛森皺眉，眼神閃動。「還沒而已。」

「或者是他們根本沒打算攻擊。他們想要把我們從市區叫走。」法爾莉說。「把我們困在懸崖上。你自己也說過，他們是為了自尊而戰，而市區防禦得太好，這麼做是最能夠把脆弱目標弄到開放地點的方法。」

總理走向她，臉色嚴肅堅定，然後伸出一隻手放在她肩上，輕輕一捏。一種友善的道歉手勢。「我不會因為我們可能身陷險境，就拋下人民。這我做不到，法爾莉將軍。我相信妳一定能明白我的處境。」他嘆息道。

我以為法爾莉會進一步爭執，但是她只低下頭，像是點頭一樣，咬住嘴唇沒再多說一句話。對結果滿意的大衛森回頭，「高雲隊長，維亞隊長。」他喊道。兩名身穿黑色裝備的軍官走上前來，準備接令。「帶你們的小隊下去，全速前進，到黃金林會合。」

兩人舉手行禮，轉身叫士兵整隊。兩支小隊在車隊前方集合完畢後，泰比瑞斯皺眉。他急忙走向總理，緊抓住他的手臂，不是要威脅他，而是懇求。

我知道泰比瑞斯．克羅爾恐懼的時候是什麼模樣，現在的他就是這個樣子。

「至少把引力人留下來，」他懇求道。「以免他們決定要把我們全都炸飛……」

大衛森想了一下，嘖地彈舌。「好吧。」他說：「陛下，若您不介意的話。」他轉頭面對伊凡喬琳。「沒有外力協助，這些車是不會自己爬過這團混亂的。要引力人來一起幫忙，他們會讓您做事輕鬆點。」

她一臉極為不悅地瞪著他，顯然還不習慣從自己父王以外的人口中接獲命令。不過她仍嘆了口氣，抬起腳步去做他要她做的事了。

「那我呢？」我擠進泰比瑞斯和大衛森之間，兩人都嚇了一跳，完全忘記我在這裡。

大衛森只聳聳肩，對我說「保持警覺」。「除非妳可以把車身從地面上抬起來，否則我們現在能做的事有限。」

要幫得上忙。我在腦袋裡生氣地說。但是這挫折感不能怪別人，我的能力只能用來破壞，現在就是派不上用場。現在的我，沒有用處。

泰比瑞斯也一樣。

他看著大衛森大步走開，身後跟著通訊官，把我們留在原地，站在車體殘骸前。腎上腺素和電流仍在我體內竄動，我得斜靠在金屬車身上，雙手十指交握，才不會一直抽動。

「我不喜歡這樣。」泰比瑞斯喃喃說。

我冷笑一聲，在地上磨我的新靴子。「被困在懸崖上，一半的士兵都走了，交通工具被毀，偷襲者隨時可能逼近，我還沒吃完晚餐。有什麼好不喜歡的呢？」

雖然情況艱困，他還是咧嘴笑了。微笑中帶著一種熟悉感。我雙臂交叉，希望在這微光下他看不見我漲紅的臉頰。他盯著我看，燃燒的紅銅專注地在我的臉上移動。最後他想起我們的決定，我們的選擇，慢慢地，唇角不再上揚，微笑淡去，但目光仍沒有移開，我只感覺心中一把火燒了起來。同時感到憤怒、渴望和悔恨。
「不要那樣看我，泰比瑞斯。」
「不要叫我泰比瑞斯。」他斷然說道，垂下目光。
我苦澀一笑，「這是你選的名字。」
對此他沒有回話，我倆陷入緊繃的沉默。喊叫或金屬扭曲的迴音偶爾在山間迴盪，這是空無的黑暗中唯一的聲響。
我們上方的「之」字形彎道上，伊凡喬琳、她的堂親和引力人慢慢地在全地形車輛上跳動，把廢鐵從還能開動的車前移開。大衛森一定是跟她說過要盡可能保存所有殘骸，否則她肯定已經把一切都壓個粉碎，讓其他車輛得以前進。
「稍早在裝備室的事情，我很抱歉。」好長一會兒過後，他說。他的目光一直看著地面，頭低在陰影中，可是仍藏不住雙頰的白暈。「我不該說那種話。」
「我不在乎你說了什麼話，我只在乎背後的動機。」我搖搖頭對他說：「我不屬於你。」
「我認為有眼睛的人都看得出來。」
「那你看得出來嗎？」我口氣尖銳地問。
他緩緩吁氣，像是準備振作起來面對戰鬥的樣子。他轉過來低頭看著我，獵鷹道閃爍的光芒在他臉上灑下細碎陰影，光影強調了顴骨，讓他看起來變得又老又累。「看得出來，梅兒。」最後他低聲說道，嗓音隆隆震動，「但要記得，不只是我而已。」
我眨眨眼。「什麼？」
「妳也沒選我，而是選了別的東西。」他嘆道。「很多東西。」
赤紅衛隊。紅色晨曦。希望改善我愛之人的未來。我用力咬唇，這我不能否認。泰比瑞斯沒有說錯。

「你們倆如果聊完了，」泰頓從車身上斜靠著大聲說：「我想你們可能會想知道，樹上有人。」

我倒抽一口氣，全身緊繃。泰比瑞斯很快伸出手，碰碰我的手臂表示提醒。「別驚慌，」他說：「我認為他們已經鎖定我們。」

金屬扭曲的聲音傳來，泰比瑞斯的手還在我手臂上，我猛地跳了起來。他加強了力道，不過原來那個聲響只是車身被移動所致。

「多少人？」我咬牙問，努力掩飾心中的恐懼。

泰頓低頭看著我，雙眼清澈明亮。他的一頭白髮在照亮獵鷹道的人造光線下閃閃發亮。「四個，一邊兩個。距離挺遠，但是我感覺得到他們的腦波。」泰比瑞斯在我身邊皺眉，嘴角不悅地往下撇。「大概五十碼吧。」

我往泰比瑞斯身後看去，他則往我身後看，同時盡可能悄悄地搜尋陰影中的松林。燈光以外的地方，我什麼都看不見，沒有目光閃動，也沒有槍管的鋼鐵反射光芒。什麼都沒有。

我也感覺不到他們，我的能力不如泰頓的強大或專注。

法爾莉與我四目相接，一手扠著腰走來，另一手仍緊握著手槍。「你們三個看起來像是看見鬼一樣。」她的視線來回移動。「樹上有狙擊手？」她問道，口氣像是在問天氣狀況一樣。

「妳看見他們了嗎？」泰頓悄聲問。

「沒。」她搖搖頭，「但換作是我就會這麼做。」

「你可以把他們打下來吧？」我推推泰頓的靴子問道。我記得這個馭電者跟我說過他的能力，大腦閃電。泰頓可以影響人體內部的電流，在大腦中的細微電子。他能在無人發現的情況下殺人，不留下任何線索。

他皺起深色眉毛，眉毛與漂白的髮色成強烈對比。「這段距離，我可能做得到，可是一次只能一個人。」他說：「而且前提是他們真的是偷襲者。」

泰比瑞斯怒道：「不然還會有誰在上面？」

「我可不喜歡無故殺人，克羅爾。」泰頓回答：「而且我這輩子都住在這片山林裡。」

「所以你要等他們開槍嗎？」王子移動重心，挺起胸膛好掩護我。

泰頓沒有讓步。他開口的時候，一陣微風吹過，送來了松林的甜香。「我會等你們的磁能者公主來告訴我，他們手上有沒有握著狙擊者的槍。」

我一方面同意泰比瑞斯的看法，我們在這裡太暴露了，而且除了狙擊手，還會有誰躲在樹上看我們撞成一團？但是我也理解泰頓的意思，我知道把閃電灌進一個人體內是什麼感覺，感覺到他們的神經燒起來、感覺到他們死去，像是自己也死去了一點點，留下永遠無法忘記的終曲。

「去把伊凡喬琳叫來。」我喃喃說：「告訴大衛森，我們得確定才行。」

泰比瑞斯在我身邊不以為然地哼氣，但是他沒有開口爭辯。他從車身旁站起身子，準備去找伊凡喬琳。

風變強了，掃過我的臉龐。松樹針葉拂過我的肌膚，像柔軟的手指。我伸手想抓住松針，可是松針被增強的風勢給帶走了。

然後針葉就在我面前長出了芽，在空中變成樹苗，在沒人來得及反應之前，便刺穿了一名士兵。

攻擊出乎意料，不是子彈掃射，而是大把的松針在突如其來的強風中掃來。強風直接擊中泰頓，把他從撞壞的車頂上掃落。他滾到路面上，頭撞上了地磚，跌跌撞撞地想跪起身子，然後又倒下，完全找不到重心。我伸出手臂保護眼睛，感覺到松針刮過我暴露在外的肌膚，趕緊單膝跪地。松針一落地便會立刻從地面衝出彎彎曲曲、活生生的根和樹幹。獵鷹道裂開來，車子都被舉起，被我們眼前突然長出的森林拋飛。我的重心跟著路面移動，努力想站直身子，緊靠著背後的車身。

泰比瑞斯想都沒想就做出反應。他拋出火球，盡可能趕上松木生長的速度，把我們身邊迸出的松樹都燒焦。灰燼在越趨強勁的風中旋轉，遮住了路上的光線，讓我的眼睛冒出淚水。

空氣隨著壓碎的金屬和玻璃破裂的聲音震動。伊凡喬琳和身邊的夥伴已經受夠了浪費時間的行為。他們把路上剩下的破損車身都壓扁，變成一片片鐵與鋼。還能運作的車發出隆隆聲響，在跳動的樹根和到處刺穿的樹枝間掙扎。伊凡喬琳跳進煙霧瀰漫的空中，爬到一台車上。槍聲響起，但子彈落在路旁，被她的能力擋下了。

藍色盾牌在獵鷹道兩旁復甦，在煙霧與灰燼中顯得高聳縹緲。大衛森伸出拳頭，分別控制著這兩張盾牌。更多槍響傳來，在盾牌上形成漣漪。子彈射不進來，槍枝打不中我們。

「泰頓！」我喊道，四處張望，尋找馭電者的身影。「泰頓，殺了他們！」

他勉力站起身，身子搖搖晃晃，前後甩頭，想擺脫暈眩感。他靠向離他最近的車撐住自己，重量全靠在上頭。

「等我一下！」他喊道，再次甩頭。

偷襲者安全地躲在樹上，我們仍看不見他們的身影。其中一定有綠衛者。泰比瑞斯的火焰沿著路邊爆出的松木燒去，只見火舌像蛇一樣扭動，試著在樹芽一冒出來就吞噬它。他的雷洛藍護衛隊在樹幹間奔跑，往每棵樹上伸手。一碰到樹幹，樹幹就會炸裂開來，噴出一片樹皮和火焰。

「快上車！」大衛森在一片混亂中喊道。他仍張開著盾牌，保護我們不受雨水般襲來的子彈傷害。「我們得下山！」

我深吸一口氣，穩住自己。*專心*。在黑暗中，我看不到頭上聚集的雲，但是我感覺得到。風暴雲，風暴雨。在我的控制下慢慢增強，準備攻擊。

有人把泰頓拉上了駛近的車上，幫他扣上繩帶。泰比瑞斯站在馬路上，控制著烈焰，往試圖把我們困在懸崖或推下懸崖的那片致命森林掃去。隊上其他人則盡力閃躲松木或是想辦法將其摧毀，清出一條路讓車隊帶我們逃脫。

我的心臟撞擊著肋骨，腎上腺素湧入血流，我覺得自己就快爆炸。我再次深吸一口氣，比之前更深，然後抬起頭，張開雙手。我的風暴從天而降，兩道閃電往獵鷹道兩邊的樹叢劈落。松樹應聲裂開，燒了起來。樹幹滑落、傾倒，最後壓在矮樹叢上。火舌爬上大樹幹，一開始小小的，然後受到克羅爾王子的力量加持，火勢越燒越烈。

左手邊射來的子彈停止的時間夠久，讓大衛森先放下一邊的盾牌，爬上伊凡喬琳後方的車身。六台車上裝滿了士兵，有些熟悉的面孔，有些則是陌生的。穿著黑色裝備的士兵看起來像蟲子，在急湧的河流中全擠上一塊石頭的模樣。

泰頓懸掛在伊凡喬琳車身側面，一條手臂繞著繩帶。他們駛過仍在奮戰的泰比瑞斯身邊，泰頓伸出了手，王子沒有問第二句話，伸手抓住了泰頓的手臂，輕鬆跳上車。我是下一個。

我重重落在車上，夾在泰比瑞斯和泰頓之間，伊凡喬琳則在我們正上方。她把自己的金屬靴子與車身熔在一塊，讓她能在加速中仍穩穩站定腳步。她握緊一個拳頭，把路上最後一塊殘骸清開，讓殘骸重重落在懸崖邊。玻璃碎片像銳利的雨滴一樣噴灑在空中。

大衛森收起最後一面盾牌，從前方的樹林移動到第一台車身上。但就在這短暫的一秒鐘裡，密密麻麻的子彈再次往車隊射來。有幾發驚險地失之毫米，擊中我頭上的金屬。腎上腺素吞噬了我的恐懼，我專心抓緊了車身，手指緊緊地握著臨時加裝的把手，身軀緊貼著冰冷的鋼鐵。火焰跟著我們身邊跑，保護著車身側面。泰比瑞斯一直控制著火焰，拖著烈焰跟我們前進，將沿路的一切都燒成焦炭。我們在路上呼嘯而過，高速駛下「之」字形彎路。

「樹上還有更多人。」泰頓低吼道，他在風中咬緊了牙關。只見他瞇眼往黑暗中看去，眼睛成了兩道細縫。雖然我自己做不到，但我知道他在幹嘛。泰頓是在找那些大腦，像我感覺風暴一樣感覺腦波。他眨了眨眼，一次、兩次，殺掉可觸及範圍內的人，讓電流在那些人的頭顱裡大發雷霆。我想像偷襲者跌落森林地面的畫面，他們的軀體在致命癲癇的過程抽動，最後終於一動也不動。

我在松林上方不斷降下閃電，更多電流擊中樹幹和樹枝。刺眼的光芒讓森林亮起片刻，足以看清倒下的樹和逃脫的人影。至少有十二人。

獵鷹道最後一英里終於進入平路，把急轉彎和懸崖都留在身後。車身在我們腳下怒號，以瘋狂高速駛過直線馬路，往山腳奔馳。火焰和風暴跟著我們跑，致命的翅膀上的兩個守護天使。

我意識到更多引擎的轉動，比起我們的車的力量小一點，但是一樣快，正在高速接近我們。第一輛電行車從樹叢間竄出，單顆車頭大燈令人睜不開眼睛。電行車上的偷襲者個頭很小，四肢細瘦，身上穿著盔甲、戴著護目鏡。他還有種愚勇，竟騎著電行車衝上粗樹枝，讓自己呈拋物線飛越馬路。

伊凡喬琳在我上方把雙手往空氣中一劈，電行車在她的指令下變成碎片，車軸和管線散落。但是她不是在場唯一的磁能者。

那個夜襲者沒有脫離座位，只見電行車在他的身體下方重新拼湊回來，繼續飛過我們的車頂。在他越過車頂時，拋下了一個東西，鋼鐵材質在微光下閃了一下，快得跟子彈一樣。

小刀劃破空氣，利刃斬斷疾風。泰比瑞斯、泰頓和我，全都蹲下身子。裝備讓我免於嚴重的傷勢，可是仍讓人感到一陣刺痛。我咬著嘴唇，忍住不痛得喊出聲。

電行車偷襲者重重落在馬路另一頭，車輪在泥土上打轉，他轉過車身準備再次飛躍。可是這次他撞上了一道藍色的薄牆，電行車在他腳下碎裂，他則吐血往後倒。

大衛森把盾牌跟著我們移動，嘗試擋下其他從樹叢中迸出的電行車。有些偷襲者倒地，身軀在泰頓控制下抽搐。我們其他人則專心往平原衝去，進入開闊地形之中。前往前哨戰，尋找援兵，找庇護。蒙特福特新血脈捍衛車隊，一個個靠自己的能力，擊退突襲者的攻擊。泰比瑞斯的火焰燒過樹叢間，灰燼像雪片般落在我們四周，讓我們身上披上了一層白色與灰色。我讓閃電從天際劈落，聲音和強大的威力足以讓偷襲者急忙逃回樹林中。

在漆黑中，很難辨別他們的身影。他們看起來不像我熟悉的銀血人，沒有身穿高級長袍、擦亮的盔甲和閃閃發光的珠寶，甚至連套像樣的訓練套裝和制服都沒有。這些銀血人不一樣，他們的裝束上有補丁，武器和裝備七零八落。我不禁想起赤紅衛隊身穿破爛的紅衣的景象，所有人由一種顏色、一個目的結為一心。

電行車消失在冒著煙的矮樹叢之中，大燈閃爍，蜿蜒地離開了視線範圍。我感應著引擎，企圖在他們逃出手掌心之前抓住他們，但是一陣隆隆聲響讓我停下動作，一波強大的震動正在接近。我的牙齒都能感覺得到。

怪物從灰燼中竄出，蓬亂毛髮下的頭部很巨大，壓低長角，蹄子在地上重跺。總共有幾十隻，成群結隊呼氣低吼。獸群衝向車隊，即便面對子彈、火焰、閃電和刀鋒，牠們仍把車身撞倒。這些野獸太強壯、太古怪，毛皮粗厚，肌肉更厚實，骨骼就像活的盔甲一樣。我看著其中一頭在額頭中彈後仍繼續向前衝，長角撕裂金屬的模樣彷彿只是在扯碎紙張。我連大叫的力氣都沒有。

我們的車在腳下傾斜，被野獸的力量整台推翻，我們也跟著車身倒地。我重重撞到地面，嘴裡嚐到了血的味道。有東西把我往下壓，手就架在我的頸子上。我從髮絲之間瞥見一台車飛過我們上方，一旁隱約可見伊凡喬琳的身影。她伸長了手臂，握緊拳頭，只見她手一揮，把車身當作大錘子，用力往亂竄的可怕野獸群拋過去。獸群繞了一圈，再次攻擊，雙眼圓睜，眼中滿是怒火，顯然是受到了銀血人動物師的控制。

我跌跌撞撞地站起身子，抓著泰比瑞斯的手臂來支撐自己，穩住腳步。法爾莉在幾碼外跪地開槍，可是她的子彈對獸群沒有影響，只見野獸繼續奔跑，縮短距離。

我咬牙，往牠們的方向拋出一波寬廣、紫白交織的閃電。野獸嚇得後退，不論是誰在控制牠們，動物仍是動物。有幾頭企圖穿透電網，下場是痛得大叫，倒成一堆，每一隻都身子顫抖，不斷甩動獸角。

我不管那恐怖的聲音，瞇起雙眼，在恐懼退下、直覺開始主宰之下，望向半漆黑的前方。我不假思索開始動作，每一步、手臂的揮舞全都是瞬間的反應。全神貫注下，我幾乎沒有注意到這悄悄襲來的感覺，沒注意到肩膀上的重擔。一開始的壓制力量很輕，一不注意就會誤以為是疲憊。

但是我的閃電開始衰退，變得不如之前明亮，也更難控制。電光閃爍，我又掃開一名偷襲者時，火花變得微弱。他倒地，但很快就又站起身，往我的方向伸出一個拳頭。

他的能力讓我跪倒在地，失去了一切對電的感應。像被悶熄的蠟燭，無法點亮任何火花和火焰。

我無法呼吸。我無法思考。

我無法反抗。

靜默者，我心裡的聲音喊叫著。熟悉的痛楚和恐懼再次擊潰我，讓我彎下身子。

我失去了能力的雙手撞上地面，掃過冰冷的土石。我虛弱地喘著氣，幾乎一動也不能動，更別說自保。恐懼湧了上來，我的視線黑了一秒。我又感覺到手銬腳鐐，感覺到靜默岩繞著我的手腕和腳踝，我在上了鎖的門後成了囚犯，把我與假國王鏈在一起，讓我注定這輩子只能無用地慢慢死去。

那個銀血人大步走向我，腳步聲在我耳中隆隆作響。我聽見他拔刀打算快速往我喉嚨一刀了事時的金屬聲。刀光在夜色中閃動，反射火焰和紅光。他朝我咧嘴一笑，蒼白的臉上毫無血色，伸手抓住我的頭髮把我的頭往後仰。我想反抗他，我該伸手去拔腰間的槍，槍還在槍套裡，可是我的四肢動彈不得，心跳都覺得軟弱無力。我連尖叫聲都發不出來。

沉重的靜默力量和恐懼讓我僵直不動，只能張眼看著，看刀鋒接近，冷得要凍傷我的肌膚。他低頭睨視我，油膩的頭髮被壓在額頭綁的一條手帕下。布料的顏色有沒有意義我不知道，我也看不出布料的顏色，不過這時候想這種事完全無用。

然後他的臉就炸開了，骨頭碎片和碎裂的血肉四濺。他的身體隨著衝擊力壓倒在我身上，隨著他倒下，強大電流的感覺又立即回到了我體內。我不假思索，掙扎著從這個靜默者的屍體底下滑出來，他溫暖的血液和碎裂的牙齒還跟我的髮絲糾纏在一塊。

有人抓住了我的手臂，把我拖離地面。還在驚嚇之中，還被恐懼癱瘓的我只能任人擺布，除了微弱地踢地以外，做不了什麼反應。法爾莉在不遠處，一臉兇狠地看著我，她還舉著手槍，瞄準著已經死去的男子。

「是我。」低沉的嗓音傳來，在幾碼外把我放下，或說任憑我倒地。泰比瑞斯往後退了一步，雙眼圓睜，他的眼眸在黑暗中彷彿會發光。他看著我，呼吸急促。

站起來，我告訴自己，快點站起身子來。

若我可以做到就好了。如果靜默岩的回憶可以這麼容易被甩開就好了。我慢慢地輕碰雙手，把電光叫回肌膚表面。我得親眼看看它們，我得知道它們不會再次消失。

然後我摸摸喉嚨，手指離開時沾上了我自己的血。

泰比瑞斯眼睛眨也不眨地看著。

我瞪回去，直到他後退，不情願地拉開我倆間的距離。等我終於冷靜下來，才發現我不知怎麼地被保護住了。他把我放在車身旁，利用殘骸當掩護，我身邊是蒙特福特的士兵，他們重整隊伍，拉出了一條保護線。大衛森在他們之中大步走動，臉上掛著一道血痕。他看起來極為厭惡自己，也厭惡這些偷襲者。

我顫抖著站起身子，靠著巨大的車身支撐自己。眼前的戰鬥還沒結束，可怕的野獸不斷噴氣、跺腳，在天性與銀血控制者的意願之間糾結。

白色閃電網在牠們面前張開，像欄杆一樣擋住牠們。獸群對著電網甩頭，嚇得半死。我懂那種感覺。

「可憐的東西。」泰頓在我身邊停下，喃喃地說。他盯著那群野獸，看起來特別絕望。其中一頭企圖往前衝的時候，他眨了眼，野獸隨即倒地，巨大的身軀抖動不已。

偷襲者再次襲擊，電行車從漸漸稀疏的樹叢間呼嘯衝出。伊凡喬琳和堂親與對方的磁能者戰鬥，與偷襲者爭奪電行車的控制權。

我一手抓著胸口，指甲緊緊掐著裝備，我伸手想控制住一台從路邊一躍而起的電行車。我齜牙咧嘴地抓住了電流，隨之進入引擎，一鼓作氣之下，感覺到電流很快地連環熄滅，從突然爆流變成什麼都沒有。

感覺到機械失去作用，騎士扭動一下，驚訝極了。我的呼吸沉重，對下一台電行車做一樣的事。只見車輛一台接一台地落下，不是滑行到停下來，就是在半空中翻倒落下。

伊凡喬琳追捕著一個比較小的偷襲磁能者，一直追到泥地上。他試著跟她對打，揮舞著一雙介於劍和鞭子之間的鋒利武器，可是她動作更快、更致命，他的劍完全無法抵禦她不斷在他皮膚上劃刀的匕首。她的能力太強，他打不過。伊凡喬琳．薩摩斯並不效忠大衛森，也沒有他的憐憫心，她把那個偷襲者開膛剖肚，任憑他的銀血在星光下流得到處都是。

剩下的偷襲者知道大勢已去，他們的引擎聲開始漸漸遠去，想要逃到荒野中。隨著他們陸續消失，影響力也慢慢解除，獸群隨之冷靜了下來。只見牠們轉身，往森林的方向跑去，只留下屍體和被踏壞的樹叢。

「那就是你說的野牛嗎？」我喘著氣瞥向大衛森問道。

他肅穆地點點頭，我只能吞下這其中的諷刺。我還感覺得到腹中的野牛排，像石塊一樣沉甸甸。

遠方馬路上，車燈從平原方向往我們接近。我握緊一個拳頭，繃緊了神經準備第二波攻擊。

但是泰頓伸手放在我的手臂上，他低頭用閃閃發亮的眼睛看著我，「是黃金林的車，來支援的。」

我瞬間鬆了口氣，垂下肩膀，把氣都吐了出來。這動作讓我背上的傷口傳來一陣刺痛，我咬牙倒抽了一口氣皺眉，伸手去摸傷口。傷口很長，可是並不是很深。

泰比瑞斯在幾碼外看著我評估傷勢。我一與他凝視的目光四目交接，他馬上跳起來轉過身子。「我去幫妳找醫療師。」他喃喃說道，大步走開了。

「等妳為了那紙張劃破的傷口哭夠了，可以來幫我個忙。」法爾莉站在地上，揮著一隻手，緊咬著牙關說。她的槍在地上，四周都是彈殼，就是其中一發子彈救了我一命。

她斜靠在一側，小心地不移動右腿。

因為她的膝蓋……不對勁。

我的視線模糊了一秒。我看過很多種傷勢，但是她的膝蓋扭曲的方式，腿的下半部走位的模樣，不知怎麼地讓我突然一陣反胃。我立刻忘了自己的肌肉痠痛，忘了肩膀上的血跡，甚至連靜默者留下的感覺都忘了，一股腦衝到她身邊。

「不要動。」我聽見自己說。

「有道理喔。」她低吼著說，緊緊握住我的手。

10 艾芮絲

山勢陡峭險峻，守護著山谷城市，不讓它被圍城或是遭到軍隊攻擊。濃密的松樹林形成危險的阻撓，任何交通工具都不敢離開受到守護的路面。光是坡度攀升的程度就已經夠懾人，會讓任何想要一路爬上去進入城市下方的人都三思而後行。他們覺得自己在懸崖和天際宛若碉堡保護之下非常安全，什麼危險都沒看見，因為沒有軍隊有能力一路殺到門前。但是讓我們強而有力的特點，往往也會讓我們露出弱點。

蒙特福特也不例外。

我們抵達他們國境東邊之外，深入普萊利內部。空降機上沒有任何塗裝，為了做個表象，新刷上普萊利金漆。空降機融入茂密的草原之中，長得老高的草在早晨的陽光下像波浪般擺動。遠在平原之中，沒人發現我們來了。我們飛行時非常小心，先穿過湖居地的原野，才越過開放的空地。普萊利王爵分布很廣，土地太寬闊蜿蜒，無法完善地巡視，且他們也被自己手上的事忙得無法分神，不知道我們越過了他們的土地。沒有人知道我們在此地。

當然，除了偷襲者以外。

必須讓他們參與，這麼一來才能盡可能從上升點之城引誘出更多人。運氣好的話，泰比瑞斯．克羅爾也會是其中一員。根據馬凡所說，他哥哥絕不會錯過戰鬥的機會。炫耀的機會，我們討論的時候，他嘲諷地說。我不認識被放逐的王子，從沒見過泰比瑞斯．克羅爾，但是湖居地也不是一個盲目的國家。我們針對他，以及整個皇室家族搜集情報。畢竟長達一個世紀以上，他們都是我們的敵國，而情報揭露一位基本上全方面都非常如預期的王子。從小就被以軍隊領袖的方式教導成人，成為一位將皇冠價值視為萬物之上的人。我認為這對兄弟對此想法一致，其中還包含一位非常特別的紅血女孩。

我得同意馬凡的評估。若泰比瑞斯真的在這裡跟蒙特福特商談，想強化盟友關係，他顯然一定要證明自己的能力、贏得他們的忠誠。要達到這點，還有比為他們而戰更好的方法嗎？

偷襲者在說好的地點與我們會面，這是一處可以環顧四周地景的高地。他們都戴上了面具和面罩，騎在噴著煙、款式老舊的電行車上，就連眼睛都被騎車風鏡擋住。銀血人，每個都是。在山城王國失落之後，他們被從自己的土地趕出來、被褫奪出生以來就繼承的王爵與統治權力。他們的人數比我們多，但我不太害怕。我生來便是戰士，由我國最強大的寧夫斯人養大，五位隨從也一樣——強大、貴族、非常有用。

吉坦莎還在我身邊，一心想伺候我，也積極擔任保護者的身分。她小心地把自己安置在我和任何太過接近的偷襲者之間。

我低著頭，讓臉被陰影掩飾。這些偷襲者長年處於孤立狀態，就算見到了，可能也不認得湖居地的公主或諾他王國皇后，但這樣是最好的，就讓其他人代替我開口和安排。

我們的六人團隊要移動很容易，我們分別爬上一位偷襲者的車，讓他們載著我們穿越平原。比起我們，他們對這地方的了解更多，我們也還不需要用海芬門脈的光影能力來隱藏行蹤。還不到時候。

遠處的高山隨著時間分秒過去，變得越來越近，這些山頭看起來比我見過的任何山都還要像一座座高牆。恐懼想要侵蝕我的堅定，但我不肯，所以我瞇起眼，把注意力集中在手上的挑戰，不留空間給其他思緒。

幾個鐘頭的時間裡，我一直在腦海裡盤算計畫，所有障礙都要排除。

越過國境。

這項任務沒有費太多力就達成了。偷襲者之道路，也熟知蒙特福特看不見的地方。他們沿著一條小溪穿過濃密的松木森林，直到山腳下開始爬坡，我才發現我們已經到了位於普萊利和蒙特福特之間的隱形分界另一頭。

支付過路費。

珠寶都是我的。藍寶石、白銀和鑽石。我在槍口下把珠寶都交出去。我們的海芬光影人，一位年輕、結實的哨兵人，從我皇室丈夫那裡借來的人手，他放棄了更多珍貴的財產。他的門脈在諾他王國內戰爆發時一分為二，門脈領導人為泰比瑞斯戰鬥，但他們一族的多數人還是留在馬凡身邊。這很值得讚賞，在效忠國王與家族之間，選了國王，即便那個國王是馬凡・克羅爾。

他沒有戴上哨兵人的面具，放下了穿戴黑色珠寶的傳統。沒了面罩，他看起來多了人性。藍色雙眸，紅髮在陽光下閃耀。海芬哨兵人告訴偷襲者我們放在北邊幾哩處的資源所在位置，有好幾箱食物、錢幣、電池，還有這場任務所需的武器和彈藥。偷襲者毫不浪費時間，就這樣把我們留在東邊的山邊，停在他們的電行車能抵達的最高處。我從沒見到他們的臉龐，不過至少我知道其中一人是金髮，我看見幾縷髮絲從包在頭上的布料底下露了出來。

攀爬。

瀑布算是簡單了，可以當作移動梯子來用，我利用水來爬過不少懸崖，最後數都數不清了。我們沿著小溪往源頭走，與水流反方向，並不難行。在我的能力和另一個寧夫斯人，諾他王國奧滄諾門脈的里爾隆的幫助下，到了星光亮起時，我們一行六個人都進入了地勢高聳的山谷裡。空氣稀薄，我的呼吸變得急促，腳步隨著高度一吋吋攀升，變得越來越沉重。但是我從小就在湖區堡壘受訓，對挑戰體力極限並不陌生。

海芬男子一直空著雙手，偶爾動動手指。他用能力覆蓋我們，讓我們隱形，穿越松木森林也不會有人看見。低頭看向自己的雙腳卻什麼都看不到，只看見矮樹叢的感覺實在很古怪。至少我不用看著萊道，這個朗伯斯門脈的史壯亞姆人沿路上山時，兩側繫著兩具身軀，壯碩的身體都扭曲了。這是我的計畫的另一部分，血腥的部分。

我再次壓下一絲恐懼。

我們是從市區更北邊處開始攀爬，山勢使我們不得不往南退，來到河流處。下流蓋了水壩，就在上升點之城所在的山谷，形成一個形狀曲折的湖。抵達水邊後，我覺得心裡的壓力稍微減輕了一點。水岸安靜空蕩，我們一行人一起走下水面，不留任何痕跡。

我的注意力集中在水流上，用流動的水沿著河床製造出一條通道。里爾隆照計畫行事，在每個人頭上罩了一個泡泡，讓我們有空氣能呼吸。這是寧夫斯人的老把戲了，小孩子也能做到。我們就這樣悄悄穿過水路，乘著水流來到山谷轉彎處。天色幾乎一片漆黑，但我相信水。最後一哩路就這樣，必須保持沉默，只有我自己的呼吸聲和怦怦作響的心跳聲相伴。

上升點之城的湖很深，還有很多魚。有一、兩次，我在黑暗中找尋水岸時，被掃過的魚鱗嚇得跳起來。不過我馬上擺脫那感覺，專注在計畫下一步。湖畔有許多高級住宅，我們就要用這些建築作掩飾。我先浮上水面，雙眼探出水面。在野外和水底過了幾小時之後，就連城市裡的柔光都顯得刺眼。但我沒有眨眼，也沒有縮身，只逼自己讓目光快點調適好。我們還要趕時間。

還沒聽到警報，沒有警笛聲響。很好。

離開水面後，海芬哨兵人再次掩護我們，但是就連他也沒辦法藏匿走道上的濕腳印。這就留給里爾隆和我。我們甩了幾下就恢復乾燥了，靠能力來把每一滴水珠都趕走。我把地面積的水收集起來，然後把圓形水球扔進最近的植物或水溝中，不留任何痕跡。

飛到普萊利的路上，我都在熟記上升點之城的地形圖，利用巴拉肯提供的地圖。想到我的計畫有這麼大部分都建立在別人的工作結果上，就覺得有點不安。我必須相信交到手上來的資訊，就算只要一處有誤就會導致任務失敗也一樣。特福特的都城雖然令人昏頭轉向，有著曲折的街道、山谷兩邊還有長長的階梯步道，但我仍記下了從水壩湖到巴拉肯的孩子被挾持的地方最近的路。

根據皮蒙特的間諜資訊，他們不是被扣留在皇宮，而是在天文台。

我躲在黑暗無聲的走道往上眺望裝了階梯的斜坡，一路延伸到山邊的拱頂建築。

一想到又要再爬幾千英尺，我的雙腿只覺一軟。但我沒吭一聲，努力向上爬，控制著呼吸，保持緩慢平穩的節奏。從鼻子吸氣，從嘴巴吐氣，搭配著腳步。

雖然背負著貨物的重量，史壯亞姆人對於階梯仍不覺得困擾。海芬哨兵人受了的訓練比我們都精良，畢竟他們從小就是要保護國王和其家族的安危，他的體能處於頂尖狀態，里爾隆也是一樣的狀況。我實在不想信任諾他人，更別說身邊就跟了三個，可是情況只能如此。為了政治層面考量，兩方人馬出席數目相當是必要的。

吉坦莎是唯一一個我能全心信賴的隨從，有另一個湖居者在場這件事讓我比較安心。我很討厭艾思嘉瑞爾一系的尼洛，但我們需要他和他的能力。他是皮膚醫療師，而且能力非常卓越。

我聽見他的呼吸聲，隨著我們爬升，他急促地吸氣、吐氣。雖然我很慶幸隨行人員之中有一個天賦異稟、具備救人能力的人，實在不該像他這麼享受奪人性命。

一個像他這麼有才華的醫療師，但我同時也希望沒有他存在的必要。尼洛太過於享受自己在前一晚被交付的任務了。

「運氣好的話，他們到中午前都不會注意到我們。」他悄聲說：「我的工作會很完美。」他的聲音很平順、圓滑。尼洛家族多是外交官，他們修復政治關係的能力跟修復斷骨的能力一樣優秀。

「保持安靜。」我低聲回他。他像鬼一樣的存在感不知怎地竟比山上的空氣更冷。

上升點之城也不是毫無抵禦。沿路上有守衛和巡守隊，不過與湖居地或諾他王國的都城相比還是少多了。這些愚蠢的蒙特福特人以為這些山和他們的秘密就足以保護自身安全。

我回頭一瞥，望向山谷另一頭。我感覺到黑色髮辮唰地一掃，可是我看不見。看起來像是總理皇宮的建築就座落在我們對面的高山上，還有其他住宅和政府建築點綴在其外圍。宮殿在星光下閃閃發亮，陽台、窗戶和露台都有不少燈火閃爍。

梅兒．巴蘿就在那裡頭。那個怎麼樣都能活下來的閃電女孩。

我把她想成雅啟恩的一件趣事。那個被鏈在國王跟前的女孩，而且國王被她困住的狀態，不輸她被國王限制的程度。我不會假裝理解她是如何讓馬凡如此神魂顛倒，但是這一定跟他母親的作為有關。任何理智的腦袋都不可能有這麼強烈的執著，這也不可能是愛，任何有愛的人都不可能有他這樣的行為舉止。

我從沒想過自己會為愛成婚，我沒有那麼天真，會去做這種白日夢。我的父母在婚姻關係的安排下隨著時間產生感情、互相尊重，我希望自己最後也能這樣。當然，馬凡讓我這個心願看似毫無可能。我只瞥見他心裡那麼一眼，卻已足夠讓我知道他的心已死。

若巴拉肯的孩子不是我們的目標，若我真希望戴好頭上這頂諾他王國的后冠，我可能會想想如何殺掉梅兒．巴蘿。我不是要洩憤，只是要讓馬凡的腦袋清楚點。她現在是動機，是一根掛在馬凡面前讓他追趕的胡蘿蔔，但是她也是他的弱點，而我需要馬凡處於弱勢，我需要他無法專心。

就像母親說的，馬凡．克羅爾會嚐到洪水的滋味。

他們全都會。

軍隊十分鐘前離開了，車隊隆隆地開上了山頂。我到現在還能聽見下坡傳來的迴音，在蒙特福特都城的大街小巷迴盪。整座城市剩下的人，就沉浸在警報鐘聲和警報器叮噹作響之中。一切都照計畫行事。我眨眨眼，仍籠罩在海芬哨兵人滴水不漏的陰影之中。

天文台的警衛已經拋下工作去協助市民，只留下兩位蒙特福特士兵留守。在夜色裡，他們的綠色制服看起來就像黑色，兩人站在亮晃晃的月長石石柱前，石柱撐起彩色玻璃製成的璀璨拱頂。

沒有歌唱者或悄語者可以洗去兩名守衛的記憶，我們只能偷溜過他們身邊。雖然不難，但我全程仍停止了呼吸，穿過天文台的石柱。

守衛站在入口兩側，一動也不動，對於叮噹作響的警報已經非常習慣。就我所知，偷襲者的攻擊行動很常見，對都城的威脅極小。

「在平原嗎？」其中一人轉過頭對另一人說。

他的同袍搖搖頭，「在山坡上。上個月他們已經攻擊平原兩次了。」

男守衛咧嘴一笑，雙手插進口袋，「平原。跟妳賭十塊錢。」

「你輸錢還輸得不夠啊？」她回答道。

兩人笑出聲，笑容在臉上漾開。我伸手按下門鎖，另一手掀開腰間掛的水壺蓋子。在海芬哨兵人的能力下，我看不見自己的動作，必須靠觸摸才行。這讓一切變得複雜，但是只是會讓我稍微慢下速度而已。

水沿著我的手腕流動，吻過我的肌膚，進入鎖孔。水流貼合裡面的齒輪，隨著我呼氣，把空隙都填滿，形成一把我親手打造的鑰匙。

我的腳往一旁擠了擠，尋找吉坦莎，她也擠擠我。

幾碼外，有根樹枝在她的控制下發出啪啦一聲，掉到鋪了石塊的地面上，正好掩蓋了我轉動門鎖的聲響。

「偷襲者進入市區了嗎？」女守衛說，笑聲突然成了驚慌。

「不跟妳賭。」男守衛回答。

兩人跑上前去調查，我們則藉機溜入天文台，沒引起任何人的注意。沒人看見，沒人會來找。

「里爾隆進入。」諾他王國的寧夫斯人說道。我們看不見彼此，只得一一答數。

「吉坦莎。」

「萊道。」

「尼洛。」

「艾芮絲。」

「狄洛斯。」海芬哨兵人說。

我咧嘴笑著，把門在身後關上。

潛入天文台監獄。完成。

我不允許自己有半點鬆懈，在我安全送巴拉肯的孩子回家、在自己回到家裡之前，都不會有這種機會。

吉坦莎巡視屋內，腳步聲輕聲迴盪在空中。她搜找了好幾分鐘，讓我們都緊張得不得了。隨著時間一秒秒流逝，緊繃的程度也一直上升，最後她終於回來了，我聽見她話聲裡的微笑。

「他們真的很蠢。」她說：「沒有攝影機。一台也沒。」

「怎麼可能？」我聽見里爾隆喃喃說。

我咬緊牙關。「可能不想拍到小孩在這裡的畫面，」我說出我想得到唯一可能的解釋。這實在不該影響我才對。戰爭期間總是會發生可怕的事，就算是銀血人也難逃，這我最清楚了，「或是拍到他們對小孩做的事。」

大家一起意識到這點，讓我們一行人更感絕望。

我抬高下巴，順順看不見的髮絲，往耳後塞好。「海芬哨兵人，你可以稍息了。」

「是的，陛下。」我聽見他敬禮的聲音，然後才看見景象。

人影現身，全數同時出現，好像突然有扇窗戶被擦乾淨了一樣，可是尼洛直盯著我瞧。在拱頂玻璃照進來的微光下，他看起來更蒼白了，光線讓他的臉色變得有點病態的發青。他的目光像是一種挑釁，或者說是一種被逗樂了的神情，但兩種我都不喜歡。

「走這裡。」我對他們說，把注意力放在眼前的任務上。眾人排成一列，包含尼洛在內，我很高興跟在我身後的是吉坦莎。還有哨兵人也在我身後，我是諾他王國的皇后，他已誓言要保護我和馬凡。

我們繞過一座巨大的望遠鏡，對準了拱頂的望遠鏡是由銅製長管和玻璃製成的。真浪費力氣，我心想。星星根本遠得無人能夠觸及，連銀血人也不例外。星星是屬於神的，且僅屬於神祇所有，我們不該推測捉摸，嘗試也只是在揮霍時間、資源和精神。

位於中央的圓形房間還通往數個包廂，但我們無視其存在。我只走過樓面，在腳下的大理石尋找可見的裂縫。我不覺得會有裂縫，再次伸手打開水壺。我朝里爾隆點點頭，讓他跟我做一樣的事。

我倆的水流過腳邊、爬過大理石，一直延展開來，成為最單薄的罩子。水在石頭上噴濺、囤積，波動著前進，尋找石塊間的接縫。

「這裡。」里爾隆說，往牆面走近幾步。他把水全都聚集起來，變成像是一顆巨大的水珠。我走上前去，眨眨眼，可以看見細小的氣泡從水裡面冒出來。

這下面有開放空間。

吉坦莎立刻快速對石板動手，晃晃手指便把石板搬到一旁。下方很陰暗，但並非一片漆黑。天文台底下的空間裡有光線，從這條通道深處傳來。光線足夠讓人能看見東西，又不會亮到從隱藏的門縫中傳出。

往下延伸的階梯，像是在朝我們揮手。

按照計畫，萊道先走了下去，接著是尼洛，一手放在槍套裡的槍柄上，準備好若是萊道遇上對方人馬，能立即應對。海芬哨兵人跟隨在後。我注意到他的手看起來像是變黑了，光影在他手中堆積，像一團煙霧纏繞。我緊跟在他身後，吉坦莎在我身邊，里爾隆殿後。

這裡就容易了，我告訴自己。我沒說錯。

通道曲折蜿蜒，在天文台底下延伸，離開了天文台的範圍。下面沒有守衛，沒有攝影機，除了微光和我們的腳步聲以外，什麼都沒有。

我不禁心想，這地方是否是專門為了巴拉肯王子的孩子打造的？不過我覺得不太可能。石造表面看起來已經頗有年歲的痕跡，不過剛漆上了溫暖的奶油色，有種我本來不認為會在敵方的監獄裡感受到的奇怪安定感。

蒙特福特人真的是夠奇怪的了。

走了大約一百碼，通道變得寬敞，進入類似接待廳的地方，牆上是整排的窗戶。我閃避著對著城市閃爍燈光的窗戶前進，窗戶一定很厚實，因為我聽不見警報聲響，可是警示燈仍在整座上升點之城裡亮個不停。

我與吉坦莎交換了個疑惑的眼神，她看起來跟我心裡一樣不解。她聳聳肩，下巴朝右手邊一撇，也就是廳室的終點，有扇門豎立在那裡。

我伸手放在鎖頭上，想要再次開鎖進入，這才發現原因。

「靜默岩。」我低聲說道，像是被燙到一樣抽手。壓制能力的武器這樣遠遠的影響力就已經足以讓我全身發麻，「一群折磨人的混帳。」

吉坦莎發出反感的聲音。「可憐的孩子，都幾個月了。」

其他人也表示同感。

除了一個人以外。

「對他們來說是壞事，對我們而言可是好事。」尼洛口氣裡沒有半點同情，我回頭，嗤之以鼻。

「這話又是什麼意思？」我低吼著說。

「靜默岩會讓他們嗜睡，昏沉沉的。這兩人到早上都沒動靜也不會有人覺得奇怪。」他說道，一邊伸手戳戳萊道背上的大包袱。他的手指幾乎毫無敬意地在人體上拍打。

即便他說的可能沒錯，我仍怒瞪他一眼。「我們快把他們救出來吧。」我彈彈手指說。「海芬哨兵人，請你協助。尼洛，準備好提供治療，他們一定會需要。」

我知道靜默岩監獄會對人產生什麼影響，我在巴蘿身上就見過。那雙凹陷的雙頰和呆滯的眼眸，骨頭從肌膚下浮現的模樣，靠著怒火讓自己保住理智，只為一個革命目的，雖然那目的愚蠢又注定失敗。巴拉肯王子的孩子都還小，十歲和八歲。生為銀血人，往往很依賴自己的能力，從不曾過過沒有能力可用的日子。我不想知道靜默岩對他們做了什麼事，但是我別無選擇。

我一定得看著戰爭恐怖的面孔，眼睛眨都不能眨。我的父王沒眨過眼，母親和姊姊也一樣。想要贏，我一定也得睜大雙眼才行。

要贏，然後回家。

里爾隆利用自己水壺裡的水打開門，一邊抵抗著靜默岩外圍洩漏出來的影響力，花了他比之前久的時間。

好不容易，他終於甩開門，後退一步，讓我能率先進入。一踏進門內，我立刻不寒而慄，只能堅定地對抗那不自然的感覺。這感覺比對抗靜默者來得穩定統一，他們的能力會隨著心跳和專注力跳動。現場的感覺很穩定，強硬不屈。我艱難地嚥下口水，抵擋這股醜陋、不自然的感受。

雖然團隊就在我身後，在走道上的宜人安全環境下等候，我仍感覺到一種前所未有的脆弱，像是初生嬰兒暴露在懸崖上。

孩子們在沉睡，兩人都躺在被鋪得很工整的被窩裡。我環顧四周，以為會看見守衛站在陰影中，可是除了隱約可見一間布置得很好的房間、掛上窗簾的窗戶以外，什麼都沒有。就像走道上的窗戶一樣，窗戶對著松樹林，下方則是城市所在的山谷。又是另一種折磨，讓人看見自己接觸不到的世界。

「來幫我把他們揹出去。」我低聲說道，一心只想快點離開這裡。

我走到離我比較近的床邊，深色髮絲的孩子就睡在上面。我把一手放在她臉上，準備好要是她發出尖叫，就要馬上掩住她的嘴巴。巴拉肯的女兒在我的碰觸下，只微微移動身子，可是沒有醒來。在微光下，她的膚色像擦得發亮的黑玉。

「醒醒，夏洛塔。」我喃喃說道，心跳不禁加速。我們得離開這裡了。

海芬哨兵人對麥可王子的動作就快多了。他把一條手臂滑到他肩膀下面，另一條手臂則放在他的膝蓋後側，把他一把撈起。這小男孩跟妹妹一樣，很慢才醒過來。精神恍惚、全身無力，靜默岩對他們兩人都造成了極大的傷害。

「誰……？」小男孩喃喃說道，眼皮睜開了又閉上。

他的妹妹也轉動身子，在我輕輕搖晃她肩膀的時候醒來。她對我眨眨眼，眉頭疑惑地緊皺。「該去散步了嗎？」她問，聲音很高，帶著氣聲。「我們會乖，我保證。」

「對。」我很快地抓住機會說：「我們要去散步，遠離靜默岩。但是你們兩個都要非常安靜，還要聽我們的話。」

此話並非謊言，而且讓兩個孩子稍微有活力了一點。夏洛塔甚至還環抱著我的頸子，讓我搬動她。她比我想像中還輕，說是個小女孩，其實更像一隻小鳥。她身上有一股清新的味道，聞起來很乾淨。若沒有靜默岩，我會覺得孩子們在這裡過得很好。

麥可縮在海芬哨兵人的懷裡。「你是新來的。」他抬頭對哨兵人說。

我三步併作兩步，急忙離開房間，一踏上走道，立刻深吸一口讓我恢復的空氣。孩子們都吐了口氣，夏洛塔在我懷裡放鬆了下來。

「記得，照我們說的做。」我低聲說道，把視線從萊道和尼洛準備好的東西上移開。

小男孩點點頭，什麼話都沒說，但小女孩抬頭殷切地看著我，那眼神我以為不會在孩子身上看到才對。「你們是來救我們的嗎？」她悄聲說。

眼看沒有說謊的必要，我還是說不出口，因為我可能會失敗，我可能會害他們沒命，光是想到就覺得想否認。「是的。」我強逼自己說。

「讓我看看他們。」

尼洛沒有浪費半點時間，往他倆臉上照光，不只嚇到他們，連我也吃了一驚。「安靜。」麥可大叫出聲時我說。我越過小女孩的頭，瞪了尼洛一眼，但他無視我，注意力已轉移到他們身上。他的視線像節拍器一樣來回在他們的面孔上掃射，把特徵都記下來。

等他回頭走到地上的包袱旁時，我只想立刻別開頭，可惜我的動作不夠快，還是看見他們的模樣了。兩具小小的紅血人身子。

他們還在呼吸。兩人都被下了重藥，要是沒有外力幫忙，絕不可能恢復神智，可是他們還是有呼吸。

尼洛需要活人來幹這活。

海芬哨兵人看見我的神情，跟我一樣轉過身，背對著那個皮膚醫療師和紅血人。我們不能讓孩子們看見為了他們，我們做了什麼事，我們自己也不想看這過程。

聽見刀鋒從護套裡抽出的聲音，我不禁身子一震，軟弱，有個東西在我心裡說。眼睛張開，艾芮絲・席格內特。

「真是藝術之作。」我聽見尼洛對自己說，他的口氣貪婪，充滿歡欣。

他的工作過程大多是無聲進行。大多。

11 梅兒

即便我早已精疲力盡，我幾乎完全沒睡。我們直到接近破曉時分才回到上升點之城，醫療師沿路一直替我們治療。抵達後，距離大衛森向政府成員解說的時間只剩幾小時了。我想睡，但是等到偷襲者之戰的腎上腺素退去時，我已經為了接下來的會議緊張得不得了。夜晚僅剩的一點時間，我都盯著窗簾尾端看，看著清晨前的藍色光芒越來越亮。現在我在下層露台等著，已經幾乎連坐都坐不住，一直拉扯裙襬。這是一件刺眼的禮服，濃烈的紫色，腰間還繫上了一條金色腰帶，泡泡袖堆在兩手手腕。領口是下挖式的，露出馬凡留下的烙痕，我把頭髮往後編成辮子，露出臉龐。我驕傲地展現沿著頸子往下延伸的傷疤，這是我的主意，不是吉莎想的。我想讓蒙特福特的政治人物看看我已經犧牲了多少，我想盡可能地看起來像是閃電女孩的模樣，就算那個人根本不是真的。我可以從閃電女孩身上吸取力量，就像我從梅琳娜身上獲得力量一樣。那些身分雖然都不是真正的我，可是兩個身分也都是一個真正的人身上的一小部分，即便再怎麼小也算數。

山上的日出很古怪，光線在我身後發散開來，往山頂和四周射出一道道光芒。黑暗就這樣漸漸從山谷中退去，速度雖慢，但很穩定，跟著晨霧逃出了山坡上的城市。上升點之城像是跟著光線一起醒來，熱鬧的聲響隱約傳進了皇宮。

安娜貝爾皇后可不是個會晚起的人，特別是這麼重要的日子。她從皇宮入口走下來，孫子和守衛緊跟在後。朱利安走得比較後面，雙臂深埋在長長的金色袍子之中。他與我四目相接，點頭打招呼，我也點頭回應。我雖然不同意他選擇了外甥那一邊，但我可以理解。我明白支持家人勝過其他一切的舉動。

安娜貝爾身穿雷洛藍的代表色，紅色和火焰橘，看起來更像是守衛國王的哨兵人，而不是國王的祖母。她其實也跟哨兵人一樣出手致命。她沒穿長袍，而是一件織錦緞製的外套，和一件成套的短袍，搭配黑色緊身褲。底部是閃亮的銅色，宛若盔甲的一部分。安娜貝爾．雷洛藍已經準備好要打一場不是真的上戰場的仗。她站在露台另一頭對我微笑，不過眼裡沒有笑意。

「陛下。」我點頭朝他打招呼。「泰比瑞斯。」我的視線掃過他，補充說道。

他自顧自地冷笑，接受我拒絕叫他其他名字這件事的黑色幽默。偷襲者之戰在他身上留下了記號，我彷彿能聞到他整晚想洗掉的那股煙灰味。*還是不要想他洗澡的事吧*，我在心裡對自己生氣地說。

早晨與火焰王子很搭。他一身赤紅色的披肩，底下是烏鴉般的黑色絲綢服飾，整齊的黑髮上戴著王冠。一定是磁能者做的，伊凡喬琳的另一個傑作。很適合他。沒有珠寶，沒有錯綜複雜的設計，簡單的圓環，由生鐵雕刻成像一道火焰的形狀。我的目光繞著王冠，仔細地看著讓他這麼熱愛的這個小東西。

雖然我倆間的氣氛仍十分緊繃，但我已經沒有感覺到昨天那種火氣或憤怒。在山上的對話雖然不多，但有種令人冷靜的效果。希望我倆能有多點時間，來達成某種程度的諒解。

但是這又會是怎麼樣的諒解呢？

即便已經盡了力，我仍踩不熄心裡燃燒著的那抹希望。我還是想要他選我，若他承認自己的錯，我還是會原諒他。蠢得可以，但是這種希望一直不肯消逝。

看見法爾莉出現是我最驚嚇的時刻，不是因為她的腿已經被治癒、跟新的一樣，這部分我其實一點都不意外。她跟在完美無瑕的大衛森總理後面走出來，一開始我並沒認出她。身上破爛的制服不再，不是那套因為常穿而髒兮兮、經歷戰鬥而破舊的深紅色連身服。現在的她身穿一套軍禮服，是泰比瑞斯或馬凡會穿的那種，完全不像法爾莉會穿的裝束。

我朝她眨眨眼，看著她調整合身的赤紅色大衣的袖子，這是為她量身訂製的服飾。她的將軍徽章繫在衣領上，三個鐵製方塊固定在布料之中。她的胸前還有其他東西，勳章和獎章，金屬製搭配緞帶。我質疑那些東西的真實性，但是多了這些，她看起來令人敬畏三分。大衛森和卡麥登顯然為了會議先幫她治裝了，要透過她，讓赤紅衛隊看起來正當合理。她嘴角的傷疤和堅定如鐵的藍色雙眼也幫了忙，我認為不會有太多政客會拒絕她的要求。

「法爾莉將軍。」我朝她竊笑說：「打扮挺不錯的。」

「小心點，巴蘿，我可能會逼妳也穿。」她不悅地說，再次伸手拉扯袖口。「穿這東西我都快不能動了。」她的夾克手肘部分很貼，完美合身的狀態，但不足以讓她做出熟悉的動作——打鬥裡需要的動作。

我往她腰間瞥了一眼，只見她下半身也穿著一樣貼合的訂製長褲，褲腳塞在長靴裡。「沒帶槍？」

法爾莉怒道：「別提醒我了。」

不意外，伊凡喬琳．薩摩斯是最後到場的。她腳步輕巧地滑過華麗的橡木大門，薩摩斯門脈的堂親穿著跟她搭配成套的黑色綴飾灰大衣，走在她身側。伊凡喬琳的禮服是刺眼的白色，袖子和長襬則由白轉為墨黑色。她走近後，我才發現絲綢禮服上的深色部分並非染色，而是華麗、閃閃發亮的金屬小碎片，讓珍珠白慢慢轉變為鋼鐵灰，最後變成鐵黑色。她刻意走近，任憑長拖襬在她身後展開，掃過綠白石磚。

「要是我們可以在人民大會堂也複製這樣的進場就好了。」大衛森對法爾莉和我喃喃說道。他看著伊凡喬琳走近，她抬頭挺胸，讓每一步腳步都印上剛毅的決心。

總理本身維持那令人難以看透的華麗個人特質，一身深綠色西裝、琺瑯鈕扣。他的灰髮閃閃發亮，滑順地往後梳，在頭頂上服服貼貼。

「走吧？」他說道，往離開宮殿的拱門做了個手勢。

我們便以各種顏色、懷著程度各異的就緒心態，跟著他踏上蜿蜒階梯，進入市區。

我真希望這段路能走久一點，但是人民大會堂，也就是整個蒙特福特政府為了像這類事宜聚集開會的建築，離我們並不遠。就在山坡下幾百碼處，座落在總理宮殿下方的平台上。這麼重要的建築，再次沒有任何高牆守護，眼前只見白色的石製拱廊，還有綿延的長廊環繞這座俯瞰上升點之城及整個山谷的拱頂建築。太陽繼續升起，長達數百呎寬的綠玻璃拱形建築被照得閃閃發亮。玻璃的品質太差，不可能是銀血人做的，但是那種不完美的螺旋和彎度，更添增了成品的美感，比起平坦、一絲不茍的純粹玻璃片，這種玻璃更能捕捉光線。銀色樹皮的白楊樹掛著金黃色的葉片，整齊地間隔排列，像活生生的柱子一樣，排出結構。這些就是銀血人的作品了，一定是綠衛者。

每棵樹旁邊都有士兵守護，他們仍身穿深綠色制服，態度自信驕傲，堅定不移。我們穿過長長的大理石走廊，來到敞開的會堂大門前。

我吸了口氣，讓自己堅定。這件事不該太難才對，蒙特福特不是敵國，我們的目標也很清楚。取得軍隊，人數越多越好。推翻瘋國王和他的盟友，那些人都固執地犧牲紅血人和新血脈，只為維護自己的權力。答應幫忙，對蒙特福特自由共和國來說，應該很容易才對，他們不就是站在平等那一邊的嗎？

至少我是這樣聽說的。

第一座大堂裡有柱子，掛著綠色和白色的絲綢，用銀色和紅色帶子束起來。是蒙特福特的顏色，和兩種血脈的代表。陽光從天際灑落，讓整個空間散發縹緲優雅的光芒。從這裡可以看到往外延伸的還有許多廂房，從柱子間的拱門看過去便能看見，也有些鎖在擦得發亮的橡木大門後。當然，大堂裡有人，全擠在一起，我們穿越的時候，他們的視線都在我們身上。不分男女、銀血或紅血，他們的膚色深淺程度各異，從陶瓷般白皙到夜色那麼漆黑都有。我試著讓自己感覺像是穿了盔甲一樣，保護自己不受他們的凝視影響。

泰比瑞斯走在我前方，抬頭挺胸，他的奶奶走在右邊，伊凡喬琳走在左邊。她很注意讓自己的腳步跟上他的大步伐，薩摩斯門脈的女兒是不會走在後面的。她的禮服長拖襬逼得法爾莉和我保持距離，但我不介意就是了。

朱利安走在我倆身後。我聽得見他一邊前瞻後顧、一邊喃喃自語的聲音。我很驚訝他沒有一邊做筆記。

人民大會堂的名字取得恰如其分。走近入口時，我已經聽見幾百人說話的嗡嗡聲響。這聲響很快地變大，直到蓋過所有聲音，我的耳中最後只剩自己如雷的心跳聲。

上了油的鉸鏈讓巨大的白綠相間瓷製大門順暢展開，像是在對著大衛森總理的意志敬禮。他走進了傾瀉的掌聲中，我們跟在他身後走進這階梯形的會場中，掌聲也越來越響亮。

數百人擠在環繞整個廳堂的座位區，大多數人都像大衛森一樣穿著正裝，白綠相間，深淺不一。有些人是軍事人員，軍禮服和勳章清楚地標示著他們的身分。我們走進去的時候，所有人都站了起來，眾人一齊鼓掌，歡慶著……我們的到來？還是總理呢？

我不知道。

有些人沒有鼓掌，但他們還是站著，可能是因為出於尊重的心意，或者這只是一項傳統。階梯形會場的樓梯很淺，我閉著眼睛都能跑完，但即便如此，我還是把注意力放在腳上，還有閃閃發亮的裙襬上頭。

大衛森走向會堂樓面，往位於中央處的座位移動，座位兩旁是仍站著的政治人物。現場也有給我們坐的空位，每張椅子都披上了有顏色的布料做標記。橘色屬於安娜貝爾，銀色屬於伊凡喬琳，紫色屬於我，赤紅色給法爾莉，諸如此類。大衛森與樓面每位男男女女打招呼、咧嘴露出開朗又有魅力的微笑，一邊握手的時候，我們就走向各自的座位。

不論被人拉來遊行多少次，我都沒辦法習慣這種事。

但是伊凡喬琳就不一樣了。她坐在我身邊，揮揮手整理裙襬。她挑眉，氣勢凌人，像是真人版的畫作。她就是為像這樣的時刻而生的，若她對他們有任何恐懼，她也絕對不會表現出來。

「消滅恐懼，閃電女孩。」她低聲說道，盯著我看的眼光如電。「妳又不是沒見過這種場面。」

「的確。」我氣聲回道，心裡想起了馬凡，他的王座，以及我在他身邊時說的那些可恥的話。相比之下現在這個場合容易多了，這件事不會讓我的心被扯裂。

大衛森沒有坐下，他看著眾人同時坐下，聲響震耳欲聾。

他雙手交握在前方，低頭行禮，一縷灰髮落在眼睛前面。「在開始之前，我希望大家能為昨晚為了保護家人、在抵禦偷襲者過程中犧牲的人默哀片刻。我們會永遠記得他們。」

全場成員，包含政治人物和官員，全都認同地點點頭，然後便低下頭，有些人甚至閉上雙眼。我不確定怎麼做恰當，所以我就學總理的動作，把雙手十指交握，低下頭。

過了感覺起來像是跟永恆一樣漫長的時間之後，大衛森再次抬起頭。

「親愛的百姓們，」他說道，聲音輕易地傳遍整個階梯形會場。我猜是這屋子的緣故，設計旨在放大音效，「我想謝謝你們，感謝各位同意特別舉辦這場非正規人民大會堂的會議，也謝謝你們出席。」

他停了一下，對著現場回應的禮貌笑聲咧嘴一笑。這個無聊的笑話是個好用的工具，單從他們大笑或咧嘴笑的程度，我就能輕鬆認出他的支持者有誰。其中幾個政治人物仍一臉嚴肅，但出乎我的意料之外，從他們的膚色看來，這些人有紅血人也有銀血人。

大衛森繼續說下去，一邊說一邊繞著樓面走，「我們都知道，我國成立時間並不久，是個過去二十年間靠著自己的雙手親手打造的國家。我不過是第三任總理，各位之中有不少人還在第一次任期內。我們代表的就是我國多元人民，代表他們的利益福祉，當然，我們也盡力保護他們的安全。過去幾個月之中，我已經盡了一切努力，維護這個國家、捍衛我們對這個國家的期許目標。」他的表情變得嚴肅，額頭上的皺紋加深了。「自由的燈塔。希望。在四周的黑暗之中，成為光明。蒙特福特是一個國家，是這個大陸上唯一一個不是由血脈統治的國家。紅血人、銀血人和雅登人攜手合作，為每一個我們的下一代，打造更美好的未來。」

我緊緊地握著雙手，關節都泛白了。大衛森說的國家，這個國家代表的概念，真的有可能嗎？一年前，還跟高棚村深深糾結在一起的梅兒．巴蘿一定不會相信，也沒有辦法相信。我受困於所學的知識和唯一獲准能見的世界，我的人生被限制在工作或徵召令之中，兩種都已注定失敗。這兩種人生已經有千千萬萬人活過了，發夢以為這種生活能有什麼不同沒有意義，只會讓已經碎了的心更碎。

在不該抱持希望的時候讓人有所期待，是很殘忍的一件事。這話是爸告訴我的，就連他都不會再說這句話了，再也不會，在我們見過這樣的期望是真實的之後。

這個地方，往更好的世界踏出的這一步，也是真的。

我親眼看過。紅血人代表在銀血人身旁，血色漲紅雙頰。新血脈領袖走在我們前方。血液紅似晨曦的法爾莉，坐得離銀血國王這麼近。就連我，我也在這裡。我說的話有意義，我的希望有意義。

我瞥過伊凡喬琳，望向諾他王國真正的國王。他跟著我來到這裡，因為他仍愛著我，一個紅血女孩。也因為他真的想要自己親眼來看個究竟。

我希望他在這裡能看見我看見的一切。若他真的坐上王位，若我們阻止不了他，我希望他聽聽總理說的話。

他看著自己的雙手，手指緊握著扶手，指關節跟我的一樣白。

「但若是我們允許國界上的那些殘酷行為繼續發生，我們就無法說自己已經自由，我們無法說自己是任何人的燈塔。」大衛森繼續說下去。他走向比較低層的座位區，一一望著那些政治人物，「只要我們望向地平線，心裡清楚有紅血人過著奴隸的生活、有雅登人慘遭屠殺，生活被銀血霸主踐踏，我們就不能這麼說。」

我們成員中的皇室銀血人動都沒有動，但也沒有否認總理說的話。安娜貝爾、泰比瑞斯和伊凡喬琳的視線都望向前方，神情完全凝結。

大衛森緩步走回，繞完一圈。「一年前，我發出請願，希望能夠介入。利用部分軍隊成員，協助赤紅衛隊滲透在暴君統治之下的王國，諾他王國、湖居地和皮蒙特。這麼做有風險，會暴露我國一直秘密成長的事實，但是各位都很寬厚地同意了。」他把雙手手指搭成塔狀，朝著會堂半行了個禮。「所以我要再請願一次，這次需要更多士兵、更多錢，來換取推翻嗜血王權的力量，爭取裡外合一的機會。這麼一來我們就能告訴孩子們，我們並沒有冷眼旁觀，看著跟他們一樣大的孩子被殺或被套上枷鎖。見證這一切是我們的責任，現在我們有能力了，也應該出戰。」

會堂的座位上，有一名政治人物站了起來。那是銀血男子，一頭金髮很稀疏，肌膚白得跟骨頭一樣，穿著深翡翠綠的長袍。他的指甲留得特別長，還磨得很亮。「您提起了推翻王權，總理，」他說：「但您身邊的是一名年輕男子，身上流著銀血，頭上還戴著王冠。這個屋子裡可沒有其他王冠，您也跟我一樣清楚，必須摧毀王冠，才能打造我們的國家。我們就是得燒毀這一切，才能從灰燼中重生。」

這個政治人物撫撫眉毛。他的意思已經很清楚了，他們放棄的王冠其中之一就是他的。我咬緊牙關，忍住想要瞥向泰比瑞斯的衝動。我想要對他大喊：你看吧？真的可行。

大衛森深深低頭鞠躬，「說得對，瑞迪斯代表。自由共和國是從戰爭、從犧牲中誕生的，除了這些，更重要的是機會。我們起義之前，山上只有東一塊西一塊的小王國等政權，互相爭奪著在山頭的權力，沒有任何統一可言。很容易就會一蹶不振，打碎已經就是碎片的一切。」他停了一下，雙眼發光。「現在，我看到了一個相似的機會，就在東方的銀血王國。改變諾他王國的機會來了，能夠重建，讓一切變得更好。」

會堂的座位區有另一位政治人物站起身，一名平滑古銅色肌膚的紅血女子，黑髮剪得很短，白色禮服上披著橄欖綠肩帶。「你的陛下同意這件事嗎？」她凝視泰比瑞斯說。

泰比瑞斯愣了一下，對她的直接有點驚訝。「諾他王國現在陷入了內戰，」他回答，聲音聽起來有點搖擺，「全國超過三分之一脫離了政權，有些轉為效忠歧異王國，我的未婚妻的父親就是該國國王。」他咬牙，伸手示意身邊的伊凡喬琳，但她沒有任何反應。「剩下的人則是效忠於我，誓言要讓我回到父王的王座上，驅逐我的弟弟。」他的臉頰上一條肌肉跳了一下，「他是靠殺人爬上那個位置的。」

泰比瑞斯緩緩垂下視線。我看得到他的胸膛在披風縐褶下快速起伏，關於馬凡的回憶，仍會刺傷我倆，對泰比瑞斯的傷害程度更甚。馬凡和亞樂拉逼他謀殺自己父親、老國王的時候我在場，我看見他陰鬱的臉上浮現那可怕的一刻，像書本上的字一樣清楚。

可是代表並沒有就此罷休。她一歪頭，細長的手指交握。「報告上說馬凡國王很受人民愛戴，我說的是仍效忠於他的那些人。」她補充道：「諾他王國的紅血人口也算在內，非常有意思。」

我暴露在外的肌膚感覺到一波微弱的熱流。不多，但是足以表達泰比瑞斯的不自在了。我握緊拳頭，在他被迫開口前搶先他一步。

「馬凡國王很擅長操控人心。」我對那女子說。「他輕鬆利用自己的形象，也就是被迫登基的男孩國王，玩弄那些不了解他的人。」

有時候連了解他的人也會淪落。尤其是泰比瑞斯。他有次對我說，想要在新血脈之中找悄語者，比亞樂拉皇后更強的人，可能就可以把她對弟弟留下的傷害修復。這是一個不可能成真的願望，是個可怕的夢想。我看過馬凡沒有被操控的模樣，她已經死了，可是他仍是她強逼而成的那頭怪物。

那個政治人物把目光轉到我身上來，我繼續說：「他談下了湖居地當盟友國，結束那場我國人民不斷被送去打的戰爭。他解除了自己父王在人民生活中加諸的限制，所以他受到歡迎，那並不是一件難以理解的事。想讓靠你吃飯的人喜歡你並不難。」我一邊說，一邊想起我自己，想起我的家人。高棚村，卡麥蓉和貧民窟，裡面滿是一輩子受困的紅血人，如果沒有人打碎我們身邊的高牆，我們又會在哪裡？如果沒有人讓我們看看世界的模樣，我們會在哪裡？「特別是當你控制他們得到什麼東西的時候，不僅是餐桌上的東西，還包含螢幕上的東西。」

她對我咧嘴一笑，露出缺漏的牙齒。「妳曾經就是他的王座，梅兒．巴蘿，也是他的恩賜，我們看過妳被抓的影片，是妳說的那番話讓人民往他靠攏。」

我現在感覺到的熱氣不是從泰比瑞斯傳來，而是我自己的困窘之情。這熱氣爬上了我的雙頰，讓我的臉熱了起來。「沒錯，我對此感到很羞愧。」我坦白地說。

法爾莉在我左手邊，在座位上握起一個拳頭。她傾身向前，「妳不該拿她在槍口下說的話怪她。」

紅血女子緊繃。「我當然沒有這意思，但是妳的臉和聲音已經被用過無數次，巴蘿小姐。要讓諾他人民回心轉意，妳的幫助可不大。而且說來抱歉，現在我覺得很難相信妳說的話，以及妳到底是為誰發言。」

「那就跟我說話吧。」法爾莉斷然說道，聲音在整個會堂裡迴盪。熱燙燙的感覺退去了，被涼爽的解脫之情沖刷殆盡。我瞥了旁邊一眼，從沒對法爾莉這麼感激過。她控制著情緒，利用怒氣當作燃料，「我是赤紅衛隊的將軍，指揮部的高階人員。我的組織已經暗地運行好幾年了，從哈德的凍結海岸到皮蒙特的低地，以及兩地之間的所有地方都包含在內。我們靠著非常有限的資源做了很多事，想想看如果能有更多資源，我們可以達成什麼成就。」

會堂對面，蒙特福特的另一位代表舉起戴著閃亮金戒指的手。他是紅血人，笑容鋒利而不真誠。「妳剛是說，做了很多事嗎？請原諒我，將軍，但是妳開始跟我們合作之前，妳的赤紅衛隊充其量只是一群結盟的罪犯，走私犯、小偷，甚至有殺人兇手。」

法爾莉不屑地說：「該做的事我們就會做，總理說要努力避免一蹶不振，我們做到了。我們還把數千人從危難中救出，需要幫助的紅血人，還有新血脈。你們自己的總理就是諾他王國出生的，不是嗎？」她用下巴往大衛森的方向一撇，大衛森迎向她的凝視。「差點因為我們出生就有的原罪被處死，而我們每天都救援像他一樣的人。」

這個狡詐模樣的男子聳聳肩。「我們的意思是，你們沒辦法靠自己完成這件事，將軍，」他說：「有革命目標是一回事，還是得讓事件成真。你們是一群沒有國家、沒有市民能效命的人，你們的方法就只靠戰爭，我們還得想想自己呢。」

「這位先生，我們向所有人效命。」法爾莉冷冷地回答。她轉過頭，讓拱頂的燈光照亮她嘴邊的傷疤。「特別是那些以為已經沒有人會聽他們說話的人。我們會聽，我們也會做，赤紅衛隊會盡其所能修復傷痛，有沒有你們的協助都一樣。」

大衛森仍在場子裡繞圈子走，經過她的時候，朝她射了一個我無法解讀的眼光，雙唇不帶任何涵義地抿成一條線，視線盯著她的臉，而我看不出來他是高興還是憤怒。

那個叫做瑞迪斯的銀血代表又站了起來，他看起來絕不超過三十五歲，但已足以記得在蒙特福特之前，他的國家是什麼模樣。他看著我們所有人，「所以你們是提議我們支持另一個銀血帝王政權，幫他登基？」

伊凡喬琳在右手邊咧嘴一笑，我看見她在犬齒上覆蓋了一層尖銳的銀製品。有夠恐怖，我暗自心想。這也是她想表達的形象，擋她路的人，她就會把那人的心臟都咬出來，就連我們也一樣。

「實際上，是兩個。」她說著，聲音透過放大器產生擴音效果。「還有我父親，歧異王國的國王，也必須被視為合法統治者。」

泰比瑞斯的嘴角抽動，安娜貝爾則是嘴角向下一撇。如同在科芬昂說過的，伊凡喬琳會盡力拖累她未婚夫的任何進展。

瑞迪斯朝她諷刺一笑，灰色雙眼閃閃發亮，「但你告訴過我們，總理，」他說：「自由共和國就是要跟那些王國不同。我們知道他們骨子裡是什麼東西、會成為什麼模樣。」他的視線從伊凡喬琳移動到泰比瑞斯身上。「不論這個國王或皇后是多麼崇高、多麼真摯、多麼令人欽佩。」

大衛森總理的面具眼看就要滑落，皺起的眉頭背叛了他。他輕輕點頭鞠躬，表示了解瑞迪斯的立場。屋內其他人一陣耳語，在觀眾席的耳語聲中認真思考。當然，大衛森和赤紅衛隊做的是長遠的打算，並不想讓更多國王和皇后蹦出來，但是我們無法在銀血人面前爭執這件事。說謊對我來說很容易，因為其實我說的話並非全都是虛假的。

「你之前也說過，總理，」我推開椅子，很快地說道：「在科芬昂第二場戰鬥之前，我們還在皮蒙特的時候。」

大衛森快步走到我身邊，挑起一邊眉毛。

「滴水穿石。」我解釋道，讓每個字在我的口中變得更加銳利。

整個大會堂的注意力都轉移到我身上，讓我絕望地打了個冷顫。他們一定要同意啊。如果我們想要結束馬凡的王朝，阻止泰比瑞斯拾起被他遺留在身後的王冠，就需要他們的支持才行。

「改變可以很快，也可以很慢，但是行動永遠都會向前進。我知道你們之中有些人看著泰比瑞斯國王、安娜貝爾皇后和伊凡喬琳公主，心想他們有什麼不同？為什麼奉獻自己的鮮血讓他們登上王座會比在這裡好好活著，讓馬凡繼續當王來得好？」

瑞迪斯的視線往下瞥，看著我，「因為你們說馬凡．克羅爾是個怪物，是個剛愎自用的小男孩，沒人管教。」

我甩頭，把辮子甩過肩頭。就像法爾莉一樣，讓傷疤把故事說完。我鎖骨上的M形傷疤在數百雙目光下發燙。「因為無庸置疑，馬凡．克羅爾一定是更糟的選項。」我對著所有人說道。「他不僅永遠不會帶領國家進步，還會拖著諾他王國退步。他對紅血人的生命不屑一顧，連銀血人也一樣，沒有平等的觀念，除了復仇念頭的破敗迴圈，還有對於被愛的渴望以外，一點其他的思緒都看不出來。不像泰比瑞斯，不像歧異王國的沃羅國王，不像現今仍存活的任何銀血王朝，馬凡為了保住王冠，什麼事都做得出來。」

瑞迪斯緩緩地坐下，他蒼白的手一揮，請我繼續說下去。雖說我並不需要他的同意，但我還是感到一陣得意。

「是的，」我對他們說：「在多數情況下，你們留在這裡最好，由山脈保護，與整個世界隔絕，只要你們可以眼睜睜看著諾他王國和同盟的暴力行為卻置之不理。」有些人在位置上顯得坐立難安。「但是現在不行，不能在湖居地站在他身邊的時候這麼做。你們可以花時間慢慢去決定要不要增援我們，但是鐘聲早已響起。你們投票同意過，要幫助我們，我從蒼火宮被救出來的時候，你們的士兵在場，你們的軍隊幫助我們守住科芬昂的城牆。馬凡．克羅爾永遠不會忘記你們做過的事，他永遠不會忘記你們是如何從他身邊把我給偷走的。」

妳就像當時的湯瑪士，馬凡對我說過，我到現在還能聽見他在我腦海裡喃喃自語的聲音，是我唯一在乎的人，唯一能提醒我還活著、不空洞、不孤單的人。

當時的他就是個怪物，把我困在他的皇宮裡，讓我困在自己的軀殼之中。不知道他現在又變成了什麼樣的野獸，除了腦海中的破碎片段以外，什麼人、什麼東西都沒有。

我咬緊牙關，想要想像他的下一個行動。不是說接下來幾天，而是幾個月後、幾年後的行動。「總有一天，他的軍隊會來到你們門前，那些諾他人、那些湖居者。」他們的模樣在我眼前飄過，一戶戶貴族門脈的成員，身穿著貴族藍的湖居者。「他們全都會帶著怒火，大步走在紅血士兵高舉的盾牌後面，你們得被迫殺掉那些士兵。你們可能會戰勝，但是你們自己的人也會跟著他們死去。會有多少人犧牲，我不知道，我只能告訴你們，一定還有更多人要喪命。」

那個黑髮紅血女子舉起手，吸引注意力。她的視線望向我身後，看著還坐在位置上的法爾莉。「將軍，妳同意嗎？」她問，然後指向泰比瑞斯，「這一個銀血國王比已經坐在王位上的那個好嗎？」

法爾莉冷笑，翻了個白眼。「女士，我根本不在乎泰比瑞斯．克羅爾。」她回答。我忍不住皺眉，吐了口氣。法爾莉。

但她話還沒說完，「所以我說他會比較好的時候，妳可以相信我。」

這個代表點點頭，對這個答案表示滿意。她不是唯一一個同意的人。屋裡的許多政治人物，包含紅血人和銀血人在內，都在耳語。「嗯？陛下。」女子又說道，把注意力放在泰比瑞斯身上。

他坐著移動了下身子。安娜貝爾在他的右手邊，手指很快地輕碰了他的手臂一下。我對銀血人母親的認識夠多，足以讓我了解安娜貝爾皇后對自己的兒孫的方式，會被視為太過母愛氾濫、太過溫柔、太過寵愛。

他站起身來、走到台前的時候，我回到位置上坐下。大衛森表示默許，這才走到自己的位置上，讓泰比瑞斯獨自站著。他在白色大理石和花崗岩上和巨大的綠色拱頂之下，顯得非常突出。他披風的紅色像是暴怒的火焰，像一道鮮血。

泰比瑞斯抬起頭，「我過了將近一年被放逐的生活，被我的弟弟背叛，但是我也被我的……」他停了一下，選擇用字遣詞，「父親背叛。他從小就要我當一個跟其他國王一樣的王，堅定不移、不做改變，與過去緊密連結，脫離不了永無止境的戰爭，與傳統成婚。」伊凡喬琳這才第一次身子一震，裝了爪子的指甲往扶手扎。

這個真正的國王繼續說下去。「事實上，諾他王國早在我父親被謀殺之前就已經一分為二了，銀血王爵和低下階層的紅血人。我知道這樣不對，大家內心深處也都知道，但是國王的能力有限。我以為改變國家的基石、治療這個社會的病灶，就是其中的一個限制。我以為維持平衡，不論是多麼不公平的平衡，都比冒險讓整個王國陷入混亂中來得好。」他的聲音帶著堅決的意志，低沉地嗡嗡作響，「可是我錯了，很多人讓我知道這一點。

「你也是其中一人，總理。」他說著，回頭望向大衛森，「還有你們每個人。雖然在我們眼裡看來很陌生，但你們的國家證明了其實我們可以劃下新的線、找到一種不一樣的平衡來維持。身為諾他國王，我想要親眼看看過去的我所看不見的，並且盡我所能在紅血人和銀血人之間的鴻溝上搭建橋梁，我要治療那些傷，去完成那些必要的改變。」

我早已見過他能言善道的樣子，他在科芬昂時就這麼做過了，說的是差不多一樣的東西，發誓要跟我們一起改變，抹去紅血人和銀血人之間的分歧。當時的我心裡感到一股驕傲，但是現在可不。我知道他的話是什麼意思，還有他的保證具體能做到什麼程度。特別是這天平上有頂皇冠的時候。

即便如此，看見他身子一低，在場中間單膝跪下的時候，我仍在內心裡倒抽了一口氣。他的披風披落在他身邊，在大理石上顯得充滿活力又血淋淋。

他低下頭的時候，全場耳語聲四起。

「我不是要請任何人為我而戰，而是與我並肩作戰。」他緩緩說道。

黑髮女子是第一個開口說話的人，她的頭歪向一邊。「我們已經知道你不是那種會要別人去替你做事的人，陛下。」她說：「這件事昨晚已經證明得很清楚了。我的女兒，維亞隊長跟你在獵鷹道上一起作戰。」

泰比瑞斯仍跪在地上，什麼話都沒有說，只點點頭，臉上的肌肉抽動。

會堂另一頭，瑞迪斯朝大衛森伸出一隻手。他一這麼做，我便感覺到一陣微風掃過會堂，我這才意識到，他是喚風者。「總理，投票吧。」這個銀血人說。

大衛森低下頭。他凝視前方，看著出席的眾多政治人物，不知道他是不是能看穿他們的面孔。過了好一會兒，他吐氣說道：「好吧，瑞迪斯代表。」

「我投贊成。」瑞迪斯快又堅定地說完，再次坐下。

泰比瑞斯跪在地上，眼皮快速地眨了眨，想要掩飾自己的驚訝。我也有同感。

隨著每一句贊成從十幾張口中陸續大聲說出來，這感覺變得更加強烈。我小聲數著。三十個。三十五個。四十個。

政治人物中有一些爭執，一開始讓我覺得信心有點動搖，但是很快就平息了，幾乎一面倒向我們急需的答案。

最後大衛森咧嘴笑著站了起來，走上前去輕輕碰了下泰比瑞斯的肩膀，示意要他起身。

「你得到你要的軍隊了。」

12 伊凡喬琳

雖然蒙特福特很美，我還是很高興我們才來就能離開了。除此之外，我還要回家了。回到山脊大屋，回托勒瑪斯身邊，回伊蓮身邊。我高興到幾乎沒發現我得自己打包。

這麼做很聰明，就連紅血人都知道。比起皮蒙特基地，歧異區離蒙特福特比較近，更別說歧異區還沒有被巴拉肯的領地包圍。而且歧異王國是個強大的地方，受到良好的防禦。馬凡不會下令攻擊我們的領地，我們都會有時間搜集資源、整頓軍隊。

可是我的皮膚還是不舒服地發麻了整個下午。我們走出大衛森的宮殿時，卡爾臉上那抹笑容真的是讓我無法忍受。有時候我真希望他能有那麼點馬凡的詐騙能力，或甚至有點概念也好，這麼一來他就會明白今天早上在人民大會堂發生的事。可是沒有，他就是這麼信任人，太善良，對自己的那篇小演講太過滿意，沒意識到大衛森做了什麼手腳。

投票結果已經決定了，一定早就安排好。那些蒙特福特的政治人物早就知道大衛森要提出什麼要求，他們也知道自己會給什麼答案。軍隊的事早在我們抵達前就決定好，其他的東西，整趟都市之旅，都是一場演出，是一個魅惑的手段。

是我就會這麼做。

就像大衛森對我說的話，也是一種誘惑。*這只是另一件我們在蒙特福特允許的小事，*我們剛到的時候，他這麼對我說。他知道伊蓮的事，他知道要說什麼能動搖我，哪怕只有片刻，就是要讓我想望、讓我思考拋棄一切來這裡的可能。

總理是個很優秀的業務，至少可以這麼說。

卡爾走過前庭，去跟大衛森和他的丈夫卡麥登道別。看著那對愛侶，我感覺到一股熟悉的嫉妒和反嘔。我轉過頭，只想看別的地方。

我的視線停在另一場噁心的公開展現情感上。在這群馬戲猴子離開這裡、前往歧異區前，另一輪惹人反感的道別上。

我不明白為什麼梅兒不能在屋裡頭道別就好，這樣我們其他人就不用看這種表演了。好像她的哀傷有多創新一樣，好像梅兒．巴蘿是全場唯一一個有這種留下在乎的人、自己離開的經驗一樣。

她一個個抱過家人，每個人都抱得比上一個更久。她母親在哭，她父親在哭，她的哥哥們和妹妹也在哭。她努力想忍住不哭，然後失敗了。他們藏不住的抽噎聲傳遍整條跑道，我們剩下的人只能假裝不是在等這哭哭啼啼的一家子。

這大概是非常紅血人的行為吧。他們不用擔心流露出軟弱會發生什麼事，因為普遍來說，他們本來就已經是軟弱的人了。該有人去向梅兒．巴蘿提一下這件事，都這時候了，她也該知道維持表象有多重要了才對。

那個高高的紅血男孩，巴蘿養的那隻肌膚曬得發亮、一頭金髮的寵物，跟在身邊，一起擁抱家人，彷彿他也是他們家的一分子。我想他應該還是會跟來。

卡爾和大衛森道別完畢，結束悄聲進行的對話。總理沒有要跟我們一起回去，還不到時候。現在他的政府已經同意全力支援我們，他有很多事要安排，他保證一定在一、兩週之後跟我們一起回到歧異區。但我不認為他們是在討論這件事。卡爾太熱血、太一觸即發了，他握著大衛森的手如此地用力、堅定，不過他的目光很柔軟就是了。他想要拜託一件事，一件只有他在乎，對誰都不重要的小事。

王子邁開腳步，大步經過梅兒身旁。她的哥哥們看著他走過，視線跟著王子的背影。如果他們也是克羅爾門脈的控火者，我想他們大概已經把卡爾點燃了。妹妹就沒這麼兇狠了，而是多一點失望的神情。她朝著他離去的背影皺眉，牙齒咬著嘴唇。她這麼做的時候特別像梅兒，尤其是在她的皺眉變成鄙視的時候。

卡爾停在我右側，雙腳張開站直，雙臂交叉在素淨的黑色制服前。

「你需要一張更好的面具，克羅爾。」我對他低聲說道，他只發出不屑地低吼。「她則需要讓我們照時間表行動。」

「她要把家人留在這裡了，伊凡喬琳。」他怒斥道：「我們可以給他們幾分鐘。」

我嘆了口氣，檢視著指甲。今天沒戴爪子，回家的路上不需要那些東西。「只要跟巴蘿有關，就有好多特權，我真想知道底線在哪，還有她最後不可避免地跨過那條線的時候會發生什麼事。」

如我預期，他沒有反駁，只是從喉嚨發出兩聲乾笑。「要怎麼抱怨隨妳便，公主，反正妳就只剩這招了。」

我咬牙握拳，心裡希望今天有戴爪子就好。

「別假裝我是唯一一個過得不順心的人。」我回道。

這話讓他閉上了嘴，固執地漲白了耳尖。

最後一個擁抱結束，梅兒終於完成了整場歇斯底里的荒唐行徑。她僵硬地轉過身子，抬頭挺胸地背對自己的一大家子。雖然長得不一樣，但他們的神韻全都有點相像，有一樣的顏色，深色雙眼和金棕色調的肌膚。除了妹妹和頭髮花白的父母以外，大家都是深色頭髮。他們有種共同的粗糙感，這是與生俱來的特質，宛若他們都是用泥土捏製成的，而我們則是用石頭雕刻出來的。

梅兒走向我們的時候，那個紅血男孩則保持著距離，像是由一條隱形的鏈條牽著的樣子。

他回頭朝那一家子揮手，可是梅兒沒有回頭。我能尊重這直覺。她那固執、有時實在不理智的習慣，總是不計代價一直往前走。

她用力踏步往飛行器走，經過的時候，卡爾抬起頭，他的手動了，手指掃過她的手臂。他的肌膚在她鏽色夾克的袖口映襯下，顯得很蒼白。但她沒有停下來，他也沒攔住她，他只盯著她走遠的身影，喉結被自己找不到勇氣說出的話震動。

我心裡有點想要拿一把利刃捅他，其他的心情則是想要把他的心挖出來，反正他一直堅持不顧那顆心的感受，還讓我受相似的苦。

「走吧？未來的丈夫。」我低聲怒言，伸出手臂。我的金屬夾克上的尖刺平順光滑，整整齊齊、閃閃發亮地發出邀請。

卡爾陰沉地看了我一眼，咬牙勉強露出微笑。盡責到最後一刻的他勾起我的手臂，把手放在我的腰間。他的肌膚散發高溫，幾乎燙得不能碰。我感覺到頸背上的汗珠滾落，忍耐著因為反感而打冷顫的衝動。「當然好，未來的妻子。」

我以前怎麼會想得到這一切，我實在是不知道。

我倆並肩踏上金屬機艙，一登上飛行器，我的興奮心情就壓下了所有反感。現在距離我與摯愛之人團圓，只剩下幾小時的飛行時間而已。雖然要擠在卡爾和梅兒身邊，聽他們發出誇張的嘆息、對彼此意有所指地凝視，沒錯，我都能忍。托勒瑪斯在等我。

伊蓮在等我。

即便距離數千英里遠，我還是能感覺到她的存在，像是令人鎮定的香膏、放在高燒肌膚上的冰涼毛巾。白皙肌膚、紅色髮絲，眼裡像是裝滿了星星，玉齒像是月光般明亮。

我十三歲的時候，在訓練場上讓伊蓮一敗塗地。這是為了父親，為了爭取讓他對我滿意的機會。那之後我哭了一個禮拜，再花一個月的時間道歉。當然，她可以理解。我們知道各自的家人是什麼模樣，他們要什麼，為了他們，我們一定要成為什麼樣子。隨著時間一年一年過去，這樣的事情就變成了其他人對我們的期望，成為一件稀鬆平常的事。我們每天都打鬥，互相傷害，傷害自己。在訓練過程中，醫療師就在一旁待命，我們在生活中讓自己對於必要的暴力麻木。但是我不會再這樣對她了，不論為了什麼原因，都不會再傷害她，就算有最頂尖的醫療師在一旁等著治療她也一樣。我不會為了我父親這麼做，為了皇冠也不會。要是克羅爾對梅兒的感情也這麼強烈就好了，如果他跟我愛伊蓮一樣愛梅兒就好了。

我們進入安全的機艙裡，看著弧形艙壁旁排列著鋪了軟墊的座位、掛著安全帶，還有固定好的桌子和厚厚的玻璃窗，卡爾立刻從我身邊走開。他走到自己奶奶身邊坐下，她在少數附有桌子的座位區自成一個宮廷空間。

「貝爾奶奶。」我聽見他喃喃地用一個荒唐至極又極不恰當的暱稱打招呼。

這是我有記憶以來第一次看見她露出這麼精疲力盡的模樣。看著自己孫子坐下，她朝他露出了一個親切、私密的微笑。

我挑了個在窗邊有桌面的角落座位給自己，這麼一來我就能不受太多打擾地睡覺。雖然一樣是皮蒙特空軍艦隊的飛機，我們的飛行器比軍方交通工具舒適太多了。機艙內的色調是白色與櫻桃色，以一點黃色和少許紫色星星點綴。這是巴拉肯的代表色和象徵。

我從未見過這個王子，這些年來只看過不少個外交人員，當然，還有他的大使亞歷山德王子和戴瑞爾斯王子。只是他們兩人現在都已經死了。我在雅啟恩親眼看著亞歷山德王子死去，就在第一波暗殺馬凡的攻擊行動中，一顆子彈射穿了他的腦袋。一名依蘿門脈的王爵站起身，舉著槍對著在我左邊兩呎距離的國王開槍，然後失手，這是當然的，逼假裝盟友的我們做出盟友該有的反應。

他該在那天就喪命才對。我真希望他那天就死了。

我還能嚐得到他血液裡的鐵味，在石面上發著銀光，在我腳邊流成一條河。

刺殺行動失敗了，反叛的門脈逃亡，撤回自己的土地和碉堡裡。伊蓮不是戰士，早在攻擊開始前便逃走。但是薩摩斯門脈必須繼續維持表象，我仍得站在馬凡的議會上——之所以是站著，是因為那頭黃鼠狼拒絕至少提供我一把椅子——看著他拷問她的妹妹。看著馬凡的莫蘭達斯親戚把她的回憶全翻出來，然後再以叛國罪處決她。

伊蓮從不提這件事，我也不會逼她。我無法想像若是托勒瑪斯遭遇一樣的命運，我會有什麼反應？不，這麼說不對，我可以想像一千種反應、一百萬種不同的暴力和痛楚，可是沒有任何一種能夠彌補我心裡的空洞。銀血人間若有強烈連結，便不可能斬斷，我們對少數所愛之人的忠誠度是深達骨子裡的程度。

巴拉肯又會為自己的孩子做什麼呢？

我沒有再問起他們的事，也沒問他們在蒙特福特受到什麼待遇。不問比較容易，可以在這已經充滿令人擔心的世界裡，少擔心一件事。

我追求的安靜私人空間，被肌肉發達的手腳和一頭金色短髮給打斷。赤紅衛隊的將軍用力走來坐下，地板在我腳下隨之震動。

「妳真是跟那些野牛一樣優雅呢。」我嘲諷道，希望就此把她從我面前的座位趕走。

但她完全沒有被影響，也沒有回話。這個女人只是用稍縱即逝的怒火瞪了我一眼，那雙眼眸跟銀河一樣藍。然後她就轉向窗外，傾身向前，額頭抵著玻璃，小聲吁吁地呼吸。她不是在哭，不像巴蘿，抽抽噎噎、紅著眼眶上機。

法爾莉將軍沒有顯示任何的哀傷情緒，但是我仍看得出痛楚像海浪般一波波往她席捲而來。她的臉上沒有表情，除了平時的剛毅表情和對於銀血人，尤其是我，那種習慣性的嫌惡以外，什麼都沒有。

我知道她有個女兒，還是個嬰孩，就安置在某處。

不在這裡，不在這架飛行器上。

巴蘿跟著這個紅血女子的腳步，坐在她身邊，我自顧自發出咒罵聲。我們來的時候搭乘兩架飛行器，空間足以讓銀血人和紅血人分開，還帶上了科芬昂的贈禮。我發覺自己心裡默默地希望情況仍是那樣，這麼一來，前往歧異區的路上，我們就可以不用擠在一起。

「這架飛行器上明明還有六十個空位。」我喃喃說道。

梅兒也瞪了我一眼，在憤怒和心碎的情緒間拉扯。「妳想移動可以移，」她說：「但我想妳也沒有更好的位置可以坐了。」她用下巴往機上空間一瞥，只見效忠於卡爾和赤紅衛隊的其他人陸續填滿機上空間。

我往豪華的座椅一倒，只想發怒。她說得沒錯，我完全不想花幾個小時的時間擺一張宮廷臉，像舉著盾牌般撐著一臉微笑，跟其他銀血人交換資訊和含蓄的威脅。我也不想在一群只想把我一刀割喉的紅血人之中閉上雙眼。不，說來奇怪，梅兒·巴蘿是我在此地最安全的選擇，我們的交易能保護彼此。

梅兒移開注意力，調整姿勢，正對將軍。兩人沒有說話，黛安娜·法爾莉沒有看巴蘿，她對窗戶的專注程度無懈可擊，簡直足以擊碎玻璃。梅兒牽起她的手的時候，她似乎沒有注意到。

飛行器醒了過來，引擎嗡嗡聲增強為隆隆聲響，她動也不動。她咬緊牙關，牙齒摩擦，下巴的肌肉隨之跳動。

直到我們起飛，開始在雲層中爬升，遠離高山，她才閉上雙眼。

我好像聽見她悄聲說了「再見」。

我是第一個下飛行器的人，大口吸著歧異區夏日的新鮮氣息。我聞到泥土、河川、樹葉和濕潤熱氣的味道，混雜著山丘底下隱約的鐵味。陽光很強烈，在迷濛、潮濕的天空明亮刺眼，讓所有東西都以一種古怪的對比色閃閃發亮。山脊蔓延至遠方，在平坦、漆黑炙熱的跑道對比下顯得蓊綠茂密。若我把手掌放在地上，一定會燙傷。熱氣從人行道上冒上來，讓空氣看起來變得扭曲，我身邊的世界都在抖動的感覺。我忍住不跑，盡量維持基本的合宜舉止。

我與伊蓮．海芬的關係現在已經成了公開的秘密，跟一大堆讓我們的人生糾結不休的交好與背叛相比，這件事太小了。

一個小小的秘密，卻是可恥的秘密。是阻礙，是一種困境。

在諾他王國，在歧異王國如此，我的耳邊響起一個聲音，可是其他地方可不是這樣。

她不會在外頭等我，讓大家看見。這不是她的作風。可是我的心跳仍怦怦作響，用力地衝擊我的脈搏。

托勒瑪斯就沒有這麼受限了。他站在跑道上，穿著灰色夏季制服、低調的御飾，滿頭大汗地等著。他身上唯一的金屬在他的手腕上閃閃發亮，一條粗鐵條編成的繩索，說是首飾，更偏向武器，是一種提防，特別是他身邊還有十幾個身穿薩摩斯門脈色的守衛。有幾個是我們的堂表親，一頭銀髮、黑色雙眼，其他人則是像馬凡的守衛效忠他一樣，誓言效忠我們家、我父王的王冠。

「伊凡。」他朝我張開雙臂說道，我也回以擁抱，緊緊抱住他的腰，讓我全身的肌肉放下戒備片刻。托勒瑪斯就在我的面前毫髮無傷，扎扎實實、真真切切，活著。

現在的我更不會認為這是理所當然的了。

「托利。」我低聲回答，放開手，抬頭望著他。他風暴般的眼眸也出現了跟我一樣的解脫。我們最討厭分離，感覺就像是把劍和鞘分開。「抱歉我離開了。」

不，妳沒有離開他，這樣說的意思表示這是妳的選擇，可是這件事妳沒得選。我的手指握緊了哥哥的上臂。是父親送我到蒙特福特去的，這個決定能傳達一個消息，不只給我們的盟友國看，也是給我的。他是我的國王，也是我家族門脈的領導人，服從他是我的責任。他要我去哪裡我就得去，他要我做什麼我就得做，他下令要我嫁給誰，我就得嫁。我要照他的意願生活。

但我看不到別的選擇，除了他給我的路以外，沒有別條路。

「覺得錯過混亂場面很可惜嗎？」托勒瑪斯輕輕把我推開，「父親為了要組成一個像樣的宮廷，有點走火入魔。銀血人到處跑，他還無法決定要選哪個王座。」

「母親呢？」我試探地問。

雖然天氣炎熱，托勒瑪斯仍緊攬著我，帶我走向我們的車旁。其他人陸續下了飛行器，在我們身旁排成一條隊伍，但我不在乎他們。

「沒什麼差別，」他說：「追問孫兒的事。她每晚親自護送伊蓮到我房裡，我想她可能還守在房外。」

我的喉頭嚐到膽汁的味道，但是我壓下去了。

「然後呢？」我努力維持語調，但他的手勁加強了。

「我們照約定行事。」他的口氣急促，「為了讓這安排奏效非做不可的事。」

我的胸口湧起一陣熱騰騰、令人反感的嫉妒。

我以為我不會吃味。幾個月以前，我們三人一起做出了這個決定，讓伊蓮與我哥哥成婚。一開始，這場婚嫁安排只是為了要保護她，讓她脫離其他門脈選擇的範圍內，直到我們找到其他處理方法為止。讓她嫁入愚蠢的綠衛者威爾門脈或是粗魯的史壯亞姆人朗伯斯門脈都不行，兩個門脈都離我太遠、脫離我的操控範圍。她是個美麗的女孩，還是能力高超的光影人，她的門脈有極高的價值。托勒瑪斯是薩摩斯門脈的子嗣，兩人門當戶對，合情合理，不令人意外。這個安排很有用，因為當時我們三人以為已經別無他法。當時我還是馬凡的未婚妻，注定要成為他的皇后，但是托勒瑪斯是馬凡的左右手，與宮廷關係密切，這場婚姻也能讓伊蓮留在附近。

我們不知道父親心裡打什麼算盤，不算了解，不清楚細節。

若我當時就知道現在這些……有哪些決定會不一樣？

托勒瑪斯會是單身，成為王子。伊蓮是自由之身，可以跟著妳，也就是她追隨的公主，不論妳到哪裡都能跟著一起去。她會嫁給妳替她選擇的門脈，而不是被跟妳哥哥鎖在一起，留在另一個王國，另一個國家，另一個房間，度過這輩子。

父親當時大可阻止我們，但他沒有，他就這樣看著我們犯下這個錯。我敢打賭，他一定很享受這過程，明知我得跟我最想要的人分開，而這人對我而言勝過任何王冠。

「伊凡？」托勒瑪斯彎下身悄聲說道。他至少比我高了六英寸，也比我壯。身為家中的長子，他比我大四歲。沃羅．薩摩斯之子，歧異王國的繼承人。我愛我的哥哥，但是他的人生永遠會比我的更輕鬆，而我有權為此暗中厭惡他。

「沒事。」我咬牙擠出這句話。好在我沒穿平時那套金屬裝束，否則大概早已被我擠壓成碎片。我眼角餘光看見托利調整在他手上緊縮的手環。「這是我們的選擇，我們只能接受。」

那個古怪、縹緲的聲音再次響起。

妳呢？

我心裡閃過一個畫面，白色西裝和綠色西裝的兩個男人，雙手是不同顏色，十指緊扣。他們就這樣遮蔽了我的視線，我只能靠著托勒瑪斯帶領我走完最後幾步。他只差沒把我抱著上車。

大衛森和卡麥登的畫面消失了，取而代之的是我哥哥和伊蓮，在一間熟悉的臥房裡。我那邪惡母親的身影籠罩在門邊，只有一個方法能夠消除這宛若要烙印在我眼底的畫面。

其他人準備前往剛裝潢好的王宮大殿，正式以會見國王的方式與我父親打招呼的時候，我則反其道而行。我對山脊大屋瞭若指掌，從接待廣場溜走並不難，接著消失在茂密的樹叢和花木之中。僕人的花園與廚房相連，正合我意。我現在的心情就像一團暴風雨雲，又黑又陰沉，隨時要爆發。

伊蓮在我房裡等我。我們的房間。透明的窗戶，窗簾打開，她知道我喜歡陽光，特別是光照在她身上的模樣。她窩在其中一張窗前座位上，仰靠著枕頭，一條腿晃啊晃的，從腳掌光裸著到被漆黑睡袍掩蓋的大腿。我走進房裡的時候，她沒回頭來看我，讓我有時間習慣她的存在。

我的視線從她的腿往上移，然後跳到她那閃亮的紅色髮絲，只見秀髮散落在白淨的肩膀上。這畫面就像液態的火焰，她的肌膚彷彿會發光，因為實際上的確是發著光沒錯。這就是她的能力，是她的藝術。她能控制光線，讓光強化在她身上，無須任何化妝品或華服妝點。我很少覺得自己醜陋，我是個美麗的女孩，天生如此，也懂得打扮。但是搭了長途飛機，少了平時穿的精美盔甲長裙還素顏，我覺得跟她一比之下，自己失色不少。那不重要，我忍住想要躲進浴室化妝的衝動。

她終於轉過頭來，讓我能看清她的臉龐。我再次因為自己這麼邋遢就來見她，感到有點羞恥，但是想望的心很快就趕走了其他情緒。她笑著看我一腳把門關上，越過房間捧起她的臉。我的手指觸碰她的皮膚，如此光滑、冰涼。她仍沒說話，任憑我凝視她的五官。

「沒有皇冠。」她說道，伸手撫摸我的太陽穴。

「沒有必要。他們都知道我是誰。」

她的手輕輕掃過，經過我的顴骨，想撫平我的憂心。「妳回程有睡嗎？」

我悶笑一聲，拇指揉著她的下巴。「妳是想告訴我，我看起來很累嗎？」

她的手指繼續在我的臉上移動，停在臉頰上。「我是想說，如果妳想睡可以睡。」

「我睡夠了。」

在我吻她的那瞬間，她的嘴角一動，露出邪笑。

想到她不是真的屬於我，我的心就碎了。

一個拳頭直接朝著我的臥房，猛力敲在我的房門上。不是房外讓訪客等候的小廳，而是我的臥房，我們的臥房，直接了當。我從枕頭上彈起，一把火地從被窩裡鑽出來。我手腕一翻，從房間另一頭的櫃子裡喚來一把匕首，很快地把糾纏在我腳邊的絲綢解決。

刀鋒從她光裸的肌膚旁一吋遠的地方飛過，伊蓮的眼皮連眨也不眨。我的慵懶小貓只是打個哈欠，翻身抱住枕頭。「好沒禮貌喔。」她喃喃說道，指的是我和外頭不知道哪個膽敢打擾我們的那個白痴。

「我是在為了處理這個王八蛋練習。」我回答道，然後把最後一段床單劃破。「這個傳信人倒大楣了。」

我裸身站著，還沒把柔軟的長袍裹上身，但手裡仍握著匕首。

敲門聲持續不斷，隱約還傳來說話聲。我認出那嗓音，心中美妙又正當的怒火全都消失得一乾二淨。這下不能讓門外的人好好嚐嚐教訓了。我心中一陣厭煩，把手上的匕首往牆上一扔，刀鋒直入木牆中，停在上頭不動。

「幹嘛？托勒瑪斯。」我嘆氣道，打開臥房門。他看起來跟我差不多邋遢，頭髮亂七八糟，雙眼裡有火焰燃燒。我猜他大概剛跟我們一樣被人吵醒，他跟潤恩·史柯儂思一樣喜歡午後的幽會時光。

「王宮大殿召喚我們了。」他的口氣堅定，「就是現在。」

「爸真的這麼不高興我還沒去吻他的腳嗎？才晚幾分鐘而已。」

「已經兩小時了。」伊蓮喊道，頭抬都不抬。「嗨，丈夫。」她揮揮小手說。「可以幫我叫人送點午餐來嗎？」

我繫好袍子，滿心不悅。「所以我現在是要去面對什麼狀況？公開批判嗎？還是他終於要履行承諾，把我倆的頭掛在大門上了？」我冷笑。

「有趣的是，這次跟妳無關。」我哥哥回答，口氣尖銳冷酷，「發生攻擊事件了。」

我很快地回頭一看。伊蓮躺在床上，身子半掩蓋在床單下。她現在沒有發光了，又回到夢鄉裡的她沒理由專注在控制光線上。她是如此沒有防備能力，如此脆弱，就只是言語也一樣。

「出去講。」我喃喃說道，把哥哥往與臥室相連的前廳推。就算其他事情沒辦法，我至少還能保護她不必聽這些內容。

我帶著他走到其中一張沙發前，翠綠色調映襯著窗外的景致。地板鋪著粗糙的鵝卵石，上頭蓋著柔軟的藍色地毯。「發生什麼事了？哪裡受到攻擊？」不知怎麼地，我的腦海裡浮現蒙特福特的景象，我的心臟在胸膛裡一沉。

托勒瑪斯沒有坐下，而是雙手扠腰，來回踱步，前臂的肌肉跳動。「皮蒙特。」

我忍不住嗤之以鼻。「馬凡就是個蠢貨，」我嘲諷道：「他只是在損害巴拉肯的資源罷了，又不是我們的。我不知道他有這麼笨……」

「馬凡沒有攻擊巴拉肯，」我哥哥斷然說道：「是巴拉肯攻擊我們。皮蒙特基地。兩小時前發生的，但是我們剛剛才接到求救消息。」

「什麼？」我眨眨眼，藏不住心裡的疑惑。我舉起一隻手，抓著長袍的領口，把袍子攏緊，彷彿絲綢可以救我一樣。

「他封鎖基地，用自己的軍隊和另一個皮蒙特王子大舉侵入。他要把基地拿回去，見人就殺。諾他王國的紅血人、蒙特福特的銀血人、新血脈。」托勒瑪斯走到窗邊，一手放在玻璃上。他凝視著東邊，看著午後的炙熱霧霾。「我們懷疑馬凡和湖居地在幕後協助。」

我看著地板，光著腳板踏在地毯上。「但是他的小孩，蒙特福特會殺了他們的。」真划算的交易啊，拿小孩換王冠。不知道我自己的父親會不會做出一樣的選擇？

托勒瑪斯緩緩地搖搖頭。「我們也接獲蒙特福特傳來的消息，孩子們……他們消失了，被兩具經過醫療師改造得跟他們長得一模一樣的紅血孩子的遺體掉包。有人找到他們，把他們救出去了。」他低聲咆哮，「蒙特福特的白痴根本不知道發生這種事，不知道有人跑到他們珍貴的山林裡又離去。」

我揮揮手，不理會這個論點，這件事現在已經不重要了，「所以皮蒙特玩完了嗎？」

他咬緊下巴。「皮蒙特現在屬於馬凡了。」

「那我們能做什麼？」我深吸了一口氣，思緒混亂。我們留了駐軍人手在皮蒙特，赤紅衛隊和蒙特福特的士兵。紅血人、新血脈和銀血人，這些都是我們軍隊需要的人力。我咬牙，心想不知道有多少人存活下來。

至少我父親自己的軍隊還在歧異國，我們摧毀科芬昂後就一起回來了。安娜貝爾的盟軍也是。我們還是保存了銀血能力，可是失去基地還有皮蒙特，會造成非常嚴重的後果。

我勉強嚥嚥口水，再次開口的時候，聲音顫抖。「我們要怎麼對抗湖居地、馬凡的諾他王國和皮蒙特？」

我哥哥的臉色看起來很嚴肅，我打從心底發寒。

「只能來想辦法了。」

13 艾芮絲

我從沒到過這麼南邊的地方。

皮蒙特基地的空氣潮濕到我覺得空氣都能用來當武器了，我赤裸的雙臂被水氣搔得發癢，小到看不見的水珠在我的皮膚上舞動。我稍微拉拉身子，手指繞著小圈圈，撩動基地總部陽台上的悶濕暖意。

暴雨雲籠罩在遠方地平線，下方掛著暴雨的灰色陰影，直往沼澤區淋。閃電擊落一、兩次，隆隆雷聲花了四、五秒才傳到我們這兒。微風聞起來有種被水浸濕的火焰味道，煙味從基地大門隱約地傳來。巴拉肯的士兵從大開的閘門大舉入侵，利用史威風特人和史壯亞姆人偷襲門裡的一切，在馬凡和我的手中，兩方買賣來的盟友關係這個謊言被直接戳破。

諾他國王把白骨一樣蒼白的手放在陽台扶手上，傾身向前，往邊緣外一、兩吋距離探頭。陽台離地不遠，只不過兩層樓。若我把他推下樓，他還是會活下來，只會斷幾根骨頭。他瞇著眼，深色眉毛緊蹙在一個簡單的鐵製、鑲有紅寶石的王冠之下。今天沒穿長袍，天氣太熱了，他只穿了平時的黑色制服，喉頭的釦子沒扣，衣領在潮濕的微風中輕輕翻動，他的頸子沁著汗珠，閃閃發亮。他不是因為熱而冒汗，火焰國王在這溫度下比大多數人都舒適，冒汗也不是因為費力的緣故，畢竟入侵基地的過程他完全沒參與，我也一樣，不過我們兩國都為巴拉肯提供了銀血士兵助攻。我們等到一切都平息了，直到確定勝利了，才踏進此地。

我認為馬凡是緊張、害怕，還有憤怒。

她不在這裡。

我靜靜地看著他，等著他開口。他的喉嚨沒事，在衣領間上上下下地移動。雖然戰勝，他看起來卻特別脆弱。

「有多少人逃走了？」他沒迎向我的視線，逕自問道，目光凝視著暴風雨。

我忍下不悅，我可不是什麼隨便的小隊長，或是某個官員，等在一旁準備提供數據。但是我還是告訴他他想知道的資訊，臉上還勉強掛著微笑。

「有一百人進了沼澤區。」我回答道，一手撫弄著陽台花盒裡盛開的鮮花。花盒裡的泥土因為剛下過的雨，還有個特別熱情的園丁，仍是濕濕的。我們身後還有更多開著花的藤蔓爬在這棟行政大樓的磚牆和柱子上。皮蒙特人特別喜歡花，各式各樣的顏色，在這溫度中茁壯。白色、黃色、紫色、粉色和一點令人放鬆的藍。頭上的陽光漸漸增強，我只希望自己今天是穿白色裝束，而不是這身皇室藍的長裙。至少這套服裝的布料很薄，我的皮膚還能感覺到風。

馬凡拔起手邊的一朵藍色鮮花。「還死了兩百人。」這不是問句。他很清楚死亡人數。

「我們的人手現在正在盡力辨識死者身分。」

他聳聳肩。「叫囚犯來做，也許有幾個會願意替我們完成。」

「我很懷疑。」我答道：「赤紅衛隊和蒙特福特人都是忠誠的生物，他們不會願意幫我們任何忙。」

他長長地嘆了一口氣，站直身子，從陽台扶手邊離開。又一道閃電擊落，這次比較近了，他不住瞇眼。雷聲襲來時，他臉上僅剩的血色都不見了。他在想閃電女孩嗎？

「我還有些莫蘭達斯親戚可以來看看這件事是不是真的。」

我咬牙。「你知道我對悄語者的看法。」我說道，口氣有點太急、太衝。他母親就是悄語者，我提醒自己，等著被他斥責。

但是馬凡沒有說話。他把花朵放在扶手上，花瓣朝上，撥弄著自己的指甲。他的指甲很短，牙齒和焦慮下的結果。我以為國王會好好照料指甲，好與王座的扶手相稱。或者看起來該像是在訓練或戰鬥中受損的粗糙模樣，我相信他哥哥的指甲就會是那個樣子，總之都不該是因為小孩才有的緊張習慣變成這副德行。

「我想我也知道你有什麼感覺，馬凡。」我聽見自己開口說，鼓起勇氣翻開牌桌上眾多牌卡之一。

他再次沒有回應，我知道我說對了。不論他母親做了什麼事，不論她的悄語如何在他的腦子裡鑽動、留下傷疤和記號，他都不想再冒險經歷更多。

我感覺到他心中的盔甲上出現了一道裂縫、看見他築的那面高牆上出現了一個洞。要是我能擠過去呢？要是我能像梅兒．巴蘿一樣，抓住他心裡的一部分呢——我能抓住國王身上的韁繩嗎？

「如果你想的話，我們可以把他們從宮廷中除名。」我緩緩低聲說道。我讓五官變成比較溫柔、更關心人的神情，一邊往他靠近。我調整身體的角度，讓鎖骨突出一點點、讓裙子滑落一點點，露出我需要的肌膚範圍。「就把責任怪給我好了，說是我的湖居者疑心，說是為了取悅新妻子的權宜之計。」

感覺就像在漩渦旁打轉，要控制在漩渦邊緣，小心取捨，以免溺死。

他的嘴角揚起，牽動嘴唇。他的五官很立體，高挺的鼻梁、濃密的眉毛和聳立的顴骨。

「妳十九歲了，對吧？艾芮絲。」

我看著他，眨眨眼，有點疑惑。「怎麼了嗎？」

他咧嘴一笑，動作比我預期還快，一手放在我的臉上。他的手指伸到我的耳後、拇指放在我的下巴，我不禁一縮。他的拇指用了點力，擠壓著我的喉嚨。他的肌膚亮起來，高溫但還不燙人。我們差不多一樣高，但是他比我高了大概一吋，我不得不看進他那雙宛若諾他王國夜空的眼眸。凍結、無情、深無止盡。在別人的眼中看來，我們就像是迷戀彼此的新婚夫妻。

「妳已經很擅長這件事了，」他說，異常冰涼的鼻息掃過我的臉龐，「但我也一樣。」我後退一步，想從他的手中掙脫，可是我還沒開始用力掙扎，他便放開了我。他看起來被逗樂了，讓我一陣反胃。可是我沒有流露出任何作嘔的線索，只有冰冷的漠然。我挑起一眉，撫平一邊肩膀上烏黑亮麗的髮絲，試著轉變為母親的那種君王風範、無畏天性。

「下次再沒有經過我的同意就碰我，我們就來看看妳能憋氣多久。」

他緩緩地再次拾起那朵花，拳頭握住花朵。只見花瓣一片一片掉落，然後他一甩手，手環噴出火花，花瓣還沒落地便燒了起來，在一團紅色火焰、灰燼和威脅中消失殆盡。

「請原諒我，我的皇后。」他微笑著說。撒謊。「這場戰爭的壓力真的是讓我的神經太緊繃了，我只希望能讓我哥哥繩之以法，叛徒都受到正義制裁，我們才能在自己的土地上過點平靜的日子。」

「當然。」我的話就跟他的一樣假。我輕輕低頭，無視這個舉動讓我感受到的羞辱。「我們的共同目標就是和平與平靜。」

在我母親大舉入侵你的國家、把你的王座丟進海裡之後。等我們讓薩摩斯國王的鮮血流乾，殺掉每一個跟我父親之死有關的人之後。

在我們拿走你的王冠，馬凡．克羅爾，把你和你哥哥一起淹死之後。

「陛下？」

我們同時轉身，只見其中一位馬凡的哨兵人站在陽台門邊，臉上的黑色面具閃閃發亮。他深深一鞠躬，長袍像是編織成的火焰般舞動。我實在難以想像他們的盔甲和長袍現在有多熱。

馬凡張手一揮，聲音冷得像一桶冰水。「什麼事？」

「我們找到您說要找的東西了。」面具之下，我只看得見哨兵人的雙眼，只見那雙眼眸裡閃動著恐懼。

「你確定嗎？」國王又開始挑指甲了，裝出一副不感興趣的模樣。這麼一來，只讓我變得好奇。

哨兵人點點頭。「報告，是的。」

馬凡露出銳利的微笑，抬頭轉身，背靠著扶手。「這樣的話，謝謝你了，我想親眼看看。」

「遵命。」哨兵人再次說道，然後再次鞠躬。

「艾芮絲，想不想一起來？」馬凡伸出一隻手說道。他的手指離我的手臂只有半英寸距離，嘲諷著我。

我身上的所有戰士直覺都叫我拒絕，但是我這就等於公開承認我害怕馬凡．克羅爾，而且不論他在皮蒙特基地找什麼，可能對湖居地來說都很重要。也許是武器，或是情報。「有何不可呢？」我誇張地聳肩說。

我無視他的手，跟著哨兵人的腳步離開陽台。我的長裙在我身後掃過，挖背的設計露出背上的漩渦刺青。

基地的大小很不錯，不過大概只有湖居地拿來安置艦隊和軍隊的主要舊城區的一半大。我們要去的地方一定很近，能用走的就到，因為馬凡的哨兵隊沒有開車來接。但我真希望有車，雖然基地街道上零星有幾棵樹，不過樹蔭下的溫度跟被陽光直射的街道相去不遠。我們走動的時候，十二名哨兵人就守護在兩旁，我伸手抹了抹頸背。我的指尖形成水珠，一顆顆沿著我刺了青的脊椎滑落，令人平靜。

他們帶著我們走上了一條有排屋的街道。一開始這景象看起來十分令人愉快，紅磚房、黑色百葉窗、鋪好的人行道、鮮花盛開，還有修過的樹叢。但是街道空洞的感覺令人不安，像是一座被連根拔起的市區街景，像是沒了娃娃的娃娃屋。住在這裡的人不是被殺了就是被抓了，或者是逃到了又臭又泥濘的沼澤區。也許他們留下了一些值錢的東西。

「這裡本來是軍官宿舍。」其中一名哨兵人解釋道：「在被徵用為基地之前。」

我朝他挑眉。「然後呢？」

「被敵軍使用，都是一些紅血鼠輩、銀血叛徒、新血脈變態。」其中一名哨兵人在面具底下惡狠狠地說。

馬凡倏地停下腳步，因為太過突然，皮靴在地上留下了黑色擦痕。他轉向那個惡狠狠的哨兵人，雙手仍藏在衣袖裡。雖然那個哨兵人身材高大，但馬凡看起來並不受此困擾。事實上，他盯著對方看的時候，臉上毫無一絲表情。

「你剛說什麼？朗伯斯哨兵人。」

史壯亞姆。這個哨兵人如果想，可以把馬凡的手臂扯下來，可是他只是在面具底下睜大了雙眼，濕潤的棕色眼眸滿是恐懼。

「沒什麼重要的，陛下。」

「重不重要由我來決定。」馬凡回答：「你剛剛說什麼？」

「我回答了皇后陛下的問題。」他的目光飄向我，像是在懇求我提供什麼保護，但是我沒辦法給，哨兵人聽的是馬凡的差遣。「我告訴她蒙特福特被占領的時候，這裡是紅血人的住處，還有銀血人和新血脈。」

「鼠輩、叛徒、變態，」馬凡說，臉上仍是毫無表情，「你剛剛是這樣說的，對吧？」

「是的，陛下。」

馬凡脖子發出喀啦聲，望向另一個守衛。「奧滄諾哨兵人，妳可以解釋一下為什麼這麼做是個錯誤之舉嗎？」

這個藍眼睛的寧夫斯人在我身旁語無倫次，因為突然被叫到而結巴說不出話。她試著盡快冷靜下來，回答馬凡的問題。「因為……」她的聲音變弱，手指扭動著袍子，「報告，我不知道。」

「嗯。」他的悶哼很低，打從腹部發出來的感覺，在潮濕的空氣中震動，「沒人知道嗎？」

我真心厭惡他。

我彈舌，「因為朗伯斯哨兵人在你面前羞辱了梅兒．巴蘿。」

我突然覺得後悔之前希望馬凡能展現情緒，不要只有一張空白的臉。他的雙眼一黑，瞳孔因為怒火放大。他微微張嘴，露出牙齒，我還以為會看到尖牙。我們身邊的哨兵人個個緊繃了起來，我心想若他動手要攻擊我，不知道他們會不會阻止他。我覺得不會。我也是他們要保護的人，但是馬凡優先。*在這場婚姻裡，他的地位永遠優先。*

「我的妻子真有想像力。」他睥睨地說，雖然我分明說中了事實，一個醜陋的事實。我知道他對她很執著，以某種有問題又卑劣的方式。但他的反應洩漏了一些更深層的事，這是外力造成的內部故障，是他母親的傑作，背後的原因我無法理解。她在他的心中和腦海裡，散布著愛上梅兒．巴蘿的痛苦、煎熬和折磨。

我心裡不禁違背直覺，對馬凡．克羅爾感到一絲同情。他不是他自己，不完全是。有人把他完美地剖開，然後再隨便地縫合回去。

他的憤怒像暴風雨一樣稍縱即逝，只留下隆隆雷聲威脅。這時哨兵人才鬆了口氣。馬凡轉動肩膀，伸手順順頭髮。

「朗伯斯哨兵人，你的錯在於你的不屑。」他說著，口氣恢復那個要拐騙別人時的輕蔑、孩子氣。他邁開步伐，帶著一行人繼續向前進，不過我想哨兵人應該都保持著距離。「我們在打仗，沒錯，這些人是我們的敵人，但是他們還是人。其中有很多都是我的子民，也是你們的同胞。等我們獲勝的時候，就要歡迎他們回到諾他王國。當然，少數人會例外就是了。」他露出奸笑。

這謊言說得這麼輕鬆，這麼自然，身處高溫中的我仍忍不住打了個冷顫。

「報告，就是這裡了。」其中一名守衛指著其中一棟乍看之下跟其他屋子沒有什麼兩樣的排屋。但是仔細一看，我發現這裡的鮮花照顧得比其他地方好，充滿活力，茂盛的花瓣和碧綠色的葉片從窗台花盒裡探出頭來。

馬凡抬起銳利的眼神，往窗口望了一眼，彷彿是在檢視一具屍體。他走上門前的階梯，動作很緩慢。「住這裡的又是什麼怪胎呢？」最後他說。

哨兵人一開始沒有回話，害怕這問題是個陷阱。

只有奧滄諾膽敢開口。她清了清喉嚨，給了答案。

「梅兒．巴蘿。」

馬凡點點頭，停滯了一秒，然後他抬起一隻腳，靴底重重地踹在門把旁，門鎖被踹開，木板門應聲碎裂。他走進門的時候，身影宛若淡去的影子一樣沒入屋內。

我在人行道上停了一會兒。留在這裡。哨兵人也跟我一起猶豫著，不太想跟著他們的國王。雖然我個人更希望有刺客從衣櫥跳出來，一刀劃過馬凡的喉嚨，但我知道這樣一來，想要贏得戰爭、保住湖居地的安全不受到他哥哥和歧異之地的那些跟班的機會就沒了。

「快跟上。」我怒斥道，跟著我那可憎的丈夫的腳步走上階梯。哨兵人緊跟在我身後，盔甲在火焰披風下鏗鏘作響。

一進入陰暗的屋內，我把注意力放在聲音上頭，屋子沒了主人，空蕩又寂靜。屋內牆上空得古怪，巴拉肯的確是說過他的基地和他自己的財物都已經掃蕩一空，拿去換資源了。想到若是我自己的家遇到這種禿鷹過境的情況，我不禁皺起眉頭。褻瀆神壇和寺廟來資助戰爭。只要我還活著、有一口氣，就不可能。只要母親還坐在王座上，就不可能。

我沒浪費時間走進小沙龍，或是到廚房去找。馬凡的腳步聲在樓上迴盪，我跟著腳步聲走，身後拖著一行哨兵人。假使國王有心想要獨處，他也沒說出來。

他用力打開二樓的每一扇門，探頭到不同的房間、衣櫥和廁所裡張望。有那麼一、兩次，他低聲冷笑，像是獵食者在拒絕眼前的獵物。

到了最後一扇門前，在這個轉角處，他停了一下，有點猶豫。這次他伸出一手輕輕打開門，彷彿是要進入一個神聖的空間。

我停了一會兒，讓他先進去。

房間裡有兩張小床，分別擺置在一扇窗戶左右。我先注意到反常的部分，印花窗簾被剪過了，整齊地剪下一塊。

「那個妹妹。」馬凡喃喃說道，手撫過被剪過的邊緣，「裁縫師。」

他的手撫過織料的同時，手腕上噴出火星。只見火星很快地點燃了布面，迅速且帶著技巧性蔓延，像疾病一樣散播開來，在布料上燒出一個個的洞。刺鼻的氣味刺激我的鼻孔。

他對壁紙做一樣的事，讓其在他手掌下燃燒、剝落。接著是窗戶，他把冒著火焰的手掌貼在玻璃上，玻璃在他拋出的極度高溫下裂開，變成碎片掉到屋外的陽光下。整個房間感覺像是在震動，變得滾燙，好似這是個沸騰的鍋子。我想要退開，可是我想要看著他。馬凡。我想打敗他，就必須知道他是誰。

他忽視第一張床，好像是知道那床不屬於她。

他坐在第二張床上，像是在測試床墊的軟硬度。他伸手撫平床單，然後是枕頭，感受她的頭曾經躺過的位置。我以為他會躺下，好好地聞聞可能還留在上頭的味道。

可是他的火焰吞噬了一切。羽絨與織布，木製床架。火焰蔓延到另一張床上，急切地燃燒。

「請給我一分鐘。」他悄聲說，在他控制的烈焰中幾乎聽不見。

我們照做了，在火光揚起之前快速逃離現場。他只需要一分鐘。我們才剛踏上街道，他已經從大門走出，身後是舞動的惡火。我們走遠後，排屋崩垮，我才發現自己正因恐懼冒著汗。

馬凡下一次要燒什麼呢？

牢房碉堡外傳來咆哮的車引擎聲。一定是士兵們回來了，不知道他們最後有沒有追上逃進沼澤的人？吵雜聲從水泥牆面上高掛的窗戶傳進來。這個空間很冷，一部分深入地底，由一條長長的走道從中隔開左右兩排牢房。照官方數字看來，現在這裡關了四十七人，兩到三個人一間牢房。這些人全都是紅血人，但是仍由眾多銀血守衛看管。有些人可能是新血脈，靜靜地等著機會使用自己的能力逃脫。蒙特福特的銀血人——哨兵人喊他們銀血叛徒——被關在其他地方，用靜默岩和最強大的守衛看管。

我們走過的時候，馬凡漫不經心地用手關節敲著每一根鐵條。囚犯不是縮身往後躲，就是堅定地站著，在諾他國王面前，有人恐懼、有人挑釁。奇怪的是，他在這裡，被牢房包圍反而看起來很放鬆。他看起來似乎根本沒有注意到囚犯。

我則是正好相反。沿路走來，我一直數著人數，看是否符合官方數字。仔細看有沒有一絲可能會引發一些麻煩事的叛變或決心。真希望我能看得出紅血人和新血脈的差異。我們經過的每一間牢房都讓我覺得很不自在，心裡只想著可能有隻毒蛇就藏在其中等著我們。

碉堡另一頭有一支皇室銀血人分隊朝我們走來，他們身穿黃色、白色和紫色，每個人都穿戴著金色盔甲，武器看起來更適合拿去裝飾宴會廳。巴拉肯臉上掛著大大的微笑，但是他手中牽著的孩子們則看起來有點退縮。麥可和夏洛塔不是把臉埋在父親的亮紫色長袍中，就是低頭盯著腳上的金色鞋子。

我一邊為這兩個孩子在蒙特福特的禽獸手中遭遇的一切感到難過，同時也因為他們的狀態足以陪伴父親在外而覺得欣慰。我們帶著這兩個孩子溜出高山王國的時候，即便有那個心理扭曲的醫療師照料，他們仍連話都快說不出來了，因為沒有任何皮膚醫療師可以修復心裡的傷口。

可以就好了，我在心裡想著，瞥眼看向我的丈夫。

「巴拉肯王子。」馬凡說，使出渾身解數展現魅力，低頭示意。然後他蹲下身子，讓自己與走近的孩子們視線同高。「還有麥可、夏洛塔，你們真是我見過最勇敢的兄妹了。」

麥可再次把臉埋起來，但是夏洛塔擠出了個極微小的微笑。禮貌的那種笑容，大概是被某個禮儀老師深植在她體內的反應，無庸置疑。

「真的很勇敢。」我朝兩個孩子眨眨眼。

巴拉肯停在我們面前，臉上仍掛著微笑，他的守衛和家僕隨著他停下腳步。我發現這行人之中有另一位皮蒙特王子，因為他頭上戴著翡翠皇冠，但我不確定是哪一個王子。

「陛下。」巴拉肯說道，手伸長，深深地一鞠躬。他的孩子們還牽著他的手指，用熟練的優雅姿態跟著照做，連害羞又發抖的小麥可也一樣。「世上沒有足夠的言語或黃金可以用來表達我的謝意，但請您放心，都不會少的。」王子的目光移動到我身上，我與他四目相接，抬起了下巴。是我親手救出了他的兩個孩子，這件事是不會被遺忘的。「您也可以使用我的軍事資源，在這場與我們兩國對抗的戰爭之中，皮蒙特能夠提供的資源，您都能夠使用。」

馬凡彈彈手指，示意巴拉肯起身。

「我感謝您這麼大方的承諾。」馬凡回答道，標準的虛情假意。「我們能夠聯手結束我哥哥開始的這一切。」

一抹情緒在巴拉肯眼中一閃而過。可能是覺得有趣。他看見謊言的真相了嗎？泰比瑞斯・克羅爾沒有發動這場戰爭，不論在任何假想情況下都沒有。這個罪惡是紅血反叛分子的責任。我嘸嘸口水，突然覺得喉嚨好乾。赤紅衛隊在湖居地組成，隨著我自己的父親的行動蔓延。說到底，若他們是罪人，那容許他們存在、容許他們拓展的人是我們。在這罪惡和恥辱中，我們跟他們一樣有責任。

「與湖居地聯手。」巴拉肯補充道。

王子臉上又閃過一抹笑意，我感覺到雙頰發熱。「當然，我們一定會支持馬凡・克羅爾到最後。」用最少量的資源支持。少數軍隊，少數武器，微薄的金援。剩下的資源都要在嫉妒的眼光下守好、存好，等到最急需的時候才能使用。

馬凡的雙唇掃過我的臉頰，除了象徵意義以外，不含任何意味地一吻，我只覺得雙頰熱燙燙地，像是著了火一樣。「我們真是太相配了，不是嗎？」他轉回頭望著巴拉肯說。

我強忍著想把馬凡釘在地上、用水淹沒他到我滿意為止的衝動。

「的確。」巴拉肯喃喃說道，黑色雙眼在我倆間來回移動。「不過可惜的是，目前的進展不大。我已經請丹尼亞德王子派他們的悄語者和歌唱者來。」他往身後那個一身華美的翡翠和純綠色絲綢裝束的王子做了個手勢。「但他們還沒到，我目前也不希望在完善的拷問之前，冒險讓任何囚犯受到傷害。」

我轉向離我最近的牢房，想隱藏我想到悄語者和歌唱者在前往這裡的路上這件事產生的反感。這兩種人都不可信，可是我沒說出來。

牢房裡的男子直盯著我看，在牢房裡的昏暗燈光下，他的雙眼像是發亮的煤炭。他身上的制服是深綠色的，蒙特福特的顏色。制服被扯破了，胸口和上臂的布料不知所蹤，徽章被移除，榮譽勳章都被扯掉後，只剩下破碎的織線。我瞇起眼，他也做了一樣的神情。

「士兵，你是什麼位階？」我朝著鐵欄杆不屑地說。

巴拉肯和馬凡在我身後，沒有發出聲音。

這個滿臉鬍子的人什麼都沒說。我走上前去，發現他一眼下方有條疤痕。疤痕太整齊，一定不是意外，這疤痕癒合得很好，是一道完美直線。

我抬起下巴往他一撇，「有人在你臉上留下了這個記號，是不是？」

「妳說得好像是被銀血人壓制、留下傷疤這件事是個贈禮一樣。」他緩緩地回道。他的口氣有種古怪的生硬、破碎感，彷彿說出每個字之前都要好好地在口中思量力道一樣。

我再次打量那道疤痕，仔細看清楚。不知道他做了什麼事，還是沒做什麼事，給自己招來這種懲罰。

「等你們的悄語者來，」我回頭望向巴拉肯，「先從他問起。他的位階高，知道的會比其他人多。」

馬凡的嘴角抽動，像是微笑了。

「當然。」巴拉肯回答。「我們就從愚蠢的紅血人開始，好不好啊？」他一邊帶著孩子往前走，一邊低聲對他們說道。兩個孩子一起點點頭，看起來不到十歲和八歲。「到時候你們就會知道他們沒什麼好怕的，以後都不需要怕了。他們對你們來說什麼都不是，什麼都不是。」

麥可再次把小臉藏起來，往父親的手臂下埋。

夏洛塔的反應則相反，高抬小小的下巴。她的臉上有雀斑，散布在棕色肌膚上。在蒙特福特的時候，她的髮型很簡單，整齊地往後梳成一個緊緊的髮髻。在這兒，她打扮成公主該有的模樣，身穿印花白色絲綢裝束，滿頭小辮子上鑲著紫水晶。我看著她跟著父親走遠，小小的長禮服拖在水泥地上。她的裝束讓我想到新娘禮服，不知道到時候她會被交易給誰，像我一樣。

我們繼續走下去，打量一間間牢房，我也繼續算人數。馬凡前後擺動雙臂，好像很愉快似的。看來勝利還是有點影響力的。

「我本來不知道你還知道什麼是開心呢。」我喃喃說道，他聽了則大聲笑了出來，笑聲聽起來跟玻璃一樣銳利。

他朝著我咧嘴露出一點都不親切的笑容，眼中帶著瘋狂的光芒，「妳演梅兒．巴蘿的技巧太好了。」

我回以冷笑，鋌而走險，「嗯，你想要她當你的皇后，那我乾脆好好配合。」

又是一陣笑聲。他朝我眨眨眼，像是在仔細打量一幅畫。「這是嫉妒嗎？艾芮絲。」在他的審視下，我不禁緊繃，肌肉像彈簧一樣縮緊。「不，不，絕不是。」他嘆道，臉上仍掛著微笑，「我說過了，我們很相配的。」

才怪。

「有人叫我的名字嗎？」

馬凡在我身邊驟然停下腳步，明顯地皺眉露出疑惑神情。他偏頭回望，朝著我們身後的牢房眨眼。

那個聲音來自一個蓄著大鬍子的男子。他傾身靠在欄杆上，手伸到走道上晃啊晃的。他睨視我們，彷彿要發動什麼挑戰似地挑起一眉。

「你聽見我說的話了，馬凡。」他說道，這次的聲音跟剛才又不一樣了，但仍是他的聲音，而且更強而有力、更快、更逼人，像是石頭上的鋒利邊緣。

我們轉身看著他，一頭霧水。至少我本人是一頭霧水。

馬凡看起來陷入了一種想殺人的怒火和……希望之間？

男子咧嘴一笑。

「你有想我嗎？」他說：「我覺得你有。」

我聽見骨頭摩擦的聲音。磨牙。只見馬凡咬緊了牙關，擠出兩個字——

「梅兒。」

14 梅兒

「他知道是妳。」

我們彷彿同時倒抽了一口氣，我覺得自己的氣息有點不穩。突然間，這間藏身在薩摩斯宮殿的小房間變得有點太擠了。我的目光反射性地掃向法爾莉，她也凝視著我。她的喉嚨還能動，用力地嚥下口水，我只看著她這麼做。她在我面前讓態度變得堅定，決心讓她整個人看起來更強硬。

我咬唇，希望自己能獨自面對這件事，但是她只站在艾伯朗身邊，哪都不去。如果這整件事出了什麼差錯，她要能馬上中止一切。艾伯朗的雙眼如炬，望向我的眼底，炯炯有神，全神貫注，他的思緒成為山脊大屋和皮蒙特的橋梁。他已經給了所有關於皮蒙特基地的監獄資訊，這座碉堡有一半深埋地底，窗戶面東。我們也得知他的兄弟能看見的囚犯有誰、他是跟誰一起被抓的、他看見誰死了、誰逃了。艾拉和瑞夫成功逃進了沼澤，讓我鬆了口氣。光是那條資訊就極為重要，但是現在——馬凡，就在我們面前，近得像是我伸手就能碰觸到他。

我想要看艾伯朗看見的畫面，我想要傾身向前，衝進他深褐色的雙眸，從數百哩外、從牢房裡往外凝視的雙胞胎眼中現身，再次直視馬凡的臉。用我知道可以解讀他的方法來看他，分析皮膚下的每一條肌肉的細微動作。看著冰藍色雙眼中閃過的最微小的光線，聽其訴說那些他想深埋的秘密和軟弱。

只能靠艾伯朗和兄弟的連線了。距離雖遠，兩人間的聯繫仍很緊密，幾乎能夠立即傳遞。艾伯朗透過拉許，描述了接受到的一切資訊。

「馬凡走近欄杆，他傾身向前，只離幾吋距離。他的頸子上有汗珠。皮蒙特不熱，才剛下過雨。」艾伯朗在我面前緊繃，他的雙手攤開平放在大腿上。他往後一靠，我想像馬凡就跟我們一起在這間屋裡，湊近他面前的景象。艾伯朗的嘴角往下撇，露出嫌惡的表情。「他在仔細看我們的雙眼。」

我身子一震，感覺到熟悉的呼吸像冰冷的幽魂一樣掃過我的皮膚。

雖然牆上單窗有陽光射入，我卻感覺到山脊大屋裡這個小小的、被遺忘的房間開始累積黑暗。我真希望自己從沒想到過這一點，沒有召喚艾伯朗來做這件事。他本來是我們與塔希爾和大衛森間的聯繫，能輕易與蒙特福特聯絡，而不是另一個在皮蒙特被抓的兄弟，不是馬凡。

我強逼自己保持穩定，肌肉和神情都靜止不動，但是我的心臟在胸膛裡奔馳，低沉而持續地敲擊。

法爾莉忍住踱步的衝動，而她這古怪的靜止模樣讓我比原來更加緊張。這個地方不適合我們兩個，山脊大屋感覺像是一個準備好隨時出手的陷阱。每間房間都有各種模樣的金屬，屋梁、柱子或甚至與地板交織。這座屋子就是一項只有少數人能使得來的武器，就這樣時時刻刻包圍著我們。

就連我坐的椅子都是冰冷的鋼鐵，當我露出肌膚的部分碰到椅子的時候，不禁冷得發抖。敲門聲讓我倆都跳了起來，嚇得魂不附體。我急轉身，緊咬牙關，看著門把轉動，撞上門鎖。法爾莉大步走向門邊，不論門外是什麼僕人或是愛窺探的貴族，都將被她打發離去。然而出乎我意料之外，她竟是把門打開，退開一步，讓一個寬闊、熟悉的身影走了進來。

我怒瞪著她，雙手握拳放在膝蓋上。

「你要幹嘛？」我低聲堅定地說。

泰比瑞斯的視線瞥了法爾莉和我一眼，像是在評估我們，看看哪個女人比較恐怖。「我是受邀而來。」他沙啞地說：「而且我們要出席一場會議，已經快嚴重遲到了。」

「那就去啊！」我揮揮手對他說，轉身面對法爾莉，「妳這是在做什麼？」我咬牙說道。

她用力甩門打斷我。「妳對馬凡很熟，他也是。」她的口氣公事公辦，「讓他聽。」

艾伯朗在我面前眨眨眼，「巴蘿小姐。」他說道，督促我們繼續。

彷彿這一切壓力還不夠大似的。

「隨便。」我低聲咬牙說道，轉身回來面對這個蒙特福特的新血脈。我盡力無視身邊這個克羅爾，只見他現在靠在牆邊，盡可能在我倆之間拉開距離。我的眼角餘光看見他的腳用一種緊張的力度，快速地打著拍子。

「馬凡說話了。」艾伯朗低聲說。他本身的嗓音柔軟緩慢，很快地轉變，模仿起馬凡的口吻。「我們現在要如何對談？」他說，口氣突然變得冷酷又尖銳，甚至還強迫發出冰冷的笑聲，真的非常相似。「還是說妳只是想跟國王鬧著玩，紅血人？這樣的話恐怕不是個好的決定。」

艾伯朗再次移動身子，視線望向遠方，像是穿越百里距離一樣。「他身邊有守衛。哨兵人。總共六個。巴拉肯王子和他的孩子們剛經過，身邊帶了四個守衛。」

泰比瑞斯掩嘴說了幾句話，法爾莉點點頭。可能是在加總敵方人數。「與巴拉肯同盟關係堅定，」我聽見泰比瑞斯喃喃說：「他們可能會再次出擊，而且會很快。」

「皇后跟他在一起。」艾伯朗繼續說：「湖居地公主。她沒有說話，只是站著，看著。」艾伯朗瞇起雙眼，「她看起來有點像是凍結了。」

「跟艾芮絲說……」我突然語塞，雙手指尖互相碰觸輕點。一定要讓他們深信不疑，確定就是我在透過這對兄弟說話。「告訴她，狗都會咬人。」

「狗都會咬人，艾芮絲。」艾伯朗重複我的話。我低頭，他也學著我的動作低頭。一個平凡的女孩，過著一點都不平凡的人生。這個事實比任何事還要讓馬凡覺得心神不寧，若我希望能從這段對話中得到任何東西，我就要讓他心神不寧。

「皇后睥睨地笑。她點點頭。」艾伯朗說。他換上艾芮絲的神情，聲音高了八度，「狗都會咬人，但是有些狗懂得等，梅兒．巴蘿。」

「這話又是什麼意思？」法爾莉掩著嘴低聲說。

但我知道。

我只是一條穿戴整齊、被拴得緊緊的寵物犬。我被囚禁時，曾這樣對艾芮絲說。那時的她也是睥睨地笑。寵物犬也是會咬人的，她這麼回我，妳會嗎？

我終於有機會回答了。她也回答了我。

艾芮絲．席格內特在等自己出手的機會，不知道湖居地有沒有支持她這麼做，還是這只是她個人的怒火。

我回頭看了法爾莉一眼，「這是她在雅啟恩對我說的話，在我回來之前的事。」

「這絕對是她，但是怎麼做到的我不確定。」艾伯朗繼續盡可能同步揣摩艾芮絲的聲音，「這一定是某種我們未知的新血脈能力。」

「你們不知道的東西可能可以填滿一座海洋。」我回答道：「關於蒙特福特、關於赤紅衛隊。」這樣捅人感覺很可恥，甚至可說骯髒，但是我輕易就做到了，「至於你哥哥，他就站在我旁邊，你知道吧。」

艾伯朗模仿馬凡，露出不屑的笑，「這話有什麼意義嗎？」我覺得那話裡有一絲恐懼。「我對妳想站在誰身邊沒什麼興趣，不過……」他繼續說道，不屑的笑容變成邪惡的微笑，「就我所知，妳也沒那麼常站在他身邊了。」

我勉強微笑，掩飾皺眉的神情，「很高興知道你在我們的軍團裡還安插了間諜，」我大膽說道：「只不過比不上我們在你們之中的數量。」

艾伯朗發出一陣像是指甲刮過玻璃般的尖銳笑聲，「妳以為我會浪費間諜來追查妳的心情嗎？梅兒。不，親愛的，我只是比任何人都更了解妳。」他又笑了起來，露出一口白牙。我把注意力放在艾伯朗下巴上的疤痕，把馬凡那張俊美、被糾纏、齜牙咧嘴的臉龐趕出我的腦海，「我知道等到卡爾展現他真正的身分時，妳一定受不了。」

我的眼角餘光看見泰比瑞斯一動也不動，連呼吸都沒有。他低著視線，像是要把地面瞪出一個洞。

「他跟我差不多，都是被打造出來的人。也許是我們的父親下的手，鑄模、打碎重建成妳眼前那個會走路、會說話、妳以為自己真的愛上的磚牆。」馬凡繼續透過艾伯朗說下去：「他躲在他自稱是責任的盾牌後面，事實可就沒這麼高尚了。慾望造就卡爾，就跟我們其他人是一樣的。但他想要的是王冠，他想要王座，什麼代價都不算太大，揮灑什麼鮮血都不算太珍貴。」

「啪啦」一聲傳來，是卡爾的拇指關節發出來的。

「我們的對話總是會回到同樣的內容，馬凡。」我傾身向前，低聲說道，故意擺出漠不關心的態度。艾伯朗照著我的動作做。「我想知道，艾芮絲，她有沒有跟你抱怨一大堆泰比瑞斯的事，還是只有我要承受那些廢話？」

艾伯朗轉頭，像是看著艾芮絲。「她的嘴角抽動了一下，可能是要微笑。」他向我們報告，「馬凡動了，一條手臂放在欄杆上。溫度升高了。」

「我說中要害了嗎？」我問道。「喔，我忘了，你不知道哪些要害是自己的，哪些是她的。」

艾伯朗露出痛苦的神情，張開的手掌拍向自己的大腿。「馬凡抓著欄杆，溫度還在升高。其他囚犯袖手旁觀。」這個新血脈眨眨眼，鼻孔撐大，沉重地呼吸。「他想要讓自己冷靜下來。」

「惹火手上有這麼多人質的人可不是明智的做法。若我想要，我可以讓他們全都被燒死。」馬凡咬牙說道。我可以嗅到他位於數百哩外的震天怒火。「說巴拉肯在奪回領地的大動作行動中沒有任何生還者，並不是什麼難事。」

沒有錯。沒有任何事可以阻止馬凡殺掉現場所有囚犯，他們的命全都要看馬凡的決定。複雜的穿針引線，就成為我的工作。

「你也可以放他們走。」

馬凡的笑聲中帶著驚訝，「我看妳需要多睡點，梅兒。」

「當然是指交易。」我抬頭瞥了法爾莉一眼，評估她的表情。她陷入深思，眉頭緊蹙。

我看見泰比瑞斯的臉色一白。上次我們跟馬凡談交換條件的時候，搞得自己被囚禁了數個月之久。

「畢竟上次這麼做的時候真是太順利了。」馬凡透過艾伯朗笑著說道：「但如果妳想回來，還想裝成是為了拯救一些無名的士兵，那我很歡迎妳。」

「我以為亞樂拉已經剷除了你做夢的能力。」我斷然回答道：「不，馬凡，我說的是赤紅衛隊留在巴拉肯基地的東西。」

艾伯朗配合這個男孩國王的表情，臉色一沉。「什麼東西？」

法爾莉咧嘴一笑，蹲在我身旁，對著艾伯朗，也就是馬凡說：「赤紅衛隊向來難以信任銀血人，特別是像巴拉肯這樣的人。早晚會有事情發生，讓他決定不再聽挾持自己孩子的人的命令。」

「我現在是在跟誰對話？」馬凡透過艾伯朗問道。

「喔，你不記得我真是讓我太難過了，但我現在是法爾莉將軍了，所以可能聽起來跟以前有點不一樣。」

「啊，我記得了。」艾伯朗發出嘖嘖聲，「我怎麼會這麼傻，竟然忘記了那個放一頭像我這樣的狼進入那群特別蠢的羊群之中的女子。」

法爾莉臉上的微笑像是她剛吃完一頓特別美味可口的大餐。「這群愚蠢的羊群在你的基地安置了爆裂物。」

那一瞬間，整個屋子陷入致命的沉默。泰比瑞斯抬起頭，一臉警覺。「妳知道那有多危險嗎？」

「我很清楚。」她斷然說道，視線沒有從艾伯朗臉上移開，「不要重複這句。」

他輕輕點頭。

「嗯？馬凡，」我擺出甜美的微笑問：「你可以召回你派去沼澤區追捕的人，在我們引爆爆裂物之前想辦法搜查一番。你也可以釋放囚犯，我們就會告訴你，你站得離炸彈有多近。」

「爆裂物嚇不倒我。」

「如果你在乎那些誓言效忠你王冠的士兵的話，就該知道害怕。」泰比瑞斯走近我身旁怒斥。他的手臂掃過我，一股熱氣傳過我背脊。

艾伯朗把王子的話傳過去後，臉上彷彿籠罩一股黑影。「見到你終於站出來真好，哥哥。」馬凡輕聲說道：「我以為你永遠找不到勇氣對我說話。」

「你說個地點，我們就來看看誰才是沒勇氣的那個。」泰比瑞斯回擊，口氣兇狠，毫不保留。

艾伯朗的回應只是來回搖晃一根手指。「裝腔作勢就留給你那無可避免的投降時刻再說吧，卡爾。等你要跪在諾他王國、湖居地和皮蒙特面前的時候。」他一一列舉國名，臉上的微笑隨之擴大。我感覺到跟我們對抗的重量越來越重，牆築得越來越高。

法爾莉一隻手放在我肩上，把我往椅子拉，要我等。

最後艾伯朗動了，雙臂交叉，移動重心。他的肢體語言完全就是馬凡，從頭到腳都是戲。現在的他不再假扮成那個受到責任召喚的年輕人，而是戴上面具，演出那個冷血無情、令人看不透的亞樂拉·莫蘭達斯之子，一個除了權力，其他什麼都不在乎的人。

這就像梅琳娜之於我一般，只是一場戲。

「妳剛說有多少炸彈？將軍。」

他利用她的軍階來煩她，但法爾莉是很難撼動的。「我剛沒說。」

「嗯。」馬凡喃喃道：「這樣，基地再發生任何破壞狀況，巴拉肯都不會高興。但是我們把他的孩子們送回來了，他可能不會介意。」

我不知道炸彈具體的狀況為何，只知道是赤紅衛隊一段日子以前安置的，就埋在馬路、機場跑道和多數行政建築底下。這些地方他們可以造成的破壞就不只影響敵方的士兵，還有基地本身。這些炸彈都設定在特別的頻率，準備隨時引爆。完美又致命的先見之明。

「這決定權在你手上，馬凡。」我回答：「囚犯換你的基地。」

艾伯朗模仿馬凡的笑容。「當然，還有這個新血脈。」他說：「不過我倒想留下他，如果妳不介意的話。這麼做比寄信給妳容易多了。」

「這不屬於我們的交易內容。」

艾伯朗板起臉，發出洩氣的聲音，「妳有時讓事情好難辦啊。」

「這是我的專長。」

泰比瑞斯在我身邊小聲地冷笑一聲，我相信他也同意。

我們在刺耳的沉默中等待，全神貫注地關切著艾伯朗的每一口氣。他在位置上轉動，前後張望，示意馬凡踱步的樣子。

法爾莉聳立在我身旁，像我一樣，宛若一片暴風雨雲。

「妳想要他們哪時被釋放？」最後他說。

法爾莉靜默地往空中猛揮了勝利的兩拳，我才想起她年紀其實很輕。不過二十二歲，比我大沒幾歲。

「東門。」法爾莉回答，我則忍著勝利的心情。「沼澤區，黃昏的時候。」

我聽見馬凡口氣中的疑惑。「就這樣？」

泰比瑞斯也一樣不解。他瞥了法爾莉一眼。「這樣不算拯救，」他喃喃說道，又揮手示意艾伯朗不要把他的話傳過去，「將軍，我們需要準備空降機，要淨空一條路。必須達成停火協議，讓我們接走囚犯和那些成功逃脫的人。」

她舉起一隻手。「不需要，克羅爾。你一直忘記赤紅衛隊不是你認知的那種軍隊。」她驕傲地雙手扠腰。「基本配備已經有了，我們也考察過沼澤區。在敵軍的領地上移動紅血人，就是我們最擅長的事。」

「很高興聽妳這麼說。」泰比瑞斯咬牙說：「但我不喜歡處於狀況外，平等合作成效更好。」

「你說這情況可以稱為平等合作嗎？」法爾莉揮手指指他和我們之間。他的血，我們的血。他的位階，我們的位階。銀血出生的國王接班人，和紅血出生的無名小卒。

他轉動眼球，視線在她和我之間移動。他高高站在我的座位旁，距離很近，顯得他的身高更高了。我倆間像是有這麼大段距離，實際上又沒有間隔。雖然百般不情願，泰比瑞斯仍忍下了嘴邊的話，他勉強打斷與我相接的目光，臉上的肌肉抽動了一下。我看見他的掙扎，還以為他會堅持，繼續爭辯下去。可是出乎我意料之外，他讓步了，揮揮手讓我們繼續。

艾伯朗在我面前吐了口氣。他碰碰下巴的傷疤，黑色鬍子底下的棕色肌膚上有白色糾結的疤痕組織。然後他撫過雙眼下方的皮膚，這是他兄弟臉上傷疤的位置。「國王沒有動作，在沉思。巴蘿小姐，請告訴他他不可以再這樣利用我們了，」他的口氣懇求，「否則這個邪惡的年輕人一定會把我的兄弟留在身邊當他的囚犯，作為您和陛下的聯絡管道。」

「當然。」我點點頭，決心想救出拉許，不要讓他淪為另一個新血脈寵物。「你有沒有留下新血脈，我們會知道。如果你這麼做，這個談判就破局。」

回話的口吻很苦澀，可是並不意外，「但是我很懷念我們的對話。妳讓我腦袋清醒，梅兒。」他企圖展現黑色幽默，可惜沒有成功。

「我們都知道這不是真的，你絕不能再透過他與我聯繫。」

他不悅地說：「那我們就得找其他方法對談了。」

泰比瑞斯站在我身旁，舉起一根手指，要艾伯朗注意他。「如果你想要談話，沒有人會阻止你，馬凡。」他這麼說，這個新血脈也把他的話傳過去了，「我們不只打武力戰，也打外交戰。到中立地點與我們碰頭，面對面談。」

「這麼急著談投降條件嗎？卡爾。」馬凡嘲諷道，拒絕他的提議，「好了，將軍，炸彈位置？」

法爾莉點點頭，「等我們確認我們的人都進入沼澤、不再受威脅之後，你就會知道炸彈位置了。」

「鱷魚做的事我可不負責啊。」

聽見這話，她真誠地笑了出來。「可惜你這人沒有靈魂，馬凡．克羅爾，不然也許還值得一救。」

泰比瑞斯不自在地移動了下重心。若有人能把他修好，難道不值得嘗試嗎？幾個禮拜以前，他這樣問過我，在肌膚相親的情況下。感覺好像是上輩子的事了。這不是我在乎的主題，馬凡沒辦法修復，這個男孩國王、我們倆都愛過的人，已經沒有救贖的餘地。我們沒辦法從他自己手中把他救出來。

而且我認為我永遠沒辦法對著泰比瑞斯說出這番話。

就像馬凡的愛人能力如此破敗，泰比瑞斯的愛是那麼強烈。也許可說是太過極端，讓他會過度堅持不放手。

「你們先燒了科芬昂，現在又威脅要毀掉皮蒙特基地？」馬凡透過連線的人表示睥睨。

「赤紅衛隊真是善於摧毀，不過說起來，要破壞已經建立好的東西總是比較容易。」

「特別是在你建立的東西爛到核心去的時候。」法爾莉不遑多讓。

「東門。沼澤。黃昏。」我重複剛剛的話，「否則基地就會在你腳下起火燃燒。」

我的腳忍不住抽動。現在有多少人在基地？誓言效忠馬凡、巴拉肯和艾芮絲的士兵，應該有銀血人，還有紅血人。他們用聽命行事的無辜之人建立的保護之牆。

一開始我告訴自己，不要去想這件事。戰爭本身已經夠難，更別說還要去計算多少人命懸在上頭的重量。但是閉上雙眼也不是解決的辦法，不論有多正面以對，我還是得面對。就算我得做出艱難的決定，我也得睜開雙眼去做。不該再壓下痛苦或罪惡感，若想要放下，就得先感受。

「很好。」馬凡怒言。我再次想像他站在牢房外的模樣，微光照亮蒼白的臉龐，雙眼一如往常因為疲憊和懷疑，環繞著黑眼圈。「我說到做到。」

這熟悉的句子就像他的招牌，讓人想起他的信和承諾等十幾個可怕的回憶。

我緩緩點點頭。

「你的確是說到做到。」

我們告訴艾伯朗若是他的兄弟沒有跟其他人一起被釋放，他該如何找到我們，然後我們就急忙踏上了山脊大屋的長廊，試著找到前往薩摩斯王宮大殿的路。泰比瑞斯比平常更幫不上忙，心思顯然不在此地，我猜大概跟他弟弟一起留在皮蒙特了吧。

我盡力跟上法爾莉的腳步速度，但是卻一直撞上陷入深思而慢下腳步的他。

「我們已經遲到了。」我不悅地說，直覺伸手推他後背，把他往前推。

他一被我碰到，反射性地跳了起來，好像是被我的火把燒到一樣。他恢復冷靜的時候，大手蓋在我的手上，把我的手指拉開，然後放開我的手，並突然停下腳步，轉過身來面對我。

法爾莉繼續向前走，一邊加速一邊發出惱怒的抱怨聲。「有時間再吵架。」她喊道，要我們快點跟上。

他無視她說的話，低頭瞪著我，「妳本來打算在沒有我在場的情況下，跟他對話。」

「我難道需要你批准才能跟馬凡說話？」

「他是我弟弟，梅兒。妳知道他對我來說還是有意義。」他悄聲說，口氣近乎懇求。我試著不要在他的痛苦面前心軟。我差點就成功了。

「你得忘記你心裡的那個他。」

這話像是點燃了什麼，一股深沉的憤怒，一種絕望。「不要告訴我該怎麼感覺，不要叫我背棄他。」然後他挺直了背脊，讓我得拉長了頸子才能與他四目相接。「除此之外，單獨與他對質，只有妳們兩人？」他回頭看了法爾莉一眼，「這不是明智之舉。」

「這就是為什麼我去找你來。」法爾莉冷酷地說：「我們得走了，這已經花太多時間，議會二十分鐘前就已經開始。如果薩摩斯和你祖母要安排什麼計謀，我希望能夠在現場。」

「那艾芮絲呢？」泰比瑞斯冷靜下來說道，雙手扠腰，讓自己看起來更高大壯碩，打斷我想溜開的念頭。他太了解我的伎倆。「狗咬人那段是怎麼回事？」

我猶豫了一下，思考自己有什麼選擇。我大可選擇說謊，說話可能比較好。

「這是我之前還在蒼火宮的時候，艾芮絲曾經說過的話。」我承認，「她知道我是馬凡的寵物，一隻寵物狗。她對我說狗都會咬人。這是她的溝通方式，告訴我她知道我一旦有機會就會反咬馬凡。」話很難說出口，但是我還是擠出來了。這是為什麼，我不知道。「她也會。」

泰比瑞斯沒有謝我，反而臉色一沉，「妳覺得馬凡不會發現嗎？」

我只能聳聳肩，「我認為他現在不在乎。他需要她，需要她帶來的盟國。在他的眼裡，永遠只有今天和明天。」

「這我可以理解。」他低聲喃喃自語，只有我聽得見。

「我相信你可以。」

他又吁了一口氣，一手梳過短髮。我真希望他能再把頭髮留成以前那深色的波浪，那樣的他看起來比較帥，比較不那麼嚴肅，不那麼像個國王。

「我們要告訴他們剛剛發生了什麼事嗎？」他用拇指比了比身後小房間的方向問。

我皺起眉。我不想把我們之間的對話告訴更多人，特別是有薩摩斯家的人在的場合。「若是告訴他們，等於就是把拉許和艾伯朗的命拿去冒險。沃羅肯定會樂於利用這點優勢。」

「我同意。但能跟他對話、能看著他，畢竟就是優勢沒錯。」他壓低音量，評估著我的反應，讓我做出決定。

「別煩他。我們可以靠現場的赤紅衛隊來傳遞消息，先把人救回來要緊。」

他點點頭。「當然。」

「沒有卡麥蓉的消息。」我補充道，說起她的名字讓我忍不住皺眉。我們前往蒙特福特的時候，她回皮蒙特與弟弟相伴。不想追逐戰爭，只希望能平靜地度日，沒想到戰爭仍找上了她。

泰比瑞斯陷入深思，甚至有點同情的模樣。不是做樣子，而是真心的。他聳立在我面前的時候，我努力不看著他帥氣的五官。「她會沒事的，」他說道，這話是為我說的，「想不到有誰能拿得下她。」

艾伯朗沒提到在囚犯之間看到她的事，但是他也不認為她是死者之一。我只能暗自希望她跟其他人一起逃了，躲在沼澤區，正在緩慢地回到我們身邊。除此之外，卡麥蓉致命的能力跟我相去不遠，甚至比我更輕鬆就能做到。不論是哪個銀血人都會把她視為危險獵物，因為就算是最強大的力量，她都有能力可以消除。她一定已經逃脫了，我不願去想其他可能。我就是沒辦法那樣想。

尤其是我需要她為我的計畫行事的時候。

「如果再繼續讓法爾莉等下去，她可能會中風。」

「我可不想看到那畫面。」泰比瑞斯在我身後低聲說道。

15 伊凡喬琳

我們等著他那發展不全的孫子現身的過程，安娜貝爾一直高明地拖延時間。我不能決定到底是想要請她傳授幾招，還是把她用我王座的鋼鐵插起來掛在牆上。

王宮大殿裡還有大約十二個人，只有必須參與戰事議會的人才在場。紅血人和銀血人，赤紅衛隊和蒙特福特的代表，還有歧異王國的貴族，和諾他王國的叛變門脈。不論看幾次，我都難以習慣眼前這景象。

我父母也無法。今天母親蜷縮在翡翠打造的王座上，姿態宛若她自己養的其中一條蛇。她往後靠坐，沉入黑色絲綢和寶石之中，腿上少了有威脅性的掠食性寵物，感覺好像少了點什麼似的。黑豹今天一定是身體不舒服不能出席。她看著安娜貝爾旋轉椅子，露出不屑的神情。

反觀父親，坐在位置上全神貫注，注意力全鎖定在安娜貝爾身上，即便她後退身子也一樣，企圖讓她無地自容。雷洛藍門脈之長不簡單，一點也沒有退縮。我是磁能者，眼前出現鋼鐵的時候絕對不會看走眼，而她的身子裡就埋著鋼筋鐵骨。

「泰比瑞斯七世需要一座都城，他需要一個可以插旗的地方。」她停了一下，緩步走動，做一個巡視王宮大殿的效果。我真想放聲大叫，*快把話說完，老女人！*

她真正該做的事情是去找到卡爾，不論他人在哪，去擰著他的耳朵，把他拖過來這裡。我們丟了皮蒙特基地，這還是他本人的戰事議會，更別提舉辦地點是我父親的宮廷。讓我們空等不只是無禮而已，還是政治上的愚蠢之舉，又浪費我寶貴的時間。

他大概又在哪裡跟梅兒爭執，一邊盯著人家的嘴唇看，一邊假裝沒在看。這個王子實在太好預測，我只希望這兩人可以再次開啟一段沒那麼秘密的秘密關係。到時他們會希望我來守門嗎？我在心裡暗自嘲諷地想。

有那麼一瞬間，我想像著他為我們所有人追求的人生，他要給我們所有人的人生。我的頭上戴著后冠，他的心在她手上。我的孩子時時刻刻受到她可能會懷上的孩子威脅，我的生活配合著他的意願，不論多溫柔體貼都一樣。不論他會讓我花多少時間陪伴我的伊蓮，他則會陪在梅兒身邊。

他要能再更想要她就好了，我要是能讓他更想要她就好了。可是，事實就是我在科芬昂對梅兒說過的，卡爾不是會放棄王位的那種人。妳也不是，我提醒自己，除非妳嚐過另一頭的滋味。

這個念頭一出現，我忍不住覺得胃裡一陣翻騰。既興奮，又充滿希望，但也覺得精疲力盡。一想到要跟卡爾和梅兒更進一步糾纏就覺得心煩，就算這是為了我自己的幸福也一樣。

不要再抱怨了，薩摩斯。

看見法爾莉和梅兒終於踏進大殿裡，卡爾緊跟在她們身後，我忍不住嘆了口氣。梅兒．巴蘿不醜，可是她也沒有大家閨秀該有的模樣。卡爾一定就是喜歡這種風格，不修邊幅的類型。熱情，指甲縫黑黑的，脾氣又差。我實在看不出吸引力在哪，但顯然他看得到。

「啊。」安娜貝爾說著，優雅地轉身，「陛下。」她揮手要卡爾與她一起坐在薩摩斯王座前的時候，臉上的表情顯得鬆了口氣。殿裡其他人則看著他們的舉動。

「真感謝您願意加入我們，泰比瑞斯國王。」我父親說。他伸手撫過銀色鬍鬚，輕輕捻著。「我相信您一定已經知道目前的狀況十分危急。」

卡爾深深一鞠躬，讓我們都嚇了一跳。出生便具有國王和王后身分的人是不鞠躬的，就算是對彼此也一樣，但他仍這麼做了。「很抱歉，我剛被耽擱了。」他沒有再進一步解釋，並且揮手要法爾莉走上前去，讓我們沒有機會再問其他問題。「不過我相信法爾莉將軍有些好消息要宣布。」

「跟我們失去皮蒙特基地相比嗎？」父親冷笑道：「連帶失去對巴拉肯王子的壓制能力？那一定是極好的消息。」

「我認為皮蒙特基地有超過一百名我方人手獲救一事可以算是好消息吧，長官。」她說道，同時做了個快而隨意的鞠躬動作。「赤紅衛隊與我們的蒙特福特盟友只在皮蒙特留下最基本人力，巴拉肯出動攻擊的時候，基地約有數百名士兵留守。現在，根據我們的情報，至少有三分之一的人逃進了沼澤，赤紅衛隊在整個地區都有團隊，有足夠人力協助這些人撤退，並接送到安全的地方。」

「據妳估計，死了多少人？」安娜貝爾雙手交握，站在一邊問道。

「我們認為有一百人。」她勉強說道，彷彿她只想快點擺脫這個思緒，可是她減慢速度重複自己說的話的時候，這思緒看似依然追上她了，「死亡人數有一百人。」

「我們在科芬昂損失更多人，」我及時介入話題，「無疑是很沉重的代價。」我補充道，趕在讓這個紅血女子怒氣爆發之前加上一點同情的比重。

「要前進卻沒了基地，肯定會很難。」托勒瑪斯說著，點破這再清楚不過的問題點。有時候我覺得他只是想聽到自己說話的聲音，就算是像這種情況也是。

「這話說得沒錯。」卡爾說：「我們還有歧異王國，還有歧異王國的資源，但我們短短幾週內就失去了兩個領地，先是科芬昂……」

「科芬昂是我們決定摧毀，不是從我們手中丟失的。」梅兒插嘴，惡狠狠的眼光盯著他。我敢打賭她一定很高興擺脫了那個城市。

卡爾不甘願地點頭表示同意。「現在則是皮蒙特，」他繼續說下去：「這實在說不上來是展現力量的情況，特別是對與馬凡結盟但仍舉旗不定的那些門脈來說。」

母親在王座上傾身，指關節上的綠色寶石閃閃發亮。「那蒙特福特呢？」她挑眉，眼神掃視屋內。「我聽說你們已經成功要到兵力？」

「軍隊還沒成形，我不會先算在兵力裡面。」卡爾立刻回答，口氣差了點。「我相信大衛森總理會給我們他的政府答應過的人力，但是做決定的時候，我不會拿還沒看到的資源來評估。」

「你需要的是一個都城。」安娜貝爾把話題又兜回原來的主題，她緩緩踱步，紅橘色的宮廷裝束走向暮色，與屋外的光線色調搭配。「戴爾菲可以提供這個需求，雷洛藍門脈會效忠真正的國王。」

卡爾避開她的視線：「沒錯，但是……」

「但是？」她斷然說道，停下腳步。

他挺胸，確立自己的立場，「太容易了。」

安娜貝爾像個真正的奶奶一樣，用一種長輩教孩子人生道理的手勢，拍拍他的手臂。「人生中沒有什麼東西是太容易的，要是能找到休息的時候，就要好好把握，泰比瑞斯。」

「我的意思是說，這樣的結果沒有效果可言。」他回答道，把手臂從她手中抽開，「對諾他國民來說沒有效果，對我們的盟友沒有，對我們的敵人來說更不用說。這就是多餘之舉，毫無驚人之處。戴爾菲早已是我的囊中之物，只是沒有公開宣布，不是嗎？我只要在上頭升起旗幟、正式宣布就好。」

「對，」她眨眨眼說：「為何要拒絕這樣的禮物？」

他嘆口氣，有點惱火的感覺，我懂那種心情。「我沒有要拒絕。這個禮物已經收下了。您說得對，我們的確需要另一個總部，最好是在諾他王國境內，再一次勝利能夠證明我們的力量，藉此讓湖居地和皮蒙特感到畏懼，他們已經很怕馬凡了。」

「你覺得哪裡好？」我往前靠，對他提問，只希望藉由配合他的提議來完結這場可悲的戲碼。

他朝我點點頭，「哈伯灣。」

「那是你母親最喜歡的地方，」安娜貝爾在他身旁低聲說道，忘了自己的身分。卡爾沒有回話，彷彿根本沒聽見一樣，「而且還是由對馬凡效忠的門脈治理。」

「這是策略。」他說。

法爾莉將軍眯起雙眼。「又是一場圍城，一場可能會導致我方數百人喪命的戰爭。」

「哈伯灣有愛國堡。」卡爾反擊，「能供部隊、空軍和海軍艦隊使用。」他一邊數，一邊扳下手指。他毫不掩飾自己對這件事的熱烈程度，且這種心情還有種傳染力。我能理解他為什麼能這麼年輕就當上將軍，若我只是個大頭兵，若我不懂其他東西，我會心甘情願地跟著這個男人出生入死。「我們可以大砍馬凡的軍隊數目，過程中也許還能贏得一些兵力，最起碼也能補足在皮蒙特失去的數量。武器、交通工具、飛行器，都在那裡等著我們大顯身手，那個城市本身也是赤紅衛隊的重要據點。」

父親高高挑起一眉。他看起來宛若面露笑容，令人毛骨悚然。「明智的決定。」他說道。卡爾似乎很驚訝自己取得了沃羅國王的認同，但他實在不該驚訝。我了解我父親，看得出他的渴望，他總是有這股對權力的貪婪。我敢打賭他已經開始想像哈伯灣就這樣攤在面前，薩摩斯的旗幟插在被征服的城市上頭。「馬凡奪走了我們的碉堡，我們就從他手中搶下一座城市。」

卡爾點頭。「沒錯，正是如此。」

「真能拿下才行。」梅兒回答道，回頭望向他。她的棕灰色髮絲隨著轉頭的動作甩動，在暮色中微微閃著紅光。

他歪頭瞇眼，「這話怎麼說？」

「攻擊哈伯灣，企圖強取一座城市。風險很高，我們的確該嘗試，」她說：「但就算失敗，仍能對馬凡的勢力造成重創。」

我不禁感到有點意思。我順順銀色斑點、白色絲綢的裙襬，傾身向前，「怎麼做？巴蘿。」

她看起來帶著感激之情，朝我露出牙齒，展現一抹不情願的笑容。「把哈伯灣外的貧民窟，新城，一分為二。解放紅血人。那地方是工業重鎮，除了供應諾他王國，也供應其他銀血碉堡。如果我們攻擊新城、格灰城、歡欣城……」

父親再次措手不及，「妳想要擺脫技工中心？」他脫口而出，眨眼的模樣像是她要他把自己的心臟挖出來一樣。

梅兒．巴蘿在他疑惑的凝視下仍維持堅定，「沒錯。」

安娜貝爾露出不敢置信的神情望向梅兒，幾乎笑出聲來，「那戰爭結束後要怎麼辦？巴蘿小姐，妳要負責重建這些地方的費用嗎？」

梅兒強忍住差點脫口而出的回擊，看起來舌頭都快被咬掉了。她深吸一口氣，讓自己保持在類似冷靜的狀態。

「如果摧毀這些城市就代表勝利呢？」她緩聲說，無視安娜貝爾的疑問，「贏得整座城市？」

卡爾的目光移動，平緩地點點頭，可能是因為她說得沒錯而同意，又或者他仍只是一條為情所困的狗。「就算只擊潰一座特工城，也能有效地影響馬凡反擊的能力，還能在他的支持者間引發騷動。若能讓紅血人把我們視為解放的一方，對我們來說有益無害。」他說：「加上奪下愛國堡，他可能會失去哈伯灣北邊的一切，直到湖居地國界處。」他若有所思地看向自己的祖母，向她展現立場。「截斷整個地區，把馬凡夾在已經效忠我們的戴爾菲、歧異王國和新征服的領地之中。」

我在腦海中想像諾他王國的模樣，或說是諾他王國一年前的模樣。在國土上方畫下線條，像是廚師切開派餅。一塊給我們，兩塊給卡爾，剩下的部分呢？我的目光停在那個紅血人將軍和梅兒．巴蘿身上。然後我想起千里之外那個令人難以忍受的總理。他們會拿哪一塊？

至少我知道他們想要哪一塊。

整塊。

托勒瑪斯裝出琢磨我的提議的模樣，手指繞著水杯邊緣走，傾聽水晶的樂聲。聲音揮之不去，繚繞在晚餐席間。他身後的天色血紅，映襯著他的身影。我的哥哥線條粗獷、身材壯碩，跟父親一樣的高挺鼻梁，遺傳母親的鮮紅雙唇。在這光線下，他看起來更像母親，眼睛下方黑眼圈越來越明顯，臉頰和喉嚨則顯得凹陷。他的裝束很整潔，是他的休閒風格：乾淨、白色的布料，是適合夏日的輕薄材質。

伊蓮厭煩地看他玩弄玻璃杯，嘴角一邊蜷曲成嘲諷的角度。微光照亮她的髮絲，給了她比任何王冠都要更像紅寶石的光圈。她喝乾酒杯裡的酒，嘴唇沾上莓果、葡萄和李子的顏色。

我忍住沒喝，滿滿的酒杯裡沒有半點動靜。通常像這樣可以脫離父母和宮廷成員刺探眼神的晚餐，就是盡情暢飲的理由，可是今天我們還有公事要辦。

「這計畫很蠢，伊凡喬琳，我們沒有時間玩牽紅線的遊戲。」托勒瑪斯喃喃說道，手指在水晶聲響中停下動作。「進攻哈伯灣的日子可能就是我們的大限之日。」

我彈舌發出嘖嘖聲，「不要這麼懦弱，你知道父親不會拿你或我冒險參與贏面不大的封城行動。」我們是被保護得很好的投資，托利。他的後世名聲可要靠我們倆好好活下去才能傳承，

「我對於卡爾會不會贏下哈伯灣，一點興趣也沒有。」

「至少我們的確有時間。」伊蓮說，她用一雙像是有星辰從靛藍矢車菊天色墜落的深色眼眸

看著我，「蒙特福特的軍隊沒來，我們沒辦法採取行動，還得整頓自己的軍隊，為圍城做準備。」

我一手往桌下探，撫摸著她膝上的柔軟絲綢。「這倒是真的。我不是說要無視這場戰爭，托利，只是稍微把注意力分出來一點，趁著有時間的時候往別地方看一下，推動棋盤上的棋子。」

「妳的意思是把棋子推上床吧。」托勒瑪斯乾笑著說道。他的手從水杯伸往盛裝了透明烈酒和冰塊的矮杯。「妳覺得我能在不被割喉的情況下影響梅兒．巴蘿？」他問道，仰頭一飲後皺眉，一口氣從齒間吐出，「我覺得我還是離她遠一點比較好。」

「這我同意。」我回答。巴蘿答應過會留我哥活口，這個承諾隨著時間一天一天過去，我也越來越不相信。「但是你可以留意卡爾，我本來覺得動不了他，以為他全心全意只想贏回諾他王國，但是……我們可能有機會阻止這件事發生。」

我哥哥又大喝了一口烈酒。「我們稱不上是朋友。」

我聳聳肩，「算是夠了，至少你們一年前還是朋友。」

「看看這一年發生了多少事。」他喃喃說道，看著刀面上自己的倒影。他的臉沒有變，俊美的程度沒有因為戰爭而失色，但是太多事情現在已經不同。一個新的國王、新的國家，我倆都戴著新的皇冠，各自有一座山的問題要解決。

這紛亂的一年並不算白費，至少對我而言如此。一年前，我還在經歷前所未有的嚴厲訓練，準備面對無法逃避的選妃日。因為害怕會輸，幾乎夜不成眠，就算其實勝券在握也一樣。我的人生已經被決定好，我只滿足於知道接下來會發生什麼事。我暗地裡覺得愚蠢且受人操控，看著我自己就像個洋娃娃一樣活著，被推向一個我永遠不可能會愛上的男孩。現在的我又是相同的狀況，困在一個從以前到現在都一樣的位置。但是現在的我明白了，我可以抵抗這個情況。也許我能讓卡爾用我的方法看破這一切，看看我們的世界是什麼樣子，看看操控我們一舉一動的繩子。

托勒瑪斯用餐具撥弄那盤特別為他準備的雞肉，精瘦、幾乎沒有調味，萎縮的蔬菜，還有蒼白的魚肉。盤裡的食物幾乎都沒有動過。他通常會狼吞虎嚥地吃下整盤無味而健康的食物，彷彿吃快點就不會注意到少了滋味這件事一樣。

伊蓮則是剛好相反。她的餐盤空了，完全看不出來曾經承裝過我們共享的酒釀羊排。「的確。」她輕聲說著，聽起來若有所思。我想讀懂她臉上的沉思神情，她是在回憶我們一年前的生活嗎？回憶以為可以在諾他王國的王座下快樂地一起生活，過著完全建立在秘密上的生活的我們嗎？好像任何有眼睛的人會覺得我們之間的關係真的是秘密一樣。

「那我呢？」伊蓮催促道，一手放在我的手上，肌膚散發完美的溫度，接觸著我的肌膚，「我在這件事裡面扮演什麼角色？」

「妳不用做什麼事。」我回答得急了點。

她的手覆蓋我的手，「別傻了，小伊。」

「好吧。」我勉強說：「我想妳的工作，大概就跟之前做的差不多吧。」光影人是完美的間諜，特別適合皇室宮廷裡的陰謀。可以傾聽、可以監看，在隱形的保護下非常安全。想到要在任何危險場合上利用她，我就不太喜歡，但是就像她說的，我們有時間。我們人在山脊大屋，就算我把她鎖在我的房間，她也不會更安全。

這倒不是什麼壞點子……

伊蓮賊笑了一下，半開玩笑地把盤子推開。她的鼻子皺了起來，「我該出發了嗎？」

我握緊她的手一笑。「妳還可以把酒喝完，我可沒那麼沒良心。」

她露出一抹讓我呼吸停止、心跳加速的微笑，傾身靠向我，目光懶散地在我的唇間移動，「我很清楚妳有多少良心。」

托勒瑪斯在桌子另一頭仰頭飲盡杯裡的酒，晃晃冰塊。「我還在這裡啊。」他喃喃說道，別過視線。

在大衛森和他的軍隊回來前，我們若沒有兩週時間，最少也有一個禮拜。時間夠我去做我能做的事了，在我自己的領地上行動，是我的額外優勢。卡爾和梅兒想要得到彼此，不在乎一路上有多少阻礙。他只需要一點點推力。真要說的話，梅兒一句話應該就能讓他連走帶跑地衝到她臥房去。反觀梅兒，難度就高非常多了，她就像是跟自尊、革命目標和她胸膛裡那團持續不斷、不屈不撓的怒火成婚了一樣。當然，把這兩人送作堆只達成一半的目標，重點是要讓卡爾像我一樣，了解到一顆心的重量。還有這顆心比起皇冠重多少。

我心裡有一小部分懷疑這件事是否不可能成功。卡爾可能永遠不會像我一樣醒悟，他的選擇可能早已無法動搖。但是不太可能，我看過他望著她的眼神，我是不會這麼輕易就放棄的。我只希望能夠靠自己的兩個拳頭和一把刀解決這一切，這麼一來，這過程可能還能算是挺有意思的。

說老實話，任何事都比我現在做的事情有意思，在暮色中徘徊在山脊大屋，尋找梅兒・巴蘿。枯燥又乏味。

伊蓮已經走了，到這大屋裡的另一頭某處，在托勒瑪斯去訓練場進行夜間訓練的同時，注意法爾莉將軍的一舉一動。托勒瑪斯的夜間訓練時間，則正巧與卡爾的時間相符。這個未來的國王全心全意地投入在訓練中，特別是現在他沒辦法把熱量消耗在某個閃電女孩身上的期間。

我穿過藝廊，邊走邊用手指掃過一座座光可鑑人的鋼鐵與鎢合金雕像。每座雕像在我的觸摸下都有反應，像平靜的池塘水面被撥弄後一樣出現漣漪。屋外的天空是紫色的，星辰從西邊地平線開始復甦。皮塔羅斯市區在好幾英里的遠方發出微光，提醒著我們這世界仍不斷向前進，紅血人和銀血百姓活在逐漸擴散的戰爭陰影下。讀到戰爭的事、聽說有城市被撕裂，知道自己跟這場衝突無關、沒有影響力，戰爭若是來敲響自家大門也沒有力量面對，不知道那是什麼感覺。

而戰爭的力量是一定會去敲門的。

這場戰爭有許多面向，已經開始的事情已無法阻擋。諾他王國有天會成為破爛的殘骸，歧異王國、湖居地、蒙特福特、皮蒙特和任何留存下來的國家則會站在諾他王國的屍體上咆哮。

我踏上露台，面對漆黑的東方。空氣裡一陣寒意襲來，我想這個禮拜結束前，恐怕會遇上一道夏日冷鋒。

我找到巴蘿的時候，她並不是一個人，真讓我失望。她抬頭望著星空，她的那個紅血男孩則在她身旁伸展，長手長腳不顧形象地隨意拉長。他看起來像是一團金髮與古銅色曬傷肌膚打成的結。

奇隆先瞥見我，用圓下巴往我的方向一撇。「有觀眾來了。」

「哈囉，伊凡喬琳。」梅兒答道。她的雙膝抵在胸前，沒有移動身子，臉龐仰望天空和越來越明亮的星光。「我們怎麼有這榮幸呢？陛下。」她懶洋洋地說。

我笑出聲，停下來斜靠在露台邊緣的欄杆上。一定要攻擊，至死方休。「我發現自己迷路了，要人帶路。」

梅兒搖搖頭，一臉揶揄。「我以為那是伊蓮的功能。」

「她有自己的生活。」我無所謂地回答，強逼出一個聳肩，「我總不能要人家隨傳隨到吧。」

「妳之前所有時間都花在假裝沒有因為思念她而消沉的模樣上，現在妳回來了，妳們又在同一個地方，妳卻跑來煩我。」她兇悍地轉過視線來看了我一秒，棕色雙眼在越來越黑的夜色下發黑。然後她又轉回去望著星星。「妳想知道什麼？」

「什麼都沒有，我不在乎妳跟卡爾今天又溜到哪去了，也不在意為什麼在一場攸關你們自己人生死的會議上，你們竟遲到這麼久。」

紅血男孩在她身邊顯得繃緊了身子，兩道眉毛緊緊糾結。

梅兒忍住讓自己不落入陷阱，或受這影射影響。她揮揮手，做出打發的模樣。「那不重要。」

「嗯，如果妳進行這些不重要的事的時候需要一點幫助，我可以帶妳去看幾條密道。可以讓妳穿越山脊大屋，不被其他人看見。」我歪頭打量著假裝沒在聽我說話的她，「卡爾睡在東翼，離我的房間很近，怕妳想知道，先跟妳說說。」

她倏地抬起頭，「我不想知道。」

「當然。」我回答。

紅血男孩怒目瞪視，綠色雙眸目光深沉，顏色像是我母親那粗獷的翡翠。「這就是妳說的分心嗎？來逗梅兒？」

「可不是，我是在想梅兒想不想來場對練。」

她摸不著頭緒地說：「什麼？」

「看在以往的情分上。」

她冷笑一聲，像是覺得煩，但我看見她身上出現了熟悉的抽動。那種需求。她腹中的糾結哀求著解開的機會。巴蘿看著雙腳，緩緩眨眼。她的雙手摩擦，用掌心撫平手指，絕對是在想像閃電的感覺。

把能力拿來競賽而非求生的感覺，有一種特別的愉悅。

「我幾乎痛扁妳兩次，伊凡喬琳。」梅兒說。

我咧嘴一笑。「無三不成禮。」

她瞥眼瞪我，對自己心中的渴望感到煩躁。「隨便。」她咬牙說出：「就一場。」

卡爾也在訓練場，不過梅兒和奇隆並不知情。這個紅血男孩無言地跟著我們，滿腔怒火，但我帶著她走進特製的中央廳堂時，他沒有阻止梅兒。

這裡的牆面是玻璃，跟山脊大屋其他地方相似。早晨的時候能夠享受日出的美景，是早晨訓練的完美場地。現在這裡看起來很暗，隱約帶著藍紫色，漸漸轉變成一片黑。托勒瑪斯和卡爾各自占據訓練場的兩端，無視彼此。我哥哥穩定地進行伏地挺身的循環，他的背脊挺直，看起來精實。潤恩窩在一旁，坐在墊高的觀眾區。她一定是當班的醫療師，要照顧場地上的人，但她的注意力只鎖定在托勒瑪斯和他那一身肌肉上，就算我把卡爾一刀斬成兩段，她可能都不會眨眼。

準國王一開始並沒有面向我們，拿著一條毛巾擦拭著汗涔涔、漲白的臉。我看著梅兒在我身邊僵住，變得像是一塊凍土。她的雙眼圓睜，目光掃過他全身。看見卡爾肩背上濕漉漉的布料，我只想皺眉，也許如果我能稍微被他吸引，或者被任何男性吸引，我就能明白梅兒為什麼會看起來一副要昏倒的模樣。

至少計畫到此還算有效，巴蘿顯然完全無法抗拒卡爾的肉體。

「這裡。」我勾起她的手臂說。

卡爾聽見我的聲音，一個轉身，手上仍拿著毛巾。看見我們倆的時候，他看起來驚訝極了，嗯，是看見她的時候才對。「我們快結束了。」他勉強擠出這句話。

「慢慢來，對我沒差。」梅兒回答道，聲音和表情一派自然。她沒有反抗，任憑我帶路，但她的手移動位置，手臂快速動作，手指掐進我的皮膚，指甲戳著我以示警告。

「奇隆。」我聽見卡爾在我們身後說道，用聽起來像是握手的動作，跟那紅血男孩打招呼。在地上的托勒瑪斯抬頭，速度一點也沒被影響。我朝他極為小地點了點頭，為我們的伎倆暗自竊喜。不過他的目光從我身上移開，停在梅兒身上。

她回望著他，眼神充滿殺意，讓我打從骨子裡發寒。

我忍住打冷顫的衝動，努力不去想像我哥哥像她哥哥那樣流血、倒地身亡的模樣，死得毫無意義的模樣。

振作點，薩摩斯。

16

梅兒

「我不是白痴，伊凡喬琳。」更衣間的門一關，我立刻怒吼。

她只是嘆口氣，把一套訓練服塞到我胸前。她動作穩定熟練地脫下身上的簡單長裙往旁邊一扔，把揉成一團的絲綢當作垃圾。全身上下只剩貼身衣物的她，套上自己的訓練服。那一看就知道是為她量身定做的裝束，印著黑色與銀色的鱗片。

我的訓練服就沒那麼華美了，用的是簡單的海軍藍色布料。我一邊被她的詭計氣得七竅生煙，一邊脫下自己的衣服，勉強套上訓練衣。

「妳乾脆把我們關進衣櫥裡鎖上門算了。」我譏諷地說，看著她把銀色髮絲從臉龐四周攏齊編成辮子。她的動作很快，完全不需思考，髮絲已成為皇冠的形狀，固定在她的頭頂。

伊凡喬琳只撇撇嘴，「相信我，若我認為那樣做對妳有用我就做了。他的話，沒問題。衣櫥應該夠了，可是妳呢？」她雙手一攤，聳聳肩，「妳總是不肯讓事情簡單點。」

「所以現在是怎麼樣，妳打算把我打個半死，希望他感到一絲同情嗎？也許還能讓他照顧我到復原？」我搖搖頭，覺得作嘔。

「在蒙特福特的時候似乎有用。」她的目光瞥向我，「那些靜默人在妳身上可沒手軟。」

我瞇起眼。「我有我的理由。」我斷然回道，口氣充滿防備。想起那段回憶就像被當面呼了一巴掌，再往肚子踹一腳一樣。我的指甲掐進掌心裡，想辦法不要再掉進窒息的感覺裡。在山丘邊，在皇宮寢室，銀血人的手段，或是手銬腳鐐的影響。我想都沒想，伸出手指環繞著手腕捏了一下。我差點直接吐在潔淨發亮的地板上。

「我知道。」她的口氣比之前柔和許多，如果在場的不是她而是別人，我可能會以為這話的口氣裡有一股擔憂。但是伊凡喬琳．薩摩斯可不會，她沒有同情紅血人的能力。

我咳了一聲，振作自己的氣勢。「就算妳真的讓我們倆復合，也不能達成任何事。妳自己就說過了，他不是那種會放棄王位的人。這計畫太蠢了，伊凡喬琳。」為了我倆，我補上這句。

她在一旁看著我，一邊把匕首固定在大腿上。她的一邊嘴角揚起，我看不出來那是揶揄還是微笑。「到時候就知道了。」

她優雅又敏捷地往門邊走去，揮手示意要我跟著她踏上上了蠟的木地板。

我心不甘情不願地照做了，把頭髮往後梳成一束整齊的馬尾。我半期望著泰比瑞斯已經離開，一邊把自己的視線固定在她的肩胛骨之間。

「這計畫很蠢，不單只是因為泰比瑞斯已經做出選擇，」我繼續說道，身子被她推上訓練場地面。我直覺地把重心放在前腳掌上，走路的時候幾乎彈起身子。我回頭對她咧嘴一笑，「而且妳永遠也別想碰我一根寒毛。」

她一手抱胸裝出痛苦的模樣，更衣間的門在她身後重重關上。「梅兒，我才該是那個過度自信的人吧。」

我保持著咧嘴笑容倒著走，視線沒有離開過她身上。我不相信不作弊的打鬥這種事，尤其是她。「也許伊蓮可以替妳舔傷口？」

伊凡喬琳只抬起下巴，睨視著我，「她會啊，很常呢。嫉妒嗎？」

我的雙頰一陣火熱，溫度直往頸子竄，「不會。」

這下換她咧嘴笑了。她擦過我身邊，往我的手臂用力使了一記拐子。我扭動身軀，但是她一直正面對著我，讓我脫離不了她的目光範圍。我們看起來就像是舞廳裡的舞者，或是在黑夜裡繞行的狼，成為測試彼此的掠食者，尋找切入的機會和弱點。尋找機會。

我得承認，想到能發洩一下精力，也許好好打個幾回合，我不禁為之興奮。腎上腺素已經充滿期待地流過我全身血管。一場好的比試，不用在乎結果或擔心真正的危險，聽起來就特別誘人，即便這代表承認伊凡喬琳在對練這件事上說得沒錯。

場地另一頭，我瞥見奇隆在一旁看著，泰比瑞斯站在他身邊。托勒瑪斯則是保持相當的距離。我不想浪費注意力在他們身上，雖然伊凡喬琳希望我會這麼做。我一掉以輕心，她八成就會把我整張臉一刀切下。

「妳真該多做點訓練。」她說，聲音變大了些，在空曠的場地間迴盪。不知道伊凡喬琳是否天生就這麼不知羞恥。「多個方法把壓力排解掉，或是多個人來幫妳。」

我快速地眨了幾下眼睛，真心感到驚訝。這是第一次不是卡爾的關係，我仍全身感到一陣熱。她看著我的不自在咧嘴一笑，把頭往幾碼外的奇隆和卡爾一歪。那兩人顯然在聽我們的對話，卻又同時想要表現出沒在聽的模樣。伊凡喬琳朝奇隆挑眉，銳利的眼神打量著他。

我瞬間意識到她想表達的意思。「喔，他才不是……」

「不要逗我笑了。」她嘲諷地說，往後又退了一步，「我說的是其他新血脈，蒙特福特那個，白頭髮、聲音低沉，又高又瘦。」

本來包圍我全身的火熱感瞬間降至冰點，我感覺到後頸寒毛直豎。卡爾從牆邊站直身子，轉身時眼神掃過我，然後便壓低身子去做最後一項鍛鏈。伏地挺身。他的動作快而穩定，身子一起一落。在一片靜默中，我聽得見他帶著節奏的呼吸聲，蓋過我那令自己發窘的心跳聲。

為什麼我的手掌這麼濕？

伊凡喬琳露出賊笑，非常滿意的模樣。她微微壓低下巴，點了下頭，煽動著我。動手吧，她用嘴型對我說。

「他的名字叫做泰頓，而且他不在這裡。」我生氣地說，一邊說一邊覺得厭惡自己。卡爾在屋子另一頭加快了速度。「這計畫更蠢。」我補充道，傾身向前盡可能壓低音量說。

伊凡喬琳一甩頭。「是嗎？」

在我來得及回答之前，她用頭撞斷了我的鼻梁。

我的視線出現黑點：我看見黑色、紅色、各種顏色變成令人暈眩的漩渦，身子往旁一倒，重重跪下。紅色的鮮血從我臉上噴出，湧進我口中，流得我整個下巴都是。熟悉的痛感喚醒了某種反應，我沒有倒下，而是站起身子往前衝。

我的頭與她的胸骨相撞，她肺部裡的空氣被擠出來的時候，我聽見咻的一聲。她腳步踉蹌，雙手划動，背部著地。我伸手抹臉，沾得滿手黏黏的血跡，我皺眉，試圖在劇痛下思考。

卡爾在場地另一頭跪起身子，雙眼圓睜，咬緊下巴，準備起身。我朝他搖搖頭，往地上吐了口血。待在原地，克羅爾。

他照做了。

第一把匕首削過我耳邊，是警告。我壓低身子躲過第二把，在平坦到可說是會滑的木質地板上打滾。伊凡喬琳的笑聲在我耳邊響起，但我很快就讓笑聲消失了，一個動作向前衝，抓住她的頸子。在我抓緊她、電得讓她投降之前，她搶先一步把我甩開。她利用腳下光滑的地板溜開前，只有幾個電光火花碰到她的身子。但我的電流也不是省油的燈，她邊移動邊抽動，像是想要甩掉難以擺脫的蟲子。

「妳比我記憶中進步了。」她不悅地說，停在離我幾碼處。

我握緊一個拳頭，另一手摀著鼻子，想止住停不下來的鼻血。不論任何標準來看，這景象都不雅觀，地上也已經有好幾處紅色血跡。「如果我想，我可以讓妳原地倒地。」我對她說，想起我從馭電者身上學到的技術。網狀的閃電、暴風的閃電，但我還不會泰頓那種不可思議的腦中電擊，我還控制不了。

伊凡喬琳搖搖頭，面帶微笑。她很享受這一切。「歡迎妳試試看。」

我也朝她一笑。好啊。

我的閃電爆發，紫白色光束，刺眼灼熱，發出嘶嘶聲，劃過因為汗水而潮濕的空氣。她以近乎非人的速度反應，匕首突然重鑄成一片長長的鋼，閃電擊中時，鋼片鑽入地板，電流在鋼片上抖動。閃電因此沒有擊中目標，光線刺眼到連我的視線都模糊了。

然後她的手肘擊中我的下巴，把我打得腳步後退。我又眼冒金星了。

「這招不錯。」我喃喃說道，抹去嘴角的血跡。這次往地上吐血的時候，我覺得好像聽見牙齒落地的聲響。我用舌頭探了探，確認了心裡的疑惑，下排牙齒出現了一個陌生的缺口。

伊凡喬琳甩動肩膀，呼吸變成急促的喘氣。「得先把遊樂場地板鋪平才行。」她低哼一聲，把長矛從地板拔出，纏在手腕上。「暖身好了嗎？」

我緩聲笑了。

「喔，當然。」

我等著輪到我，一邊看著潤恩照料伊凡喬琳的臉。她一眼腫到睜不開，隨著時間過去，越來越顯得發黑和病態的灰紫色。另一眼的眼皮每隔幾秒就抽動幾下，神經被燒壞了。她看著我，喘著氣，肩膀上下移動，然後皺起眉，血淋淋的手按住身側。

「不要動。」潤恩低聲重複第三次，「妳斷了一根肋骨。」

伊凡喬琳用一隻眼睛努力地擠出一個怒目瞪視。「這場比劃不錯啊，巴蘿。」

「不錯，薩摩斯。」我艱難地回話。嘴唇撕裂、鼻子的傷和瘀青的下巴讓我連說話都會痛。我得傾身把重心從左腳踝移開，那個位置有一道乾淨俐落的切口，下方是暴露在外的斷骨，正以穩定速度滴著血。

三個男人都站在後頭，給我們足夠的空間喘氣。

奇隆看著伊凡喬琳和我，因為難以置信而張著嘴，也許也因為恐懼。「女生真的好奇怪。」他喃喃自語。

泰比瑞斯和托勒瑪斯點點頭表達同意。

我猜伊凡喬琳是想要眨眼，或是眼皮的抽動比我想像還嚴重。也許是打鬥讓我精疲力盡，我差點就笑了出來。是跟她一起笑，不是笑她。意識到這點，讓我整個人清醒了過來，一波波刺激著我的腎上腺素也開始消退。我不能忘記她是誰，還有她的家人對我家人做了什麼事。她的哥哥，就坐在幾呎外的那個人，殺了謝德，奪走了克勞拉的父親、法爾莉的伴侶，讓我父母失去了一個兒子，我則少了一個哥哥。

我也想要做一樣的事。

伊凡喬琳看見我的態度轉變，垂下視線，臉龐恢復平時那張宛若精心雕刻的石像模樣。

潤恩·史柯儂思的技巧很好，她利用皮膚醫療師的能力，在幾分鐘內就讓伊凡喬琳恢復成可以上戰場的狀態。這兩個年輕女子的模樣正成對比，伊凡喬琳銀髮盤起，膚色蒼白，潤恩則是發亮的墨黑色長辮垂落在一邊裸露的黑藍色肩膀上。我注意到托勒瑪斯看著這個皮膚治療師修復他妹妹的眼神，他的目光停在她的頸間、臉龐、鎖骨，而不是手指或她治療的過程。很容易就忘了他其實已與伊蓮成婚，至少名義上如此。但我想他妹妹應該比他花更多時間跟他的新娘相處吧，他自己則陪在潤恩身邊。真是令人混亂的一家子。

「換妳了。」潤恩說，揮手要我到伊凡喬琳的位置上。只見那個薩摩斯公主站起身子，貓一樣優雅地伸展了一下她剛修復的腹部。

我小心翼翼地坐下，痛得皺眉。

「跟小寶寶一樣。」奇隆笑出來。

我故意用力地笑，露出沾了血的齒列中的缺口。他裝出發抖的模樣。托勒瑪斯看著我們，笑了出來，結果被我們倆一起怒瞪一眼。

「很好笑嗎？」奇隆鄙視地說，往銀髮男子走近一步。我這朋友真是太愚勇了，沒想到磁能者王子可以把他一分為二這件事。

「奇隆，我晚點去找你。」我大聲插話，希望能在衝突開始前就先中止一切。我可不想在訓練場地上擦奇隆的血。他瞥了我一眼，對我的保護覺得煩，但是我還是堅持。「沒關係，你先走吧。」

「隨便。」他氣呼呼地說，邊走邊回頭瞪了托勒瑪斯一眼。

隨著他的腳步聲消失，伊凡喬琳動作流暢地站起身子，意圖很明顯。她離開的時候，連偷笑都沒有。她哥哥跟在她身後，兩人往不同方向走去。她回頭瞥了一眼，我看見她的目光在我和沉默地待在一旁的泰比瑞斯之間移動。她的眼中亮起了希望的光芒，我只覺得心一沉。

這是個愚蠢的計畫，我只想再說一次。

潤恩的手指不斷傳出舒緩的力量，撫平每條痠痛的肌肉和剛浮現的瘀青。我閉上雙眼，讓她在我身上各處又戳又拉。潤恩是莎拉．史柯儂思的親戚，一個高尚的門脈，被夾在兩個克羅爾國王間。她照料過馬凡，在雅啟恩的時候是我的醫療師。那段日子裡，是她在照顧我，在靜默岩幾乎讓我沒命的時候，保持我的生命跡象，讓我的臉色和身形維持合理的模樣，讓馬凡觀看。當時的我倆都想不到今天會是這樣的局面。

我突然不想讓疼痛消失，這感覺可以讓我分心，不去想心裡的渴望。潤恩的指尖在我的下巴舞動，同時讓骨骼長回來，修復我的缺牙時，我努力不去想泰比瑞斯。但是那是不可能的，他近得我都能感覺得到，那熟悉的暖意穩定持續傳來。

伊凡喬琳說我是難搞的那個，我覺得她說錯了。若她把泰比瑞斯和我困在同一個房間裡，我可能就撐不住了。

那樣很糟嗎？

「妳臉好紅。」

我猛地睜開雙眼，看見潤恩靠近我的臉，飽滿的雙唇緊抿。她朝我眨眨眼，眼眸跟莎拉一樣是風暴般的灰。

「這裡很熱。」我回答道。

泰比瑞斯也漲白了臉。

我們沉默地走著。山脊大屋的玻璃朝著一片漆黑，走廊上的燈光反射回我們身上。我們的倒影維持著步伐速度，看見我倆肩並肩的景象，讓我心頭一愣。我沒忘記過他有多高，但是這景象只更加強調我倆有多不相稱。就算剛結束訓練，他的皮膚上還掛著汗珠，泰比瑞斯仍是天生的王子，是三百年皇室的後裔。他受的養育就是要讓他比其他人都更優秀，這點也很明顯了。

在他身邊，我更覺得自己的矮小，像是一團充滿疤痕又傷心的污點。

他感覺到我的目光，低頭望向我，「那，新城的事。」

我嘆了口氣，準備好進入討論。「我們得這麼做，」我回答：「不僅是為了戰爭，也是為了我們，為了紅血人。特工城跟奴隸制度沒兩樣。」我從沒進入任何一座特工城，但我見過格灰城，一座由灰燼和煙霧組成的城市，嚴重污染的河邊都擠滿了人。我看過卡麥蓉和她弟弟的脖子，兩人都被烙印上所屬單位的代號。他們的「專業」。他們的牢籠。

我打算讓新城和其他貧民窟都成為廢墟，空蕩蕩、全無生氣。注定在原地敗壞、消失、被人遺忘。

「我知道。」泰比瑞斯輕聲說，他的口氣裡帶著一點憂鬱的遺憾。他的目光在我眼前一沉，他知道我真正要說的是什麼。如果我倆之間沒有皇冠，我就會牽起他的手，輕吻他的肩膀，為這麼點支持感謝他。

我咬唇用力眨眼，壓下想要碰觸他的衝動。「我會用得上卡麥蓉。」

她的名字讓他突然甦醒，「她還……」

「活著嗎？」我幫他把話說完，讓這幾個字在走廊的石壁間迴盪。迴音久不散去，像疑問，也像是希望。「她一定得活著才行。」

他慢下腳步。「法爾莉還是沒接到消息嗎？」

「很快就會了。」

赤紅衛隊在皮蒙特的人力現正在低國城會合，準備救出逃離基地的人，他們在幾小時內就會回傳消息了。等拉許跟其他生還者碰頭後，艾伯朗就能收到更多情報。卡麥蓉不在生還者名單上的可能性太低，她太強大、太聰明，也太頑固，不可能讓自己被殺。

我連假想都沒辦法。

不僅是因為我們會需要她幫忙摧毀她那敗壞的故鄉新城，也因為她一死便會為我的良心添增一具屍體。又一個被我推向死亡的朋友。

我用力閉上眼，不想去想巴拉肯攻下基地時還在現場的人。卡麥蓉的弟弟、莫瑞，從一場圍城中救出來、卻只陷入另一場圍城的那群匕首軍團青少年。

沒有任何痛苦比得上失去謝德的痛，但是失去其他人也一樣能輕易地擊潰我。這還要維持多久？我們還要冒險失去多少人？

這是戰爭，梅兒．巴蘿。妳每一天都得讓每一個人去冒這個險。

特別是我身邊這一位。

我緊咬嘴唇，幾乎要咬出血來，好擋住泰比瑞斯，卡爾，死去、消失的念頭。

「情況不會變得比較輕鬆。」他說道，語氣疲憊。

我張開雙眼，看見他露出通常只有在戰場或面對戰事議會才有的專注。

「什麼？」

「失去這些人。」他低聲說道：「這種感覺永遠不會消失，不論已經面對多少次都一樣，妳永遠沒辦法習慣。」

感覺像是上輩子的事，當我還是梅琳娜・塔塔諾斯的時候，我站在一個王子的寢室裡。屋子裡全都是書：一本本手冊，戰事、策略、外交的論述書籍，關於面對大型敵軍和單純士兵的計謀和操作方法，計算風險和報酬的內容。不論死多少人，他仍能宣告戰勝，當時這景象就赤裸裸地證明了他的身分、他會選擇哪一邊。

當時想到他能這麼輕易地把人命拿出去交換就讓我作嘔，為了區區一吋的進步，要濺灑這麼多人的鮮血。現在的我卻也在做一樣的事，法爾莉也一樣，大衛森也一樣。我們都不是無辜的。

我們都永遠無法忘記這段日子裡自己做了什麼事。

「如果永遠不會散去，」我喃喃說道，覺得自己就快被溺斃，「總有一天會潰堤。」

「是啊。」他沙啞著嗓子說。

我不知道他離自己的極限有多近，也不知道我離我的又多遠。我們倆會不會在同一天跨過自己的極限？這就是唯一的答案嗎？

我們會一起破敗到無法恢復地離開嗎？還是分開離去呢？

他炙熱的目光停在我身上，我想他也在想著一樣的問題。

我打了個顫，加快腳步。這是給我倆的堅定信號。「哈伯灣的計畫是什麼？」我低頭看著長長的走廊說。這道長廊銜接山脊大屋的這頭與那頭，跨過底下那片在黑暗中幾乎看不見、有著樹林和噴泉的蓊鬱花園。

泰比瑞斯輕鬆跟上我的腳步。「大衛森回來前，什麼都說不定。但是法爾莉有些想法，她在市區裡的聯絡人也肯定幫得上忙。」

我同意地點點頭。哈伯灣是諾他王國境內最古老的城市，是紅血罪犯和同夥的大本營。幾個月前，其中一個幫派水手黨在我們搜找新血脈的時候，企圖把我們出賣給馬凡，但是現在局勢已經改變了。隨著赤紅衛隊勢力增長、惡名遠播，諾他王國的紅血人開始投效赤紅衛隊，我們的勝利總算是有點效果。

「到時候會有百姓死傷，」泰比瑞斯口氣理性地說：「那裡不是科芬昂或皮蒙特，哈伯灣是一座城市，不是軍事碉堡。無辜的人，不論銀血還是紅血，都會被捲入其中。」他轉動一隻手，伸直了修長的指頭，然後一個一個關節壓得嘎啦作響。「我們會從愛國堡開始，如果可以拿下那裡，就能控制住市區其他部分。」

我只有從遠方看過愛國堡，記憶非常模糊。愛國堡比皮蒙特基地小，但是裝備更好，對馬凡的軍隊的重要性也強得多。

「朗伯斯首長和他的門脈都效忠於馬凡，」我回答，「他們的結盟關係仍很堅定。」這狀況跟我有很大關係，畢竟我在一場失敗的處決中，在刑場上殺了他的兒子。當然，他當時也企圖殺掉我。「他們不會輕易投降的。」

泰比瑞斯冷笑，「從沒有人會輕易投降。」

「如果你贏得哈伯灣呢？」我問。*如果你活著回來了？*

「那我想我們就能讓馬凡來跟我們談一談了。」

聽見這名字讓我身子一震。我的鎖骨上，馬凡留下的印記又痛又燙，想要引起注意。

「他不會協商，絕不會投降。」想到馬凡空洞的雙眼、邪惡的微笑，我就覺得一陣反胃。

他那惱人、無法阻止的著魔心態糾纏著我們倆。「根本沒有意義，泰比瑞斯。」

我用他的全名喊他，讓他皺了下眉，雙眼閉上了一秒。「這不是我想要見他的原因。」

言下之意已經很明顯了。「喔。」

「我得確認。」他勉強開口。「我問過總理，他的國家裡有沒有悄語者，有沒有任何像亞樂拉的新血脈，看看有沒有人有辦法幫助他。」

「然後呢？」

在科芬昂，我離開泰比瑞斯的時候，他看起來心都碎了，受盡痛苦的模樣。現在這狀況也一樣。愛就是有辦法用其他事物做不到的方式讓我們疼痛。「他覺得沒有。」他低聲說：「但他說他會繼續找。」

我伸手放在他還帶著汗水的手臂上。我的手指對他的肌膚熟悉程度不亞於對自己的程度。他就像是流沙。如果停留太久，我就逃不走了。

我試著表現溫柔，「現在的他就算願意讓亞樂拉出手，恐怕也一樣修不好了。」

他的身子在我的手心發熱，我抽開手，記起自己的立場。他沒有回應，他沒有話能說，也沒有話要對我說。我知道放棄馬凡．克羅爾看起來是什麼樣子。

長廊在我們面前到了終點，出現「T」字形分歧，一條通道往左，一條往右。他的房間在一側，我的房間則是另一側。我們靜默地盯著牆看，沒人敢動。

與他對話的過程，感覺就像是一場夢，一場令人發疼的夢。即便如此，我仍不想醒來。

「多久？」我悄聲說道。

他沒有看我。「大衛森在一週內就會到這裡了，還有一個禮拜的計畫時間。」他的喉結上下移動，「不久了。」

上次我踏進哈伯灣的時候，我們是在逃命，但是我的哥哥還活著。儘管過得辛苦，我真希望能回到那時候。

「我知道伊凡喬琳想幹嘛。」泰比瑞斯突然說，他的聲音沙啞，太多情緒沒有地方安放。我側眼看他，「她的舉止說不上低調啊。」

他沒有回應我的目光，只繼續凝視著我們面前的牆，身子沒有轉向任何一邊。「我真希望有中間地帶。」

一個我們的名字、血脈和過去都不重要的地方，一個沒有擔子的地方，一個我們從沒去過，也永遠不會存在的地方。

「晚安，泰比瑞斯。」

他發出吁氣聲，握緊一個拳頭，「我真的希望妳不要再那樣叫我了。」

而我真的想要你。

我轉過身，走向我的房間，只剩腳步聲孤單地迴盪。

17 艾芮絲

雅啟恩永遠不會是我的家。

不只是因為地點、城市大小、缺乏神壇和寺廟的問題，也不是因為我對諾他人深入骨子裡的厭惡。這些對我來說，都比不上沒有家人在身邊的空洞感來得沉重。

我企圖靠訓練、禱告和履行其他皇后職責來填補這個空洞，即便其中有些事十分乏味。但這一切都是必要的，最重要的就是保持在戰鬥狀態，但住在滿是絲綢與絲絨的寢宮、接受紅血僕人服侍，讓他們手忙腳亂地把我要的東西送上來，很容易就讓人變得軟弱。在湖居地的生活也是這樣，但是我從沒想過要像我在這裡的時候這樣，從食物或酒精尋求慰藉。訓練時間也讓我保持好的平衡，藉此讓我不致落入這麼多皇室和貴族深陷的陷阱中，一個馬凡精心設計的陷阱。許多仍支持馬凡的王朝的王爵和夫人，看起來都忙著參加他的派對和盛宴，而沒有注意已經來到家門外的威脅。蠢貨。

在這個無神的國家，禱告就變得比較難。就我所知，雅啟恩沒有寺廟，我要求為我打造的神壇很小，像一座華美的衣櫥，塞在我的寢宮裡。雖然我也不需要多大空間與我的無名神祇交談就是了。但是在高溫酷暑的日子裡，擺滿古老臉龐的小房間實在不舒服，就算靠我的能力汲取空氣中的冰涼水分也一樣。我試過在別的地方祈禱，或至少在生活中想辦法感受我的神祇，但是我離家越久，這件事就變得越難。若我聽不見祂們的聲音，祂們還能聽見我的嗎？

我是否永遠孤獨了？

我想這也許還容易點。我不想與諾他王國有任何連結，等馬凡的哥哥成功推翻他的時候，我不要有任何東西把我跟這地方綁在一起，除非我母親捷足先登。

我的皇后職責是唯一能讓我從孤立中分心的事。今天我的行程帶我通過橫跨都城河上方的大橋，來到城市的另一頭。這是在鑽石玻璃牆內的雅啟恩範圍裡，能讓我離馬凡最遠的地方了。他越來越少出現在皇宮外，只忙著開無數的會，或花好幾小時獨處。

我聽到僕人的耳語，說他常常把衣服燒毀，焦黑到無法修復的程度。這代表他慢慢失去控制了，或者他不在乎控制自己這件事。我想可能兩者皆是。

雅啟恩東城與西城對應，地形從河邊延伸到像懸崖般的河岸，然後轉為緩坡。在這季節，一切都綠油油地，雖然沒什麼東西會讓我想到家鄉，這景象倒是可以。就連水都不對勁，鹹且不清爽，隱約帶著上游特工城貧民窟釋放的污染。他們以為屏障樹能攔下大部分的污染，但是任何寧夫斯人只要一聞就會發現情況並非如此。

這裡的建築高聳又充滿壓迫感，大量的花崗岩和大理石柱子，屋頂上有雕刻而成的鳥，展開翅膀、拱著頸子。天鵝、隼、老鷹，身上的羽毛是銅和鋼製成，打亮到發出令人無法直視的光芒。

就連在戰爭中，都城本身仍散發出一種無知的幸福感。紅血人走在路上，由赤紅色的手鏈或雇主門脈的顏色標示身分。銀血人搭著交通工具，在目的地之間移動。圖書館、藝廊、戲院，全都如常運作，沒有任何改變或延誤。

我想他們大概習慣戰爭了，就像湖居地一樣，就連在自己國家的國界上也是如此。

今天我來參加一場紀念午餐會，表揚馬凡的哥哥和叛軍占領科芬昂時犧牲的士兵。我的哨兵人一如往常地跟著我，身上披著火焰色的長袍。雖然我穿的是平時的顏色，展現著我原生家庭的身分，但我的藍色上衣和夾克都被加上了馬凡的黑色和紅色邊線。我不想這樣污染自己，可是沒有人看得出來。

我盡力微笑、點頭，與許多希望能取得新皇后歡心的王爵和夫人交換空洞的對話。沒有人說任何真的有意義的話，這一切都只是一場戲，就算是死者家屬也一樣。他們顯然一點都不想來這裡，寧可單獨面對哀痛，可是他們卻得被拖出來，像演員登台演出，裝模作樣。他們一個個輪流訴說自己所愛之人是怎麼死的，全都是被一些紅血恐怖分子或是蒙特福特的怪胎所害。其中幾個人連話都沒辦法說完。

這伎倆很高明，我肯定一定是我丈夫在幕後操作。任何想反對這場戰爭的人，或是希望馬凡的哥哥登基的人，在這樣的表演之後，也很難不受動搖。身在其中的我也把我的角色扮演得很好。

「我們今天來到這裡哀悼，同時也要傳達一個訊息——我們不會被恐懼控制。」我盡可能地把話用堅定的語氣說出口，目光掃過滿是眼神銳利的王爵和夫人的廳堂。他們全都聚精會神地傾聽，不是因為出於禮貌，就是為了找出破綻，搜找著弱點。我知道這些人之中有許多人一旦認定為了門脈好，應該拋棄馬凡的諾他王國，便會頭也不回地這麼做。

說服他們不要這樣便是我的工作。要他們留下來，要他們並肩作戰，要他們英勇犧牲。

「我們不會屈服於叛徒和恐怖分子，還有躲在虛假的承諾底下的那些貪圖權力的罪犯。我們不會放棄這個國家，不會拋棄我們的理想，還有諾他王國的根基，這個我們住了一輩子的地方。」我上過的演說訓練在此時派上了用場。雖然我的演說能力從來不像緹歐拉那麼優秀，但我盡力了。一次與十幾雙眼睜對望，一點都不退縮，一次也沒有亂了陣腳。我握緊一個拳頭，藏在裙襬之中。「諾他王國是銀血國度，這個國家誕生自我們的能力、我們的力量、我們的成就，還有我們的犧牲。沒有任何紅血人可以奪走我們擁有的東西，或改變我們的身分。他們對我們來說什麼都不是，不論他們與誰結盟。

「馬凡．克羅爾會勝利，真正的諾他王國會勝利，能力與力量。」我在已經通過審批的講稿後加上一句熟悉的句子，忍不住咬唇忍住笑意，「讓他們看看洪水氾濫的模樣。」

觀眾起身為這句湖居者的言論鼓掌歡呼時，我怎麼樣也忍不住微笑了。這是我母親說過的話。快點習慣吧，諾他人，你們很快就要對我們的顏色敬禮了。

熱浪終於消停，往等待我的車隊走去的這段路變得很宜人。我想在街上待久一點，享受新鮮的空氣和溫和的陽光，所以我盡可能地慢下腳步。我的哨兵人帶著我往前，戴上手套的雙手和用面具蓋著的臉龐，用熟練的隊形包圍我。我算了一下，我們超前了行程安排的時間，現在只要回到皇宮，為今天晚餐做準備就好了。

只可惜車子大開的門仍是來得太快。我吐了口氣上車，低垂著目光，車門在我身後關上。

「午安啊，陛下。」

兩張臉在車內盯著看，就坐在我的座位對面的位置上。其中一張臉很熟悉，另一張我能猜得出是誰。兩人都是敵人。

我跳了起來，背緊貼著皮座椅。出於直覺，我的手立刻去拿隨身攜帶的水瓶，另一隻手則連忙去翻找座位下的手槍。

我感覺到手指頭抓住我的下巴，逼我抬頭往上看。我以為會是陌生人的手，那個可以喃喃低語，就把我腦海中所有思緒都消除、把我整個人攤開來的舅舅。

可是我抬頭只見抓住我的人是那個祖母，一雙銅色眼眸堅定有神。我一動也不敢動，心裡很明白被安娜貝爾．雷洛藍碰到會發生什麼事。我想像她的手勁改變，移動位置，然後我的頭顱炸開，腦漿、骨髓噴得整台車內到處都是的畫面。

「就當作是皇后對皇后，給妳個建議，親愛的，」安娜貝爾仍抓著我的下巴說：「不要做蠢事。」

「知道了。」我氣聲說，攤開空無一物的雙手。沒有槍，沒有水瓶。除了車內的空氣以外，什麼武器都沒有。我回頭一瞥，看見我的駕駛和哨兵人的身影，兩人都在玻璃的另一頭。

朱利安・傑可斯跟著我的目光，嘆了口氣。他用指關節敲了敲玻璃，兩人都沒有動。「他們恐怕會有一陣子聽不見您的呼喚了。」他說：「而且他們聽命開風景優美的路段回皇宮。」他露出空洞的微笑，往窗外望去，只見車身正駛向不熟悉的小路。「我們不是來傷害妳的，艾芮絲。」

「很好，我沒有覺得你們會笨到做這種事。」我惡狠狠地回話，安娜貝爾致命的抓握讓我開口有點困難。「妳不介意吧？」我對她譏諷地說。

傲慢地點頭之後，她放開了我，但沒有後退，仍保持在可以輕易控制住我的距離。我試圖在衣服底下的肌膚上凝聚水氣，把空氣中的濕氣都拉出來，還有從我體內流出的冰冷、恐懼的冷汗。如果她要炸裂我的手指，我可能還能變出某種防護。

「如果妳想要傳訊息給馬凡，請使用正當管道。」我傲慢地對她說。

她露出冷笑，一臉嫌惡，「這不是什麼要給那個邪惡的小王八蛋的訊息。」

「妳的孫子。」我提醒她。

她面露怒容，但繼續說下去：「我要妳傳話給妳母親，用妳平常使用的方法。」

我吸吸鼻子，雙臂交叉，「我不知道妳在說什麼。」

安娜貝爾翻了個白眼，與朱利安交換眼神。他難懂多了，表情嚴肅謹慎。

「我不需要用唱的讓妳自白，」朱利安直白地說：「但妳知道如果有必要，我就會這麼做。」

我什麼都沒說，什麼都沒做，讓表情穩定不變，像沒有受到打擾的池塘水面。不論如何都沒有正面回應。

這個雷洛藍女子繼續說下去，睨視著我，「告訴湖居地的皇后，諾他王國真正的國王與她沒有交惡，並極力想要維持篡位者談下的和平狀態。當然，這是在做出保證之後的事。」

「你們想要我們退位？」我嘲諷地說，而她用跟我一樣嫌惡的表情看著我。「不可能。」

「不，不是要你們退位。表面工夫還是要照顧好，這是當然。」安娜貝爾說，一邊張開可怕的手指。我看著每根手指在她腿上敲節奏。「但我相信可以找到妥協的方法，而不是讓我們的兩個元首直接開戰。」

我再次瞥了玻璃另一頭的守衛一眼，他們被控制住，變得對我們視而不見。窗外的路很陌生，或者至少對我而言很陌生。我咬緊牙關。「他才不是國王，我們不是跟泰比瑞斯．克羅爾結盟，他是這個王國和國人的叛徒。」

那個舅舅歪頭，像是在欣賞畫作一樣打量我。他緩緩地眨眼，「妳丈夫說這謊的時候，表現得比妳好。」

丈夫。提醒我在這地方的位置和在馬凡身邊的身分，並不是什麼高級的攻擊，但是仍有攻擊的效果。「是不是說謊都無所謂，人民相信就夠了。」我帶著怒氣回他：「紅血人和銀血人，整個國家的人民都相信這番話，他們會為了心目中的那個馬凡戰鬥。」

出乎我意料之外，安娜貝爾點點頭。她的臉色一沉，露出憂心的表情。「我們就是怕這樣，這也是我們來這裡的原因，要盡可能降低濺血的程度。」

「安娜貝爾．雷洛藍，妳真該去當演員的。」我乾笑幾聲。

她只揮揮手，望向窗外，嘴唇若有似無地彎成一道微笑，「我可是藝術的重要贊助人呢，像是上輩子的事了。」不知為何，朱利安的視線向她一瞥，眼神變得溫柔。她迎向他的目光，眼神莫名地保留。兩人間交換了些什麼，也許是沒說出口的話，或是一段共同的回憶。

先恢復注意力的是安娜貝爾，她的目光回到我身上，口氣冰冷，雖然沒有斥責的言語，我還是覺得被教訓了。「泰比瑞斯贏回王座之後，他打算拿錢和地交換湖居者的合作。」

我挑起一眉，若我有興趣，也只有這唯一的線索。畢竟誰知道這對談會發展到哪裡去，還是保留選擇權比較明智。

她知道我的用意，繼續說下去：「把丘克完全割讓給你們。」

我再次笑出聲，把頭往後一仰。我皮膚上的水氣已經幾乎形成盔甲，隨著我的身子移動有點搔癢。「無用的土地。」我冷笑道：「一片地雷場，根本是送我們一堆麻煩事。」

老皇后假裝沒聽見我說的話。「還有與泰比瑞斯的後代婚配的身分，克羅爾門脈和薩摩斯門脈的孩子。雙重皇室身分，兩個王國的後裔。」

為了維持表象，我繼續笑著，但我心裡只感到一陣噁心。她是想用還沒出生的孩子來談判，不論是我的孩子，或是緹歐拉的孩子。我們的親骨肉，不在乎他們的意願。我自己的婚約至少還是我本人答應的，但是對孩子做一樣的事？噁心。

「妳的紅血走狗呢？」我傾身向前，侵入她的領域。換我回擊了。「赤紅衛隊？蒙特福特的變態？梅兒．巴蘿那種人？」

安娜貝爾還沒來得及回話，朱利安先開了口，他看起來不太高興——可能是對他的失禮之舉，或是他的目的。「您說的是革命的下一步嗎？」他說：「對未來恐懼不太明智，陛下。這麼做向來沒有好的結果。」

「未來是可以預防的，傑可斯爵士。」我想起馬凡弄丟的另一個新血脈寵物，可以看見未來的那個人。我只聽說過關於他的傳言，但是傳言已經夠了。他可以看見每一條路，看見其中的變化，就連永遠不會成真的命運也能看見。

「這個未來可不行。」朱利安搖搖頭。我看不出來他是高興或是遺憾，這個人是個古怪又哀傷的靈魂，一定是被女人折磨，大多數像他這樣的男人都一樣。「現在不行。」

我看著他們倆，對於眼前的景象一點都不高興。兩人如果有意願，都能把我殺掉，即便受了這麼多訓練，我還是會立刻斃命。但是如果他們是來這裡殺我的，他們早就動手了。

「你們失去了皮蒙特，所以想要湖居地。」我喃喃說道：「你們知道少了我們之一幫你們做那些骯髒事，你們就贏不了。」

「我們已經自己做了不少骯髒事了，公主。」安娜貝爾回答，口氣低沉，帶著厭煩。她故意強調了我的出生身分。她不認同馬凡的國王身分，所以她不會視我為皇后。

「你們在蒙特福特押下這麼大身家，」我對他們兩人說：「他們的新血脈真的強過我們三個國家聯手嗎？」

朱利安的雙手交握，放在腿上，若有所思的模樣。很難擾亂他的心思。「我想我們都知道，湖居地不會傾全力協助馬凡·克羅爾。」

這招算他厲害。我之前太笨，竟然在皮蒙特監獄透過那個新血脈對梅兒暗示我做的事，只為了證明我可以。顯然她把消息傳出去了，或者我們就是這麼透明。我怒火中燒，開口回擊：「就像我們都知道，你們的紅血結盟是不會長久的一樣，不過是一個隨時要燒起來的炸彈。」

這的確讓朱利安不自在了。他移動了下身子，失去平衡，雙頰微微地發灰。安娜貝爾可就不一樣了，她意氣風發，滿臉笑容，好像我剛端給她一盤好菜一樣。雖然不知道怎麼發生的，但我覺得自己好像失足了。

這女人伸出手，我猛地往後退，遠離她的觸碰範圍。她似乎覺得我的恐懼很有意思。「我們還能給妳別的東西。」

朱利安皺眉，臉上的血色變得更明顯，他垂下視線，不與我四目相接，基本上是放下了自己的武器。我現在可以回擊，也會占上風，但是安娜貝爾太近，她太過致命。

我得承認，我想知道她最後的談判籌碼是什麼。

「說吧。」我低聲說，音量幾乎聽不見。

她的笑容燦爛，直接了當。馬凡雖然是亞樂拉的兒子，但我在他祖母身上也看得見他的影子。尖銳的笑容，還有善於算計的心思。「在妳父親背後插刀的人是索林·依蘿。」她說。回憶湧現，我身子一震，「我猜妳大概會想跟他談談？」

我想都沒想就回話，真是失誤。「我的確有些話想說，沒錯。」我很快地喃喃說道，嘴裡像是嚐到了血的滋味。

「我相信妳知道怎麼會發生這種事。」她說。

我隱約感到一陣心痛。我父親的死仍是一道滲著血的傷口。「因為這是戰爭，就是會有人死。」

她的深色眼眸像是融化的銅，倏地睜大，「因為索林．依蘿奉命行事。」

我心裡的任何哀痛現在都慢慢地轉變成怒火，從我的脊椎往上爬，熱燙燙地蓄勢待發。

「沃羅。」我忍不住咬牙切齒地說。薩摩斯國王的名字在我嘴裡留下酸楚的味道。

但是安娜貝爾知道要怎麼推我一把。「妳也想跟他談談嗎？」她低聲說，像是誘惑般提出建議。朱利安在她身邊，目光回到我身上，雙唇緊抿。他臉上的皺紋看起來更深了。

我從齒縫間深深吸了一大口氣。

「的確，我當然想。」我低聲說：「代價是什麼？」

她咧嘴笑著說出口。

他們就這樣像鬼魂一樣混進了市區。在擁擠的角落，直接走下車，消失在各種紅血僕人和更多一般的銀血百姓之中。我的守衛看起來不是沒注意到就是不在意，回到預先計畫好的路線上。朱利安．傑可斯的工作做得很好，我回到皇宮時，沒有出現任何異狀，守衛都沒發現自己有二十分鐘時間落入了歌唱者的深淵之中。

我很快脫身，想去一趟我寢宮裡的神壇，我覺得需要熟悉、舒服的無人空間好整頓思緒。剛剛發生的一切，一定要立刻讓母親知道才行，越快越好。但我不放心訊息絕不會被攔截，就算是透過最深的地下管道也一樣。安娜貝爾開的條件要是傳出去，能讓我被斬首、被燒死、被斷肢和被謀殺。這種訊息只能面對面說。

我成功安全抵達房裡，我揮揮手解散哨兵人，讓他們一如往常留在寢宮門口。直到我完全獨處，我才意識到自己做了什麼、剛剛發生了什麼事。

我開始發抖，雙手顫抖著走過接待沙龍。我的心跳加快。想到索林．依蘿和沃羅在我手裡，溺水、死去的畫面，讓他們為了對我父親做的事付出最高代價。

「橋上塞車嗎？」

我全身凍結，雙眼圓睜。他的聲音總是讓我心生畏懼，特別是從我臥房裡傳來的時候。

我的直覺告訴我快跑，讓自己負罪，想辦法逃出這個城市後回家。這念頭不可能成真。我逼自己繼續向前，穿過通往房間的雙門，走入這可能會成為我的棺木的屋子裡。

馬凡閒散地躺在我的絲綢毯子上，一手壓在後腦勺底下，一手放在胸膛上。手指頭輕敲著節奏，在他千百件如一的黑色上衣映襯下，顯得跟骨頭一樣白。他看起來無聊又生氣，是個很糟糕的組合。

「午安，妻子。」他說。

我瞥了房裡一眼，望向我特意安排在身邊的噴泉。這些不是裝飾，而是自保工具。我感覺每一座噴泉的波動和水流，若情況惡化，有這些應該就足以應付了。若他知道我做了什麼事，知道我腦海中想了什麼事，還有我答應了什麼事的話。

「你在這裡做什麼？」我倆獨處的時候，我不習慣扮演充滿愛意的妻子。若他還不知道發生了什麼事，我那麼做就會讓他意識到有事發生了。

我突然心一涼，他也可能是來這裡履行長時間以來都被無視的夫妻義務。我不確定哪件事情讓我比較害怕。即便這是我同意的事，我很清楚這是協議中的一部分。我知道他是我們的盟友。也許我小看了他對梅兒的執著程度，或說我對這件事的準備被沖淡了。
他轉頭看著我，一邊臉頰壓在絲綢上，一縷黑色髮絲掛在額前。他今天看起來比較年輕，儘管好像更加瘋狂。他的雙眼藍色部分幾乎消失，眼眸被放大的黑色瞳孔占據。
「我要妳傳話到湖居地。」他說：「給妳的母親。」
穩住，不要動，不要露出鬆了一口氣的模樣，我在心裡對自己說，雖然實際上覺得膝蓋都快軟掉了。
「要說什麼？」我擺出漠不關心的態度回他。
他優雅地移動身子，流暢地站起來。雖然泰比瑞斯才是戰士哥哥，但馬凡控制身體的技巧也不差。「跟我走走吧，艾芮絲。」他露出尖銳的微笑。
我別無選擇，只能對他言聽計從。不過我無視他伸出的手臂，與他保持著兩吋遠的安全距離。他沒有說話，迫使我倆一起離開房間時只能沉默以對。我覺得自己像是被繩子掛著，吊在一個大坑上方。我的心臟用力撞擊胸腔，我盡全力在這漫長的幾分鐘走路時間裡維持臉上的面具。直到進了在這時間空蕩蕩的王宮大殿，他才轉身看著我。
我做好了被攻擊的準備，做好了回擊的準備。
「跟妳母親說，請她準備好艦隊和軍隊。」他說話的口氣像是在評論我的裝束。
驚訝的心情取代了恐懼。
他繼續向前走，踏上王座後方的階梯。我繞著靜默岩的影響範圍外緣走，就連只是輕輕掃過都讓我倒抽氣。
「什麼……現在？」我語無倫次地說，舉起手撫著喉嚨。我的思緒千軍萬馬奔騰，目光研究著馬凡，想找出他在說的謊。巴拉肯奪回皮蒙特才剛過一個禮拜，他哥哥的同夥肯定還在重整隊伍。「我們被攻擊了嗎？」

「現在沒有。」他聳聳肩，漠不在意的模樣，繼續移動，繼續讓我跟著他。「但很快就會了。」

我瞇起雙眼，覺得胃裡一陣翻騰。

馬凡打開王座後方一扇門，前往本來是給皇后用的廳堂。圖書館、書房、起居室。我不使用這些空間，比較喜歡用我的神壇。

他走進門內，迫使我跟上去。

「你怎麼知道的？」我問，心裡覺得絕望慢慢累積。

他再次聳肩。屋裡很暗，窗戶都被厚厚的窗簾蓋住了。我幾乎看不清屋裡的白色和深藍色條紋，那是上一任使用這裡的皇后的門脈代表色。空氣裡有種空間久而不用、布滿灰塵的味道。

「我了解我哥哥，」馬凡說：「更重要的是，我知道他需要什麼，還有這個國家需要他什麼。」

「那是什麼呢？」

他對我嘲諷一笑，打開起居空間另一頭的門，他的牙齒在陰暗的空間裡發亮。他讓自己盡可能地展露出掠食者的模樣。

下一個房間有種力量讓我停了下來。讓我痛，打從骨子裡痛起來。

我站著沒有動，沒有露出受到影響的模樣，但是我的心臟猛力地跳著。「馬凡？」我喃喃說道。

「卡爾有盟友，可是不夠，在諾他王國裡不足。」這年輕的國王兩手指尖互相碰觸打著拍子，一邊說出心裡想的事，眼神呆滯。他停在門邊，沒有走進去。「他想把我的人拉到他那邊去，但是他不是外交人才。卡爾是戰士，他會靠打鬥來贏得貴族門脈的信賴，證明他有資格取得我的皇冠。他得讓天平朝他偏斜，讓貴族相信他不是完全沒有希望。」

馬凡不笨，預測對手的進退是他的強項，這也是他能存活——還勝出——這麼久的唯一原因。

我從沒把目光從門邊移開，想看看裡頭到底有什麼，可是門後的房間一片漆黑。「所以他會攻擊另一座城市，甚至是都城。」

馬凡發出嘖嘖聲響，彷彿我是教室裡的孩子。我忍住想把他的頭塞進最近的一座噴泉的衝動。

「我哥哥和他的同夥打算攻擊哈伯灣。」

「你怎麼知道的？」

只見國王撇撇嘴，「這是最好的選擇。有碉堡，有船隻在港口，更別說情感上的價值了。」他補充道，口氣滿是反感，「他母親珍愛那座城市。」他的手指玩弄著門上的門鎖。鎖頭看起來很沉重，異常地複雜。

我用力嚥嚥口水。如果馬凡認為卡爾會攻擊哈伯灣，我相信他的判斷。而且我不要我的母親或我們的軍隊接近這場糾紛，我的腦海裡浮現各種藉口，準備好上場。

「我們的艦隊還在湖裡。」我的口氣充滿歉意，「要花點時間。」

馬凡聽了我的話，看起來一點都不驚訝也不擔心。他接近我，手往我的手靠近。我感覺得到他肌膚散發出來的黏膩熱氣。「我已經想到了。」他說：「所以我要妳的皇室母親一點誘因。」

我心一沉，「喔？」

他露出微笑，看了就討我厭。

「妳去過哈伯灣嗎？艾芮絲。」

「沒有，馬凡。」若我沒有現在的能力，沒有受過訓練，我的聲音一定會發抖。不是因為他想要的恐懼，而是怒氣。怒火在我心裡延燒，像風暴一樣狂野。

馬凡看起來沒有注意到，或不在乎，「我非常希望妳好好享受這次探訪。」他說道，臉上仍帶著笑。

「我是你的誘餌。」我咬牙說。

「我絕不會稱妳為誘餌，是誘因。」他嘆了口氣，「是的，我覺得我會這樣稱呼妳。」

「你竟敢……」

他直接打斷我，聲音比之前更大聲，「有妳在那城裡帶領防禦軍隊，我相信妳母親一定會好好維護我們兩國的盟友關係。妳難道不同意嗎？」他沒等我回話，口氣變得急促，垂在身旁的手握起一個拳頭，「我需要當初說好的軍隊，我需要援軍，我需要寧夫斯人到那個港口去把整座城市和城市裡的每個人給淹沒。」

我急忙點頭，只希望能安撫他，「我會告訴她，可是我不能保證……」

馬凡縮短我倆之間的距離，我感到一陣緊繃。他的拳頭握住我的手腕，緊緊地抓住，把我往前拉。我忍下反抗的直覺，以免讓自己受苦。「就像我不能保證妳到那裡的人身安全一樣，」他說道，在黑暗的門邊驟然停下腳步。他的嘴角抽動，一臉逗樂的模樣，「或者說，在這裡的人身安全。」

在一個暗號之後，我們身後的門邊衝出了一支哨兵人小隊。個個身材高大、臉戴面罩、身披長袍，身上的黑色珠寶和火焰般的絲綢讓他們閃閃發亮。我的守衛——也是我的獄囚。

我明白這是什麼了。明白隔壁房間裡，那個馬凡可以輕鬆忍受的黑暗房間，裡頭是什麼東西。他的王座不是唯一用靜默岩打造的東西。

威脅像是在發亮，銳利的刀鋒抵著我的喉嚨。他加強了手勁，手指貼著我的肌膚冰涼涼的。我逃不出馬凡的手掌心了。

「那你呢？我勇敢又公正的國王。」我冷諷道，目光仍盯著黑暗的房間看。我感覺得到那令人麻木的靜默岩隱約傳出的力量。

他太過聰明，沒有回應我的羞辱。

「穿上盔甲吧，艾芮絲。等待風暴襲來。希望妳母親的動作跟我哥哥一樣快。」

18 梅兒

這麼接近新城的距離，天上已經沒有星星。籠罩在這座貧民窟上方的天際永遠都是污染的霧霾，空氣裡臭氣熏天，像是有毒的味道，就連在外圍毒霧最薄弱的地方也是如此。我把脖子上的領巾拉高，罩在口鼻前呼吸。

我身旁的其他士兵也這麼做，對有毒的空氣露出苦瓜臉，但卡麥蓉沒有，她習慣了。每次看著卡麥蓉，看著她纖細、黝黑的身軀在一片漆黑的樹林裡敏捷移動的樣子，我心裡都會感到一股解脫。在十幾個一起移動的身影中，她的個子高，很容易就認出來。奇隆緊跟在她身旁，身影很熟悉。我看著他們兩人，鬆懈的心情很快就轉變成羞愧。

卡麥蓉逃出皮蒙特基地，跟弟弟和幾十個生還者一起躲進沼澤地區。許多人喪命，但她沒有。匕首軍團的紅血士兵，那些我們誓言要保護的孩子們、蒙特福特的新血脈、銀血人、紅血人，死亡人數太多，讓我昏頭轉向。

然而我這又把她送到了險境。

「謝謝妳這麼做，卡麥蓉。」我小聲說道，音量幾乎聽不見。這話說起來好像一句謝謝就有什麼意義了一樣。

她回頭瞥我，咧嘴一笑。油燈微光讓她的牙齒發亮，儘管情況很艱難，但我從沒看過她露出像今晚這樣的笑容。

「說得好像沒有我妳也做得到一樣。」她悄聲回話，帶著開玩笑的口氣，「不用謝我，巴蘿。我從小就一直幻想這一天的到來，新城不會知道自己被什麼東西攻擊了。」

「對，他們不會知道。」我喃喃自語，心裡想著眼前的早晨光景。恐懼和緊張蔓延我全身，如同飛機從歧異王國起飛時那樣。我們就要攻進她出生的特工城了，一個由高牆和警衛守護、打壓了數十年的地方。

我們也不是唯一移動中的攻擊隊伍。東方好幾哩外，我們的軍團剩下的勢力正在往哈伯灣前進。

歧異王國的軍隊會從海路攻擊，賴瑞斯門脈的艦隊已準備好協助。泰比瑞斯和法爾莉現在已經在隧道裡，準備帶著主要兵力進入市區。我在心裡想像三路夾擊的攻擊畫面，這跟我之前生還的任何戰鬥都不一樣。不僅如此，與火焰王子、法爾莉分開行動也是。跟這麼多親近的人分開，至少我還有忠心的奇隆守在身旁。我猜兩邊的情況其實相仿，我們回到自己原來的身分，在巷弄裡潛行，全身髒兮兮，擋住臉龐不讓人認出。陰影。老鼠。

「這些樹都爛了。」卡麥蓉大聲說，伸手撫過屏障樹的黑色樹皮。這片受詛咒的樹林裡的其中一棵。綠衛者的作品，這些樹的目的是用來擋下、過濾貧民窟排出來的污染。樹林環繞所有特工城，蔓延到他們的牆邊。「不論是誰種的樹林，他都不在乎後續的照料。他們本來該怎麼做我不知道，但我知道他們都沒照做。

「他們以為受毒害的只有我們，」她繼續說下去，語氣高昂：「他們其實也在毒害自己。」

我們在海芬光影人的遮蔽能力和費拉阻斷聲音的能力下移動，費拉是我在土屋時期招募的其中一個新血脈。與其讓五十個步兵分別找掩護，他們把我們以整個團隊為單位遮蔽起來，展開自己的能力，像毯子一樣覆蓋。對能力影響範圍以外的人來說，我們既隱形又無聲，可以直接走過面前都沒問題。我們聽得見、看得見其他人，但是幾碼外的人都看不到也聽不見我們的存在。

大衛森總理輕輕跟在我身後，兩旁是他自己的守衛。蒙特福特軍隊大部分成員都前往攻擊哈伯灣了，但是少數幾個關鍵的新血脈還留在他身邊。他們沒穿著平時的制服，連艾拉、泰頓和瑞夫都把頭髮用絲巾或帽子蓋住。他們混進我們其他人之中，穿得一身破爛——草草縫補的夾克和脫線的長褲。全都是發給特工人的裝束，感謝哈伯灣的威索系統走私販。不知道是不是小偷傳下來的，一個除了偷東西以外別無選擇的女孩，別無生存方法的女孩。

隨著我們逐漸接近，空氣變得越來越混濁，團隊裡越來越多人咳嗽，因為煙霧和灰塵開始反嘔。甜膩的瓦斯氣味籠罩，彷彿腳下的土地都沉浸在其中。頭上是屏障樹油膩的紅色樹葉在微風中顫動。就算在黑暗中，那樹葉的顏色看起來也像鮮血一樣。

「梅兒，」奇隆推推我的手臂，「接近牆面了。」他警告地說。

我只能點頭表示謝意，擠身穿越樹叢。沒錯，新城外圍又矮又厚的城牆就聳立在眼前，沒有皇室皇宮的鑽石玻璃牆那麼令人讚嘆，也沒有像銀血人城市的高聳石牆那樣懾人，但仍是一道需要穿越的阻撓。

卡麥蓉很適合當領導人，雖然她從不肯承認這件事。她挺胸伴隨著我們接近牆面，讓自己看起來又高又挺。不知道她滿十六歲沒有，不過任何青少女都不該像她這麼冷靜、這麼泰然、這麼無畏。

「小心腳。」她在我上方低聲說道，把話傳到人群裡。喀啦一聲，她點亮昏暗的紅色閃光。我們全都跟著照做，除了海芬門脈的光影人以外。他們只加強注意力，好掩蓋住這地獄般的光芒。「隧道出口在樹林後頭，注意腳步，找粗厚的矮灌木叢。」

我們照她說的做，不過奇隆翻找的面積比我還多。他的長腿踢開腐爛的枯葉，尋找堅硬的暗門。「我想妳大概不記得具體位置吧？」他對卡麥蓉喃喃說道。

蹲在地上的她抬起頭，雙手在樹葉底下。「我從沒進過隧道，」她不悅地說：「我那時年紀不夠，不能幫忙走私。除此之外，這也不是我家人生活的方式。」她補充道，瞇起雙眼。「低調點，我們堅持要這樣。看見這麼做的結果了嗎？」

「結果就是在這裡挖土鑽洞。」奇隆回答。我聽見他的口氣裡帶著一抹嘲諷。

「帶領一支軍隊。」我替她接話，「這就是這麼做讓妳現在有這個位置，卡麥蓉。」

她的表情變了，變得緊繃，但她的嘴角彎曲成接近微笑的角度。有點哀傷的微笑就是了。

我懂。她之前就說過了，在科芬昂的時候，她說她已經不想再殺戮了，不想再承擔自己的靜默與窒息能力這個重擔。現在她的目標是要保護、抵禦。雖然她比大多數人都有理由感到憤怒、想尋求報復，她卻有無盡的力量轉身不去看那些事。

我則沒有。

我們的紅色手電筒照亮隧道，讓我們沐浴在紅光之中，連誓言效忠卡爾或歧異王國的銀血人也包含在內，如海芬門脈的光影人、依蘿門脈的絲綢人。共十幾個人，混在我們之中，每個人在此時此刻都紅似晨曦。

我們穿過新城的城牆下方，我也一邊注意著他們的狀況。他們接獲自己的王爵和國王的命令而來，我信不過他們，就算能信也無法長久。但我相信他們與我們的結盟關係，銀血人忠誠至極，同樣血脈的人下的命令他們一定會執行。

而且我們也不是全無援手。

艾拉和瑞夫殿後，兩人看起來都因為這場任務精神飽滿。在皮蒙特失勢之後，他們迫不及待想要再戰一場。泰頓走在隊伍中央段，讓我領頭，好讓馭電者在隊伍間平均分配位置。在微光中，他的雙眼看起來像是會發光。

卡麥蓉手指在腰間打拍子，數著腳步，銳利的雙眼專注地看著城牆。她把手指滑進泥土邊緣、露出水泥的地方，這景象影響了她，讓她臉色一沉。

「我知道那是什麼感覺，」我對她小聲說：「換了身分再回來。」

她的目光倏地與我對望，挑起一眉，「妳在說什麼？」

「我發現自己的身分後，只回過家一次。」我解釋道。只停留了幾小時，但是已足夠再次改變我的人生。想起自己回到老家村子那次回憶，若說不上讓我心痛，也不算很容易。那時謝德還沒死，但我以為他死了，我為了替他報仇而加入赤紅衛隊。這段時間中，泰比瑞斯就在門外等著，斜靠在他的電行車上。他仍是個王子。他一直都是王子。我想像擺脫噩夢般甩掉這段記憶。「再看到那些熟悉的事物，發現有些東西妳已經不認得，這感覺並不輕鬆。」

卡麥蓉只咬緊牙關。「這裡不是我的家，巴蘿。牢籠永遠不會是家。」她喃喃說道：「這座貧民窟就只是牢籠而已。」

「那為什麼不離開？」我聽見奇隆大手大腳發出的聲音，還有這問題裡的無禮。「我的意思是，妳都有這些隧道了……」

我被她的笑容以對嚇了一跳。「你不會明白的，奇隆。」她搖搖頭，翻個白眼說道。「你以為自己成長的過程很辛苦，但是在這裡更苦。你以為你跟那個河邊小村綁在一起，實際上是被什麼困住？一點錢？一份工作？有守衛在一旁看著你？」她一個字一個字說，奇隆的臉越來越紅，「嗯，我們有這個。」

她的手伸到領口，把衣領往下拉，把刺了青的頸子完全露出來。她的工作，她的牢籠用永遠不會褪去的墨水印在上頭。NT-ARSM-188907。

「在上頭，每個人就是一組號碼。」卡麥蓉繼續說下去，一根手指輕敲著天花板。「你要是消失了，下一個號碼也會消失，而且不會是好下場。整個家都要跟著逃，他們要去哪裡？他們能去哪裡？」

她的聲音停了，迴音在紅色陰影中慢慢散去。

「我希望那都過去了。」她喃喃說道，像是在對自己說話。

「我保證一定是。」大衛森在禮貌的距離外說。他想擠出一抹苦笑，一雙鳳眼露出了皺紋。別的不提，總理本身就是個堅定的提醒，告訴我們情況可以是什麼模樣，像我們這樣的人可以爬得多高。

卡麥蓉和我互換了一個眼神，我們想要相信他。

我們必須相信他。

我把領巾固定，把淚水用力逼回眼眶裡。空氣像是在燃燒，我的皮膚都發疼了。這裡同時又乾又濕，不僅不自然，根本可說是徹底錯亂。

時間還不到黎明，但是隨著太陽接近東邊，霧濛濛的天空已經開始比之前亮了些。一陣刺耳的電子哨音在巷尾響起，接著在整個貧民窟此起彼落，一座工廠傳過一座工廠，朝大量住民宣布換班時刻到了。

「早晨徒步。」卡麥蓉喃喃說。

眼前的景象讓我差點喘不過氣。數百名紅血工人湧上新城的街頭，男男女女，還有幼童，黝黑的肌膚、蒼白的臉色，有老有少，全都齊步在有毒的空氣中前進，像是一場陰鬱的遊行。大多數人都看著自己的雙腳，因為工作精疲力盡，因為這個地方心神破敗。

這景象助長了我心中不斷燃燒的怒火。

卡麥蓉溜進他們之中，奇隆和我緊跟在後。團隊其他人跟在我們身後，逐一輕易地融入這無數骯髒的臉龐。我回頭尋找大衛森，見他跟在一段安全距離外。隨著光線越來越亮，他的神色也越來越緊繃，露出年紀和憂慮在他肌膚上留下的細小皺紋。他一手握拳伸進夾克，接近心臟的位置，對我輕輕點了個頭。

工人人潮踏上了另一條街道，這條街比其他街道寬，街上成排的公寓建築，像是死板的士兵整齊排列。另一批工廠上班的人潮從另一頭朝我們急忙走來，準備接手我們的位置。

卡麥蓉輕輕把我推向一邊，讓我跟著其他紅血特工人一起排進隊伍裡。他們的腳步很快，即時移動，讓出空間給下一班的人通過。他們在穿越的時候，卡麥蓉跟大衛森一樣，把一個拳頭塞進自己的夾克裡。

我也一樣。

標示出我方人馬的方法。

隨行人員不是赤紅衛隊的一分子，或說在這一切開始之前，他們還不是。他們的忠誠只留給彼此，留給他們的貧民窟，給這小小的反叛力量，這是這地方唯一的可能。

我們的隨行人員是一個高個子、黝黑肌膚的男子，像卡麥蓉一樣手腳細長，他的頭髮編成辮子，緊緊往後梳成整齊的髮髻，髮絲中帶著點灰白的痕跡。他接近的時候，卡麥蓉的腳在地上點著節拍，身子像是在釋放能量一樣。他走到我們身邊，拍了下她的手臂。

「爸爸！」我聽見她在他擁抱時低聲說道：「媽呢？」

他伸手握住她的手，「她剛要下班。我要她低調點，注意狀況，第一道閃電出現，她就跑。」

卡麥蓉緩緩吁氣。她低下頭，默默點頭。四周的黑暗慢慢散去，隨著晨曦降臨，光線淡化成比較淺的藍色。「好。」

「希望妳沒帶莫瑞來這裡，」她父親說，口氣輕鬆但是語意斥責。如此熟悉，讓我想起我自己的父母為了摔破盤子罵我的模樣。

卡麥蓉倏地抬起頭，看見自己父親盯著她看，目光如箭，眼神深沉。「當然沒有。」

雖然我不想打斷他們的團圓時光，但我不得不這麼做。「發電所在哪？」我問道，抬頭望向長者可兒。

他低頭看我一眼。他的臉長得很慈祥，一點都不適合這種地方。「新城有六座發電廠，每區一座，但如果我們可以斬斷中央樞紐就沒問題了。」

提起計畫，像是打開了卡麥蓉的一個開關。她挺直背脊，注意力集中。「往這裡。」她口氣銳利地說，揮手朝我們示意。

換班的人潮比高棚村市集最多人的時候還要擁擠。穿著黑色制服的銀血軍官在一旁監視著，不是在地上，不在髒兮兮的路面上，而是從看起來就恐怖的警衛站的拱形通道和窗戶往下看。軍官和警衛站的景象我早已看慣，我邊走邊看著他們，注意到他們一臉不在乎的模樣。不是宮廷上銀血人展現的那種不在乎，不是他們平時讓我們覺得自己更加不值得那種態度，而是無聊、生無可戀的模樣。銀血人被派到貧民窟不是因為他們是戰士，或是重要的門脈一分子，這個職缺沒有任何人會覺得羨慕。

新城的警衛比我習慣的任何敵人都還要弱，他們也全然不知道我們已經到這裡了。

我們一邊走，卡麥蓉的父親看著她，若有所思的模樣。他的目光飄到我身上來的時候，我不禁打了個冷顫，然後他的視線又望向自己女兒。「所以是真的啊。妳……不一樣。」

不知道他聽到的是什麼，不知道赤紅衛隊告訴新城的聯絡人什麼內容。馬凡的政令和扭曲的廣播把新血脈存在說得很清楚，他知道自己的女兒有什麼能力嗎？

她坦然迎向他的視線，「我是不一樣沒錯。」話裡沒有一點退縮。

「妳跟閃電女孩走在一起。」

「我是。」她回答。

「這位是……？」他看向奇隆問道。

奇隆露出傻笑，輕碰眉頭、淺淺彎身敬禮，「我是來出力的。」

可兒先生打量著奇隆又高又瘦的身材，差點笑了出來，「當然，孩子。」

我們四周的建築越來越高，堆疊的方式看起來搖搖欲墜。牆上和窗戶上都有裂縫，每個街區看起來都需要重新上油漆，或是需要一陣暴風雨好好洗刷一遍。我們身邊的工人開始散去，揮手、大聲說話，各自往不同的公寓建築走去。一切看起來都非常正常。

「感謝你的幫助，可兒先生。」我低聲說，注意力保持在前方。幾個銀血警衛就站在幾碼外的拱廊，我們經過的時候我低下頭。

「謝謝其他長老吧，不用謝我。」可兒先生回答。他沒有刻意閃避警衛，他對他們來說誰也不是。「他們早就準備好這麼做了。」

我感到一陣羞愧，喉頭一緊。「因為早就有人該這麼做了。」*像你這樣的人，泰比瑞斯。你知道這些地方的存在，也知道為了誰存在、為了什麼原因存在。*

卡麥蓉咬牙。「至少現在開始了。」她垂在身旁的手握緊了拳頭。如果她想，憑她的能力，她能殺掉上面那兩個警衛，讓他們直接從拱廊上跌下來。

但是我們平靜地穿越了，走進住宅街道最尾端那些外觀凋零、灰白的貧民窟公寓建築陰影之中。這裡看起來就像是巨人娃娃玩的積木，疊得高高地，直入灰藍色天際。一區還比一區高，建築物上散落著黯淡的窗戶。

這就是我們該來的地方。

可兒先生瞥了我一眼，然後看看建築物，「上去吧，閃電女孩。」他說道，口氣溫柔，「爬到高處，放大音量，這就是計畫，對吧？」

「是的，先生。」我喃喃說道。我已經開始召喚閃電，骨子裡感覺到電流回應。

我們走到建物腳下的時候，街道上幾乎已經沒有人了，只有最後趕著換班的人。卡麥蓉轉向父親，雙眼圓睜，「我們還剩多少時間？」

他翻過手腕，看看手錶，然後可兒先生皺眉，皺紋深入肌膚。「沒時間了，」他說：「你們得走了。」

她快速地眨眼，下巴掙扎著，「好吧。」

「先生，這應該是您的。」奇隆摸摸口袋說。他取出一把小手槍，還有一排額外的子彈，整齊地裝在盒子裡。

可兒先生看著槍的眼神，像是看到會咬人的蛇一樣。他猶豫了半晌，直到卡麥蓉從奇隆手中接過，推向他胸口。她睜大眼睛，口氣充滿懇求。

「瞄準就扣扳機，爸，不要猶豫。」她懇切地說：「銀血人不會猶豫。」

他動作緩慢，小心翼翼地把槍放進身上的包包裡。他轉身的時候，我瞥見他頸子上的刺青。

「好吧。」他低聲說道，茫然的模樣。我想他大概是開始意識到這一切了。然後他清清喉嚨。「樞紐區的下一輪班已經都知道消息了，全城信號發送之後，你們第一次出擊，他們就會把電源關掉。讓風暴配合系統性的斷電，銀血人不會知道是我們做的，可以爭取一點時間。」

計畫這部分是由赤紅衛隊和他們在這座貧民窟的聯絡人共同安排的。

「大家都知道進攻的事嗎？」為求確認，我再次問道。跟我們一起進城的赤紅衛隊成員已經散布在城裡各處，安放炸彈，拉開陷阱。

可兒的臉色一沉，低聲說：「信得過的都知道。我們雖然是這裡的反抗勢力，可是到處都有告密者。」

我用力嚥嚥口水，努力不去想如果消息傳到哪個錯誤的人耳裡會發生什麼事。馬凡本人可能會現身在新城，摧毀我們的叛變行動，把這片有毒的污染土地掀起來砸在我們所有人身上。如果我們在這裡的行動失敗，其他貧民窟會落得什麼下場？證明了什麼？

證明一切都不可能，這些人永遠無法獲救。

奇隆注意到我的不自在，推了推我的肩膀，想讓我從思緒裡醒過來。不意外，卡麥蓉則是在擔心她父親。

「好，」她說：「走路該死的要小心。」

可兒發出嘖嘖聲說：「不要罵人，小卡。」

卡麥蓉突然露出微笑，展開雙臂環繞她父親的頸子，緊緊抱住他。「幫我親一下媽。」我聽見她喃喃說道。

「妳很快就能自己親她了。」他也悄聲回答，稍微把她抱起來。兩人都閉上了雙眼，珍惜彼此在懷裡的這一刻，珍惜這脆弱、飛逝的一刻。

我忍不住想起我的家人，離我如此遙遠，安全地藏身在山林間，由數千哩距離和另一個誓言與我們並肩奮戰的國家保護。在這麼漫長的人生中，第一次帶著希望度日。這實在不公平，尤其對卡麥蓉而言，一個從比我更艱困的環境中生還的人。但是我很慶幸，在所有責任壓在雙肩上的同時，我不需要再背負著家人安危這個重擔。我連自己愛的人還在奮戰所經歷的危險都快受不了了。

卡麥蓉先放開了擁抱，這動作表達了沒有說出口的力量。可兒先生放開她，一邊後退，一邊吸著鼻子，看著地面，想掩飾突然泛紅的眼眶。卡麥蓉的眼眶裡也有淚水，她穿著靴子的腳用力踏在髒兮兮的街道上，揚起灰塵分散注意力。

「出發吧？」她轉向我說，眼眶濕濕的。

「開始爬樓梯吧。」

我們聚精會神地看著這座城市，各自占據一扇窗戶，望向不同方向。我用袖口抹抹窗戶玻璃，結果也只是把玻璃上的灰塵移動位置而已，徒留一道棕色的痕跡。每次我們在這閣樓中移動，掀動灰塵，空氣都會像是起霧般迷濛。奇隆掩著口鼻咳嗽，聽起來很沙啞。

「我這邊看得到煙，在兩座工廠中間。」他說。

卡麥蓉在另一扇窗側身。「汽車工廠區。」她沒回頭地回答。「他們半小時前發動了產線障礙。他們會被撤班，然後在鐵門裡停留，要求支付今天的薪水。管理人員會拒絕他們，軍官會想辦法鎮壓。」她自顧自咧嘴笑，「一團混亂。」

「煙霧是什麼顏色?奇隆。」我問，目光仍在掃視我負責的區域地平線。從這高度看下去，新城感覺變小了，但是一樣令人憂鬱。整座城市灰濛濛地，嚴重的塵霾籠罩全區。城市震動著、懶洋洋地，電流則幾乎巨大到令人難以承受。

「呃，正常色?」奇隆喃喃說道：「灰色。」

我悶哼了一聲，心裡只想快點行動。

「正常，只是煙而已，」卡麥蓉緩聲說：「不是信號。」

他移動身子，又咳了幾下。聽見用力的咳嗽聲，我忍不住皺眉。「再說一次，我們是在等什麼?」

「任何不是正常的東西。」我咬牙回答。

「知道了。」他喃喃說。

卡麥蓉在這低矮的空間另一頭，用指關節輕敲著油膩的玻璃窗。「要是不要這麼依賴青少年，這場革命一定會更有效。」她朝奇隆嘲諷一笑，「特別是那些不識字的人。」

他大笑一聲，馬上中招，「我識字好嗎?」

「但是顏色你就該死地看不出來了?」她以迅雷不及掩耳的速度回擊。

他聳聳肩，舉起手，「我只是想要聊聊天。」

卡麥蓉哼了口氣，翻個白眼，「因為我們現在都超需要分心，奇隆。」

我緊抿雙唇，忍著不對他倆笑出聲來，「泰比瑞斯和我吵架的時候，聽起來就是這樣嗎？」我挑眉問：「如果是的話，我要誠心地向你們道歉。」

奇隆瞬間漲紅了臉，卡麥蓉則很快地轉身回去面對窗戶，臉都快貼到玻璃上了。

我沒注意到謝德和法爾莉之間的互動。這也是嗎？

「你們倆應該有這十倍糟。」最後奇隆小聲又低沉地咕噥。

卡麥蓉在另一頭的窗邊不屑地哼了一聲，「你是說一百倍吧。」

我咧嘴笑著，來回打量這兩人。就算是這情況下，兩個人都很緊繃。我試圖看穿奇隆緊繃的肩膀裡頭的意味，但是他臉上久不消退的紅暈更讓他跳到黃河也洗不清。「都是我自找的，是吧？」我喃喃說道，轉身回去面對窗口。

我聽見他笑著在我身後說：「當然。」

這時，卡麥蓉一手揮在窗戶上，咬牙說道：「綠煙。武器區。該死。」

奇隆衝到她身邊抽出槍。他看了她一眼，眼神憂慮，「為什麼『該死』？」

「武器區有最多警衛，」她很快回答，動作俐落地脫掉夾克，露出自己的槍和一把我希望她永遠不必用上的可怕小刀，「理由很明顯吧？」

我緩緩吁氣。電流在我體內啪啦作響。「還會有更多要爆發。」

奇隆肩膀一甩，面露怒容。他輕輕碰了碰卡麥蓉的手臂，把她從窗邊拉開。「就讓我們確保這種事不會發生吧。」他低聲說道，一腳往玻璃踢去。

玻璃應聲往裡外噴飛，仍一臉怒容的奇隆用夾克袖子把窗框四周掃過一遍，去除尖銳的殘骸，然後讓到一邊去，讓我靠在窗檯，傾身往外探。霧濛濛的風掃過我的臉龐，空氣裡有種灰燼和遠方大夥兒的味道。奇隆緊緊地抓住我的上衣後方。

我往天際望去，專注地看著漸漸轉變成粉紅色的晨曦藍光。雖然天上布滿烏雲，顏色看起來還是很討人喜歡。我的心臟用力跳動，節奏越來越快。我體內的電流跟著震動，吸取下方的電流。我握緊一個拳頭，回想艾拉教過我的方法。

暴風閃電是我們能夠召喚的閃電中，最強大也最有破壞力的一種。閃電會聚集、累積、最後擊落。色彩鮮明的雲朵在我們上方變得黑暗、開始聚集，在我的力量下越來越密。我看著城市裡另外兩處出現一模一樣的雲流。是艾拉和瑞夫。我們三人形成一個三角形，電力樞紐在我們的中間。整個城市在面前展開，像是殺戮場，泰頓就在下方某處，比我們任何人都更危險，準備好若是有人靠得太近，就朝他釋放脈衝電流。

藍色閃電先亮起，照亮我左手邊逐漸增強的暴風雨雲。雷聲迸發，離我們很近，我感覺到奇隆縮了一下，扯了下我的上衣。我站穩雙腳，緊緊抓住窗框。

隨著風暴聚合，紫色和綠色的閃電也出現了，一道道雷電劈向我們的目標。中央樞紐是一座穹頂建築，離市中心很近，很容易就被四面八方糾結的電線掩蓋。這裡與散布全城的發電廠相連，把電流送回工廠去。每座貧民窟城市都有這顆心臟，就連距離遙遠，我都能感覺到低低的嗡嗡聲。

「讓閃電落下吧。」奇隆咆哮道。

我忍下一口嘆氣。「不是這樣運作的。」我咬牙回答，從天上拋下一道閃電。其他馭電者也照做，他們的藍色、綠色電光朝我的紫光衝來。

我們的閃電直接擊中樞紐上方，形成一道刺眼光芒。像是接到了指令，嗡嗡聲消失，內部的同夥讓樞紐斷了線。他們斷線的速度比我們還快，死傷也更少。

整座城市的煙囪都不再噴出有毒的氣體，產線驟然停止運作，就連街上的交通工具，雖然有自己的能源系統，都被突然而來的停電嚇了一跳，減慢速度或停在路邊。風暴繼續橫掃，像是一頭三頭怪獸，從四面八方發出一道道閃電。我暫時讓閃電不落地，畢竟距離這麼遠我瞄不準，而我不想拿無辜的人命冒險。更別說赤紅衛隊的爆裂物現在遍布整個市區，只要我的一點電流，可能就會引爆連環效應，造成無數死傷。

「全都停下來了。」卡麥蓉在我身邊喃喃說。她望著城市，眼裡充滿驚奇。「沒有電就表示不用工作，到處都在停班，工人吵著要領錢，官員分心，工頭暴動。」

忙亂中暫時無視兇手、罪犯和士兵，無視腳下的炸彈。

「要等多久才……」

第一顆炸彈引爆，打斷了奇隆的話，隆隆聲響傳來，我覺得有點離我們太近。我們左方兩條街外爆炸了，位置在其中一座市區閘門。下一個炸彈炸開另一道閘門，然後是另外兩個。接著是內部的炸彈開始引爆，位於警衛站、警衛塔、銀血人營區、工頭宿舍。所有銀血人目標。每次攻擊，我都會眉頭一皺，不去想我們今天灑了多少鮮血。兩邊都是。誰會被捲入這場交火？

我們沉默地看著，被眼前的景象震懾。更多黑煙、更多灰塵，現在還多了灰燼。卡麥蓉的胸膛隨著她的呼吸變成喘氣不斷起伏，她的一雙深邃大眼來回掃射，一直回到標示為武器區的工廠位置。那裡還沒有任何爆炸發生。

「赤紅衛隊還沒笨到在火藥庫放炸彈。」我對她說，希望這樣能讓她安心一點。

然後那裡就爆炸了。

爆炸威力把我們往後一震，飛越充滿破玻璃和灰塵的閣樓。卡麥蓉先掙扎起身，額頭上的傷口流著血。「這不是赤紅衛隊的炸藥。」她跳起來，把我拉起身。

我的雙耳耳鳴，聲音都變得模糊。我甩甩頭，想找到平衡。卡麥蓉握住我的手腕，我立刻跳起身子，從她手中抽開手。「不。」我惡狠狠地說，無法忍受那感覺。

她沒理會我，而是轉頭去扶奇隆，把他的一條手臂掛在自己肩上，扛起他的身子。他的嘴唇裂了，一隻手上有玻璃碎片，但身體其他部分看起來很完整。

「我看我們還是讓雙腳回到地面上吧。」他說，眼神望向裂開的天花板。

「我同意。」我的聲音聽起來哽咽得有點古怪，我們一起衝向門邊。

這棟樓的樓梯只比狹窄的螺旋梯還寬一點點而已，不斷往下延伸。爬上來的時候就已經夠煩人，下樓更糟，每一步都讓我的膝蓋一震。我把閃電聚集在手指間，讓紫色電光閃動，準備好攻擊任何擋路的人。

奇隆輕鬆地超越了我，一次兩階地跑下樓梯。我最討厭他這麼做，他也知道。這男孩居然還好意思回頭對我嘲諷一笑、眨眨眼睛。

就在這瞬間，卡麥蓉發出尖叫聲，她比我們先看見了一名銀血警衛。

他一揮手，用隔空取物的力量把奇隆推下扶手。我的視線變成慢動作畫面，看著奇隆翻過扶手，身子飛到空中，只覺得像是有人拿著一把刀往我的腹部一捅。我耳裡的嗡嗡聲變成尖叫，像是要把我的頭漲裂。在我的恐懼中，整座樓梯的燈泡應聲破裂，嘶嘶作響，讓黑暗覆蓋一切。

那個警衛還沒來得及轉身對付我們就倒了。他雙手抓著喉嚨，翻白眼，重重跪倒在地。卡麥蓉彎曲手指，指頭像爪子一樣，用能力讓他窒息，讓他的心跳減速、讓他的視覺轉黑。殺掉他。

奇隆撞上下方扶手所發出的喀啦聲響和碰撞聲，讓我覺得快吐了。我們用全速往下衝，直接遇上另外兩名上樓的銀血警衛。一個寒凍人讓樓梯結冰，我的腳一滑，差點倒地。我用熱滾滾的閃電把他劈成兩半。他的搭檔，一個史東斯金人在卡麥蓉的怒火下滾下樓梯。我們把他們大卸八塊，像用刀劃紙一樣。

先跑到奇隆身邊的是我。他滾到兩層樓外後停了下來，整個人癱在好幾階樓梯上。我第一個看見的畫面是他的胸膛起伏，很淺但是還在動。他在呼吸。他被血嗆到了，深紅的鮮血，暗紅、鮮紅。顏色那麼刺眼，我只想閉上雙眼。他激烈地咳著，噴得我和卡麥蓉身上血跡斑斑。熱燙燙的血滴燒上我的臉龐。

「扶他起來，我們得扶他起來。」我喃喃說著撲向他。卡麥蓉跟著我，不發一語。我只想放聲大叫。

他說不出話，但嘗試要靠自己起身。我差點呼他巴掌。「讓我們來，」我吼道，把他的手臂掛到我身上，「小卡，另一邊。」

她已經在那裡了，出力撐起他。他就像船錨，重得不得了。

奇隆的身子抖動，用自己的鮮血灑滿階梯。我不想去看傷勢在哪，只想要快點把他弄出去，帶他下去，帶他去找散布在這整個市區各處的醫療師。我需要大衛森，我需要人。我的心一緊，可是我拒絕感到痛或勉強。每踏出一步，我的雙腿就像是有火燃燒一樣。下樓，下樓，下樓，下樓。

「梅兒……」卡麥蓉哭著說。

「閉嘴。」

他的身子還熱，他還在呼吸，還在把血吐得到處都是。對我來說，這樣就夠了。可能斷了幾根肋骨，骨頭裂開，尖銳處刺破了他的內臟。是胃、是肺，還是是肝。離心臟遠一點，我在心裡懇求。我們來不及讓他撐過刺穿心臟的傷勢。

我嘴裡嚐到鹹鹹的味道，才發現自己在哭。淚水把臉上他的鮮血洗去。

樓層就在一團混亂中走完。奇隆吸了一口聽起來潮濕、顫抖的氣，他的臉和手隨著每分每秒過去，變得越來越蒼白。我們唯一能做的就是跑。

更多警衛衝上階梯，像是聞到氣味的獵犬般蜂擁而至。我幾乎沒看見他們，幾乎沒感覺到他們的存在，就用閃電把他們絞碎。在卡麥蓉對他們重重使用超能力之下，有些人很快就眼耳口都流血地倒下。但是人好多，太多了，一直朝我們湧上來。

「往這裡！」卡麥蓉喊道，聲音仍帶著淚水，身子往下一層樓梯平台的一扇門撞。

我想都沒想就跟上去，穿過擁擠又破爛的公寓。我不知道卡麥蓉要帶我們去哪，我只能繼續抓緊奇隆和我的閃電，兩樣屬於我的世界的東西。

「撐住。」我聽見自己對奇隆悄聲說道，聲音輕得沒人聽得見。

卡麥蓉帶著我們走到最近的一扇窗前，又是一片灰濛濛的玻璃。但是這扇窗通往相連的屋頂。她伸出長腿，把玻璃踢開，我的閃電讓銀血人無法追上來，為我們爭取了爬上屋頂的時間。

軍官跟了上來，硬是把比我們更壯碩的身軀擠過那扇小破窗，跟著我們的腳步，來到充滿灰燼的屋頂上，來到這片令人痛苦、雷電交加的天空下。

我們與警衛之間的距離拉開後，我輕輕地放下奇隆，讓他躺在水泥地上。他的睫毛顫動，眼神冰冷，卡麥蓉站在他身邊，手腳展開，做出防禦姿態。

我背對著他，面對掙扎著擠上屋頂的銀血人。已經有六人在屋頂上，還有更多擠在窗口。他們的能力是什麼，他們是不是屬於我認識的門脈，我不知道。我也不在乎。

最後一個銀血人的腳踏上水泥地後，我就動手了。

風暴在我頭上開了個口，猛爆的紫色在我的怒火下光芒刺眼。我在尖叫，但是這股力量吸收了所有聲音、所有思緒。閃電吞噬所有身軀，瞬間殺掉他們，速度之快，我完全沒有感覺。沒感覺到他們的神經，沒感覺到他們的骨骸。什麼都沒有。

閃電散去後，是氣味讓我回過神來。奇隆的血、灰燼、燒焦的毛髮和血肉。卡麥蓉在我身後發出乾嘔的聲音，像是要忍住不吐。我得別開視線，不去看那些焦屍。只剩下鈕扣和槍枝還留有原貌，熱燙燙地冒著煙。

我還沒來得及喘口氣，一聲巨響劃破燒焦的空氣，我們腳下的屋頂開始震動。卡麥蓉立刻趴下，用身子保護奇隆。同時，整座樓都開始搖晃，開始傾斜。一開始很慢，後來越來越快。

建築物垮下的時候，我跪地往卡麥蓉和奇隆伸出手。我的風暴太強大，公寓大樓的結構太脆弱。牆面往一邊碎掉，讓我們被掀了起來。我只能任憑屋頂碎裂墜落、穩穩地往側面滑過去。我跟著屋頂滑動，手指想要找到可以抓的東西。我的拳頭緊握著奇隆夾克的衣領，觸感又熱又黏，被鮮血浸濕。我們跟著墜落的屋頂移動時，他的呼吸紊亂，比之前更加虛弱。

我們成為一團水泥碎片，準備撞上地面。銀血軍官等在下頭，若是跌落地面沒有讓我們沒命，他們就會親手殺掉我們。我咬緊牙關，準備迎向撞擊。我從沒這麼無助、這麼害怕過。

一開始，我只愣愣地看著突然出現在面前的透明藍光。只見藍光蓋下來，抓住歪斜的屋頂邊緣，攔住了下墜的樓面，可是沒擋下我們。我們沿著歪斜的角度繼續往下滑，掃過沙塵灰土，直到撞上保護盾才停下來。槍聲傳來，我直覺反應就是緊閉雙眼，縮起身子。

子彈撞上保護盾，毫無傷害力地彈開，在我們身子下方留下衝擊後的漣漪。

大衛森。

我睜開一隻眼睛，看著下方的大屠殺。煙霧中可見藍色、綠色和白色閃電穿梭在銀血人之中。泰頓的白色飛鏢一個瞬間可以放倒四個敵人，艾拉和瑞夫則用長鞭般的電流痛打其他人。他們打鬥的同時，保護盾慢慢移動，輕輕把我們放下。我們在輕輕的一聲碰撞聲響後落地，掀起滿天灰塵。

奇隆雖然瘦高，體重卻很沉重。然而我的腎上腺素讓他好像沒有重量一樣。我再次扛起他，把他一條手臂掛在我肩上，一點也沒覺得勉強。還在呼吸，還在呼吸。我們衝過灰燼，卡麥蓉扛著另一邊，我們完全沒想到閃電的事，也沒想到銀血人還在反抗。

「醫療師！」我吼道，用盡全力盡可能大聲呼喊，好讓聲音能穿透現場的喧囂。「我們需要醫療師！」

卡麥蓉跟我一起喊，她的聲音傳得更遠。她比我強壯、比我高大，撐起了奇隆的重量。他沒有讓她慢下腳步。

總理與我們正面會合，他的個人守衛包圍在他身邊。他的頸子有一抹血跡，紅色血跡。我沒有時間問他那是誰的血。

「我們需要……」我氣喘吁吁地說，但奇隆突然身子一抖，彎了下來。他差點從我們身上跌落，讓我們不得不停下腳步。一大口鮮血噴灑在地上，染紅了我的靴子。

看見大衛森的士兵中衝出一位醫療師的時候，我差點沒因為解脫而昏過去。這個紅髮新血脈的臉龐很熟悉，但我沒有力氣記起他的名字。

「讓他躺平。」這個男子大聲喊道，我們滿心感激，立刻照做。

我唯一能做的事，就是握住奇隆的手。他冰涼的肌膚緊貼著我熱燙燙的手心。他還活著。我們趕上了。我們的努力足夠了。

卡麥蓉跪在他身邊，一語不發，雙眼緊盯，雙手交握放在腿上，不敢碰他。

「內出血。」醫療師喃喃說道，把奇隆的上衣撕開。他的腹部看起來滿是瘀青，幾乎變成黑色。只見醫療師的手指舞動，黑色的部分慢慢退去。奇隆露出痛苦的神情，咬牙忍受這古怪的感覺。「好像有人拿槌子往你的肋骨敲。」

「感覺也像。」他勉強說道。

他的聲音聽起來很虛弱，可是他還活著。我緊閉雙眼，希望自己有信仰，好讓我能對神祇救了他一命致謝。他的手抓緊我的手，捏捏我的手指，要我看著他。

澄澈的綠色雙眸與我四目相接，這雙跟著我一輩子的眼眸，差點從此永遠閉上的眼眸。

「沒事了，梅兒，我沒事。」他悄聲說：「我哪都不會去。」

醫療師做事的時候，我們就待在他身邊，像無聲的守護者。遠方的爆炸聲和砲火聲響起時，我身子一縮。有些聽起來很遠，在新城之外，因為隔著好幾英里距離而聽起來很模糊。哈伯灣的攻擊行動開始了，三方夾擊準備拿下那座城市。他們會贏嗎？我們呢？

馭電者走過十幾個倒臥在地上的銀血人屍體走向我們。泰頓一派悠閒樣，用腳翻動幾具身體，瑞夫則在一旁保持警覺。

艾拉邊走近，邊朝我小小地揮了一下手。她的領巾不見了，灰燼在她的髮絲間留下幾道灰。她的一隻手在身旁隨意地轉動，天上暫時平靜的暴風雨雲隨著她的手勢轉動。她朝我眨眨眼，想表現勇敢的神情。

瑞夫和泰頓的猙獰模樣就比較沒有掩飾了。兩人的手都空著，準備回應任何攻擊。但是看起來沒有其他人要過來。打鬥要不是聚集在別處，就是已經結束了。

「謝謝你們。」我的聲音哽咽。

泰頓一派輕鬆地回答：「我們會保護自己人。」

「路還很長，但是暫時脫險了。」

我回頭一看，只見醫療師已經把奇隆扶著坐起身。

卡麥蓉小心翼翼地幫忙，一手放在他光裸的背上。我突然覺得自己像是打擾了什麼一樣。我很快地用手背抹去臉上乾掉的血跡、汗水和淚水。

「我要搞清楚到底發生什麼事了。」我喃喃說道，在任何人能反對之前，站起了身子。我的靴子踩在殘骸碎片上嘎啦作響，腳步直往馭電者走去。瑞夫微弱地一笑。他把頭上的遮蔽扯掉，一手抓抓剃成綠色平頭的腦袋。

「看起來他應該沒事了？」他用下巴往奇隆的方向撇一撇。

我緩緩吁氣。「看起來應該是這樣沒錯。你們怎麼樣？」

艾拉一條手臂攬住我，輕盈地像一隻藍貓。「沒妳遇上的麻煩多，我可以確定。我想我們帶來的火力超過了在這地方該用的量。」

「這裡的諾他人寡不敵眾，且全無防備。」泰頓往街道吐了口口水。「銀血國王覺得沒人會在乎一座紅血貧民窟，更沒想到有人會來為這裡出兵吧。」

我想著言下之意，眨眨眼，有點驚訝。「所以我們贏了嗎？」

「他們的表現看起來的確是像我們贏了。」泰頓回答。他揮揮手，指向鎮守街道的蒙特福特和赤紅衛隊的士兵。如果不是手上握著的機關槍，他們看起來就像紅血特工人。有幾個人看起來在笑，總理走向他們的時候互相寒暄。

「不知道哈伯灣狀況怎麼樣。」艾拉說，用腳踢起一團灰燼。

我垂下視線。我的心在胸膛裡狂跳，把腎上腺素送進血管，讓人難以思考這些街道以外的事，更別提我愛的人，就在幾哩外打鬥，也許垂死。那一秒，我只想忘記。我振作精神，放輕鬆深呼吸。可是沒有用。

「總理。」我大聲朝著街道另一頭喊道。

他回頭望，面帶微笑，甚至還揮手要我過去，好像我要找他還需要先得到邀請一樣。「巴蘿，」他說：「恭喜成功完成任務。」

奇隆還躺在幾呎外，讓人很難產生慶祝的心情，就算已經有醫療師在治療他也一樣。剛剛真的太驚險了。

「市區怎麼樣？有法爾莉的消息嗎？」

他的笑容僵住。「有一些。」

我胸口一緊，「那是什麼意思？」我追問：「她還活著嗎？」

大衛森指向其中一名士兵，她的背包全是電線和對講機裝備。「幾分鐘前還有回覆，我親自與將軍對話了。」

那泰比瑞斯呢？我忍住打聽他狀況的衝動，至少不要點名問。「一切都有如期進行嗎？」我勉強說出，被哈伯灣入侵行動的各方面細節占據心思。

總理的臉色緊繃，「妳覺得會嗎？」他喃喃說。

我差點因為挫敗發怒。遠方又傳來一波砲火聲隆隆。

隨著腎上腺素退去，我感到一陣寒冷，身子像是要麻痺了一樣。我回頭看，只見卡麥蓉跪在奇隆身邊。兩人沒有交談，只睜著雙眼，幾乎被事後的恐懼留下的疲憊釘住身子動彈不得。然後我的目光飄向馭電者，三個人都堅定地看著我。

準備好跟隨我，準備好去保護自己人。

我立刻做出決定。

「給我找輛交通工具。」

19 伊凡喬琳

我從來就不喜歡哈伯灣。這地方有股魚腥味和鹹水的味道，就算是銀血人區也一樣。但這地方很快就會只剩下血的味道了。

在山脊大屋休息的兩個禮拜時間很快就過去了，每一分鐘都消逝得比上一分鐘更快。不過就在昨夜，我與伊蓮窩在一起，輕聲與她告別。當時的我並不害怕。我相信父親不會讓他的繼承人接近真正的危險。托勒瑪斯和我一定會安全待在後防看封城行動進行，等打鬥慢慢平息再接近。

我錯了。

他的渴望比我想像的還要強烈。

他想都沒想，就把我們派上前線。

現在我們的船隻與海浪競速，沿著藍色風暴，與白色泡沫一起乘著浪尖前進。我雖然戴著護目鏡，仍瞇眼抵抗噴濺的水霧。強風帶著海水潮濕的寒意，拉扯著我的頭髮。若我的靴子沒有與腳下的鋼鐵甲板和在一塊，我就會被吹倒。我的能力流動著，一股小小的力量在破浪的船上移動。

我們在霧裡移動，暫時得以藏身。蒙特福特的風暴人士兵能力熟練且強大。我用眼角餘光看了我們的風暴人士兵一眼。高瘦的身材，身上的防彈盔甲收緊綠色制服。她也戴著頭盔，只有露出雙手，手指頭在身邊動著，拉住霧氣。沒有連身工作服或是訓練服了，現在就要玩真的。

水路火力由薩摩斯門脈領頭，控制著金屬船身高速前進。父親為了勝利，願意拿我們的門脈冒險。三個堂親為我們的正面進攻拉開鑽石隊形，他們的船身在我們前方劃開水面。托勒瑪斯在我船上，堅定地站在我身後，他身上是沉重的鏡面盔甲和武器，槍帶交叉掛在我腰間，貼著我身上的肌肉。薩摩斯門脈堂親各不相同，有人帶著來福槍，有人帶著金屬炸藥。我想像愛國堡高聳的防波堤，那是我們的第一道阻礙。隨著距離越來越近，我的注意力變得銳利，縮小在這地方和我們的目標上。

贏下這座城市。

生還。

回家。

他們會知道我們要來了，或者至少會看見大霧在海面上滾滾而來。不過現在是清晨，空氣仍沉重、灰濛。自然的霧氣看起來不會有什麼奇怪之處，這麼一來我們的掩護就能持續更長時間。等卡爾從陸路進攻、賴瑞斯門脈從空路進攻的時候，城市的守衛和愛國堡的駐防就會不知道該往哪裡逃，該打那一邊。

一切都協調好了，從主要戰事道各艘船隻的任務。我們的人員分配也很周到。每艘船上至少有兩名磁能者，一個風暴人，一個引力人，另有受過訓練的紅血士兵或其他新血脈，還有幾個醫療師零星穿插在各隊伍中。

所有人各司其職，如果我們全都要生還，就要照顧好自己分內的工作。

高聳的愛國堡映入眼簾，霧氣隨我們前進，碉堡看起來像是一團越來越暗的模糊陰影。防波堤在白浪中屹立不搖。底下沒有陸地。沒有立足處。沒有關係。

我滿腔怒火，只希望父親也在這裡。沒有任何地方比在他身邊安全。

我的目光移到哥哥身上，注意力稍微降低了些。我感覺得到他站在我身後，可以輕鬆追蹤他的盔甲線條。我們各自在腰帶上塞了一塊小而扎實的銅片。用這麼一塊金屬來攻擊。能夠輕易分辨、感覺得到，容易追蹤。我感覺著他的和我的銅片，記在心裡。如果出事，我要自己能夠盡快找到托利。

霧氣超前我們的速度，停在很快就接近的防波堤前。我心裡的時鐘走動的聲音越來越大，越來越堅決。時候到了。

我顫抖著猛地轉身，展開雙臂抱住托利的雙肩。這擁抱很快、很銳利，一點都不輕。我倆身上的盔甲接觸時傳來的金屬碰撞聲被海浪的咆哮和我變得劇烈的心跳聲淹沒。

「要活著。」他悄聲說。我只能點點頭，轉回身子。

防波堤不論上下都沒有動靜，只有海浪，也許霧氣真的奏效了。

「準備好了嗎？」我在吵鬧聲中咬牙說道，看著厚實胸膛的蒙特福特引力人。

他點頭給了我一個肯定的答案，然後蹲下身子，雙手攤開，緊貼船身兩側，準備舉起。其他船上的引力人也做出一樣的動作。

我身後的士兵跪下身子。風暴人、兩個雷洛藍門脈的爆破人，還有托勒瑪斯準備好縱身一躍。我的船上沒有紅血人，我想要撐過這一切，而且過程中不要依賴軟弱的紅血人，不論他們受過多精良的訓練都一樣。

我跟其他人一起彎下身子，繃緊肌肉，提防著引力人若是失敗會導致的衝擊力。照這種速度，我可能阻止不了船身撞上防波堤的下場。

海浪也拍打著防波堤底下，在霧中看起來像是鋼鐵灰的色澤。浪揚得很高，比防波堤上的鹽水結晶線還高。比任何漲潮時候還高。

我的心一沉。

「寧夫斯人攻擊！」我趕在另一道大浪湧起前——往後湧起——喊出口。

哈伯灣的戰役就此展開。

突然湧起的巨大水牆把領頭船像玩具一樣拋開，歧異王國和蒙特福特的士兵四散落入咆哮的海浪之中。只有引力人靠著彈跳脫離大水的掌握。我看到幾個薩摩斯家的堂親控制盔甲讓自己浮在水面或滑過浪花，但是他們還是被重量往下拉，力量不夠強大，沒辦法讓自己脫離險境。其他人我就不知道了。

我們自己也有寧夫斯人，是蒙特福特出生的銀血人。但是比起在愛國堡上的未知人士，我們人數太少、能力太弱。面對翻騰的大水，不論我們怎麼做都不夠。

另一波大浪揚起，高達牆面的一半，擋住灰白的光線，形成陰影籠罩我們的船隊。這浪會消滅我們，淹沒我們，把我們一口氣打到海底。

「穿過去！」我下令道，在船首握緊拳頭，傾全力灌注在艙殼上。希望引力人有聽到我的話，我知道托勒瑪斯是聽到了。

船身在我們的手中顫動，變窄、折彎，船頭變得像刀鋒一樣銳利，增強速度。我盡可能讓身子趴平，瞄準了海浪，像是一顆載著乘客的子彈。

海水像冰冷的一巴掌，掃向我們的時候，我只能閉緊嘴巴。我們穿越大浪，飛到另一頭的半空中，往上、往前，直往防波堤而去。

「抓緊了！」托勒瑪斯吼道，而我們的船則高速往岩石猛衝。

我咬緊牙關，手指掐進金屬艙殼，使勁又拉又推，只希望我們不會墜落，不會撞毀。引力人給了我們需要的額外一股彈力，讓我們騰空降落。我們從空中落下，船艙外殼撞上防波堤，抵抗引力往上滑。

其他船隻跟我們一起撞上來，用混亂的隊形往上移動。

船隊大多數都成功了。

金屬摩擦岩石發出尖銳聲響，速度超越下方的海浪，即便海浪一直越捲越高，噴灑著浪花像雨水一樣落在我們身上。我把嘴裡的海水吐掉，眨眨眼睛，看著船身越爬越高，慶幸自己戴上了護目鏡。

寧夫斯人列隊站在碉堡上，雲灰色或黑色制服上有藍色條紋。精良訓練的銀血士兵和守衛。愛國堡的駐防隊，加上湖居地的軍隊增援。

我們狼狽地衝下船，踏上牆上的步道。我靠著身上的盔甲避免衝過牆緣，托勒瑪斯則將船身徹底撕碎，把尖銳的碎片往各處噴射。引力人把敵軍掃進海裡，霧氣籠罩城牆，蓋住碉堡，掩護我方士兵。幾個我方的風暴人突破了防線，他們的工作是召喚雷電，培養閃電恐嚇駐防隊，讓他們逃之夭夭，讓他們以為巴蘿來了。

一團團火焰與煙霧在牆上揚起，爆裂人殺出血路，沿路留下焦屍。其中一人被突襲後尖叫不已，翻過牆面，跳進驚濤駭浪之中。

愛國堡上滿是史壯亞姆人，是朗伯斯門脈的成員，或是他們家族的堂親葛雷科家或凱羅斯家的人。其中一名成員，一個壯得跟山一樣的女子在我眼前把一名蒙特福特的風暴人扯成兩半，肌肉骨骼像紙張一樣被撕開。

我冷靜以對，更糟的情況我都看過了。*應該吧。*

槍響劃破空氣。子彈加上能力，是非常致命的組合。

我舉起手臂，握緊拳頭擋住攻擊。子彈在我的能力下彈開，扁掉或變成碎片。我抓住其中幾顆往霧裡扔回去，追殺機槍射出的火光。

得打開閘門，占領碉堡。

我們的目標、任務很直接，但並不簡單。愛國堡把這座城市著名的海灣一分為二，水域分成百姓使用的港口水瓶港和戰港。現在的我只在乎一個。

低聲的槍響隆隆如鼓聲，是那種裝置在戰艦上的大槍。我試著追蹤飛彈的蹤影，隔著遠距離想破解彈道。然而距離太遠，我只能猜。我是銀血人，我知道銀血人的腦袋裡在想什麼。

「拉起屏障！」我對薩摩斯磁能者喊道，從船身和武器上扯下金屬。

托勒瑪斯聽我的指令，盡可能地快速拉起一道鋼鐵牆面。我抬頭瞇眼往霧氣一看，只聽見砲彈的咻咻聲越來越近。我一把扯下臉上的護目鏡，看到一道弧形煙霧出現在上方。

第一顆飛彈在五十碼外爆炸，炸毀了一段防波堤，士兵們不分敵我，全都化為一片粉色霧氣。只有爆破人生還，有些人赤裸著身子，盔甲和制服都從身上燒成了灰。我們躲在鋼片後頭，在爆炸力往前衝的時候捱了過來。

煙霧刺鼻，又嗆又毒，混合著骨粉。

要是直接擊中，靠現有的資源，我們絕對沒有生還可能。我們可以盡力讓飛彈偏移，可是早晚會有一顆打中目標。「離開牆頭，」我勉強喊道，嘴裡嚐到血的味道，「進入碉堡。」

照計畫行事。

讓戰艦開火攻擊自己的城牆，重大火力全集中在碉堡，不去攻擊城市或飛行艦隊。

這是卡爾說他們會做的事，這些白痴不知怎麼地真的就這麼做了。

又是一波攻擊，在我們爬下防波堤、全員湧入愛國堡時打碎石塊。我回頭張望，很快點了一下人數。大概六十人成功闖進了，原本的襲擊隊伍約有七十五個人。七十五個致命的銀血人和受過精良戰事訓練、各個槍法神準致命的紅血人。

但是敵方的火力全都保留給銀血人。我注意到他們根本不在乎身穿鏽紅色制服的士兵，那些受徵召、被派駐在愛國堡駐守隊的紅血士兵。有些紅血士兵跟著長官，衝出來對抗我們推進的勢力，不過比預期還少就是了。如同法爾莉將軍跟我們保證過的情況，消息已經透過她的管道傳出去了，這座城市的紅血人都接到了警告。攻擊來的時候，轉身逃跑，有辦法的話就跟我們並肩作戰。

許多人真的這麼做了，加入我們的死亡列車。

風暴雲在空中聚集，天空變得陰暗。他們的閃電很難預測，威力比梅兒的閃電薄弱，但是象徵性還是有的。

我們接近的時候，敵軍士兵抬頭，銀血人看見的景象，只覺是閃電女孩的傑作。

她不在這裡，你們這群蠢貨，我在心裡嘲諷道。懦夫，這麼點閃光就害怕。

裡面的碉堡是混亂的實驗。這時候卡爾已經開始他的進攻了，帶著軍隊從哈伯灣底下的隧道爬出來出擊。這座城市很古老，幾世紀以來都維護得很好，城市的根埋得又深又糾結。赤紅衛隊知道每一條隧道。

我們來到碉堡的中央小徑，速度很快，沒有固定隊形。引導母艦的火力，任其追蹤、摧毀。讓最烈的砲火不去攻擊城市本身。卡爾這麼投入於保護無辜市民，大概是想讓梅兒看看自己有這能耐吧。結果害我只能陷入水深火熱之中。

我穿過另一批戰士，結合子彈和利刃擺平眼前的男男女女。他們的臉龐在我眼裡都只是陰影，不是人類，不值得占據記憶。要把工作做好，只能這樣。

火藥發出刺耳的噪音和隆隆聲響，形成熟悉的節奏。我一邊打鬥，一邊輕易地閃躲和掩護，聽著噪音即時移動身子。煙霧與灰燼跟著霧氣漫天打轉，讓所有人都伸手不見五指。愛國堡駐守隊手忙腳亂，他們沒有面對這種攻擊的計畫，可我們當然有。

我第一次感到恐懼，是發現托勒瑪斯已經不在我身邊、由堂親保護的圓形陣隊包圍的時候。我的視線掃過每個人，尋找熟悉的蒼白臉龐、銀色髮絲。他不在這裡。

「托利！」我聽見自己喊道，另一顆飛彈射出，這次變近了。

我蹲下身子挺住，任憑震波掃過我。殘骸擊中我的盔甲破成碎片，我的身子左側被塵土覆蓋。我眨眨眼，第一個站起身，環顧四周。一邊尋找，恐懼一邊爬上我的脊椎，留下冰冷的傷口。

「托勒瑪斯！」

先前的專注消失殆盡，我只感到天旋地轉。我的哥哥人呢？他在哪？我們拋下他了嗎？還是他領先進攻了？他受傷了嗎？他命危嗎？他已經死了嗎？……

一顆子彈砰地射出，距離太近了，我心裡警報大響。我轉身靠向我方士兵。其中一人撞上了我，她的肩膀與我的肩膀用力互碰，讓我失去重心。我一邊喘著氣，展開感官知覺，用我的能力開始尋找，想照出那塊銅片的位置。那塊小小的淡橘色金屬，重量感覺不同，觸感也不同。可是什麼也沒找到，什麼也沒有。

我告訴過他，就算上了前線我們也會全身而退。父親不會讓我們白白送死，他不會讓我們去做任何可能會斷了他的後世名聲的事。

我深吸一口有毒的空氣，在宛若夏雪般落下的灰燼中，視線仍在四周搜找著他的身影。灰燼覆蓋我們的制服，各種顏色皆同，我們開始看起來全都是一個模樣。

就算爸沒有像個父親該有的模樣那樣愛我們，他還是很看重我們的價值。他不會把我們的性命隨便拿去交換，不會為了自己的皇冠讓我們送死。

但是我們不就在這了嗎？

淚水湧上我的眼眶。都是灰燼的關係，我對自己說，煙霧太刺激了。

突然間，我的知覺感應到銅片出現在感官外緣，小得我差點就錯過了。我猛地轉頭，跑了起來，去找我哥哥。我想都沒想，推開擋路的幾個士兵，在猛烈的戰火中拔腿狂奔。我閃過迎面而來的史壯亞姆人的手臂，邊跑邊往他的方向拋出一顆子彈。我感覺到子彈直接射穿了他的頸子，他的身軀在我身後倒地，雙手猛抓自己破了洞的脖子。

隨著我的腳步邁進，越來越多形狀映入眼簾。愛國堡的街道像棋盤一樣整齊，很容易找到方向。我像聞到骨頭的獵犬，轉過最近的一個右彎。

就在我上方，好幾棟樓之間用空橋聯繫。穿著鏽色制服的士兵來回奔跑，手上都拿著槍。子彈齊發，我舉起手臂擋住。全都是紅血士兵，在安全距離外攻擊。我讓子彈落地，壓扁變得無用。不用浪費我的精力來殺他們。

托勒瑪斯出現在轉角，他在衝刺，好在看起來仍全身完整。我的緊繃解脫，差點當場倒下。他身後煙霧瀰漫，顯然剛發射過更多火藥。飛彈咻咻飛過上空，然後引爆巨響炸裂。

「你在幹嘛？是白痴嗎？」我急停喊道。

「不要停下來……快跑！」他吼道，抓住我的手臂。我可說是被他的手勁拉得跑起來。

哥哥看起來如此驚恐，我知道這時候沒什麼好爭執的。我只能趕快讓雙腳追上速度，盡可能全力衝刺，跟上他的速度。

「防波堤。」在衝刺的喘息間，他勉強說道。

不難明白這其中的關聯。

我犯下錯誤，回頭往後看。在煙灰、霧氣和頭上的閃電之間，看見牆面上迅速蔓延的裂縫，還有不斷落下的碎石。海浪高牆用力掀起，翻過牆頭，進入牆的這一邊。

穩定地站在浪牆上露台的身影，就是控制這一切的人。她展開雙臂，盔甲的藍深得像黑色。艾芮絲．席格內特看著我們竄逃。

突然湧上的恐懼差點讓我動彈不得，但托利拉著我向前，他的手抓著我的上臂，力道大得讓我發疼。我們急煞滑行，衝回主街上追我們的軍隊，卻只發現碉堡的低樓層都被棄守了。我們的士兵向前推進，剩下的人，敵軍的人——他們全都往上移動。爬上建築物、站在屋頂上，手裡抓著武器站在高處。已經不需白費力氣找制高點了，離開這裡是唯一選擇。

我們衝過來自四面八方的槍林彈雨，大多都能輕易擋下，有些被我拋回去，可是沒有瞄準目標。

我咬牙咒罵，心裡責怪卡爾，責怪大衛森、法爾莉、我父親，甚至我自己。我們的計畫中預期會遇上寧夫斯人，可是沒想到會遇到艾芮絲這麼強大的寧夫斯人。除了幾個寧夫斯門脈的王爵以外，我想不到還有誰能夠有這種力量把海洋往碉堡沖，他們也不會願意這樣摧毀愛國堡。但是艾芮絲，這個來自其他國度的公主，一個對諾他王國沒有忠誠可言的女人？她可以把這地方四分五裂也不覺得有什麼關係，仍能說是一場勝仗。

防波堤在我們身後崩垮，即便距離遙遠，迴音仍很大聲。緊接而來的是急流湧進的浪濤，沖上街道，在愛國堡的建築物和牆邊形成泡沫聚集。我在腦海裡想像一面藍色火焰般的高牆，沿路吞噬一切。

我們繼續狂奔，追上了我方軍隊。托勒瑪斯吼著要他們跑，他們聽命照做了。就連蒙特福特的新血脈也一樣，已經沒有時間扭捏作態。

愛國堡的內部閘門不是通往城市，而是往一條跨過港灣的長橋，聯繫碉堡這座人造島和大陸。也就是說我們得在水面上的橋上跑半哩路，敵軍寧夫斯人緊跟在後，更別說海面還不斷上升。如果目標是不要淹死，這實在不能說是個有贏面的局。

我們的爆破人動作很快地對第一道閘門動手，把巨大的門片往橋的方向炸開。鐵製的加強部件紛飛，猛力落入海水。艾芮絲一定還站在最高處，意氣風發、微笑看著我們像暴風雨中的老鼠般奔逃。

第一波浪濤帶著大小殘骸襲來時，我們剛趕著通過閘門。尖銳的木片、漂浮的交通工具、槍、屍體。我用盡全身的力量跑，心裡只希望自己有足夠的力量把我們舉起來不受傷害。但是我們倆都沒學會過磁能者飛行的技巧，只有父親真的做得到，還能維持相當的時間。

引力人守住我們的後方，利用能力抵禦海浪。他們為我們爭取到時間，但是這波浪濤算小，高度還不到閘門的拱頂。

接著，第二波浪濤，真正的浪濤襲來，把城牆都淹沒了，用力沖過保護碉堡的石塊和水泥。面對這麼強大的力量，引力人也束手無策，只能先飛上高空想辦法自救。至少有一個人被大水捲下，深陷漩渦。他再也沒浮上水面。

我沒有再多花心思想他的事，我沒有辦法。

這座橋本來的作用是守護碉堡，一條又長又窄的路，預防敵軍透過陸路攻入愛國堡。我們擠上橋，面對一道道的門鎖和閘門，每一個關卡都讓我們減慢速度。爆破人盡責地帶著我們引爆一連串爆炸，讓我們能通過一個又一個阻礙。托勒瑪斯和我把門鏈及強化金屬拆除，在絕望中全力撕裂鋼鐵。

我們穿過橋的中點，哈伯灣市區的景象映入眼簾，像是只有咫尺距離，卻又是千里之遙。我瞥了一眼，發現我們兩旁平靜的水面也開始上漲了，咕嚕咕嚕地湧起，慢慢變得像那波仍在無情追殺我們的颶風等級大浪一樣。噴濺的鹹水讓我的視線模糊，打濕我的臉龐，刺痛我的眼睛。我盲目地伸手，抓住托利盔甲的領口。我挫敗地大吼一聲，利用我的能力把我倆往上一拉，越過下一道閘門。我們的軍隊已經逃脫不了詛咒，如果他們能跟得上就跟，跟不上的人，注定會被留下。

這身盔甲多重？我腦海裡一個無用的聲音響起。我來得及在沉下去之前先脫掉嗎？還是最後只會沉入港灣底部？

還是會更糟，我會看著托勒瑪斯掉進海浪中、再也不現身嗎？

水打上我的腳踝，我的靴底在橋面上一滑，差點失去重心。好險托勒瑪斯阻止我落入無盡深淵，他的手臂環繞我的腰，把我抱緊。如果我們被水淹沒，就是一起淹沒。

海浪追趕，我彷彿能感覺到艾芮絲的渴望。她一定很想要殺掉我倆，好重擊歧異王國、重擊另一個敵國，用我們軍隊殺掉他父親的方式殺掉我們。

我拒絕這樣死去。

但是我看不到任何計畫、沒有任何可以靠我獨立執行的攻擊。控制海浪的寧夫斯人連露面都不需要，就能殺掉我們，除非我們能想到辦法先除掉他們。

我需要一個引力人。

我需要一個新血脈。

我需要梅兒和她的風暴把這些混帳電死。

我們身後再次傳起隆隆雷聲，突然亮起一道閃電。可是這樣不夠。

我們只能跑，希望有人會來救我們。

這麼無助的感覺讓我想吐。

另一波浪濤襲來，這次來自右側。比我們後方的大潮小一點，但仍很強勁。浪花打斷了托利緊抓的手，把我們倆分開。我的手在空中撲抓，然後只抓到海水，頭下腳上地往港灣墜落。

火團在水面上亮起，是爆炸。不知道是爆破人還是火藥攻擊引起的。我只能盡快用雙手撫過全身，在盔甲讓我沉得更深之前先把大部分脫掉。我試著用精神鎖定托勒瑪斯的銅片，銅片一直移動，跟我一起在水中掙扎。他也溺水了。

我奮力踢水，想探出水面，可是一陣水流正面襲來，我還來不及吸半口氣，就被往更深的水底捲下。

鹽水刺痛我的雙眼，我的肺像燃燒般灼痛，但我還是試著游泳，試著超越水面的寧夫斯人。我待在底下越久，我就越像是死了，那我就能逃得更遠。

這次換托利找到我。

一隻手抓住了我的貼身衣物領口，拖著我向前。混濁的水中，我看見他的身影在我身邊，另一手抓著某種金屬物。是鋼鐵，形狀像一顆大型子彈，表面平滑。托利用能力推動那東西，讓它拖著我們走，像馬達一樣。

我咬牙抓緊，緊繃的肺像是在嘶吼著，直到我真的再也忍不住了，吐了一串泡泡出來。我反射性地倒抽氣，嗆了好幾口水。

在我的視線開始出現黑點、慢慢暗去的同時，托利一個猛力踢腿加上又一次向前衝的力量之後，他改變角度，把我們帶上水面。他把我往前拋，落在潮濕陰涼的沙灘上。

我四肢跪地，又咳又吐，想盡量安靜地把水吐掉。他則一手拍著我的後背。

我幾乎不能思考，可是我還是環顧了一下四周，想立刻進入狀況。即便只有鬆懈一秒也可能會害我倆喪命。

我們在水瓶港的其中一塊甲板下方，泡在約六吋深的淺水裡。兩旁船隻遮住我們的身影，把我們跟腐爛的海草、棄置的繩索和藤壺夾在中間。

托勒瑪斯望向甲板外幾呎處，找到位置讓我們可以清楚看見大橋上和愛國堡以外的情景。港灣看起來就像一口翻騰的大鍋，海洋潮流急湧衝擊、高漲落下。有時潮水會往岸邊沖，水波淹上來我們頸部那麼深。我把水吐掉，抓住頭部上方的腐爛木頭，有那麼一刻我以為我們就要在岸上被淹死了。但是潮水終究退去，以不自然的力量往海裡捲。

我們跟著潮水移動，一路爬到甲板尾端的支撐柱。我身上只剩匕首和子彈，盔甲扔在港灣底部某處。不過我是不介意，在陸地上，我要什麼金屬都能找得到。

海浪在我們面前一遍遍攻擊大橋，把士兵扔下橋。我們的軍隊若還沒被完全摧毀，也已經七零八落。薩摩斯門脈今天丟了好幾條人命，海路攻勢已然失敗。

雲層中有一架飛機隆隆作響地飛過，繞著碉堡上空漸漸散去的風暴雲打轉，另外兩架飛機追在後頭，機翼尖端是賴瑞斯門脈的黃色。我看著被追趕的飛機變成一團火焰，分崩離析，最後墜入遠處的浪花之中。一陣強風橫掃哈伯灣，只見其他賴瑞斯門脈的飛機出現在空中，降低高度飛過城市上空。飛機的聲響簡直快把我的頭顱震裂，但如果我可以，一定會大聲替他們歡呼。空中艦隊是我們的優勢。

尤其是半座愛國堡都淹大水的情況下。

愛國堡大多數地方都淹了水，包含飛機跑道。只有海軍船艦沒有受到影響，還能繼續運作。船艦把槍砲轉向，對準了飛過的賴瑞斯門脈飛機，猛烈開火。其中一架飛機墜落，機翼被炸破，後續又掉了兩架。

「我們得肢解船艦。」我口氣平板地說道，光是想到這個念頭就已經覺得精疲力盡。

托利看著我的眼神，好像我瘋了一樣。

我很有可能真的瘋了。

我們沿著港灣外圍全速衝刺，在火力全開的戰火中穿梭。卡爾的陸軍兵團是計畫的三個勢力中最龐大的一支，用上了整個結盟的數百名士兵，更別說還有赤紅衛隊早已安插在城市裡的成員以及聯繫窗口。哈伯灣的每條水道巷弄開始引爆游擊戰，訓練有素的士兵跟盜賊罪犯並肩作戰。整座由白色石頭和藍色屋頂組成的城市染上了黑色與紅色，煙霧和火焰。克羅爾門脈的顏色，我不悅地想著，不過是兄弟中哪一個呢？

諾他王國銀血人和徵召的紅血士兵發現自己被困在街道上，受到嚴格訓練的限制。雖然被夾攻、人數驟減，仍是非常有殺傷力。托利和我冒生命危險跑著，一邊搜集現有的金屬，一些生鏽的碎片等等，重新打造盔甲。如果我有時間，一定會受不了這差勁的成品。

約一哩外的海面上，賴瑞斯門脈飛機與諾他王國和皮蒙特的飛機正面交戰。這也是卡爾的命令。就連隔著這麼遠距離，我仍能聽見飛機高速劃破天際的巨響。空中戰場上亮起一陣陣火光和煙霧，夾在雲層和地平線之間。我一點都不羨慕駕駛的處境，特別是必須載著賴瑞斯門脈喚風者的那一架。開飛機已經夠難了，更別提還要抵禦強風。

艾芮絲還在戰港附近，保護母艦不受大浪影響。我們接近的時候，我看見四艘巨大的鋼鐵船艙四周的水面仍平靜不動，港灣其他地方的水則是翻攪奔騰，大陸端上任何企圖拿下船艦的行動都被擋下。湖居地公主很快就會把槍砲轉向海面上的飛機了，或者是對準城市本身。用擊潰碉堡的方式摧毀哈伯灣，徒留下破敗殘骸，對克羅爾兄弟倆都沒有益處。

一個亮紅色人影突然衝進我的視線，從小巷蹦上馬路。我從沒想過自己發現持械的赤紅衛隊游擊隊員的時候，竟會感到鬆了口氣，特別是領頭的人還是法爾莉將軍。

她的罪犯同黨包圍我們，每個人都舉著槍。我雖不甘願，但動作很快地舉起雙手，與她四目相接。「只有我們，」我喘著氣說，示意托勒瑪斯跟我照做。

她看著我倆，目光向鐘擺般搖晃，一座等著平衡的天平。我意識到她可能在評估什麼事的時候，本來的解脫感瞬間煙消雲散。

我哥哥的命。

此時此地，她可以殺了他、殺了我們，沒有人會知道。我們只是戰爭中的死傷人員之一，她也就報了仇。

如果有人把托利從我身邊奪走，我就會這麼做。

這個金髮女子的手遊走在腰間，槍就掛在半空了的彈藥腰帶上。看來她剛才很忙。我凝視她那令人打顫的藍色雙眸，什麼都沒說，連呼吸都幾乎沒辦法，只希望不要不小心觸發她。

我咬緊牙關，擠出最後所剩無幾的能力，去抓住她的槍、剩下的子彈，還有全身上下到處藏的匕首。如果她決定出手，我要能夠阻止她。

「卡爾在這裡。」最後她說道，把我們之間的緊繃打斷。「我們得從他們手中搶下船艦。」

「當然。」托勒瑪斯回答道，我差點出手揍斷他的牙齒。安靜點啦，我想咬牙切齒地對他說。

不過我只是稍微往他身體前方移動一點，用我的身子讓他脫離她的怒火攻擊範圍。法爾莉只一震，又惡狠狠地瞪著他一秒，「列隊，士兵。」她睥睨地說完就轉身背對我們。

士兵。不是殿下，不是我們的身分尊稱。

如果最糟只是要這樣對我們，那我會欣然接受。

我們聽命行事，加入其他成員的隊伍行列。這些人之中我誰也不認識，她的隊員只用紅色布巾綁在手臂、腰間或手腕上做標示。赤紅衛隊看起來七零八落，是東拼西湊而成的一支隊伍，身上的衣著十分簡樸。他們可能是僕人或工人，甲板粗工、下層階級商人、廚子、司機。但是他們有著一樣的剛毅和決心，且全身上下武裝齊全。不知道多少銀血人家裡就養著這樣的猛獸。不知道我家裡還有多少。

我們的盟隊鎮守波特路的其中一段，這條路繞著港口蜿蜒，往鎮守戰港的戰艦延伸。我們身後是更多兵舍和軍用建築，全都已經被拿下。我們的士兵有不少人占據著守備位置，從門戶邊探出頭來，其他人則在港灣邊緣列隊，等著聽命行事。

我們搶下城市了嗎？

卡爾走在他的中尉和守衛之間，我從沒看過他這麼狼狽的模樣，他的頭髮又濕又亮，身上其他地方則布滿灰燼和血跡。我幾乎看不見底下的盔甲，深邃紅寶石色在一片片污漬之間閃著光芒。他在水面邊緣來回踱步，煩惱又挫敗，一邊小心與湧上岸的海浪保持距離。

克羅爾家的王子對水一點也沒有愛，水只會讓他們覺得不自在。

現在的卡爾看起來像是會把自己的皮都抓掉。

他的祖母看著他踱步，她身上的絲綢和長袍已經換掉，變成一套簡單的制服，沒有任何徽章標示她的身分，連門脈代表色都沒有。她看起來就像一個走錯人群的老太太，但是只要有眼睛的人就知道事情並非如此。安娜貝爾．雷洛藍可不容小看。朱利安．傑可斯在她身邊沉默，嘴唇緊抿，視線鎖定戰艦，等著派上用場的時刻。

我的哥哥和我肩並肩穿過一片混亂，進入卡爾的視線中。看見我們時，他挑起了眉毛。他可能跟我一樣覺得鬆了口氣，也一樣驚奇自己竟有這種感覺。

「很高興看到你們還活著。」他朝我們倆點點頭說：「你們的軍隊呢？」

我雙手扠腰。「我不知道。我們的隊伍在過橋的時候，艾芮絲把我們倆丟進港灣裡了。我們只能選擇游走或是淹死。」他看著我說話，目光專注而銳利，像是一種指控，好像我該為了其他人沒生還、自己卻活下來這件事感到恥辱一樣。我無視他的目光。「有人進入市區嗎？」

「很難說。我已經盡可能把消息傳出去，要大家在這裡集合。就看看有誰收到了訊息，還有誰回得來吧。」他皺眉望向自己的雙手，然後看看戰艦。戰艦在海面上遠離甲板，停在出海口。視線對準了我們的方向。「我們只剩你們兩個磁能者了。」

薩摩斯家的堂親都沒撐過來。除了我們以外。

托勒瑪斯在我身邊兇狠地說：「飛彈來了我們會盡力擋下的。」

卡爾望向我哥哥，他的黑色髮絲在轉頭時跟著擺動。「我不打算浪費你們倆任何一人去攔阻飛彈。要摧毀能被摧毀的東西，我們有足夠的蒙特福特炸彈手可以去做。」他伸出一根手指，往港口一比，「我要你們登船。」

我知道我們得阻止戰艦，但是登艦？我的臉色蒼白的速度之快，我都感覺到了，即便現場有火焰和灰燼的高溫，還有我自己身上的汗水，我仍感覺到一股寒意衝上雙頰。

「都這麼晚了，我可不打算在這裡害自己喪命，克羅爾。」我斷然說道。我臉上帶著冷笑，下巴往安全停在海面上的船艦撇了一下。「我們還來不及接近，艾芮絲就會讓我們石沉大海。就連引力人……」

卡爾只逕自咬牙，口氣挫敗地說：「等我們贏下這座城市，提醒我替每一個銀血軍官補一堂新血脈能力的課。亞瑞索。」他回頭用力吼出這個名字。

一名女子擠上前來回答，她身穿深綠色蒙特福特制服，上頭有著陌生的徽章。「長官。」

她低頭說。

「準備好進行瞬移。」卡爾下令。他看見我對他怒氣沖天的模樣，以及對於自己忘記現在是在跟一支什麼樣的軍隊和做這件事生氣，似乎十分享受。新血脈到底還有多少特異功能啊？

「準備跳上船。」

「報告，是。」她大聲回答，揮揮手，幾名蒙特福特士兵見狀出列。我猜應該是其他瞬移者。

我瞥了哥哥一眼，評估他的反應。托利看起來更注意那位紅血人將軍。他的目光一直跟著她，一刻也沒移開。彷彿他若是放下警戒，她就會殺了他似的。這恐懼倒也不算不理性就是了。

「我們上船後呢？」我往前一步，與我那瘋狂的未婚夫腳尖頂腳尖。「要拆毀一艘戰艦，需要的可不止兩個磁能者而已，需要的時間也不是幾分鐘就夠了。我們是很優秀，但也沒有那麼優秀。」

卡爾身子一震，大動作後退，拉開距離。他快速眨眼，嚥嚥口水，「你們不用把船給拆了，我要那些船，我需要它們。特別是艾芮絲就在這。」他舔舔嘴唇，眼中閃過一抹恐懼。「她母親不會放她自己在這裡興風作浪。」

嘖。他是想要講個糟糕的雙關嗎？

「如果我們還沒取得任何保護港灣的武器，湖居地的艦隊就已經抵達，我們就完了。」卡爾說道，目光越過我的頭頂，望向海面。

我舉起手，指著淹水的碉堡外的海洋，煙霧繚繞在水面上，飛機仍在上空打轉。「你認為四艘船就能擋住湖居者的大型艦隊？」

「他們非擋下不可。」

「嗯，他們擋不下的，你也知道。」

他咬牙，臉上有一條肌肉抽動。你得弄髒自己的雙手了，克羅爾，弄得比現在更髒。

我再次移動腳步，讓自己穩站在他的視線之中。「你自己說過，湖居地的女王不會拋棄她的女兒，那我們就拿她來換。」

卡爾像我剛才那樣蒼白了臉，驚訝得完全沒了血色。

「換這座城市。」我繼續說道。他一定懂。「托勒瑪斯和我可以鎖死槍砲，讓他們朝她開火，控制住她，讓她受困。火焰國王應該不會抓不了她吧？」

卡爾再次什麼都沒說，連眨眼都沒有，臉上的表情固執得維持不變。懦夫，我在心裡不屑地說道。他不想面對她，諾他王國的火焰竟然怕這區區一點雨。

「我們拿下艾芮絲後，就可以談條件。用她的命來換哈伯灣。」

這話讓他的自制神經斷成兩半。「我不做那種事。」他吼道，聲音沙啞，尖銳刺人。我不由得倒退一步，差點被他突來的怒火嚇倒。「我不是他，伊凡喬琳。」

聽到他這麼說，我不得不訕笑。「嗯，可是他正在贏面上呢。」

「我不會這麼做的。」他又說一次，怒火震動著每個字。王子們通常不會重申自己說過的話。「我不抓人質。」

你是要說你不會給馬凡一個開脫的理由吧，我在心裡想著，迴音在腦海中苦澀地迴盪。一個把她抓回去的理由，讓他把所有資源全都傾倒在一個人身上。

他竟這麼大膽子，伸出一根手指指著我的臉。「去拿下船隻，拿下槍砲，把艾芮絲趕出哈伯灣。這是命令。」

「我不是你的士兵，也還不是你的妻子，克羅爾。你沒資格命令我做事。」我惡狠狠地說道，覺得自己可以吃了他。「如果你放手不管，她母親會淹沒整座城市和我們。」

他怒氣沖天地瞪著我，手在顫抖，氣到連浪花打上他的腳踝他都沒有注意到。他跳起來咒罵的時候，我只想對著他那張荒謬的臉大笑。

「如果她女兒能逃脫，她母親就會放過這座城市。」話聲從他身後傳來。奶奶來救你了是吧，克羅爾？

「她說得沒錯。」他舅舅說，口氣比安娜貝爾溫柔得多。

卡爾的眉毛高高挑起，簡直要消失在髮線底下了。「朱利安？」他問道，聲音幾乎聽不見。

傑可斯只是聳聳肩，雙手在單薄的胸口前交握。「我雖然不擅長作戰，不代表我什麼都不會。這計畫很好，卡爾。把艾芮絲趕出海面。」然後他的視線移到我身上，「去船上，伊凡喬琳。」他說得很慢，聲音沒有用上他的能力。

但我還是意識到話裡的威脅了。站在一個緊盯著我的歌唱者面前，這件事我沒有選擇權。我要不是意識清楚地去，就是在他的控制下去。

「隨便。」

雖然很多缺點，卡爾確實是有崇高的品格。通常這點只會讓我更討厭他，除了現在。就像他之前在蒙特福特請願時說的，他不會讓任何人替他而戰，除非他自己也為自己奮戰。他不會讓任何人去做他自己不願意跟其他人一起做的事。所以瞬移者集合、伸出雙手的時候，他就站在我身邊，全身武裝，準備好席捲戰艦。

「第一次的感覺不會太好受。」我的瞬移者對我說，他的臉色嚴肅，年歲在他臉上留下許多痕跡。一位戰鬥經驗豐富的老手。

我只能對著他咬牙，握住他的手。

我感覺自己像是被擠壓到極致，全身的器官都扭曲了，我失去平衡，知覺混亂。我想喘氣，發現自己不能呼吸，看不見，無法思考，沒了存在——直到這一切全部消失，快得跟來時一樣。我大口吸氣，雙膝跪在一艘戰艦鋪了鋼的甲板上，瞬移者就站在我身旁。他伸手要蓋住我的嘴，但我揮開他的手，同時用充滿殺氣的眼神瞪他。

我們就在船首砲台後方，蹲在冰冷的鋼鐵製成、平滑圓柱狀的槍管旁。槍管仍因為轟炸碉堡而燒得發紅，熱燙燙地冒著煙，現在瞄準的方向已經換成了市區。我的能力快速流過槍管，進入火藥彈匣——幾乎全滿，以及在砲彈底下待命——有超過十二發已經準備發射。我對分別安放在船艦一前一後的兩座砲台也做了一樣的事。

「這裡的火藥足以把哈伯灣轟成灰燼。」我喃喃自語。

瞬移者只怒氣沖沖地看了我一眼。他讓我想起父親，打火石般的雙眼，聚精會神。

我做了必要之舉，牙一咬，把手放在砲管上用力拉。

砲管與我的力量拉扯，它已經鎖定瞄準其他地方。但是我一讓齒輪開始轉動，後面就容易多了，跟著我的手，轉動面對另一個目標。

艾芮絲自己的戰艦。

她深藍色的身影在海面最遠那艘船上的甲板踱步，手下湖居者守護在身邊，制服讓他們很好辨認。船上遠方船首位置，一個紅色身影倏地出現在視線中，是瞬移者和他自己的士兵。

「快了。」我咬牙說道，把砲管對準位置，砲口現在鎖定著舷側的位置。我握緊拳頭，把砲管的鋼和甲板的鐵片焊接在一起，固定砲管。現在只剩磁能者或有焊槍的人能控制這個砲口的瞄準方向了。「下一座。」

又是一次令人反胃的瞬間移動後，我們落在第二座砲台旁。我使出一樣的手法，搬動砲管。這次一對紅血徵召兵發現了我們。他們疾步衝來，但是瞬移者抓住了兩人一起消失了。我的眼角餘光看見他的身影出現在水面上，兩名紅血人直接落入哈伯灣，而瞬移者則在我還沒聽見水花的聲音之前就又回來了。

第三座砲台比前兩座更難搬動，在我的能力下抵死不動，不像另外兩座那樣可以順利推移。「他們發現了。」我生氣地說，開始沁汗。「砲手想要讓砲管保持原位。」

「妳到底是不是磁能者啊？」瞬移者諷刺地瞪著我。

我皺眉心想，希望托勒瑪斯被分配到的瞬移者廢話沒那麼多。最後我一鼓作氣，終於推動了砲管。因為用力過猛，砲台底座還往內歪斜，陷入軌道之中。

「完成了。發出信號吧。」

啟動砲台的裝置比我想像中容易，感覺就像是扣下巨型扳機。

單單一顆炸藥爆炸時的轟然巨響把我震到一邊去，我雙手摀住耳朵。接下來的一切只剩下嗡嗡聲。我掙扎著起身，看著炸彈擊中目標，在艾芮絲的戰艦甲板爆炸。

火舌高高揚起，像是邪惡的蛇盤身嘶嘶發怒，威力看起來比單一顆炸藥的成效還大。幾個士兵為了逃出惡火，直接跳進哈伯灣中。

卡爾的惡火。

湖居者就沒有這麼知難而退了，他們掀起一個浪濤蓋過船艦，讓水落下吞噬火焰。

不過第二顆炸彈很快就又正中目標，這次是艾芮絲船身另一頭，來自托勒瑪斯的船艦。我忍不住咧嘴一笑，差點就替他歡呼。

卡爾的火焰再次掃遍全船，更多人竄逃、更多人跳船。又是一波海浪，又一顆炸彈，又一場大火。這個節奏一直僵持不下。

我的瞬移者帶著我在砲台間移動，每次都有更多士兵要抵禦。多數都是紅血人。銀血人不會這麼大量地在船艦上工作，只有軍官而已。有我的能力和蒙特福特人的能力，抵擋他們很容易。

如果可以，我會要他帶我瞬移到卡爾身邊。他肯定忍不下心殺掉艾芮絲，但我絕對沒問題。害死湖居地國王之後，他們對我們已經恨之入骨，多殺她一個無妨。事實上，這麼做可能會讓他們嚇得躲回湖泊和農場之中，重新思考對抗偉大的薩摩斯和克羅爾這件事。

但我的工作是操控這些砲台，占領這艘船艦。

艾芮絲對戰卡爾的時候，注意力就從哈伯灣移開了，我們的士兵開始跨海上船。我們在船上移動第三次之後，更多瞬移者來到了甲板上，每個人都帶上了六個士兵，還有更多士兵搭上小船，快速地駛向我們。

我瞇眼看著遠方的戰艦，一邊看，一邊發射另一顆炸彈。這顆又是一記重擊，在離水面幾碼高的艙殼位置炸出一個冒煙的大洞。甲板上的景象很恐怖，上方烏雲聚集，厚重帶著閃電。火和水在船艦上交手，惡火與浪濤。兩個皇室銀血人的戰鬥的威力太大，船身隨之傾斜，兩方的戰士勢均力敵，可是戰況卻沒有平手。

這是我這輩子第一次認真思考，要是泰比瑞斯．克羅爾死了會發生什麼事？

我認為艾芮絲會殺了他。

20 梅兒

距離雖然沒幾英里，但是感覺卻像是永無止境。輪胎高速轉動，我的手一直抓著車門把手，準備一開上波特路就衝下車。車上只有我、馭電者和司機。連艾拉都默不出聲，看著窗外漸漸陰暗的天際。越接近哈伯灣，新城的煙霧就慢慢被漆黑、刺激的雲層取代。一開始我還很慶幸自己可以不用跟人交談，可是隨著時間一分一秒過去，沉默變得越來越沉重，往我壓下來。讓人除了眼前的城市和其中的戰鬥以外，難以思考其他事。遠方地平線看起來像是起火了一樣。

我的思緒紊亂，胡亂猜測我們會發現什麼事。每個可能都比前一個更糟。投降、戰敗、法爾莉喪生、泰比瑞斯蒼白流著血，鮮血像銀色光圈。

上次來哈伯灣的時候，我靠著隧道和巷弄移動。我沒有搭著軍方用車穿梭大路，像顯赫人士或貴族一樣有人隨行。我幾乎不認得這地方。

我們駛入城市，原本以為會遇到反抗，但是戰線比我想像的還遠。街道幾乎都是空的，只有士兵，而且都是我們的人，往自己的鎮守位置移動，或是在四處巡邏。有一、兩次瞥見我們盟軍的士兵領著囚犯前進，銀血人的手腕上掛著鐵手銬，被帶往我方扣留他們的地方。我猜這是大衛森的命令。他最擅長拿囚犯當談判條件。

車身轉變方向，駛上緩降坡路，往港灣的方向前進。

「我們的人在水邊拉開防線，回防碉堡前先守住現在的位置。」我們的司機對我們喊道。他座位上的對講機大多時候只有靜電訊號的聲音，不過仍有零星幾個字傳過來，他把聽得懂的都說給我們聽了。「聽起來空軍艦隊在海面上控制住諾他王國的飛機了，我們現在正在盡力攻占海面上的船艦，但是地平線處有湖居者的船艦。」
瑞夫坐在我對面，低聲咒罵。「太遠了。」他喃喃說。
「這就交給我來判斷吧。」艾拉仍看著窗外，口氣冷酷地說。
泰頓往後一靠，嘴角一撇，「看來我們暫時拿下這座城市了。」
「看起來是。」我回答，心裡仍七上八下。
車子繼續向前行，經過幾棟大型建築和一些看起來比較重要的地方。我全身緊繃，我一定要能立刻面對平靜只是假象這個可能性，只是要引誘泰比瑞斯和其他人產生錯誤的安全感的可能性。我緊咬牙關，閃電就在身邊。我的馭電者夥伴也一樣，每個人都嚴肅以對，準備隨時出擊。
街尾可見港灣洶湧的海水，就在奔走的兵團眼前。情況看起來就像風暴剛橫掃而過，所見之處都是濕的，深灰色雲層在天上被強風吹散。大浪打在弧形的海岸線上，冒著白色泡泡，像一口滾燙的大鍋。現在我才看見海灣外的愛國堡已經毀了，一半淹著大水，另一半熊熊燃燒。即便隔著水面，我都能聞到那味道。通往愛國堡的大橋也是一片殘局，好幾處被海水淹沒。
我太想看清現場，前額都抵上車窗了。我們的士兵都在忙著清理殘骸，堆成臨時搭建的牆面，或是在架設機關槍。隨著車開上海水旁的廣場，我的目光在人群中搜尋，尋找熟悉的臉龐。大家看起來都一樣，就連穿著不同制服也沒有影響。滿臉髒兮兮，各自流著不同顏色的血，累得隨時會倒下的模樣，但還活著。
我們駛過水邊，人群讓開路來讓我們直接開到中間，抵達現在已經被摧毀的碉堡大橋閘門。艾拉和我擠在右手邊的車窗，伸長了脖子想看個清楚。瑞夫在我們對面也一樣，只有泰頓維持不動，瞪著髒兮兮的靴子看。
「船艦在互相開火。」艾拉低聲說道，指著還停在港灣中的戰艦。「你看，三艘打一艘。」

我咬著嘴唇，只疑惑了一下子。遠方灰色的船身在擺動，被自己的猛烈砲火搖晃。沒錯，看起來的確是三艘船一起攻擊第四艘，不知道哪一邊占上風。是我們的盟軍，還是馬凡的？小船在混濁的水面行駛，載著士兵往戰艦去。

車子還沒完全停下來，我的靴底已經踏上濕漉漉的人行道，每一步都又滑又危險。我保持平衡，穿過成群的士兵，其他馭電者跟在我身後，往集結在水邊看船隻越海而去的軍官走。第四艘戰艦在遠方乘著海浪，在炸彈威力下劇烈晃動。我沒去看海面狀況，只在士兵群中尋找熟悉的面孔。

我先看到法爾莉，她的金髮在灰暗的戰鬥中閃閃發亮。望遠鏡在她的頸子上晃動，暫時被遺忘。她以穩定的節奏吼著，雙手在手下軍官之間比劃。她似乎沒有注意到那群堆起箱子、為了保護自己的將軍忙著堆疊破牆的男子。我胸口的緊繃釋放了一些，呼吸也輕鬆了一點。

朱利安也在，讓我鬆了口氣。他和安娜貝爾站在一起，兩人的目光都鎖定在海灣的戰艦上。

這畫面讓我有點不安，但我說不上來為什麼。

「我們可以幫上什麼忙？」我盡可能保持冷靜地走進他們的圈圈裡說。

法爾莉轉過身，一臉震驚，我準備好承受躲不掉的責備。「你們來幹嘛？」她生氣地說：「新城出了什麼事……」

「新城勝利了。」艾拉站在我身邊，雙臂交叉在胸前說。

瑞夫點點頭。「安排我們做事吧，將軍。」

「艾芮絲．席格內特在那裡。」法爾莉不悅地說，伸手指著船艦。然後她猶豫了一下，咬緊牙關。這模樣讓我緊張。

我伸手放在她的手臂上。馬凡的皇后是很強沒錯，但不是打不倒。「艾芮絲嚇不倒我，法爾莉，讓我幫忙……」

港灣中噴出一道火焰，覆蓋第四艘船艦，移動的速度很古怪。一陣巨大、不自然的海浪揚起，迎向火焰，落在甲板上。又一股火焰噴發，在浪花奔騰噴灑的同時，火舌高竄到空中。水火一起移動，舞動方式顯示這只可能是特定的兩個人的行為。

我的心一沉，恐懼讓我動彈不得。還有憤怒。

港灣的天空轉黑，雲層瞬間重新聚集，紫色閃電在雲端深處流竄，與我的心跳同步。

「他在幹嘛？」我對著空氣怒吼，往水邊走近一步。我心裡有個東西像斷了一樣，過去曾有的任何客觀心態、對這城市的任何想法都瞬間煙消雲散。

「別急，梅兒。」我聽見艾拉說，她伸手想拉住我的手臂，但我推開她。*我得上那艘船，我得阻止他。*「妳在這裡幫不了他！」她喊道，聲音漸弱，我在人群中快速移動，動作敏銳。他們追不上我。

我走到水邊，絕望可能已經完全吞噬了我，卡爾在對抗寧夫斯人，一個強大的寧夫斯人，這是他最大的弱點。我嚇壞了。

船隻在港口來回穿梭，空著的船開回來準備載更多士兵過去。我緊咬著牙關，覺得牙齒都快崩了。*太慢了。*

「瞬移者！」我絕望喊道，可是沒有用。槍砲的聲響蓋過我的聲音。「瞬移者！」我再次大喊，可是沒有人朝我跑來。

船隻移動得雖慢，但已是我最好的選擇。法爾莉追上來抓住我的肩頭的時候，我已經一腳踏上船。她使勁把我往後拉，我的靴子踏在碼頭的淺水中濺起水花。

我甩開她，用不知道多久以前在高棚村的小巷弄中學到的動作掙脫。她一個踉蹌，雙手伸長，但沒有摔倒。她的臉色漲紅。

「讓我上那艘船，法爾莉。」我的聲音因為怒氣而顫抖。我感覺到自己快爆炸了，「我不是在請妳批准。」

「好。」她讓步道，雙眼圓睜，露出心裡的恐懼。「好……」

水面上一道強光讓我倆都愣住了，法爾莉的話就停在嘴邊，沒有說完。我們驚訝地說不出話，看著一連串的砲火轟炸在艾芮絲的船上，讓整艘船艦搖晃不已。海浪揚起，穩住船身，同時爆炸仍持續蔓延，火紅憤怒，每一顆炸藥都是一道惡火高竄上天。烏煙瀰漫，又黑又臭，海浪再次升起，拉住船身。士兵從甲板上跌落，掉進下方的哈伯灣。隔著這麼遠的距離，我無法分辨他們身上的制服。是紅色、綠色還是藍色，我不知道。

但他的盔甲在火焰中閃閃發亮，不容忽視。

我想都沒想，直接從法爾莉的頸子上扯下望遠鏡，擺到我自己眼前。

看見眼前的影像，我只覺得全身凍結，雙腳像是生了根一樣，無法動彈。

艾芮絲躲過一團火球，彎身的動作像流水一樣柔軟，比泰比瑞斯更快。她跳離他的攻擊範圍，即便腳下的船身不斷搖晃，往出海口方向飄去，她仍成功繞開。英勇又愚蠢的克羅爾追了上去。

另一陣大浪正面擊中他，席格內特的力量伴隨著一片藍白色水花落在他身上。想像著他倒在金屬船身，在我面前溺水，我的心臟不禁停了一拍。

他倒下，盔甲因為戰鬥四分五裂，赤紅色的長袍被扯成碎片。這麼高大的身材來說，泰比瑞斯掀起的水花十分地弱小。

我的視線出現黑影，因為我腦海的資訊過載而有點暈眩。就連法爾莉的聲音聽起來都變得好遠，吼著命令的話聲漸漸消失不見。我想要大聲吼叫，可是我的牙關咬得緊密。如果我移動，如果我開口，我的自我約束就會全部消失，閃電的殺傷力會毫不留情。我只能瞪著眼看，站在原地，向任何可能會聆聽的對象禱告。

馭電者圍上來，我感到溫暖的雙手抓住我的肩頭，他們隨侍在側，要是我失控了就能立刻反應。

藍色，綠色，白色。艾拉，瑞夫，泰頓。

卡爾，卡爾，卡爾。

要活下來啊。

什麼都不重要了，除了海水，藍白交織的浪濤在戰鬥中留下泡沫。大多數跌落船艦的士兵都還活著，在水面上載浮載沉。但是他們沒有穿盔甲，他們不怕水，他們不用對戰艾芮絲・席格內特後被打敗。刺眼的陽光讓視線幾乎什麼都看不清，但我還是瞇眼凝視，直到再也忍受不了為止。直到我無法睜開眼睛為止。望遠鏡從我手中落下，跌個粉碎。

水際的混亂越演越烈，直到每個士兵都停下腳步等著，屏息看這個克羅爾王子的命運。聽見他們齊聲倒抽一口氣，我逼自己張開眼睛，轉過身。泰頓加重手勁，手指抵著我的頸子。如果有必要，他會制伏我，以保護所有人不受我的哀痛傷害。

我不知道是誰把泰比瑞斯從水中拖出來，也不曉得是哪個瞬移者把他帶到海岸。我不看醫療師彎下身子，一臉恐懼地設法救他一命，我不在乎還在港灣中想要逃命的艾芮絲。我只能看著他，雖然我從來不希望看到他這個樣子。時間每過一秒都是浪費。我被子彈射中過，我被匕首刺傷過，我曾經被整個掏空，可是這情況比那些都還糟上一千倍。

比起我們，銀血人的肌膚色調很冷，像是暖意都漏光了一樣。但是我從沒看過銀血人像他這個模樣。他的嘴唇發藍，雙頰像是發亮的月光，從頭到腳不是浸得濕透，就是在流血。他的雙眼緊閉，沒有呼吸。泰比瑞斯看起來就像一具屍體。他很可能就是一具屍體。

煎熬。我活在這個被詛咒的時間裡，被困住，只能望著生命力一點一滴從他的身體中流失。奇隆在新城活下來了，我會在哈伯灣失去泰比瑞斯嗎？

醫療師的手掌放在他的胸膛上，他的眉間掛著汗珠。

我向所有可能存在的神祇祈禱，向任何可能會聽見的對象禱告。

然後我開始哀求。

水噴了出來，他猛烈地咳嗽，同時用力睜開雙眼。如果不是其他馭電者撐著我，我差點就不支倒地。我用力倒抽一口氣，一手掩嘴想掩飾自己發出的聲音，卻只摸到雙頰上的淚水。

人群馬上湧上，安娜貝爾跪在他身邊，朱利安也在。他們低聲對著自己家的孩子說話，順過他的髮絲，堅持要他躺好讓醫療師完成工作。

他虛弱地點點頭，仍沒恢復過來。

我在他還沒看見我之前就轉身離去，但我意識到自己有多想留下來。

汪洋丘是柯瑞安的最愛，那個我沒機會認識便已辭世的皇后。這地方也是她兒子的最愛。宮殿由白色石塊和藍色拱頂和上頭的銀色火焰建成，即便在還沒散去的煙霧和塵埃之中看起來仍富麗堂皇。我們在皇宮閘門前的廣場上走動，這裡通常車水馬龍。如今看起來似乎只有一旁的警衛中心有動靜，這地方現在已經由盟軍士兵接管。我們經過的時候，他們把紅色、黑色、銀色的旗幟扯下，還有馬凡．克羅爾的畫像。他們把這些象徵物品放火燒掉，我看著他的臉龐起火，藍色雙眼在紅色火焰的吞噬下直盯著我。

街道都是空的，我記憶裡那座水晶拱頂下的美麗噴泉，現在已經乾涸。戰爭在哈伯灣留下了痕跡。

宮殿大門已經大大敞開，迎接法爾莉與我。我們之前就來過這裡，當時的我們是偷襲者的身分，是難民。今天已經不可同日而語。

車子一減速，法爾莉便很快地下了車，揮手要我跟上。但我猶豫了一下，心裡仍因早上的事件餘悸猶存。不過幾小時前，我才親眼看著泰比瑞斯在鬼門關前走一遭，那畫面我還沒辦法忘記。

「梅兒。」她壓低嗓音催促道，不過已經足以讓我立刻恢復動作。天藍色的宮殿大門打開，鉸鏈悄然無聲，門內由兩名赤紅衛隊的成員看守。他們身上破爛的領巾像紅寶石般豔紅，非常突兀，也刺眼得讓人無法看錯。

這次回來，我們已是征服者的身分。

汪洋丘仍有一種無人使用、被棄置的臭味，我不認為馬凡坐上王座之後還有來過這裡。柯瑞安的代表色金色被高掛在牆上和挑高天花板上，色澤黯淡。這裡就像是一位被遺忘的皇后的陵墓，除了回憶或她的幽魂以外，空無一物。

我邊走邊看著眼前的反差，注意著身邊人的面孔。幾個赤紅衛隊的紅血人看守著這裡，手上的武器就這樣坦蕩蕩地展示，但多數人看起來都無所事事。有些還沒從戰鬥中完全恢復，有些人靠著高大的柱子打盹，或是懶散地沿著中廊在眾多沙龍、廳堂裡閒晃。反而是銀血人在忙著做一些打雜的事，可能是安娜貝爾下的令。他們得替泰比瑞斯準備新的王座、打點他的皇宮，標示出他才是合法的統治者和國王。他們打開窗戶，拿下披掛在家具上的床單，連窗台門檻和雕像上的灰塵都撣去。我眨眨眼，無法置信。銀血人在做家事，真是奇了。紅血僕人一定都逃光了，現場剩下來的紅血人當然不可能幫他們做。

來來去去的人我全都不認識。沒有看到朱利安，連安娜貝爾也不在場監視手下的士兵幫忙打理皇宮。這景象讓我有點擔心，因為這麼一來，他們只剩一個地方可去，他們一定都在那裡。伊凡喬琳從轉角突然冒出來拉住我的時候，我已經幾乎要跑了起來。她的盔甲已經換成了比較輕薄的襯衣。如果這場戰她打得很辛苦，從外表也一點都看不出來。其他人都髒兮兮地，甚至滿身血跡，而伊凡喬琳．薩摩斯看起來才剛洗過一場冷水澡一樣清爽。

我只擠得出一句「少擋路」，想繞過她繼續向前。法爾莉腳步急停，怒目瞪視。

「放開她，薩摩斯。」她惡狠狠地說。

伊凡喬琳無視她，她只抓緊我的肩膀，逼我望向她的雙眼。我抵抗著想要擊斃她的衝動，讓她看個清楚。讓我意外的是她的目光掃過我全身，在我的傷痕和瘀青上游移。

「妳該先去見醫療師，這裡很多。」她說：「妳看起來糟透了。」

「伊凡喬琳……」

她的口氣嚴厲，「他沒事，我跟妳保證。」

我的目光用力往她一瞪。「我知道。」我咬牙說：「我親眼看過他了。」即便如此，想起那畫面我仍得咬緊牙關。太鮮明，太痛苦了。

他還活著，他從她手下生還了，那個寧夫斯公主。我提醒自己。他弟弟的那個致命的皇后。單單為此我就想擰他的脖子了，居然在哈伯灣中間挑戰寧夫斯人。我見過泰比瑞斯・克羅爾為了游過小河而踟躕不前的模樣，他憎恨水，最怕的就是水，要讓他死，用水就是最可怕，也最容易的方法。

伊凡喬琳咬唇看著我，她喜歡眼前的景象。等她再次開口，聲音已經變了，變得溫柔，像羽毛般輕軟。「我忘不了他像石頭一樣沉下去的模樣，跟著身上的盔甲什麼的。」她靠近我好對著我的耳朵說話。這番話在我身邊扭曲，讓我的皮膚發麻。「醫療師花了多少時間才讓他恢復呼吸？」

我緊閉雙眼，不想想起。我知道妳在幹嘛，伊凡喬琳。而且有用。泰比瑞斯，蒼白、了無生氣、全身濕透、雙唇微啟、張開的雙眼空洞無神，什麼都沒看見。謝德的屍體也是這樣，到現在仍是揮之不去的夢魘。等我再次張開眼睛，泰比瑞斯的屍體模樣還在，籠罩我的腦海，怎麼樣也甩不開。

「夠了。」法爾莉說，用身體隔開我倆。她可以說是直接把我拖著走，伊凡喬琳只在一旁竊笑。

她跟在我們身後，把我趕往對的方向，好像我是一頭牛，要被趕到牧場去。或是屠宰場。

我沒來過汪洋丘，但我對宮殿已經夠熟，知道我要找什麼地方。我們踏上一座華美、蜿蜒的階梯進入寢宮，這層樓散布著皇室廂房和寓所。上了樓便離開了比較公開的樓層，這裡的塵埃比其他地方都厚重，從地毯上向雲霧般揚起。柯瑞安的顏色布滿各處，金色和黃色，看起來褪色又老舊，被世界遺忘。不知道這景象會不會讓她兒子心痛，那個差點跟她一起死去的兒子。

國王的廂房很大，入口處有雷洛藍家的士兵守護。他們外貌的色澤和穿著都和安娜貝爾一樣，黑色髮絲，銅色雙眸。泰比瑞斯的雙眸。我們走過的時候沒有被阻攔，直接踏入設計為往下沉的房裡，這地方現在被當作接待廳使用。很窄的一個接待廳。

我先看見了朱利安，他背對著朝向現在晶瑩剔透的哈伯灣，海灣在午後的陽光下閃耀藍色光芒。他轉過來面對著我，五官形成一張我不認得的神情。莎拉．史柯儂思站在他身邊，身子站得直挺，雙手交疊，放在身子前方。雖然她的手很乾淨，但是簡單制服的袖子直到手肘處都沾滿了紅色和銀色血跡。看見這模樣，我不禁打了個冷顫。一開始她並沒有注意到我，注意力都放在屋子中間那壯如山的男子身上，他人就跪在地上。

法爾莉默默地坐下，硬是擠在兩名赤紅衛隊中尉中間。她揮揮手示意我加入她，但我沒有移動。在這群人之中，我寧可待在角落就好。

我從沒正式與朗伯斯門脈的王爵見過面，但是我認得那個即便跪姿仍壯碩的身形。他的袍子非常好認，濃郁的巧克力色，赤紅色邊緣鑲著珍貴的寶石，光彩耀眼。他是他們的領袖，也是這座城市、這個地區的統治者。他的髮絲是泛黃的金色，摻雜著白髮，往後編成本來應該是很精美的髮辮。髮辮已經鬆散，可能是戰鬥導致，或者是因為這位偉大的王爵絕望地拉扯而弄亂的。我想應該是兩者皆是。

銀血人不熟悉投降的滋味。

我吁氣，用意志力勉強自己把視線從這個朗伯斯家的人身上，移到站在他面前的真正的國王。他手裡握著劍。一看到他的模樣，便洗去了我腦海中的屍體景象。

他的手握得很緊，絲毫沒有猶疑，緊抓著那把儀式用劍的雕花劍柄。這把劍打哪來的，我不知道。不是亞樂拉逼他拿來刺殺自己父王的那把，但是看起來也夠像了。現在他站在另一個跪地求饒的人面前，我相信他也想起了那件事。要對另一個人這麼做一定讓他很痛苦，這次還是在自己的意願下行事。

泰比瑞斯看起來比平時更蒼白，雙頰完全沒有血色，可是我看不出來是出自羞愧還是恐懼。也許是疲憊吧，或是疼痛。但即便如此，他仍看起來就是個君王該有的樣子。他身上的盔甲很乾淨，頭上戴著王冠。他銳利的下巴線條和高聳的顴骨不知怎麼地看起來更顯眼了，八成是給突然落在肩上的重擔給磨出來的。這一切都只是一張面具，他必須擺出勇敢的臉。他的另一手空著，手指沒有火焰，除了他的雙眸以外，沒有別處顯露出火光。

「城市是您的。」朗伯斯說，低著頭，舉著雙手。

安娜貝爾走到她孫子身邊，手指像鳥爪一樣彎曲。她大概是這世界上唯一一個不需要任何裝飾就一派皇室風範的人。「朗伯斯爵士，你該用正式稱謂才對。」

他馬上接受，頭垂得更低了，嘴唇差點就要碰在地毯上。「陛下，泰比瑞斯國王。」他毫不猶豫地說。他順從地張開雙手，「哈伯灣這座城市，以及整個烽火區都是屬於您的。回歸真正的諾他國王的領導。」

泰比瑞斯眼神沿著直挺的鼻梁低垂，轉動手上的劍。刀鋒反射光芒，王爵身子一縮，瞇眼看著突如其來的光線。「朗伯斯門脈呢？」他問。

伊凡喬琳在我身邊掩面悶哼一聲：「搬大戲啊。」

「我們也屬於您，任您差遣。」王爵喃喃說道，聲音聽起來有點哽咽。就他所知，泰比瑞斯可能會把他全家處決，將他們連根拔起，讓整支血脈直接從世界上消失。銀血國王曾經為了更小的理由做過更糟的事。「我們的士兵、財產、資源都隨您使用。」他補充道，把門脈能給的東西都列出來。還活著的門脈能給的東西。

沉默延伸，繃緊，好像隨時會崩斷。泰比瑞斯眼睛眨也不眨，看著朗伯斯王爵，臉上沒有表情、沒有展露出任何情緒，深不可測，然後他露出微笑，笑意中流露暖意和同理心。我不知道是不是真心的。

「我很感謝你這麼做。」他說，微微地低了下頭。跪在他面前的朗伯斯王爵放鬆地一抖。「等你的家族成員效法你的行為、誓言效忠於我，背棄那個坐在我父王的王座上的假國王，屆時我也會一樣感謝他們。」

站在他身旁的安娜貝爾露出笑容。如果他的表現是她教的，那她真的教得很好。

「是……是的，當然。」朗伯斯口吃道，整個人同意得五體投地。我注意到泰比瑞斯稍微把腳往後挪了一點點，以免趴在地上的王爵突然親吻他的腳。「我會盡快安排，我們的力量就是您的力量。」

泰比瑞斯的神情一緊。「就明天，王爵。」沒有留下討價還價的空間。

「就明天，陛下。」朗伯斯回答道，點頭如搗蒜。仍跪在地上的他握緊肉肉的拳頭，「泰比瑞斯七世萬歲，諾他國王、真正的北方烈焰！」他喊道，聲音越來越大聲。

簇擁在一旁的臣子和士兵，不分銀血或紅血，全都齊聲應和，重複著這令人作嘔的稱號。泰比瑞斯臉色一白，血色又回到雙頰上。他的視線來回移動，想記下誰喊出了他的名號，還有誰沒喊。他的視線停在我和我無動於衷的雙唇上。我與他四目相接，堅定地閉著嘴，心裡一陣激動。

法爾莉也一樣，看著自己的指甲，而非面前的盛會。

安娜貝爾一手搭著孫子的肩膀，沐浴在眾人的擁戴之中。她的左手恰巧地展現一枚古老的婚戒，上頭是一顆黑色寶石。這是她身上唯一的珠寶，也是她唯一需要的珠寶。

「萬歲。」她低聲說道，閃耀著光芒的雙眼望向泰比瑞斯。只見他臉上神色微微一變，她立刻移動腳步，走到他身前，把那雙致命的手交疊，戒指仍清晰可見。「國王感謝各位的忠誠，我也是。接下來幾個小時，我們還有很多事要討論。」

這話的意思就跟解散一樣。泰比瑞斯轉身，背對著屋裡的人，我才發現其中的真意為何。他累了，他受了傷，也許不是肉體上的傷勢，而是深在某處、無人可見的地方。他的肩膀剛毅的線條，那熟悉的姿態，在紅寶石色的盔甲護胛片下一垂。稍微地放鬆，或是放棄。

不知為何，他的屍體的畫面再次湧現。我感到一陣驚慌，情緒威脅著要把我吞噬、淹沒。

我往前走了一步，想要留下來，可是人群卻推著我往後。伊凡喬琳也是。她抓住我的手臂，手上還戴著的裝飾指爪掐進我的肉裡。我不想引人注目，咬牙任她帶著我走出他的廳室。朱利安經過我們身邊，挑起一眉，對於我倆走得這麼近一臉驚訝的模樣。我企圖用眼神跟他溝通，想請他幫幫我，或是給我一點指引。可是他還沒弄清楚我要什麼就轉頭了，或者他只是不想給我我需要的而已。

我們再次經過警衛身邊，雷洛藍家的人看起來像是穿上了他們家代表色紅與橘的哨兵人。也許袍子就是從這裡來的。我回頭，越過銀血王爵和紅血軍官的頭頂張望。法爾莉的一頭金髮在其中閃爍，托勒瑪斯．薩摩斯則與她保持著安全距離。我還看見安娜貝爾，像老鷹般看著一切。雙腳穩穩地站在泰比瑞斯臥房門外。泰比瑞斯則閃身進了臥房，頭也不回地消失了身影。

「不要跟我爭。」伊凡喬琳在我耳邊說。

我立刻張嘴想爭辯，但她把我拖到一旁去、脫離人潮，踏上走廊，我忍了下來。即便現在的狀況來說，我們的處境很安全，我的心仍跳得極快。「妳自己說過，把我們鎖進衣櫃裡也沒有用。」

「我沒有要把誰鎖在哪裡。」她悄聲回答：「我只是要給妳看門在哪裡。」

我們轉過一個個彎，走上一道道小樓梯和僕人通道，我只覺得有時太快、有時太慢。我心中的羅盤不斷旋轉。正當我覺得我們快回到一開始出發的地方時，走在陰暗通道上的她突然停下腳步，這空間幾乎小到我倆都擠不過。

在一陣不自在中，我想起我的耳環。那個我沒戴上的耳環，血紅色的寶石，被放在盒子裡，留在蒙特福特，與世隔絕。

伊凡喬琳站在我右手邊，手掌放在一扇老舊的門上，那門看起來因為太久沒人使用，布滿了鏽痕。腳鏈和門鎖變成深紅色，像乾涸的血跡一樣斑駁。她的手指一彈，金屬便開始轉動，鐵鏽就像水珠般落下。

「這扇門會通往……」

「我知道這扇門會通往哪裡。」我回答道，快了那麼一點點。我突然覺得自己好像剛衝刺了一英里一樣。

她的笑容讓我焦躁，差點就要轉身離開。差一點。

「很好。」她說，退後一步。她的手在空中一揮，指向那扇門，彷彿那是一個無價之寶，而不是赤裸裸的算計。「想做什麼就做什麼吧，閃電女孩。想去哪就去哪，沒有人會阻止妳。」

我沒有答案給她，只能看著她溜走。伊蓮一定在路上了，要來慶祝戰勝。我發現自己在心裡偷偷嫉妒她們，至少她們的立場一樣，即便面前這麼多不可能，兩人至少仍是一心。都是銀血人，都是貴族出身。她們對彼此的了解，是我跟泰比瑞斯永遠達不到的境界。她們是一樣的，是平等的。他和我則不是。

我該轉身離去。

但是我已經走進了門，踏上被遺忘的通道的半漆黑之中。我的指尖拂過冰冷的石頭。前方隱約有光滲入，距離比我想像中還近，照亮了另一扇門的線條。

轉身。

我的雙手平放在木板上，觸感平滑，雕刻獨一無二。我的手指跟著雕花移動了一下，心裡忐忑不安。我知道這條通道會通往哪裡，知道在另一頭的人是誰。屋內傳來腳步聲，經過的時候讓我嚇了一大跳。然後是椅子拉開的聲音，有人重重坐下。砰砰兩聲，表示他的靴子抬起來放在書桌上或是茶几上，然後是一聲漫長的嘆息。不是滿足的嘆息聲，而是充滿挫折、充滿痛楚的嘆息。

轉身。

門把在我的手中轉動，彷彿有自由意識一樣，我走進了午後的陽光之中，眨著眼睛。泰比瑞斯的寢宮寬敞舒適，挑高的天花板漆上了藍色與白色，宛若雲朵。窗戶對著哈伯灣，對著太過晴朗的天氣。海洋微風把最後一縷烏煙吹散。

看起來國王雖然才剛到這裡幾個小時，已經極力把這地方弄得一團亂。他坐在一張被隨便拉到屋子中間來的書桌旁，背對著一張我連瞥都不想瞥一眼的床。紙張和書籍堆在他身邊，有一本已經打開來，裡頭的字跡密密麻麻、整齊排列。

等我終於鼓起勇氣望向他的時候，泰比瑞斯已經站起了身。他舉著一個冒著火焰的拳頭，全身像一條蛇一樣繃緊了蓄勢待發。

他的目光掃視我全身，雖然我對他沒有威脅，他的手仍熊熊地燃燒。過了好長一會兒，他甩掉火光，任其閃爍熄滅。

「妳動作真快。」泰比瑞斯突然開口，聽起來有點喘。

這話讓我倆都放下了戒心，他別開視線，坐回書桌椅上。他背對著我，很快地伸出一手把書本闔上，掀起一陣灰塵。那本書的封面很破舊，上面的金漆黯淡，沒有任何文字，書脊也破了。他把書本推開，隨手塞進一個抽屜裡。

然後他假裝忙著看報告，甚至還伏在案上，刻意地瞇起雙眼。我在心裡嘲諷地笑，往他走近一步。

轉身。

往屋裡又走了一步，空氣拂過我的肌膚，好像會震動。

「那之後……」我話沒說完。這實在太難開口了。「那之後，我得親眼看看才行。」我回答，看著他的一邊嘴角上揚。他的視線沒有移動，快把眼前的文件看穿了。

「然後呢？」

我聳聳肩，雙手扠腰。「你看起來很好，我多跑了這趟。」

在書桌旁的他爆出一陣刺耳但很真誠的大笑。泰比瑞斯往後一靠，手臂搭在椅子上，轉身正面看著我。他的銅色雙眼在陽光下就像熔化了的金屬一樣，視線在我身上流動，在露出來的傷口和瘀青上停留。他的目光移動的感覺就像是手指撫過。「那妳呢？」他問，嗓音壓低。

我猶豫了一下。跟他經歷的一切，和奇隆嗆血的景象相比，我自己的傷痕顯得什麼都不是。「都能治得好。」

他撇嘴，「我不是問這個。」

「我是要說，比不上。」我對他說道，一邊在書桌前繞圈。他跟著我移動，像獵人般追蹤。這感覺很熟悉，像是在跳舞，或是被追捕。「不是每個人都能說自己今天差點就死了。」

「喔，那件事啊。」他喃喃說道，伸手抓過頭髮。短短的髮絲站了起來，弄亂了本來的國王造型。「一切都照計畫行事。」

我冷笑一聲，露出牙齒。「有意思，我倒不記得在海洋中間跟一個殺手級的寧夫斯人對戰是計畫中的一部分。」

他在椅子上調整了一下坐姿，感覺不太自在。他慢慢地脫下盔甲，露出輕薄的緊身上衣和底下精實的身材。這是在挑戰我，可是我立場堅定。盔甲一片片落地，發出鏗鏘聲響。「我們需要那些船，我們需要這座港灣。」

我繼續繞圈，他也繼續一片一片地丟下身上的盔甲。他用牙齒解開臂鎧，眼神從頭到尾都沒有離開我。

「我們還需要你跟她正面交戰？在那裡是誰占優勢，泰比瑞斯？」

「我還活著。」

「不好笑。」我覺得胸口裡有個什麼東西突然一緊。我伸出手指，沿著他的書桌的雕花邊緣移動，抹拭堆了灰塵的桌面。我的手指皮膚最後變得灰灰的，失去了血色。像是我打扮成銀血人那時候，為了活下去，就得忍受抹在身上的化妝品。「我們今天差點失去奇隆。」

泰比瑞斯立刻把那抹賊笑收起，完全抹去，一瞬間也暫時忘了盔甲。他的眼神一沉，光芒都黯淡了下來。「我以為新城很順利就拿下了，他們沒有想過……」他打斷自己的話，咬緊牙關。我別開他的視線，不想要看見他的憐憫。「發生什麼事了？」

我覺得呼吸變得急促。重新回憶起整件事的感覺還太近了，危險還沒離開。「銀血守衛。」我喃喃說道。「一個特爾基人，把他扔下樓梯井，撕裂了他的五臟六腑。」回憶顯現，話聲自己停了下來。跟我交情最久的朋友，皮膚變得蒼白，每分每秒越來越接近死亡。他的下巴、胸口、衣服上都是紅色鮮血，我的雙手上也都是。

這個國王什麼話都沒有說，他選擇沉默。我擠出力量，望向他的臉，發現他盯著我看，雙眼圓睜，嘴唇拉成一條嚴肅的細線。他臉上緊蹙的雙眉和咬緊的下巴線條，顯然寫著擔憂。

我強逼自己再次移動腳步，路線帶著我繞到桌子後頭，接近他的椅子，走近熟悉的高溫範圍之中。

「我們及時把他送到醫療師手中，」我邊走邊說：「他會沒事的，跟你一樣。」

我走過他身後的時候，忍耐著想要伸手觸碰他肩膀的衝動。忍住想把兩手分別放在頸子兩旁，然後傾身向前，讓自己抱緊他的衝動。讓他抱著我。想要放手、休息，讓別人替我承擔重任的感覺，現在比什麼時候都更強烈，這念頭難以抗拒。

「但是妳跟我一起在這裡。」他說話的聲音之低，我差點沒聽見。

但我還是聽見了，話聲久久不散，在我倆之間迴盪。

我沒有話可以回他。我不願說出口，不願承認。我對羞愧的感覺可不陌生。現在的我，站在他的寢宮，奇隆在數哩外休養，就是這種心情。奇隆，若不是因為我的緣故，根本不會來到這地方。

「不是妳的錯。」泰比瑞斯繼續說。他對我夠了解，猜中了我的心思。「發生在他身上的事不是妳該承擔的責任。選擇是他自己做的。而且如果沒有妳，沒有妳為他做那些事……」

被徵召。注定淪落到壕溝，或軍營。可能就在湖居地之戰的最後戰火之中死去。成為名單上的另一個名字，另一個因為銀血人的貪婪而犧牲的紅血人。另一個被遺忘的人。就是因為像你這樣的人，我在心裡想，強逼自己深吸一口氣。

我試著在他的話裡找一點安慰，但是我做不到。他說的話不能為我的行為開脫，也不能當作奇隆為了我變成現在這個模樣的藉口。

雖然從去年起，我們都變了，自從他的師傅死去的那天起，從他站在我家底下的黑影中，努力試著不要緬懷被奪走的人生的那一刻起。讓我承擔一切。

不知道如果我們就長成本來的那個樣子，或者說如果那些人就這樣永遠消失，會是什麼情況。我猜只有瓊恩知道，而那個預知者早已不知所蹤，再也找不到了。

我清了清喉嚨，趁勢換個話題。「我聽說湖居者的艦隊守在遠方。」我背對著他，轉身望著對外的房門，通往接待廳的那扇。如果我想，現在就可以走出去，他不會阻止我。

而我卻不斷阻止自己。

「我也有聽說。」泰比瑞斯回答。然後他壓低聲音，嗓子變得低沉，帶著恐懼。「我記得黑暗、空洞，什麼都沒有。」

我不情願地回頭，看見他站起身，把身上最後一片盔甲拿掉。閃躲著我的目光。他還是很高、很壯，但是少了經歷百戰的鋼鐵盔甲的重量後，氣勢就弱了一些，看起來也比較年輕，不過二十歲。才剛往成年邁開腳步，他身上有些地方仍抓著青少年的尾巴不放，緊抓著逐漸消失的東西，跟其他人一樣。

「我下了水之後上不來。」他往地上那堆鋼鐵踢了一腳。「沒辦法游泳，沒辦法呼吸，沒辦法思考。」

我覺得自己也沒辦法呼吸了。

泰比瑞斯在我眼前打了個冷顫，從手指尖開始的顫抖。看到他害怕的模樣實在很嚇人。然後他逼自己與我四目相接。雙腳站定，雙手固定在身子兩側的他，像是生了根一樣。除非我先動，否則這國王是不會移動的。他要逼我先投降。這就是像樣的士兵會做的事。或者他只是想讓我選，讓我替我們倆決定。搞不好還覺得這樣做比較有風度。

「在最後一刻，我想到妳。」他說：「我在水裡看見妳的臉。」

而我又看見他屍體的景象，就浮在我面前。畫面被翻攪的海水裡閃動的光芒，照得像是起了縐褶。

我們都沒有動。

「我沒辦法。」我別開視線不望向他的臉，勉強說出。

他很快地逼自己說：「我也一樣。」

「但我也不能……」

保持距離，繼續這樣下去。在死神身邊繼續否認我們的關係。

泰比瑞斯吁氣。

「我也是。」

我們倆同時從不同方向往前踏出一步的時候，我們一起笑了。詛咒像是被解除了一樣，但我們仍繼續向前走，動作和心念一致，動作緩慢、有條不紊，仔細思量。他看著我，我看著他，我倆之間的空間越來越小。碰到對方的人是我，我的手貼著他狂烈的心跳。他緩緩吸氣，胸腔在我的指頭下聳起。一隻溫暖的手滑上我的背，大大地展開，覆蓋在我的脊椎上。我知道即便隔著上衣，他仍摸得到我身上那些舊傷疤，那些我倆都熟悉的疤痕組織。我伸出另一手貼上他的後頸，輕輕地把指尖插進他的髮間。

「這不會改變任何事。」我貼著他的鎖骨說，骨頭就像一條清楚的直線，抵在我的臉頰上。我的肋骨感覺到他的回答。「不會改變。」

「我們沒有做不一樣的決定。」

他的手臂緊緊摟住我，「沒有。」

「那這是什麼？卡爾。」

他的名字對我倆都有一種影響力。他身子一顫，我則更往他貼近一點，整個人靠著他。這感覺像是我倆都投降，雖然也沒有什麼能輸的了。

「我們選擇不做選擇。」

「聽起來不太真實。」

「也許就是不真實。」

但是他說錯了。我再也想不到比他的存在感更真實的東西。這熱度、氣息、滋味，這是我的世界裡唯一真實的東西。

「這是最後一次了。」我吻上他之前，悄聲說道。

接下來的幾個小時裡，我又說了好幾次這句話，數都數不清了。

21 馬凡

我恨海浪。海浪令我怒火中燒。

每一波打在船艙上的藍色水波都讓我覺得反胃，要保持不動、保持安靜、保持我想要的強大而收斂的形象實在太難。也許艾芮絲或她母親故意讓海浪這麼洶湧，就為處罰我在哈伯灣拿艾芮絲的性命冒險。*雖然她算是輕鬆生還也脫身了也一樣。生還、脫身，還把城市輸給了我那完美的哥哥。*湖居地皇后也很可疑。她比女兒還強大，肯定能控制住我們身旁的海水漲退。我看見她的船艦在前方，總共六艘，雖然小但仍是威力猛烈的戰艦，比我們預期的大型戰艦是弱了點。

我自顧自地冷笑，嘴角蜷起。到底有誰能做好分內的事？就連賭上她女兒的命，一座城市都沒守下，森菈皇后仍沒有出動她的全部武力。一股高溫從我體內迸出，憤怒的火舌爬上我的脊椎。我很快地控制住了。

不斷晃動讓我更加難以抓緊甲板的扶手，我的專注力都被吸乾了。沒了專注，我的腦袋就變得更……不安靜。

哈伯灣沒了。

又是一個輸給卡爾的東西，熟悉的聲音悄聲說道，*又一次失敗，馬凡。*

母親的聲音隨著時間過去，越來越小聲，但是從沒有真正消退過。有時我會想，她是不是在我的體內放下了一顆種子，任其在她去世後蓬勃生長。我不知道悄語者能不能做到這樣，但是面對我頭顱裡揮之不去的喃喃話聲和低語，這是最簡單的解釋了。

有時我慶幸還能聽見她的聲音，這是她從地底下留給我的指導。建議總是很微小，有時候是一些她死前會說的話。有時候可能只是回憶，但是我本來就輾轉難眠，常常半夜轉醒，她的話聲在我耳邊響起，因為這聲音就是我腦袋自己的產物。她還在這裡陪我，不論我想不想要都一樣。我說這是一種慰藉，即便實情完全不是這麼回事。

最重要的就是皇冠，她再次耳語，跟過去這些年她總是低聲說的一樣。在洶湧的海濤之中，我幾乎聽不見她的聲音。一部分的我努力想去聽她說什麼，一部分的我則是想不要聽見。以及你為了取得皇冠，犧牲了什麼。

這就是本日金句。我的船艦在籠罩遠方海岸的紅色夕陽中乘風破浪、往等待的艦隊駛去的路上，這句話就這樣反覆地響起。哈伯灣仍有縷縷黑煙升起，在地平線嘲笑著我。

至少今天她的口氣很溫柔。每當我退縮或是慢下速度的時候，那聲音就會變得很尖銳，惱火、銳利地尖叫，像鋼鐵與鋼鐵摩擦的聲音。有時候糟到我得確認一下自己的眼睛和耳朵沒有流血。從來沒有過。除了我的頭顱這個牢籠以外，從她的話聲沒在外頭的世界存在過。

我盯著眼前的海浪看，看著每一道浪頭的白色泡沫，一邊在心裡盤算鋪下的路。不是眼前的路，是過去的路。我是怎麼走到現在這一步？站在船首，頭上戴著皇冠，海水噴濺在皮膚上慢慢風乾。我放棄了什麼才來到這裡？我留下的那些人，不論是否出於自願，不論是死了、拋棄了還是背叛了。我做過的那些可怕的事，還有一些我任憑他人以我之名去做的事。如果我失敗，等於白費多少犧牲？現在的我加速駛向湖居者的艦隊，這個在我精心策劃下由敵軍轉變成的盟友。

就跟我的同胞一樣，我從小就學會要恨湖居地，詛咒他們的貪婪。我可能比其他人還要更瞧不起他們。畢竟，我的父親和他的父親都賠上了一輩子的時間在這場北方國境的僵局戰爭之中。他們目睹成千上萬的人為了對抗穿著藍色制服的人而白白喪命，在湖水中淹死、被地雷和飛彈炸碎。當然，他們知道這場戰爭真正的用意。我不知道卡爾這個可憐又單純的傢伙有沒有弄懂過這麼顯而易見的線索，但我自己是知道的。

我們與湖居地的戰爭別具用意。紅血人人數比我們多，他們能推翻我們。可是如果他們死傷的人數大過於我們，情況可就不一樣了。如果比起銀血人把他們往下踩，他們還有更害怕的事，這麼一來也能改變平衡。怕死於戰爭，或者只是怕湖居者都可以。只要時機對了，任何人都可以被支配。我的祖先心底對這一點非常清楚。為了掌權，他們撒謊、操縱、濺血，只是不是他們自己的血。他們犧牲性命，可是不是那些親近他們的人的性命。

但我不一樣。

母親從沒有真的遠離我的思緒，不只是因為她的聲音在我的腦海裡流竄，其實原因只是因為我很想念她。我想，這種痛應該是永遠的，那種如影隨形的隱隱作痛。像是少了根指頭，或是喘不過氣。自從她死了以後，一切都不一樣了。我還記得，看見那個紅血女孩手中遞過來、她那死狀淒慘的屍體那一刻。想起這回憶，就像往我肚子裡揍一拳一樣。

父親當時的狀況就不一樣。我也看見他的屍體，但是什麼感覺都沒有。不生氣，不難過，只有一片空洞。如果我愛過他，我也不記得有這回事。硬要去想的話，只會讓我頭痛而已。當然，母親把那種感情移除了，她說是為了保護我，讓我不受那個男人所傷，那個更愛她的對手之子，也就是我哥哥的男人。那個事事完美的男孩。

我對卡爾的愛也不見了，但是有時候我仍隱約能感覺到。片段回憶總在最古怪的時候浮現，被氣味或聲音，或是某個字用某種口氣說出來所引發。卡爾愛我——我當然知道。這麼多年來，他證明過無數次。母親後來只得更提防他，但是到了最後，把我跟卡爾之間的最後牽絆打斷的人不是母親。

是梅兒・巴蘿。

我那蠢得可以的哥哥就是看不清自己擁有多麼多，我則擁有多少。

我還記得自己第一次看見監視畫面中他們兩個在一起，在夏宮的一個被遺忘的房間裡跳舞的模樣。他們倆見面是卡爾的點子，他們的舞蹈課。母親坐在我身邊，離我不遠，以免我突然需要她。我展現她訓練的反應，沒有一點情感，連眼睛都不眨一下。他吻她的模樣，像是他不知道，或說不在乎她對他自己以外的人有什麼意義。

因為卡爾很自私，母親潛入這段回憶、潛入我的腦海，她的聲音如絲綢、如利刃。卡爾只看得見自己能贏得的東西、自己能拿走的東西。他以為全世界都是他的。如果你任憑他這麼做，總有一天他就真的會這麼做。這樣你剩下什麼呢？馬凡．克羅爾，剩下的碎渣、選剩的東西嗎？還是什麼都沒有呢？

我哥和我還是有一個共通點。我們倆都想要皇冠，而且我們都願意犧牲一切來取得。至少我在最低潮的時候、在邪惡威脅要吞噬我的時候，還能把這件事怪罪在母親身上。

但是他能怪誰呢？

結果大家還說我是怪物。

我不意外。卡爾過的日子，我從沒機會去過。

艾芮絲總是把她的神掛在嘴邊，有時候我覺得神一定是真的存在。不然我哥怎麼還活著，還在微笑，還一直是我的威脅？他一定是受到某人或某事庇佑。我唯一的慰藉就是知道自己對他的看法是對的，而且永遠會是對的。對梅兒也是。我已經對她洗腦夠久，她絕不會忍受另一個國王的存在，有多少愛都一樣。卡爾會第一個發現這件事，這是我隔著這麼遠的距離送給他的另一個禮物。

我只希望能找到個方法留下那個奇怪的新血脈，那個可以幫我跟梅兒連上線的人。但是風險太大，收益太小。基地被炸，只為了能再跟她說上話？這種交易太愚蠢，就算是為了她，我也不會這麼做。

但我真希望自己這麼做了。

她就在這片汪洋另一頭，就在不遠處的城市某處，穿著赤紅色的大衣。當然還活著，否則我們一定早已接獲消息。雖然才過了幾小時，但是閃電女孩如果死了，這消息肯定藏不久。我哥的狀況也一樣。他們都生還了。想到這念頭，我就頭痛欲裂。

照邏輯推斷，卡爾一定會選哈伯灣，但紅血特工城顯然是梅兒自己的詭計。她跟革命目標和那所謂的紅血驕傲已經密不可分，我早該算到她會鎖定新城。想到她的革命目標竟是要靠像卡爾、卡爾那貶低人的奶奶和薩摩斯門脈的叛徒這類人，實在令人覺得有點悲哀。他們都不會給梅兒她想要的東西，最後結局一定會鮮血四濺。等一切塵埃落定的時候，搞不好她自己的小命也沒了。

要是我當初把她留在身邊就好了，用更好的守衛，掛上更緊的鏈條。我們現在會是什麼情況呢？如果母親能夠像移除父親和卡爾那樣，把梅兒從我腦海中移除又會是怎麼樣？我不敢說。我不知道。光是想想就讓我頭痛。

我低頭望向甲板，看著控制這艘船的士兵。如果不是幾步錯路，她可能還會在我身邊。風吹過她的髮絲，她的雙眼凹陷、掛著黑眼圈，讓她留在我身邊的手銬腳鐐使她失去生命力。難以入目的畫面，但仍如此美麗。

至少她還活著。她的心臟還在跳動。

不像湯瑪士。

他的名字出現在我腦海中的時候，我忍不住皺眉。母親也無法移除他。不僅無法移除失去他的痛，也不能移除他在我記憶中的愛。

那段未來已經沒了，被抹殺了，除個一乾二淨。

死去的未來，那個可怕的新血脈預知者這樣說過。與其說瓊恩是我的囚犯，不如說他更像我的獄卒。畢竟他哪時候想走都走得了，不論他在我的皇宮留了什麼樣的種子，現在仍不斷開花結果。我再次望向水際，這次朝著東邊看去，一片無邊無際的海洋。這樣空無一物的情景通常能讓我平靜，但是浪頭上兩顆早早就現身的星星，那種明亮、愉悅的光芒反而觸怒了我。

隨著我們駛近，森菈皇后的船艦便十分容易辨認。船身旁的水浪很平靜，幾乎完全不動，像一條平坦的水毯。雖然離岸這麼遠，她的船仍紋風不動。

湖居者的船艦不像我們的那麼光滑平順。我們的製造技術比湖居地的人還要精良，多虧了梅兒企圖摧毀的特工貧民窟。

即便加上她和我的船艦，我們的槍砲仍有限，所有要用來對付這座城市的武器，一定都會遭到磁能者和新血脈的抵抗，更別提還有我那險惡的哥哥。只有現在屬於艾芮絲的哈伯灣戰艦，才有足以隔著這麼遠距離還能運用的火力。

登上她的船艦時，我在心裡對自己發出怒吼，一邊小心地注意腳步，一步一個甲板地移動。我自己的哨兵人包圍著我，近得讓人不自在。我把雙手放在身子兩側，沒有手套，手指警告地露出來。

「請往這裡走，陛下。」一名湖居者站在一扇敞開的門邊說道，那門上有著一顆顆鉚釘，還有個圓盤鎖。「兩位皇后在等您了。」

「告訴他們，國王會在甲板上等。」我回答道，轉身走向船身邊緣。

這不是一艘度假船，可以站的空間有限，更別說正式會面。但我寧可留在甲板上也不要走下去，被困在鋼鐵和兩個寧夫斯人之間。我走上階梯，來到俯瞰船首的平台上時，我的哨兵人走在我前面，小心地保持著隊形。

沒多久，兩位皇后就一前一後地現身了。

森菈身穿一套線條流動的制服，深藍色的底，金、銀色的雕花裝飾。一條黑色飾帶別在高貴的寶藍色布料上，把她的身子從肩膀到腰間劃分開來。還在弔唁期。我不記得母親穿喪服的時間有超過區區幾天，也許湖居者皇后真的關心她丈夫。真奇怪。她看著我，風暴灰的眼眸，肌膚在夕陽光線下帶著金銅色。

我覺得光是從艾芮絲外表好像就能看見整場戰爭。她的藍色袖子直到手肘處都燒焦了，碎布上沾著兩種顏色的血跡。一頭黑色長髮濕漉漉地，凌亂地搭在一邊肩膀上。一名醫療師跟著她，小心翼翼地在艾芮絲走動時繼續治療她的雙臂，撫平燒燙傷和其他傷口。

與她保持一步距離才是明智的決定。我對我的妻子一點興趣也沒有，她則搞不好寧可讓我一命嗚呼。但就像紅血人一樣，可以利用恐懼，還有需求來控制她。這兩者在她心中存在的程度相去不遠。

森菈也一樣。這就是為什麼她敢離開國界。她知道她女兒就掌握在我的手掌心裡。我相信她一定很想讓艾芮絲從我倆的婚約中脫身，但是她跟我一樣需要這段結盟關係。沒了我，她就要面對卡爾和他那群叛徒和罪犯夥伴，一道團結的敵軍前線。我是她的盾牌，她也是我的盾牌。

「兩位皇后陛下。」我說道，在她們走近的時候微微低頭示意。

比起天生的公主、現任的皇后，她女兒看起來更像一個士兵。

湖居地皇后客氣地點點頭。她的長袖拂過甲板。「陛下。」她回道。

我把頭轉向地平線。「哈伯灣淪陷了。」

「暫時而已。」森菈說道，口氣冷靜得讓人生厭。

「喔？」我挑起一眉，不屑地說：「妳認為我們還能搶回來？也許今晚吧。」

她再次低下頭。「很快。」

我替她把話說完。「等妳剩下的艦隊抵達之後。」

森菈皇后咬牙。「是的，當然。」她不情願地擠出這句話。「只是……」

「只是？」我問。覺得牙齒暴露在海風中瑟瑟發寒。

「我們還有自己的水岸要守護。」她說。艾芮絲在她身邊，看起來一臉得意，樂得自己母親替她打這場仗的模樣。「湖邊的防守不能少，特別是要提防蒙特福特。他們只要穿過普萊利就可以輕易攻擊我們的西方國境。東邊的歧異王國也一樣。」

我笑出聲，不屑地揮手往地平線一伸。那裡滿是薩摩斯門脈的叛徒和蒙特福特的篡位者，全都聽從我哥哥愚蠢的指揮。「用什麼軍隊攻擊你們的國境？此時此刻占領著我的城市的那一支嗎？」

森菈鼻孔放大，懸崖般銳利的顴骨一下子漲白。「薩摩斯握有諾他王國的空軍艦隊，也是這塊大陸上最壯大的一支艦隊。更別說蒙特福特還有自己的能力，儘管我們還不知道那到底算什麼。你哥哥有空中的優勢，速度也是，所有地方都有被攻擊的風險。」她說得很慢，好像我是小孩子，需要人家帶才能搞懂戰爭一樣。我的手指不禁發癢。「這是不容忽視的威脅，陛下。」

好像約好了一樣，一支空軍小隊隊形整齊地飛過海岸。遠處傳來的隆隆引擎聲響緩慢地傳來，悶悶地拉得很長。我雙手環胸，把手掌藏起來，以免不小心亮起火光。

「巴拉肯的空軍艦隊應該能擋得住他們。」我喃喃說，目光跟著飛機移動。飛機繞行城市，保護空中領域。

艾芮絲這時終於找回了說話的能力。「他的空軍大部分都被蒙特福特的軍隊生吞活剝了，他們根本擋不住我們面對的火力。」她顯然很享受糾正我這件事。我沒有發脾氣，任憑她自得其樂。

要看起來有威嚴，就得先掌握威嚴。母親說過太多次了。要看起來冷靜、不受影響、強大。要對自己和手中的勝利有自信。

「這也就是為什麼，我們該回到握有力量的地方。」森菈說。「我們在浪頭上一點幫助也沒有，只是等著空襲降臨而已。就算是席格內特家系的寧夫斯人也不是無敵的。」

當然不是，自大的蠢貨。

我朝她眨眨眼，想用我的雙眼把她燒穿。「妳的意思是要撤退嗎？」

「我們已經撤退了。」艾芮絲搶話道。她身邊的醫療師被她的怒火嚇了一跳，後退了一小步。「哈伯灣只是一座城市……」

我握緊一個拳頭，一股熱氣在空氣中波動。「哈伯灣不是國土中唯一被我哥搶走的一塊。」我低聲、緩慢地說。聲音低到她們一定得特別專注才聽得到。「南邊是他的，歧異區和戴爾菲也是他的。他從我手中奪走科芬昂，現在愛國堡也在他手上了。」

我那態度不屑的皇后沒有懾於我強壓的怒氣。「愛國堡對他來說會有很長一段時間形同廢物了。」她說著，看起來像是剛吃完一頓大餐的貓，一派滿意的模樣。

「喔？」我回答。「怎麼說呢？」

她瞥了身邊的母親一眼，兩人交換了一個我無法看透的眼神。「眼看城市要守不住、泰比瑞斯要戰勝的時候，我盡可能地把碉堡用大水給淹了。」艾芮絲解釋道，得意洋洋，不為所動。「防波堤倒了，一半都淹在水底下，剩下的部分則跟陸地區斷了聯繫。我本來想把戰艦弄沉，但是逃脫花了我太大力氣。話雖這麼說，要復原愛國堡會消耗他們大量的珍貴資源。」

還有我的資源。就算我們現在把城市贏回來，碉堡也已經摧毀。有夠浪費。飛機、戰港、武器和火力、基礎建設。

我凝視她的目光，讓我的面具稍微掀開那麼一點。讓她知道我明白她在搞什麼鬼。艾芮絲和她母親會一點一點削弱我的勢力，把我跟我的資源切割。

這兩個寧夫斯皇后非常狡詐，不用把我丟進水裡也能讓我溺斃。

問題只在於這過程要花多久時間、她們的行動與我的行動之間的平衡如何維持。她們讓卡爾和我互相消耗，希望晚點再來與受了傷的勝利者正面交戰。

艾芮絲瞪著我，雙眼像秤子一樣移動。既冷血又算計，像暗藏激流的靜水。

「那我們就回雅啟恩，」她回道：「聚集勢力，把所有可以用上的資源都叫出來，讓這場戰爭火力全開，淹沒他們。」

我往後靠在扶手上，擺出一種冷靜的抽離態度。我嘆了口氣，瞥向被夕陽染紅的海浪。

「明天出發。」

「明天？」森菈回話：「我們該現在就走。」

我慢慢地咧嘴一笑，刻意露出犬齒，一抹會讓人自亂陣腳的微笑。「我的直覺告訴我，我哥哥很快就會派人傳消息來了。」

「你在說什麼？」森菈喃喃說道。

我沒有解釋，只往東方眺望。漸漸暗下來的地平線，煙霧在海上特別顯眼。「這島會成為中立地點。」我愉悅地說。

「中立地點。」森菈重複我說的話，品味其中意味。

艾芮絲什麼都沒說，只把雙眼瞇成一條縫。

我把手指放在胸膛上輕敲，緩緩地吁了一口氣。「這團圓不知道會多愉快呢。」不難想像。一整排陰險小人和叛徒坐在我們面前，準備長篇大論。伊凡喬琳，手上戴著爪子，裝出一副高傲樣。那個紅血將軍法爾莉，就等著為自己對我的王國所作所為血債血還吧。陰沉又理性的朱利安，像一抹被遺忘的鬼魂一樣緊跟在我哥身後。我們的奶奶，安娜貝爾，另一個應該愛我卻從沒愛過的人。蒙特福特的領導人，仍是一團謎，而且非常危險。

當然，梅兒也會在場，風暴隨侍在側。

我哥也會在。

已經好久沒有直視卡爾的雙眼了，不知道有沒有變呢？

我肯定是不一樣了。

我們會談下條件嗎？我很懷疑。但是我想再看看他們，兩個都想。至少在這場戰爭結束前、迎向不知道是什麼樣的結局之前再見一次。不論是他們死還是我喪命。

兩種未來都讓我害怕。

我的唯一恐懼就是失去王座、失去皇冠，失去這一切淒慘和折磨發生的緣由。我不會白白犧牲我自己，我不會讓這一切只成徒勞。

22 艾芮絲

馬凡回自己船上的時候，我還怕他會逼我跟他一起走，不讓我與母親相伴幾小時。不過出乎我意料之外，他那可悲的怒氣和狡詐的個性沒有延燒得這麼厲害。我們再次獨自待在母親的母艦上跟彼此相處，有空間可以深聊，也有時間可以盤算計畫。馬凡要不是沒有把我們視為威脅，就是他根本懶得怕我們。我沉浸在後者的想像之中。現在有更直接的敵人在他眼前，沒什麼時間去想自己老婆的事。

天鵝號是戰艦，功能就是戰鬥和速度。這裡的高級艙房不過就是小又窄的空間，頂多跟紅血僕人的房間一樣大。不過母親在這裡面看起來就像在家一樣，人在釘死的小床上，自在得像是坐在鑲了珠寶的王座。她不是虛榮的人，身上沒有多數銀血人有的物質優越感這種缺點。那是父親的強項，他喜歡精美的物件，就連上戰場也不例外。想起他生前的最後一面，讓我突然感到一陣刺痛。他穿著盔甲的模樣帥氣俐落，藍色的鋼鐵上鑲著藍寶石，灰色髮絲往後梳。我想索林·依蘿大概是找到了盔甲的瑕疵，然後善加利用了一番吧。

我決定靠走動來穩住自己，在我母親面前來回踱步，有時停下來往小小的舷窗外瞪視。窗外的海水已經變成血紅色，實在是個不祥的預兆。我感覺到心裡出現一股熟悉的刺癢感，暗自提醒自己晚點要記得到天鵝號上小小的神壇前禱告，也許能讓我平靜下來。

「安靜下來，保留精力。」母親說道，她的湖居語動人柔美。她的雙腿盤起，長袖外套丟在一邊，讓她看起來比平常更嬌小。不過這對她的氣勢一點也沒有影響，我邊走邊感覺到她目光的重量。

我也是皇后了，聽著她的命令，我有點想忤逆。但是她說得對，我最後還是認輸，在她對面的牆邊長椅上坐了下來。長椅被鎖在金屬地板上，只鋪了一層薄薄的墊子，坐起來很不舒服。我的手指蜷起，緊緊抓住長椅邊緣。椅子跟著船艦引擎低沉的嗡嗡聲響震動，我把注意力放在這感覺上，重新找回了一點冷靜。

「妳捎來的訊息裡說到有事沒辦法靠傳話，」母親說：「只能面對面說。」

我堅定心志，抬起頭看著她。「對。」

「好，」她展開雙手，「我們面對面了。」

我沒有改變表情，但是感覺到自己的心跳緊張地加快。我只得再次站起身子，走到另一頭的窗邊，望向紅色的海面。雖然母親的房間對我來說就是最安全的地方，但要說出我知道的情報仍讓我覺得危機四伏。可能有人就在聽著，等著回報給馬凡。

我背對著她，勉強自己開口。「我們的計畫都是建立在馬凡會贏的前提上。」

她在我身後冷笑一聲，「妳是說，贏這場戰爭，可是下一場可就不會了。」

我們要攻下這個國家的戰爭。

「對，」我回道：「但我認為我們現在占下風。他哥哥的聯軍，還有蒙特福特軍隊……」

她的口氣平緩，不帶一點批評，「他們嚇到妳了。」

我不悅地轉身。「他們當然嚇到我了啊，還有赤紅衛隊也是。」

「紅血人？」母親不屑地說，甚至翻了個白眼。我咬牙忍住不沮喪地嘆氣。「他們不過是一群不重要的角色。」

「就是這種想法會拖垮我們，母親。」我用最嚴厲的口吻對她說，皇后對皇后的談話。聽我說。

但她只是揮揮手打發我，好像我還是個孩子在拉她的裙襬一樣。「我很懷疑。」她說：

「這是銀血人的戰爭，不是紅血人的。他們不可能抱持著打贏我們的希望。」

「可是他們卻一直這麼做。」我口氣平板地說。我打過哈伯灣的仗，對抗的是薩摩斯門脈的後裔和他們的軍團。軍團中主要成員是銀血人和新血脈，可是也有紅血人。經驗老道的狙擊手、受過訓練的鬥士，更別提還有諾他王國自己的紅血叛軍。馬凡最厲害的地方之一，就是擁有子民的忠誠，但是如果這種忠誠消退了呢？他的銀血人會逃跑，掏空他的權力。

母親只是彈舌發出嘖嘖聲，聽得我咬牙。「紅血人一直贏是因為有銀血盟友。」她說：「只要克羅爾兄弟倆其中一人，或兩人都喪命，這種結盟關係就會馬上瓦解。」

我皺眉，決定試試另一種伎倆。我不再高高站立，而是跪在母親腳前，牽起她的手。孩子懇求的模樣肯定能動搖她。「我了解梅兒．巴蘿，母親。」我對她說，希望她能聽得進去，「紅血人比我們想像中還要堅強。沒錯，我們讓他們覺得自己比較劣等、無足輕重，好讓我們能夠控制他們。但是如果我們忘記要害怕他們，我們反而有可能落入自己設下的陷阱。」

可是我說的話就像耳邊風。她抽走一隻手，伸手把髮絲從我臉旁邊撥開。「梅兒．巴蘿不是紅血人，艾芮絲。」

她的血色顯然就是紅的啊，我心想，但我把這忤逆的話忍住了。

母親繼續用手指梳過我的髮絲，把打結梳開。「會沒事的，都安排好了。」她安撫道，彷彿是在安慰個小娃兒。「我們會把敵人淹死，然後回去過平靜的日子，安安全全地在家。湖居地的榮耀會沖刷這片土地，橫跨普萊利，進入可憎的山區，到席朗和特萊克斯，還有皮蒙特。妳的姊姊會統治一整個帝國，妳也會跟著她一起。」

我試著想像她的夢。一張刷成藍色的地圖，我們的一代掌權。我想著緹歐拉，高高在上，迎向一個全新的開始，帝王的皇冠戴在頭上，鑲滿藍寶石和鑽石，成為橫跨大陸最有權的人，全世界都跪倒在她腳邊。我想要她過上這樣的未來，我想要那樣的庇護，想得心臟都痛了。

但是有可能成真嗎？

「安娜貝爾·雷洛藍和朱利安·傑可斯傳了一條訊息給我。」我悄聲說，把頭往母親的頭靠過去。如果有人在門邊偷聽，應該聽不到什麼內容。

「什麼？」她驚訝地低聲回答。安撫的手放了下來，還握著我的另一手加強了力道。

「他們來到雅啟恩找我。」

「都城？怎麼會？」

「我說過了，母親。」我低聲說：「我認為馬凡會輸掉這場戰爭，而且輸的速度會遠比我們想像還要快。他們是可怕的盟友，比我們自己的還要強大，就算皮蒙特站在我們這邊也一樣。」

她睜大雙眼，我這才終於看見她露出一抹恐懼。雖然我害怕極了，可是同時也覺得很高興。我們都需要懂得害怕才能活下去。

「他們想要什麼？」她問。

「他們提出一個條件。」

母親的表情變得有點不屑，嘴唇扭曲。「我們沒空搞戲劇化，艾芮絲，告訴我到底發生了什麼事。」

「他們當時在我車裡等我，」我說：「那個歌唱者傑可斯能力高超，他也控制住我的護衛。雷洛藍皇后則非常危險。」

她的聲音高了八度，聽起來很驚慌：「有人知道這件事嗎？馬凡知道……」

我伸手放在她臉上，讓她安靜下來。她的話在嘴邊就停了。

「如果他知道，我早就死了。」我的手感覺到她肌膚的暖意，比我記憶中還要柔軟、更多皺紋，這段日子讓她蒼老了許多。「安娜貝爾和朱利安的工作做得很好。他們需要我活著，所以沒有冒險。」

母親放鬆地吁氣，吹拂過我的臉龐。

「索林．依蘿。」我勉強說出口，幾乎無法講出殺死父親的兇手的名字。這名字像匕首一樣割開我倆。母親身子一縮，臉上湧現厭惡神情。「他們會把他交給我，讓我們隨意處置。」她的雙眼空洞，一片陰沉。過了片刻，她輕輕把我的手推開。「依蘿只是個無名小卒，一個被放逐的王爵，被褫奪權力，隻身一人在他自己選擇的荒野之中生活。」

電流般的憤怒衝過我的脊椎。我感覺到自己漲白了臉，雙頰發熱。

「他殺了父親。」

「謝謝妳釐清這件事。」母親的口氣冰冷。可是她仍一片空白的模樣，這是她擋住失去父親的痛苦時用的盾牌。「妳不說我還真不知道。」

「我只是想……」

「他為了另一個國王殺了妳的父親。」她緩慢地說：「他誰也不是，艾芮絲。」

「也許吧。」我的手腳發抖，強逼自己站起身子。我聳立在她身旁，讓她只抬頭看著我的臉。這姿勢很怪，感覺也很怪。能這樣超越母親，即便這樣的超越如此微不足道也一樣。我又吸了一口氣。「安娜貝爾也把沃羅．薩摩斯提出來了。」

她坐在我下方，眨了眨眼。眼皮閉上再打開後，只見一雙非常不一樣的眼眸。這雙眼睛閃閃發亮。

「這才有意思。也許才有可能談。」

我記得安娜貝爾傾身向前，一雙銅色眼眸在午後的光芒中閃動。她沒說謊，只有渴望、只有需求。「我不認為。」

「他們要什麼回報？」

我發著抖告訴了她，讓她替我做決定，因為我沒辦法自己做出選擇。

「『泰比瑞斯七世，諾他王國國王，北方烈焰，與他的盟友蒙特福特自由共和國、赤紅衛隊和獨立自治的歧異王國，從臨時都城哈伯灣傳消息來。』」哨兵人唸著整齊打字的信息，在鑲了寶石的面罩下，聲音聽起來有點不清楚。船上的橘紅色照明燈用刺眼的光線照亮他，而他身後只有一片黑暗。沒有星星，沒有月亮，整個世界就像是一個空洞。

「臨時都城，真自大。」母親不屑地說，轉頭面向漆黑海洋吹來的冷風。我們交換了個眼神，覺得這種盛大氣勢很討人厭。北方烈焰咧，到底在胡說什麼。

「那個卡爾，」馬凡站在守衛的包圍之中說道。他親自召喚我們來聽訊息，把我們找來他的船上。「真是貪婪的生物。」

他舉起一根手指，示意那個矮壯的哨兵人繼續說下去。我認出了他的聲音，還有從面罩底下往外望的雙眸。充滿生氣的藍，在頭頂上的強光下顯得像電流一樣。海芬門脈，我知道，我想起陪我一路到蒙特福特的那個守衛。

「『你們身後的這座城市已在我的掌控之中，』」他繼續唸下去。我想著那個哥哥，那個戰士，包圍在火焰裡的模樣。「『南邊的國境，從戴爾菲到我們在歧異區的盟友，都在我的掌控之中。我控制了長達數百英里的海岸線，由朗伯斯首長和其門脈領導的烽火區，都已經誓言效忠於真正的國王。王國已經在我的掌握之中，馬凡，你也在我的手掌心裡。』」

我們了解朗伯斯嗎？我瞥向甲板，看了我那扭曲的丈夫一眼。馬凡的低沉怒吼證實了這樣的背叛出乎他的意料之外。馬凡幾乎沒有回應哨兵人說的話，只咬牙吁出一口氣。「叛徒。」我好像聽見他低聲說。

哨兵人海芬繼續說下去。

「『你有國界外的盟友，馬凡，但是很少。只要我一戰勝，他們都會拋棄你。起風了，潮水也跟著改變。諾他王國不能存於我們的祖先那樣的治理方式，在我從你手上奪回你犧牲了我們父親的性命來強行偷走的王權之前，我絕不會善罷甘休。』」

守衛動了一下，但是沒有人說話。對他們來說，這麼做可能會被指控為叛徒之舉，就像馬凡硬是扣在他哥哥身上的形象。被紅血怪胎魅惑，被指使著叛國害命。但是不如說更像是證實了我們早已知道的事實，那就是泰比瑞斯．克羅爾沒有弒父，沒有出於自願，不是馬凡說的那樣。

母親站在我身邊，目光緊盯著我的丈夫。她的雙眸在強光下閃閃發亮。

他沒有回應，跟玻璃一樣靜止不動、平靜如水。身穿著黑色制服的身體像是跟漆黑融為一片，消失不見，只有他那張蒼白的臉龐和長著纖長手指的雙手除外。雖然他哥哥刻意挑釁，馬凡仍沉住氣，不願輸給火爆脾氣。

「『我們已經準備好提出條件給你的每一個盟友，』」海芬哨兵人翻頁繼續唸下去：「『給湖居地皇后陛下森菈和皮蒙特的巴拉肯王子陛下。至於你，馬凡，雖然是篡位者和殺人兇手，但這場戰爭不該再濺灑我們的鮮血。讓我們守護這座生來就該服侍的王國吧。』」說得真好聽。不知道是不是委員會寫的。這封訊息的內容不論如何，一定有受到安娜貝爾的控制。整封訊息充滿她的影子。

「『我們就在你選擇的島上見面。』」

哨兵人海芬清清喉嚨，目光先對上我的視線，然後望向他的國王，一個坐在偷來的王座上、消磨借來的時間的人。

「『時間就在清晨。』」

我們沉默地等了一會兒，看著馬凡評估自己的選擇。他知道這一刻會來，沒有什麼好意外的，可是他還是翻臉了。一開始很慢，然後越來越快。握緊了一個拳頭，點火的手環在纖細的手腕上打轉，噴出火花引起火焰，越來越烈，變成一團火球燒得發白，核心則是冰藍色。馬凡露出瘋狂的微笑，把火球抛進水裡。火球像彗星一樣留下尾巴，在混濁的海水裡反射著恐怖的光線，然後他才任憑火球在海浪中熄滅消失不見。

「那就清晨吧。」他說。

我從他的肩膀線條看得出來他沒打算商談。他的動機，我只能一猜，但我想大概完全是落在那一個銀血王子，和紅血閃電女孩身上。

23 卡爾

我換了下姿勢，隨著時間分秒過去，覺得不安。午夜來了又走。只有她的眼睛在動，用飛快的速度掃過紙頁。她可能都背下來了。梅兒不想參與這封寫給馬凡的訊息，所以我們其他人在鑽研時，她就留在我房裡。我以為等我回來的時候她已經離去，可是她留下來了。

我仍不敢相信發生了什麼事，也不敢相信在我們之間發生了那麼多事之後，她就坐在那裡，在我床上，大半夜的。

她留下來了。

我已經放棄把注意力放在眼前的文件上。大多是數字，士兵人數、市民人數、死傷、資源。這已經讓我頭昏眼花。朱利安更擅長破解這些東西，把所有東西之中最重要的資訊聚集起來，讓我能看得見全局。但我需要有事情讓我分心，好讓我不會一直對抽屜裡的那本小書心心念念。我差點對朱利安大吼，要他把書拿走，把他所謂的禮物收走，直到這場戰爭真的打贏了、我也真的有能力面對他想要我面對的東西的時候再說。

諾他王國的處境需要我的注意力，不是那本書。我們的處境很艱困。哈伯灣是我們的沒錯，但是作為都城，這裡的狀況很糟，整座城市太過老舊，四面八方都是弱點；愛國堡需要修繕，在這段時間內只得先打造新的防禦系統，不過至少這座城市屬於我們，就算只是個名字也好。朗伯斯門脈投降了，哈伯灣的紅血人也願意跟隨自己的領導人，也就是紅血守衛的決定，他們與赤紅衛隊的結盟關係十分緊密。我在腦海裡一一把各個群組打勾，檢查那張總是在我腦中運轉的無盡清單。到了最近，我覺得連睡著後都還是在看清單。

我嘆了口氣，想理理思緒，決定把注意力放在她身上。她能同時是風暴中的錨卻也是風暴本人這件事，真是夠怪的了。

梅兒盤腿坐在我床上，歪著頭，垂落的髮絲遮住了她一半臉龐。灰色的髮尾蔓延在巧克力棕色的髮絲之中，掛在她的鎖骨位置。她身上緊緊地穿著我的睡袍，領子的高度足以擋住肌膚上的疤痕。每次看見那個印記，我都會不寒而慄。在晃動的燭光下，她看起來好像一抹火焰。金中帶紅，黑影在身子邊緣舞動。我坐在書桌前，光著腳丫一腳穩穩地踩在地上，一腳搭在書桌上，靜靜地看著。我的小腿因為戰鬥的關係仍隱隱作痛，我動動腳趾，想舒緩痛覺。真希望我剛剛沒讓醫療師走，現在又已經太晚，沒辦法再把人叫回來，只能跟著其他一動就會觸發的大小痛處一起忍到早上了。

「多久了？」她喃喃說道，目光仍在文件上。

我往椅子靠，朝拱頂天花板吐了口氣。我上方的水晶電燈是暗著的，沒有點亮。大概一小時前，它在梅兒決定暴怒地來回走動時燒掉了。她的情緒能帶來的影響十分劇烈。

「從妳剛剛問到現在，二十分鐘了。」我回道：「我跟妳說過了，馬凡會慢條斯理地回覆，他就是想要讓我們坐立難安。」

「但也不會太久了。」她一動也不動地說：「他沒有那種自制力。對我們沒有。他一定抗拒不了再次跟我們面對面的機會。」

「特別是見妳。」我不悅地說。

「還有你。」她的口氣跟我相去不遠。「他母親針對我倆在他腦中下了咒，讓他產生現在這種執著。」她不開心地嘆口氣。「會面沒有用，只是浪費時間。」

我緩緩眨眼。她對我弟弟的了解以及他的想法讓我不安，主要是因為我知道她為此付出了多大的代價。若要我老實說，也是因為我知道這東西深植在一種我不想要追蹤的情感裡。但我又有什麼資格來評斷她的感受呢？我也仍愛著馬凡，或者至少還愛著我以為存在的那個弟弟。

我們兩個真是一團糟。

我把腿放下的時候，膝蓋發出嘎啦一聲巨響。我皺眉揉著膝蓋，把手溫提高到舒緩的溫度，熱力深入，放鬆了底下的肌肉。

梅兒終於抬起頭，把頭髮往後一甩，露出竊笑。「你聽起來好像一扇破門。」

我忍著痛笑出聲。「感覺也很像。」

「早上再請醫療師看看吧。」雖然嘴角邊帶著開玩笑的笑容，我還是聽見她口氣裡的憂心。她瞇起眼，在微光下看起來更深沉了。「或找莎拉，如果是你找她，現在她也會來。我認為她和朱利安沒得到答案之前是不會睡的。」

我搖搖頭，撐著身子站起身。「我明天再打擾他們就好。」我說，腳步平穩地往床邊走。每走近一步，好像我的肌肉就會因為一種不一樣的痛變得更緊繃。

我在她身邊躺下，手肘墊在腦袋下，她像隻貓一樣盯著我的一舉一動。一股海風從窗戶吹進來，無形的手掀動金色的窗簾。我們都打了個顫。我慢慢地從她手中把信拿走，沒有跟她錯開視線，把信放到一邊去。

我最怕這種沉默的時候，我覺得她也是。寂靜無聲，空虛的等待，令人無法無視我們到底在做什麼。或不做什麼。

她的心裡或是我的心裡，兩邊都沒有改變。沒有重新選擇。但是隨著時間一分一秒流逝，我的決定就變得越來越艱難，因為我不斷想起等時候一到，我會失去什麼。失去我失去了這麼多個禮拜的東西。不只是她的愛，還有她的聲音、她的銳利，與一個不在乎我的血脈或我的皇冠的人之間的來回拉扯，一個看見我就是我的人，不是看見其他東西的人。

一個叫我卡爾，而不是叫我泰比瑞斯的人。

梅兒伸出手放在我的臉頰上，手指輕撫我的耳後。她的動作比之前更輕，更小心翼翼，像是檢查傷口的醫療師。我往她的手靠，想要她肌膚涼涼的觸感。

「妳要跟我說這是最後一次了嗎？」我抬頭看著她問。

她的表情融化了一點點，像抹得乾乾淨淨，但是視線沒有任何變動。「又來？」

我朝她的手心點頭。

「這是最後一次了。」她口氣平板地說。

我感覺到胸口有一股低沉的震動，我的火焰隨之揚起，只求被釋放。「妳在騙人嗎？」

「又來？」

我的手滑過她的腿，從腳踝到髖骨，她的嘴角抽動了一下。放在我臉上的手指溫柔地移動，我低下頭，感覺自己的血液發燙。

梅兒的反應很小，僅只是吸了口氣。「我希望。」

我還沒來得及開口，她就阻止了我。

她的吻吞噬了一切。

沒有做出選擇。

再一次。

有人敲我房門把我叫醒時，梅兒已經穿好衣服，靠在打開的窗戶邊。我還以為她會一縮身然後就消失在夜色中，不過她只是把重心拉回屋內，臉一紅，把我的睡袍扔給我，讓我的臉被絲綢撲了個正著。

「留下來？」我低聲問道，音量不讓在相連廳間的人聽見。「妳不必這麼做的。」

她只是瞪了我一眼。「意義何在？大家很快就會知道了。」

知道什麼呢？我想問，但是我忍住了。我伸伸懶腰，從床上站起身，把睡袍穿好，在腰間打了個結。她看著我移動，眼神一直跟著我。「怎麼了？」我悄聲說，想看她露出微笑。可是她的雙唇只是拉成一條直線。「你身上有些疤痕被移除了。」

我只能聳聳肩。我找醫療師來把後背和肋骨位置的傷疤消去是幾個禮拜前的事，抹平浮起的白色糾結組織。一個國王身上不能有傷口。我有點高興她記得這麼清楚，居然會發現。「有些事情不用念舊。」

她瞇起眼。「有些事情則要，卡爾。」

我只能點頭表達無聲的同意，不願跟著她往那一個對話跳進去，那只會讓我們陷入無意義的困境。

梅兒微微靠著我的書桌，正對著房門。她的神情變了，眼神變得銳利，全身上下則硬了起來，像是換了個人一樣。有點梅琳娜的模樣，那個她曾假扮過的銀血人。有點閃電女孩的模樣，會噴發火星、帶著毫不手軟的怒火。這兩者之間還夾著她自己，那個我還在想辦法摸清的女孩。她壓低下巴，朝我點頭。

我打開房門，聽見她用力吸了一口氣。

「朱利安。」我邊說邊移到一邊，讓我舅舅進房。

他往前走了一步，一邊說著話，睡衣外披著一件褪色的毛衣。他手上的紙張只寫了幾個字。「我們收到馬凡的回覆了。」他說。看見梅兒的時候，他只愣了一下，不過盡力沒讓她打斷了自己的流暢度。他清清喉嚨，擠出一抹輕鬆的微笑，「晚安，梅兒。」

「應該要說早安了，朱利安。」她說，低頭打招呼，不願表現得更多或更少，但我們的外觀已經訴說了一切。她一頭亂髮，我則是只穿著一件袍子。朱利安能輕易解讀我們，就像他解讀書裡的內容一樣。至少他還知道不要多下評論，甚至露出竊笑。

我帶他往房間裡面走去，「馬凡說什麼？」

「就跟我們預料的一樣，」他一邊從剛才的驚訝中恢復，一邊回答道：「他同意了。晨曦之時。」

我不禁怪自己把會面時間訂得這麼早，寧可好好睡過整晚再去做這件事，但能盡早把這件事情完成也好。

「哪裡？」梅兒的聲音顫抖。

朱利安的目光掃過我倆。「他們選了島嶼省，雖不完全算中立地點，可是島上的居民大多都已經閃避戰爭而離去了。」

我雙臂交叉在胸前，思考這個島。島嶼省是巴恩群島最北邊的領土，離岸距離很近。這地方有點像拓克，是赤紅衛隊的基地，島上就是一些消失中的沙丘和海草。「那裡是朗伯斯門脈的領地，也夠小，如果有什麼事，應該是我方會占優勢。」

梅兒在書桌旁冷笑了一聲。她看著我和朱利安的模樣，好像我們是小孩子一樣。「除非朗伯斯門脈決定要背叛你。」

「如果不是因為現在朗伯斯王爵家族的命運還有他自己的性命都賭在這上頭，我也會同意妳的看法，但我想他不會拿這個來冒險。」我對她說。「島嶼省沒問題的。」

她看起來沒有被說服的樣子，但還是點了點頭。她的目光掃過朱利安，然後望向他手上那一張紙，馬凡回覆內容的副本。「他有提出其他要求嗎？」

朱利安搖搖頭。「沒有。」

「我可以看看嗎？」她客氣地提出要求並伸出手，掌心朝上。朱利安欣然答應了。

她有那麼一瞬間猶豫了，用大拇指和食指拎著紙張，像是拿著髒東西一樣。以前我們還在土屋活動、招募新血脈的時候，他會寫信給她，但他通常會把信留在他第一個殺掉的人的屍體上。每封信都懇求她的回覆，承諾只要她肯回到他身邊，他就會停止殺戮。最後他得逞了。我願意把紙張從她手中拿走，保護她不受馬凡的文字帶來的折磨，但是她不需要我的保護，她在沒有我的時候，就面對過更糟的狀況。

最後她眨眨眼，勉強讓自己開始閱讀馬凡的回覆。隨著一次又一次地掃視文字內容，她眉頭越來越緊蹙。

我瞥向朱利安。「通知安娜貝爾了沒？」

「通知了。」他說。

「她有什麼想法嗎？」

「她哪時候沒想法了呢？」

我朝他無奈地一笑。「也是。」朱利安和我奶奶稱不上是最要好的朋友，但他們倆無疑是結盟好友，至少就我所知是如此。兩人間共同的回憶，也就是我母親，便已足夠。想起這件事我不禁感到一股寒意，忍不住往書桌抽屜看了一眼。抽屜還緊緊關著，看不見那本書的蹤影。

可是那本書的模樣卻一直占據我的心頭。

汪洋丘是我母親最喜歡的宮殿，我在每個角落都能看見她的影子，就算我不記得她的臉龐，就算我所知道的面容僅止於照片或畫作中所見。我要求他們至少在我房外的接待區重新掛起一些畫像。她的代表色是金色，比朱利安身上穿的黃有朝氣多了，很適合一個貴族門脈誕生的皇后，雖然她離正規的家系還很遠。

她以前就住在這個房間裡，呼吸著這裡的空氣。她曾在這裡活過。

朱利安的聲音讓我從母親的回憶流沙中突然抽身。「安娜貝爾皇后認為你該派人代替你去。」他說。

我的嘴角顯露出微微的微笑，「我相信這是她親口說出來的建議。」

他的臉色跟我的一樣。「她的確親口說了。」

「那就謝謝她的建議，並且禮貌地回絕吧。如果該要有人要去面對他，那人就是我。我會把我們的條件……」

「馬凡是不會討價還價的。」梅兒握緊拳頭，那封訊息被捏皺了一點。她的目光跟她的吻很像，有種吞噬的力量。

「他答應會面……」朱利安開口，但她打斷了他的話。

「他只答應了這件事。會面不會討論條件，他完全沒有要投降的意思。」我凝視著她狂怒的眼神，看著她眼中的風暴，彷彿感覺到頭頂上出現雷電交加的景象。「他只是想見我們，這是他要的。」

出乎我意料之外，朱利安看起來很苦惱地朝她走近了一步，臉上蒼白如紙，全沒了血色。

「我們還是該試試。」他懇求道，口氣惱火。

她朝他眨眨眼。「然後折磨自己嗎？讓他滿意？」

我在朱利安回答前搶先開口：「我們當然還是會去見他。」我的聲音變得深沉，比之前還要厚重。「而且他當然不會跟我們談條件。」

「那為什麼還要這麼做？」梅兒不悅地說。我想起了蘿倫夏·維波的蛇。

「因為，」我低聲說道，忍住不怒言相向，盡量展現出控制得宜的態度和自尊。「我也想見他。我想看著他的雙眼，知道我弟弟已經永遠不在了。」

朱利安和梅兒，這兩個我見過最多話的人，這時都沒了回應。她看著自己的腳，眉頭緊蹙，漲紅了雙頰。也許是因為羞愧，或是挫敗感所導致，也可能兩者皆是。朱利安只是白了臉，臉色跟床單一樣，閃避我的視線。

「我得知道他母親對他做的事已經不可扭轉，我得確定。」我喃喃說道，往梅兒靠近一點，希望能讓自己冷靜下來。我突然感覺到室溫隨著我的脾氣攀升。「謝謝你，朱利安。」我說道，想盡可能溫柔地請他離開。

他馬上接收到了我的暗示。「沒問題。」他回答道，低頭行禮，不顧我無數次請他不要對我行禮的要求。「您……」他開口，一個問題只問到一半：「您看完我給您的內容了嗎？」

失去另一人的痛楚在我的胸口裡燃燒，我的雙眼再次瞥向書桌抽屜。梅兒的目光跟著我的視線，雖然她不知道我們在說什麼。

晚點再告訴她，等比較好的時間點再說。

「看了一些。」我勉強說出口。

朱利安看起來好像有點失望。「的確沒那麼容易。」

「對，並不容易，朱利安。」我已經不想談了。「麻煩你……」我喃喃說道，隨便往我和梅兒之間揮了揮手來換話題。「你懂的。」

梅兒偷笑了一下，但朱利安馬上照做了。「我不知道您在說什麼。」他輕鬆地咧嘴一笑。他退出房門，回到招待區，我跟隨著他的腳步。他經過現在暫時靠在一張椅子上的畫像時，慢下了腳步，但沒有停下來，只是伸手撫過相框，視線捨不得離開自己的妹妹身上。

從畫像看起來，他們倆的模樣很像，一頭薄軟的栗色髮絲和好奇的眼神。她很樸素，散發渾然天成的美，那種常被人忽視的美。我身上幾乎沒有她的影子。

真希望我有。

門關上了，把她從我舅舅的視線隔開。

柔細的手指慢慢地與我的手相扣，牽起我。

「他已經沒辦法修復了。」梅兒輕聲說道，下巴靠著我的肩膀，不過靠不太到肩膀上頭——她碰不到這高度——但是現在不是笑她的時候。我只傾身靠向她，這麼做會讓我倆都輕鬆點。

「我得親眼看過，如果我要放棄他……」

她的手突然間握緊，「面對不可能的人，就沒有放不放棄的問題。」

不可能的人。我心中有一部分仍不想相信。我的弟弟不是注定失敗的事，他不可能是，我不同意。「大衛森試過了。」我悄聲說道，不願大聲說出口。但是我還是得說，我還是得讓這話成真。「他找過了，新血脈中沒有悄語者。」

她長長地吁了一口氣。「在這個世界的大藍圖之中，這樣也許最好。」過了一會兒，她這麼說。

知道她說得沒錯，但這仍讓我的心隱隱作痛。

她的手搭上我的雙肩，把我從書桌旁推走，推離躺在抽屜裡的回憶。「你該睡一下。」她堅定地說，往床的方向走。「馬凡隱藏精疲力盡的能力比你好。」

我忍著一個哈欠，急著想照她說的做。我嘆了口氣，滑進被窩裡。我的頭一碰到枕頭，差點就立刻睡著。「妳會留下來嗎？」我喃喃說道，從沉重的眼皮子底下望著她。

她踢掉靴子，爬上床來回答我。她在絲綢被單下扭著身體爬過來，我看著她，一臉竊笑，她只聳聳肩。「反正大家都會知道的。」

我牽起她的手，在毯子下與她十指交扣。「朱利安守得住秘密。」

梅兒大笑出聲。「伊凡喬琳沒辦法，她另有打算。」

我也只能跟著笑，累得不想再管。「誰想得到會是她讓我們倆回到彼此身邊的呢？」

她在我身旁移動了一下身子，想找個舒服的位置。最後她蜷起身軀，一腿踢開被子。「雖然馬凡已經不可改變，其他人還是可以的。」她靠在我胸膛喃喃地說，聲音的震動讓我打了個顫。

熄滅屋裡的所有蠟燭只要一點點注意力就能做到了，讓我們倆陷入完全的漆黑之中。

「我不想娶她。」

「這對我來說從來不是問題。」

「我知道。」我悄聲說。

我沒辦法給她她想要的，尤其她想要的東西會讓我背叛我父親、我與生俱來的權力，還有我真的做出改變的機會。也許她不認同，但是我坐上王位、戴上皇冠後能做的事情，比起沒有那些東西的時候多得多了。

「這場賭注後，」我低聲猶豫著，「等哈伯灣守住了，我們就去攻擊格灰城，要出動全力，新城過後我認為應該沒辦法再抓到讓特工貧民窟措手不及的機會。」

在黑暗中，她的嘴唇掃過我的，出乎我的意料，讓我身子一震。我感覺到她貼著我的肌膚笑了。

「謝謝你。」她氣聲說道，身子回到原位。

「這是對的事。」

但是我這麼做的原因是不是錯的呢？是為了她而做？

但是這個原因重要嗎？

「朱利安給你什麼？」她半睡半醒地喃喃問道。梅兒若沒有更累，也一定跟我一樣累。這一天實在太漫長、太血腥了。

我在黑暗中眨眨眼，視線中空無一物。隨著她的意識漸漸陷入睡眠，她的呼吸聲慢了下來，吐息平穩。

我終於回答的時候，她已經睡著了。

「我母親的日記副本。」

24 梅兒

我是被屋內窸窸窣窣的聲響叫醒的，屋外天色仍未亮。我先是立刻緊繃，做好戰鬥的準備。我被卡爾與我同在一個寢室的景象弄糊塗了一下子，然後才想起昨天的事。他差點就死了，這件事如何讓我倆再也無法堅持下去、如何把最後一點堅決給瓦解。

他已經穿戴整齊，在幾根蠟燭散發的昏黃光芒下看起來充滿王者風範。我看了一會兒，看著他沒有帶任何面具或佯裝的模樣。雖然身材高壯挺拔，穿上了高貴服飾的他看起來比較年輕。他的夾克是深邃的血紅色，滾著黑邊，袖口上有銀色鈕扣。褲子的設計成套，塞進上了油的皮靴裡。他的動作很緩慢，把扣子扣到喉頭。他的雙眼掛著黑眼圈，即便應該不可能才對，但今天的他看起來比昨晚更疲憊了。不知道他到底有沒有睡，還是整晚拿再次與馬凡見面這件事折磨自己。

發現我醒來的時候，他挺直了背脊，朝我抬頭挺胸，態度很快地進入了國王的模式。這轉變很小但是不容忽視。他拉開防線，戴上面具，即便面對我也一樣。我真希望他沒這麼做，但我明白他的理由，我也會做一樣的事。

「我們一小時後出發。」他說，扣完最後一顆扣子。「我已經叫人替妳送一些衣服來我的接待廳，想穿什麼就穿吧。或者……」他話沒說完，好像說錯話一樣：「或者妳想穿妳衣櫥裡的衣服也可以。」

「我沒帶什麼衣服到戰場來，我也不覺得自己穿得下你的任何一套制服。」我笑出來。我不情願地呻吟了一聲，伸了伸懶腰，從毯子底下爬出來，一碰到冷空氣就冷得發抖。我坐起身，立刻意識到垂落在肩膀上的混亂髮辮。「我會去找東西穿，有需要我特別打扮成某種模樣嗎？」

他臉上的肌肉抽動了一下。「妳喜歡就好。」他說，聲音聽起來特別緊繃。

「我該想辦法讓人分心嗎？」我問道，小心地把打結的頭髮解開。他看著我的手指，沒看著我。

「我想不論妳穿什麼，妳本身都已經夠令人分心了。」

我心裡一熱。「調情是走不長遠的，卡爾。」

但是他沒說錯。我最後一次跟馬凡面對面已經是幾個月前的事了，當時他從驚慌的人潮中撤退，在都城的婚禮上爆發攻擊後，艾芮絲捍衛她的新丈夫。那是一場救援行動，不只是救我，還有幾十個受馬凡控制的新血脈。

我就算只是穿個馬鈴薯袋，馬凡仍會用眼神把我吞噬。

我邊打哈欠邊走過房間，進入浴室準備很快衝個熱燙燙的澡。我心裡有點希望卡爾會加入我，但是他留在房裡，我獨自在浴室裡把身上最後一點痠痛給刷掉。衝過澡後，我進入接待廳，只見昏暗光線下擺放了彩虹一樣繽紛的色彩。我用了一點專注力，讓頭頂上的電燈重新通電，照亮放滿了各式各樣服裝的接待廳。有這麼多服裝選擇，我很高興，但是更感謝的是這間空無一人的接待廳。沒有女僕來整理我的頭髮和臉龐，沒有醫療師來消除耗人的疲憊或是讓我的身子打起精神。只給了我所需的東西，也是我唯一想要的東西。

如果卡爾在每件事情上都能做到這樣有多好。

我試著不去想今早以外的事，他仍沒有拒絕皇冠，我對革命目標也至少還是有一樣程度的投入。我不能一邊愛著一個國王，一邊想要摧毀他的王座、摧毀他們想要的國王、皇后和王國的概念。但是這份愛也趕不走，需求也是。

不知道送來這麼多種類服裝的人是誰，椅子和沙發上披掛了一系列禮服、套裝、上衣、長裙和長褲，地上還至少有六雙不一樣的鞋子。其中多數都是金色，不是看起來年久的黃色花樣，就是鑲上卡爾母親的顏色。從洋裝細窄的腰線來看，她是個纖瘦的女子。身為那個在我身後房裡的男人的母親，她的身材比我想像中嬌小一點。我盡量避開她的衣物，尋找一些沒有乘載去世女子重量的服裝。

最後我挑了一件腰間有皮帶、深藍色的飄逸洋裝。別人的母親的顏色。料子是天鵝絨，我晚點一定會熱得滿身汗，可是這件長裙的領口剪裁微微低於我的鎖骨，能完整呈現我的烙印。讓馬凡好好看清楚他對我做了什麼事，永遠不要忘記自己是什麼樣的怪物。穿上洋裝後，我覺得自己更有力量了，彷彿這裝束是一件盔甲一樣。

我只能想像伊凡喬琳會穿上什麼樣的高雅又可怕的裝束來參與這次會面。也許是一件用刀鋒製成的禮服。真希望她真的這樣穿。伊凡喬琳・薩摩斯在這種時候最會表現，我簡直等不及在她前任未婚夫面前解放她，讓她不受任何禮儀或算計控制地表現自己。

換裝完畢後，我把乾枯的髮絲梳好，披散在我的肩膀上。灰色的髮尾在燈光下發亮，與棕色的部分成強烈對比。我真的是一個模樣古怪的人，我一邊看著鏡中的自己一邊這樣想。身穿銀血人的高級裝束的紅血女孩，總是讓我自己感到驚訝。我的肌膚在微光下反射著金光，看起來特別生氣盎然、特別像紅血人。我看起來沒想像中枯槁，眼中的光芒來自恐懼與決心。

想著雖然卡爾的母親是銀血人，她也一樣無法融入這樣的生活這件事讓我獲得了一點安慰。這件事在她的畫像中完全展露無遺，這幅畫現在就靠在另一頭的牆邊，擱置在兩張華美的椅子旁。

不知道卡爾會把這張畫像掛在哪裡。放在看不見的地方，還是選個隨時都能看到的位置？如果畫像畫得好，那麼柯瑞安・傑可斯有一雙溫柔的藍色眼眸。像天亮前的天色，那片地平線上的迷濛藍天，像是沒有顏色、深色都流盡的樣子。她看起來跟自己的兒子沒那麼像，比較像朱利安。兩個人都有一頭栗色的頭髮，她的一頭鬈髮優美地放在一邊肩膀上，精心打扮過，配上奶白色的珍珠和金項鏈。他們的臉龐也很像，看起來很憔悴，比實際年紀還蒼老的感覺。不過朱利安的壓力看起來還很宜人，是一名學者長時間處理難題的挫敗，柯瑞安的壓力則看起來深蝕入骨。有人告訴過我，她是一個哀傷的女子，這種情緒連畫像中都看得出來。

「亞樂拉殺了她。」卡爾站在臥室門邊說道。他調整著披在肩上的披風，用銀色和閃亮的黑色寶石裝飾的別針扣在身上。他的另一隻手上握著一頂黑色皇冠，好像沒想清楚似地半掩蓋著，若隱若現。他的腰間掛著一把劍，插在鑲上紅寶石和黑玉的劍鞘裡，頂多是一個裝飾的效果而已，沒有人會選用劍來戰鬥。「她逼我母親深陷哀痛之中，在她腦海中悄語到她無路可退的地步。我現在都知道了。」

他的嘴角往下撇，眉頭緊蹙，雙眼看起來像是看著遠方。在他的哀傷之中，我在他身上看見了一點他母親的影子。這是這兩人之間我唯一能看出來的相似之處。

「真希望我有機會認識她。」我說。

「我也希望。」

我們一起離開卡爾的房間，踏上汪洋丘的長廊，肩並著肩來到更華麗、更公開的接待大廳。昨晚的我拋開了對流言蜚語的憂慮，厚著臉皮壯大了膽子，那種不自在感現在才湧上心頭。不知道我們走進門時會不會迎向一片譁然——銀血人的不屑、紅血人與新血脈的批判。法爾莉會取笑我的搖擺不定嗎？還是會完全背棄我呢？

光是用想的我就快承受不了了。

卡爾感覺到了我的不安。他的手指摩過我的手臂內側，小心避開我手腕的敏感處。

「我們不必一起進去。」我們走下階梯，與不可回頭的那一刻越來越接近時他低聲說道。

「現在已經不重要了。」

他的守衛在前方等著。雷洛藍門脈的成員，與他奶奶流著相同血脈表親。他們沒有戴面具，跟哨兵人不一樣，但是危險程度和沉默是一樣的。

安娜貝爾跟他們站在一起，雙手在腰際交握，腰上帶著火焰色珠寶的腰帶：紅寶石和黃水晶。她大方地帶著那頂玫瑰金的皇冠，簡單的冠座就戴在她的眉宇和平順的灰色髮絲上方。她的目光先停在了我身上。

「早安。」她很快地抱了下卡爾說道。他讓她抱的時候顯得她的身形更嬌小了。

「早安。」他回答。「大家都準備好了嗎？」

「應該要準備好了。」她揮揮滿是皺紋的手說。「但我猜我們還得等歧異王國的公主把所有拿得到的金屬都穿戴上身才行。提醒我檢查她有沒有把門把偷走。」

因為緊張，卡爾沒有微笑，但是嘴角稍微往上提了一點。「我相信只是分享幾個沒問題的。」他說。

「妳看起來很不錯，巴蘿小姐。」安娜貝爾補充道，眼神飄向我的雙眸。

但我沒感覺到，我在心裡這樣想。「就是在這情況下該有的樣子吧。」我很小心沒有使用任何尊稱，但是她看起來沒注意到或是毫不在意。

從她臉色軟化的模樣看來，我應該說對了什麼。令我意外的是，安娜貝爾今天早上對我毫無敵意。她緩緩吸了口氣。「不管有沒有準備好，」她喃喃說道，轉過身子，「我們來了，馬凡。」

走下華麗的階梯後與之銜接的接待廳很遼闊，通往好幾間舞會廳和汪洋丘的王宮大殿，還有宴會廳和一間較小、較不正式版本的蒼火宮議會廳。這地方是設計給銀血人的宮廷使用，可容納諾他王國的政府人員。現在屋裡四處可見紅血人，跟僕人一樣忙碌，且明顯地都不是僕人。蒙特福特綠色制服與白色大理石、海藍色裝飾、許多仍掛在牆面和天花板的金色布幅成強烈對比。我注意到其中也有不少紅色，是卡爾制服的紅，標示著他身為真正的國王、半個諾他王國的征服者的地位。

就像在上升點之城準備進大會堂的時候一樣，大衛森身穿深綠色高級套裝，法爾莉穿著軍禮服，看起來也跟當時一樣不自在。我很慶幸自己不需要穿一樣的裝束。我走動的時候能感覺到這套禮服貼著我的肌膚，觸感柔軟，我的雙腳緊緊包裹在精緻的藍色長靴中。

安娜貝爾留我們在原地，自己走到朱利安身旁，法爾莉則看著我們接近。我們走向屋子中間時，她看看我與卡爾，只見她眉頭一皺，我做好了不是被罵就是被笑的準備。可是她只是眨眨眼，表情若有所思，像是接受了一樣。

「克羅爾。」她說道，向國王低頭示意。

他看見她刻意用這麼正式的招呼方式，咧嘴一笑。「法爾莉將軍。」他也正式地回答：「我很高興妳願意加入我們。」

她調整了一下僵硬的領口，強行把領子壓平。「赤紅衛隊是這支盟軍的重要成員，討論馬凡的投降事宜時，指揮部也應該有人代表參與。」

卡爾點頭表示同意時，我嘆了口氣。「我可不確定會有什麼協商。」我壓低了嗓子，提醒地對她說。我實在是不想再一直重複說過的話了。

法爾莉只冷笑一聲。「當然，活著哪有什麼簡單的事，但是我還是能做點夢吧？」

我往她身後一瞥，那些跟在後頭的軍官面孔我全都不認識。「奇隆怎麼樣了？」我問道，感覺到羞愧沿著脊椎往上爬，忍不住皺起眉。我把雙手擰在一塊，想掩飾不自主地抽動。卡爾在我身邊身子一縮，一手在空中晃著。我希望自己能牽起他的手，可是我們倆都忍住了這種赤裸的情感展現。

她用一種憐憫的神情看著我。「昨天完全康復了，但他還要點時間。」她說。我想像他完整、健康的模樣，而不是在我離開前那在鬼門關前跳舞的模樣。可是沒成功。「我們徵用了守衛中心的軍營，他跟其他傷患一起待在那裡。」

「很好。」我勉強擠出兩個字，其他再也說不出口。法爾莉沒再追問，可是我還是感覺到對自己的選擇產生的那種羞愧感像刀傷一樣刺痛。奇隆差點就死了，卡爾差點就死了。而妳卻朝卡爾奔去。

真正的國王在我身邊別過頭，他漲白的臉也顯示一樣的念頭。雖然我們倆決定不做選擇，我們很清楚答案仍已經被選出來了。

「卡麥蓉呢？」為了止住這樣的念頭不斷湧現，我接著問道。

法爾莉伸伸下巴。「在規劃新城。她是那地方的重要資產，跟她父親一樣。特工城之間有自己的地下系統，消息已經傳出去了。馬凡的銀血人可能在準備為更多攻擊行動做準備，但是他們也是。」

這番話讓我一下子覺得滿心榮耀同時又充滿惶恐。馬凡肯定會報復我們在新城做的事，也會避免同樣的事再次發生。但是如果紅血人貧民窟崛起，如果特工城翻盤，他的戰力就會被終止。再也沒有資源，沒有燃料供給，我們能夠有效地讓他捉襟見肘，最後只得投降。

「我發現我們又在等候伊凡喬琳公主了。」大衛森加入我們的時候說。他的智囊團停在他身後，留空間給我們。

我仰頭嘆了口氣。「真是這世界唯一不變的事了。」

總理雙臂交叉。如果他心裡覺得緊張，外表仍是一點都看不出來。「孔雀就是需要時間打扮，就算是鋼鐵孔雀也一樣。」

「我們昨天失去了很多磁能者。」卡爾說，嗓音低沉嚴肅，接近訓話的口吻。「薩摩斯門脈為了哈伯灣付出了很高的代價。」

法爾莉身子一僵，低下頭。「我想他們絕不會讓我們忘記這件事的，也不會忘記讓我們彌補他們的犧牲。」

「該走的路還是要走。」卡爾回答。

雖然跟伊凡喬琳過去有不少歷史，我還是有種奇怪的衝動想要……替她說話。「前提是非得走那條路不可啊。」我說：「但這個之後再討論吧。」我補充道，往另一頭的拱門點點頭，只見伊凡喬琳剛現身，托勒瑪斯在她身邊。

兩人穿著成套的裝束，一身珍珠白與亮銀色。他身上穿著夾克，剪裁合身，釦子直扣到喉頭，長褲和黑色靴子和卡爾的很相像，還有一條灰色飾帶從肩膀斜掛到腰間。上頭的圖樣有點奇怪，但是隨著他接近，我才意識到飾帶上的黑色鑽石圖樣根本不是圖樣，而是一把把直接鑲入布料中的尖刀。是在需要的時候可以派上用場的武器。

他的妹妹裝束也跟他相去不遠，長禮服的裙襬劃成一片片，露出底下高級的白色皮革緊身褲。若這場會晤最後以濺血收場，她也不會被裙襬束縛。真希望我有想到這點。她的頭髮緊緊地編在後腦勺，變成一條銀色長辮，上面有閃閃發亮的珍珠狀金屬點綴，個個有著鋒利的邊緣，能輕易劃破血肉。他的雙臂裸露，沒有袖子干擾動作，也不會勾到她手上的珠寶。每根手指上都戴著一個戒指，白與黑寶石，兩個手腕上分別還有一條細細的鏈子，是可以用來勒斃或切割的索具。就連她的耳環看起來都很致命，長長的錐形，怪到極點。

我意識到自己在心裡慶幸伊凡喬琳花了這麼長時間，她把整個武器庫都穿上身了。

「我該派人到您臥室去調校時鐘嗎，殿下？」安娜貝爾站在朱利安身旁大聲說道。

伊凡喬琳用跟刀鋒一樣銳利的微笑回應。「我們的時鐘準時得很，陛下。」她走過老皇后身邊往我們來的時候，裙襬在腿邊翻騰。她把微笑轉過來對著我的時候，我不禁不寒而慄。「早安，梅兒。妳看起來好好休息過了。」她說，然後把目光轉向卡爾，仍咧嘴露齒笑著。「而你沒有啊。」

「謝謝妳。」我僵硬地咬牙說，立刻覺得後悔剛剛居然還有想站在她那邊的心情。

我的斷然回覆和卡爾臉上的漲白讓她樂不可支，托勒瑪斯在她身邊，雙手背在背上，挺出胸膛，毫不掩飾地展露一把把匕首。法爾莉一個也沒錯過，只見她雙眼圓睜，眼中充滿怒氣。

「可惜這場會晤不能辦在晚上。」托勒瑪斯喃喃說道。他的聲音比卡爾的還要低沉，且顯著更加不友善。他還真敢在這裡開口，特別是對著法爾莉和我說話。

不知道她有沒有看見謝德，因為我看見了，被托勒瑪斯．薩摩斯一劍刺穿。就連跟他站在同一個空間感覺都像是背叛。

法爾莉的自制力比我好。我只能緊閉著嘴，她還能甩頭冷笑。「好讓你妹能有更多時間繼續畫臉？」她惡狠狠地說道，伸手比了比伊凡喬琳臉上層疊得錯綜復雜的妝容。

薩摩斯公主移動了下腳步，動作不大，為的是把自己放在哥哥和我們之間，保護到最後一刻。我以為她要出聲把他趕到我們接觸不到的地方去了。

「這樣我父親才能參加。」她得意地一甩頭。「沃羅國王日落就會抵達了。」

卡爾瞇起雙眼。他和我一樣很清楚這話的威脅。「帶著援兵嗎？」

「更多誓言效忠薩摩斯門脈的人來為你送死嗎？我看很難。」伊凡喬琳冷笑。「他是來監督對戰馬凡的最後戰役的。」

監督。她的風暴灰色雙眼一沉，雖然只有短暫一瞬間，刻意地變得陰暗。不難拼湊出她話中的意味，那些沒有說出口的涵義。

他要來收拾我們留下的殘局。

我打了個冷顫。薩摩斯家的小孩很可怕、暴力又危險，但是他們終究只是工具。是一個更強大的男人手中揮舞的兩把武器。

「很好，省得還要花時間把他召來。」卡爾說道，一手放在鑲滿珠寶的劍柄上。他輕鬆地一笑，彷彿沃羅．薩摩斯要來這件事是他的主意。「我相信妳一定會好好歡迎他，伊凡喬琳。」

她朝他瞪的那一眼簡直能在好幾條河裡下毒了。

「快點把這場鬧劇結束掉吧。」她低聲兇狠地說道。

曙光沿著海浪一道道地從地平線流瀉，閃閃發亮的粉紅和逐漸轉淡的藍。我用額頭靠在空降機窗戶冰涼的玻璃上看著我們降落。隨著時間分秒流逝，我的身子越來越緊繃，脈搏越跳越用力，直到我都擔心自己會爆炸的程度。我用盡全力才控制住閃電，保護飛機不被我的電流影響。法爾莉坐在我對面，直盯著我看，手已經放在安全帶扣上準備好，要是我失去控制，她就要解開安全帶跳出艙門。

卡爾則是對我有多點信心。他裝出一副放鬆不注意的模樣，伸長了一條腿，身子左側緊靠著我。他散發著安撫的溫度，手指每隔幾分鐘就掃過我的手，穩定地提醒著他的存在。

如果他奶奶對於我倆的親密程度有任何不悅之情或是驚訝，她也沒表現出來。她只靜靜地坐在朱利安身邊，朱利安的臉色則前所未有地陰沉。

大衛森是我們機上最後一名成員，感謝老天讓伊凡喬琳和她哥哥搭上了另一架飛機，與我們並肩而行。我可以從水面看見倒影，那架小小的、呼呼作響的飛機身影模糊地映照在浪波上。空降機很大聲，吵得不得了，我第一次覺得對此感到慶幸。現在沒人能開口說話，或是盤算計謀，或出手狙擊。我試著在持續不斷的嗡嗡聲中讓自己放鬆。

島嶼省來得太快，一圈蓊鬱的綠被蒼白的沙灘環繞。從高處往下看，這地方看起來就像朱利安的其中一幅地圖。簡單的繪製線條，村子座落在水邊，少數幾條街道穿插其中。港口空著，約有十二艘戰艦沿著海岸停泊，延伸半哩距離。要是馬凡想要的話，就可以把我們從空中打下來，我心想，想像著遠處火藥發射的隆隆聲響。

但我們平安無事地降落了。我胸口翻攪的緊繃感越發強烈，已經遠超過我能忍受的程度。我緊咬牙關，覺得下巴可能都要被我咬碎了，然後快速地跳下飛機，只為了快點吸一口新鮮空氣。

或者直接衝進海裡也行。

不過我只從還在轉動的空降機引擎邊走開，舉起一手壓著頭髮抵抗呼嘯的強風。法爾莉聳著肩膀，跟在我身後。

「妳還好嗎？」她在噪音中問道，只有我聽得見。

我緊閉著嘴，輕輕搖頭。不好。

我搜尋著蓋在沙灘沙丘上的長草，提防著整隊哨兵人衝出來包圍我們，逼我們投降、逼我回到手銬腳鐐的生活。膽汁湧上喉頭，滋味讓我差點乾嘔起來，靜默岩抵著我肌膚的感覺帶著邪惡的嘲諷再現。我不能再回去了。我別開頭，把臉龐藏在隨風拍打的頭髮底下。試著好好呼吸，用珍貴的幾秒鐘時間來讓自己穩定下來。

法爾莉的手搭在我的肩上，出力握住，但很溫柔。「我不會叫妳想辦法克服，」她在我耳邊悄聲說道：「但是妳得撐過去，就現在這段時間就好。」

撐過去。

我咬牙轉過身面對她，視線終於恢復澄澈。「現在這段時間就好。」我重複她的話。我晚點再崩潰。等這一切結束。

卡爾在她身後，特別注意著狀況，但是猶豫要不要打擾我們。我的目光往她身後望去，朝他輕輕點點頭。我做得到。我得做到。

我們的樣子好奇怪，一支銀血皇室成員組成的小隊，一個紅血將軍，和兩個新血脈，全部由我們的各色守衛包圍。雖然沒有人相信馬凡會遵守戰爭的規矩，我們知道湖居地皇后可能會遵守。不過我還是站在法爾莉和她的兩名赤紅衛隊軍官附近，我相信他們的槍和忠誠。

伊凡喬琳和托勒瑪斯走下自己的飛機，一副這場會晤很麻煩的模樣，好像他們還有更重要的事要做。當然，這都只是演出來的而已。伊凡喬琳想見馬凡的程度，跟我不想見他的程度相當。她絕不會錯過可以當面嘲諷他的機會。只見她站在原地，空降機的引擎吹亂了她的頭髮，她的眼神銳利又積極，掃過環繞我們四周的草叢。

我們同意在島嶼內陸會面。這是個讓湖居地寧夫斯人展現誠意的機會。這段路不長但很沉默，穿過沙丘，往多結扭曲、看起來一派固執的的稀疏林地走去。我想起了拓克，那地方現在已被棄置在海中央。謝德就埋在那裡，沒有人可以去看照他。

卡爾帶著我們一行人，一邊是大衛森，另一邊是法爾莉，展現我們這個聯盟齊心的模樣，紅血與銀血同一陣線。伊凡喬琳和托勒瑪斯走在她身後，居然對於退居次位沒有意見的樣子。

我很慶幸有這麼多人走在我前面，為我多爭取幾秒鐘時間、讓我能多擠出幾盎司的勇氣。我最大的安慰來源就是我的閃電，在我的肌膚底下像蜘蛛網一樣展開，只有我知道。我想像電流在我的眼底，分岔、刺眼的紫白色線條。這東西不會離開，也沒人能從我身上拿走，連他也沒辦法。若他敢嘗試，我絕不留他小命。

幾個月前，我看著馬凡在類似的情況下與湖居者談和，雖然場景相去甚遠，那時是在丘克無盡的地雷區，不是像現在位於漸漸明亮的天色和平靜的蔚藍海洋間這座長滿綠草的小島，可是感覺是一樣的。我們邁向未知，往擁有強大又可怕力量的人走去。至少現在到了談判桌上，我不用再坐在馬凡身邊。我不再是他的寵物了。

就像與湖居者的會面一樣，空地中間搭起了一座平台。木板平滑地併攏在一塊，上頭還放了一圈椅子，一半已經坐滿了人。我差點對著腳下的草地吐出來。

離我最近的人碰了下我的手。朱利安。

我抬頭瞥向他，無聲地懇求。求什麼？我也不知道。我不能轉頭，不能逃跑，不能做出任何我身體在瘋狂要求我做的事。他只給了我一個親切的表情，點頭表示他理解。撐過去。

兩名哨兵人站在我們的去路上，臉龐藏在面具下高深莫測。海上吹來的微風翻動著他們的火焰色長袍。

「我們要求你們在接近諾他國王陛下前先放棄身上的武器。」其中一人說道，指向法爾莉和她身邊的軍官。沒有人動作。法爾莉連眼皮都沒有眨一下。

安娜貝爾把頭往後一仰，發出嘲諷笑聲。她繞過卡爾瞇起眼，高度比他肩膀高僅高一點點。「諾他國王就站在這裡，他可不怕紅血人的武器。」

聽見這話，法爾莉直接大笑出聲，笑聲裡的嫌惡正對著哨兵人。「你們幹嘛介意我們的槍呢？」她大聲說道。「這些人比我們可能造成的危險還要有威脅多了。」她伸出一手指指我們，新血脈和銀血人，用能力作為武裝，比起任何槍枝都更有破壞力。「別告訴我你們的小國王會怕幾個帶槍的紅血人。」

兩名赤紅衛隊軍官在她身邊動了下身子，好像他們不知怎地能不注意到手上的機關槍似的。

但卡爾沒有笑，連微笑都沒有。他感覺得到哪裡不對勁，這讓我打從心裡發寒。「我猜，」他刻意地緩聲說：「我們等等就會走進靜默圈裡，對嗎，布隆諾斯哨兵人？」

我的血液像是結冰了一樣，空氣從我體內一口氣流光。不。

朱利安慢慢地伸出手臂，讓我有東西可以抓。

那位哨兵人聽見卡爾用他的門脈名稱稱呼他，身子一縮。我把注意力放在他身上，好讓自己不至於暈倒。沒有用。我的心臟跳得跟打雷一樣大聲，氣在喉頭喘了起來。靜默圈。我只想把自己的皮膚撕碎。我握緊了朱利安的手臂，力道早已超過尋求安慰的程度，手指不禁顫動。我的指關節明顯地發白。

他伸手蓋住我的手，想減低一點我的恐懼。

在我們前面的卡爾沒有轉過身，但他轉動下巴，眼神閃了過來，像是想看我一眼。是同情嗎？是挫敗嗎？還是可以理解呢？

「沒有錯。」哨兵人回答道，他的聲音悶悶的。「馬凡國王提供了靜默岩來確保會議不會出現任何過激的衝突。」

卡爾咬緊牙關，臉頰上一條肌肉抽動。「這不是標準規範。」他說。他的不悅在空氣中漾開，像是野獸的警告。我心裡一部分希望他翻臉把這兩個哨兵人燒死，燒了這座島，燒死馬凡、艾芮絲和她母親。用充滿破壞力、吞噬力的火焰把擋在我們面前的阻礙除掉。

哨兵人挺直背脊，雙手在袍子底下握緊拳頭。他比卡爾還高，可是氣勢遠不如卡爾。他的搭檔也做出一樣的反應，兩人肩並肩地擋住我們的去路。「這是國王的要求，不是詢問，長官。」他補充道，聽起來古怪又生硬。他們本來是保護卡爾的人，如同當初保護他父親，以及現在保護馬凡一樣。我猜與自己過去的長官對質這種事，大概是訓練沒教過的其中一件。

卡爾向左右望去，尋找法爾莉和大衛森。我咬緊牙關，骨頭抵著骨頭，一邊從鼻子吸進小口的空氣。我好像已經能感覺到靜默岩一樣，那力量威脅著要把我溺斃。如果我們拒絕就不會，如果我們轉身離去就不會。或者如果馬凡低頭，不折磨我們，讓我們直接通過。

但他當然不會這麼做。因為這就是他把靜默岩帶來的目的。不是要保護他自己。戰爭的規定已經足以保護他，特別是對方是由他這個人格高尚過頭的哥哥帶領。他這麼做只是為了要傷害我們，傷害我。他知道自己用什麼樣的監獄監禁了我六個月的人生，知道我怎麼虛度每一天、緩緩死去、與半個自我切割，被困在不論我多努力對抗，都永遠不會破裂的玻璃底下。

見到法爾莉不情願地點點頭，我只覺胃一沉。至少她不會有感覺。靜默岩對她和其他沒有能力的紅血人來說沒有效果。

大衛森則沒那麼情願，他抬頭挺胸地望向卡爾。不過他也指示不悅地點頭，同意條件。

「很好。」耳鳴大響，我幾乎聽不見卡爾口中說出的這句話。

我腳底下的地面像是轉起圈子來，我只靠著緊抓朱利安穩住自己。法爾莉和她的軍官在隊伍前方大聲卸下武器，故意張揚槍枝和匕首。每一樣東西落地、變得無用、消失在沙丘上的長草之中，我就跟著身子一縮。

「走吧。」隊伍開始移動，朱利安悄聲說道，音量只有我聽得見。

他拉著我踏出腳步，我的手腳顫抖，隨時要罷工。我盡可能暗中往他身上靠，讓他帶著我往前走。

撐過去。

我努力抬起視線，忍著顫抖、避免倒下或轉身逃跑。

艾芮絲很顯眼，盔甲長裙閃閃發亮、散發藍色光芒，像一朵矢車菊。禮服在她身邊展開，優雅地垂落在椅子上。她正是戰士與皇后的完美結合，與伊凡喬琳相比也一樣。她的灰色雙眸跟隨著我們前進，像掠食者般瞇成隙縫。以銀血人的標準來看，她從來沒有對我不好過，可是我仍對她、對她的所作所為感到一股恨意。靜默岩越來越近，我只能用憤怒填滿自己，這是唯一能阻擋恐懼的方法。

我走進靜默岩繞成的圈，不自然的感覺像簾幕一樣蓋到我身上。我咬牙忍住尖叫的衝動，只覺胃裡一陣翻騰，那種熟悉、壓得發疼的重量重重落在我的肩頭。我的腳步蹣跚，眼皮翻動，我承受的巨大疼痛只有從這裡看得出來。可是我的體內則是在不斷尖叫，所有神經都著了火。直覺叫我跑，叫我離開這個折磨的圈圈。我強逼著自己踏出一步步，努力跟上其他人，汗珠沿著我的脊椎滾落。如果不是靜默岩的緣故，我一定會在一陣能讓我所有風暴都覺得相形見絀的憤怒閃電中爆炸。閃電不會留情，我也不會。

我怒目瞪視，瞇起眼壓下想哭的感覺。

我刻意不看馬凡。比起女兒，艾芮絲的母親森菈皇后看起來比較陰鬱，身形比較嬌小，身上的顏色一樣，不過素淨著一張臉。她跟艾芮絲一樣，身上的武裝禮服是深藍色，加上了金色條紋搭配額上的皇冠。兩人靠得很近，親暱相依，這是一種只有母親和女兒之間才有的互信。我只想把她們倆拉開。

第四名皇室成員我之前沒見過，但是猜中他的身分不難。巴拉肯王子坐在椅子上身形高大，肌膚是光亮無瑕的寶石般藍黑色，他的長袍是紫水晶的顏色，優雅地披落胸前的黃金盔甲。他的深色雙眸沒有落在卡爾或我身上，而是看著大衛森。王子看起來像是想把總理整個人開膛剖肚一樣，明顯想要替自己的孩子報仇。

他與艾芮絲坐在馬凡兩側。

我一開始努力不去看他，但是他實在讓人難以忽視。就連看見他都能讓我感覺像是被熱燙燙的刀鋒劃過肌膚，銳利到我覺得自己真的要開始流血了。

撐過去，抓住那股憤怒。

我瞥向他，發現他已經盯著我看的時候，我的心臟停了一拍。那熟悉、邪惡的賊笑，在他蒼白的唇間抽動。

我們坐下的時候，馬凡點了下頭，他的視線在我與卡爾間移動，彷彿其他人都不存在一樣。大衛森總理坐在我倆之間，是一道堅定的分隔。馬凡看著他哥哥和我之間的緩衝，似乎特別享受這件事。海風拂亂了他的髮絲，他的頭髮仍比卡爾的長，在那頂詭異的黑色鑄鐵皇冠底下柔軟地蜷曲著。

我想殺了他。

他的制服如此熟悉，烏鴉般的黑，掛著不當手段取得的國徽。他嘲諷地看著卡爾的夾克，高興地看著相反的顏色。也許是很高興自己把哥哥趕出他們家的家族象徵吧。他以一種冷靜、公然的愉悅態度迎接我們，巴不得能讓這整件事越痛苦越好。殘酷國王的面具穩穩地戴著。

我一定要讓這張面具鬆脫。

我靠向大衛森，把手肘放在椅子扶手上，挺出鎖骨。所有人都看得到那塊烙印，深深刻在我的肌膚上。M代表馬凡，M代表怪物。他的目光停在被傷害過的血肉上，動搖了一下子。那雙冰雪般的雙眼變得空洞、像是停留在遠方。這就像把他從本來的路上推開，或讓他走進漫長、陰暗的走廊。

他還是回神了，對著我們的結盟成員眨眨眼，但這是個好的開始。

我們的座位經過安排，好讓每個人都能入列。我很驚訝又很緊張地發現，法爾莉的一邊坐著卡爾，一邊坐著托勒瑪斯。我暗地發怒。如果她沒有衝過平台去勒斃馬凡，可能會直接殺掉其中一個自己的盟友。

法爾莉瞪視這個男孩國王，眼神炙熱得跟克羅爾家任何人有得比。他們曾經見過彼此，很久之前在夏宮的時候，當時馬凡用簡單的謊言把我要得團團轉，那個我們大家都想要相信的謊言。他要她的程度不亞於要我的程度。

「看見你們能爬這麼高，真是太棒了啊，法爾莉將軍。」馬凡說，開頭就先對著她。我知道他想幹嘛。想要在我們連椅子都還沒坐好就找出我們之中的破綻。「要是我早在幾年前問妳，不知道妳會覺得自己現在在哪啊？經歷了不少呢。」他的眼神在法爾莉和托勒瑪斯之間游移，暗示的意味非常強烈。

我被他囚禁的時候，他在莫蘭達斯家表親的幫助下打開我的思緒，看透我的回憶。他看見謝德死在托勒瑪斯手裡，知道那對法爾莉代表什麼意思，知道我哥哥走後留下了多少。要想到去挖這個赤裸的傷口對他來說並不是件難事。

法爾莉露出牙齒，沒了爪子仍是狩獵者，但卡爾在她開口攻擊之前就先替他答話了。「我想我們在座所有人都覺得自己的處境很古怪。」他說道，聲音嚴肅平穩，外交手腕展現到了極致。我難以想像這要花他多少力氣才做得到。「諾他國王們坐在湖居地女王們身邊可不是常有的事。」

馬凡只是冷笑。這種事他比卡爾擅長得多。「長子坐在王位以外的地方也不常見啊，嗯，哥哥？」他回擊道，卡爾用力閉上嘴，發出喀啦一聲。「妳對這一切有什麼看法，奶奶？」馬凡繼續說，把匕首往安娜貝爾射去。「妳的親身骨肉，互相開戰。」

她的回答也一樣惡毒。「你可不是我的骨肉，孩子。你出手幫忙殺我兒子的時候，就已經失去那個身分了。」

馬凡只是彈彈舌，彷彿是在同情她。「舉起那把劍的是卡爾，可不是我。」他說，把下巴往卡爾腰間那把模樣相似的劍一撇。「真是有想像力。老女人就是愛幻想。」

森菈皇后在他身邊挑起一道滑順的眉毛。她什麼都沒說，任憑馬凡織他的網——或說他的吊索。

「好，」他把雙手交疊，「這次見面不是我要求的，我相信這代表你們會提出你們想出來的條件，也許是投降？」

卡爾搖搖頭。「對，你投降。」

笑聲從馬凡身上發出來聽起來很古怪。有種勉強的感覺。空氣被擠出來，聲音經過算計、打造而成，是他對於笑聲聽起來的模樣的想像。這笑聲讓他哥哥很不悅，卡爾在椅子上移動了下身子，不自在的模樣。

巴拉肯也沒有微笑。他的嘴唇拉扯成一抹怒容，把下巴放在一個握起的拳頭上。我不知道他的能力，但我猜一定非常強大，只受到現在慢慢讓我們窒息的靜默岩所控制。「我可不是大老遠急忙跑來聽一些胡言亂語的，泰比瑞斯．克羅爾。」王子說道。

「不是胡言亂語，陛下。」卡爾回答，微微點了下頭，表達敬意。

馬凡坐在位置上，發出低沉的嘲諷。「你看見我的盟友了。」他展開蒼白的雙手。「都是銀血皇室，帶著全國人民的意願誓言為我們而戰。都城在我手上，諾他王國內最富裕的地方……」

「你手上沒有歧異區。」伊凡喬琳斷然打斷他。雖然有靜默岩，她的金屬仍全都掛在身上，精心打造，保持在原位，並非單純只靠著她的能力控制而已。她早有準備。我也該想到才對。「你也沒有拿下戴爾菲。你昨天丟了哈伯灣。你會失去更多，直到最後只剩坐在你身邊的人，而你也無法回報他們給你的一切。」她的微笑漾開來，露出套上尖銳銀飾的牙齒。我想如果讓她活吞他的心臟，她也是會願意的。「你很快就會成為一個沒有皇冠也沒有王位的國王了，馬凡。最好在你還有籌碼可以談的時候先放棄吧。」

馬凡抬起下巴，讓他看起來像個鬧脾氣的小孩。「我沒有什麼要談的。」

「連你自己的命都不要嗎？」我喃喃說道，聲音雖小，但是口氣堅定，足以傳到他耳裡。

他轉過目光來看著我，讓我全身被冰冷浸透。不要縮，不要眨眼，撐過去。

他只是再次笑起來。「妳的吹牛至少還是有點娛樂效果。」他笑著說。「我一看就知道你有什麼，知道你拉攏了誰。把條件說出來吧，卡爾。不然就回哈伯灣，逼我們把你們全都滅口。」

「很好。」卡爾回答。他握緊了拳頭。如果不是靜默岩，他可能已經噴出火焰了。「退位，馬凡。退位，我就饒你活口。」

「太荒唐了。」馬凡嘆道，朝艾芮絲翻了個白眼。她沒有回應。

卡爾不受影響，繼續說下去。「與湖居地和皮蒙特的結盟會繼續維持，從凍結的海岸線到南方的島嶼，我們的海線全都能夠維持和平。現在是重建的時候，把這場戰爭摧毀的一切重新建立起來。治療傷者，把幾世紀來都糾纏我們不放的錯誤改正。」

「你說的是紅血平等嗎？」艾芮絲說。她的聲音與我記憶中一樣。冷靜、有分寸，她非常善於自我控制。

「是的。」卡爾平穩地回答。

巴拉肯發出深沉又漫長的笑聲，一手壓在腹部的金色盔甲上。如果不是因為現場狀況，我會覺得他的聲音很有撫慰能力、很溫暖。森菈和艾芮絲保持沉默，不願輕易展露自己的立場和思緒。

「你很有野心，我不得不這麼說。」巴拉肯指著卡爾說道。「而且年輕，而且被分心了。」他的視線射向我的雙眼，把話裡的意思表達得很清楚。我在他的凝視下覺得很難為情。

「你不知道你是在要求我們做什麼事。」

法爾莉則沒那麼容易被擊退。她緊握椅子的扶手，幾乎要站起身子，雙頰湧上一抹紅暈。「你們就這麼怕那些被你瞧不起的人，連簡單的自由都不敢給他們嗎？」她嘲諷地說，目光從巴拉肯移動到森菈和艾芮絲身上。「你們的權力就這麼弱不禁風嗎？」

湖居地的皇后睜大了雙眼，白色部分與銅色肌膚和深棕色瞳孔形成強烈對比。她看起來真的很驚訝。我猜從沒有任何一個紅血人對她這樣說話過，她也馬上反應了。「妳竟敢這樣對我們說話……」她脫口而出。

親愛的朱利安動作最快，他開口平穩地蓋過她的話聲，以免她輕易引得法爾莉說出更激烈的言論。「歷史總是站在被踩在腳下和被打壓的那一邊，陛下。」他說，聲音悠揚悅耳，充滿智慧，即便在靜默岩的影響下也一樣。皇后看起來很不情願，但她仍閉上了嘴聆聽。「時間也許很漫長，但是最後從無例外，財富還是會轉移。人民會崛起。世間萬物的法則便是如此，我們可以欣然接受改變，在過程中出手協助，或者面對這股力量的怒火。也許不是您，甚至不是您的孩子要面對，但是這一天總是會來，紅血人的風暴來到城堡大門前、砸碎皇冠、在您的後代子孫懇求著現在您不肯給的憐憫的同時，劃開他們的喉嚨。」

他的話說完之後，話聲仍在空中蕩漾，像是在風中舞動一樣。這番話對湖居地的皇后和巴拉肯來說宛若一記響鐘，只見兩人互換了一個不自在的目光。

馬凡可就一點都沒有屈服。他瞟了傑可斯王爵一眼，目光炯炯。他向來就瞧不起朱利安。「你是不是先預演過這番發言了，朱利安？我一直很好奇為什麼你要花這麼長時間獨自待在圖書館。」

要回擊這話實在太容易了。「但我猜沒有人比你花更多時間獨處了。」我說道，再次往前傾身露出烙印。

這組合讓他臉色一白，嘴角微啟，空氣從他露出的牙關間吁出。他看起來像是想要吻我，或是想把我的喉嚨撕裂。我想他自己可能都不知道是哪一個。

「小心點，馬凡。」我繼續說道，把他往崩潰邊緣推。「你臉上的面具可能會掉下來。」

他的眼中閃過冰冷的恐懼，然後他的臉就這樣垮了，眉毛深鎖，嘴角往下垂，往後蜷曲露出更多牙齒。加上他的眼圈發黑，雙頰凹陷，看起來就像個骷髏頭。「我可以殺了妳，紅血人。」他怒斥道，信口做出威脅。

「有意思，漫長的六個月裡，你大有機會這麼做。」我伸手拍拍手臂和胸口，讓我的手指掃過烙印。「但是我還在這裡。」

在他開口之前，我先別開了視線，望向他身邊的盟友。「馬凡・克羅爾最好的情況下也一點也不穩定。」我一邊說話，一邊強烈地感覺到他們的注目，三頂皇冠的重量朝我壓下來，還有靜默岩，持續、沉重的壓力。我真希望現在能感覺到閃電，能從我的能力中吸取一點力量。可是我只有破敗的自己，而且不論如何一定得夠用才行。

「你們都知道。不論他的領導下有什麼好處，你們都知道這些好處都比不上風險。他會被推翻，不論是直接推翻還是隨著國家一塊塊分割後倒下。看看四周，有多少貴族門脈跟他坐在一起？他們在哪？」我揮手指指哨兵人，他們自己的守衛，可是其他全都不是諾他王國的人。沒有威爾門脈或奧滄諾門脈或其他門脈的人。我不知道他們在哪裡，但他們缺席這件事自有相當的分量。

「你們是他的盾牌，他在利用你們和你們的國家。總有一天他會背叛你們，等他有足夠的力量把你們都趕走的時候。他沒有忠誠可言，心中也沒有愛的能力。這個自稱為王的男孩只是個空殼，內心空洞，對所有人、所有事都是威脅。」馬凡坐在他的位置上，看著自己的雙手，調整夾克的袖扣。做盡一切看起來不受影響、看起來平心靜氣的行為。演技太差了，特別是以一個這麼會裝的人來說。

我高抬著頭。「為什麼要繼續配合他的瘋狂？為了什麼？」

法爾莉在我左手邊移動了一下，椅子發出聲響。她的目光裡燃燒著克羅爾全家能使出的火焰。「因為他們寧可流血至死，也不願意跟不正確的血色平等。」他咬牙說。

「法爾莉。」卡爾低聲說。

出乎我意料之外，伊凡喬琳接下了這片混亂，把注意力吸引到她自己身上。她一個撇嘴，刻意地順順裙襬。

「現在的情況再清楚也不過了。妳說馬凡利用他們當盾牌嗎？」她說話的時候幾乎笑出聲。「森菈皇后，請問妳的軍隊在哪裡呢？還有你的軍隊呢？巴拉肯王子。這場戰爭中真正流血的人是誰？如果有人是盾牌，那盾牌就是馬凡。他們在利用這個小男孩來對抗他的哥哥，讓兩人互相耗損到他們可以確保一定有辦法一舉擊潰剩下的那一方為止。不是這樣嗎？」

他們都沒有否認，或說不想要對這種言論多加評論。艾芮絲試了另一個策略，傾身往薩摩斯公主靠，皮笑肉不笑的微笑。「我對妳也有一樣的猜測，伊凡喬琳。還是說泰比瑞斯．克羅爾不是歧異區的武器？」

馬凡揮揮手要她回身。他從卡爾看到法爾莉。她是這裡的弱點，或者至少說他認為她是。祝你好運了。「不，不是卡爾。」他懶散地說：「是紅血人。蒙特福特的雜種。我從公開的叛變事件中了解沃羅和其他銀血人，除了他們需要的以外，他們不會忍受任何紅血人。妳會嗎？安娜貝爾。」他說道，朝自己的奶奶咧嘴一笑。

她只是撇過頭，不願意正眼看他。雖然做了這麼多樣子，馬凡的微笑仍退去了一點。

這次法爾莉也沒有掉進陷阱。她靜止不動，大衛森則是緩緩地鼓起掌，朝那個假國王點頭致意。「我得給你點掌聲，馬凡。」他說。空白如紙的冷靜總理模樣在這麼多的怒火之中出現得恰到好處。「我承認，我本來不覺得像你這麼年輕的人可以做到這麼熟練的算計，但我猜這應該就是你母親打造的你，對吧？」他邊說，邊望向我。

這舉動最能觸怒馬凡。他知道這表示我告訴過他所有我對馬凡的了解，關於他母親做過什麼事。

「沒錯，他就是她打造的模樣。」我低聲說，感覺就像是往他肚子刺一刀後再扭轉匕首。「不論他本來是什麼模樣，那個人已經完全消失了。」

卡爾的聲音溫柔回覆，發出最後一擊。「他永遠不會回來了。」

若不是因為靜默岩，馬凡一定會燃起火焰。他把一個拳頭往桌上一捶，指關節白得像暴露在外的骨頭。「這場對談毫無意義。」他憤怒地說。「如果你們沒有真實的條件，那就走吧。守好你的城市，把死者都召喚出來，準備面對真正的戰爭。」

他哥哥一點都不退縮。面對馬凡，他沒有什麼好怕的。一場轉變，哀傷的轉變，降臨在卡爾身上，他換上了自己最擅長的身分。一位將軍、一名戰士。面對的是一個他可以打敗的對手，不再是他想要拯救的弟弟。兩人間已經不剩血緣關係，只剩馬凡逼他濺灑的鮮血。

「真正的戰爭就在這裡。」他回答，沉著的態度與馬凡突然的暴怒形成強烈對比。「風暴已經來了，馬凡，不論你想不想承認都一樣。」

我試著去做卡爾做到的事，試著放手。那個假扮成善良、被遺忘的男孩已經不在了，連他的影子都不復存在。只剩現在這個在我眼前的人，滿心的恨、執著和扭曲的愛。撐過去，我在腦海裡咬牙說道。馬凡是個怪物。他在我身上烙印、監禁我、用最可怕的方式折磨我。把我留在他身邊，讓他滿足腦海裡野獸的需求。但是即便我再怎麼努力，我還是會看見他身上有那麼一點我的影子。被困在風暴之中，沒有辦法掙脫，沒有辦法從自己已經做出的事，還有未來要繼續做的事之中脫身。

這個世界就是一場我一起帶來的風暴。我們全都參與其中，不論分量大小差異。過程的每一步我們都不能理解，踏上我們從沒想過會走過的路。

瓊恩看見這一切。不知道是哪一秒讓這一切成真的，不知道是哪一個選擇。是亞樂拉在我的腦海裡尋找攻擊赤紅衛隊的機會的時候嗎？是伊凡喬琳逼得我在選妃日掉進擂台的時候嗎？是卡爾在我還只是個紅血小偷時握住我的手那一刻嗎？還是奇隆師傅去世、他的命運拍板敲定，躲不掉的徵召令出現的時候？也許這一切根本不是從我們之中任何人開始的。可能是法爾莉的媽媽或妹妹被湖居地國王溺斃，兩人的死讓她父親，那個上校開始採取行動。或者是大衛森從軍團中死裡逃生，逃到蒙特福特打造了一種新的未來的時候？也許甚至是更久遠之前的事，一百年前，一千年前。可能是有人被遠方的神祇詛咒或選中，注定要讓這一切成真。

我想我是永遠不會知道了。

25 伊凡喬琳

靜默岩讓我焦躁，我的肌膚因為持續不斷的壓力發癢。這感覺很難忽視，即便我有這麼多年訓練經驗也一樣。我忍住炙熱衝動，不去為了用另一種痛楚取代這種厭惡、消蝕的重量而用指甲撕裂手臂。不知道石頭被埋在哪。在會議平台下面嗎？在我們的座位下方？感覺近到都能摸得到了。

每個人看起來都絲毫不受身體最深處被壓制的古怪感受影響。連梅兒也是，即便她曾有過去那段經歷。她保持趾高氣昂的氣勢，身子靜止不動，完全看不出來不舒服或痛楚，意思就是我必須藏得跟她一樣好。哎。

巴拉肯的嘴角露出不悅，跟我們其他人一樣討厭靜默岩的感覺。也許這會讓他更傾向我們的革命目標。對，他討厭蒙特福特，他也有討厭的理由。但我認為他更討厭輸。如果卡爾的恐嚇起了作用，他對馬凡的信心必然不會持續太久。

馬凡瞪著卡爾，彷彿他比得上戰士哥哥一樣。隨著卡爾坐在原地，態度堅定不移，馬凡本來打算濫用的同情心似乎便蕩然無存。

「以上就是我的條件，馬凡。」他說，聽起來比他父親更帶國王風範。「投降，活下去。」

馬凡根本只值一顆射進腦袋的子彈或一把直搗五臟六腑的匕首，他是一個沒人能冒險讓他繼續活下去的危險分子。

他的回答是深沉的喉音，從他體內最深處發出：「滾出我的島。」

沒有人覺得意外。托勒瑪斯緩緩吁了一口氣。他的手指抽動，蠢蠢欲動地想出動綁在他胸膛上的匕首。至少哨兵人沒想到，或說不在乎要把我們的武器卸除。他們大概以為磁能者沒有能力就毫無招架之力了吧。他們錯了。情況允許的話，我哥哥可以一刀直入馬凡的體內。

我的未婚夫坐在位置上傾身向前，緩緩站起身子。「很好。」他說道，話裡帶著痛楚。「記住這一天，馬凡，記住你被拋棄、隻身一人的日子，這都是你自己一手造成的。」

馬凡沒有回話，只露出睥睨的神情，笑出聲來。他演得很好，符合那個小心打造出來的形象，一個被寵壞的男孩突然要做偉大的事。那個本來就不該接下領導責任的次子。對我們來說沒有用，我們都知道他真實的身分。

森菈仍坐在位置上，轉過頭面對他，往她女兒靠。「那我們的條件呢？陛下。」他沒有回答，他的注意力全都放在卡爾和梅兒身上，根本沒發現她說話了。艾芮絲推了推他。「除了投降以外，沒有其他要求了。」他很快地說。「沒有特赦、沒有饒恕。」他補充道，眼神飄到梅兒的臉上。在他的注目下，她身子一縮。「每個人都一樣。」離卡爾一點距離的安娜貝爾站起身子，她抹抹雙手，彷彿是想把這情況和她那中毒太深的孫子甩掉一樣。「那我看，就說好了啊。」她嘆道。「大家已經有共識了。」

奇怪的是，她的目光是停在艾芮絲身上，不是馬凡，也不是森菈或巴拉肯。停在一個沒什麼話好說，在這個圈圈裡的權力甚至也稱不上大的年輕皇后。

這名年輕女子低下頭，灰色雙眸眼神意味深長。「是的。」她說。森菈皇后在她身邊，做了一樣的反應。大概是湖居者的傳統吧。就跟他們那愚蠢又什麼都沒做的神祇一樣。

兩名皇后率先從馬凡那一邊起身，巴拉肯很快跟進。他朝我的方向深深一鞠躬，我低頭回應。但是他的視線一沉，掃過我身邊，凝視著大衛森。我的態度也不足以完全讓他從對於新血脈的厭惡中分神。

不過總理並不放在心上。他毫不受影響地優雅站起。「還算是有意思。」他露出空洞的微笑，低聲說道。

「的確。」我聽見自己的回答。

我們剩下的人紛紛起身，亮麗的色彩和盔甲的閃光交錯，直到剩下馬凡一個人還在那裡，穩穩地坐在椅子上，盯著所有人看。

梅兒技巧性地避開他的視線，走過法爾莉身旁，勾起卡爾的手臂。這畫面讓假國王滿心不悅，怒不可遏，我還以為他會冒起煙來。如果不是靜默岩的力量，搞不好還真的會發生。

「下次見了。」卡爾回頭說。

這話中不知道是什麼讓馬凡勃然大怒，只見他雙手往椅子的扶手用力一拍，旋即起身不顧我們地離去。他的墨黑色披風在他身後舞動。我想起小孩在地上哭鬧的畫面。一個非常危險的小孩。

兩位湖居地皇后和皮蒙特王子看起來十分不情願地跟著他的腳步離去。卡爾沒說錯，如果情勢不利於馬凡，他們就會放棄他。但是他們會轉移到我們的陣營嗎？我不認為。他們只會坐好等著出動的時機。我突然覺得很羨慕赤紅衛隊和蒙特福特。至少他們的結盟看起來都是真心誠意，且擁有相同的目標，不像我們銀血人。我們可能嘴上說著和平，可是和平本來就不在我們的天性之中。我們總是打鬥，在王宮大殿也好，在戰場上也好，甚至家族聚餐隔著餐桌也有得吵鬧。我們就是背負著這樣的詛咒。

我非常想立刻脫離靜默岩的圈圈，再次呼吸自由的空氣。我拉拉托勒瑪斯，拖著他跟我一起往回空降機的小路走。法爾莉將軍總是亦步亦趨，我小心地讓他與我走近一點。追蹤野狼的老鼠，等著那千載難逢的機會出現。

我們一脫離靜默岩的範圍，我便感覺到一股清涼的解脫，是我的能力湧回體內的感覺。我的珠寶、髮絲、牙齒、藏匿在全身的金屬全都浮現在我的感受範圍之中。我把注意力放在馬凡身上的動章上，感覺它們漸漸消失不見。他真的離開了，跟我們一樣逃離這座島。

戰爭離打勝還很遠，若我猜得沒錯，現在的狀況可說是勢均力敵，形成完美平衡。這件事可能會拖上好幾年，導致我無法成婚，一直當一位公主，不用受到皇后的鎖鏈限制。我可以回家幾個禮拜，在我父親抵達的時候就離去，讓他處理這些混亂。也許和伊蓮偷溜到一些安靜的地方。這念頭讓我腳趾發麻。

水從我腳下湧上來，從鬆散的土壤間溢出的時候，我差點就沒注意到。

「托利。」我悄聲說，抓住他的手臂。

他睜大了雙眼，看著淹水的地面。

其他人全都做出一樣的反應，舉起腳、涉水朝彼此走去。法爾莉和她的軍官很快地把泡在地上的槍枝拿回來，有些已經滴著水。他們的反應很快，立刻拉開防守陣容，瞄準遠處的林線和平台。

梅兒移動腳步，擋在卡爾前面。他環顧四周，一臉驚恐，對於身邊緩緩上升的水平線一時間不知所措。她的一隻手冒出火花。

「小心點。」我大聲說道，往後一跳，拉著托利往比較乾的地面移動。「妳會電死我們所有人。」

她冷冷地回我：「只有我想要的時候才有可能。」

「寧夫斯人嗎？」法爾莉吼道，槍抵著臉頰，一眼靠在瞄準器上。「他們的方向有動靜。藍色裝束、哨兵人……」她話聲突然停了下來。

我從托利的腰帶上抽出一把刀，滑進掌心。「還有呢？」

「沒有什麼好煩惱的。」安娜貝爾的口氣輕快地打發大家：「走吧，回飛機上去？」

我不是唯一一個盯著她看，驚訝地張嘴的人。

法爾莉最先開口，她仍維持防衛姿勢。「若不是這整座島要沉了，不然就是我們就要面對一場攻擊……」

「胡說一通。」安娜貝爾嗤之以鼻，「才沒有那種事。」

「那這是怎麼回事？」卡爾脫口而出：「妳做了什麼事？」

不知為何，安娜貝爾把路讓給了朱利安．傑可斯。這個老男人露出一抹淡淡的、空洞的微笑。「我們把它結束了。」他簡單地回答。

梅兒先發聲：「什麼……」

像是浪濤落下的聲音從樹林後方傳來，與沙灘的方向相反。本來跪姿的法爾莉跳了起來，再次確認她的瞄準鏡，她手下其他軍官則抽身撤退。

我爬上沙丘，急著想找一個高一點的地方換取好一點的視線。

我移動的時候，槍聲響起，巨響劃破草原上空。梅兒在底下身子一縮。我握緊拳頭，細數著我的感應範圍邊緣的子彈。子彈往相反的方向飛去，一發接一發。

「他們在打……某個東西。」我回報道。

卡爾涉水走來，水花四濺，他的拳頭亮起火光。「馬凡。」我想他似乎非常小聲地咒罵了一聲。梅兒仍站在他前面，小心地避免電到他——或被燒到——同時拉住他。他的祖母則一動也不動。

我一邊爬高的同時，水流像潮汐一樣慢慢退去，像是有人在拉動一樣流走了。從我的位置可以從交錯的樹林間看到一點顏色。藍色盔甲、紅色火焰，哨兵人火紅色的的長袍。有人大聲叫囂，聲音迴盪不休。空氣變成充滿水蒸氣，好像有人在全世界披上了一塊灰色布簾。

我的珠寶很快地散布開來，在我的雙手和手腕上形成盔甲，一路披上我的肩頭。「給我一把槍，法爾莉。」我吼道。

她沒看我，只往地上吐了口口水。

「我的瞄準位置和射程都比較好。」我憤怒地說。

她抓緊了自己的長槍。「妳以為我會給妳任何東西……」

「妳以為我是在徵求妳的同意。」我斷然說道，彈彈手指，她的武器已經從她手中彈開，快速地飛到了我的手裡。

「說真的，兩位小姐，不需要這麼做。」安娜貝爾說道，仍是一派無所謂的模樣。「看，已經結束了。」她站到我倆之間，伸出一根滿是皺紋的手指，往林線的方向指。

水再次及流過空地，跟著遠處慢慢接近的人影移動，水氣翻騰，看起來像是只是影子。屍體先出現，飄在淹到腳踝的水面上，身上的哨兵人袍子濕漉漉地攤開，面具不是掉了就是破了，露出底下的臉龐。有些人我認識，有些我不認識。

然後影子般的人形變清楚了，其中一人舉起一隻手，把霧氣驅散。水氣登時凝結掉落，像突然而來的暴風雨般穿過我們之間，揭露森菈和艾芮絲兩人的身影，她們的守衛在身後展開隊形。巴拉肯跟在後頭，他的胸膛閃耀著金光，紫色披風拖在水中。他們的站姿很古怪，把藍色制服的守衛擋住了好一陣子。然後他們在距離我們十碼之外停下腳步，只見水流聚集在他們的腳邊。

我們一頭霧水地盯著他們看，對眼前的景象完全無法理解，就連總理也皺起了眉頭。只有安娜貝爾和朱利安不為所動。

「幫個忙，準備交易吧。」安娜貝爾對傑可斯皇舅說。他看起來蒼白得古怪，好像生病了一樣，但還是點點頭轉身帶著兩名雷洛藍守衛跟他一起離去。

交易，她說。

我瞥了梅兒一眼，她感覺到我的視線，轉過來跟我對看，眼眸中充滿恐懼和疑惑。

拿什麼交易？我想問。

拿誰交易？

湖居者守衛之間有東西掙扎著，被控制住了。我從森菈和艾芮絲的身子之間看見他，在已經輸了的情況下仍持續對抗著這個體型比他強壯更多的男子。

馬凡的嘴唇流血，皇冠歪斜地掛在黑色髮絲上頭。他無謂地踢腿掙扎，逼得湖居者守衛拖著他的手臂走。水包圍著他的身軀，隨時準備出擊。他身邊的艾芮絲吹起口哨，手上把玩著他的手環。火焰手環，他的能力的關鍵，我驚訝地意識到這點。他現在毫無反抗能力，只能活在他吝於給予憐憫心的人的憐憫心之中。

湖居地公主臉上帶著銳利的笑容，另一個算計得當的人格特質的恐怖景象。他朝她吐口水，不過差得遠了。

「寧夫斯婊子。」他氣急敗壞地說，又開始踢腿，「妳今天可是鑄下大錯了。」

森菈的嘴角露出怒容，不過她留給女兒去處理這個狀況。

「有嗎？」艾芮絲的口氣怡然自得。她慢慢地把皇冠從他頭上摘下，拋進水裡。「還是你犯錯呢？犯了好多、好多錯，其中一個就是讓我進入你的王國。」

我不敢相信我的雙眼。馬凡，這個叛徒被背叛了，這個詭計多端的人中計了。

戰爭。

結束了。

我覺得我要吐了。

我的呼吸變得急促，目光從馬凡身上用力移開，轉過頭看著他的哥哥。卡爾變得蒼白得嚇人，顯然他完全不知道這件事，不知道安娜貝爾和朱利安做了什麼，不知道他們到底要以他之名做出什麼交易。

我得跑，抓住托利，往海的方向跑。

我很快地爬下沙丘，站在哥哥身邊。這個假國王會吸引大家注意。不要讓寧夫斯人輕易得逞，快上飛機，快回家。

「喔，不要往臉上貼金了，伊凡喬琳！」馬凡吼道，扭曲著身子好撫平髮絲，可是頭髮一直垂下來擋在他的眼前。「妳才沒我的價值，不論妳把自己想得多高貴都一樣。」

他一喊，所有人都轉過來看著帶上托勒瑪斯、正想開溜的我。我想到一張友善的表情，發現梅兒．巴蘿的神情最接近。她的目光掃過我和勾著托利的手，臉上浮現了一種像是同情的神情。我只想用刀把那張臉挖掉。

「那是誰？」我高抬下巴，把驕傲當作盔甲，「妳又要拿自己去交易了嗎？巴蘿。」

她眨眨眼，同情的神情變成了憤怒。我比較喜歡這樣。

「不。」帶著守衛回來的朱利安說道。跟湖居者一樣，他們也從飛機上拖來一個囚犯。我最後一次看到索林．依蘿，他被褫奪了王爵身分，差點因為自己的愚蠢和驕傲死在我父親手上。他在違抗命令，在科芬昂的城牆外殺了湖居地國王，為的只是要得到一句讚美。他的短視近利讓他沒有看見這舉動只會強化湖居地和馬凡的結盟關係，還有兩個皇后的決心。現在他要拿命來彌補這個失誤了。

索林很沉著，雙眼看起來古怪地空洞。他只盯著雙腳看，雖然兩個警衛都只輕輕地抓住他，他也沒有要跑的意思。朱利安．傑可斯就站在身旁，我可以理解。搞不好他們連跑都沒准他跑。

「這是怎麼……我沒有批准任何……」卡爾口吃道，逼向他的祖母。可她只輕輕地把手放在他的胸膛，把國王往後推。

「但你還是會照做的，對吧？卡爾。」她口氣溫柔地說，這是一種只有母親才有的口氣。她伸手捧起他的臉。「我們可以今天就結束這場戰爭，就是現在，只要這點代價。一條命，而不是千百條。」

這選擇並不難。

「沒錯，卡爾，你就是為了拯救人命才這麼做的，不是嗎？」馬凡的聲音帶著諷刺說道。語言是他僅剩的武器了。「直到最後都這麼高尚。」

卡爾緩緩抬起視線，望向自己的弟弟。就連馬凡都安靜了下來，讓這一刻不斷延伸、炙熱燃燒。兩人都沒有眨眼，兩人都沒有退縮。年輕的克羅爾維持嘲諷的神情，挑釁哥哥的反應。卡爾的表情沒有改變，他什麼話也沒說。但是他撇開肩膀，讓路給祖母的行為則訴說了一切。

朱利安伸手指著索林的臉，把他的頭抬起來跟他四目相接。「走到皇后身邊去。」他說道，我聽見一個極強大的歌唱者施展悅耳的能力。這個人要是有這份心，可以控制我們照他想要的去做，靠著歌唱的能力坐上王位。對我們其他人來說很幸運的是，朱利安．傑可斯對權力並不眷戀。

雖然神智不清，索林．伊蘿仍是個絲綢人，他的腳步非常優雅。他越過我們與馬凡之間的短短距離，艾芮絲抓住索林的頸子，往他的雙腿後方一踢，逼他跪在水裡，雙手浸在水中。

「送他過去。」森菈低聲說道，往馬凡揮揮手。

這一切看起來一點都不對勁，畫面像是透過煙燻過的玻璃看過去一樣，慢得不真實，卻又再真實不過。湖居者守衛把馬凡推向前，讓他蹣跚地走向哥哥。他仍帶著笑，笑容沾著血跡，但眼中含著淚水。他失控了，他對自己的高壓要求正在慢慢瓦解。

他知道這是他的結局，馬凡．克羅爾輸了。

守衛一直推他，沒讓他穩住任何腳步。畫面簡直慘不忍睹。他開始對著自己喃喃自語，胡亂的話聲穿插在刺耳的大笑之間。

「我照你說的做了。」他對著空氣說。「我照你說的做了。」

他還沒趴倒在自己哥哥跟前，安娜貝爾往前踏了一步，穩穩地站在兩人之間。像老虎一樣的保護著。

「不准再更靠近真正的國王一步了。」她不悅地說。這女人聰明到懂得不要相信他，就算是現在他一無所有的時刻也一樣。

馬凡跪倒在地，伸手撫過頭髮，弄亂濕潤的深色鬈髮。他在目光裡用上所有再也無法控制的火焰，瞪著哥哥。「會怕一個小男孩啊？卡爾，我以為你是戰士呢。」

梅兒在卡爾身邊身子一繃，伸手放在他的手臂上，是要阻止他還是催他反應，我不知道。他的喉結隨著吞嚥上下移動，猶豫著該怎麼做。

還站著的這個國王用一種慢到令人痛苦的速度，把手放在劍柄上。「如果我們交換位置，你就會殺了我。」

馬凡從牙齒間吁氣。他完停了片刻，給謊言留了一個空間，或者是希望能聽見一個謊言。沒人猜得透馬凡．克羅爾的腦袋，也不知道他要讓誰看見哪一張面孔。

「對，我會。」他低聲說，再次吐了口血沫。「你覺得驕傲嗎？」

卡爾沒有回答。

冰藍色的雙眸移動，停在他哥哥身邊的女孩身上。在他的凝視下，梅兒的態度硬了起來，跟精煉過的鋼鐵一樣堅定。她完全有理由害怕他，可是她一點也沒有流露出來。

「妳高興了嗎？」馬凡問道，聲音低得像是耳語。不確定這個問題是在問什麼。

兩人都沒說話。

一陣水聲吸引了我的注意力，我從馬凡身上抬起視線，看見兩位皇后包圍著他們的獵物。她們像是在繞圈，不是跳舞，而是一個儀式。就連巴拉肯看起來都對此有點不自在。他後退了幾部，把空間留給她們去做想做的事。索林仍跪在地上，在她們之間搖晃，口中冒出海水泡沫。

兩人輪流朝他的臉灌水，高效地折磨著他，讓他只能勉強喘口氣。就這樣一點一點、一滴一滴，他的臉色變得蒼白，然後發紫，最後變成一片空白。然後他倒下，身子抽搐，在半尺深的水裡溺水，無法坐起身，無法救自己一命。兩人在他身子前彎下身，手放在他的肩膀上，確保他死前看見的最後畫面是她們的臉。

我看過折磨的場面，那些人樂在其中，畫面總是令人不寒而慄。但是這場暴行對我來說太過精細算計，我看不透，只讓我覺得害怕。

艾芮絲發現我在看，我別開視線，沒辦法承受。

她絕對沒說錯，馬凡犯的錯就是讓她進入他的王國、他的皇宮。

「妳高興了嗎？」馬凡又問了一次，這次更迫切、更兇狠，牙齒像是慘白的獠牙。

「安靜，馬凡。」朱利安使用了歌唱的能力，逼那男孩望向他。在他扭曲的人生中，馬凡．克羅爾第一次閉上了那張狡詐的嘴。

我回頭張望，只見托勒瑪斯跟我的感覺一樣滿臉蒼白。我們腳下的世界改變了，結盟關係破裂又重建，留下需要重新劃過的國界，需要著手進行的婚宴。

我突然覺得心一沉，交易還有一項，一定有。

我靠向哥哥，用只有他聽得見的音量悄聲說。

「不可能只有索林。」

伊蘿是個流亡的王爵，不論在歧異區或諾他王國都沒有頭銜、土地或任何權力，除了他的行為，他完全沒有任何價值。就連湖居者皇后也不可能把馬凡來交換自己的復仇。她們雖然古怪，可一點也不愚笨。安娜貝爾說這就是代價，但是不可能，一定還有更多，還有其他人。

我的心裡漸漸理出頭緒，但仍保持面無表情。沒有人可以看見我靜止的面具底下的模樣。

我誤以為我們會被拿來交易，但我沒想得太偏。

可是馬凡是對的，拿公主和王子來換國王？蠢。我們不值。

我們的父親才值。

沃羅．薩摩斯，歧異王國的國王。

索林往湖居地國王身上刺了一刀，只為了讓我父親高興、贏得他的歡心。他就跟其他人一樣有責任，這件事是以他之名下的手。

而且他是湖居地的對手，也是卡爾的對手。

安娜貝爾拿他來交易絕對不意外，拿我父親的性命來交易是非常合邏輯的舉動。

我緊緊握住手指，掩飾不住地顫抖。我在心裡盡可能地評估選擇，臉上保持放空，一點情緒也沒有。

如果父親死了，歧異王國就會瓦解。沒了他，王國不可能撐得下去，不可能照現在的狀況繼續存在。我就不再是公主，不會是他的工具、他親手養大的寵物、他隨意交易的玩具、隨心差遣的武器。

我不需要嫁給我不愛的人，或者是過著充滿謊言的生活。

但是就算如此，我還是愛我的父親，這點我沒辦法控制，我承受不了。

我不知道該怎麼辦。

26 梅兒

我拒絕與馬凡搭同一架飛機，卡爾也是。即便已經被施了咒，我們還是無法正視他。朱利安、大衛森和安娜貝爾替我們承擔了這件事，護送馬凡搭上第二架飛機，給我們其他人一點空間。

可是我們還是無法交談。回哈伯灣的這段旅程就在一片死寂中過，就連伊凡喬琳和托勒瑪斯都一臉震驚，悄然無聲。這場交易讓所有人都措手不及，我還是無法相信這是真的。朱利安和安娜貝爾竟然私下與湖居者接洽？就在我們面前？沒有卡爾的應許或大衛森參與？實在太不合理了。就連擁有龐大間諜網的法爾莉也沒想到會有這種事。但是她是我們之中唯一看起來感到開心的一個。她在位置上面露微笑，興奮的情緒幾乎要從皮膚底下漾出來。

不該是這種感覺才對，贏下戰爭這件事。不用再打仗，不用再有人喪命。馬凡在島嶼省上掉了的皇冠沒人想到要去拾回，就這樣把那圈冰冷的鐵環留在島上。艾芮絲拿走了他的火焰手環，就算他想，他也沒辦法對抗我們。一切都結束了，男孩國王不復存在，他再也不能傷害我了。

那我為什麼感覺這麼糟？一股恐懼感在我胃裡油然而生，像石頭一樣沉重，無法忽視。接下來會怎麼樣呢？

一開始，我想把這一切怪罪在艾芮絲身上，還有她母親和巴拉肯。雖然卡爾誓言忠於盟友，但我強烈懷疑其他人也會這麼做。他們已經失去太多，沒有人會願意空手而歸。每個人都有自己的復仇動機，諾他王國仍搖搖欲墜，被內戰分割，可說是強者的俎上肉。不論我們今天找到的是什麼樣的和平，都只是暫時的而已。我彷彿能聽見倒數計時的聲音。

這不是妳害怕的原因，梅兒．巴蘿。

昨晚，卡爾和我同意不要做任何選擇，或是改變已經做出的決定。戰爭還在打的時候，有些事情是可以被暫時忽略的。但是我當時以為我們還有一點時間，我沒想過一切會結束得這麼快。我不知道我們的腳尖已經探到懸崖邊緣。

馬凡被推翻，卡爾就是諾他王國的國王了。他會登基、行使與生俱來的權力。他會與伊凡喬琳成婚，過去的一切都不再重要。

我們會再次成為敵人。

蒙特福特和赤紅衛隊不會忍受另一個國王來統治諾他王國。

我也不能，不論他怎麼樣誓言會改變也一樣。事件會自己循環，他的孩子、孫子，接下來的國王和皇后。卡爾拒絕面對該做的改變，他沒有辦法接受要讓世界更好該有的犧牲。

我從睫毛間偷瞄了他一眼，卡爾沒有注意到我的凝視，他的注意力在別的地方，在心裡默默地思考。想著他的弟弟，馬凡．克羅爾王子必須為自己造成的死亡、對我們造成的傷害付出代價。

我們偷襲柯羅斯監獄之前，卡爾以為我們會發現馬凡早有準備的時候，他說他會失控，會不計一切去追馬凡。對於自己的意志力居然這麼薄弱，他說他很害怕。當時要立下誓言並不難，但是等到機會來臨的時候，等到馬凡在浴缸裡抬頭看著我，跟個新生兒一樣脆弱的時候，我卻只有轉頭走開。

我想要他死，為他對我做的事付出代價，為所有痛苦，所有心碎付出代價。為了謝德。為了那些在他扭曲的遊戲中被當作卒子的紅血人。可是我還是不知道到底單只是為了除去他所帶來的痛苦，我下不下得了手，我也不知道卡爾下不下得了手。

但是他會的，他必須下得了手，這條路只會帶我們走到那裡。

回哈伯灣的旅程感覺比之前還快，我們在位於水邊、曾是市集的水瓶港落地。盟軍的士兵在人行道上圍成圈，我的胃裡一陣翻攪。這麼多雙眼睛。

這次被送上遊行的人不是我，雖然他對我做過這麼多次，看著馬凡被逼著下了空降機，我仍沒有覺得因此得到安慰。他腳步踉蹌，手腳因為朱利安的影響而沉重遲鈍，看起來比過去更像個小男孩。一個雙手扣在手銬上的人。他什麼都沒說，還是沒有辦法開口說話。

法爾莉緊跟在旁，就站在他身邊，光榮地咧嘴笑著，一手勝利地高舉。她拎著他的領子控制他的行動。

「崛起，紅似晨曦！」她高喊。她舉起一隻腳，像艾芮絲一樣往他的腿後方一踢。他跪倒在地，一個被擊落的國王。「勝利！」

廣場上的悄然無聲在群眾意識到這是什麼意思之後，很快就不復存在。取而代之的是訕笑聲，宛若暴風般席捲而來，歡呼和咒罵震耳欲聾，我想整座城市都知道了。

卡爾的熱度在我身邊緩緩地散發，他看著眼前的景象，臉上毫無表情。他並不享受這情景。

「把他帶到皇宮去。」安娜貝爾走上前來的時候，他低聲說道。「盡快。」

她看了他一眼，加上厭煩地嘆了口氣。「人民就是要看見這景象，卡爾。讓他們享受你的勝利吧，讓他們為此愛戴你。」

他身子一縮。「這不是愛。」他回答道，用下巴朝民眾示意。紅血人和新血脈遠勝他自己的銀血人人數，但所有人全都用嘲諷的臉和高舉的拳頭對著馬凡。整個廣場上揚起熊熊怒火。

「這是恨。把他帶到皇宮去，遠離人群。」

這選擇很正確，而且不難。我朝他點頭，碰碰他的手臂然後輕輕捏一捏，在我還可以這麼做的時候，盡量給他一點安慰。就跟我們和其他人的結盟關係一樣，我們倆也是在過著借來的時間。

安娜貝爾態度變強硬。「我們可以帶他去遊行……」

「不行。」卡爾斷然說道，嗓音低沉憤怒。他瞥了祖母和我一眼，我在他的目光下緊繃了起來。「我不會犯他犯過的錯。」

「好吧。」安娜貝爾咬牙說道。車子從廣場外圍開到定位，準備把我們載回皇宮。卡爾直走向最近的一台，我跟在他身後，保持著尊重的距離。

「我們還得發報告和廣播。」我們邊走，安娜貝爾一邊說道。「要讓諾他王國的人知道真正的國王已經回來了。我們要召集貴族門脈，收集誓詞、結下盟友關係。懲罰那些不肯對你的皇冠發誓的人……」

「我知道。」他不情願地說。

我們身後傳來拖著腳步和踉蹌的聲音。法爾莉推著馬凡前進，朱利安走在他們身邊。幾名士兵往她腳邊拋出紅手帕，慶祝我們的勝利，歡呼聲和呼喊聲此起彼落。

這聲音可怕極了，就算是從我自己的族人發出來的也一樣。我想起雅啟恩，當時我被迫拴著鏈子繞行市區。我是個囚犯，是勝利品。馬凡逼我在全世界面前跪下。當時的我只想吐，現在的我也是。我們不是應該能做得比他們好嗎？

即便如此，我仍能感覺到體內那種醜陋的飢渴，對報仇和正義的渴望，那感覺哀求著想要得到滿足。我把它強壓下去，想要無視自己體內的那頭怪物，這怪物來自於我做過的錯誤之舉，還有我經歷過的那些錯誤之舉。

安娜貝爾一直叨唸到我們抵達車邊，卡爾怒瞪她一眼把她送走了。我頭也不回地爬上我們的車，沒有辦法再看一眼別人承受我在雅啟恩經歷過的事，就算那人是馬凡也一樣。

卡爾關上車門，沉坐進陰暗之中。隔板升起，把我們跟司機隔開，讓我們倆獨處，不需要裝模作樣。車裡幾乎寂靜無聲，叫囂的聲音被隔離，只剩微弱的嗡嗡聲。

卡爾的身子往前傾，手肘撐在膝蓋上，把臉埋入雙手中。這一刻的情緒實在太難以承受了。恐懼、後悔、羞愧，還有強烈的解脫。全都因為知道接下來會發生什麼事而被削弱了。我靠著座位，用掌心蓋住雙眼。

「結束了。」我聽見自己說，嘴裡嚐到謊言的滋味。他掩面沉重的呼吸，好像剛結束訓練。

「還沒結束。」他說：「還差得遠了。」

我在汪洋丘的房間在寢宮樓層中與卡爾的房間呈相對位置，是我要求要跟他隔開的。房間終於準備好了，又大又寬敞，可是浴室真的太小，現在來說更是太擠了。我在溫水裡打了個冷顫，讓肥皂泡泡流過我的身子。溫度很舒壓，把肌肉裡的疼痛和緊繃都釋放掉了。法爾莉背對著我靠在浴缸裡，大衛森則是一樣的姿勢靠著門。以一個國家領導人來說，他看起來實在是不正式到了驚人的程度。他去會面時穿的套裝的扣子開了，露出底下的白色貼身衣物和跳動的喉結。他揉著眼睛打哈欠，這個早晨還沒完全結束，他已經感到精疲力盡。

我再次用手刷臉，希望能夠像洗掉汗水和污垢一樣輕易地洗去挫敗感。只是想要有一秒鐘獨處的時間都沒辦法。

「他拒絕以後呢？」我朝他們倆說道。我們的計畫、最後一次讓一切成功的機會，破綻多到數不清。

大衛森的十指交錯扣在彎曲的膝蓋上。「要是他拒絕……」

「他會拒絕的。」法爾莉和我異口同聲地說。

「那我們就照說好的做。」總理淡淡地說，肩膀一上一下，輕鬆地聳肩。他的眼睛疲憊地看著我。「如果沒辦法堅持說好的去做，那我們就完了。我還得履行對我國的承諾呢。」

法爾莉同意地點點頭。她回過頭來看著我，臉離我只有幾吋遠。這麼近的距離下，她的鼻頭有多少顆雀斑我都數得出來。雀斑跟她帶著疤痕的嘴角形成了對比。「我也是。」她說。「其他指揮部的將軍已經把話說得很清楚了。」

「我想見見他們。」大衛森漫不經心地說。

她露出苦笑。「如果這件事照我計畫進行，等我們回去的時候，他們就會在那裡等我們了。」

「好。」他回答。

我張開指頭抹過水面，在奶白色、帶著香氣的水中拉出線條。「我們有多少時間？」我問出大家都避而不提的問題。「在湖居者回來前？」

法爾莉在我身旁，回過頭把下巴擱在彎起的膝蓋上。她咬牙，面露緊張。以她來說這種情緒很古怪。「皮蒙特和湖居地的情報回報在碉堡和城堡都有動靜。也召喚了軍隊。」她的聲音變了，變得沉重。「不會太久了。」

「他們會攻擊都城。」我聲音死板地說。這不是一個問句。

「可能。」大衛森說。他的手指點著嘴唇，若有所思。「最起碼會是一場非常有象徵性的勝利，除此之外，其他城市和地區還可能一起臣服，這麼一來等於一舉拿下整個國家。」

聽到這樣的預測，法爾莉身子一繃。「如果卡爾在攻擊中死亡……」她話沒說完，自己停了下來。雖然泡在溫水裡，想到這念頭我的身子仍不住發寒。我從她的身影別開視線，望向窗口。蓬鬆的白雲懶散地飄過和藹可親的藍天，那麼明亮愉悅，不適合這場談話。

不論他知不知道，大衛森扭轉起那把一直插在我的五臟六腑上的匕首，接著法爾莉的話往下說。「沒有克羅爾家的繼承人，沒有國王，整個國家會陷入恐慌之中。」

他說得好像只是一個選擇。我在水裡快速轉身，用力瞪他。我一手放在陶瓷浴缸邊緣，手指噴出一道威脅的電光。他稍微縮了下身子。「這只會造成更多紅血人喪命，梅兒。」他解釋道，聽起來像是道歉。「我對這種事沒有興趣，我們一定要搶在他們之前拿下雅啟恩。」

法爾莉點點頭，握緊拳頭。決心。「逼卡爾罷任，讓他知道除此之外別無選擇。」

我沒有動，仍瞪著總理看。「歧異王國呢？」

他瞇起雙眼。「沃羅・薩摩斯永遠不會容忍一個他無法統治的世界，但伊凡喬琳……」他在口中玩味她的名字。「可能有機會說服她，或者至少可以賄賂她。」

「拿什麼來賄賂？」我嘲諷道。我知道伊凡喬琳願意付出一切來終止與卡爾的婚約，但是背叛她的家族，把皇冠拋棄？我無法想像。她會寧可忍。「她比我們所有人都還富裕，也太驕傲了。」

大衛森抬起下巴，露出高高在上的態度。好像他知道什麼我們不知道的事。「用她自己的未來，」他說：「用自由。」

我皺皺鼻子，沒有被說服。「我不確定你能跟她要到什麼。她不可能拋棄自己的父親。」

總理點頭表示同意。「不能，但她可以背叛盟友。拒絕成婚。把歧異王國與諾他王國之間的關係斬斷。讓卡爾沒有援手，這樣就能逼他就範。沒有盟友他就沒辦法生存。」

她沒說錯，但是第二個計畫實在太不穩定了。把一切寄託在伊凡喬琳跟我們產生一樣的動機是一回事，但是要拿她對血脈家族的忠誠來換？看起來簡直不可能。她自己就說過了，她不能拒絕這場婚配，等這一切都完成後，她沒辦法違背自己父親的意願。

蒸氣無聲在空氣中裊裊上升。

門的另一邊傳來不悅的聲音。「一切如計畫運行的機會是多少？」奇隆在我房裡喊道。

我笑出來。「有這樣過嗎？」

他發出一聲漫長、挫敗的哀嘆回答我。他的頭往後一靠，門被撞得輕輕震動。

奇隆和大衛森還算好心，留我們平靜地穿戴整齊，但法爾莉沒有動，只倒在我的海洋綠色床單上。我本想把她趕出去，好讓自己能有點獨處的時間，但是隨著時間分秒過去，我很慶幸她在我身邊。如果我獨自一人，可能會完全崩潰，再也無法打開房門。法爾莉在這裡的情況下我就沒有辦法找理由，只能盡快穿戴整齊。希望這樣的動力能帶著我撐過這精采的一天。

我勉強穿上一套赤紅衛隊的正式制服時，她小聲地笑了一下。這套制服剛洗過，而且是量身定做的。我已經立誓加入赤紅衛隊快一年了，可是從沒有覺得這件事有正式開始過。制服應該要是一種象徵，把我和卡爾和他的銀血盟友清楚分隔開來，但是實際上我認為法爾莉只是為了要找個人跟她一起受制服的折磨而已。這套明亮、鮮紅色的裝束非常的合身又僵硬，扣子一路扣到喉嚨上來。我弄了老半天，想把勒人的領口弄鬆點。

「不好玩，對吧？」法爾莉笑著問。她自己的衣領敞開著，暫時被往下壓。

我瞥了鏡子裡的自己一眼，這套特製的裝束並沒有強調我的身材曲線。上衣很硬挺方正，直筒的褲子塞進靴子裡，整個人的身形看起來有點長方形的感覺。很明顯地，這不是什麼晚禮服。雖然鈕扣閃閃發亮，我的制服上沒有其他裝飾。沒有勳章、沒有徽章。我撫過胸口，布料上空空如也。

「我會有階級嗎？」我問，目光瞥向法爾莉。就像在人民大會堂的時候一樣，她的領口上有三個代表將軍的方塊，但是大多數的假徽章和彩帶都已經丟掉。在卡爾面前沒什麼好特別張揚的，他比誰都懂。

她往後躺，蹺起腿看著天花板，擺動著腳掌。「二兵會有個不錯的圓環。」

我一手放在心臟的位置，裝出被羞辱的模樣，「我都跟了妳一年了。」

「也許我可以幫妳問問看。」她說：「幫妳美言幾句，讓妳升級到下士。」

「真是大方。」

「妳就給奇隆管。」

雖然心裡緊張得不得了，我還是大聲笑了出來。「不論妳要做什麼都可以，就是別這樣告訴他。」用想的就知道他會給我什麼苦頭吃，挖苦和假命令都少不了，我絕對做不到。

法爾莉跟著我一起笑了，一頭短短的金髮散發淡淡的金色光澤披散在臉龐四周。她並不是很少笑，但是這個笑不一樣，沒有帶著嘲諷或尖銳之處，而是一個短暫迸出的真實快樂。這段日子裡像這樣的事情已經很稀有，對所有人來說都一樣。

她慢慢地收拾心情，笑聲的餘韻消失在她的喉嚨裡。我很快地別過頭，彷彿看見了不該看見的景象。

「妳昨晚跟他在一起。」她的口氣很堅定。她知道，我相信其他人一定也知道。卡爾和我並沒有要偷偷摸摸的意思。

我坦然回答，沒有半點羞愧，「對啊。」

她的微笑消失了，從床上坐起身。我從鏡中的倒影看著她的表情轉變，嘴角往下垂，眼神變得柔軟，如果不是同情，就是傷感，也許還有一點懷疑。

「這不會改變任何事。」我轉身勉強說出口，有點急忙。「對我們倆來說都一樣。」

法爾莉的反應很快，她舉起一隻手，「我知道。」她說，像是要安撫一頭動物一樣。她舔舔嘴唇，喉嚨上下移動，非常小心地挑選用字遣詞。「我很想念謝德，如果可以把他救回來，再糟糕的事情我也願意做，只為了跟他多相處一天也好，讓克勞拉認識她的爸爸。」

我低頭看著雙腳，雙手在身子兩旁握成拳頭，感覺到雙頰火熱。這是因為羞愧，因為她不信任我。也因為憤怒、深沉的哀傷和遺憾，因為我們失去了我的哥哥。「我不會……」

她站起身子，大步走上前來，縮短我倆之間的距離。她的雙手抓住我的肩膀，逼我抬頭望向她帶著疤痕的臉。「我是在說妳比我堅強，梅兒。」她低聲說道，目光閃亮。我花了好一會兒才讓這番話慢慢沉澱。「我說的是講到他的時候，不是別的時候。」她馬上又補充了一句，打斷緊繃的氣氛。

「沒別的時候。」我勉強笑了一聲同意道。「除了把人電死的時候以外。」

法爾莉只聳聳寬闊的雙肩。「嗯，誰知道？我還沒試過呢。」

汪洋丘的王宮大殿俯瞰著整座城市，越過藍色屋頂和白牆，一路延伸到哈伯灣。巨大的窗戶高掛在國王座位上方，讓整座大堂灑滿午後金黃的陽光，讓一切看起來都散發著一種夢幻的氛圍，彷彿這一刻不是真的。我心裡有一部分覺得我會醒來，睜眼面對今早的陰暗光線，回到出發往島嶼省之前。回到輕易贏下戰爭、生命輕易被拿來交易之前。

後來對於索林．伊蘿的事，卡爾什麼都沒說，但他也沒必要多說。我已經夠了解他，知道這樣的回憶對他來說有多沉重。一個名譽受損的王爵，但他仍是王爵。這對卡爾來說並不容易。可是看著泰比瑞斯七世國王，沒有人會看得出來。

他坐在自己父親的王座上，挺直的背脊靠著鑽石玻璃的椅背，一身火紅與黑，看起來就像一團火焰。窗戶的光線讓他的身影像是在發光，我不禁猜想他的守衛之中是否有海芬門脈的人，能操縱光線營造出強大有力的形象。顯然很有用，他看起來像個國王，就跟他父親一樣，像馬凡從沒達成過的樣子。

這畫面讓我感到嫌惡。閃閃發亮的王座，他頭上戴著簡單的皇冠。玫瑰金，像他祖母的皇冠，比鐵更精細，更高雅，沒那麼暴力，是一頂和平的皇冠，不是戰爭。

法爾莉和我肩並肩坐著，位置與大衛森和他的蒙特福特與會成員一起坐在王座的左邊。卡爾右手邊是安娜貝爾，她的座位比任何人都接近王座。薩摩斯門脈坐在她身邊，圍繞在另一位國王身旁。

不知道沃羅．薩摩斯花了多少時間打造他自己的那張以鋼鐵與珍珠光澤金屬製成的王座。材料銀白交錯，精美編織，隨機鑲上幾顆黑玉。想到薩摩斯國王花時間打造自己的王座，我的嘴角就不禁抽動。好大喜功的銀血人再次不讓人失望。

伊凡喬琳坐在她父親身邊，看起來特別緊張，通常她都很享受這類活動，喜歡看人，也喜歡被看。可是今天她卻坐立難安，手指抽動，一腳在裙襬底下不斷輕輕點地。不知道她知道了什麼，或是在懷疑什麼。不可能是大衛森的提議，他還沒找上她，要等我們確定真的需要她的時候他才會出手。但她的深綠色雙眸來回掃射，搜尋著整個殿堂，最後一定會停在位於王宮大殿另一端那扇高聳、敞開，通往皇宮裡的接待廳的大門。人群在門外駐足，有銀血人也有紅血人，只希望能往裡面看個幾眼。我只覺得恐懼讓我身子緊繃，伊凡喬琳可不是隨便就能嚇得倒的人。

但朱利安走進殿堂時，我很快就忘了這一切，他的手放在某個熟悉的人的手臂上，帶領著這位皇室囚犯往王座走。現場交頭接耳的吵雜聲四起，直到殿堂大門重重關上，只剩關門聲迴盪的時候才安靜下來。門一關上後就把我們和皇宮剩下的部分隔開了，卡爾不是那種需要觀眾的人，他也清楚在我們決定他弟弟的命運之前，現場不該有觀眾。

這次馬凡的腳步不再跌撞。即便雙手被銬上，他仍高抬著頭。我聯想到猛禽的模樣，禿鷹或是老鷹，用銳利的目光和更加銳利的爪子觀察著我們。但是他沒有威脅，他手上已經沒了手環，現場也沒有人會聽他差遣。站在他兩側的守衛是雷洛藍門脈的人，效忠的對象是卡爾和安娜貝爾，不是馬凡。

我看不出任何脫身的辦法，就連是他也一樣。

他們在卡爾跟前幾呎處停下腳步，安娜貝爾站起身，身子行成一大片陰影。她的目光緩慢地掃過馬凡，彷彿眼神是刀鋒，可以把他生吞活剝。「見到國王就跪下，馬凡。」她說，聲音在一片死寂的殿堂裡迴盪。

他瞥頭，「我想這就免了吧。」

突然間我就像回到另一座皇宮裡，看著另一個克羅爾國王。我跪在馬凡身邊，雙手銬在背後，而馬凡逕自站起身。他背叛我們所有人，揭露他的心意究竟是什麼的時候。

馬凡，幫我鬆綁。

我想這就免了吧。

馬凡・克羅爾說話總是非常注意用字遣詞，現在也一樣。就連說了也沒有意義，就連他完全沒有力量的時候，他還是能夠讓人痛苦。

卡爾坐在王座上，臉色一沉，一手握拳。我感覺到我心裡的怪物崛起，懇求著要把馬凡碎屍萬段，摧毀他。我不能否認心裡的渴望，但我必須這麼做。為了我的理智，為了我的人性。

「愛站就站吧。」最後卡爾說。他的緊繃再次稍微放下了一點。他揮揮手，彷彿全然不在意。「這也改變不了你站的地方是哪裡，還有我現在坐的地方。」

「現在，沒錯。」馬凡回答，刻意強調他的意思。他的眼神閃爍，冷酷如冰，又熱燙燙的宛若藍色火焰。「我想你再坐也坐不了多久了。」

「不用你操心。」卡爾說。「你犯下叛國罪和謀殺罪，馬凡・克羅爾。項目太多，我就不條列了。」

馬凡只是冷笑，翻了個白眼。「這麼懶惰。」

他的哥哥知道不需要被他激怒，所以任憑這番羞辱就這樣過去。他只調整了下身子的角度，轉向大衛森，像是在向顧問，或說朋友徵求意見。

「總理，在您的國家，他會受到什麼樣的懲罰？」他問道，臉色坦然而誠懇。這麼做完美地展現了團結的關係，是卡爾想要為自己打造的形象的一部分。一個能夠讓大家齊心的國王，而不是摧毀者。一個會詢問紅血人意見的銀血人，不顧血色的隔閡。

這舉動已經有了效果。

沃羅・薩摩斯坐在王座上，嘴角一癟，像一隻不悅的鳥撥弄自己的羽毛一樣撥動身上的長袍。馬凡馬上就注意到了。

「你要容忍這種事嗎？沃羅。」他低聲哼道。「地位輸給一個紅血人？」他的笑聲迴盪，尖銳得可以劃破玻璃。「薩摩斯門脈真的是家道中落啊。」

沃羅跟卡爾一樣不想落入馬凡的陷阱之中。他不動聲色，兩條穿戴著鉻金屬的手臂交叉在胸前。「我還是有皇冠，馬凡，你呢？」

馬凡只冷笑回應，一邊嘴角抽動。

「處死。」大衛森口氣堅定、傾身向前說道。他的手臂抵著椅子的扶手，身子移動好看清楚這個落敗的假國王。「我國對於叛國罪的罰則就是死刑。」

卡爾的眼皮動都沒動一下。他再次轉身，靠向沃羅，「陛下，歧異王國會怎麼處理他？」

沃羅馬上回答，牙齒咯咯作響。他就跟伊凡喬琳一樣，上犬齒套著尖銳的金屬。「處死。」

卡爾點點頭。「法爾莉將軍？」

「處死。」她抬起下巴說。

馬凡站在下方，看起來一點都不在意，甚至也不意外的樣子。他的注意力不在總理身上，也不在法爾莉或沃羅身上，甚至是我也一樣。他腦袋裡那條毒蛇只對一個人有興趣，他一直瞪著自己的哥哥，眼睛完全不眨，胸腔隨著短淺的呼吸起伏。我忘了他倆有多相似，就算只是同父異母的兄弟。不只是顏色，火焰也是。決心、積極，遺傳自兩人的父母。卡爾是他父親照著夢想打造的，馬凡則是照著他母親的噩夢長大。

「那你會怎麼做，卡爾？」他問道，聲音低沉，音量微小，我差點就沒聽見。

卡爾沒有半點猶豫，「跟你想對我做的事一樣。」

馬凡差點再次笑出來，他噗哧一聲。「那我就是要死在骸骨刑場囉？」

「不。」國王搖搖頭。「我沒打算看你把活著的最後時光浪費在丟人現眼上面。」這話不是在開玩笑，馬凡不是鬥士，他在刑場上肯定撐不了一分鐘。但是他不值得卡爾給他的條件，在無情的裁決中僅有的一點憐憫。「很快就會結束，這我可以跟你保證。」

「真是高尚啊，泰比瑞斯。」馬凡挖苦道。然後他想了想，換了張表情。他睜大雙眼，讓我想起乞食的野狗。一隻完全知道自己在做什麼的小狗。「我可以提出個要求嗎？」

卡爾聞言，差點就翻了白眼。他露出嘲諷的神情看著馬凡。「你可以試試看。」

「把我跟我母親葬在一起。」

這個請求在我身上鑿出一個洞。

我好像聽見議會一旁有人倒抽了口氣，可能是安娜貝爾。我望向她，只見她一手掩著嘴，但雙眼完全是乾的。卡爾則瞬間白了臉，雙手緊握著王座的扶手。他的目光閃動，垂了下來，然後才再次逼自己望向弟弟。

我不知道亞樂拉的屍體最後去了哪裡，最後一次聽說這件事的時候，我知道是跟赤紅衛隊一起到了拓克島，那座被我們拋棄的島。

一座放屍體的島。我哥哥的屍體，還有她的。

「可以安排。」最後卡爾低聲說道。

但馬凡還沒說完。他移動了一步，不是往前，而是往旁邊，往我的方向移動。他的目光這樣正面壓迫的感覺差點把我從位置上擊落。「我想要跟我母親的死法一樣。」他淡淡地說，彷彿只是想多要一張毯子。

我再次因為過度震驚，無法思考。我唯一能做的事情就是固定好我的下巴，以免太驚訝而張開嘴。

「被妳的怒火撕裂，」他繼續說下去，目光恐怖，令人難以忘記，深深烙進我的腦海裡。我鎖骨上的傷疤像是燒了起來。「還有妳的厭恨。」

我體內的怪獸大聲吼了起來。我現在就可以動手，這是我一手造成的，必須由我結束。我的手指跟卡爾的一樣，握緊了椅子，指甲往木頭扶手掐進去。我試著穩住自己，在身體裡用力拉，控制住閃電，但是我仍覺得自己可能隨時會在眨眼間引發閃電風暴。我絕不會讓他最後的引誘得逞，這整件事就只是這樣。再一滴毒藥、最後一抹腐敗、他朝我伸出魔爪讓我腐爛的最後一個動作。他了解有一部分的我，很大一部分的我，就想這麼做。他知道這麼做就可以毀掉我對他的毒害，他那份愛的折磨的最後一點抵禦力。

殺了他，梅兒．巴蘿。就此解決他。

他仰望著我，等著我的決定，其他人也是。就連卡爾，這個國王，也不願開口說一句話。就跟過去一樣，他讓我選我想要走哪一條路。

不知怎麼地，我想起了瓊恩。那個說出我的命運的預知者。崛起，獨自崛起。不知道那個命運是否已經改變，或者這一刻就是我改變命運的時候。

我慢慢地搖搖頭。

「我不會成為你的結局，馬凡。你也不是我的結局。」

馬凡站在地上，看起來變得緊繃。他的目光來回掃射，在我的臉上、眼眸和嘴唇移動。他沉默了好一會兒，像是在等我改變主意。我堅定立場，咬緊了牙關以免自己態度游移。閃電沒有憐憫心，我曾這麼說過。但閃電只是我的一部分，它控制不了我。

是我在控制它。

「隨便。」馬凡最後說道，氣自己被拒絕。我心裡感到一股小小的勝利，跟我體內的怪物取得了平衡。他轉過身，回頭去面對卡爾。「那就子彈吧，或是劍。你想的話，可以把我的頭砍掉，我對你要怎麼選沒什麼興趣。」

卡爾正在一點一滴地失去控制，隨著考驗又回到他身上，國王的面具慢慢滑落。我的心裡有點以為他會站起身走出大殿，但是這不是他的作風。不投降，不露出弱點，這念頭早在他幼年時期就灌進骨子裡了。最後他只口氣猶豫地說了「會很快」。

「你已經說過了。」馬凡像是胡鬧的幼兒一樣說道。銀血湧上雙頰，漾出一對白暈。

安娜貝爾雙手交握。她看著這對兄弟，將兩人互相比較。兩人之間的緊張氣氛就像電流一樣跳動、滋滋作響，不知道馬凡是不是就是想要惹怒卡爾，讓他現場把他殺了，畢竟他沒能讓我這麼做。

「守衛，這個叛徒的問話結束了。」她態度傲慢地說。

直接把決定權從卡爾手上奪走。

我不禁瞥了馬凡一眼，而他已經在看著我。

卡爾做不了決定。

他對我說過無數次，我也在無數次痛苦的經驗裡了解了這一點。沒了馬凡，卡爾仍是拖泥帶水，無法下定決心。馬凡告訴我，正是因為如此，卡爾會是個糟糕的國王。或者成為一個被控制的國王，靠著別人幫忙度日。我得同意他說的話。小克羅爾可能是一頭野獸，但他並不是笨蛋。

雷洛藍守衛把他扳過身子，抓住他的肩膀，把他往大殿外推。我以為朱利安會跟他去，但是他留下來，走到王座後頭，雙手交疊，沉默地深思。整個殿堂裡只有腳步聲，隨著馬凡被帶走，與這場結局迴盪不休。不知道我還會不會再見到他，不知道我有沒有辦法看著他死。巨大的門在他身後重重關上後，我讓自己稍微往椅子癱了點，吁出長長的一口氣，現在的我只想上樓睡個午覺。

我覺得卡爾也有一樣的想法。他在王座上稍微移動了下身子，準備起身。「我相信目前的問題就都處理好了。」他說道，聲音聽起來疲憊至極。這位國王朝我們做前後張望的模樣，好像眼前不是一屋子不穩定的盟友，而是皇室議會成員一樣。也許他覺得只要裝出這個模樣，情況就可以變成那樣。

那就祝你好運了。

安娜貝爾皇后動作很快但很溫柔地伸出一隻手，放在他的手臂上阻止了他的動作。他被她一碰，身子停了下來，焦躁的模樣。「我們得決定你的加冕典禮的事。」她溫和地微笑著提醒他，這件事似乎讓卡爾很不開心，或者只是不喜歡奶奶在旁邊嘮叨。「一定要盡快進行，明天就更好了。不需要弄得很鋪張，只要正式就好。」

不能被超越，沃羅伸手撫過長滿鬍鬚的臉龐。最微小的動作，但很清楚地要吸引注意的意思。「還有新城的事情要敲定，更別說你們的婚禮了。」她看著卡爾和伊凡喬琳。若非都受過良好的訓練，我猜他們倆一定會難為情地扭動身軀甚至乾嘔。「得花幾個禮拜時間準備……」

我抓住另一件事。「你要解釋一下新城的問題嗎？」我把身子轉過去正面對著沃羅。他盯著我，灰色雙眸充滿厭惡，幾乎要轉為黑色。法爾莉的嘴角抽動，但她很快就把情緒收拾好，留下中立的空白神情。

安娜貝爾在沃羅還來不及開口前先回答了，或者說是斥責我的失禮。「我們不需要現在討論這個話題。」她說道，手仍放在卡爾的手臂上。

卡爾看著我，擔心我的反應以及我的行為可能會導致這個薩摩斯國王做出什麼事。他的嘴唇拉成一條直線，雙眉緊蹙，像是要警告我小心這個話題。

不可能，克羅爾。

「我認為需要。」我對他們說。我的語氣強而有力、立場清楚，有梅琳娜·塔塔諾斯的影子。「還有其他事。」

卡爾挑眉。「比方說？」

總理清清喉嚨，接手開始說起我們倉促討論出、幾乎還沒練習過對話的計畫。但大衛森是個很有經驗的政治家及外交專家，他說出口的話聽起來一點都不像事先計畫過的。他演得很好，說話時也展現了高超的技巧。

「現在很明顯湖居地和巴拉肯王子，更別忘了還有他的皮蒙特盟友都沒打算放過諾他王國。」他說道，演講的對象是所有銀血皇室成員，特別是卡爾，我們一定得說動他。「諾他王國已經再次統一，但是您的國家已經被這場醜陋的戰爭削弱。兩座最大的碉堡不是受到嚴重破壞就是被徹底摧毀。您還在等著其他貴族門脈宣誓效忠，賭他們會獻上忠誠。森菈皇后看起來可不像是會眼睜睜看著機會流逝的人。」

卡爾稍微放鬆了一下，肩膀從永無止境的緊繃垂落了下來。湖居地顯然是比鎮壓紅血人更容易一點的議題。他瞥了我一眼，好像要對我眨眼，彷彿這一切只是一場遊戲，可以趁這時候暗送秋波，而不是三個獵人打算圍捕一頭野狼。

「對，我同意。」他感謝地點點頭，「我們的盟友這麼強大，一定可以抵禦任何外來的攻擊，不分南北。」

大衛森沒有改變平靜的態度，只是舉起一根手指。「關於這點。」

我最好了準備，腳趾在鞋子裡蜷曲成一團，胸膛裡湧起一股熱氣。我告訴自己什麼都不要期待。我夠了解卡爾，已經可以預期他會說什麼。但還是有一絲機會，他可能會改變，可能我已改變了他。或者他也可能已經太累，不想再打下去，厭倦了濺血事件，受夠自己族人犯下的邪惡舉動。

卡爾沒有隨著總理希望能夠引導他前進的方向移動，但是安娜貝爾看穿了他。她瞇起雙眼，像蛇一樣。沃羅在她身後看起來像是準備用幾根尖刺把我們全刺穿的模樣。

大衛森在離我最近的這一側，把手放低到大家看不到的角度。那隻手微微亮起藍光，準備好在任何攻擊發生時立刻保護我們。他的表情維持不變，嗓音也仍平穩堅定。「現在你的弟弟被廢黜，你以真正的國王身分登基，我想提議另一個選擇。」

「總理？」卡爾問道，仍不能或是不願理解。

沃羅和安娜貝爾赤裸裸的怒火讓我停了一下。我跟大衛森一樣放下一隻手，把電流喚到皮膚表面。

儘管銀血國王和皇后當面對他露出怒容，大衛森仍繼續說下去。「幾年前，蒙特福特自由共和國還不存在，我們只是好幾個王國和貴族門脈，由銀血人統治，就跟貴國現況一樣。內戰橫掃山稜。」即便他要說的話我已經聽過了，我仍不禁發了個冷顫。「從未有人見過和平的模樣。紅血人為銀血人的戰爭、銀血人的驕傲、銀血人的權力送命。」

「聽起來真熟悉。」我看著卡爾，低聲說道。我試著評估他的反應，可是他臉上沒有任何情緒顯露。雙唇緊抿，深色的眉毛緊蹙。緊繃的下巴線條，平穩呼吸。感覺就像想要解讀一張照片，或是聞歌曲的味道。不僅挫敗，也是不可能的事。

總理順著勢頭繼續說。他很享受這件事，做得也非常好。「直到一場起義爆發，」他說，「紅血人的聯盟，由階級開始往上爬的雅登人以及對我們的困境感到同情的銀血人助陣，我們才得以重整局勢，進而成為今日的民主國家。這過程有犧牲，也有人喪命，但是超過十年之後，我們都成長了，每天都變得越來越好。」他滿意地往後靠，仍無視安娜貝爾與沃羅兇神惡煞的神情。「我希望您願意做一樣的事，卡爾。」

卡爾。

在這裡，在他戴著皇冠、坐在王座上的時候，用他的名字稱呼他，這個舉動的意味非常明顯。就連卡爾也明白了。他眨了眨眼，一次、兩次，在心裡整理思緒。

在他開口前，法爾莉正襟危坐，迫切地想要出一份力。

她領口上的將軍方塊閃閃發亮，光線銳利，反射在卡爾的臉上。「我們現在面對的是錯過就不會再有的機會。諾他王國搖搖欲墜，懇求著能夠重建。」她說。法爾莉不像大衛森那麼口若懸河，但是她也不是菜鳥。赤紅衛隊在那麼多個月前選了她擔任發言人是有原因的。她有足夠的熱血和信仰，就連最冰冷的心都能被煽動。「讓我們一起重建這個國家，給它變成全新的國家。」

安娜貝爾在孫子開口前先說話，口氣嚴厲：「總理，是要變成像你的國家嗎？讓我猜猜，你還想自告奮勇出力打造這個耀眼的新國度？」她繼續說道，刺耳發言準確到了極點，種下那顆她需要的懷疑種子。我看著這種子落下，籠罩了卡爾的雙眼。種子會生根嗎？「搞不好你也要自告奮勇來幫忙管理這個國家？」

大衛森的冷靜動搖了一點點，差點露出不屑的神情。「我有我自己的國家要服務，陛下，在我被允許服務的期間。」

沃羅迸出空洞的笑聲，差不多比馬凡的還糟糕。「你要我們放棄王座、放棄努力的一切，放棄血統、背叛門脈、父親和祖父？」

安娜貝爾斥責道：「還有祖母。」我覺得她是低聲咆哮著說完的。

雖然我想跳起來，但是我忍住了。現在不適合把情況升級到更肢體的層級。

「那我們努力的一切呢？沃羅。」我說。沃羅連看都不看我一眼，這只讓我心中的憤怒更強烈，讓這種憤怒變得有用。「我們流血又是為了什麼？只為了再次被統治嗎？為了被丟進貧民窟、被綁上徵召令、回到我們逃出來的生活裡？這樣怎麼會正確？怎麼會公平？」

我的自制開始慢慢鬆懈，我試著忍下來，不理會我在講話時流過喉嚨的閃電。把這一切大聲說出來，對著讓這世界殘酷或讓這殘酷一直維持的對象說出口，有一種特殊的效果。我想要抓住安娜貝爾的肩膀，或是掐住沃羅的脖子，逼他們聽、看看他們做了什麼事還有想要繼續做的事。但是如果他們閉著眼睛呢？或者他們看不見有什麼問題呢？我還能做什麼？

薩摩斯國王對我露出譏笑，一臉嫌惡。「這個世界本來就沒有對錯或公平，小女孩。我以為天生紅血的人應該早就知道這點了才對。」他嗤之以鼻。伊凡喬琳在他身邊一動不動，目光垂落地面，嘴巴緊閉著。「你們本來就不是我們的對手，不論怎麼努力想追上都一樣，這是天生的。」

卡爾終於不再沉默，目光如炬。「沃羅，安靜。」他口氣銳利地說。沒有用頭銜，沒有客氣，但是也沒有否認。不論他現在想要走哪條路，路都變得越來越窄了。「總理，您具體是要請求什麼？」他說道，準備要我們把話說清楚。

「這不僅是我個人的要求。」大衛森回答，目光望向我。

卡爾也看著我。銅色雙眸全神貫注地看著。我忍不住掃視他全身，從雙手，到額上的皇冠。他的一切。

我沒有猶豫。在這段太漫長的時間中我已經倖存過太多情況，經歷了這麼多，卡爾不該再覺得意外才對。

「退位。」我對他說：「否則我們就會撤退。」

他的聲音聽起來很死板，毫無情緒，也沒有驚訝。

他已經料到了。

「你們要終止結盟關係。」

大衛森點了一下頭。「蒙特福特自由共和國沒興趣再建立一個我們逃脫的那種國度。」

法爾莉也自信滿滿地開口：「赤紅衛隊也不會忍受這種事。」

我感覺到一波微微的熱氣，從卡爾的方向傳來。不是好現象。我嘆了口氣，放棄任何他可能終於會看清道理的期盼。這動作吸引了他的注意，雖然可能只有那麼一秒鐘。我看見他露出受傷的神情，足以讓我有一樣的感受。就那麼一點，跟克羅爾兄弟給過我的傷口相比微不足道。

卡爾把目光移回大衛森身上，把上升的火氣對準別人。「你要留我們獨自面對湖居地和皮蒙特，面對那些比我做得再差都更糟糕的王國和皇族？」他氣急敗壞，話差點說不完。他想要挽回這一切的意圖很明顯，只想把我們全留下來。「你自己也說過，我們現在氣很弱，是可以輕易下手的目標，沒了你的軍隊……」

「紅血軍隊。」總理冷冷地提醒他。「新血脈軍隊。」

給。「就是不可能。現在沒辦法。也許未來有機會，但是如果眼前不是國王，貴族門脈就不會效忠。我們會分裂，諾他王國就再也不復存在了。我們沒時間一邊改造整個政府，一邊準備面對不可避免的攻擊……」

「不可能。」卡爾回答，口氣直接。他伸出手，掌心向上，什麼都沒有。他沒有東西可以給。

法爾莉打斷他。「那就找時間。」

雖然有身高、有身材、有皇冠、有制服，還有一切戰士和國王該有的條件，這是卡爾第一次看起來這麼像個孩子。他看著我們，眼神從我到他奶奶到沃羅身上。後面兩位完全沒有任何安撫效果，兩人憤怒的臉如出一轍。若他對我們讓步，他們會拒絕，那麼另一邊的盟友關係就會瓦解。

朱利安在卡爾身後低下頭。他什麼都沒開口說，緊緊地閉著嘴。

沃羅致命的手撫過銀色鬍鬚，眼神一閃。「諾他王國的銀血王爵一定不會放棄他們與生俱來的權力。」

法爾莉的動作快如閃電，從位置上跳起身子，猛力往沃羅的腳上吐了口口水。「這就是我對你們與生俱來的權力的看法。」

我非常驚訝這位薩摩斯國王居然因為震驚而噤聲。他只張嘴瞪著她。我從沒見過薩摩斯家的人無言以對的場景。

「鼠輩就是不會改變。」安娜貝爾嫌惡地說。她的手指在椅子扶手上輕敲，威脅再清楚也不過了，不過這對法爾莉沒什麼影響。

卡爾只重複自己說過的話，聲音近乎喃喃自語。獵人已經把他逼到角落。「沒有辦法。」他說。

大衛森緩緩帶著終結一切的態度站起身，我也照做。「那我們就只能說很抱歉要這樣離開你。」他說。「真心的，我把你當朋友看。」

卡爾的目光在我倆之間遊走，眼神不斷來回。我看見他的哀傷，也感覺到我自己的難過。我們也都無奈接受，這是我們早已選好的路。

「我明白。」卡爾說。他的聲音變了，變得低沉。「你也該知道，對於最後通牒的行為，不論友好與否，我都不太喜歡。」

是警告。

不只是對我們而已。

我們並肩離去，在信仰和目標上齊心的紅血人。穿著紅色和綠色制服，我們的肌膚都帶著一樣的玫瑰色和赤紅色。我們留下冷酷不為所動、宛若用石頭刻出來的銀血人，像有著活生生的雙眼和一顆死去的心臟的雕像的銀血人。

「祝你好運。」我回頭張望最後一眼。

卡爾看著我離去，口氣良善地說：「祝妳好運。」

在科芬昂，他選擇皇冠的時候，我以為整個世界都被搶走了，徒留我一人跌落無盡深淵。這次不一樣。我的心早已經碎過了，光是一個晚上也沒辦法讓它癒合。已經不是新傷，這痛並不陌生，卡爾告訴過我自己是什麼樣的人，沒有任何事，也沒有任何人能夠改變他。我可以愛他，可能會永遠愛下去，但是我不能在他決定靜止的時候逼他動。我自己也一樣。

我們邊走，法爾莉推推我的手，清楚地提醒了我，我們的最後一個要求還沒提出。

我再次轉身面對他，努力展現出我該有的樣子，充滿決心、能力致命，是銀血國王無可避免的厄運。但是我還是梅兒，還是那個他心愛的女孩，那個想要轉變他心意的紅血人。「你最起碼會讓紅血人離開貧民窟吧？」

法爾莉在我身邊喊出剩下的問題。「還有結束徵召令？」

我們帶著不多期待的心，覺得也許會看見一場哀傷的默劇，或另一次慘烈的解釋這種事有多不可能達成。搞不好安娜貝爾會把我們趕出大殿也說不定。

可是卡爾這次卻沒有張望身邊的銀血人便開口，沒有他們的意見就做下決定。我不知道他有這種能力。「我可以保證會有公平的薪資。」

我差點直接發出嘲諷的聲音，但是他繼續說下去。

「公平的薪資。」他說。沃羅臉色一白，看起來厭惡至極。「沒有搬遷的限制，他們可以自由在任何想要選擇的地方居住和工作。軍隊也一樣，公平薪資、公平招募條件，不會有強制徵召。」這次換我措手不及，只能眨眨眼，低下頭。他也用一樣的動作回應我。「謝謝你。」我勉強說出。

他的祖母往他放在王座扶手上的手臂一拍，憤憤不平貌。「我們就要開打另一場戰爭了。」她不悅地說，好像有人需要別人提醒他湖居者的威脅一樣。

我轉過頭，藏著臉上的微笑。法爾莉在我身邊也一樣。我們交換了個眼神，愉快地享受這樣的應許帶來的驚喜。這在整個大局中只代表了很小的一部分，也可能只是隨口答應，搞不好根本不會持續，但是再怎麼樣仍起了一個作用。

讓銀血人之間有嫌隙，在本來就已經岌岌可危的同盟關係中增添一道裂縫。這是卡爾僅剩的盟友。

我身後傳來卡爾的聲音，口氣帶著威脅，斥責自己的奶奶。「我是國王，剛剛的話就是我的命令。」他對她說。

她的回話很小聲，在門開啟又關上的吵雜聲中我聽不見。接待大廳跟剛剛一樣人滿為患，站滿了好奇的貴族和士兵，迫不及待地想瞄一眼新的國王和勉強拚湊而成的議會。

我們靜默地穿過人群，臉上沒有表情，不透露一點資訊。法爾莉和大衛森對自己手下的軍官交代了幾句，把我們的決定傳下去。我們該放下哈伯灣和諾他王國了。我解開領口的扣子，敞開夾克讓呼吸能夠輕鬆點，從僵硬的布料中解脫。

等著我的只有奇隆，他馬上就來到我身邊。他沒多問會議進行得如何，我們走出大門、不發一語就已經說明了一切。

「該死。」我們的腳步急促，意志堅定，一邊走他一邊出聲咒罵。

我沒有什麼東西好打包，所有的衣物都是借來的，不然也能輕易替換，就連我穿來哈伯灣的那套裝束也一樣。我沒有所謂的私人物品，除了耳朵上的耳洞，還有那個留在蒙特福特、藏在小盒子裡的耳環。那顆紅寶石，我一直無法拋棄的耳環。現在不一樣了。

我真希望那耳環就在這裡，我就可以把它留在他房裡，放在我睡過的枕頭上。

這樣會是一個恰如其分的道別，也比我現在要留下的道別容易。

我與法爾莉和大衛森分頭，上了樓梯後分別前往自己的房間。「幾分鐘後外面見。」我對他們兩人說道。沒人質疑我的決定或原因，只揮揮手、點個頭就讓我走了。

奇隆站在階梯上猶豫了一下，等著我邀他跟上。可是我不會邀他。

「你也一樣。」我喃喃說道。「我不會用太久時間。」

他瞇起綠色雙眸，像兩片翡翠碎片。「別讓他拖垮妳。」

「他已經對我做了所有能做的事了，奇隆。」我說：「馬凡沒辦法再破壞任何東西了。」

這個謊言讓他安了心，足以讓他放心我的人身安全，轉身走開。

但是要破壞的話永遠都還是找得到新的東西可以破壞的。

他房門外的守衛站到一旁去，讓我轉動他的房門門把。我動作很快，以免自己失去冷靜或是改變心意。他的牢房不是牢房，而是一間安置在高樓層的舒適小房間，面向著海洋。沒有床，只有幾張椅子和一張長沙發。他要不會是在這個下午就沒命，用不著管他睡覺的事，要不就是床還沒準備好。

他站在窗邊，一手放在窗簾上，好像是要把窗簾拉上。

「沒有用，」他喃喃說道，背對著關門的我。「窗簾擋不住光。」

「我以為你就是想要這樣，」我回答：「好待在光芒下？」

我重複他幾個月前對我說過的話，那時我還是他的囚犯，被鏈在一間像這樣的房間裡，注定只能盯著窗外、消耗人生。

「我們倆的命運真是雷同啊，不是嗎？」他邊說邊帶著慵懶的微笑朝房間揮揮手。我差點笑了出來。不過我只走到其中一張椅子上坐下，保持雙手不受阻礙，電流也待命準備。

我看著仍站在窗邊的他。他沒有移動。

「也許是克羅爾家的國王對牢獄都有一樣的品味。」

「我很懷疑。」他回答：「但是高級的牢房看起來似乎是我們表達關愛的方法。對於我們無法不愛的囚犯展現的小小憐憫。」

他的言論對我已經再也沒有影響了，我只有心底感覺到一點點漣漪，可以輕易無視。

「卡爾對你的情感和你對我的情感是很不一樣的東西。」

馬凡陰沉一笑，「我也是希望這樣啦。」他說道，再次伸手撫過窗簾。他瞥了我的夾克一眼，然後望向鎖骨，現在已經被底下的貼身衣物蓋住。我的烙印被藏了起來。「什麼時候？」他的口氣放軟。

問的是斬首。「我不知道。」

又是一連串扭曲的笑聲。他開始來回走動，雙手背在身後。「妳是說了不起的議會做不出裁決嗎？真是不意外。但是我想等你們能夠在某件事情上達成協議，我可能已經老死了，特別是有薩摩斯家的人參與的時候。」

「還有你奶奶。」

「我沒有奶奶。」他口氣銳利地說。「妳自己也聽見她說的了，她和我沒有血緣關係。」想起這件事激怒了馬凡。他加快腳步，幾個大步就橫越房間才轉身。這樣的時刻顯得他在冷靜的外表底下心思狂亂，只剩一條緊繃的理智線拉著。我試著不去看那雙光芒幾乎能點燃火焰的眼眸。「妳來這裡做什麼？我得說，妳是我的囚犯時，我可沒有享受刺激妳的行為。」

我聳聳肩，眼神掃視他。「你不是我的囚犯。」

「卡爾的，妳的。」他揮揮手。「有什麼不同？」

這個不同之處可大了。我感覺到眉頭皺起，熟悉的哀傷湧上心頭。他看穿了我事不關己的面具。

「喔。」他喃喃說道，停在房間中央。他猛烈地盯著我看，彷彿可以看穿我的顱骨，看進我的大腦，像他母親一樣。但是他不需要讀我的思緒或是知道自己哥哥做了什麼事，就知道我在想什麼了。「看來決定還是做好了。」

「只有一件事。」我悄聲說。

馬凡往前走了一步。我才是這裡的威脅，不是他，他很小心地與我保持距離。「讓我猜猜看，你們紅血人讓他選是吧？跟幾個月前給過他的選擇一樣？」

「類似吧。」

他的嘴角上揚，露出牙齒，可是這不是微笑。不論發生什麼事，他都不願意看見我受苦，身體上或心理上都一樣。「他沒有讓妳意外吧？」

「沒有。」

「很好。我就跟妳說過了，卡爾會聽命行事，他會遵從父親的心願直到死去的那天。」馬凡的口氣幾乎是帶著歉意，甚至可說是悔意。對於他哥哥後來變成這樣感到抱歉。我相信卡爾對妳也是一樣的心情。「他是永遠不會變的，為了妳、為了別人都不會。」

就跟馬凡一樣，我要傷人不需武器，說話就行。

「這不是真的。」我對他說，目光與他正面交接。

他歪頭，好像我是個等著被訓話的小孩般對我發出嘖嘖聲。「我以為到現在妳應該學到教訓了才對，梅兒。任何人都會背叛任何人，他又背叛了妳一次。」他又大膽地往前走了一步，現在跟我只隔幾呎遠了。我聽見呼吸從他牙齒間進出的聲音，好像他在品嚐肺裡的味道一樣。「妳難道不能承認他是什麼樣的人嗎？」他低聲說，聽起來像是懇求，一個死去之人的最後要求。

我抬起下巴，凝視他的目光。「他跟其他人一樣有缺點。」

他的嗤之以鼻震動了我的胸膛。「他是銀血國王。一個暴君、一個懦夫，是一塊永遠不會動也不會改變的石頭。」

這不是真的，我在心裡重複這句話。這幾個月已經證明了這點，但直到幾分鐘前已經不一樣了。他做出決定的時候，就算他祖母就在身旁，公平薪資，沒有強制徵召。看起來雖然是很小的一步，但已經夠大。積少成多。

「但是他在改了。」我保持聲音平穩，把這番話說出來。我是在逗弄他。我一開口，馬凡的臉色發白，無法動彈。「比我們需要的還慢，但是我看見了。驚鴻一瞥那個他可能成為的人，他在把自己變成一個別的人。」

最後，在馬凡的面具開始露出裂痕時，我垂下眼簾。「我不奢望你會理解。」

他咬牙，氣急敗壞，還有一點疑惑。「為什麼？」

「因為你這個人身上的任何改變，都不是來自你自己的意願。」有如刀鋒般銳利的話說了出口，沒有失手。他身子一縮，很快地眨眼。

我抽出最後一把刀，準備往他的心臟一刺。也許也能讓他再感受一次自己失去的東西，即便只是稍縱即逝的感覺也好。「你知道卡爾到處在尋找能夠治好你的人嗎？」我對他說。

馬凡的嘴開了又關，想找一些挖苦的話或賣弄自己的伶牙俐齒，可是他只口吃地說出：

「什……什麼？」

「在蒙特福特。」我解釋道：「他請總理去找新血脈，雅登人，擁有悄語者的能力，足以解開你母親留下來的東西的人。」

看著他在眼前切換的模樣讓人有點難受，微小的情緒出現在憤怒或飢渴之外。這些情緒掙扎著想要浮上表面，但是亞樂拉留下的東西很快就抓住了一切。他的表情恢復平靜，一邊聽我說話，露出輕鬆的神情。「但是沒有這種人存在。就算有，也改變不了你這個人。我很久以前就意識到了，在我還是你的囚犯的時候。但是你哥哥……直到今天以前，直到他直視你的雙眼以前，他都不相信你已經完全不在了。」

這個被罷黜的國王緩緩地坐在我對面的椅子上，他的雙腿在面前伸直，身子一癱，放鬆鋼鐵般的脊椎。他麻木地伸手撫過髮絲，把一頭黑色鬈髮攏齊。好像卡爾的頭髮，像他父親的頭髮。他盯著天花板，無言以對，無法說話。我想像馬凡落入流沙的模樣，掙扎著想要脫身，掙扎著對抗他母親給他的天性。這是沒有用的。他的臉再次變得石頭般冰冷，雙眼瞇起、眼神令人發寒，無視他心裡告訴自己的感覺。

「不齊全的拼圖不可能拼得成，打破的玻璃也沒辦法再復原。」我喃喃自語，重複朱利安幾個禮拜前告訴我的話。

馬凡坐起身，挺直了背脊，撫摸著手腕上過去掛著手環的位置。少了手環，他就無能為力了，毫無作用。他的守衛中甚至沒有亞芬人。

「森菈和艾芮絲會淹死你們所有人。」他咬牙說：「至少等他們碰到我的時候我就已經死了。」

「真是欣慰啊。」

「我可不想看妳死。」這番自白雖然微小，但是很真誠。裡面沒有詭計，只有醜陋、赤裸的事實。「妳會很高興看到我死嗎？」

至少我能用上一點我自己的實話來回答他。「有一部分會吧。」

「其他部分呢？」

「不。」我悄聲說。「不會高興。」

他露出微笑。「這樣對我來說就夠了。好過我該得到的道別。」

「那我該得到什麼呢？馬凡。」

「好過我們曾經給過妳的一切。」

我還來不及問他是什麼意思，門已經被猛地打開。我站起身子，以為因為我已經不是盟友身分，所以警衛來把我護送出去。可是我卻看見法爾莉和大衛森站在我們身旁。她用一抹連卡爾都做不到的怒火瞪著馬凡，我以為她要在我們面前把他生吞活剝了。

「法爾莉將軍。」馬凡懶散地說，可能是想要激她做出他沒辦法讓自己哥哥做的事。可法爾莉只怒目回應，像頭野獸。

大衛森比較客氣，護送著一個人走進屋內。我注意到他身後的走廊空無一人，門邊的守衛已經不見了。「抱歉打擾了。」總理說道。他朝身邊的夥伴揮揮手，蒙特福特新血脈亞瑞索走進了房內。我朝她眨眨眼，有點不解，但只有那麼瞬間。

她是瞬移者，跟謝德一樣。只見她伸出了手。

「我們該走了。」大衛森看著我們說。

亞瑞索的手碰到我的手腕時，我身子一縮，但我不是她唯一帶走的人。

在房間消失、縮小不見前，我看見了馬凡。他蒼白的臉變得越來越蒼白，藍色雙眼圓睜，罕見地露出恐懼的神情。亞瑞索的手就握在他手上。

27 伊凡喬琳

少了紅血人，王宮大殿裡感覺很空蕩，不知怎麼地還有點冷。

安娜貝爾如果以為自己能夠在明天替卡爾舉辦加冕典禮就太傻了。愚蠢又心急的女人。諾他國王只能在都城登基，而要穩住哈伯灣至少還要幾天時間，然後我們才能離開這裡前往雅啟恩。還有忠於馬凡的貴族門脈，得讓他們跪地宣誓效忠卡爾，然後才出席加冕典禮，前提是這個國家還有要團結振作的話。不穩定的泰比瑞斯國王根本沒空舉行婚禮。

不幸的是，他有朱利安·傑可斯，這個歌唱者王爵展現了過往從沒機會展顯的老練政治手腕。他否決安娜貝爾的意見，提議等一個禮拜再舉行加冕典禮。卡爾樂於接受他在這件事和其他事情上的建議。

就連現在，卡爾癱坐在王座上，看起來因為戰鬥和後續的事件而精疲力盡。主要還是後續的事件。他的眼光一直瞄向大門，希望梅兒回頭。但是已經過了快一小時，她和同夥可能早就走遠，逃到遠處的蒙特福特高山之中。她的家人在那裡等她，她一定會很高興能夠回到他們身邊。我真希望我也可以這麼做，逃回歧異區。

或者到蒙特福特去，我的心裡有個聲音悄悄地說。我的腦海裡閃過幾個人影，是總理和她的丈夫主持晚宴的畫面。雙手交疊，放鬆、自在。可以做自己。我伸手揉揉太陽穴，想把那隱隱約約的頭痛從腦袋裡揉掉。現在所有事情看起來都不可能了。

伊蓮不在王宮大殿，但是她離得很近。她跟我父母一起經歷了這趟旅程，今天下午抵達的。我只想快點脫離這場議會，哪怕只能偷幾個小時的時間與她相處也好。我不知道我還剩多少時間了。

「我會把消息送出去。」朱利安說，站在卡爾身邊雙手交疊。沒了紅血人，王宮大殿高聳的王位平台顯得失衡得好笑。「貴族門脈的王爵和夫人會在一週內被召喚到都城，到時候您就會在那裡等著，樂於接待他們。在那之後，我們就能為您加冕為王。」他聽起來一點都沒有興奮的感覺。

卡爾只是點點頭。他只想趕快結束這一切。他沒注意到安娜貝爾和她那雙銅色雙眸現在緊盯著朱利安。兩個人都希望國王能聽自己的意見，想要成為他最看中的人，就像吵著要父母注意的小孩。我會把賭注放在安娜貝爾身上。她天生是在宮廷生活的料，也有那骨氣淘汰任何威脅她對孫子掌握的人。

我暗自嘆了口氣，光想到要一輩子跟他鎖在一塊就覺得精疲力盡。我曾經一度為此很興奮，想像著皇后的權力。我想要覺得是伊蓮改變了我，但我已經愛了她很久，當時我甚至告訴自己她只是個卒子，跟桑雅．伊蘿一樣，銀血貴族的女兒，聽我的吩咐做事，支持我的詭計。我想是戰爭對我造成了改變，讓我產生從沒有過的恐懼。不是為我自己害怕，而是為托勒瑪斯和伊蓮。我最愛的兩個人，為了保護他們，要我殺人都願意。我可以犧牲一切保他們安全無虞、留在我身邊。我已經嚐過了皇冠的滋味，我知道那根本無法跟他們相比。

但父親並沒有這種情感，也不會讓我拋棄自己的責任。

我還沒提過我對於安娜貝爾和朱利安的協議最後一部分的疑慮，沒有對他提過。我可能根本想錯了。也許森菈皇后和艾芮絲能換到索林．依蘿就滿足了，想把國王拿來換這麼一場復仇。

妳知道那不可能是真的。

她們倆都不是笨蛋，她們不可能拿這麼高的籌碼換這麼小的代價。

因為真正的獎賞是妳父親。

我瞥了他一眼，注意到他的肩膀，驕傲、筆直，貼著鉻金屬盔甲的線條，擦拭得閃閃發亮，我都能看見自己的倒影了。我看起來很害怕，雙眼圓睜、目光掃視，用深色眼妝隱藏黑眼圈。昨天我打了漂亮的一仗，雖然家族裡死了不少人，但我的表現足以保住我和哥哥的性命。父親對此沒有說一句話。沒有任何表示對於自己的孩子、自己的名聲存活下來這件事感到高興的話。沃羅．薩摩斯跟我們家鄉的鋼鐵一樣堅硬，全身都是銳利的邊緣。就連他的鬍鬚都打理得嚴謹到完美的地步。我遺傳了他的色彩、他的態度和他的飢渴，但現在我們想要的東西已經不一樣了。他想要權力，越強大越好的權力。而我想要自由，我想要自己的命運。

我想要的是不可能的東西。

「好，至於皇室婚禮……」安娜貝爾開始說，但是我再也無法忍受了。

「抱歉。」我打斷她，走的時候完全沒望向任何人。這感覺就像投降，但是沒有人阻止我，連父親也沒有。沒有人開口說話。

我才剛踏上富麗堂皇的階梯，母親就打斷了我的去路。她氣得七竅生煙，看起來就像她養的蛇。一個這麼嬌小的女子竟能擋住整條走道，我實在不理解。

「哈囉，母親大人。別擔心，我沒事，身上一點傷都沒有。」我喃喃說。

她揮手不顧我的打招呼。就跟父親一樣，對於我昨天與死神交手的事，她看起來一點都不在乎，或不放在心上。

「真的假的，伊凡喬琳。」她斥責道，戴滿珠寶的手扠在腰間。今天她挑了淡綠色的裝飾。她的鼻子微微抽動，我看得出來她沒有全神放在我身上，她的注意力有一部分還留在議會裡的老鼠上頭。「妳可以爬上愛國堡的城牆，但是一場會議對妳來說都承受不了嗎？」

我打了個冷顫，不想回想那場戰役。我用了點心力把那些畫面壓下去。「我不喜歡浪費時間。」我帶著嘲諷的神情對她說。

她翻了個當媽媽的人才做得到的白眼。「討論妳本人的婚禮是浪費時間嗎？」

「沒什麼好討論的。」我說：「我又沒有發言權，那我在不在又有什麼關係？而且反正托利晚點會告訴我所有內容，所有父親的命令。」我補上最後一句，嘴裡嚐到一種苦澀的滋味。

母親看起來像是繃緊了身子，焦慮又危險。「妳表現得好像這是懲罰一樣。」

我抬起下巴，身上禮服的所有鋼線都隨著我的怒火縮緊了起來。「難道不是嗎？」

她的反應好像我呼了她一巴掌，又羞辱她整個家系祖宗一樣。「我一點都搞不懂妳！」她攤開雙手說道。「這是妳要的，是妳努力一輩子追求的事啊。」

看著她的盲目，我只能大笑以對。不論我母親能透過多少雙眼睛看這個世界，她永遠都看不透我。我的笑聲讓她侷促難安。我瞥向她的眉頭，看著編髮中鑲著的閃亮寶石。可別說蘿倫夏·維波沒有扮演好皇后的角色。都是為了這個。「皇冠很適合妳，母親。」我嘆道。

「不要改變話題，小伊。」她生氣地說，一邊縮短我倆之間的距離。她擠出全身的溫暖，伸出雙手放在我的手臂上，作勢要給我一個擁抱。我保持不動，像生了根一樣。她的手指緩緩地滑下我的手臂，揉揉我的肌膚，這景象如此接近母愛，遠超過我習慣的程度。「快結束了，親愛的。」

不，才沒有。

我故意走出她的雙手環抱的位置。空氣都比她的雙手溫暖，那雙手冷得像爬蟲類的溫度。她看起來對我突然的距離感有點受傷，但是她還是堅持自己的立場。「我要去泡澡了。」我對她說。「這段時間妳的眼睛和耳朵都離我遠一點。」

母親一個撇嘴，沒有承諾。「我們做的一切都是為妳好。」

我轉身走開，裙襬隨著我離開她的腳步在我身後颼颼作響。「妳就繼續這樣對自己說吧。」

等我回到房間裡的時候，只覺得想砸碎東西，花瓶或玻璃或鏡子都可以。玻璃製品，不要金屬。我想要打破我不能重新修復的東西。我忍住這股衝動，主要是因為不想善後。汪洋丘還有紅血僕人，但人數很少，只有那些自願拿比較好的薪水繼續做這份工作、為皇宮服務或受銀血人雇用的人留下來。

不知道卡爾的決定會引發多少影響，會改變多少事？紅血人的平權會產生極遠大的後果，不只是我的房務狀況而已。

我走進寢宮深處，邊走邊打開窗戶。午後的哈伯灣很美，灑滿金色光芒，還有芬芳的海洋微風。我想從中找到一點安慰，可是這一切卻只讓我更惱火。飛在高空中的海鷗像是在嘲弄我，我想著要不要射下一隻，純粹當作打靶練習。不過我只掀開床上的柔軟毯子爬上床，睡個午覺比泡澡好多了，我只希望這一天能快點結束。

我的手在絲綢之間摸到一張紙片的時候，我整個人都愣住了。

紙條很短，很小一張，用整齊、圓胖的字體寫成。不是伊蓮優雅又誇張的草寫體。我不認得這筆跡，但是我不需要認得。很少人會留秘密紙條給我，更少人能真的接近我的床。我的心跳加快，呼吸急促。

我們稱呼赤紅衛隊為鼠輩是對的，我猜他們真的就住在牆壁裡頭。

抱歉我不能親手把這張邀請函交給妳，但是眼下的情況能做的事情實在是太少了。離開諾他王國，離開歧異王國，來蒙特福特吧。我們會為妳還有伊蓮小姐準備備用金，高山國度會很歡迎妳們。不要降服於那種命運，選擇在妳自己手上，不是別人。我們不要求任何回報。

看到這麼赤裸裸的謊言，我差點一手捏爛大衛森的紙條。不求任何回報。我的存在就是一個禮物了。沒了我，卡爾與歧異王國的聯盟就會被破壞，他僅存的盟友關係就會搖搖欲墜。這是大衛森和赤紅衛隊把他拉回手掌心的一種方法。

如果妳同意，就叫人送杯茶到妳房裡。剩下的事情我們會處理。——D

字句熱燙燙地烙印在我的腦海中。我盯著紙條看，感覺像是過了好幾個小時，實際上才過了幾分鐘時間。

選擇在妳自己手上。這實在是與事實差距太遠了。父親會追捕我到世界的盡頭，不論誰擋在他面前都一樣。我是他的投資，是他的名聲的一部分。

「妳會怎麼做？」熟悉的聲音在我耳邊響起，甜蜜得像是一首歌。

伊蓮在房裡另一頭現身，身影靠著窗戶。仍是如此美麗，但是沒有任何光芒。這景象讓我心痛。

我瞥了手上的紙條一眼。「我什麼都沒辦法做。」我喃喃說道。「如果……」我說出口都辦不到，連對她都不行。「只會讓情況更糟。對我而言更糟，對妳也是。」

她沒有移動，不論我有多希望她能走過房間。她的視線繼續望向遠方，凝視著城市和海洋。「妳真的覺得情況對我而言還沒變得更糟嗎？」

她低聲說道，脆弱又柔軟，我的心隨之碎裂。

「我父親會殺了妳，伊蓮。他會殺了妳，只因為他以為……他以為我們有多受這個誘惑。」我握緊手上的紙條。

那托利呢？我不能留他自己在這裡，一個小又地位不穩的王國王座的唯一的繼承人。紙條上的字句看起來像是開始變得模糊、旋轉了起來。

我在哭，我反感地意識到這件事。

碩大的淚珠落在紙面上，一滴又一滴。墨水模糊了，變成藍色的潮濕印記。

「伊凡喬琳，我不知道我可以繼續這樣過多久。」這段自白很短，但很真誠。她的臉顫抖著，我只得別過頭。我慢慢地從床上站起身，走過她身邊。她的一頭紅髮在我的眼角餘光中閃動，可她沒有跟著我走進浴室，留我自己一個人思考。

我的雙手顫抖，眼淚停不下來。我做了剛剛跟母親說要做的事，整個人泡進浴缸裡，把紙條沉進水底下。讓那些話、那個條件和我們的未來一起被水淹沒。

我躺進溫暖的水裡，只覺得對自己充滿反感，對我的怯弱、我這腐敗的人生中的一切充滿反感。我把頭往後仰，讓自己完全沒入水中，洗去雙頰上的淚珠。我在水中張開雙眼，在水底下看著扭曲的世界，緩緩吐氣，看泡泡漂動破裂。我決定自己還可以做一件事，所有事情中就這一件。

我可以閉口什麼都不說。

讓朱利安和安娜貝爾玩他們的遊戲。

晚餐時我的頭髮還是濕的，我把髮絲盤成整齊的螺旋狀，低低地固定在頸子上方。我的臉也是素的，沒有化妝，沒有戰妝，面對家人不需要用上平時的那些面容。不過母親似乎沒有注意到這件事，她以國務晚宴的程度盛裝打扮，即便只有我們五個人獨自在父親的廂房的華麗沙龍用餐。母親一如往常地動人，穿著一件長袖高領禮服，用黑色布料製成，如同原油般帶著紫色和綠色的光澤閃耀。她也仍戴著皇冠，與她編起的髮辮交纏。父親現在不需要皇冠，不論他有穿戴或沒穿戴任何東西，看起來都一樣懾人。跟托勒瑪斯一樣，他身穿樸素的裝束，布料是我們的代表色銀與黑。伊蓮在他身邊看起來很平靜，雙眼乾乾的，眼神空洞。

我撥弄著盤裡的食物，從前兩道菜開始就一直沉默不語。我父母替我們說的話夠多了，不過托勒瑪斯偶一為之會插上個一、兩句話。我跟稍早一樣覺得反胃，肚子裡翻攪不已。因為我父母，還有他們對我的期望，因為我對伊蓮造成的傷害，也因為我所做的事。我可能就這樣沉默地任憑厄運降臨在我父親身上，還有他的王國也是。但我就是無法開口把話說出來。

「我認為汪洋丘的廚房受到這位年輕國王的新政令影響甚大啊。」母親觀察道，翻動盤裡的食物。通常都很美味的餐點被淡然無味的平凡菜餚取代。只有稍微調味的肌肉，搭配綠色蔬菜、水煮馬鈴薯，還有某種很稀的醬汁。一頓誰都能做得出來的簡單餐點。連我都能做得了。我猜皇宮裡的紅血廚師恐怕是休假去了。

父親把雞肉一切為二，動作兇狠不留情。他只說了「維持不了多久的」，用字遣詞顯然挑過了。

「你怎麼會這樣想？」托利這個珍貴的子嗣難得不用擔心後果，對父親提問。

不過這不代表父親就會回答他的問題。他什麼都沒說，繼續面帶兇光地咀嚼嘴裡的雞肉。我立刻反應過來，想讓我哥哥看見我看見的東西。「他會不擇手段地逼迫卡爾。」我揮手指指父親。「證明這個國家還是需要紅血勞工。」

親愛的托利皺起眉頭，露出深思的神情。「還是有紅血勞工啊，紅血人也是要吃飯的，只要有公平的薪資……」

「誰會付那種錢呢？」母親打斷他，用一種宛若他是低能兒的神情看著他。有點奇怪，比起對我，她通常很疼愛他。「我們可不會。」她一直緊繃又快速地戳著盤裡的食物，在我看來，那速度快得跟兔子抽搐一樣。「這樣不對，不自然。」

我在心裡回想了一遍那條短短的政令內容，宣布後立即生效的政令。公平薪資、自由搬遷、受銀血法律保護與懲處，還有……「那徵召令呢？」我大聲問。

我們的母親一掌用力拍在桌面上。「另一件愚蠢之舉。徵召令是很好的誘因，讓他們選擇工作或是服役，沒有後者，還有誰會選擇前者？」

這是一個循環的談話，我沉重地從鼻子吁氣。伊蓮在桌子另一頭對我使了一個警告的眼神。顯然我也不在乎少了僕人的事，卡爾想要打造的新世界會造成巨變，多數影響的是習慣傳統地位的銀血人。不可能持久，沒有辦法持久。銀血人不會同意的。但是他們在蒙特福特就做到了。就跟大衛森說的一樣。他們的國家是由跟他們一樣的人打造的。

我還記得他說的其他話，在還在高山上的時候，只有對我說的話。他站得太近了，悄悄話說得太快，但是他的話還是造成了相當的震撼。單只因為妳的身分，妳的心願就被拒絕。因為一個妳從未做過的決定，因為妳永遠無法改變的那一部分自己——而且妳也不想改變。

我從沒覺得自己跟紅血人有任何相似之處。我是銀血貴族之女，權勢強大的父親把我打造成天生的公主，我本來就該當皇后。要是我的心裡沒有自己的嚮往，天性沒有經歷那股我才剛開始了解的古怪改變，我就會是皇后。大衛森在蒙特福特的時候說的沒有錯，就跟紅血人一樣，我跟我的世界要的不一樣，並不是我的錯。

托勒瑪斯在桌子下頭抓住我的手，他的碰觸很溫柔但稍縱即逝。我感覺到對哥哥的一股愛意湧現，同時也感到一股羞恥。

那就最後一次機會吧。

「我想伊蓮應該會跟我們一起來雅啟恩吧。」我大聲說道，看著我父母。他們交換了一個尖銳的眼神，一個我很熟悉但並不喜歡的眼神。伊蓮垂下視線，瞪著自己放在桌下的雙手。「她要跟自己家族門脈其他成員站在一起，與海芬門脈宣誓效忠。」我冷冷地解釋，這個理由非常站得住腳。

但是對母親來說顯然不是這麼一回事。她放下叉子，金屬撞上瓷器發出鏗鏘一聲。「伊蓮公主是妳哥的妻子，」她說道，用力強調話裡的用字，聽起來像是指甲抓過玻璃一樣。「而妳哥哥還有我們一家，已經對泰比瑞斯國王誓言效忠過了。不需要再讓她跑這一趟。她會回山脊大屋去。」

伊蓮的雙頰一白，但她仍忍住沒開口，知道最好不要自己去爭這件事。

我刻意大吐了一口氣。*有得講了。真是一群……*

「嗯，身為歧異王國的公主，她應該要參加加冕典禮，展現我們是什麼樣的王國。照片和錄影會傳到歧異王國全國上下，還有諾他王國也是。我們的王國該認識一下自己未來的皇后，不是嗎？」我的論點只能勉強說是合理，而且聽起來就跟我一樣絕望。我最厭惡提醒任何人伊蓮的頭銜，特別是對我自己，因為那頭銜是來自我的哥哥，不是我。

「這不是妳可以決定的事。」

父親的怒目通常都能讓我閉嘴，直接打斷我，那是我還小的時候。有時候我會從他身邊逃開，但那只會讓我受到更嚴厲的懲罰。所以我學會瞪回去，即便心裡害怕也一樣。正面與我最害怕的東西對決。

「她又不屬於他或你。」我聽見自己咆哮道，聽起來像是母親養的貓。

我不知道我可以繼續這樣過多久。

我也不知道。

她瘋狂地咬緊下巴，無法開口說話。

托利傾身向前，好像他可以藉此保護我不受父母責難一樣。「小伊……」他喃喃說道，想在情況一發不可收拾之前趕快打斷。

母親的頭往後一仰，笑出聲來，聽起來恐怖又尖銳。我覺得自己被打發，被吐了口水一樣，被一個應該要愛我的人給貶低了。「那她就屬於妳嗎？伊凡喬琳。」她低聲說道，臉上仍帶著嘲諷。我只想給她一巴掌。

我心裡的恐懼化為憤怒，鐵被煉成了鋼。

「我們屬於彼此。」我回答，然後強迫自己喝了一口酒。

伊蓮的目光倏地轉到我身上，把我燒穿。

「我這輩子從沒聽過這麼荒唐的話。」母親斥責道，把盤子推開。「這東西根本不能吃。」

父親再次怒目對我。「維持不了多久的。」他又說了一次，我認為這話同時回答了母親和我兩人。

我學著母親的舉動，把整盤沒吃的食物推開。「到時候就知道了。」我喃喃說道。我受夠了，受夠這一切。

在我離開餐桌邊、今天第二次突然離開現場之前，安娜貝爾・雷洛藍走進了屋內。她的守衛緊跟在後。就連她也沒有自負到沒有帶任何保護措施就來與薩摩斯家族的人攤牌。

「我感到很抱歉。」她很快地一邊點頭一邊說。她的皇冠閃閃發亮，反射逐漸逝去的光線中的溫暖。「抱歉打擾了。」

面對安娜貝爾皇后，母親馬上就換上了蘿倫夏皇后的面孔。她加強了本來就已經完美無瑕的姿態，挺直背脊、放下肩膀。眼神氣勢凌人的她，轉身面對卡爾的祖母。「我想您一定有您的裡由。」

雷洛藍家的皇后點點頭。「馬凡・克羅爾走了。」

托勒瑪斯在我身邊吁了口氣，差點露出微笑。我父母也是，兩人都很慶幸終於擺脫了馬凡。我只希望自己能目睹發生的經過，知道這個拖垮我們這麼久的怪物男孩終於真的不在了。

我哥哥先開口，他轉身正面對著安娜貝爾。「卡爾親手執行的嗎？」

她的表情變得冷酷無情，「我的意思是他不在這裡了。」

我感覺到一股微微的壓力，我的手環在手腕上慢慢縮緊。桌面上的銀器開始顫抖，不是我的怒氣導致，也不是托勒瑪斯，而是父親。沃羅的一隻手在桌面上握起拳頭，刀叉也跟著扭曲。

父親瞇起雙眼。「他逃走了？」

太荒唐了，但不是不可能。很多銀血人仍十分忠誠，有些海芬門脈的成員。他們可以輕易溜進皇宮，把他偷帶走，從這裡脫身。各種可能性在我腦海中跑過。海芬門脈介入會是最糟的狀況，因為伊蓮可能會被捲入其中。

安娜貝爾搖搖頭，每分每秒過去她的不悅就變得更加強烈。「看起來不是。」她咬牙切齒地說。

母親用力深吸了一口氣。「那是……」

我替她把話說完。「他被帶走了。」

老皇后嘴角一撇。「對。」

「被紅血人帶走。」我喃喃地說道。

在那戰慄的一秒中，我以為安娜貝爾可能會爆炸。她露出牙齒。

「沒錯。」

我們抵達卡爾的廂房，擠進昨天他與我們相會的寬敞接待廳時，太陽已經完全落下。他怒不可抑地來回踱步，身上仍穿著上宮廷的正式服裝，包含那頂玫瑰金皇冠。她在舅舅朱利安身邊走動，朱利安呆坐在椅子上，雙腿交叉，雙臂環胸。一個女子靠在他身後，蒼白的雙手放在朱利安狹窄的肩膀上。莎拉．史柯儂思，那個皮膚醫療師。她沒有說話，讓兩人對談，她只仔細聆聽。

「這動機很明顯……」朱利安看見我們走進屋內，停了一下。「一天兩場會，真是享受。」他苦澀地說。「蘿倫夏皇后，見到妳真有意思。」

她沒有怒瞪這個歌唱者王爵，而是露出了最假意的笑容，效果也是一樣的。「傑可斯王爵。」她低聲說道，小心地保持著距離。

我暗中慶幸伊蓮沒有跟我們同行，她已經回到了我的寢宮。她如果在場只會為已經非常緊繃的情勢增添壓力。

父親沒有浪費任何時間，像一隻猛禽尋找落腳的樹枝一樣直走到椅子旁坐下。他瞪著持續踱步的卡爾看。「所以，你的弟弟落入了敵人的手裡。」

屋子另一頭的朱利安一個撇嘴。「敵人這兩個字很強烈。」

「他們已經不是我們的人了，」父親回答，已經不管語氣的問題。「他們偷走了重要的人質，這舉動讓蒙特福特和赤紅衛隊成為我們的敵人。」

卡爾仍繞著圈，一手放在下巴上。他與父親四目相接。「那你建議我們怎麼處理，沃羅國王？」他問。「你要我帶著還在復原中的軍隊、召集艦隊，攻擊遠方的國度把一個無用、破敗的青少年帶回來？我可不這麼認為。」

我幾乎可以看見父親後頸的寒毛豎起。他咬牙，「只要馬凡還在呼吸，他就是諾他王國的威脅。」

卡爾很快地點點頭，張開手掌一揮。「這點我們倒是有共識。」

通常卡爾手中這個雛鳥學飛般的國家出現任何會造成國情不穩定的事件，都會成為慶祝的理由，但是我卻不覺得這次有任何歡愉的理由。我反而自己找了個位置坐下，悶哼一聲往後靠。

「多數貴族門脈仍對你誓言效忠，」我大聲說道，主要是對我自己說。「他們知道他已經完蛋了。」

卡爾站在我旁邊，用一種非常惹人厭的方式發出嘖嘖聲。我想像自己把舌頭從他的頭顱裡切斷的畫面。「這樣不夠好。如果要抵禦湖居地和皮蒙特，我們需要的是一個團結一心的國家。」

安娜貝爾在我們身後關上門，走過屋內站在自己孫子身邊。她一天到晚惺惺作態的模樣已經開始讓人看了就討厭。「那些該死的鼠輩就是等不及看我們互相殘殺，這麼一來他們就能夠撿食我們的屍體。」

我抬起目光睨視她，想起她第一次來到歧異區的景象。當時她保證任何紅血結盟都會逃走，我們熟識的諾他王國會回到傳統的模樣。「如果我沒搞錯，」我盡可能用無辜的口氣說道：「我們不就是打算要做一樣的事嗎？」

她一臉嫌惡地看著我，卡爾則繼續踱步。他經過我倆身邊，用身體擋住我一下子。我與他四目相接了一瞬間，雖然不能說話，但我仍盡可能嘗試與他溝通。他不相信我，不在乎我，我對他也有同樣的感受。但現在我們需要彼此，不論我們有多討厭這個想法。

他轉過身，回去面對我父母。「我們不能忘記眼前真正的危機是什麼。湖居者會回來，到時候就會是火力全開，還有皮蒙特支援他們的行動。」

「誰知道他們承諾巴拉肯什麼東西來換取他的協助。」安娜貝爾咒罵道。

母親坐在她的沙發上，藏不住心裡的鄙視。「嗯，他們可沒有跟綁架自己孩子的人結盟。」她冷酷地說，一邊檢視著指甲。「這是一個開始。」

我以為雷洛藍皇后會出手攻擊我母親，但她沒有動。

父親開口了，他的聲音平穩。「我們很擅長一心二用，泰比瑞斯國王。」

卡爾用熟悉的火氣回答。「我沒有要打兩場戰爭的意思，沃羅。你也不會這麼做。」

這道命令迴盪在空氣中，全部的人都震驚了。就連母親都噤聲不語，眼裡帶著恐懼看著父親。等著看他要怎麼做，看他要如何回應這樣的失禮發言。

他們瞪視彼此，國王與國王的較勁。兩方的差異顯而易見。卡爾年輕，是經驗老道的戰士，可是面對政治還很掙扎。愛、熱情，還有某種永遠在他體內燃燒的火焰是他的動力來源。父親在許多方面都非常致命，不論是用武器還是用言語。而且他這個人是徹底的鐵石心腸，是一座工於心計的雕像，他的心裡什麼都沒有，只有一個無底洞。

這可能會終結一切。讓歧異王國和諾他王國分割，還有我和這國家的關係也是。可是不，父親絕對不會這麼做。他有自己的計畫，有我無法理解的計畫，這些計畫全都要靠卡爾保住王座才能進行。

父親緩緩開口，像是在壓抑自己。「我不是在說要與蒙特福特打仗，或是跟他們同謀的紅血罪犯。」他張開手平放在膝蓋上，展露出許多戒指和手環。這些東西在他一聲令下都能取人性命。「攻擊要打中痛點，把他們以為在這裡拿下的勝利取消。當個銀血國王，當個為你的子民做事的國王。」

先開口的人是歌唱者王爵。我做好準備，每次都很害怕聽見那個聲音。「您想建議什麼？」

父親自傲地不肯看向朱利安。「您的政令會讓這個國家跛行。」他對卡爾說：「撤除吧。」

我驚訝地看著朱利安放聲大笑。這笑聲異常和善，是親切的那種笑聲。我對這種聲音感到很陌生。「抱歉，陛下，但是我的外甥沒辦法就這樣抹煞自己今天做的事。這不是力量，也完全不是國王的表現。」

這下我父親回頭了，眼神全力壓在朱利安身上。「作為處罰紅血人的背叛恰到好處。」

這話擊中了卡爾。「統治諾他王國的人是我，不是你。」他說道，小心地把話說得清清楚楚。「也不是其他人。」他補充道，眼神意有所指地望向自己的舅舅和奶奶。「政令不會改。」

父親的回答也很快。「在我的王國裡可不是這麼回事。」

看見卡爾走上前來，縮短他與父親之間的距離時，我跟母親一樣覺得只想後退。這舉動看起來近乎挑釁。「隨便。」最後他擠出這句話，怒目瞪視歧異王國的國王。

兩人再次接下了彼此的目光，不眨眼、不移開視線。我真希望能給他們倆一人一把鏟子，把這一切都摧毀算了。

安娜貝爾在天平傾向任何一邊之前先出手干預。她俐落地走進兩位國王之間，一手搭在卡爾的肩膀上。「早上再談這件事，等我們的思緒比較清楚、對這整件事的狀況更清楚之後再說。」

朱利安在他們身後站起身，理理袍子。「我同意，陛下。」

母親也覺得合理，揮揮手要托勒瑪斯跟上。我跟他們一起站起身，只覺精疲力盡。只有父親仍坐著，他不肯先中斷對望的目光。

卡爾就沒那麼有興趣玩這種遊戲。他轉過身，伸出一隻手不感興趣的模樣揮一揮，解散眾人。「很好，那我就早上與你們再見了。」然後他停了一下，回頭張望，不是在看父親，而是看著我。「事實上，伊凡喬琳，我可以跟妳說句話嗎？」我朝他眨眨眼，覺得氣氛神秘。其他人則是一頭霧水的模樣。「私下談。」

我慢慢地坐回位置上，看著其他人離去，就連父親都跟其他家人一起走掉了。只剩托勒瑪斯回頭，與我四目交會了一會兒。我揮揮手讓他走。我會沒事的，這裡沒什麼事需要他擔心。

朱利安很快地照自己外甥的意願移動，但安娜貝爾卻不走。「有什麼我幫得上忙的事嗎？」她看著我倆問。

「沒有，貝爾奶奶。」卡爾回答。他陪她走著，輕巧地護送她往門邊去。她意會到他的意思，嘴角不悅地往下撇，但是仍低了下頭。他仍是她的國王，她必須遵從。

房門終於在她身後關上之後，我放鬆了一點，氣勢頹喪。卡爾猶豫了一下，他背對著我，我聽見他深吸了一口顫抖的氣。

「皇冠很沉重吧？」我對他說。

「沒錯。」他不情願地轉過身。少了要表演給議會成員和家人看的壓力，卡爾跟我一樣鬆懈了下來。今天令他精疲力盡，他已經隨時可以倒下。
我挑起眉。「值得嗎？」
卡爾沒有回答，無聲地走向我對面的椅子。他傾身向前，彎起一條腿，另一條腿則拉長伸直。他移動的時候，我聽見他的膝蓋發出喀啦聲響。「妳呢？」最後他說，伸手指指我空蕩蕩的眉梢。這話裡沒有任何的仇恨意味，沒有像我預期的那樣。他已經累得沒力氣跟我吵。
我也不覺得現在有跟他吵的必要。
「不，我不認為。」我喃喃地回答。
他似乎對於我的坦白很驚訝。「妳打算處理嗎？」他說道，聲音裡帶著一點希望。
*我的計畫就是什麼都不做。*我在心裡這樣想。
「我沒辦法做什麼。」我說出口。「他還抓著我的鏈子就不行。」他知道我在說誰。
「伊凡喬琳．薩摩斯被上了鏈子。」卡爾回答，擠出一個裝出來的嘲諷。「聽起來不太可能吧。」
我沒力氣糾正他，只說了「我也希望是這樣。」
他伸手抹臉，用力閉上眼睛一會兒。「我也是。」
我忍不住冷笑。男人的抱怨真的是永遠那麼不可思議。「諾他國王身上哪有可能有什麼鏈子？」我睨視他。
「好幾條啊。」
「是你把自己逼到這個角落。」我聳聳肩，無法對眼前這個年輕男子產生任何同情。「他們給過你選擇，在他們走之前，你有最後一次改變一切的機會。」
他很不悅，傾身向前用手肘撐著身子。「如果我照他們說的做，把這可憎的東西拋棄，會發生什麼事？」他為了強調自己的重點，伸手抓住皇冠。他把皇冠重重地一拋，發出鏗鏘一聲。

真是戲劇化。「混亂，暴動，也許還會有另一場內戰。肯定會跟妳父親打起來，搞不好我自己的奶奶也要打。」

「也許吧。」

「噢，少跟我說教了，伊凡喬琳。」他生氣地說，開始發脾氣。「妳可以坐在這裡把妳自己遇到的困難都怪我，但是不要表現得好像這都跟妳無關一樣。」

我感覺到雙頰發熱。「你說什麼？」

「妳也有選擇，可是妳選擇留在這裡。」

「因為我很害怕，卡爾。」我想要怒吼，但是說出口的話聽起來卻像是低語。

這讓他一愣，就一下下，他剛燃起的怒火冷靜了下來。「我也是。」他說道，話聲裡回應著我的痛。

我想都沒想，說出了真正的心情。「我想她。」

他口氣和善地回答：「我也是。」

我們講的是不一樣的人，但是情感是一樣的。他低頭看著自己的雙手，像是羞於自己對於不能擁有的人的情感。我知道那種痛苦，知道那種扣牢的感覺，知道這感覺最後終將使我倆沉沒。

「如果我告訴你一件事，你可以保證保守秘密嗎？」我低聲說道。我跟他一樣，身子向前傾，直到如果我想，就能握住他的雙手的距離。「就連朱利安和安娜貝爾也不能說。特別不能對他們兩個說。」

卡爾再次抬起視線，在我的眼中搜索，尋找我的詭計。以為我又要使出什麼薩摩斯陷阱。

「好。」

我舔了下嘴唇，在大腦阻止我之前開口。「我認為他們要殺了我父親。」

他眨眨眼，一臉狐疑。「不合理啊。」

「嗯，他們不會動手，可是……」這是我這輩子第一次，握住了泰比瑞斯．克羅爾的雙手，還沒有產生厭惡的感覺。我抓緊他的手指，試著讓他理解。「你真的覺得森菈和艾芮絲會拿馬凡換索林．依蘿那種人嗎？」

「不，我不覺得。」卡爾小聲說。他捏了捏我的手，力道比我的還強。「若殺了妳父親……」

我點點頭，看著他跟著我的思緒。「歧異王國就跟著他死了，回歸諾他王國。」我說。「托勒瑪斯沒有那種骨氣可以在父親死後繼續作戰，不論他多擅長打仗，他就不是這個料子。」

「我覺得很難相信。」卡爾譏諷地說，他的口氣改變了。然後他的目光移動，眉頭深鎖，然後才像是重量被減輕般展開。恍然大悟的神情在他臉上漾開。「妳還沒跟妳爸媽說，對不對？」

我搖搖頭。

他張大了嘴。「伊凡喬琳，如果妳說的是對的……」

「我等於是眼睜睜看著他去死，我知道。」我咬牙喃喃說道，對自己生氣。我把手抽走，沒辦法再碰觸他或是看向他。怒火中燒的我瞪著鋪著地毯的地板，眼神沿著紅血人精細手工做出的優美圖樣繞。「你總是覺得我這個人很可怕，現在知道自己沒想錯，感覺好嗎？」

他的手指在我的下巴傳來熱燙燙的溫度，把我的臉抬起來看著他。「伊凡喬琳。」他低聲說，但我不需要他的同情，只是將他一把推開。

「我希望艾芮絲．席格內特的神不是真的，我無法想像祂們會怎麼處罰我。」

卡爾用拳頭撐著下巴，無意識地伸手來回撫過嘴唇。他的眼神看起來像是去了遠方，點點頭表示同意。

「會怎麼處罰我們所有人。」

28 艾芮絲

湖居地的城堡是我待過最安全的地方，可是我卻非常緊繃、緊張，一直回頭張望。我只見到熟悉的守衛穿著藍色制服，幾乎與夏日雨露中的早晨融為一體。吉坦莎也在，這個蒼老的特爾基人跟在母親與我身後，一起走過橫越廣大訓練場的通道。她的存在能讓人冷靜，感覺就像我母親，她們倆離我這麼近的情況下，我試著放鬆一點。湖居地的軍隊在我們下方為出征做準備，當初與馬凡還是同盟關係時出借給他的軍隊正在享用辛苦換來的休養時間。現在這批士兵都是新的，做好了戰鬥準備，迫切地想為湖居地贏下一座王國。山丘和河流，還有諾他王國的海灘。他們強而有力的特工城，有大量電力和經濟價值。諾他王國是一座等著人去爬的金山。

數以千計的士兵在雨中訓練，潮濕的天氣一點都不是問題。我們全國都是一樣的情景，從飛雪堡到河圳堡，召集令已經全面啟動。我們動員了所有能夠蒐集到的人力，不論銀血人或是紅血人。湖居地大軍已經整裝完畢，準備出征。我們有人數優勢，有能力優勢，我們的敵人已經受到重挫，我們只要出手了結一切就好。

那為什麼我心底深處會覺得這麼不安？

閱兵不需要皇室精裝，我們倆都穿戴得像是我們支持的士兵一樣，藍色制服滾上閃亮的銀邊和金邊，連母親也沒有繼續穿喪服了。但我們沒有忘記父親，也沒有忘記復仇，復仇在我們心頭沉沉地壓著，每一步路都能感覺得到。

我們穿過最後一道橋，踏上環繞城堡中央建築的露台之一。窗戶閃閃發亮，散發著暖意。雖然雨水有安撫的效果，我卻只想快點脫離這天氣。母親腳步很快，一行人就跟著她的步伐，讓她帶著我們走進屋內。我們本來要跟緹歐拉一起午餐，但是我們到了餐廳準備用餐的時候，她人還沒來。

遲到不是我姊姊的作風。

我瞥了母親一眼，看她有什麼說法，但她只是走到桌首坐下。若森菈皇后不在意緹歐拉缺席，那我也不該在意。

我跟母親一樣找到位置坐下，準備等緹歐拉來。守衛一左一右守在門邊，不過吉坦莎也坐下了。她是梅寧一系的貴族，這個家族在湖居地歷史悠久，地位崇高，她也已經服侍我們非常多年。皇后拿起蓬鬆的麵包，我則觀察桌上一大排的銀器。叉子、湯匙——特別是刀子。出於習慣，我把桌上的可用武器數過一遍，仔細地把裝滿了水的杯子也算在內，這比我握在手中的刀致命多了。

我盯著水看，讓水像充滿水杯般充滿我的感官。這種感覺就跟我自己的臉一樣熟悉，可是就在我替母親做過的事之後，現在這感覺不知怎麼地有點不一樣了。

我們的交易已經是幾天前的事，可是我無法擺脫那種感受，特別是聲音的部分。我想起依蘿王爵嗆死前，那無法反抗的模樣。克羅爾國王的舅舅，一個叫傑可斯的人，他是歌唱者，他移除了這個男人的抵禦能力之後才把他交給我們。也許如果他能反擊，我就不會覺得這麼古怪。他活該一死，活該承受比我們給的處罰還要更嚴峻的處置。但是這段回憶仍帶著一抹古怪，陌生的羞愧感充滿我心中。好像我不知怎麼地背叛了神祇一樣，做了與祂們的意願及本性違背的事。

我今晚再多禱告一點吧，希望能夠在祂們的智慧中找到答案。

「食物冷掉之前快吃一點吧。」母親說道，指了指面前的盤子。「緹歐拉很快就會來了。」

我點點頭，生硬地開始動作，為自己拿菜。凡事都要注意，我們討論眼前的計畫時，不能有紅血僕人在場。赤紅衛隊到處都有間諜，我們必須要保持警覺。

餐點大多是魚，攤平的鱒魚，被剖開後用奶油和檸檬煎過。用胡椒和鹽煎得香脆的金鱸。一鍋暖心的燉八目鰻，魚頭被取下，展示在桌子中央。一排排的尖牙在餐廳的微光下閃閃發亮。另外一個盤子放的是一根根金黃色的玉米，綠色蔬菜淋上了香料油，還有髮辮麵包——湖居地的穀物做出的家常美味。我們的耕地遼闊而富饒，產量足以餵飽全國人口的兩倍以上。湖居者從來不用擔心食物的問題，連最低階層的紅血人也一樣。

我每一道菜都拿了一點，刻意給緹歐拉留了一點八目鰻。這道料理要懂得吃的人才知道欣賞，更別提還是她的最愛。

沉默又延續了一分鐘，牆上的時鐘輕柔的滴答聲提醒著這件事。屋外的雨越下越大，不斷潑灑在玻璃上。

「等雨停了軍隊應該就要休息了。」我喃喃說道。「沒必要讓士兵生病後引發大規模的傳染性感冒。」

「的確。」母親嘴裡嚼著食物說道。她歪頭望向吉坦莎，只見她很快速地站起身。她行了一個宮廷的禮。「我這就去辦，陛下。」說完她便去執行命令了。

「其他人，去外面等。」我母親繼續說道，瞥了每個守衛一眼。他們絲毫沒有猶豫，只差沒跳起來聽命行事。

我看著屋裡清空，神經緊繃了起來。不論母親要對我說什麼，這話都不能讓他人聽見。門再次關上，留下我倆獨處時，她的手指搭成塔狀，指尖互碰，傾身向前。

「讓妳煩心的不是雨，monamora。」

我當下本想否認，想露出微笑，擠出笑聲打發這說法。但我不喜歡在面對母親時戴著面具，這樣不老實。除此之外，她也總是能看穿我的面具。

我嘆了口氣，放下叉子。「我一直看見他的臉。」

她的態度軟化，從皇后的身分轉變為母親的模樣。「我也很想念妳父親。」

「不是。」我脫口而出，速度太快，嚇了母親一跳。她的眼睛張大了一點，在微光下顯得比平時更深沉。「我的確會想起他，常常想起，可是……」我思索著要如何好好把這番話說出來。最後我只直接了當地開口。「我說的是殺了他的那個男人。」

「我們也殺了他。」母親說道，聲音平穩。也不是指責，就只是簡單地陳述事實。「是妳的建議。」

我再次罕見地感到羞愧。白暈爬上我的雙頰。對，接受安娜貝爾皇后的提議是我說的，把馬凡拿去換殺了我父親的人。之後還有讓他下手的幕後黑手。但是條件的這部分內容還沒有兌現。

「讓我再做一次，我也還是會做一樣的事。」我喃喃說道，一邊撥弄盤裡的食物讓自己有事好分心。在母親的目光下，我覺得自己很赤裸。「他活該死個一百次，可是……」

她身子緊繃，好像會痛一樣。「妳之前就為了保護自己的生命安全殺過人。」我張嘴想解釋，可是她還沒說完。「可是不是像那樣。」她補充道，一手放在我的手上。她的眼神明亮，充滿理解。

「對。」我承認道，覺得苦澀，對自己也很失望。我們殺得有理，這是我父親的死的代價。不應該是這樣的。

母親的手指抓著我的手指。「感覺當然不一樣，好像做錯了一樣。」

我的呼吸哽在喉頭，盯著我們倆交握的手。「這感覺會消失嗎？」我低聲說道，勉強自己抬頭望向她。

但是母親沒有看著我。她的目光眺望窗外，看著滂沱大雨。她的雙眼跟著傾盆而下的雨水舞動。她殺過多少人？我不禁在心裡這樣想。我是不會知道的，也沒辦法查明。「有時候會，」

最後她說：「有時候不會。」

在我能追問她究竟是什麼意思之前，緹歐拉走進了餐廳。她的守衛跟我們的一樣留守在走廊上。母親違背湖居地所有傳統短暫到諾他王國一趟的時候，緹歐拉留守，確保國境安全。現在我們的軍隊已經準備好邁向下一段旅程了。她很適合這份工作，看起來也為此很高興的樣子，雖然我們一戰剛打完，又要再打一戰。

湖居地王座的王儲看起來跟其他士兵無異，身上的制服綴巴巴地，沒有任何特別色彩或是徽章在上面。如果不是那張席格內特家的面孔，高聳的顴骨和自視甚高的神情，她看起來就像是個傳令兵。

她帶著跟父親一樣的優雅在桌邊坐下，纖長的手腳收進我對面的座位。

「太好了，我快餓死了。」她說道，雙手一起動作。我把燉菜往她的方向推，還有那盤展示用的八目鰻頭。我們小時候會拿這魚頭丟彼此，緹歐拉也記得，朝我微微一笑。

然後她就進入了正題，帶著將軍的氣勢轉身面對母親。「飛雪堡、丘陵堡、林木堡和河圳堡都有消息傳來。」她說，一一細數散布在廣大湖居地境內的城堡。「全都準備好了。」

森菈皇后點點頭，對這個消息很滿意。「他們也該準備好了。攻擊的時機即將到來，會很快。」

攻擊的時機。從我回到故鄉之後，我們什麼都沒談過。我連脫離馬凡的王國或他的婚姻之後的自由都還沒時間享受。母親讓我參加無止盡的會議和評估，畢竟我是唯一一個面對過泰比瑞斯和他的無名紅血軍團的人，更別提還有歧異王國的盟友。

我們有巴拉肯和皮蒙特沒錯，但是他是不是比馬凡更好的盟友呢？面對現在坐在王座上的克羅爾哥哥，他是不是更好的保護盾？想這點有用嗎？我們的決定早就做好了。馬凡這張卡我們已經用掉、交易掉了。

緹歐拉繼續說：「更重要的是，看起來泰比瑞斯．克羅爾剛成立的王國已經再次分裂。」

我朝她眨眨眼，忘了盤裡的食物。「怎麼說？」

「紅血人已經不跟他同盟了。」她回答道。我感覺到自己驚訝地身子一震。「根據我們的情報內容，赤紅衛隊，也就是奇怪的新血脈，還有蒙特福特的軍隊已經都消失了。我們認為是回到山區去了，或者是轉入地下。」

母親坐在桌首，大聲嘆了口氣。她舉起一隻手揉著太陽穴。「到底哪時候大家才會懂得年輕的國王就是蠢呢？」

緹歐拉嘲諷一笑，樂於見到母親展現她的女性挫敗感。

我則是對於紅血人撤退這件事更有興趣一點。沒了蒙特福特、新血脈、赤紅衛隊的間諜，沒了梅兒．巴蘿，情勢顯然對泰比瑞斯．克羅爾比較不利，箇中道理也不難明白。

「紅血人不願支持他登基。」我說。我跟梅兒不熟，但我見過她的次數夠多，可以一猜。她每一次都勇於對抗馬凡，就連身為囚犯的時候也一樣。她當然不可能接受再來一個國王。「他們一定是提出協議，說好把國家贏回來，好重新打造。但泰比瑞斯這頭拒絕了這個條件，銀血人繼續統治諾他王國。」

咬了一口八目鰻後，緹歐拉搖搖頭。「不是完全拒絕，有一條政令剛公布。諾他王國的紅血人現在有更多權利了，更好的薪水、終止強迫性的勞役，他們也廢除了徵召令。」

我張大了雙眼。主要是因為太驚嚇，也因為覺得不安。如果國境另一邊的紅血人能夠享有這種福利，那湖居地的紅血人會怎麼樣？大家會開始遷出，發瘋地衝出去吧。

母親再次嘆氣。「他真的是個白痴。」她喃喃自語。「當然，我們會在諾他王國邊境加倍防守，省得克羅爾給我們找麻煩。」

緹歐拉低聲說道：「他也給自己找了不少麻煩。他們的特工城正在衰退中，我猜經濟狀況應該也會接著發生一樣的狀況。」

聽到這番話，母親差點笑出聲來。如果可以，我也會加入她。我只想到泰比瑞斯・克羅爾有多蠢，他才剛贏回王座，現在就準備把國家最強大的力量剝除？為了誰？一些紅血的無名氏嗎？為了神秘的平等、正義、榮耀還是其他想要達成的愚蠢理想？我在內心裡諷刺地笑，不知道如果那個克羅爾國王再繼續這樣下去的話會不會被皇冠的重量壓垮。或者是被在一旁盤算朝著所謂北方烈焰吸血的歧異王國國王吞噬。

他肯定不是北方領土唯一一個被新政令惹火的銀血人。我感覺到嘴角一抹冷笑在我一邊思考的同時一邊揚起。「不知道諾他王國的銀血人喜不喜歡這種改變。」我伸出手指朝水杯搖了搖。杯子的水跟著我的動作旋轉。

母親看著我，想跟上我的思緒。「沒錯。」

「我可以跟其中幾個人聯絡。」我繼續說道，腦海中的計畫在我說話的同時快速形成：「表達同情，或者是提出獎勵。」

「若有人可以被說動，只要幾個重要地區……」母親說道，整個人神采飛揚。

我點點頭。「那這場戰爭就只要一次戰役就結束了。雅啟恩落難，諾他王國隨之崩解。」坐在我對面的緹歐拉把她最喜歡的燉菜推開，「那紅血人怎麼辦？」

我張開一手對她揮一揮。「妳自己也說了：他們潛入地下，撤退了，讓諾他王國任人宰割。」我咧嘴笑著，目光望向母親和姊姊。所有關於依蘿王爵和他的死的念頭就像直接從我腦袋裡蒸發了一樣。我們有更重要的事情好擔心。「我們就要去宰割。」

「為了神。」緹歐拉低聲說道，拳頭輕輕敲擊桌面。

我忍下糾正她的衝動，只對姊姊低下頭。「為了保護我們自己。」

她眨眨眼，一臉狐疑。「保護我們自己？」

「我們坐在這裡，自己給自己上午餐，因為害怕赤紅衛隊。紅血人圍繞在我們身邊、在國內國外。如果他們的革命繼續擴散，像飢渴的癌細胞，那我們會有什麼下場？」我的手指掃過盤子和杯子，然後指向空蕩蕩的屋子和窗戶。雨勢轉小了，只剩穩定的小雨。遠方，西邊的方向，陽光從灰色的雲層點點散出。「還有蒙特福特呢？整個國家都是反我們的紅血人和那些奇怪的新血脈？我們得防禦自己，讓我們強大到不容挑釁。」

妳們都沒去過那裡。妳們沒有見過他們的城市，高高地在群山之中，紅血人、銀血人和新血脈，齊心協力，因此變得更強大。要溜進上升點之城不難，去救出巴拉肯的孩子，但是我無法想像一整支軍隊做一樣的事。跟蒙特福特開戰一定會兩敗俱傷，必須避免，要讓在戰爭開打之前，就變成不可能的事。

我堅定立場。「讓他們沒辦法崛起或是對抗我們。」

母親馬上回答：「我同意。」

「同意。」緹歐拉回答的速度也很快。她甚至還舉起杯，透明液體在多切面的杯中轉動。隨著窗外的雨漸漸停歇，我覺得平靜了些。對於未來要發生的事仍很焦慮，但是我很滿意終於有個計畫成形。若忠於馬凡的門脈可以投奔我們，泰比瑞斯就真的被鑿穿了牆角。失去左右手，沒有人能夠獨自坐在王位上。

馬凡也很孤獨，不論他有多少智囊團和貴族環繞在他身邊都一樣。我很高興他從沒嘗試逼我跟他分享他空下來的時光，至少沒有超過所需的次數。他還活著的時候很怕我。他是個無法預測的人。我從來都不知道他會說或做什麼，逼得我日夜提心吊膽。我才剛開始重拾在他皇宮那段日子失去的睡眠，那時的我因為離怪物國王太近，無法安心。

「我很意外他們沒有公開處決他。」我說出心中的揶揄，聲音很低。「不知道他們怎麼下的手。」

我的腦海裡浮現馬凡的身影，在我們的守衛手中軟弱無力地掙扎的模樣。他沒有料到這件事。我也一樣不可能猜透。

我的姊姊把湯匙放進燉八目鰻裡頭，沒有吃，而是把湯汁前後地翻攪。湯水發出噴濺的聲音，填滿無聲的空間。

「怎麼了？緹歐拉。」母親一眼看穿她的舉止，開口問道。

緹歐拉猶豫了一下，但沒有太久。「關於這點，有些謠言。」她說。「自從進入哈伯灣的皇宮裡以後，就沒有人再見過他或聽說過他的消息了。」

我聳聳肩。「因為他死了啊。」

緹歐拉沒有看我。她沒辦法看我。「我們的間諜不這麼認為。」

雖然房裡和佳餚都很溫暖，我卻突然感覺到胸口一陣發寒。我艱難地嚥下口水，想要理解，想無視隨時要回歸的恐懼。不要那麼膽小。他在很遠的地方，如果不是死了也已經被關起來，他已經不是妳的煩惱了。

母親一點也沒感受到我的恐懼，她只大聲咆哮。「為什麼留他活口？我發誓，這對克羅爾兄弟根本是在比賽看誰比較蠢。」

我想要靜下心來思考。我開口，只為了掩飾我的不安，「也許哥哥下不了手。他看起來心腸很軟。」他一定是心腸很軟，才會任憑自己被那個紅血女孩操控。

緹歐拉跟我們的母親一樣善於觀察，盡可能地溫和解釋。「有傳言說馬凡已經不在那裡了。」

湖居地皇后臉色一白。「那他還能在哪？」

有幾個可能性，我很快地在腦海裡想過一輪。當然，其中一個選項比其他都更明顯，而且對閃電女孩來說特別悲慘。至少我逃離了馬凡．克羅爾的身邊。看起來她反而沒有辦法。「我懷疑是蒙特福特。」我說。「他跟新血脈和赤紅衛隊一起。跟梅兒·巴蘿一起。」

緹歐拉一邊思考一邊點頭。「所以紅血人離開的時候……」

「他是重要人質，沒錯。」我對他說。「如果馬凡還活著，泰比瑞斯就很脆弱了。貴族可能還是效忠他的弟弟。」

母親看著我的眼神像是看著一個顧問，而非女兒。這讓我很興奮，我覺得自己的背脊變得更直了，讓我的後背緊貼著椅子，展現我的高度。「妳覺得有可能嗎？」她問。

我思考了一下答案，摸索著我對諾他王國和諾他王國的銀血人的理解。「我認為銀血門脈只是想要一個不擁護泰比瑞斯的理由，好讓國內維持原狀。」母親和緹歐拉，一個皇后，一個準皇后都無聲地看著我。我抬起下巴。

「我看，我們就給他們個理由吧。」

29 梅兒

我們抵達上升點之城的時候已經是晚上了，飛機在幾乎一片漆黑中飛越山頭。我試著不去想像飛機撞上陰暗的山坡的畫面。不過駕駛技術高超，輕鬆就把飛機降落在高山跑道上。蒙特福特其他飛行艦隊和載送軍隊的運輸機隊則停在平原。他們得爬上獵鷹道才能進入市區，或者利用蒙特福特其他路線回到自己的崗位。然後這個國家就會進入戒備狀態，守護自己的國界，預防湖居者突然決定要嘗試挑戰山群。

法爾莉、大衛森、他們的手下和我無聲地跋涉往市區走，在星光點點的天色下無聲前進。我邊走邊看著天空，想要認出星座的名字。我不想去想克羅爾兄弟倆的任何一人。不論是被我們留在諾他王國的那一個，還是我們現在拴著鏈子、拿槍抵著，拖著一起往前走的這一個。他有時會開口閒聊，問些關於蒙特福特的問題。沒有人回答他，他的聲音緩慢飄散，朝著空無一物迴盪而去。我們抵達總理的住宅之前，馬凡就被帶走了，踏上另一串階梯向下走向更多鎮守他的守衛。蒙特福特不會在冒著丟失另一個囚犯的險，馬凡不會受到像他們給巴拉肯的孩子們的那種特別待遇。他會被帶到市區深處，到上升點之城的主碉堡底下的監獄。我試著不去看他的身影變得越來越小。他也沒有回頭。

法爾莉走得比誰都快，就連長腿腳步大的奇隆也比不上。不用讀心術也知道，她的心裡想著留下來跟家人在一起的女兒。

大衛森十分體貼，先派人傳了訊息，我們抵達的時候他的氣派住宅燈火通明，一扇扇窗戶和陽台都點上了溫暖的燭光和燈光。熟悉的人影映照在石頭上，我們朝他們直奔而去。媽媽把克勞拉交給法爾莉，法爾莉抱起她的時候，她一臉睡眼惺忪，但是臉上掛著微笑。我的眼角餘光看見大衛森擁抱丈夫卡麥登，然後媽也給了我一樣的擁抱。她的手臂緊緊地摟住我的肩膀，把我靠近她的胸膛，發出一聲深深的嘆息。我感受到一種只有跟家人在一起時才有的放鬆，任憑他們簇擁著我們進入屋內，上樓回到房間。

這次的團聚比過去都更感性，雖然分分合合已經成了一種習慣。我會離開，面對死亡，然後儘管困難重重，最後還是平安回家。我知道我父母若是覺得把我綁起來就能打斷我這種循環，他們肯定會這麼做。但是他們相信我的選擇，除此之外，我還是個新血脈，我是閃電女孩，沒多少東西能夠限制得了我。不論我有多想留在他們身邊，那種對於前進、繼續奮鬥的需求，永遠都比那更強烈。

法爾莉抱著克勞拉，臉上帶著疲憊的微笑，回到自己的房裡。沒有人阻止她，她需要與女兒獨處的時間，我們都很樂見其成。

我的家人則是踏上了鋪了磁磚的露台，這裡的花開得比我記憶中更茂盛。看來特瑞米這陣子沒有閒著。「好美啊。」我對他說，伸手指了指攀爬在扶手上的白色花朵。他一臉笑容地坐在椅子上，吉莎則坐在椅子扶手。我噗通一聲在他們身旁坐下，坐在放在磁磚上平坦、柔軟的墊子。

「媽有幫忙。」特瑞米朝媽伸手示意。

露台邊上，媽也揮揮手。今晚的她把頭髮披散下來。我已經習慣了這麼多年來她的髮絲編成辮子、盤成髮髻的樣子，她總是不讓頭髮遮蓋臉龐。雖然已經灰髮斑斑，這個髮型還是讓她看起來比較年輕。「我只是拿著澆水器跟著你跑罷了。」她說。

我從沒覺得如絲．巴蘿美。誰站在銀血人身旁會美，更何況是一個窮困的紅血女子？但是蒙特福特讓她神采飛揚，金色肌膚展現的健康氣色讓她的膚質發亮。在溫柔的光線下，就連皺紋看起來都變少了。當然，爸看起來比過去好多了，手臂和腿都變得強壯，腰桿子看起來也變粗了。我想是因為營養的緣故，當然也是因為他修復了腿和肺的緣故。他迎接過我之後，又回到過去那種生硬的沉默之中，走到布利身邊的位置坐下。這幾個禮拜的時間對他們都有好的影響，特別是吉莎，她的深紅色頭髮在微光下閃耀著油一樣的光澤。我仔細看了看她身上的裝束，是一套改過的蒙特福特制服，但是袖扣和領口都繡滿了色彩鮮豔的線條，是鮮花和亮紫色的閃電符號。我朝她伸出手，撫過細緻的手工。

「妳想要的話，我可以幫妳做一件。」她看著我的制服說道。赤紅衛隊刺眼的紅色制服讓她皺起了鼻子。「也許讓整體都緩和一點。」她喃喃說道，輕輕揮動她的手。「給妳一點比勳章更好的東西。」

奇隆在我身邊坐下，盤起雙腿，後仰著用手撐著自己。「我也可以得到一件嗎？」

「如果我心情好的話。」吉莎一如往常地高傲回答道。她上下打量他，好像是在評估一個客人一樣。「我想就幫你把花換成魚吧。」

我忍不住掩嘴笑了出來，被奇隆誇大的嘟嘴表情逗得咧嘴笑。

「那你們這次會待多久？」爸的聲音還是很低沉，充滿了指控。我望向他，與他的深棕色雙眸四目相接。跟布利和特瑞米一樣的眼眸，比我的瞳孔顏色還要深沉。

媽把一隻手搭在他的肩膀上，好像這樣就能把這個話題推開。「丹尼爾，她才剛回來。」他沒有看她。「我就是這個意思。」

「沒關係。」我低聲說，眼神在他們倆身上移動。這問題很真誠，也是個好問題，特別是在眼前這個狀況下。「說老實話，我不知道。可能會待好幾天、好幾個禮拜、好幾個月。」聽見時間的數字越變越大，我的家人看起來都很高興。想到這有可能是錯誤的期望，即便我希望是真的，仍讓我心裡隱隱作痛。「我們還不知道事情要怎麼進行。」

爸撇嘴。「諾他王國的事。」

我搖搖頭。「主要是湖居地的事。」其他人轉頭望向我，安靜地等著我解釋。除了奇隆。他的眉毛緩緩皺起，在他的額頭上留下深刻、憤怒的線條。「現在掌握所有力量的人是他們。卡爾還在整頓一個被撕裂的國家，我們在等著看事情會怎麼發展。如果湖居地進攻……」

我的大哥生氣地吸了口氣，然後忿忿不平地吐出來。他瞪著我，只因為他沒其他人可以瞪。「你們要幫忙抵禦他們？」我聽見他口吻中跟爸一樣的指控。

我只能聳聳肩。他不是對我不高興，而是對這個我一直深陷其中的狀況。我被拉向危險，在銀血國王間被拉扯，是他們揮舞的武器，是一張被利用的臉龐。「我不知道。」我低聲說。「我們已經不是他的盟友了。」

奇隆在我身邊動了一下，坐在磁磚上讓他不太舒服，或者是這個話題讓他不舒服。「那另一個呢？」

我的家人坐在眼前好幾張椅子上，全都露出程度不一的疑惑。媽的雙臂交叉在胸前，用一種我已經太熟悉的眼神看穿我。「誰？」她問道，雖然她已經知道答案。

我咬牙逼自己說出答案。「他是說馬凡。」

爸的口氣變得殺氣騰騰，是我沒聽過的口氣。「他現在應該已經死了才對。」

「他沒死，而且他也在這裡。」我來不及阻止奇隆，他就已經說出來了。

我的家人發出一陣憤怒的低吼，每張臉都漲紅了，所有人的嘴唇都往下撇，眼眸全都閃動著憤怒，目光變得銳利。

「奇隆，不要找麻煩好嗎？」我氣得說道，掐了一下他的手腕。但是破壞已經造成，我們圍成的圈圈裡現在燃起紅色怒火，濃烈到我覺得都嚐得到味道了。

最後吉莎說話了，口氣跟父親一樣火爆。「我們應該殺了他。」

我的妹妹並不是個暴戾的女孩，比起拿刀，她比較適合拿針。但是她看起來像是給她機會她就會把馬凡的雙眼挖出來的模樣。我本該因為自己惹得她冒出這麼大怒氣感到自責，可是我卻只感覺到滿心的愛、珍惜和光榮。

我的哥哥們緩緩地點頭，同意她的意見，搞不好已經在盤算一些不切實際的方法來接近馬凡的牢房。

「他活著有價值。」我很快地說，只想先阻止他們。

「我才不在乎他有什麼狗屁價值。」布利生氣地說。

我以為媽會罵他說髒話，但是她沒理會。事實上，她自己看起來都兇光外露，那瞬間我彷彿看見了安娜貝爾皇后、蘿倫夏．維波甚至亞樂拉．莫蘭達斯那種暴力的愛出現在她眼中。「那個東西把我兒子從我身邊帶走，也帶走了妳。」

「我在這啊，媽。」我喃喃說道，嚥下關於謝德那段突然湧現的痛苦回憶。

「妳知道我的意思。」她說。「我會親手撕裂他的喉嚨。」

最令人驚訝的是爸的沉默。他本性就很安靜，但是要咒罵銀血人的時候可不是這麼一回事。我的目光望向他，才知道為什麼他沒有開口，那是因為他開不了口，隨著不斷湧現的恨意沸騰，他氣得整臉漲紅。如果他張嘴，誰知道什麼東西會衝出來。

「我們可以聊點別的嗎？」看著我的家人，我只得這樣問。

「請。」爸勉強從緊咬的牙關中擠出這個字。

「你們看起來都很不錯。」我很快地說。「蒙特福特是不是……」

媽看起來很不高興，但仍接受地低下了頭。她替所有人回答了我的問題。「宛如美夢成真，梅兒。」

我天生的猜疑湧了上來，即便我對大衛森已有了解，但我不認識他的國家、他的城市，我不認識他服務的政治人物或是他們代表的人民。

「有沒有好過頭了？」我問。「妳覺得我們會有天睡醒才發現自己惹上麻煩了？發現有什麼東西嚴重出錯？」

她沉重地吁了口氣，望向上升點之城的點點光芒。「我想我們本來就該一直保持警覺，但是……」

「我不認為。」爸說道，簡潔有力地把她的思緒做了了結。他的話不多，可是表達得很清楚。「這個地方不一樣。」

吉莎點點頭。「我從沒見過紅血人和銀血人這樣生活。還在諾他王國的時候，我跟著師傅去做生意，銀血人連看都不看我們一眼，也不肯碰到我們。」她那雙跟我一樣的棕色雙眸在想起好久以前的生活時，想起銀血軍官把她刺繡的手打斷時變得有點呆滯。「可是這裡不會。」

特瑞米坐在椅子上，往後一靠，他的冰冷稍微融化了一點，像是被嚇到後的貓再次順好毛一樣。「我們覺得平等了。」

我不禁心想這是不是因為我的緣故。他們是閃電女孩的家人，是蒙特福特總理的重要資產，當然會受到良好對待，但是我沒把這番話說出來，只希望能為這個混亂的夜晚保留一點平靜。之後的對話就愉快多了。

親切且面帶微笑的家僕送來了份量豐盛的晚餐。食物很簡單，但是豐盛又可口，從炸雞到塗抹了香甜、深紫色莓果的吐司都有。餐點主要是給我和奇隆的，不過布利和特瑞米各自拿了一大份走。吉莎喜歡水果和起司盤，爸則鎖定了冷肉盤和蘇打餅與媽分享。我們慢慢地吃，聊天的時間比咀嚼的時間還多。多數時候我只是聽，聽我的手足跟我分享他們在上升點之城的探險故事。布利每天早上都在湖裡游泳，有時候也會用一瓶冰冷的水倒在特瑞米頭上把他叫醒。吉莎對店舖和市集的了解十分了得，也對總理的大宅瞭若指掌。她喜歡跟特瑞米一起在高地草原散步，媽則喜歡市區裡沿著山坡圈起的花園。爸一直在練習走路，每天都往山谷裡走更深一點，透過每一步的下山路和上山路來強健新長出來的肌肉，習慣兩條腿的生活。

奇隆也補充了所有他能補充的資訊，把我們上次離開蒙特福特之後的所有英勇表現鉅細靡遺地描述出來。回憶的片段不多，他很善良地把比較糗或比較不愉悅的細節省略。看在吉莎的份上，也跳過所有關於卡麥蓉．可兒的事。不過從她提起一個年輕女孩的模樣，還有她工作的珠寶店的事，我想她對我最好的朋友的迷戀已經過去了。

最後我的眼皮開始變得沉重。這實在是漫長又艱難的一天。我試著回想今天早上是怎麼醒來的，在卡爾的皇室臥房的一片漆黑裡睜開眼，他的毯子蓋在我身上。今晚床上只會有我，但我並不孤單，吉莎就在對面房裡。我還是沒辦法在沒有其他人的時候入睡，或者說自從我離開馬凡的牢房後，我就沒試過了。

不要想起他。

我一邊準備上床，一邊對自己重複這句話。

卡爾的臉像是烙印在我的眼皮裡一樣，馬凡則在我的每一個快速消逝、飄忽的夢裡揮之不去。那兩個愚蠢的男孩。他們總是不肯放過我。

到了早上，我的勇氣有力地抽動。感覺像是肚子裡有東西不斷地拉扯，像有人拿著鉤子勾住我的脊椎。我知道它想要我去哪裡。走過城市下方，往上升點之城的中央碉堡去。那座建築座落在深深鑽入山腰岩床的市立監獄上方。我試著不去想像他獨自在鐵欄杆後頭，像瀕死的動物般來回踱步的模樣。為什麼想見他，我自己也難以理解。也許我心裡有一部分知道他還有點用。或者我只是想在僅剩不多的時間裡多了解他一點。我們在某些方面很像，太多方面了。我嘗過黑暗的滋味，而他則是一輩子活在黑暗裡面。他代表的是沒了家人、沒了基石、被推入無盡深淵的我可能會有的樣子。

但是馬凡就是無盡深淵。我不能面對他。還不能。我沒強大到可以這麼做。他只會當著我的面奚落我，激怒我、折磨我，扭動那已經鑽得太深的螺絲。在他再次掀開我的傷口之前，我需要先稍微復原。

所以我沒有往城市下方走，而是往上爬，越爬越高，越爬越高。

一開始我只是沿著當初突襲者攻擊瓶圓石，我們越過山嶺的那條路走。現在我們已經知道那場攻擊是預謀好的，用來讓我們分心，好讓湖居者可以救走巴拉肯王子的小孩。突襲者收了錢做事，而且是收了很大一筆錢。我邊走邊踢開石頭，在心裡重新複習那場戰鬥。寂靜爬上我的身子，像是非自然的生命體一樣占領我的肌膚底層，用空洞取代我的閃電。我邊咒罵，邊把回憶推開，轉個彎走進岩石和森林之中。

好幾個小時過去了，空氣在我的肺裡像是燃燒一樣，燒燙我的喉嚨，與我肌肉裡的炙熱互相呼應。每踏出一步，往上、往岩石邁開步伐，我的肺和肌肉就奮力嘶吼。即便已經夏末，陰影處仍有一堆堆的積雪，潔淨純白。隨著我往上爬，溫度變得越來越低，我的雙腳滑過泥土和松針，碎石和裸岩。雖然痛，我還是繼續向前。

小溪在我身旁流過，往山坡流去，最後進入遠在下方的湖泊。白色的冰塊散布在細得有如緞帶般的小路和蜿蜒的階梯上。山脈看起來像是無止境的延伸，高低不平的石牆和雪把世界一分為二。上方是澄澈的藍天，鼓勵我繼續向上爬。我盡了全力，在溪邊停下來喝水，潑濕我泛紅、汗水淋漓的臉龐。

偶一為之我會從包裡拿出蘇打餅或鹹肉條。不知道這味道會不會引來路上的熊或狼。

當然，我有我的閃電，就像肺裡的空氣一樣貼近著我。但是一直都沒有掠食者靠近我。我想牠們大概知道我跟牠們一樣危險。

只有一個例外。

一開始我把他誤認為突出地表的岩石，身影出現在完美的藍色底下，身上仍是一身灰色裝束。到了這個高度，松林已經變得稀疏，擋不太住正午的陽光。我只得眨眼，伸手揉一揉，才意識到我眼前是什麼東西。

我眼前是什麼人。

我的閃電把他腳下的大理石劈成兩半，可是他在閃電落下前就先移動腳步，從岩石上滑了下來。

「你這個混帳東西。」我怒斥道，動作加快，腎上腺素猛地湧進我的血液裡，和挫敗感一起驅動著我。因為我知道不論我有多快，不論我的閃電有多強大，我永遠都抓不到他。

瓊恩一定會先看到我的攻擊。

他的笑聲在山坡上迴盪，從高處傳來。我大聲咒罵，跟著聲音移動腳步，讓他帶著我走。他笑了又笑，我爬了又爬。等到我們身邊已經沒有樹，到了高度讓什麼東西都長不出來的地方，空氣已經變得稀薄又冰冷。我嚥下一口憤怒的氣，讓溫度刺激我的肺。然後我一把倒下，已經不能再往前走了。我不想要讓瓊恩或任何人控制我要去哪裡、做什麼事。

但主要還是因為我已經精疲力盡。

我往後靠，抵著一塊在冷冽的強風和白雪底下被撫平的大石頭。

我的呼吸艱難而沉重，我想我可能永遠都喘不過氣了，就跟我永遠追不上那個該死的預知者一樣。

「這種高度，」他的聲音說：「如果妳不習慣，所有事都會變得很困難。即便是妳的火焰王子要爬上第一座山也會很辛苦。」

我累得只能半睜著眼，把目光瞥向他。他坐在我上方，晃著雙腿。瓊恩身上穿著高山裝束，一件厚外套，腳上套著一雙老舊的靴子。不知道他已經走了多久，或者他在上頭等了我多久。

「你跟我一樣清楚他現在已經不是王子了。」我回答道，非常小心地挑選我的用字遣詞。也許我可以讓他揭露點資訊，讓我稍微知道一點所有人的未來。「就跟你知道他會當多久的國王一樣。」

「是的。」他回答道，臉上微微露出竊笑。他當然知道我在幹嘛，而他只會說自己想說的話。

我又用力地喘了一口氣，把空氣吸進迫切需要氧氣的肺裡。「你在這裡幹什麼？」

「看風景啊。」

他仍沒有看我一眼，一雙紅色眼眸沿著地平線移動。我們面前的景致美不勝收，比起一千多呎下的風景更加動人。我真的覺得自己很渺小。吐出來的空氣在我面前變成一團團白霧，是低溫的證明。如果我想在天黑前回去，就不能在這裡待太久。

我真希望可以提著瓊恩的頭跟我一起回去。

「我告訴過妳這件事會發生。」他低聲說道。

我怒氣沖沖朝他咬牙切齒。「你沒告訴過我任何事。如果你說了，我哥哥可能就還活著。幾千條人命……」

「妳有想過如果不是這樣，情況會是什麼樣嗎？」他打斷我。「有沒有想過我的行為，那些說過的話還有沒說過的話，做過和沒做的事，其實救了更多人？」

我握緊一個拳頭，一個踢腿，好幾塊小石頭往山坡滾下去。「你有沒有想過不要插手任何事這個選擇呢？」

瓊恩迸出大笑聲。「好幾次喔。但是不論我介不介入，我都會看見一條路，看見終點。有時候我實在難以讓它發生。」

「真羨慕你可以決定。」我嘲諷道，跟我面對邪惡的新血脈時一樣挖苦。

「妳想要這種擔子嗎？梅兒．巴蘿。」瓊恩回答，一邊走了下來與我並肩而坐。他露出哀傷的微笑。「我不認為。」

在他的紅眼目光下，我打了個冷顫。「你告訴過我我會崛起，獨自崛起。」我喃喃說道，重複著那麼久以前，在那個被大雨籠罩，一半都看不見的廢棄煤礦城時他對我說過的話。那是我的命運。我看著這預言每天變得越來越真實。我失去謝德。我失去卡爾。而且那隻冰冷的命運之手似乎還把我和其他我愛的人之間的溫度提高。不論我多努力無視，還是覺得自己不一樣，覺得自己一身殘破、滿腔怒火，進而變得孤寂。只剩下一個人真的了解，而那人是個怪物。

我也失去了馬凡。那個他裝成的模樣，那個在我如此孤單與恐懼的時期，珍愛也需要的朋友。我失去了好多人。

但是我也得到了不少。法爾莉、克勞拉，我的家人還跟我在一起，除了謝德，其他人都很安全。奇隆的忠誠和友誼從沒有變動過。我還有其他馭電者，像我這樣的新血脈，證明了我不孤單。大衛森總理，還有他想達成的一切。這些遠超過了我失去過的人。

「我不認為你是對的。」我低聲說道，心裡有一部分真的相信。瓊恩在我身邊身子一震，猛地轉過來看我，脖子發出喀啦聲。「還是那條路也改變了？」

雖然我厭惡他的眼睛，我還是逼自己與他四目相接，尋找謊言或實話。

「我改變這條路了嗎？」

他緩緩眨眼。「妳什麼也沒改變。」

我好想肘擊他的喉嚨，或他的肚子，或著頭顱。可是我只是向後一垮，仰頭瞪著天空。瓊恩看著我，笑了幾聲。

「怎麼？」我瞪著他惡狠狠地說。

「崛起。」他低聲說，伸手指著千餘呎底下的山谷。然後指指我的胸口。「獨自崛起。」

這次我伸出手，軟弱無力地把他的手臂揮開，只希望能給這個預知者一點教訓。「我知道你不是在說爬山，」我生氣地說。「不再只是閃電，而是風暴。一個會吞噬整個世界的風暴。」

他只轉動肩膀，再次望向山稜線，呼吸在空中凝結。「誰知道我當時在說什麼。」

「你知道。」

「而我會把這個重量留給我自己，謝謝妳。沒有人需要承擔。」

我冷笑。「你表現得好像很享受掌握我們的命運的模樣。」我咬唇，再次評估自己的機會。只要從他身上要到一點線索就會受用無窮，或者永遠被詛咒，把我拋向他挑選的路。我就是得抓住這個機會，把他說的話用力地過度分析。「有沒有什麼精挑細選過的話，或是一些暗示是你願意無私分享的嗎？」

他的嘴角揚起，但他的眼神閃爍，看起來像是哀傷。「妳的朋友比妳會釣魚多了。」

我猛地吸了一口氣，冷空氣衝進我的喉嚨。「你知道奇隆什麼事？」我的聲音高了八度。奇隆對瓊恩來說誰也不是，對於王國和命運的大變動來說只是無名小卒，他不該在瓊恩的腦海裡占據任何一點空間才對，不應該跟他腦海裡數以千計的危險和恐怖事物一起在那裡。我伸手想抓住他的手臂，但他俐落地閃過了我的碰觸。

他的紅眼瞪著我，像兩滴鮮血。「他不就是這一切的催化劑嗎？至少妳的這一部分是如此。」他說。「可憐的朋友，注定要被徵召，只有妳救得了他。」

瓊恩的話說得很慢，有條有理，不慌不忙。給我時間把這塊拼圖拼起來。我裝作不知道、不接受是什麼東西在瞪著我的臉看。我想要殺了他，用岩石砸碎他的頭骨。但是我動不了。

「因為他失去了學徒身分。」我顫抖地說：「因為奇隆的師傅死了。」

「因為奇隆的師傅跌倒了。」這不是問句。瓊恩很清楚老庫里，那個我的摯友以前服務的漁夫發生了什麼事。一個簡單的人，看起來比實際年紀還蒼老，跟我們其他人一樣。

我的眼眶裡充滿淚水。我當傀儡太久了，甚至比我知道的時間還要更久。「是你把他推下去的。」

「我推了很多人，用很多種不同的方法。」

「你把無辜之人推向死亡嗎？」我咬牙說。

他的腦海裡像是有什麼東西抽動了一下，像一盞燈被關掉或打開，改變了他的注意力。他安定了一下自己的情緒，然後嗤之以鼻，聲音突然變得很清晰，話裡的力量變明顯了。好像他是在對一群士兵講話，而不是只有我。「湖居地很快就要攻擊雅啟恩了。」他說。「不用幾個禮拜的時間。他們現在就已經在準備，鍛鏈軍隊到超過完美的境界。而泰比瑞斯・克羅爾的孱弱我們都知道。」我沒有力氣也沒有心情跟他爭辯。他說得沒錯，而我還處於震驚之中。「如果他們拿下這座城市，泰比瑞斯永遠贏不下諾他王國。今年不能、明年不能，再過一百年都不能。」

我咬牙。「你可能是在說謊。」

他沒理我，繼續說下去。「如果都城落入湖居地皇后的手裡，這條路就會變得漫長又血腥，比妳過去經歷過的任何事都還要慘。」他把手指交扣，放在腿上，指關節在灰色的衣物上發白。「連我都看不太到這條路結束的一天，但是我知道會很糟。」

「我不喜歡當你的棋子。」

「每個人都是別人的走卒，梅兒，不論我們知不知道都一樣。」

「那你又是誰的走卒？」

他沒有回答，只把目光望向澄澈、冰冷的天空。嘆了最後一口氣之後，他站起身子，石頭隨著他的動作滾動。「妳該走了。」他說道，伸手示意下山的路。

「好讓我把你的訊息傳下去嗎？」我生氣地說，口氣聽起來很挖苦。我現在最不想做的事情就是聽瓊恩的話做事，就算他是對的也一樣。我想我寧可凍死在這裡也不想讓他稱心如意。

「好讓妳去避免那些事。」他回答。他用下巴往北邊一撇，只見一團雲層正飄過山峰。

「風暴很快就要來了。」
「我控制得了風暴。」
「隨妳高興。」瓊恩聳聳肩，把大衣拉緊。「我們不會再見面了，梅兒．巴蘿。」
我仍坐在地上，抬頭對他露出嫌惡的臉。「很好。」
他沒有回話，轉身繼續向上爬。
我看著他的身影變得越來越小，灰色岩石上的灰色男子，直到他消失為止。
崛起，獨自崛起。

我一走進樹林的遮蔽中，風暴就席捲了山頂。我躲過了狂風和冰雨。下山幾乎跟上山一樣痛苦，我的膝蓋隨著每一步衝擊隱隱作痛，我得小心並且專心地看腳步要落在哪裡，以免踩到鬆動的石塊或堆積在路面上的松針堆而扭斷腳踝。我的上方，山峰的附近，一陣低沉的雷聲響起，跟我的心跳一樣充滿生命力。
陽光開始沉沒到山谷高峰背後時，我回到了上升點之城。雖然因為爬山全身痠痛、因為那番談話而心痛，我一走進總理的皇宮，還是加快了腳步。我走過蒙特福特的士兵和軍官身邊，有些人身上的精美裝束顯示他們是總理的政府裡的政治人物。他們散布在皇宮的低樓層各處，開完會要離開，或是正要去開會。我經過的時候他們仔細地打量我，可是沒有恐懼。我在這裡不是怪胎。
在一片深綠色套裝和制服之中，兩顆刺眼的腦袋特別突出，一顆是藍色的，一顆是象牙白。艾拉和泰頓。我的馭電者夥伴在其中一間裝了窗戶的凹室裡無所事事，在這小小的空間裡避開其他人的干擾。
「等我嗎？你們真不該等的。」我露出微笑，剛剛走完山坡路的我氣還沒喘過來。
泰頓上下打量我，一縷白色髮絲滑下來掛在臉上。他冷靜地往後一靠，一條長腿架在面前的椅子上。「妳不該一個人去爬山。」他說。「特別是妳根本不擅長爬山。」

「你該跟我哥多相處點，泰頓。」我嗆他。「要調侃我，他們比你擅長多了。」

他的笑容來得那麼容易，不過深色雙眼沒有帶著笑意。艾拉瞪了他一眼。「大家都在大衛森的圖書館，法爾莉將軍還有其他人。」她說道，伸手示意長廊的方向。

想到又要面對另一場議會，我不禁感到心一沉。我咬牙。「我看起來怎麼樣？」

這女子舔了下嘴唇，眼神打量著我。

泰頓就沒這麼圓滑了。「她的猶豫應該就夠了吧。但是妳也已經沒有時間換上戰妝了，巴蘿。」

「對，太棒了。」我咕噥著說，留他們兩人在原地。

我很快地把頭髮往後撫平，企圖快速編起辮子，隱藏被風吹得打結的頭髮。其他人。還有誰會跟法爾莉和總理在一起？

圖書館不難找，只要上一層樓就是了，在皇宮東翼占了很大一區的空間。守衛一左一右地守在雙門前，但我走上前去的時候他們沒有攔下我，而是靜默地讓我通過了。圖書館跟這棟建築其他地方一樣，光線明亮，討人喜歡，上了漆的橡木板閃閃發亮地鋪滿整個空間。這間廂房裡有兩排書架，第二層樓由一條窄窄的走道環繞，走道旁裝有銅製的扶手。赤紅衛隊的士兵就站在那兒，身穿刺眼的紅色制服，槍枝就掛在腰上。他們注意到我走進屋內，緊繃了起來做好準備，若我展露威脅，他們就要保護自己的長官。

指揮部的紅血將軍。

法爾莉跟他們一起坐在屋內中央一張排成半圓形的綠色皮革沙發上。艾姐也在，結束了好幾個禮拜在指揮部的工作回來了。她雙臂環胸，站在法爾莉身邊。沉默不語，觀察一切。我走近時，她朝我露出淡淡的微笑。

赤紅衛隊面對的是一排椅子，坐滿蒙特福特的官員和政治人物，大衛森坐在正中間。眾人低聲交談，沒有被我打斷，或者早已有所準備。

我再次覺得自己身上太髒了，一身冰雪和山野的臭味，不該在這裡出現。但我實在不該擔心這麼多。指揮部將軍的模樣跟我的感覺一樣邋遢，搞不好更糟。他們才剛從不知道位於哪裡的總部抵達這裡。他們看起來都跟法爾莉很像，不是外表方面，而是態度。如果法爾莉有三十幾年經驗，一輩子過著辛苦的生活、靠自己求生度日的話就是這樣。這三個男人和三個女人全都灰髮蒼蒼，髮型跟法爾莉一樣剪得短短的。不知道法爾莉是不是想要效法他們，因為雖然態度很像，法爾莉坐在他們之間看起來仍是十分的格格不入。她還很年輕，還綻放著光彩，她是他們的煽動者。

她的父親站在上方的走道的一群軍官之中，靠在扶手上，雙手十指交扣。如果他會吃味女兒現在的位置，那他也沒有表現出來。我走進屋內時他瞥了我一眼，目光裡帶著怒火。

我邊走近，低聲交談仍持續進行。法爾莉移動了一下，讓出身旁的空位給我。但我不是將軍，我不是指揮部的人。我還沒掙到坐在那裡的權利。我站在她身後，近近地像守護者的距離，把雙臂交叉在胸前。

「很高興見到妳，巴蘿小姐。」一位鬈髮的將軍說道，轉過頭望向我，目光嚴厲得像個老師。好像我剛打斷了一堂特別重要的課一樣。我點頭回應，不想再近一步打斷會議。雖然看起來這個會議討論的主題好像並不是十萬火急。不少智囊團成員在互相交談，上方的士兵也聊得鬧烘烘的。

「我們剛結束前言的部分。」艾姮移到我身旁，好意地跟我解釋。

法爾莉斜眼一望，身子往後靠，往我的方向氣聲說：「別理天鵝。」她示意那個女將軍的方向。「她只是想讓妳不好過。」

我很意外地發現那個年紀比較大的女人竟露出了一點竊笑。她們之間有種相似的氛圍，像是老朋友甚至是家人。但是兩人的外觀一點也不像。天鵝身子矮小纖瘦，深色雀斑分布在淺棕色的肌膚上，即便有歲月留下的皺紋，雀斑仍讓她看起來有種孩子氣的外貌。

「天鵝將軍。」我低聲說道，再次低頭想表現禮貌。這次她露出親切的微笑回應。

艾妲接著低聲開始一一介紹坐在沙發上的其他將軍。在總部待過這段時間，她對每個人都已經很熟悉。另外兩位女性分別是地平線和哨兵，男性成員則是鼓手、緋紅和南方。很明顯這些都是代號，這系統仍施行中，即便在此也一樣。

「宮殿將軍還在諾他王國，確保行動進度。」艾妲說，「她會把所有諾他王國境內和國境邊緣能挖到的情報都回傳。」

「那湖居地呢？」我問。「艾芮絲要進攻了，我們得知道哪時候會行動。」再過幾個禮拜，瓊恩這麼說，實在不夠明確。

天鵝清了清喉嚨。「湖居者封閉國界了，我不確定到時候我自己脫不脫得了身，更別提我的手下。我們盡可能加速離開了那裡。」她的目光一沉。「費了點力，如果妳懂我的意思的話。」

我鬱鬱地點點頭，試著不去想她在那裡留下了多少喪命的夥伴。

我的目光掃過眼前的士兵和政治人物，幾乎全都是紅血人。少數幾個蒙特福特的銀血人與大衛森並肩而坐，但是他們人數寡不敵眾。在他們之中，我認出了瑞迪斯，那個人民大會堂裡的金髮代表。他用極微小的點頭向我示意。

大衛森也一樣，與我四目相接。

我一鼓作氣，大聲清清喉嚨，往前站了一點。不過只有身邊的將軍轉過頭來看我。要讓他們的士兵安靜下來比較難一點，我只得再試一次。這次我加強了力道，吵雜聲安靜下來的速度雖慢，但仍是明顯地擴散開來，直到圖書館裡的每一雙目光都落在我身上為止。我勉力嚥下口水，抵禦這熟悉但仍很令人不安的感覺。不要怕，不要臉紅，不要猶豫。

「我的名字是梅兒．巴蘿。」我朝著人群說。走道上有人小聲地噗了一聲。看來到這時候我應該不需要再自我介紹了。「謝謝各位來到這裡。」我繼續說道，思索著要如何把話說好。說有個可以看見所有未來的男人給了我幾個提示，這聽起來實在不太對勁。「抱歉我遲到了，我剛……去爬山了。在山上的時候，我遇見了一個男子。」

「這是某種隱喻嗎？」緋紅將軍粗聲粗氣地說道，不過只害自己被身材圓潤得令人讚嘆的男子，鼓手，適時地噓聲制止了。

我瞥了艾妲一眼，然後低頭望向法爾莉。「是瓊恩。」我解釋道，只見她雙眼圓睜。她臉上的驚嚇對整個屋內的人說明了一切。「他是一個新血脈預知者，我們之前就跟他交手過。」

大衛森抬起下巴。「馬凡也是，如果我沒記錯的話，就是那個男人幫他抓到妳。」

「沒錯。」我低聲說道，有點覺得羞愧。

總理臉色嚴肅。「他也替馬凡服務了一段時間。」

我再次點頭。「沒錯，他有他的理由。」

即便好幾個他的國人臉上露出嫌惡的神情，大衛森仍傾身向前，手肘撐著身子，目光如炬，用難以解讀的神情凝視著我。「他說了什麼？梅兒。」

「他說我們不能讓諾他王國都城落入湖居者手中。」我回答。「如果我們讓這件事發生，這條路就會『漫長又血腥』，比之前的情況都更慘烈。如果他們贏下雅啟恩，接下來的一百年內，湖居地就會控制諾他王國。」

瑞迪斯嗤之以鼻，看著自己整理過的指甲。他不是唯一一個對這番發言翻白眼的人。「不用預知者來說我也知道。」他低聲說道。

幾個將軍也點頭同意。天鵝替他們說出了心聲。「我們知道攻擊行動要來了，只是不知道是哪時候。」

「再幾個禮拜。」我已經感覺到秒針滴答地移動。「這是瓊恩告訴我的。」

天鵝瞇起雙眼，不是不友善也不是質疑，而是同情。「妳相信他嗎？在他對妳做的事之後？」

我的腦海裡出現許多畫面，其中之一是我被捕捉時的回憶。瓊恩用了不知道什麼詭計給我帶來的牢獄之災。我告訴過他，我不喜歡當別人的走卒，可是我現在就是在這麼做。

「不知道為什麼，我覺得我相信。」我回答道，努力想保持聲音平穩。

我的回答掀起了另一波耳語，甚至有些人大吼出聲。聲音從幾位將軍之間傳來，從代表之間，甚至上方的士兵也有人出聲。

只有三個人保持沉默，交換眼神。

法爾莉、大衛森和我。

我看著他們倆，從金色眼眸跳到藍色眼眸，我看出兩人做出了一樣的決定，我自己也有一樣的感覺。

我們要再戰一次，只是要先想好要怎麼樣出戰。

一如往常，法爾莉是第一個發聲的。

她站起身，伸出雙手，示意要大家安靜。這動作只有稍微有用，讓她的士兵和其他將軍都安靜了下來，但部分蒙特福特人員仍在悄聲耳語。

「我們需要一個計畫，」她大聲說。「不論預知者說了什麼，我們都知道這條路會通往雅啟恩。如果我們想要解放諾他王國，蒙特福特和赤紅衛隊必須要能夠拿下諾他王國的都城，不論坐在王座上的人是誰都一樣。」

天鵝點點頭。「我們逃到這裡來之前，我就是駐點在湖居地。我比現場任何人都見識過更多他們的能力。如果席格內特皇后在我們之前先取得都城，我們要搶回來就幾乎是不可能的事了。攻打比較弱勢的敵人對我們來說是最有優勢的選擇。」

卡爾。我從沒想過他在任何情況下會是較弱勢的那一個，但這話說得沒錯，他的地位現在勉強也只能算是搖搖欲墜。我努力不去想他隻身一人在皇宮，努力想要平衡他父親的世界和他弟弟破壞的一切的模樣。

「雅啟恩還有赤紅衛隊的人，對嗎？」大衛森問，他的聲音足以讓他的人都安靜了下來。

「宮殿就駐點在外圍。」法爾莉說。「還有她的小隊成員散布在諾他王國各處可以派上用場。哈伯灣、戴爾菲、雅啟恩外圍。」

鼓手，那個圓滾滾的將軍也加入發言。「宮殿已經下令往市區移動——當然，是悄悄地進行。這個新國王跟弟弟不一樣，這個王朝還沒公開對赤紅衛隊表現威脅態度，我們可以冒這個險。」

「所以我們至少在市區裡會有眼線。」大衛森說。「你們的人，還有我們的人。我們會確保兩方人馬互相合作。」

「赤紅衛隊過去就滲透過雅啟恩。」鼓手的聲音從厚實的胸膛傳出。「我們可以再做一次。」

總理的雙唇壓成一道嚴肅的直線。「但是不要用一樣的方法。」他說。「空襲太危險，卡爾現在握有整批空軍艦隊，我們要降落也打不贏他們的空軍勢力，我們也不能利用像馬凡婚禮那樣的突襲。」

「也不能用隧道。」法爾莉低聲說，想起一場開始前就失敗的襲擊行動。「馬凡國王把城市底下所有通道都封閉了。」

「不是所有都封閉。」我脫口而出。其他人眨眨眼看著我，眼神嚴肅而迫切。「我見過馬凡的地下火車，那是他的逃脫路線。直通財政廳下方，皇宮底下有好幾個入口。他利用這個管道偷偷離開市區。我敢打賭他還留了幾個隧道給自己用。」

鼓手用力站起身子，以他的年紀和身材來說，身手還挺靈敏的。「我可以聯繫宮殿，讓她開始往這個方向找。艾妲，妳還記得市區的規劃圖吧？」

「報告長官，我記得。」她馬上回答。我實在難以想像艾妲那完美的腦袋裡有什麼事沒有記下來。

鼓手壓低下巴。「跟宮殿連線吧，幫她聯繫上探員。」

艾妲毫不猶豫地點點頭。「是，長官。」話說完，便開始往外走。

法爾莉咬緊牙關，看著我們的好友離去，消失在圖書館的門外。然後她斜眼望向我，評估著我的回應。「我們有時間嗎？」

「可能沒有。」我低聲說。如果瓊恩可以把他該死的警告說得明確一點就好了，但我想那就太簡單了，這不是他的風格。

「那我們能做什麼？」她問。

我的太陽穴突然痛了起來，我捏住鼻梁。今天稍早，我爬了一座山頭，只為了離馬凡遠一點。當然我的努力只是延後了不可避免的情勢，延後了必要之舉。

「嗯。我想應該還可以直接去問。」

沒有朱利安的歌唱能力或悄語者新血脈逼他把自白說出來，拷問馬凡．克羅爾會是一場意志與欺瞞的戰爭。蒙特福特雖然有銀血人，卻沒有人可以透過能力來取得真相。

但他們可以透過痛楚做到。

馬凡被帶進來之前，其中一名軍官帶著泰頓走進來，這個白髮的馭電者走進屋內時一臉陰沉。他坐在大衛森身旁的位置上，手指頭打著節奏，快速抽動，像是他可能得用在馬凡身上的閃電。他的能力比我的更加精準，可以把身體推向極限，不至於造成不可彌補的傷害。

屋內靜默無聲，原本在上頭的士兵都走了，大多數蒙特福特代表也已離開。大衛森和赤紅衛隊明智地決定不給馬凡觀眾。他是個太優秀的演員，太強大的騙子。

我可以坐下了，被法爾莉和她的椅子扶手夾在中間。她的身材比我壯碩，但我很高興她離我這麼近。想到馬凡還是會讓我的身子發冷。至少在雅啟恩的時候還有卡爾可以讓他分心，分散他的執著和怒火。現在只剩我了。

他的守衛人數眾多，至少有六個人。蒙特福特士兵和赤紅衛隊守衛，各個用武器和能力把全身武裝。他沉迷於注意力和這麼大型的警戒陣仗，面露微笑地被帶進圖書館。

他冰冷的雙眼迅速掃過廂房內部，注意到窗戶、書籍和等著他的人。我接下他的視線。

「我得承認，我本來以為再也不會見到你了，總理。」他說，視線移向大衛森。這個臨危不亂的男子沒有答話，他的臉色不變，沒有表情。「我也沒想過自己會踏上蒙特福特這個神秘原始境地。但其實也沒有多原始，對吧？沒有你想要我們相信的那麼原始。」

夠原始了，我心想，憶起對抗成群野牛的經驗。

「我學到的是你的國家有著跟我們國內一樣多的銀血人，儘管是由許多國王和貴族分別統治。我的老師真是錯得離譜啊。」馬凡繼續說道，邊說邊微微地轉身。他可能是在數我們的人數。七個指揮部的將軍，還有大衛森和他的政府代表以及軍隊人員。他看見純銀血、肌膚散發冷色光澤的瑞迪斯的時候，腳步停了下來。「真有意思，」他低聲說道。「我想我們還沒見過？這位先生。」

這位年老的銀血人手一彎，微弱的陽光在他的長指甲上閃動，一陣微風吹亂了馬凡的頭髮。是個警告。「省省吧，小王子。我們有正事要討論。」

馬凡只有咧嘴一笑。「只是以為不會在這裡看見銀血人，在這麼……紅的地方。」

我不悅地吐氣，對於他這種拖延的策略只覺得無聊。「你自己說過，你對這地方一無所知。」馬凡轉回來面對我，怒目瞪視，我只揮揮手打發他。「你也不需要了解。」

他露出齜牙咧嘴的表情。「因為妳不久後就會處決我嗎？你是想這樣威脅我嗎，梅兒？」

我咬緊下巴，決定不回答。「這威脅很無用。如果妳要殺我，妳早就動手了。我活著更有價值，對妳和妳的革命目標而言。」

屋裡用沉默回應。

「喔，不用裝了，」馬凡睥睨地說。「只要我還會呼吸，我對我哥來說就是個威脅。就跟他對我來說是威脅一樣。我猜他現在正在召集子民，把貴族門脈都聚集起來，想要讓那些誓言效忠我的人改為效忠他。有些人會，但是所有人嗎？」他慢慢地把頭前後擺動，像個訓話的母親一樣發出嘖嘖聲。「不，他們只會坐下來等，或者是跟他對抗。」

「為了你？」我怒斥：「我很懷疑。」

他從喉嚨發出低沉的聲音，像動物發出的低吼。

「你們到底要我來幹嘛？」他把目光扭開，優雅地移動，轉動腳尖面對廂房裡其他人。這個被罷黜的國王沒有牢籠，但他顯然深深受困。他的目光不知為何移動到泰頓身上，打量著這個馭電者，看著他的白髮和冷靜的殺氣。「他又是誰？」

我很驚訝地發現馬凡．克羅爾的口氣裡竟然出現了恐懼。

法爾莉像是聞到血腥味一樣出擊。「你要告訴我們你對雅啟恩的地道做了什麼事，哪些關閉、哪些還能使用，哪些是你坐上王位後挖掘的。」

儘管身處困境，馬凡仍翻了個白眼大笑出聲。「你們這些人和地道喔。」年輕的將軍不為所動。「怎麼？」

「那我又有什麼好處？」他瞟了她一眼。「換個風景好一點的牢房？這也不算太難達成，畢竟我現在的牢房沒有窗戶。」他伸出怪異地抽動著的手數了起來，「還是好一點的食物？也許可以有訪客？」馬凡搖晃了一下，露出牙齒。他的身子看起來在發抖，他的控制力開始崩解了。「無痛的死刑？」

我忍住想去抓住他讓他不要再動的衝動。他讓我想起困在陷阱裡的老鼠，掙扎著想逃命的模樣。

「你可以得到滿足感，馬凡。」我勉強說出口。

我早該習慣他的目光打量我的感覺，可是我沒有，只覺得身子打了個冷顫，他的凝視在我的肌膚上輕輕掃過。「什麼東西的滿足感？」他喃喃說道。

雖然跟他之間還有幾碼距離，馬凡的位置感覺還是離我太近了。

我開口說話，覺得嘴裡一股苦澀。「你知道是什麼東西。」

他的笑容漾開，像一把對我們挑釁的白色利刃。「這樣，那至少還算不錯。」他的聲音突然一低，笑容消失。「但是還不夠。」

大衛森在他身後往旁邊一望，與泰頓交換了一個嚴肅的眼神。過了一會兒，這個白髮馭電者從椅子上起身。他的動作很慢，很刻意，雙手在身旁鬆開。馬凡聽見聲音，猛地轉過身，雙眼圓睜。

「他是誰？」馬凡再次問道。我試著忽略他聲音裡的顫抖。

我抬起下巴。「像我一樣的人。」

泰頓一隻手靠著大腿輕敲著節奏，讓一道刺眼的白色閃光流過手指。

「但更強大。」

深色睫毛拍打在蒼白的臉頰上，馬凡的喉結上下跳動。

接下來開口的時候，他的口氣很不情願，結結巴巴。聲音很低，幾乎聽不清他說的話。「我要交換條件。」他咬牙說。

我氣得牙齒發出喀啦聲響。「馬凡，我已經告訴過你……」

這個丟了王位的國王打斷我，用力把視線從泰頓身上轉過來，眼眸裡的黑色火光對著我。「你們攻打的時候，我知道你們在計畫了，」他神情鄙視地露出牙齒，「我會帶你們去你們該去的地方。哪一條地道，哪一條路徑，我會親自帶你們整支軍隊進入都城，放手讓你們攻打我那邪惡的哥哥。」

法爾莉坐在位子上冷笑。「不用懷疑，一定是進入陷阱。進入你那位席格內特新娘的……」

「喔，她肯定也會在場，」馬凡回答，朝她揮揮手指。她的臉氣得通紅。「那條毒蛇和她母親從她踏進我的王國那天開始，就一直計畫要拿下諾他王國。」

「從你讓她進入的那天起。」我低聲說。

馬凡幾乎毫不受影響。「一個計算過的風險，而且確實如此。」

這話說得毫無說服力，就連對不太認識他的人來說也是。指揮部的將軍看起來比他剛走進來的時候神情更顯嫌惡，這可不容易，而蒙特福特的新血脈則是看起來想把馬凡生吞活剝的模樣。總是四平八穩的總理嘴角往下撇，露出罕見又明顯的怒容。他再次朝泰頓點點頭，這個可怕的馭電者便往前走了一步。

此舉刺激了馬凡，他從原位跳開，跟我們所有人保持距離。他的抽動變得更加明顯，但是目光銳利，充滿怒火，而不是恐懼。

「你們覺得我在痛苦之下就不能說謊了，」他暴怒地說，聲音撼動整個屋子。「你們不知道這種事我已經做了一千次了嗎？」

沒有人回答他，特別是我。我試著不做任何反應，不讓他看穿我的情緒而得意洋洋。可是我慘痛失敗，連眼睛都無法張開。那短暫、空洞的瞬間，除了黑暗，我什麼都看不見，我試著不去想馬凡。不去想他說的話。不想他的人生過去是什麼模樣，爾後又一直那樣地延續下去。

不去想我們都為此吃足苦頭。

我預期其他人會讓他吃足苦頭，折磨他讓他給出我們需要的資訊，用閃電和痛苦讓他開口。我夠堅強目睹這一切嗎？

就連法爾莉都猶豫了。

她瞪著馬凡，想看穿他，想評估風險和代價。他毫不退縮地直視她的雙眼。

她低聲咒罵了一句。

這次，他說的是真話。

馬凡．克羅爾是我們唯一的機會。

30 卡爾

加冕典禮向來是我人生中的一件必然之事。這頂典禮用的皇冠對我來說並不是什麼驚喜，我拿在手上把玩，感覺鐵、銀和黃金那沉甸甸的重量。再不到一小時，我的奶奶就會把這頂龐然大物放在我的頭上。父親也戴過這頂皇冠。我出生的時候，他已經是國王了，身邊不是我唯一記得的那個皇后。

我真希望自己記得她。我希望我對母親的記憶是來自我自己，而不是來自朱利安說給我聽的故事。希望是來自有血有肉的真人，而不是一幅油畫。

那本日記的副本仍鎖著，藏在我在雅啟恩的床頭櫃抽屜裡。我很快就得替它換位置，就等國王的房間準備好，洗去所有馬凡留下來的痕跡之後。想到這件事我就不禁打了個冷顫。我不知道為什麼我這麼不想要碰到一個這麼小的恐怖東西。只是一本書而已。只是一堆潦草的字體拼湊成的書。我面對過行刑隊和敵軍，抵禦閃電和風暴，躲過子彈，從天上墜落不止一次。

可是，不知怎麼地，我母親的日記卻比任何東西都讓我害怕。我連幾頁都看不完，即便是那幾頁，我也得把火焰手環先放在遠處。她的文字讓我如此緊繃，我不想要冒書頁在手中燒掉的險。柯瑞安·傑可斯的最後一部分，小心地由我的舅舅保存。原版早已不知何處去，可是他仍想辦法保存了這麼一部分的她。

我不知道她的聲音聽起來是怎麼樣，如果真的想，我可以去查出來。有很多錄影裡面有她，還有照片。但是就跟我父親一樣，我一直與那些東西保持距離。與一個我從沒認識過的鬼魂保持距離。

有一部分的我不想要從這房裡的桌邊離開。這裡很安靜，很平靜，在一個即將被戳破的泡泡裡面。我覺得自己像是站在門檻前。窗戶正對著凱薩廣場，能夠看見即將到來的混亂場景的全貌。身穿自家門脈代表色的銀血人湧進廣場，大多數人都是要前往皇家宮廷。我覺得難以正視那棟建築，那棟環繞廣場的建築之一。

我父親的加冕典禮就是在那裡舉行的，在閃閃發亮的穹頂底下。馬凡幾個月前也在那裡舉行婚禮。

梅兒當時也跟他在一起。

她現在不會在了。

失去她仍讓我心痛，是一個深深的傷口，可是已經不像之前那麼劇痛。我們都知道自己在做什麼，知道時候到了，我們會做出什麼選擇。我只希望能夠有多幾天相處的時間，多幾個小時也好。

現在她不在了。再次與馬凡一起。

我該生氣才對。怎麼說，這都是一種背叛，她從我身邊偷走了重要囚犯。他的處決本來應該會是讓我的王國能以幾乎不需見血的方式再次團結的好方法，但是不知怎麼地，我卻只覺得惱火。一部分是因為我其實並不驚訝，主要原因則是因為馬凡現在不在我的掌控範圍。

他現在是她的煩惱了。

至少我不需要當處死他的那個人。

這是懦夫的想法，我絕對不能當個懦夫，但我還是這樣想了。

我希望他死的時候沒有痛苦。

敲門聲讓我不得不更快起身，我的雙腿踏出步伐。在朱利安或安娜貝爾走進來之前轉開門把，心裡希望能獨自去做最後一件事。我不是笨蛋。我知道他們是我的誰，除了我僅存的家人以外，他們是智囊、是導師。兩人水火不容。我只希望他們沒有一起到來，用他們的競爭破壞我的平靜。

看見只有朱利安一人，我鬆了一口氣。

他露出一點微笑，展開雙臂，給我看看他為了加冕典禮特別訂製的新衣服。這身裝束由他的代表色主掌，傑可斯門脈帶著灰的黃金色是他俐落的夾克和長褲的底色，不過他的翻領是鮮紅色，是我的顏色。不僅展現他對克羅爾門脈的忠誠，還有對我的忠誠。

我不得不想起他以我的名字做了什麼事。拿一個男人的性命去換我的弟弟，也許還有另個人的命。我沒忘記。他的詭計，還有我奶奶的詭計，從來沒有離開我的腦海。這讓我提心吊膽，就連面對他也是。

當國王就是這樣嗎？誰都不能信？

我強逼自己笑出聲來掩飾不安。「你看起來很帥。」我對他說。這麼體面的模樣實在不像朱利安，瘦長的身形看起來近乎散發英俊氣質。

我的舅舅走了進來。「這身老骨頭嗎？」他乾笑。「你呢？你準備好了嗎？」

我指了指自己的裝束。這套現在已經看習慣的血紅色裝束，滾上黑邊，配上銀製飾件，還有足以沉沒一整艘湖居地船艦的勳章。我還沒披上成套的披風。披風實在太沉重了，看起來也有點蠢。

「我不是在說衣服，卡爾。」朱利安說。

我雙頰一白，很快轉身，藏起軟弱或不安的線索。「我也是這樣想。」

「所以呢？」他走近一步問。

我照著從小學的指令反應，堅持自己的立場。「父親告訴過我，世上沒有什麼東西叫做準備好了。如果你覺得自己準備好了，那你就是沒準備好。」

「那我猜你看起來像是想要破窗而逃這件事應該是好事囉。」
「真是令人安心啊。」
「你父親當時也很緊張。」朱利安溫柔地說。他試探性地把一隻手放在我的肩膀上，力道如此輕柔。
我的舌頭像是黏在嘴裡了一樣，想說的話登時都說不出口。
但是朱利安很聰明，知道我想問什麼。「是你母親告訴我的。」我舅舅解釋道：「她說希望他能有多點時間。」
多點時間。
我覺得朱利安像是拿著錘子往我的胸口一搥。
「我們不都是這樣嗎？」
他用平時那種令人洩氣的模樣聳聳肩。好像他知道的比我多一樣。我懷疑他的確是知道的比我多。「為了不同原因吧，我猜。」他說。「很奇怪，不是嗎？不論我們有多不一樣，最後都想要一樣的東西。」我閃避著他抬頭望向我的眼神。這雙眼眸看起來太像畫中母親的眼眸了。
「但是這麼多想望，這麼多期盼，我們做的這麼多夢……」
我只能點頭打斷他。「我已經沒有這種餘裕了。」
「做夢嗎？」他眨眨眼，一臉不解的模樣，但也帶著一點好奇。我的舅舅朱利安最喜歡謎團，而他看著我的眼神彷彿看見謎團。「你就要成為國王了，卡爾。你可以張著雙眼做夢，去打造你的心願。」
我再次覺得被錘子重擊。我的胸口為他的文字力量，還有其背後的批判而發痛。當然也是因為我已經聽過同樣的話太多次了。「我已經厭倦對別人說這話不是真的了。」
朱利安瞇起眼，我反射性地將雙臂交叉在胸前，保護自己。「你確定嗎？」他問。

「你如果是在說梅兒……她人在這塊大陸另一頭，她也不會……」

朱利安臉上似笑非笑，伸出一隻手，露出纖長的手指。柔軟的手，是翻書的手，從沒在戰場上做過事，從沒有在戰爭時被需要過。我羨慕那雙手。

「卡爾，我是浪漫主義者，但是我要很遺憾地說，我不是在說她，也不是在說你破碎的心。這件事在我心裡煩惱的事裡面……順位非常的低。我同情你的處境，但是現在這時候還有很多、很多其他事要考慮。」

我的雙頰再次發熱，連耳尖都熱燙燙的。朱利安平靜以對，而且感謝老天，他別過了視線。

「你準備好出發的話，我就在門外等你。」

但是時間已經到了，我不能再繼續躲了。

「像父親說的，」我喃喃說道。我一鼓作氣，把披風披上肩膀固定好。「我永遠不會有準備好的一天。」

我繞過他身邊，拉開門，一股腦地衝出我私人廂房的保護。汗珠滾落我的背脊，我全身上下的肌肉都在抵禦想要逃跑、想回頭、想站定不動的念頭。

朱利安跟在我身邊，像是一根枴杖。

「下巴抬起來。」他提醒道：「你的祖母就在前面等你了。」

我朝他露出最好的一個笑臉，感覺卻又弱又假。像這陣子的許多事。

皇家宮廷的水晶穹頂是銀血人工藝的大作。我還小的時候，以為那是從夜空偷來的星星做成的，每顆星星都固定在完美閃耀的角度。直至今日這座穹頂仍一樣閃耀，可是已經不像過去那麼明亮。紅血僕人人數變少了，許多人選擇離開崗位，沒有接受比較好的薪水和待遇。他們不在就沒人保持都城維持加冕典禮所需要的晶亮光明。我連想表現得融入一點也沒辦法，我苦悶地想。我的王朝的開端就是戰後的餘燼。

整個都城也是這樣，遍及我這座新的王國各處。紅血人追求在這世上的新地位，銀血人則只想快點弄清楚這對我們其他人來說是什麼意思。特工城幾乎淨空，好幾座城市都出現缺電的問題，包含雅啟恩在內。我們的生產能力也會很快地短縮，現在店鋪和供給狀況都已經顯得拮据。我根本不敢想像這對我們眼前的戰力和士氣會造成什麼影響。當然，我對此已有預期，我知道這樣的情況必然會發生。

至少湖居地戰爭已經結束了。或者我該說，第一場湖居地戰爭結束了。另一場才正要上演。艾芮絲和她母親帶著大軍回頭，只是早晚的事。

走過宮廷長長的走道時，低聲耳語一直跟著我，直到走進穹頂正中央下方為止。寬敞巨大的廳堂充滿迴音，裡頭都是惡狠狠的鬼魂，全都等著看我失敗、責怪我的背叛和軟弱。

我在幾十人面前跪下、後頸毫無防禦地露出的時候，心裡試著不去想那些事情。我們就在這個地方，在儀式之後攻擊馬凡。誰說不會有人也對我這麼做？

也不要想這個。

我改為把注意力放在膝蓋下的地板，骨白色的大理石帶著炭灰色的花紋。這缺乏色彩的空間原本應該要能與滿屋各色的門脈貴族形成強烈對比。白與黑對比彩虹的顏色。這個宮廷能輕易容納一千人，但是今天只有不到一百人出席。許多門脈在戰爭中都死傷慘重，為了克羅爾兄弟兩人，在戰爭中兩面皆輸。我奶奶的門脈身穿火焰色彩，自信滿滿地站著，還有伊凡喬琳家族的生還者，薩摩斯和維波兩個門脈。其他同盟成員包含賴瑞斯門脈和依蘿門脈都很好辨認。也有其他人在場，之前忠誠於馬凡的家族，現在已經不是。朗伯斯、威爾、麥肯朵絲身穿代表色坐在場內。紅色與棕色、綠色與金色、銀藍色。剩下的人則是完全消失。寧夫斯人奧滄諾門脈一個也沒來，伊格禮、普羅沃斯也是，還有令我氣惱的是，不少史柯儂思醫療師和每一個亞芬靜默人都沒來。他們還不是唯一缺席的。我相信朱利安和安娜貝爾一定會很驚訝誰拒絕出席，並且仔細地注意誰是盟友——誰仍是敵人。

對我來說不夠，反方的人太多了。

貝爾奶奶在我上頭，刻意避免受到宮廷裡明顯的景象影響。她的神情平靜且榮耀，她舉起父親的皇冠時，銅色雙眸像是燃起火焰一樣。

「真正的國王，泰比瑞斯七世萬歲！」她口氣穩定地說，聲音在廳堂裡迴盪。

雖然鐵圈壓在我的眉頭上感覺很冰涼，我沒有被嚇一跳，也沒有縮身。我受過訓練，面對子彈或火焰，我都不會眨一下眼。但是當銀血貴族開始重複她的話的時候，我的身子開始顫抖。他們重複了一遍又一遍，真正的國王。聽起來像是心跳聲。是真的。開始了。

我是國王了，我是這個王國的國王了。終於，我開始了出生就注定要做的事。

我一方面覺得跟今天早上起床時感覺一樣。我還是卡爾，還是被各種新傷舊痛纏身，身上有個個看得見和看不見的瘀傷，仍很害怕面對接下來要發生的事，害怕為了要保護我脆弱的王國可能必須做出來的事，害怕這頂皇冠會把我變成什麼樣的人。

還是那種改變已經開始了呢？

也許吧。在我身上一小部分，被遺忘的角落，我可能已經開始改變。我已經覺得有距離感，覺得孤獨。就連有朱利安和我奶奶，兩個血親靠得這麼近也一樣。太多人不在了。

我母親。

我父親。

梅兒。

還有馬凡。那個我以為我有的弟弟，那個幾乎不算存在的人。

從沒存在過。

我們從小就知道我會是國王，他會站在我身旁，是我最忠實的盟友，我最熱情的支持者，我最好的智囊，是我的盾牌也是我的枴杖。給我第二意見，給我庇護。我從沒質疑過這樣的安排，我也沒想過他會有所質疑。我錯得多離譜。

失去他這件事讓我痛過，但是現在，頭上戴著皇冠，身邊沒有人站在他的位置的時候呢？

突然間，我覺得難以呼吸。

我只得望向貝爾奶奶，希望能在自己祖母身上找到一點安慰。

她朝我露出微笑，伸手搭在我的雙肩上。我想在她身上找到父親的影子，一個有缺陷的國王，有缺陷的家長。我好想念他，特別是現在。

如果她肯，我現在就會擁抱她，但是她的手肘僵持不動，讓我保持距離，讓我只得直直起身，做好樣子，讓大家看一場好戲。這是給貴族看的景象，是一個訊息。

泰比瑞斯．克羅爾是國王了，他再也不會屈膝下跪。

就連面對沃羅．薩摩斯也一樣。

我們先走到他面前，貝爾奶奶勾著我的手臂，國王與國王的會面。我低頭示意，沃羅也是。

他緩緩地打量我，臉上的表情嚴肅但空洞。

「恭喜您了，陛下。」他說道，目光望向我的皇冠。

我也做一樣的事，朝他前額那頂赤裸的鋼製皇冠點頭。「謝謝，陛下。」

維波皇后在他身邊身子一僵，一手抓住丈夫的手臂，像是想把他往後拉。但是他沒有移動，我也一樣。我奶奶和我成功無事地往前走，一一朝薩摩斯門脈成員點頭。

伊凡喬琳與我四目相接，站在哥哥身旁的她看起來很嬌小。她看起來比平時收斂，身上的禮服和珠寶跟其他家人相比失色不少。銀色絲綢顏色之深，看起來說是黑色也不為過，像是要參加喪禮的衣服，而不是加冕典禮。我們上禮拜的談話過後，她的心情很可能正是如此沒錯。如果她的猜疑是正確的，那麼她的父親現在就是活一天算一天，而她完全不打算出手阻止。那一刻讓我們倆都震驚不已，形成一個我倆間的秘密，也明白彼此對於接下來要發生的事情都不樂見。

現在我已經正式成為諾他國王，就已經沒有別的事情阻止我與伊凡喬琳的婚事。這一刻已經拖延許久，可是卻感覺還是不夠久。

這樁婚事已不能再閃躲。伊凡喬琳的臉色一沉，抽離的冷漠神色崩解成嫌惡。她轉過身，用哥哥高大的身材遮掩自己的臉。

接下來的幾個小時就在各式各樣的色彩和寒暄中度過了。我對皇室貴族成員並不陌生，隨著節奏移動、輕鬆地進行對話很簡單。說得很多，但同時其實什麼都沒說。貝爾奶奶和朱利安從頭到尾都陪著我，我們三人看起來勢不可擋。要是他們兩個的較勁不要這麼明顯就好了。馬凡現在已經被打敗，戰爭暫時性結束，這兩人間的盟友關係頂多也只能算是如履薄冰的狀態。除了我以外，沒有別的事情可以讓他們兩個齊心，我覺得自己跟一根被兩頭獵犬拉扯的骨頭沒兩樣。我的奶奶比較兇狠、比較大膽，多年的皇后身分，知道如何在宮廷和戰場上遊走。

但是朱利安比她了解我的心。

晚宴席間，我盡量讓自己好好享受食物。菜餚還算可以吃，但是跟以往的美食沒辦法比。我發現自己竟然有點想念卡麥登和大衛森總理的晚餐。雖然我面前的餐點絕對是比較不奇怪，可是他們提供的食物好吃多了。

不只有我一個人注意到了品質的問題，伊凡喬琳也一道菜都沒有碰，她母親甚至把盤裡的肉拿去餵食蹲踞在她腳邊的獵豹。

跟電力、僕人一樣，跟諾他王國各地準備熄燈的工廠一樣，美食變得越來越稀有。田地的狀況如此、配送上也是，還有烹調料理的過程。我猜皇宮的廚師應該也都走得差不多了。

貝爾奶奶像是什麼事都沒改變一樣地吃光了盤裡的食物。

「我們會輸掉戰爭。」我忍不住低聲說道，身子向左傾靠，只有朱利安能聽得見我說的話。他的臉頰一條肌肉抽動，然後他舉杯喝乾了杯裡的酒。「不要在這裡講，卡爾。」他用杯緣掩著嘴說。「國王是想離場了嗎？」

「國王很想。」

「很好。」我舅舅低聲說道，把酒杯放回桌上。

有片刻時間，我不知道該做什麼。我發現自己在等著聽到解散的命令，但這裡沒有人會做這件事。這是我的王座，我的皇宮。我只需要站起身就行了。

我很快地動作，清清喉嚨準備告辭。貝爾奶奶馬上注意到這個信號，知道我需要快點結束這一切。

「我們要感謝各位今天蒞臨，也謝謝你們的忠誠。」她說道，雙手展開吸引廳堂裡的注意。我們面前的貴族成員全都安靜了下來，原本的悄聲交談優雅地中斷。「我們全都一起走過了這段旅程，經歷了風暴。我代表皇室家族在這裡，誠摯感念各位與我們同行，也感念諾他王國終於再次完整。」

這番話是赤裸裸的謊言，跟許多人遺忘在盤子裡的食物一樣。諾他王國離完整還很遠，晚宴廳空了一半就是最好的證明。雖然我不想當一個像馬凡那樣的國王，用欺詐和不誠實來建立我的王權，可是我現在卻沒有別的選擇。我們必須要保持強大，就算只是幻覺也一樣。

我伸手放在貝爾奶奶的肩膀上，這是一個謹慎地暗示。她接受了，後退一步讓我說話。

「一個風暴過去了，沒錯，但是我若是要假裝沒看見地平線還有另一次風暴準備襲來，那就太愚笨了。」我說，盡可能把話說得很清楚。許多目光回望著我，他們的穿著和顏色各異，但是血色都一樣。所有在場的人都是銀血人，光是想到這件事代表的意義，我就不禁打了個顫。我們的紅血盟友已經真的完全抽身了。等到戰爭再次開打，我們就要獨自面對了。「湖居地不會滿足於待在自己國界內。尤其是在他們本來差點就能透過自己國家的公主控制馬凡的時候。」

幾個貴族低聲說話，交頭接耳。沃羅沒有移動，在高桌另一頭盯著我。我感覺到他的目光直把我看穿。

「風暴襲來的時候，我會做好準備，我向你們保證。」

做好戰鬥的準備。做好輸的準備。搞不好也會死。

「權利與力量！」人群中有人喊道，喊著我父親和他父親用過的老口號。銀血諾他王國的象徵。其他人跟著開口喊。我也該加入。

但是我沒辦法。我知道這些話的意義。我知道我們的權利和力量是凌駕在什麼之上。我的下巴緊緊閉著。

我利用僕人通道而不是主長廊逃離晚宴廳的時候，朱利安緊跟在後。我的奶奶跟著我們，雷洛藍士兵追在這條隊伍的最後頭。我還是沒有哨兵人，身為國王身邊應該要有哨兵人，如同我還是王子，一切事物仍正常運行的時候一樣。

我們對這些曾經誓言效忠馬凡的守衛提心吊膽，即便其中有許多人早已跟著自己家族門脈誓言效忠於我。要找我自己的守衛、找我信得過的人只是那張不斷綿延的代辦事項清單中其中一項。光是想到我就累了。

雖然才剛過黃昏沒多久，走到我的臨時寢宮門邊時，我已經開始打哈欠。至少我有個好理由，變成國王可不是天天會發生的事，皇冠就是個清楚的提醒。

貝爾奶奶和朱利安一起跟著我走進房外的接待廳，把守衛留在長廊上。我看了奶奶一眼，阻止了她。

「可以的話，我想跟朱利安談談。」我想讓口氣聽起來像是命令。我想要跟與我最親近的導師單獨談話這件事，應該不需要請求批准才對。但是我還是覺得自己小心翼翼，聽起來比請求更糟。

她的臉色一沉，像是被冒犯了一樣皺起眉頭。甚至有點受傷，好像我做了什麼傷害她的事。

「一下子就好。」我補充道，想彌補剛剛造成的傷害。朱利安在她身邊雙手交疊，臉上沒有表情。

她僵硬地回答：「當然，陛下。」喃喃說完，低了下頭。她鐵灰色的髮絲反射著燈光，像是鋼片反光。「我就不打擾了。」

火焰色的裝束旋風般地旋轉，我的祖母轉身離去，沒有再說一個字。我握起拳頭，忍住不伸手。家人的愛和國家的需求之間的平衡很難找。

房門在她身後關上，聲音大得有點沒必要。我聽著皺起了眉。

朱利安沒有浪費時間，還沒在蓬鬆的沙發上坐下就開口。我等著聽一場無可避免的說教。

「在公開場合，你不該那樣說話，卡爾。」

我們會輸掉戰爭。

他說得對，但我還是做了個鬼臉，走向俯瞰雅啟恩大橋、河流和星光點點的地平線的拱形窗戶。從這麼遠的距離望去，水面上的船隻也像是星星一樣。就像加冕典禮上的人潮一樣，水面上的船隻也少了。交易減少，運輸減少。我才當了一天的國王，我的王國就已經開始過一天算一天。若一切瓦解，誰知道國內的人民會發生什麼事。

我的手放在窗戶玻璃上，被我觸碰下，玻璃起了霧氣。「我們沒有足以抵禦攻擊的人力。」

「如果目前的報告正確的話，你的政令讓軍隊剩下四成的力量。多數紅血士兵都已經離開了軍隊，或者準備離開。多數都是新徵召的成員。至少留下來的都是身經百戰的成員。」他說。

「但是分布得太稀少了。」我低聲說。「湖居地國界再次變得充滿威脅，更別提南邊的皮蒙特。我們被包圍，人數又不足，秋天即將來臨，沒有農夫又要談什麼收成？如果沒有人製作子彈，我們要怎麼開槍？」

我的舅舅伸手撫過下巴，打量著我。「你後悔政令的決定了。」

我只肯對兩個人承認這件事，他是其中之一。「對。」

「這個決定是對的。」

「能撐多久？」我忍不住生氣地說。我從窗邊走開，身子散發出高溫，邊走邊把夾克的上方扣子解開。涼爽的空氣碰到我熱燙燙的肌膚，冰冷而舒緩。「等湖居者回來，就會把我們想做的事全部抹去。」

「事情就是這樣運作的，卡爾。」朱利安平靜的口氣只讓我更火大。「歷史上重要的革命時刻，社會的變遷，都要花時間才能重新找到平衡。紅血人會回來工作，享有更好的薪資和待遇。他們也需要養家活口。」

「我們沒有那種時間，朱利安，」我喃喃說道，心情惱怒。「我看很快就會有人替你重新畫地圖了。諾他王國就要崩解了。」

我來回踱步，他的目光跟著我移動，人沒有離開過椅子。「我想我該在幾天前就問你這個問題，你為什麼對於這個王國、這頂皇冠這麼執著？」

我的思緒沒有崩潰，而是慢了下來。我覺得舌頭變得沉重，像石頭一樣把我想說的話壓住。朱利安在我的沉默中繼續說下去。

「你現在說了，你覺得我們會輸，你會輸，就因為你決定要做的這條政令和這些改變。因為你沒有盟友。」他坐在沙發上，伸出一隻手示意。他的手指指著窗戶代表所有東西。「你做了幾乎所有赤紅衛隊和蒙特福特要求的事，他們要你讓步的事情你都讓步了，除了那個以外。」他指向還戴在我頭上的皇冠。「為什麼？如果你明知自己沒辦法留住它？」

我的回答聽起來很蠢，像是小孩子說的話。但我還是說出口了。「這是我父親的皇冠。」

「但是皇冠不是你的父親。」他很快地說，站起身子，走了兩步就到了我的身邊，口氣軟了下來。「也不是你的母親。這不會把他們倆任何人帶回你身邊。」

我沒辦法看他。他太像她了。像我放在腦海裡的母親的影子。是一種期望，一種夢，大概吧，不是真正的她。一種不可能。馬凡被他那活生生的母親折磨，但我也受到折磨，被那個從我身邊被帶走的女人折磨。

「這就是我，朱利安。」我想讓呼吸平穩，想要聽起來像個國王。這番話用想的時候很合理，說出來卻很怪。聽起來匆忙又不確定。「這是我所知的一切，唯一想要、或是被告訴我該去想要的路。」

我舅舅用力握住我的肩膀。「你的弟弟也可以給我一樣的答案，你看他的結果。」

我聽了覺得怒火中燒，瞪了他一眼。「我們不一樣。」

「對，你們不一樣。」他連忙回答。然後他的態度改變了，一抹奇怪的神情爬上他的臉龐。朱利安瞇起雙眼，嘴唇緊抿成一條線。「你還沒看日記，對吧？」

我再次垂下視線，對於自己竟如此害怕這麼一本簡單、輕巧的書感到羞愧。「我覺得我沒辦法看。」我悄聲說道，聲音幾乎沒人聽得見。

朱利安沒說出寬恕的話，也沒有安慰我，只是站到一旁，雙臂環胸。他想教訓我的時候，不用怎麼說話就能做到。

「嗯，你得讀一讀。」他只這麼說，再次散發出老師的氣勢。「不只是為了你自己，也是為了我們其他人，所有人。」

「我不知道一個死去的女人的日記要怎麼有幫助。」

「嗯，那就希望你能夠鼓起勇氣去查明了。」

讀這本日記的感覺就像想在泥地裡推動岩石。緩慢、艱難、愚蠢。日記裡的文字透過墨水拉著我，想拖住我。每一頁都比前一頁更加艱難，直到進入不再困難的階段為止。直到石頭開始滾下山坡，我為母親想像的聲音在我的腦袋裡響起，以我的思緒能夠負擔的速度快速地訴說。有時候我的視線變得模糊，我也沒有停下來把頁面上的淚水抹去，就讓淚水作為夜晚流逝的紀錄。有時我發現自己面露微笑。我的母親喜歡修補一些小東些，修繕和組裝，就跟我一樣。

有時候我甚至笑出聲來。她描述朱利安的方法，他們倆之間的友善競爭，他送她一些她從來不讀的書的事。我甚至可以假裝她還活著，就坐在我身邊，而不是被困在書頁裡。

但是大多數時候，我只深深地感到心痛。一種強烈需要她的感受。哀傷。悔恨。我的母親有心魔，就跟我們所有人一樣。她的痛早在她還沒成為皇后的時候就開始了。在我父親娶了她，讓她成為箭靶之前。

她的日記內容隨著時間過去，變得越來越可怕，她的人生也出現了變化。

只有幾頁內容是寫給我的。

他不會成為士兵。這是我欠他的。太過漫長的歲月裡，克羅爾家的兒子與女兒都在打仗，太過漫長的歲月裡，這個國家由戰士國王帶領，我們也打了太久的仗，不論是對外——還是對內。寫下這樣的內容可能等同犯罪，但是我是皇后，我是皇后，我可以為所欲言，想寫什麼就寫什麼。

克羅爾家的人是火焰的孩子，跟他們的火焰一樣，強大、充滿破壞力，但卡爾不會像前人一樣。火可以破壞，可以殺戮，但是也可以創造。森林在夏日燒毀後，到了春天又是綠意盎然，比過去更美好、更茂盛。卡爾的火焰要從戰後的灰燼中打造新的事物、帶來新的根。槍聲會安靜下來，煙霧會散去，士兵，不論是紅血或是銀血，都會回家。一百年的戰爭，我的兒子會帶來和平。他不會死於戰場，他不會。他不會。

我的手指撫過這些文字，感覺好久以前的筆留下的印痕。這不是她的筆跡，是朱利安的。真正的那本日記被亞樂拉·莫蘭達斯摧毀了，但是朱利安想辦法在日記消失前留下了一部分。他費盡苦心地抄下每個字，這些話也沒有錯過。寫下這段文字的他幾乎要把書頁寫穿了。

至少絕對是把我的心打穿了。

柯瑞安·傑可斯想要給她兒子一段不一樣的人生，完全跟我從小到大接受的養育方式，跟我父親打造我成為的那個人不同。

我不得不思考，我的父母想要我踏上的兩種路之中，還有沒有一種命運存在，一條真正讓我自己選擇的路。

還是一切都已經太晚了？

31 馬凡

我連一扇窗都沒有。至少梅兒是我的囚犯時，我還給了她一扇窗。當然，那跟其他事情一樣，算是一種折磨。讓她在華美的牢籠裡透過鐵條看著世界在眼前經過，季節更迭。我不認為這是針對個人的侮辱。顯然，面對我，他們不想冒任何風險。我的火焰手環早已不在，可能被摧毀了。這裡的地板下加裝了靜默岩，削弱我僅剩的能力。日夜至少都有十二名守衛看著我，每個人都保持高度警覺，在鐵欄杆另一頭準備採取行動。

我是這裡唯一一個囚犯。沒有人跟我說話，連守衛都不肯。

母親的聲音仍會對我悄聲說話，但就連那些話也開始消逝，越來越模糊，只剩我的思緒還在。這是靜默岩唯一的好處。雖然會削弱我的其他力量，但也能削弱她的聲音。坐在我以前的王座上的時候我也有一樣的感覺，是盾牌，也是船錨，讓我痛，但同時也讓我與其他影響隔絕，不分內外。只要是坐在那張椅子上的時候說的話，都是我自己的聲音。

在這裡也一樣。

多數時候，我都選擇睡覺。

就連靜默岩都不讓我做夢，沒辦法化解她對我做的事。母親好久以前就把我做夢的能力拿走了，從那時候開始，就再也沒回來過。

有時候我會盯著牆。牆面摸起來很冰涼，我猜這裡可能是半地底空間。我被帶進這座城市的時候還有被帶去那奇怪的議會面前問話時，眼睛都是蒙起來的。我花了不知道多少小時的時間沿著灰泥還有把石板固定住的水泥的線條走，手指撫過每一個粗糙和平滑的表面。通常我會把思緒大聲說出來給自己聽，可是守衛時時刻刻都在，總是聽著。要是讓他們能偷窺一眼我的思緒，不論多瞬間，都太傻了。

卡爾孤單一人，跟最強大的盟友斷了關係。這是他自找的，這個蠢蛋。艾芮絲和她母親不會浪費多少時間，也不會給他機會穩定王國。他終於拿到自己一直想要的皇冠，但是也戴不了多久。

想到我那完美的哥哥完美地毀了一切，我不禁露出微笑。他只要說不就好了，拒絕王座。他有他的軍隊，他有他的機會，他有梅兒。但是就算是她，對他來說也不夠。

我想我可以理解。

她對我而言也不夠。不足以讓我改變，把我從自願變成的那個模樣拉回來。

不知道如果是湯瑪士的話，會不會夠？

每次想到他的名字，或是他的臉，或是感覺到他碰觸著我的手，我就會一如往常地感到頭痛欲裂。我在角落的小床上躺下，拳頭壓在眼眶上。試著釋放回憶和這地方給我的壓力。

我對蒙特福特的了解太少，更別說這國家的首都，上升點之城。就連計畫逃出這地方都是浪費時間和有限的體力。當然，我會把機會鎖定在雅啟恩。先找軍隊來對付我哥，然後在隧道裡把他們甩掉。在我消失前，進行馬凡·克羅爾的最後一次復仇。要去哪裡，我不知道。計畫雅啟恩之後的事情也是浪費時間。時候到了我自然會知道。

梅兒一定會懷疑，她對我已經夠了解了。在這一切結束的時候，我可能得殺了她。

不是她的命，就是我的命。

很難選，但我會選我自己。

我每次都會選我自己。

「我們要知道從哪裡進入隧道。」

一開始我還以為自己在做夢，以為母親留下來的那個影響終於被洗刷掉了。

但那是不可能的。

我張眼見到梅兒站在欄杆的另一頭，距離遠得碰不到。守衛不見了，或者至少是離開視線範圍了。可能聚集在走廊尾端，等著必要時被召喚。

從我帶到總理的議會上，已經過了兩天，她看起來像是從那之後就沒睡過的樣子。閃電女孩精力耗盡，眼眶掛著黑眼圈，臉頰凹陷。但她看起來仍比當我的囚犯時好，即便當時我讓她穿著禮服、戴著珠寶。她的雙眼在這裡還會發光，精神沒有被掏空，沒有痛得入骨。我很熟悉那種感覺。在這裡，我就是這樣覺得，我當國王的時候、被靜默岩王座保護的時候也是。

我緩緩用手肘撐起身子，瞇眼望向她，從頭到腳地打量。

「花了兩天同意我的條件。」我扳著手指數道。「一定爭執了很久吧？」

「小心點，馬凡。」她大聲警告，口氣帶刺。「你要是想讓事情變複雜，我會很樂意請泰頓下來這裡。」

另一個跟她有一樣能力的新血脈是個陌生人，一頭白髮和高深莫測的雙眸。能力比我還強。她在議會上這麼說。而我已經見過梅兒．巴蘿的能力了。他的閃電肯定能一條一條神經地把我碎屍萬段。不過這對他們沒有幫助。我撐得住折磨。我知道怎麼閉嘴，就算要我死也可以。

但我還是不想這麼早就變成一團火球。

「不，我希望妳不要這麼做。」我回答她。「我很享受我們獨處的時光。」

她瞇起雙眼，目光在我身上移動。即便隔著距離，我還是能聽見她用力呼吸的聲音。我微微地得意一笑，很滿意自己仍能對她造成這樣的反應。就算她的回答深深地帶著恐懼，那也不錯，好過漠不關心。好過什麼都沒有。

「我猜應該是結束了吧。」我繼續說，雙腿放到地上。我傾身向前，靠在鐵欄杆上，感受到金屬的冰涼。「馬凡跟梅兒之間沒有悄語者了。」

她露出睥睨的表情，我等著她對我吐口水。可是沒有發生。

「我已經放棄了解你了。」她咬牙說道，仍站在碰不到的距離外。但我打量她的時候，她沒有閃躲。我舉起手，把手指伸到離她臉前不到一吋的距離時也沒有縮身。

因為她怕的不是我，不全然是。

她的眼光閃動了一下，瞥向我腳下的牢房地板，看著深埋在水泥之中的靜默岩。

我笑了起來，打從喉嚨深處發出的笑聲。聲音在牆面之中迴盪。

「我真的傷了妳，對不對？」

梅兒身子一繃，彷彿我打中了她。我彷彿能看見她心裡的那個瘀傷。她咬牙挺直背脊。

「沒有我不能復原的傷。」她擠出這句話。

我感覺到臉上的笑容變樣，被破壞了，破敗了。像我其他部分一樣。「如果我能說一樣的話就好了。」

我的話聲迴盪，漸弱，然後消散。

她雙臂環胸，看著自己的腳。我銳利地觀察她，想把她的一切寫入記憶裡。「隧道，馬凡。」

「妳聽過我的條件，」我回答：「我跟你們去，我帶領你們的軍隊……」

她猛地抬起頭。如果不是因為腳下有靜默岩，我可能會感覺到電流嗡嗡聲作響。「那還不夠好。」她說。

該戳破她的吹牛了。「那就電擊我吧。把妳的拷打專家找來，賭一把，帶著我含血說出來的話去打你們的仗。相信我說的話是真話。妳想這麼做嗎？」

她惱火地把雙手一甩，好像我是個小孩而不是國王，讓我覺得痛苦，像是砂紙摩擦我的肌膚。「至少互相退一步，告訴我隧道從哪裡開始。」

我冷酷地挑眉。「還有結束的地方？」

「你可以保留那片拼圖，直到我們需要的時候再拿出來。」

「嗯。」我悶聲回應，手指在下巴上輕敲，甚至開始來回踱步，替我這個熱烈觀賞的觀眾進行一齣完整地演出。她的目光跟著我移動，我想起伊凡喬琳的母親帶在身邊的那頭黑豹。「我想妳應該會一起去？」

她只冷笑一聲，嘴角撇成一抹美妙的怒容。「問這種空洞愚蠢的問題可不像你。」

我聳聳肩。「只要能讓妳繼續站在這裡就夠了。」

她沒有回我這句話。不論她想說什麼，都在嘴邊就停了。如果我能碰到她就好了。感覺她的肌膚，平滑、飽滿、滾燙的紅色鮮血在底下脈動。一部分的我想知道為什麼她看起來仍這麼動人，即便我明知她是我最大的敵人，知道我想殺了她，她也想殺了我。這是我的思緒裡另一個永遠不得而知的謎團。

她站著不動，任憑我看，在我的目光下毫不退縮，讓我看穿我替她打造的面具。底下有疲憊和希望，當然，還有傷心。一種為了許多事情的哀傷。

我的哥哥就是其中之一。

「他讓妳心碎，對不對？」

梅兒只是吁氣，她的胸膛下沉。

「真是個蠢蛋。」我悄聲說道，把這熟悉的念頭說出口。

這對她沒有影響。她把頭向後仰，任憑棕灰色髮絲甩過肩頭，露出底下光裸的肌膚，還有再清楚不過的烙印。馬凡的M。我的M。怪物的M。梅兒的M。

「你也一樣。」

我的嘴裡嚐到一口酸楚。我以為她會退怯，可是我才是那個得別過視線的人。「至少我有我的理由。」我低聲說。

她的笑聲尖銳刺耳，像鞭子一樣短暫的巨響。

「他是為了王座。」我生氣地說。

梅兒斜眼看著我，但是從沒有移動腳步。從沒有接近到能碰到的距離。「你就不是嗎？馬凡。」

「我當然是為了她。」我想讓自己聽起來情緒抽離，實話實說。那個冰冷、破敗、被厄運籠罩的馬凡。「還有為了她要我做的事。」

「你就繼續怪你母親吧，我想這樣比較簡單。」她移動腳步，我的心臟差點就跳出來了。她往側面移動，不是靠近，不是走遠。她開始徘徊。「你以為卡爾的父親沒有這樣打造他嗎？你以為我們都沒有被某個人打造成某種模樣或是被從某種模樣撤回嗎？」即便只有她一個人在移動，我們倆感覺還是很像在跳舞。我砲製她的動作，隨著她移動腳步。她比我優雅，多年來的生活、命運中的種種曲折讓她成為一個靈敏的小偷。「但我們終究都還是有選擇的能力。而你選擇讓自己的雙手沾滿鮮血。」

我握緊拳頭，希望能夠點燃火花。我想要火焰，想要有東西可以燃燒。她知道我想要什麼，自顧自地咧嘴一笑。在欄杆的另一頭，她伸出手指在空中點了點，點燃紫色與白色的電光。電流的能量只是戲弄的程度，碰不到我，碰不到靜默岩的影響幅度。我渴望能使用能力的程度就像我渴望得到梅兒、渴望得到湯瑪士、渴望能成為我該成為的那個人一樣。

「至少我做錯的時候，我可以承認。」她繼續說道，「我犯錯的時候。我做過的惡行、即將做的惡行都是我自己的錯的時候。」電光反射在她眼中，從棕色變成了紫色，讓她看起來不像這世上的生物，好像眼神能夠刺穿我。我有一點希望她真的可以。「我想這應該是你教我的。」

我立刻再次露出笑容。「那妳真該好好謝謝我。」

她回以顏色，朝我的腳邊吐口水。至少這世上還是有些事情是可以預料的。

「妳真是從不令人失望。」我咬牙說道，把鞋子往水泥地上磨。

她沒有退縮。「隧道。」

我深吸了一口氣，裝出一副很希望能夠被利用的樣子。我讓她等在那兒，讓沉默延伸了漫長、滾燙的片刻。我用這段時間來看她，看清梅兒·巴蘿現在的模樣，而不是用我記憶中的那個人看她，也不是用我希望她能成為的那個人看她。

我的人。

但她不屬於任何人，連我哥哥都沒能擁有她。這麼微小的安慰讓我寬心了點。我們一起孤單，她和我。我們走的這一路雖然可怕，但是都是我們自己打造的路。

她的肌膚散發的金黃色光澤好溫暖，即便在底下，被銳利的日光燈照亮。她的生氣盎然如此固執，像是在雨中奮力燃燒的蠟燭。

「好吧。」

我給了她要的。

我想這也是我要的。

他們的計畫一直都是要殺了我，等我沒了用途之後。我不意外。要我也會這麼做。但是當我頭上的布被拿下來，揭露環繞我們四周的高山時，我仍忍不住害怕了起來。如果他們准我看這個地方，看蒙特福特和他們的首都，那我絕對必然會沒命，只是早晚的問題而已。

空氣很冰冷，我裸露的臉龐感到刺痛。我的身子因為恐懼的發抖反而有了十足的理由。我眨眼看著紫色天空，黎明曙光之前還霧濛濛的。遠方的日出從山峰後升起，光線滲透出來照亮天際。

上升點之城就在下方的山谷裡，遍布在山坡和高山湖邊。我沒有見過任何像這樣的城市，諾他王國沒有，湖居地也沒有。這地方太新，但同時又顯得古老。在樹林和岩石間生長，是陌生的自然土地，也有人類打造的成果。但是城市本身並不重要，我永遠不會回來這裡了。如果逃脫了不會回來，如果他們處決了我就更不用說了，基本上完全不用考慮我再次來到這裡的可能性。

我們站在跑道旁，跑道位於兩座高山之間。飛機燃油的氣味在清新的空氣中特別刺鼻。好幾架飛機排在鋪得平坦的直線跑道上，準備隨時起飛。我瞇眼往身邊的守衛上方望去，看見遠方有一座白色宮殿，俯瞰著首都。那裡一定就是我之前被帶去過的地方，那時我被抓到紅血人、銀血人和新血脈組成的古怪議會上。

包圍著我的人都不是熟悉的面孔，制服分成平均的兩種，蒙特福特的綠色制服和地獄紅的赤紅衛隊制服。他們把我固定在原位，除了踮腳看看人群以外什麼也做不了。

的確是人群沒錯。數十名士兵和他們的指揮官，整整齊齊地列隊，耐心等候飛機。但是人數比我預期的少。他們真的覺得這點人就足以攻擊雅啟恩了嗎？就算他們有那些具備奇怪又可怕能力的新血脈，這也太傻了，根本是自殺行為。我是怎麼輸給這麼多囂張的蠢貨的？

附近有人在笑，我被這種被嘲諷的熟悉感嚇了一跳。我猛地回頭，只見蒙特福特總理從兩名守衛之間盯著我看。

他揮揮手，兩名守衛往旁邊站，讓他能走近。我很驚訝地發現他身上也穿得跟士兵一樣，一身平凡的深綠色制服。胸前沒有徽章或勳章，沒有任何標示他身為全國領導人的身分。難怪他跟卡爾會這麼處得來，這兩人都笨到親自上前線作戰。

「有什麼事這麼好笑嗎？」我不悅地說，抬頭望向他。

總理只搖搖頭。就像在議會的時候一樣，這個男人臉色平靜空洞，只有細微的情緒讓觀眾投射自己的猜測。

如果我想的話，我會恭喜他有這種才華。

大衛森跟我一樣，是高明的演員。但是他的表演只是白費力氣，我一眼就看穿了他。

「這一切結束後，等到要分贓的時候會發生什麼事？」我微笑，牙齒感覺到冰冷的空氣。「誰會撿起我哥哥的皇冠呢？大衛森。」

男子完全不退縮，看起來絲毫不受影響。但我注意到他瞇起眼睛時極微小的抽動。「看看身邊吧，克羅爾。我的國家裡沒有人戴皇冠。」

「真聰明。」我揶揄。「不是所有皇冠都戴在肉眼看得見的地方。」

他冷笑，拒絕回應我的話。要不是他有異於常人的情緒控制力，就是這個人真的對權力沒有慾望。當然是前者。世界上沒有人可以無視王座的誘惑。

「你只管守好承諾，一切會很快的。」這個老男人邊說邊走開。「帶他登機。」他的口氣變得堅定，下達命令。

守衛動作一致，受過良好訓練，若我閉上雙眼，就可以假裝他們是哨兵人。是我自己的銀血守護者，誓言要保我人身安全，而不是這群鼠輩、血脈的背叛者聽命拉著我身上的鏈條。

至少他們沒給我上手銬腳鐐。我的手腕仍空著，雖然上頭沒有東西。

沒有手環，沒有火焰。

喚不出任何火光。

幸運的是，我們是跟閃電女孩同行。

我被推著前進時瞥見她的身影，走在跑道上往在前方待命的飛機前進。她跟朋友走在一起，那個一年前輕易就被誤導的法爾莉，還有另一個馭電者，那個白頭髮的男子。奇怪的髮型一定是蒙特福特的風格，因為還有一個一頭藍髮的女子和一個綠色平頭的男子在他們身邊。

梅兒朝他們微笑，真心的笑容。她移動的時候，我發現她的頭髮也不一樣了。灰色髮根消失，被美麗、熟悉的紫色取代，我好喜歡。

我感覺胸口抽動了一下。她在我的飛機上，可能是為了盯好我，讓她那個拷問專家好友全程站在我身旁。沒關係，我可以忍受。

用幾個小時的恐懼來換我們越來越少的相處時間是值得的。

我們的飛機是深綠色機翼，蒙特福特艦隊的象徵。我被帶上一架加裝了成列座位的軍用機，機上還沿著機身隔了一個比較低的空間，可以多載一些乘客或是軍火。也許兩者皆是。我意識到這架飛機是蒙特福特自己打造的，而且絕對不是唯一一架的時候，嘴裡嚐到一股苦澀。這個奇怪的山城國家擁有的配備比我們知道的還要齊全，可比科芬昂，可比哈伯灣，而且他們還隨時可動員。

我被固定在座位上，繫帶刻意綁得那麼點太緊，我發現這就是大衛森在笑的事。

跑道上的飛機、外頭列隊的士兵——這只是開始而已。

「你們要帶幾千人去雅啟恩？」我大聲問道，讓聲音蓋過吵雜聲。

我被無視了，這就足以回答了我的問題。

梅兒在飛機另一頭坐下，法爾莉在她身邊。兩人瞥向我，目光跟點火石一樣冷硬，也一樣容易噴出火星。我忍住想朝她們搖搖手指的衝動。

這時，一個身影走進我視線，擋住那兩名女子。

我嘆了口氣，緩緩抬頭。

真是好預料啊。

「試試看啊。」白髮馭電者說。

我只閉上眼，往後靠。「才不要。」我回答，藏起可惡的繫帶讓我難以呼吸的事實。

他沒有移動，連飛機開始起飛也一樣。

所以我就一直閉著眼睛，在心裡爬梳我的精心計畫。

一次，又一次，再一次。

32 伊凡喬琳

巴蘿已經離開至少兩週了，我的未婚夫加冕成為國王後已經經過一個禮拜，我最後一次見到伊蓮是幾天前的事。但我還能感覺得到她，蒼白的肌膚摸起來平滑冰涼。但是她現在已經遠遠地離開了我身邊，被送回山脊大屋，遠離危險。

若我父親同意，卡爾會讓我留她在身邊。雖然發生了這麼多事，我與他之間已經形成了一種互相理解。說來好笑，我以前一直想像著這樣的事，一個會讓我過我自己的生活、戴自己的皇冠的國王。現在就是我最想要的狀態，但我仍是身處牢籠。這座牢籠困住我們倆，把我們鎖住，遠離我們最在乎的人。他沒辦法把梅兒帶回來，我沒辦法把伊蓮帶回來。只要湖居地皇后還在地平線那頭，攻擊行動隨時要開始的時候，就沒辦法。我不會為了幾天的陪伴拿她的安全冒險。

我在蒼火宮的新房間是皇后的寢宮，裡頭仍有艾芮絲．席格內特的影子。所有東西都是藍色、藍色、藍色，從窗簾到厚實的地毯，甚至是數量驚人的水晶花瓶裡那些枯萎的花朵都是藍色的。僕人人數少了，清理房間的速度就變慢了。最後我是自己動手扯下大多數窗簾，現在還放在我房外的接待廳裡，一堆鈷藍色的絲綢慢慢地累積著灰塵。

俯瞰著河流的長露台是唯一能暫時逃離她的地方。那個遠方國度的公主，即將回來殺死我們所有人。即便站在這裡，面向著陽光，我也沒辦法不去想那個席格內特寧夫斯人。都城河流過下方，往海口去的路線把雅啟恩一分為二。雖然水流平穩，我仍只想無視。我把注意力放在編頭髮的動作，把臉龐四周的銀色髮絲撥開。這動作雖然簡單，但是是很好的分心方式。辮子編得越緊，我就覺得越決斷，越有決心。

今天早上我打算做點鍛鏈，去山裡健走，跑操場，如果托勒瑪斯想的話，也許可以跟他打上一場。我發現自己暗自希望巴蘿還在。她是個好的鍛鏈對象，是個挑戰，也比我母親好對付。我很驚訝她還沒現身在這裡，這幾天她通常都會這麼做，想鼓勵我參加更多皇后的活動，她是這麼說的。但是我今天沒有那個心情去取悅或是恐嚇貴族成員，特別是為了她。我父母想要我去拉攏更多銀血人，把他們效忠卡爾的忠誠贏過來，把盟友從他身邊拉開，就像企圖把老鼠從沉船中救起一樣。

母親和父親想要我像艾芮絲當馬凡的皇后那樣當卡爾的皇后，成為他床上的一條蛇，當他身邊的一頭狼。掌握力量，等著出手的機會。雖然我不在乎卡爾，也永遠不會在乎，但這麼做感覺就是不對。

但如果安娜貝爾和朱利安在進行他們的詭計……

我不知道那之後的我會怎麼樣。

站在橋上，困在中間，兩端都起火。

橋。

我放下雙手，頭髮只整理到一半，然後我往這座橫跨河流的巨大建物望去。另一端的雅啟恩在晨曦下閃閃發亮，不少建築頂端有鋼鐵和黃銅打製的猛禽。一切看起來都很正常。交通工具來來往往，還有移動的居民。橋上也一樣，三層橋面車流洶湧，比以往少了點，但並不讓人意外。是底下的橋墩讓我擔心，還有打在橋墩上的水花。水流現在仍維持穩定速度流動，但是水流，打上每座橋墩的白色水花……

水的流向錯了。

而且水面在上漲中。

我衝過自己的房間和相連的接待廳，直到托勒瑪斯的寢宮之前我什麼都看不見。房門的鎖隨即打開，隨著我衝進房裡，鉸鏈跟著扭曲，房門往內用力敞開。我幾乎聽不見自己大喊他名字的聲音，腦海裡的嗡嗡聲太大聲了，吞噬了一切，只剩冰冷、刺激的腎上腺素。

他腳步匆忙地朝接待廳的我跑來，衣衫不整。我從他身後的房門瞥見縐巴巴的床單，還有一條藍黑色的手臂。手臂動了，從視線中消失，潤恩．史柯儂思急忙起身穿戴。

「什麼事？」我哥哥問，雙眼圓睜，充滿驚恐。

我想要跑，我想要尖叫，我想要開打。

「襲擊來了。」

「他們怎麼能這麼做？在我們不知道的情況下移動軍隊？」

托勒瑪斯緊跟在我身後，我們大步走過皇宮長廊，他幾乎跟不上我的速度。藝廊、沙龍、接待廳，就連宴會廳在我的視線中都一團模糊。再過幾小時，這一切可能就會全毀，被燒掉或是被水淹沒，或者就單純地抹去。有那麼一瞬間，我的腦海裡出現了我哥哥的屍體，全身是傷，癱倒在花俏的大理石地板上，他的血像一面鏡子。我眨眼，把這畫面趕走，可是我口中還是嚐到了膽汁的味道。

我回頭看了他一眼——他還活著、還在呼吸，穿著盔甲看起來高大挺拔——我靠這情景告訴我自己他還在。潤恩跟在後頭，身上的醫療師制服有明顯的標記。我希望他們在最後幾小時還能待在一起。如果可以，我會把她綁在他身上。

「我們在他們的宮殿有間諜，」我喃喃說道，靠說話讓自己專注。「我們知道湖居地在聚集人手，但是不知道哪時候出擊。」

潤恩的聲音低沉而平穩，可是沒有安慰的效果。「他們一定是從北邊進來，穿過大陸。」

「沒有赤紅衛隊，湖居地的方向就沒有多少眼線了。」我們轉過轉角，往王宮大殿走去，托勒瑪斯一邊咒罵。

我們的父母還沒來找我們，表示他們跟國王和他的智囊在一起。他們一定已經知道了。

雷洛藍家的守衛替我們打開了門，致命的雙手放在上了漆的門板上。我們一起大步走過，三個人保持緊密隊形，以免湖居者已經滲入市區。我的能力滋滋作響，展開相當範圍，準備接住任何子彈。我數了數守衛槍裡的子彈，一邊向前走，一邊對子彈保持警覺。

高台上有卡爾的王座，還有給他舅舅和奶奶坐的座位，皇室成員組合。母親和父親也在，父親身上一如往常地穿著盔甲。陽光隨著每個小小的動作反射，我望向他的時候，眼睛幾乎睜不開。母親則低調許多，沒有穿著盔甲，但是也不是沒有武器。蘿倫夏．維波暫時沒帶上心愛的黑豹，雖然牠是傑出的狩獵者。兩頭毛髮蓬鬆的狼坐在她腳邊，眼耳鼻全都在抖動。看起來都很恐怖，不僅擅長偵查，也很能打鬥。牠們倆在母親身邊，沒有人能讓她出其不意。

朱利安．傑可斯和安娜貝爾皇后左右包圍在卡爾身邊。相較歌唱者舅舅，她看起來已做妥面對戰鬥的準備。嬌小、厚實的身子穿上了火焰橘色的制服，護甲貼身保護。雙手上空空如也，連婚戒也沒有戴。朱利安就沒有這麼齊全的保護了，他雙眼掛著黑眼圈，顯然一整晚沒睡。他離外甥很近，只離幾吋距離。不知道是誰在保護誰。

諾他國王本身則身穿火焰般的紅色與銀色盔甲，腰間一邊掛著槍，一邊則是閃閃發亮的長劍。肩膀上沒有長袍或披肩，這種東西只會綁手綁腳。卡爾雖然年紀才剛稱得上是個男人，可是他的外表看起來像是一夜間老了好幾歲，而且不是因為眼前的戰爭。他對戰場或血腥殺戮都不陌生，有東西懸在他心上，就連攻擊行動都不能讓他回過神的東西。他那被陰影籠罩的臉挑起一眉，看著我走近。

「我們還有多少時間？」我大聲問道，連招呼都省了。

卡爾很快回答。「空軍艦隊已經準備起飛。」他說著，眼神望向南方。「外海有風暴形成，移動得太快，我猜裡頭就藏著湖居者的艦隊。」

這是我們自己在哈伯灣採用的戰術，但是成員人數更少，攻擊力道也很低。想到帶著湖居地皇后領隊、寧夫斯人出身的艦隊攻擊會發生什麼事，我不禁打了個冷顫。我跟之前一樣，想像自己全身被鋼鐵包裹，快速沒入又深又黑的水裡，再也浮不出水面。

我忍住不讓恐懼滲入我的聲音。「他們的目標是？」這是攻打的最佳方法，還有回擊。先辨識對手想做什麼，算出如何最有效地阻止他們。

卡爾的舅舅在他身後不自在地移動身子。他低下視線，輕碰外甥的肩膀。「應該就是你了，孩子。他們抓到你，這一切就會在開始前直接結束。」

我父親保持沉默，評估著結果。如果卡爾被抓或是戰死，對他來說是什麼意思。我們還未成婚，歧異王國與諾他王國之間的關係還沒有那麼緊密，就像我們沒有跟馬凡綁死一樣。上一次敵軍攻擊雅啟恩的時候，薩摩斯門脈已做好準備，我們逃了。這次他又要做一樣的事嗎？

我咬緊牙關，感覺到頭痛壓過其他一切感受。

「馬凡的緊急撤退火車還能用。」朱利安繼續說道。卡爾移動了下身子，輕輕地掙脫他的手作為回應。「我們至少能把你先送出城。」

年輕的國王臉色一白，皮膚變成老骨頭的顏色。這個建議讓他反感。「然後讓都城投降嗎？」

朱利安馬上答話。「當然不是。我們會守護好，你則是脫離危險範圍，離開他們的掌心。」

卡爾的回覆也一樣快，帶著兩倍的果決，而且不用說，非常好預料。「我是不會逃的。」

他的舅舅看起來一點都不意外。但他仍勇敢地開口爭論，但只是徒勞。「卡爾……」

「我不會讓其他人迎戰，自己卻躲起來。」

老皇后的態度則強硬多了，她抓住卡爾的手腕。我對這樣的爭執已經不抱希望，但也沒有辦法插手，儘管時間正分秒流逝。「你已經不是王子了，也不是將軍。」安娜貝爾懇求道。「你是國王，你的安危對於……」

就像面對舅舅一樣，卡爾輕輕從她手中掙脫，剝離她的手指，挪開她的手。她的雙眼裡有火焰悶燒。「如果我拋棄這座城市，我就是拋棄當國王的希望。不要讓妳的恐懼遮蔽了雙眼。」

我對這場鬧劇感到厭煩，為了省點時間，我嘖嘖地彈彈舌頭說出眼前的事實。「貴族門閥絕對不會誓言效忠逃脫的國王。」我抬高下巴，用上所有宮廷訓練所學的知識來營造出我需要展現的力量。「即便誓言效忠，對這種國王也不會尊敬。」

「謝謝妳。」卡爾緩聲說。

我伸出一根手指指向窗戶外的懸崖。「河流改變方向了，而且水面在上升，高到足以讓他們最大的船艦進入河川這麼深的位置。」

卡爾點點頭，感謝我把話題拉回來。他移動了一下，把自己和親戚之間的距離拉開，走到我身旁。

「他們打算把這個城市一分為二。」他看著我那仍保持沉默的父親和他自己的祖母說。「我已經下令，連城市另一端的守衛也包含在內，將仍服役的士兵都召喚到位。」

托勒瑪斯皺皺鼻子。「把軍力全部聚集起來強化保護廣場和皇宮不是更好嗎？讓我們自己人團結起來？」

我的哥哥跟卡爾一樣是個戰士，但絕非策士。他只知道來硬的，卡爾也立刻點出他的錯誤。

「席格內特皇后會發現哪一邊最弱。」他說。「如果兩邊平衡，他們就找不到比較弱的那一邊下手，我們就能在河上把他們逼退。」

「專注在空軍艦隊。」這話不是建議，而是命令。也沒有人反對我。雖然厄運臨頭，我仍感到一股自信。「利用他們船上的武器。如果我們可以在下游把其中一艘船艦擊沉，就能拖慢他們的速度。」我的嘴角揚起黑暗的微笑。「就連寧夫斯人也沒辦法讓滿身破洞的船繼續浮在水面。」

這會是兩種血色的墳場，銀血和紅血。湖居者、皮蒙特士兵。敵人。他們就是敵人，沒有面孔、沒有名字、被派來殺我們。我愛的人都在同一邊，這樣的等式不難平衡。雖然我仍感到胃裡微微翻攪，但我是不會對任何人承認的。連伊蓮也不。等這一切結束，河水會變成什麼顏色呢？

「我們在陸地上的人數寡不敵眾。」卡爾開始踱步，他的口氣中有種狂躁，幾乎像是在自言自語，在我面前把作戰計畫組裝起來。「不論他們的風暴是什麼模樣，都會讓空軍艦隊忙不過來。」

我父親仍沒開口說一個字。

「他們的銀血人之中會有紅血士兵。」朱利安說。他的口氣彷彿帶著歉意。我的胃裡再次一陣翻攪，卡爾似乎也感覺到一樣的不安，腳步猶豫了一下。

安娜貝爾只嘲諷地說：「這倒是一個優勢。他們的人力比較脆弱，也比較不危險。」

卡爾最親近的兩個智囊之間的隔閡拉得跟山谷一樣寬大，朱利安簡直要對她露出睥睨的眼神了，只見他平時的冷靜態度稍微退去了一點。「我不是這個意思。」

比較脆弱，比較不危險。安娜貝爾不算全錯，但是她的理由不對。「湖居地沒有放寬他們對紅血人的待遇，」我說，「諾他王國有。」

老皇后凋零的瞪視是一種帶著殺氣的美。「所以呢？」

我放慢速度，像是在解釋戰爭理論給小孩聽一樣，讓她愉快地皺起了臉。「所以湖居者的紅血人可能會比較不願意打仗，他們甚至可能會投降到一個能給他們比較好待遇的國家。」

她瞇起眼。「好像我們可以利用這點一樣。」

我熟練地露出冷笑，聳聳肩，讓兩肩上的護肩鋼片聳起。「在哈伯灣的時候就是這樣，值得我們放在心上。」

我身邊的銀血人睜大了雙眼的模樣不難理解。就連托勒瑪斯都一臉對我說的話無法理解的樣子。只有卡爾和朱利安看起來對這個想法保持開放心態，他們的表情保守，但是也有種深思熟慮的意味。我的目光停在卡爾身上，他堅定地與我四目相接，低下頭微微一點，動作幾乎看不見。

他舔了舔嘴唇，再次開始盤算。「我們沒有新血脈瞬移者，但是如果可以想辦法再次把你們兩個……」他指了指托勒瑪斯和我，「送上船艦，解除他們的槍砲……」

「我的孩子不會去做這種事。」

沃羅的聲音很低，但很嘹亮，空氣彷彿跟著震動。我的胸膛感覺到了，而突然間，我再次成為一個小女孩，在頤指氣使的父親面前畏畏縮縮。願意不計代價去做會讓他高興的事，去換取一個難得的微笑，或是對我露出一點關愛，多小都可以。

不，伊凡喬琳。不要讓他這麼做。

我的雙手在身子兩旁握起拳頭，指甲掐進手掌心裡。這麼做讓我站穩了腳步，刺痛讓我回歸自我，回到我們所在的懸崖上。

卡爾毫不掩飾地怒瞪我的父親，兩個人四目相接，意志無聲地對抗。母親沒有說話，一手放在其中一頭狼的頭上。狼的黃色目光抬起來瞪著年輕的國王，一刻也沒從他臉上移開。

我的父母完全沒打算參戰，也沒有要讓我們去打。在哈伯灣，他們倒是很樂意送我們上戰場，讓我們倆去冒險，為了換取勝利。

他們認為這場戰爭已經輸了。

他們打算逃跑。

父親再次開口，打破緊張的沉默。「我的士兵和守衛，以及存活的薩摩斯門脈成員，都屬於你，泰比瑞斯。但是我的繼承人不是你可以拿來賭的籌碼。」

卡爾咬牙，雙手扠腰，拍打著拇指。「那你呢？沃羅國王，你也要撤退嗎？」

我眨眨眼，看傻了眼。他這是直接說歧異王國的國王是懦夫。我母親的狼身子一抖，反映出她的憤怒。

我父親自己的詭計進行中，一定是，否則他不可能這麼輕易放過這種事。他揮揮手，打發卡爾的指控。「我不需要用我自己的血肉來證明我的忠誠。」他只這麼說。「我們會在這裡，守護廣場。如果湖居者攻擊皇宮，他們會遇上相當的回擊。」

卡爾緊咬牙關，牙齒用力地碰撞在一塊。如果他想繼續坐在王位上，這個習慣一定得改掉才行。身為國王，不應該這麼好看穿。

他的舅舅走近他身旁，凝視的眼眸中閃閃發光。

凝視著我父親的眼眸。

朱利安帶著微笑張嘴，雙唇間吸了口威脅的氣。我以為父親會垂下視線，中斷與他的眼神交會，拿走這個歌唱者的武器。但是這麼做就是承認自己的恐懼了，他絕不會這麼做，就算是為了保護自己的思緒也一樣。

兩方僵持不下。

「這樣做明智嗎？傑可斯。」我母親低聲說道，兩頭狼在她腳邊低吼著回應。

朱利安只微微一笑，繃緊的氣氛中斷。「我不知道您的意思，陛下。」他說道，聲音正常極了，沒有可怕的旋律，沒有展現力量的氣氛。「但是卡爾，如果我可以接近湖居者皇后，我可以派得上用場。」他輕聲說道。這話不是說好聽的，不是要傳送什麼暗示，而是真誠的提議。

卡爾的臉上露出真實的痛苦。他轉頭，忘了我父母。

「這簡直跟自殺沒兩樣，朱利安。」他生氣地說。「你根本接近不了她。」

老歌唱者只挑起眉。「如果可以呢？我可以結束這一切。」

「沒有任何事會結束。」卡爾舉手拒絕，我發誓我聽見了空氣燒焦的聲音。他的雙眼圓睜，眼神絕望，所有禮數的面具都瓦解。「你沒辦法用唱的讓森菈和艾芮絲都從戰場上離手。就算你真的能讓她們倆都溺斃，或是把整支艦隊掉頭，他們還是會回來。換另一個等在湖居地的席格內特出場。」

「這樣能為我們爭取寶貴的時間。」

這個舅舅沒說錯，但是卡爾聽不進去。「我們會失去重要的人。」

朱利安低下視線，往後一退。「好吧。」

「真是感人。」我忍不住低聲說。

我的哥哥也表現出一樣的反應，我很驚訝他的白眼還沒翻到後腦勺去。「這個不管，我們知道現在到底要面對什麼嗎？」

我母親冷笑回應。就像父親，她也覺得這場戰爭已經沒有希望了。我們已經失去了這座城市。「除了火力全開的湖居者以外嗎？紅血軍團和所有他們能派出來的銀血人，更別提強大的寧夫斯人和一條可以操縱的河？」

「搞不好還有些諾他王國的人幫忙。」我的手指點著嘴唇。我不是唯一一個這樣想的人。不可能是。太明顯了。從現場其他人臉上漲白的模樣看來，其他人也知道我在說什麼，他們也有過一樣的質疑。「沒有參加你的加冕典禮的那些門脈。都沒人來宣示效忠。沒有人回應你的命令。」

卡爾的喉結上下跳動，銀血湧上他的雙頰。「馬凡還活著就不會，他們仍臣服於另一個國王。」

「他們是臣服於另一個皇后。」我揶揄。

他的臉一垮，深色眉毛緊蹙。「你覺得有諾他人站在艾芮絲那一邊？」

「我認為她不試試看就太傻了。」我聳聳肩。「而艾芮絲．席格內特絕對不是個笨蛋。」

這個暗示籠罩著我們，沉得像一陣霧，難以忽視。就連父親也對諾他王國內有其他分裂、破壞他希望有天能掌握的王國的可能性感到憂慮。

安娜貝爾移動腳步，不安的情緒已經滿上了額頭。她伸手拂過綁得緊緊的灰髮，撫平已經極為工整的髮型。這個老女人低聲喃喃自語。

「我真沒想到有這種可能性，但我現在真想念那群卑鄙的紅血人。」

「有點太晚了吧。」卡爾不悅地說，聲音聽起來像是憤怒的雷聲。

我父親的嘴角抽動，這是他最接近顫抖的表現。

當然，原先就已經有了計畫，有守護都城抵禦入侵的戰略和策略。與湖居者打了一世紀的仗之後，不這麼做就太蠢了。但是不論這位克羅爾國王本來想出什麼方法來對抗席格內特，他所依賴的方法都已經不復存在。完整的諾他王國軍隊，特工城全速運轉，輸送電力和軍火。都已經不是卡爾可以仰賴的條件。

與廣場相連的軍營和軍事設備是深埋地底的財政廳金庫外最安全的地方。但我可沒興趣把自己埋在地底下，僅僅依賴搖搖欲墜的火車。我的父母在神經中樞，也就是戰況指揮部內自保，監看盤旋空中的空軍艦隊傳回來的大量報告。我懷疑沃羅國王就是喜歡站在一個擁有這麼大權力的地方，特別是卡爾正在準備親自帶領軍團進入混戰之中的時候。

我倒是對於瞪著印出來的紙張和灰濛濛的畫面、從遠方觀戰這種事沒那麼大熱忱，我寧可相信我自己的眼睛。而且我現在不能離我父母這麼近。逼近的敵軍、躲在雲霧瀰漫的地平線上的船艦不知怎麼地讓我的選擇變得非常清晰。

托勒瑪斯跟我坐在一起，窩在戰事指揮部的階梯上。他的盔甲微微顫動著，仍在沿著他的肌肉平面定型，試著尋找最完美的合身角度。他朝天仰著頭，目光掃過頭頂上聚集的烏雲，雲層越來越厚了。潤恩也在一旁，緊跟在他身邊，空著的雙手已經做好開始治療的準備。

「要下雨了。」他吸吸鼻子說道。「隨時會開始。」

潤恩朝我倆身後望去，看著廣場鬧門另一頭的雅啟恩大橋。霧氣籠罩整個城市，橋上的圓拱和底下的橋墩都變得模糊。「不知道河水現在多高了。」她低聲說。

我使出能力，想辨識出急速接近的艦隊。可是船艦還離得太遠，或者是我太心煩意亂了。父親又要逃跑了。薩摩斯門脈會逃。留下諾他王國崩垮，只剩歧異王國屹立，成為抵禦席格內特海浪的孤島。

最後我們也會被吞噬的。

森菈皇后沒有兒子，我不能被推銷給她。沃羅．薩摩斯沒有其他籌碼可以談了，他只能投降。

也許會死在她手中，像索林那樣。

前提是他能活過今天。

那我的下場呢？

如果我的父親跟我的未婚夫一樣戰敗？

我想……我就自由了吧。

「托利，你愛我嗎？」

潤恩和我哥都猛地回了神，兩人的臉龐倏地轉向我。托勒瑪斯差點結巴，嘴唇驚訝地移動。「當然。」他說，快得近乎難以理解。他的銀色眉毛一皺，像是生氣的情緒浮現他的五官。「妳怎麼能這樣問？」

這麼一個簡單的問題就讓他生氣了，讓他難過。換作是我也一樣。

我牽起他的手，用力地捏一捏。感覺幾個月前失去後再重新長出來的骨頭。「我把伊蓮從山脊大屋送走了。等你回家，她不會在那裡。」

紅髮，高山的微風。好像是一場夢。可以成真嗎？這是我的機會嗎？

「小伊，妳在說什麼？哪裡……」

「我不會告訴你，這樣你就不用說謊了。」

我緩緩地強迫自己靠著顫抖的雙腿站起身，像是學步的孩子，第一次踏出腳步。我全身都在發抖，從頭到腳。

托勒瑪斯跟著我跳起身子，彎下腰來跟我目光平行，與我只離幾吋遠。他的雙手緊緊地抓住我的肩膀，但如果我想移動，這力道不會阻止我。

「我要進去裡面，我得問他一個問題。」我低聲說。「但我想我已經知道答案了。」

「小伊……」

我看進他的雙眼，那雙跟我一樣的眼眸，跟我們的父親一樣的眼眸。我想請他幫忙，但是那樣撕裂他，要他選邊？我愛我哥哥，他也愛我，但是他也愛我們的父母，他一直以來都是比我更好的繼承人。

「不要跟著我。」

我還在顫抖，伸手拉近他，給了他一個緊緊的擁抱。他也反射性地回應了我的動作，可是他說不出話，無法理解我在說什麼。

雖然可能是最後一次見到我哥哥的臉，但我沒有回頭。太困難了。他可能今天就會死，或是明天，或是一個月後，等席格內特皇后橫掃我的家、埋葬我的家人的時候。我想要記得他的微笑，而不是那雙疑惑的皺眉。

戰事指揮部裡一團混亂，是一間大亂的書房。銀血軍官在走道和廂房間穿梭，喊著新發現和軍隊的移動狀況。湖居者的船艦，皮蒙特的飛機。一切都模糊了。

我的父母並不難找。我母親的狼守在其中一間通訊室的門邊，睜著晶亮、熱切的雙眼，一左一右地守候。兩頭野獸動作一致地轉向我，我經過的時候牠們既沒有展現威脅，也沒有露出親切的模樣。

指揮室裡塞滿閃動雜訊的螢幕。只有幾台螢幕仍能運作。這不是好現象。空軍艦隊一定是身陷風暴之中了，如果它們還存在的話。

沃羅和蘿倫夏站定不動，像是彼此的鏡射影像。姿態直挺挺地，看著絕望的狀態眼皮眨也不眨。其中一張螢幕上，艦隊的第一艘船隻開始慢慢浮現，被雲霧籠罩的巨大陰影。其他船隻也漸漸地現身了，至少有十二艘，還持續增加中。

我之前就見過這間房間，但是從沒這麼空蕩過。只剩少數銀血人員操作著螢幕和對講機，努力保持資訊流通。跑腿的進進出出，帶走最新的資訊，可能是去找卡爾，不論他現在人在哪裡。

「父親？」我聽起來像個小孩。

而他也露出像是對著小孩一樣的斥責神情。「伊凡喬琳，不要現在。」

「我們回家後會怎麼樣？」

他露出不悅的神情回頭一望。父親把頭髮剪得比平常短，銀髮剃成緊貼頭皮的平頭，讓他有種骷顱頭的樣子。「等這場戰爭打贏之後。」

我任憑他重複謊言，隨著他口中吐出胡言亂語，我只覺得身子越來越緊繃。*妳會成為皇后，和平降臨，生活會回到過去的模樣。*謊言，全都是謊言。

「我會怎麼樣？你有什麼打算？」我問道，身子仍停在門邊。我得動作快。「你又要把我變成什麼人？」

他們倆都知道我在問什麼，但是沒有人能回答。不能在諾他王國的軍官這麼近的時候說，儘管人數並不多。他們必須維持結盟的假象直到最後一刻。

「如果你要跑，我也會跑。」我低聲說。

歧異王國的國王握緊一個拳頭，屋裡所有金屬全都跟著回應。幾張螢幕破了，外殼被他的怒火扭曲。「我們哪都不會去，伊凡喬琳。」他撒謊道。

母親則試了另一個策略，縮短我們之間的距離。她深色、眼尾高揚的雙眼圓睜，眼神充滿懇求，模仿著小狗或小熊的神情。她伸手放在我臉上，做出充滿母愛的舉動。「我們需要妳。」她悄聲說，「我們的家族需要妳，妳哥哥……」

我退步走出她的碰觸，往走廊移動。引誘兩人跟著我走。往右兩步，走出大門，踏上廣場……

「讓我走。」

父親的肩膀掃過母親身邊，差點把她撞開來站在我面前。日光燈照得鉻金屬盔甲發出刺眼的光芒。

他知道我在說什麼，知道我在要求什麼。

「我不會答應的。」他生氣地說。「妳是我的，伊凡喬琳。我的親生女兒。妳屬於我們，妳對我們有義務。」

我再退一步，往門邊退去，兩頭狼在他們腳邊起身

「我不是。」

父親像是一道陰影，像是一個巨人一樣跟著我移動，跟著我的腳步。「妳如果不是薩摩斯家的人，妳是什麼？」他怒氣沖沖地說：「什麼都不是。」

我知道這會是他的答案，而最後一條已經被繃緊、崩裂的線，就這樣斷了。我控制不住自己，眼角噙著淚水。淚珠有沒有滑落，我不知道，我只能感覺到心裡的怒火熊熊燃燒。

「你已經不需要我，不用我取得權力，也不需要靠我滿足貪婪。」我直接回嘴，「可是你還是不讓我自由。」

他眨了眨眼，那瞬間，他的怒火像是消散了一樣。這招差點就奏效了。他是我的父親，我沒辦法不愛他，雖然他待我如此，雖然他想要利用這份愛來鎖住我，讓我成為自己的血脈下的囚犯。

我從小就被教導要把家庭放在一切之上。對自己人忠誠。

而伊蓮就是。是我的家人，我自己的人。

「我已經受夠徵詢你的同意了。」我悄聲說，握起拳頭。

頭上的吊燈突然掉了下來，巨大的撞擊讓我父親措手不及。他頭上的傷口冒出銀血，腳步踉蹌，一時暈眩。但是沒有死，連讓他失去控制都沒有。我找不到那種勇氣。

我從沒跑得這麼快過，這輩子從沒像這樣衝刺過，就連在戰場上也一樣。因為我從沒有這麼害怕過。

狼的速度比我還快，牠們緊跟在我身後低吼，想把我絆倒。我用手臂上的金屬攻擊牠們，把盔甲變成匕首。其中一隻被我在腹部留下紅寶石色的傷口時，慘叫一聲，嗚咽不已。另一隻比較強壯、體型比較大，跳了起來把我撞倒。

我試著要躲，結果卻是平躺在地上，一頭狼朝我的喉嚨撲上來。衝擊力很猛烈，幾乎兩百磅的肌肉壓上我的胸膛。我喘著氣，感覺到空氣從我的肺裡被擠出來。

狼的牙齒箝住我的喉嚨，但是沒有咬死。尖牙往我的肌膚鑽，足以留下瘀傷，足以讓我動彈不得。

頭上各處的燈在金屬燈罩中顫抖了起來，門上的鉸鏈也震動不已。

我不能動，幾乎不能呼吸。

我足足跑了十碼。

「不准動手指。」母親吼道，走進我有限的視線中。狼在我身上晃動，黃眼睛瞪著我的雙眸。父親在她身邊，身子震顫，是怒火形成的風暴雲。他一隻手摀著頭，止住血流，眼神比狼還可怕。

「妳這個蠢女孩，」他低聲說道，「我們為妳做了這麼多。我們把妳打造成這麼好的模樣。」

「只是有一個缺點。」母親回答。她發出嘖嘖聲，朝著我彈彈舌頭，好像我是她的其中一頭野獸，養來給她使喚用的一樣。我想這樣說也沒算說錯。「一個根深柢固、不自然的缺點。」

我在狼爪下用力喘氣，好掩飾哭泣。我的胃扭曲翻騰。讓我走，我想開口懇求。

但是他不會的，他不知道怎麼放手。

也許是他父親的錯，還有他父親的父親。

我不知道為什麼，但我想起了梅兒．巴蘿，想起她的父母，在我們離開蒙特福特時抱著她跟她道別的模樣。他們誰也不是，一些不重要的小人物，沒有美貌、智慧或能力，可我對他們的羨慕之強烈，讓我都覺得反胃。

「拜託。」我擠出聲音說。

狼仍緊緊地咬著我。

父親走近一步，他的手指沾上了銀色的液體。他手一甩，把他的血、把我做的事甩在我身上。

「我會親自把妳拖回山脊大屋。」

我毫不懷疑他真的會這麼做。

我抬起視線看著他，掙扎著呼吸，手指抓著地板。就連我的盔甲都背叛了我，在他的指令下化去，徒留我赤裸不帶任何武器。脆弱，像一直以來的囚犯身分，以後也會是如此。

然後我父親就從我身邊被轟飛了，整個人往後撞去，他臉上出現罕見的驚訝神情。他被自已全身上下的鉻金屬拖著上上下下，撞上最近的一道牆，頭往後甩。父親癱倒在地上，翻著白眼，母親見狀驚聲尖叫。

我身上的狼的命運就不一樣了。

一把匕首劃開牠的喉嚨，砍斷後的頭飛了起來，伴隨著噁心的碎裂聲響落在幾呎外。熱燙燙新鮮、赤紅色血液灑在我的臉上。

我沒有退縮。一隻熟悉、冰涼的手握住我的手腕，拉了我一把。

「你把我們訓練得太好了。」托勒瑪斯說道，扶我起身。

我們一起跑，這次，我回頭了。

母親跪在父親身邊，她的手在他身上上下移動。他想起身，可是這一擊太猛烈，讓他的身子搖晃不已。不過他還活著。

「再見，伊凡喬琳。」另一個男子說。

朱利安．傑可斯從相連的走道走出來，安娜貝爾跟他一起。她的手指打著節奏。她一邊走近，沒有多看我一眼，舉起雙手。這麼致命的力量，就在這個這麼矮小的女人身上。

「逃跑吧，蘿倫夏。」我忍住想要摀住耳朵的衝動，即便朱利安悅耳的聲音並不是對著我而來的。可是這個歌唱者的力量仍在空氣中震盪，像是甜膩的滋味一樣令人馬上察覺。「忘記妳的孩子們。」

她的腳步很快，急忙跑了起來，像她養的間諜老鼠。

「蘿倫夏！」父親掙扎著喊，在暈頭轉向的狀況下連說話都有困難。

但是他還是能驚叫的。

我把他留給安娜貝爾和朱利安，留他面對他們準備給歧異王國國王的命運。

屋外已經起了真正的大霧，整個廣場都被厚得不可能是自然現象的雲霧遮蔽。潤恩的身影站在前方等著我們，纖長的身形跟其他列隊的影子形成強烈對比。那是卡爾的軍隊，從人形身影看來，也許是整支軍團也說不定。

潤恩一看見我們，馬上揮揮手。「這裡。」她喊道，然後便轉身往霧裡和士兵的方向移動。

我感應到最外圍有個沉重的東西，沉重到即使還相隔這麼遠我就已經注意到了。湖居者的船艦。一定是。上方看不見的地方，飛行器發出巨響來回移動。某處有飛彈發出低鳴，隆隆作響，噴著火焰，一定就是艦隊所在處。我覺得被霧困住了，視線被蒙蔽，只能集中注意力在潤恩和托勒瑪斯身上，與他們的身影盡量靠近，一起飛馳穿過往目標移動的軍團。幾個士兵看著我們經過，但是沒有人試圖阻止我們。戰爭指揮部很快就消失在遠方，被大霧吞噬。

我們轉過彎穿過廣場，往財政廳的方向前進。我想起馬凡的婚禮，有種奇怪、熟悉的感覺湧現。廣場當時也是戰場，他衝往逃命的火車，他珍貴的脫身管道。我從沒喜歡過那奇怪的設計，可是我把心裡的不自在壓了下去。這是最快的離開方法、最安全的方法。戰爭還沒打完，我們就會遠遠地離開這裡了。

到時候……

我沒有時間或精力繼續追隨這個念頭。

大雨緊接在大霧之後而來，突然發怒般地傾盆而下。幾秒內我便全身浸濕，大雨把廣場變得滑溜，使得我們不得不慢下腳步，否則可能會扭斷腳踝。河流下游處傳來像鼓聲一樣的隆隆聲響，節奏分明，震動不已，我們腳下的地面都跟著被撼動。

船艦在對城市開火，他們的重火力往雅啟恩東西兩側攻擊。

我往托勒瑪斯伸手，手指想在他濕滑的盔甲上找個東西抓，可是只覺指尖一滑。我身子其他地方則準備承受湖居地的軍火打到城市這個部分時會產生的衝擊。

我的直覺沒有錯。

第一顆飛彈飛過廣場閘門，以拋物線劃破掩飾的大霧時幾乎什麼都看不見。我沒看見飛彈落在哪裡，但是從深厚連環的爆炸聲看來，我猜蒼火宮應該是直接被攻擊的地點。爆炸力把幾個士兵震倒在地，也讓我們腳步踉蹌。托勒瑪斯和我用盔甲穩住腳步，托利伸手接住差點跌倒的潤恩，緊緊地抱住她。

「繼續移動！」我在另一波飛彈發射的巨響中喊道，這顆炸彈在戰爭指揮部附近引爆。有人也在大聲吼叫，在喧囂中吼著幾乎聽不清的命令。一抹火焰伴隨著他的聲音，穿透軍團前方的大霧。不論卡爾想出了什麼激勵人心的內容，現在都已經沒什麼用了。現場太吵，太濕，湧進河口的艦隊讓他的士兵太過分心。可是他們仍開始前進，遵照他的指令向前移動。可能是要去懸崖邊列隊，往底下的河流集中攻擊火力。

我們突然間被捲入他們的行動之中。

軍團的士兵像潮水一樣一擁而上，夾著我們一起前進。我想推開這些穿了制服的身軀，尋找托勒瑪斯和潤恩的銀血面孔。他們還在附近，但是距離越拉越大。我尋找哥哥腰帶上的那片銅，抓住對那塊金屬的感應。

「走，」我吼道，想穿越人潮，利用我的盔甲把人推開，靠著托勒瑪斯當我的指南針。

「快走啊！」

下一波攻擊變近了，準確地瞄準了目標，像從天而降的巨鎚。是大砲，不是飛彈，比較小，不能操縱方向，但是仍很致命。雖然托勒瑪斯和我被沖散，我們仍一致舉起手，用體內滿滿的能量拋出我們的能力。

我抓住鋼製砲彈，咬牙擋住高速落下的衝擊力。但我們成功了，而且兩人一起低吼了一聲，把砲彈往霧裡面扔，讓砲彈遠遠地飛出去，希望能擊中湖居者艦隊某處。卡爾軍團裡有幾個特爾基人也做一樣的事，聚集在一塊把砲彈和飛彈扔回去。但是震耳欲聾的發射聲從霧裡不斷傳來，我們都還沒注意到就已經幾乎到了頭頂上了。

空軍艦隊在雲層中奔走，在空中穿梭，用盡所有能力朝湖居者船艦攻擊。可他們不是天空中唯一的飛行器。湖居地有自己的空軍軍團，皮蒙特也有，只是數量較少。在船艦的隆隆聲響和飛行器的尖聲嘶吼之下，我幾乎聽不見自己的思緒。諾他王國的槍砲只讓混亂變得更混亂。上方的砲台噴著火花和滾燙的金屬，槍砲火光閃爍。這些砲台通常都偽裝成廣場四周的牆面或者橋墩的一部分，但是現在就沒有偽裝了。幾個特爾基人站在砲台旁，使用自己的能力致命精準地發射砲彈。

這座城市的設計就是為了要能夠生還存活下來，現在她也在朝這個目標努力著。

風勢變大，可能是我們的喚風者的手段。賴瑞斯門脈仍忠於卡爾，他們全力展開自己的能力。呼號的強風掃過廣場，從我們後方某處掀起，當然擋下了幾顆砲彈和飛彈，有幾顆毫髮無傷地掉進了河水裡，其他則呼嘯著衝進霧裡。我在疾風中瞇眼望去，確認托勒瑪斯和潤恩還在我視線裡，但是颶風的強度讓士兵縮緊了隊形，把我們跟他們緊緊夾在一起。

我咬緊牙關，用力推開人群向前走，滑過手臂、推開槍口和身軀。每一步都很艱難，在強風暴雨、軍團推擠之下變得更辛苦。人群像底下的河水一樣翻攪，河水現在隨著高漲的潮水白浪滔滔。

我的雙手抓住托利的手腕，他的盔甲摸起來冰涼涼的。他用力一拉，把我和他之間最後一碼距離縮短，讓我安全地擠在他身邊。我的哥哥用一樣的姿態抱著潤恩，雙手手臂環繞著我們兩人的肩膀。

現在怎麼辦？

我們得移動到人群外緣，但是廣場上的牆和建築把軍團圍住了，讓我們所有人被導向橋上。就連隔著這麼遠，我都能看見卡爾的身影高過其他人，紅色盔甲在呼嘯的風暴中一滴紅血。

他站在敞開的閘門一邊，依靠著石製砲台。

像個愚蠢的目標。

如果敵人想的話，光靠一個優秀的狙擊手能在千碼外就把他除掉。

但他是為了士氣而冒這個險，在軍團往橋上移動的時候朝他們吼著鼓勵的話。更多砲彈朝他飛來，但是他一甩手，就讓砲彈在半空中引爆，沒有造成任何破壞。

橋上的銀血士兵消失在霧氣中，我猜得到他們的目標。船艦軍團節奏穩定、隆隆作響的槍砲聲改變了循環。我試著不去想像諾他王國士兵在船艦甲板上打鬥、面對森菈皇后和巴拉肯王子火力全開的攻擊景象。

如果我可以把你們倆弄上船……卡爾的聲音在我的腦海裡迴盪。我咬牙抵抗心裡揚起的羞愧感。我沒有往戰場走，沒有在另一條河上。沒有跟他們一起在下方。

這是我們的機會，我們必須把握。

「繼續推！」我喊道，希望托利在這片混亂中還能聽見我的聲音。財政廳已經在我們身後，隨著步伐向前而越離越遠。被這樣推擠、違背意志地移動讓我快窒息了。

我身上沒剩多少盔甲了——我父親把多數都扯掉——但是我把剩下的這部分在手臂上重新造型，壓扁形成一塊圓形的盾牌。托勒瑪斯模仿我的舉動，在手臂上形成一塊平滑的圓盤。我們把盾牌當攻城槌用，靠著我們的能力和自身的力量推著身邊的人潮。雖然效果緩慢，但是穩定見效，製造了足夠讓我們移動的空間。

直到紅色盔甲擋住我們的路為止，一手撐著降落的一顆火球。

卡爾瞪著我們，我等著他開口控訴。他的火焰在雨水中忽明忽滅，拒絕降伏。他的士兵形成保護圈圍繞他。

雨水從他臉上滾落，在暴露的肌膚上形成蒸氣。

「你們帶多少人走？」他說道，聲音幾乎聽不見。

我把眼眶裡的水眨掉，茫然地往潤恩和托勒瑪斯比了一比。

「你父親，伊凡喬琳。他帶多少人逃了？」卡爾往前走近了一大步，從沒與我斷開視線。

「我需要知道我還剩下哪些人。」

有種情緒在我心裡漾開。我搖搖頭，一開始很慢，然後越來越快。

「我不會知道了。」我低聲說。

卡爾的神情沒有改變，但是那瞬間我覺得他手中的火焰燒得更明亮了。他再次把視線在我和我哥哥之間移動，看著我們盤算。我任憑他的視線像雨水、霧氣和冉冉升起的煙一樣淋在我身上。泰比瑞斯．克羅爾已經不是我的未來了。

他沒再說一個字，站到一邊，身邊的士兵也跟著他移動，在滑溜溜的廣場上讓出一條路。

我走過他身邊的時候，他的手揮過我的手臂上方，我隱約感覺到一股熱氣散發出來。我想他差點擁抱我。卡爾向來是個怪人，跟其他銀血人不一樣。情感奇怪又柔軟，而我們其他人都是被養成有如刀鋒或硬物一樣的個性。

我沒有抱他，而是抓住他的手臂，就那麼一瞬間。把他拉近到我可以耳語的距離。這是伊凡喬琳．薩摩斯消失前的最後一次挖苦。沒了皇冠，沒了門脈，沒了顏色。已經是全新的人了。

「如果對我來說還不算太晚，對妳來說也不算。」

我們在火車上坐下，車上的燈光閃爍，引擎聲隆隆地響起，直到這時我才開始隱約思考鐵軌的終點在哪。

得走上好長一段路才能到蒙特福特了。

33 梅兒

我還是不習慣紫色的頭髮。

至少不像艾拉的那麼顯眼。我只讓吉莎染灰色的部分，髮根還是保持原樣。我用手指扭了一縷髮絲，邊走邊盯著這奇怪的顏色看。雖然奇怪，但是這顏色還是給了我一股小小的自信。我是馭電者，而且我不孤單。

第一次襲擊雅啟恩之後，馬凡和他的皇室智囊成員針對到底要不要炸垮或用水把布滿整個城市下方的隧道系統淹沒這件事討論了一番。他們主要都是把重點放在南邊的部分，那裡的隧道最多，全都通往位於都城河口的廢棄之城內爾希。大衛森一開始建議從那座廢棄城市的外圍進攻，但法爾莉和我比較了解狀況。馬凡把那裡也摧毀了，炸毀一切的同時，把赤紅衛隊的重鎮連根拔起。他也受到了赤紅衛隊的啟發，打造了自己的隧道外加逃脫用的火車。在地底下這麼深的情況下我不能確定，加上又已經進入地下這麼久，但我認為我們最後還是會跟火車路線銜接。

我腦海裡的羅盤轉了起來，想尋找正北方，但是沒有成功。我們只能依賴赤紅衛隊的情報，靠他們對隧道的了解行動，而且我們還得依靠馬凡。雖然愚蠢，但他是我們能盡可能深入城市的最好機會。蒙特福特和赤紅衛隊的軍隊實在太龐大，不能直接全部採取空襲或是全部從河流進入，或者全部走陸路。我們得三種方法並行才行。

當然我就受困於在黑暗中蹣跚前進，在好幾噸的岩石和泥土下頭走上數小時。

油燈在馬凡身後，光線讓他的身影清晰可見。他身上仍穿著被關進監牢時那套簡單的蒙特福特制服，尺寸對他來說太寬大了，讓他看起來比實際年齡還要小，好像比之前更消瘦憔悴。

我走在隊伍後頭，用法爾莉當做人肉盾牌隔開我倆。他的守衛也緊跟在他身邊，由紅血人和新血脈平均組成。沒有人露出動搖的樣子，手都放在槍套上。泰頓走在一旁，注意力始終跟著馬凡。只要有任何一絲惹事的徵兆，他們就會立刻採取行動。

我也是。我的身子震顫，像是通上電流的電線，不是我的電流的緣故，而是純粹的緊張。自從馬凡把我們帶下來這裡，從城市邊緣北方幾哩處帶我們走進一扇工作用的小門之後，我已經這樣好幾個小時了。

我們的軍隊跟我們走在一起，數千人蜿蜒在漆黑之中，穩定的步伐在隧道牆面中迴盪。聽起來像心跳，節奏固定脈動，震動我的肋骨。

奇隆在我右手邊一起前進，為了配合我的腳步，他的步伐有點不自然。他注意到我看著他的目光，露出緊張的微笑。

我試著回應他的表情。他差點就死在新城，我記得他的鮮血濺灑在我嘴唇上的感覺。那段回憶仍會讓我怕得發麻。

即便光線微弱，我的老朋友仍看透了我的表情。他推推我的手臂。「妳得承認，我就是特別擅長生還。」

「就希望這件事能繼續下去了。」我低聲回答。

我對法爾莉也一樣擔心，雖然她能力很強而且詭計多端。但這話我是永遠不會說出口的。

法爾莉指揮一半的陸軍團——赤紅衛隊的所有士兵還有這幾個月的革命行動中招募到的諾他王國紅血投誠者。大衛森帶領另外一半，不過他樂於跟我們其他人走在一起，讓她獨領大軍地走在前面。

隧道在眼前分頭了。一邊變窄，但角度顯著地往地面上去，路徑零星散布幾個老舊的階梯，中間穿插緩坡和硬土。另一條路就跟現狀差不多，寬敞平坦，角度微微向上。

我們走到岔路口的時候，馬凡減慢了腳步，雙手扠在腰間。他看起來對於夾在他身旁的守衛感到很有趣，總共六個人行動一致地走著。

「哪一邊？」法爾莉喊道。

馬凡瞥向她，臉上掛著熟悉的嘲笑。陰影讓他的顴骨變高，藍眼睛更明顯，在冰冷的光芒中顯得生氣勃勃。他沒有回答。

她毫不猶豫朝他的下巴揮了一拳。銀血濺灑在隧道地面，油燈燈光隨之一閃。

我的手在身邊握起拳頭。任何情況下我都不介意法爾莉把馬凡打成肉醬，但是現在我們需要他。

「法爾莉。」我低聲說道，一開口就希望自己可以把話收回。

她皺眉看著我，馬凡則咧嘴笑了，露出沾了銀血的牙齒。

「上去。」他只這麼說，指著比較陡的那條路。

我不是唯一一個對這個路線選擇出聲咒罵的人。

變窄的路並不難走，但是的確是讓速度慢了下來。馬凡看起來對此很高興，每隔幾分鐘就帶著一種揮之不去的賊笑回頭望。我們之前還能十二個人並排行走，現在只能三個人並排，擁擠地慢慢向上爬。隧道裡的溫度很快就因為裡面人數眾多、人人情緒緊繃而升高。汗珠滾落我的後頸。我寧可火力全開衝進都城，可是看起來我們只能接受現況。

有些階梯表面不平、架得太高，逼我只能手腳並用地爬。奇隆看著我的動作差點笑出聲。我可以召喚閃電風暴，可是高階梯顯然超出了我的能力範圍。

這段爬坡路其實沒有超過半小時，但感覺像是在微光中、在相對沉默的環境裡待了好幾天。就連奇隆都沒開口說話。眼前的情況像一朵雲一樣籠罩在我們和漫長的士兵隊伍頭上，讓所有人保持冷靜。等我們終於回到地面上後，會是什麼東西等著我們？

我試著不去看馬凡，但是發現自己的目光不自覺地聚焦在他的身影上。這是一種直覺反應。我絲毫不相信他，我覺得他會縮身躲進某個裂縫，消失、逃跑。但是他一直保持穩定腳步，沒有流露出半點猶豫。

路徑再次恢復平坦，連上寬敞的隧道、圓弧形的牆面還有支撐用的石柱。空氣變冷了，我的前額皮膚感到一股寒意。

「我想妳應該知道我們到了。」馬凡的聲音朝我傳來。他伸手指向隧道中間的地面。一組新的鐵軌閃閃發亮，反射我們的油燈燈光。

我們找到脫逃火車了。

我勉強嚥下口水，覺得一股恐懼湧上喉頭。不用太久了。從人群中的騷動看起來，大家也都明白。從這裡出發，法爾莉手下的一半勢力可以輕鬆往上進入蒼火宮、凱薩廣場和西雅啟恩的懸崖。其他人跟著大衛森總理和天鵝將軍，會穿過和底下與宮殿將軍會合，她是指揮部在市區僅存的成員。如果一切照計畫進行，我們就能在沒人知道我們已經抵達的情況下，把雅啟恩兩邊同時扭轉。湖居者就會被困在中間。

但是卡爾會跟我們並肩作戰嗎？

他必須這麼做，我對自己說，他沒有其他選擇了。

主要目標是讓這座城市不要落入湖居者手中。至少這點我們可以辦得到，*我們可以。*

奇隆在我身邊，感覺到我的不安，他輕輕掃過我的手臂。一股暖意讓我再次顫抖。

我的感應範圍外圍隱約感覺到有東西在動，嗡嗡聲傳來，是遠處的電流。奇怪的是，並不是來自我們上方，而是前方。而且還持續接近中。

「有東西來了。」我大聲吼道。泰頓也馬上反應，身子緊繃。「後退！」

他喊，把馬凡往牆面推。其他人全都照做，隨著聲音越來越近，大家很快地移動。

遠遠地有引擎發出刺耳的聲音，在鐵軌上的速度越來越快、與我們的距離越來越短。燈光行程微微的曲線，讓我們的油燈相形見絀，我得轉過頭來保護雙眼。

我最後變成看著馬凡，他一動也不動，連眼睛也沒眨。

熟悉的火車高速駛過，變成灰色金屬的影子，快得看不見誰在車廂內。可是馬凡仍一直看著飛駛過的車窗，藍色眼睛圓睜。他臉色蒼白，比泰頓的髮色還白，喉結激動地跳動著，嘴唇緊閉成一條失望的線。這一切都瞬間消逝，他很快再次藏起情緒，但是這驚鴻一瞥對我而言已經足夠。

我知道馬凡．克羅爾害怕的時候是什麼樣子，而他現在簡直是嚇壞了。理由非常充足。

不論他有什麼計畫，不論他打算怎麼樣逃跑，那一切都跟這列火車一起消失了。

他發現我看著他，看著他臉上淡去的情緒。他微微咬緊下巴，目光掃過我，像愛撫般緩慢。

你別想逃出自己做過的事。我想大聲說。

他知道我的意思。

火車再次消失無蹤、脫離我的感應範圍，他緊緊閉上雙眼。

我想他是在說再見。

就跟火車的燈光一樣，財政廳金庫螺旋狀的白也很刺眼。

泰頓抓著馬凡的脖子，藉此加快我們的速度，在我們爬上金庫階梯時逼馬凡走得越來越快。空氣中充滿武器交火和盔甲碰撞的聲音。槍砲上膛，刀劍高舉，該扣上的都扣緊了，該固定的也都固定住了。我腰間的手槍對我來說仍是不熟悉的重量，我微微傾斜身子保持平衡。我想我自己出去後大概一顆子彈都不會射出，法爾莉可就不同了。她脫下大衣，拋到一邊任憑身後幾百人踩過。沒了紅色大衣，我看見底下好幾條槍腰帶和槍套掛在她的背上和腰間，上頭掛了六把不同的槍和對應的火藥以及對講機。她也戴上了匕首，現在一眼就看得見。黛安娜．法爾莉已經做好戰爭的準備。

我們身後有一名赤紅衛隊發出大聲呼喊，聲音古怪地迴盪。我一開始沒聽懂，但其他人重複起她的話，歡呼聲在牆面間震動，聽起來宛若雷電，直到我終於明白他們到底在傳誦什麼。

「崛起，紅似晨曦。」

雖然害怕，我還是感覺到一股邪惡、狂野的笑容湧上我的唇邊。

「崛起，紅似晨曦。」

螺旋狀的通道迴盪著我們的戰鬥口號。

我們幾乎跑了起來，馬凡差點跟不上泰頓的速度，法爾莉跟上他，長腿大步吞噬腳下的白色大理石。

「崛起，紅似晨曦。」

奇隆的聲音加入喧囂之中。

「崛起，紅似晨曦。」

上方的光芒突然一閃，跟我的心跳同步。

我回頭，在一片紅和綠、赤紅衛隊和蒙特福特士兵之中尋找。這麼多人的臉龐，各種肌膚色澤，兩種血色都有，所有人都異口同聲地喊出震盪的聲音。有些人舉起拳頭或武器，或是兩者皆有，但是沒有人是沉默的。我們的聲音大到我聽不見自己的聲音。

「崛起，紅似晨曦。」

我召喚電，召喚雷，召喚體內所有剩下的力量。我不是將軍，也不是指揮官，我只需要擔心自己、奇隆和法爾莉，如果她肯讓我擔心的話。我只有能力做到如此。

還有卡爾，不論他在哪帶領著他的軍隊，白費力氣對抗比他更強大的力量，企圖拯救這座必然被摧毀的城市。

泰頓是第一個踏出財政廳大門的人，拖著馬凡衝入暴雨之中。這個年輕的王子腳步顛簸，鞋子在凱薩廣場的潮濕瓷磚上打滑。我跟在後頭，以為泰頓會當場殺掉已經在雨中發顫的馬凡。我們從沒計畫讓馬凡從這場戰事中生還，我們也已經不需要他了，不真的需要。

一切可以現在就結束。

我感覺到決定的兩端互相拉扯。彷彿這真的是我可以做的決定一樣。

這個馭電者從頭到尾都沒鬆手，幾乎像是把馬凡壓在地上一樣。泰頓不像我們其他人情緒起伏這麼明顯。他很難被激怒，即便是現在，抓著馬凡在手中也一樣。面對我們其他人這麼厭惡的對象，他真是個非常稱職的獄卒。

越來越多法爾莉的士兵從我們身後湧上廣場，眾人仍在高喊著口號。他們用顏色填滿這個空間，紅色和綠色的制服即便在潮濕的大霧中仍非常顯眼。我把注意力放在這個失敗的國王身上，他現在離自己的皇宮只有令人不寒而慄的一百碼遠，連續不斷的槍響和爆炸聲都不太能穿透我的意識。

「我說了，動手。」馬凡再次惡狠狠地說道，想要激怒泰頓。

或我。

風暴雲開始在上方聚集，閃電還沒劈落，我已經感覺到它的存在。紫色和白色，我們的象徵，讓卡爾知道我們來了。

「你們已經不需要我了。」雨水從他的臉龐滴落，移動的路線如此熟悉。「快點了結這一切吧。」

他緩緩地抬起頭望向我。我原以為會看見傷心或挫敗。

不是冰冷的怒火。

「泰……」我開口，但是話才剛要說出口，一顆砲彈炸過來，在財政廳的高牆上引爆。

爆炸力把我們震到一邊，倒在濕滑的地面上。我的後腦勺撞上瓷磚地，瞬間頭昏眼花。我想站起身，但是只再次倒下，與一樣失去平衡的泰頓撞在一塊。他把我往下拉，讓我平趴在廣場地上，閃過衝向我們、直掃過我們頭頂的火焰。

「馬凡！」我大聲吼道，聲音消失在這場戰亂之中。在槍聲、飛彈聲響和追擊彈攻擊、風和雨之中，我的吼叫就跟悄悄話沒什麼兩樣。

泰頓的身子在我下方一繃，用手肘撐了起來。他的頭前後轉動，在人群中尋找那灰色身影、深色髮絲。

我跪地轉身，一邊咒罵，原本繫好的頭髮已經鬆開，紫色的頭髮飄動，看起來好不熟悉。奇隆一個滑步在我肩旁停下來，已經拚命得滿頭大汗、整臉通紅。

「他不見了嗎？」他喘著氣，一邊扶我起身。

我的思緒漸漸恢復，勉強站起身子。我的肌肉緊繃，準備閃躲下一次噴火的攻擊。但其實我不需要，這不是他的風格，馬凡不是戰士。

「他走了。」我聽見我自己咬牙說。

我可以選擇去追他，或者把重點放在結束我們開始的這一切。我可以讓我的朋友們保命。

我突然湧起一股決心，逼自己轉身，面向廣場鬧鬥，還有前方的橋。「我們還有工作要做。」

雖然四周仍濃霧密布，我還是能看出來有幾百名士兵擠在橋上，橋下則是龐大無比的湖居者船艦。天上有戰機進行追擊戰，機翼有黃色、紫色、紅色、藍色和綠色，像致命的猛禽呼嘯來去。除了河以外，我什麼都看不清楚。市區另一邊完全被霧遮蔽了，至少法爾莉和其他軍官有對講機可以用，他們應該還能與另一頭的大衛森溝通。

我伸出手，抓住泰頓的手腕，拉他站起身子。他低吼著起身的時候臉色一沉，對自己充滿嫌惡。

「對不起。」我聽見他悄聲說道。「我有機會的時候就該殺了他才對。」

我一個轉身去找法爾莉。「歡迎加入這個俱樂部。」我低聲說道，用力從天上甩下一道憤怒的閃電。

雲霧之中可見一道藍色和綠色的電流，像是在回應我。

「他們過去了。」奇隆說，指著遠方的光。「拉夫和艾拉。大衛森的軍隊。」

雖然馬凡逃脫，我的嘴唇還是抽動了一下，想要微笑。一抹細微的勝利湧上胸口。「嗯，不簡單。」

比不簡單還多得多了。

凱薩廣場上有諾他王國的政府中樞——皇宮、宮廷、財政廳、戰事指揮部——但是都城大部分都在河的另一頭。我們這一頭雖然可能比較有價值，但是東雅啟恩占地比較大、人口也比較多。有紅血人和銀血人。卡爾的軍隊專心對抗船隊的時候，他們也不會只剩自己能對抗湖居者。

法爾莉瞪著橋下的水道，直挺挺地站著，神情肅穆，在身邊移動的士兵之中看起來像是雕像一樣。她的中尉吼著指令，把軍隊按照預先談好的隊形分配好。一半的人形成盔甲人牆，面對蒼火宮和戰士指揮部，有些卡爾的銀血人可能還在裡面。其他人面對外面，對著河流守著懸崖，或是擋住橋的這一端。

等於是把卡爾困在水面兩端之間，懸吊在下方的船艦上頭。

我們急忙趕到她身邊，赤紅衛隊和蒙特福特的士兵讓開來給我們通過。泰頓馬上開始動作，召喚刺眼的白色閃電往底下的船艦射去。鋼鐵龐然大物看起來堅不可摧，就連磁能者也無法動搖。藍光在雲層裡隆隆作響，艾拉的風暴閃電擊中船首，發出金屬撕裂的巨響。我瞇眼望向懸崖邊緣的牆緣，視線掃視河面。河面應該在幾百呎外，可是現在看起來卻比記憶中還近。我意識到湖居者一定是提高了水面好讓最大的船艦能駛入這麼深處的時候，不禁感到一陣口乾舌燥。

「河面還在上漲。」法爾莉回頭說道，讓出空間給我往下看。「我們沒辦法用原路撤退了。」

我咬唇想著下方的隧道。「被水淹沒了嗎？」

她點點頭。「非常可能。」她的目光在水面和隱約可見的橋之間移動。煙跟著霧氣一起冉冉上升，在灰白之中竄出一抹黑。「我們通過的時間剛好趕上。」

奇隆站到我們身邊來，他的注意力在橋上，不在水上。從這個制高點望去，我看得到卡爾的火力不是在守護橋，而是從橋上發動攻擊。看得見霧中有模糊人影快速地在下方的船隻甲板上移動，有史壯亞姆人，安娜貝爾的爆破人，還有其他最擅長近身戰術的銀血人。葛萊康門脈的寒凍人利用凍結的能力，看起來進度最領先。其中一艘比較小的艦艇被完全冰凍住了，固定在橋墩上頭。

沒看見火焰在船艦四周舞動的時候，我不禁鬆了口氣。只有一班的爆炸火焰，卡爾不在下面親自抵禦船艦。還沒。

「你覺得他知道我們在這嗎？」奇隆問，目光仍看著橋。

法爾莉咬緊下巴。她的手垂在身側，不是放在槍上，而是腰間的那架對講機。「卡爾現在有點忙。」

「他知道。」我低聲說。又一道紫色閃電劃過天際。空氣很沉重，像是雲都掉下來擋住眼前的戰火。又是一輪瞄準廣場的攻擊發動，飛彈落在皇宮側面，我身子一縮。

「我沒看見馬凡。」法爾莉靠近我說道。我發現她天藍色的雙眸正全神貫注地凝視著我，即便在大霧之中都顯得那樣晶亮透徹。「結束了嗎？」

我差點咬破嘴唇。刺痛比羞愧的感覺好。她看懂了我的猶豫，臉色發紫的速度超乎我的預期。

「梅兒．巴蘿……」

對講機發出喀啦聲響打斷了她，把我從她的弄火中救了出來。她扯下對講機，對著收音處吼。「我是法爾莉將軍。」

另一端傳來的聲音不屬於指揮部的將軍或蒙特福特的軍官。也不是大衛森的聲音。這聲音我到哪都認得出來，即便在槍林彈雨的吵鬧之中也一樣。

「我以為你們不會回來了。」卡爾說道，聲音微小，像是隔著很遠的距離，有點被雜訊扭曲。空氣裡的電流大概對無線電波不太好。

我呼吸急促地從法爾莉身上望向大橋。果不其然，霧裡的其中一個身影看起來變得清晰。寬闊的肩膀和熟悉、充滿決心的腳步，朝我們走得越來越近。我站定不動，雙腳在戰火上方像生了根一樣。

法爾莉對著對講機冷笑。「真感謝您撥空給我們啊。」

「只是禮貌而已。」他回答。

法爾莉嘆了口氣，轉身朝向橋上那個身影，現在他只跟我們距離不到五十碼了。卡爾被守衛包圍著，他停下腳步，整群人也跟著一起停下來。銀血人看起來很緊繃，手上都握緊了槍，等著一聲令下就攻擊。他朝我們點頭示意。法爾莉稍微皺眉，猶豫了。

「我想你應該知道局勢是怎麼樣，卡爾。」她說。

他回答得有一點太快。「我知道。」

法爾莉咬唇。「所以呢？」

一陣漫長的雜訊過後，他再次開口。「梅兒？」

我還沒想到要伸手，對講機已經在我手上。

「我在這裡。」我說道，目光鎖定著河谷那頭的他。

「太晚了嗎？」

這個問題有太多可能的含義了。

紫色、白色、綠色和藍色的閃電劃破雲層，足以穿透雲霧，讓所有人暫時失去視線。我閉上眼，感覺能量在我體內衝擊，我露出微笑。

閃電過去後，我回答了他，回答了他話裡所有疑問。

「不，不會太晚。」我對他說完，然後把對講機還給法爾莉。

她沒有阻止我爬下階梯，我穿過廣場上破損的閘門接近他的時候，卡爾的守衛自動讓開。

他站在雅啟恩大橋口等著，一動也不動。就像之前，他讓我走向他。他讓我決定腳步，決定方向，決定決定。他把一切都放在我手中。

雖然下方隆隆聲不對，我仍保持穩定的腳步。有東西被砸碎了發出巨響。可能是其中一艘船撞上另一艘船，但我幾乎沒注意到。

擁抱太短暫，真的太短暫，可是足矣。我穩住自己緊貼著他，在我膽敢停留的時間裡緊緊抱住他，感覺他的身子抵著我那溫暖、堅硬的線條。他聞起來帶著煙硝、血腥和汗水的味道。他的手臂在我背上交叉，摟著我的雙肩，把我往他的懷裡抱。

「我不想要皇冠了。」他在我頭頂上喃喃說道。

「終於啊。」我悄聲說。

我們同時後退身子，注意力回到手上的情況。我們沒有時間做其他事，我也沒有能力想更多。

他再次拿起對講機，一手放在我肩膀上。「將軍，我相信沃羅．薩摩斯和他手下部分士兵還在戰事指揮部中。」他說。我望向大霧裡那座位於廣場上的巨大建築。「你們要小心。」

「收到，會的。」她回答道。「其他方面呢？」

她立刻開始動作，對著其他中尉吼著下令，把卡爾的建議傳下去。奇隆和泰頓像守衛一樣守在她身子兩側。

「我們在努力擋住河流，如果船艦不能回頭……」

「他們就逃不掉了。」我替他把話說完，瞥眼望向城市兩邊的崩壞狀況。飛彈在頭上呼嘯而過，拖著黑煙以拋物線飛過、爆炸的模樣，宛若墨水畫過白紙。

雖然卡爾的士兵不斷攻擊，加上空軍艦隊的襲擊，湖居者的船艦大隊看起來似乎沒受什麼損傷。艾拉的風暴閃電在我眼前再次落下，但是只見河水一湧而上，接住了閃電的轟炸力，讓戰艦受到保護。河水被電流點亮，發出奇怪的光芒，接著光芒退去，河水又紋風不動地回到了河裡。一定是森菈皇后的動作，也許還有她女兒在一旁協助。我從沒見過能力用這種方式展現，就連把這種事拿來當做消遣的人也沒有這樣做過。

卡爾跟我一起看著，他的臉色凝重、神情嚴肅。「我們得開始擊沉這些船艦，可是有這條河，他們等於就有了所需的盾牌。我們現在只能把城市的破壞程度降到最低。」只見又是一波水濤把砲火擋下，他不禁咒罵。「他們總是會有火藥用完的一天吧？」他絕望地說。

我瞪著敵軍船艦，目光沿著鋼鐵外殼移動。「找幾個瞬移者來，把雷洛藍門脈的爆破人和伊凡喬琳送上去，讓他們把船扯破。」

「伊凡喬琳走了。」

「但你說她父親……」

不知怎麼地，卡爾看起來竟有點引以為榮的樣子。「她看到機會，所以她把握了。」

一個逃跑、把這一切留在身後的機會。我不需要想像就能猜到她要跑去哪裡，或者是要跑去誰身邊。跟卡爾一樣，我心裡湧起一種引以為榮和驚訝的複雜感受。

「火車。」我差點笑出來。做得好，我忍不住心想。

卡爾挑眉。「什麼？」

「在地道的時候，我們看見馬凡的撤退用火車駛過，一定就是她。」我回答。提起他的名字讓我一陣刺痛，我忍不住皺眉，口中嚐到一股苦澀。「對了，他也在這裡。」我脫口而出。我們身邊的溫度瞬間上升了幾度。卡爾驚訝地張嘴。「馬凡？」

我點點頭。雙頰感到一陣火熱。「他帶我們回到市區裡面，好襲擊你。」

卡爾仍十分震驚，伸手抹過臉龐。「嗯，可惜我們不能向他致謝了。」最後他喃喃說道，企圖擠出一抹不屑的笑容。我沒有笑，除了咬唇以外我什麼事都做不了。「為什麼這個表情？說謊是沒有用的。「他從我們手上溜走了。」

他看著我眨眨眼，又一顆飛彈飛過。「這時候開這種玩笑實在很怪，梅兒。」

我猶豫了一下，垂下視線。我沒在開玩笑。

他手腕上的火焰手環噴出火花，轉過身噴出一顆火球。憤怒、驚訝、惱怒，他把火球往橋邊扔，任憑火球燃燒霧氣、慢慢熄滅。

「所以他在這個城市某處。」他生氣地說。「太好了。」

「你注意奇隆和法爾莉，我去找他。」我很快地說，伸手放在他的手臂上。他的盔甲摸起來像是被放在火上烤過一樣。

卡爾輕輕把我的手撥開，回頭往廣場一瞥，露出牙齒。「不，我來。」

我向來動作比他快。我輕鬆閃過他的手，把自己穩穩地定在他和廣場中間，一隻手掌放在他的胸口，讓他跟我保持一條手臂的距離。「你有點忙啊。」我說，用下巴往下方的船艦比了一比。

「有點。」他擠出。

「我可以結束這一切。」

「我知道妳可以。」

我摸著他的盔甲，覺得溫熱，他用手覆蓋著我的手指。

這時，整座橋在我們腳下搖晃，有東西撞上了橋，從各個方向，每個角度。上面、下面，飛彈、砲彈，一陣大浪沖向橋墩和我們站的橋面。重重打上他的盔甲，讓卡爾失去重心，他已經被沖倒在地，我還在試著站直。

可是上下已經沒了分別。

高達三層的雅啟恩大橋，這座巨大的岩石與鋼鐵建築，從中間往下坍塌，往下墜落。不難猜到原因。另一場爆炸隆隆作響，殘骸往四處飛濺，跟著橋的中間橋墩一起垮下。

卡爾手腳並用地想站起身子，我緊抓他的手臂。如果可以，要我拖著他走我也願意，但他的盔甲實在太沉重了。

「幫忙啊！」我喊道，看著他的守衛。

那群雷洛藍士兵，他祖母自己的血親立刻拉著卡爾站起身子。可是橋在跟我們對抗，墜落的速度越來越快，隨著崩解而發出震天巨響。

我們腳下的人行道也瓦解、往三十呎下的第二層重重墜落的時候，我發出尖聲驚叫，我側身落地，肋骨發出喀啦一聲，痛覺像蜘蛛網一樣爬滿我全身。我咬牙想翻過身子站起來。快下橋，快點下橋這句話在我腦海中像鼓聲重複。

卡爾已經成跪姿，他伸出一隻手。不是要抓我。

是要阻止我。

「不要動！」他大聲喊道，手指張開。

我跨出的腳步凍結，一條手臂抱著肋骨。

他的眼神特別明亮，那麼害怕，瞳孔放大、變得深沉。

艦隊的槍砲持續向上對我們轟炸，我只聽得見一個聲音。像悄悄話，但更糟。

碎裂。崩解。

「卡爾……」

我們腳下的一切全都墜落。

34 卡爾

我像一塊石頭一樣下墜。

這身無用、炫耀的盔甲從沒有過什麼表現，只會拖慢我的行動，現在我從一百呎高的地方落入波濤洶湧的河水裡，盔甲保護不了我，我也保護不了它。我的雙手在空氣中猛撲，想找到東西抓，但是只有大霧從我的指尖溜過。我連喊都喊不出聲。

殘骸在我們之間墜落，我做好被扎實的水泥塊撞擊的準備。也許水泥會在我被淹死前先把我砸死。能有這樣微小的仁慈也好。

我想找到她，即便水面一直接近我。

突然有人抱著我的腰，手臂的力量用力到我感覺空氣都從肺部被擠出來了。我的視線出現黑點。我可能昏了過去。

或者不是。

河水、大霧和崩垮的橋都消失，我被一片漆黑吞噬的時候我放聲大吼。我的整個身子都緊繃了起來，變得僵硬。一撞上硬物的那一刻，我以為全身的骨頭都會碎裂。

但是什麼東西都沒斷。

「我都不知道國王可以叫成這樣。」

我用力張開眼睛，只見奇隆．華倫站在我身邊，臉色蒼白但帶著一抹友善的微笑。他伸出一隻手，我一把接住，讓他把我拉起身。

蒙特福特瞬移者在一旁看著，身穿綠制服的她有點喘。她的個子很小，幾乎跟梅兒一樣小，朝著我簡明地點了個頭。

「謝了。」我喘著氣，還在腦海裡消化自己逃出一死這件事。

她聳聳肩。「報告長官，我只是聽命行事而已。」

「我們會有習慣的一天嗎？」梅兒在幾呎外說道，她仍跪在地上，吐了口口水，臉色發青。

她的瞬移者，蒙特福特軍官亞瑞索低頭看著她，臉上露出竊笑。「還是妳比較想要另一個狀況？」

梅兒只翻了個白眼。她的目光掃向我，對我伸出手要我拉她一把。奇隆拉著一手，我拉另一手，一起讓她站起身。她看起來像是刻意找事做般，把沙土從那套赤紅衛隊的鮮紅色制服上拍掉。我猜人還是很難習慣從鬼門關前被突然拖走這種事，不論發生多少次都一樣。

「有多少人掉下去？」她問，仍不抬起目光。

我咬唇瞥了下四周，看見幾個雷洛藍守衛在我們身邊，還在復原中。但是瞬移者能做的畢竟有限，我在橋上本來有數百名士兵，下方有更多人。想到可能的狀況，我的胃只覺一陣翻攪。

我咬緊牙關，讓自己恢復精神，這才發現我們又回到了廣場邊緣，法爾莉的不對現在加強了懸崖的防守狀況，我們就身在其中。雅啟恩大橋在下頭只剩骨架了，中間崩垮，河水在下方奔騰。湖居者的其中一艘船被固定在原地，被像是風暴中被吹倒的大樹幹一樣的從鋼架上斷落的橋墩壓在底下，這重量就連對湖居者皇后來說都太沉重了。

隔著濃霧，我看不見橋的另一頭，只能希望我的主要兵力都逃到對面去了。我們一開始兵力就有限，每丟一條人命都為我肩上的重擔增加重量。我覺得這擔子已經要把我壓垮了，可是這場戰爭離結束卻還很遠。

梅兒移動腳步往我身邊站，跟我一樣望向遠方。她的手指再次與我交扣了一下子，才不甘願地放開。「我得去找到他。」她悄聲說。

雖然我非常想要幫她做這件事，可是我真的沒辦法。除非我要把指揮權留給貝爾奶奶，或者以門脈的觀點來看，交給朱利安。兩個人的能力都不足以完善守護雅啟恩，特別是要跟黛安娜．法爾莉聯手的情況下。

「去吧。」我對梅兒說，把手放在她的下背上。我用力地嘆了一口氣，輕輕地往她一推。推向我弟弟。去殺了他。「把他解決吧。」

這件事應該要由我來做才對，我該要有骨氣做到這件事。

但是我受不了。我承受不了殺他的這個重量，我殺不了馬凡。

她離去的時候，奇隆跟著她一起走，我閉上眼，深深地吸了一口顫抖的氣。

我得跟她道別多少次？

我失去她多少次？

「河水！」有人吼道。

我倏地恢復注意力，讓直覺掌控我的反應。我受了這麼多年的訓練，當戰士、當將軍，去面對咫尺之外或千里之遙的戰事。我立刻開始在腦海中想像城市的畫面，由都城河一分為二，現在河裡被湖居者的船艦隊給堵住了。我們與雅啟恩另一頭被截斷，被孤立在此，只有瞬移者能移動我們。有多少瞬移者，我不知道。但是如果湖居者決定把攻擊目標移到懸崖和那裡的人上頭時，絕對是不夠的。

法爾莉仍站在原位，長槍背在肩上。她雙眼抵著一副望遠鏡往下看，一動也不動。像雕像，在霧和煙之中只剩剪影。

「還在上升嗎？」我問道，走到她身邊去看清楚點。她把望遠鏡遞給我，自己的視線仍望著原處。

「上升得更快了。你看下游。」她說，大拇指往南邊一撇。

要看懂她的意思不難。白浪接近中，湖居者從海口引進更多的水，河面上水波隨之洶湧起伏。水面穩定地往上爬，像是一面不可攻破的水牆一樣，高達二十呎高。我認為河水到目前為止至少上升了三十呎，還會繼續上升。

雖然赤紅衛隊鎮守著懸崖的位置，懸崖仍承受不少攻擊，一連串飛彈擊中目標，岩石隨之從崖壁上滾落。我縮身，舉起手臂擋住往我們噴射而來的碎片。法爾莉只轉過頭。

「朱利安和莎拉．史柯儂思在軍營指揮醫療室，最好讓幾個跑腿的做好準備。」我下令，看著幾個士兵轉身離開懸崖，滿臉是血。

「安娜貝爾呢？」她回答，口氣勉強表現中立。

「在戰事指揮部。」

「跟薩摩斯？」

我猶豫了一下，思考伊凡喬琳在加冕典禮前告訴我的話。她說朱利安和安娜貝爾在暗中計畫殺掉他，好把歧異王國除掉，也許還會用他的遺體給我們換點和平。如果這是代價，我不會阻止她。

我只能擠出「也許吧」，然後趕快轉移話題。「妳有什麼計畫？」我問她。我沒看過黛安娜．法爾莉沒有計畫就出擊，就算只是急中生智也算數。特別是在大衛森支援的時候，更別提還有整支赤紅衛隊在場。「你們有計畫吧？」

「可能有。」她回答。「你呢？」

「我們本來想要阻斷船艦隊的路，也許把他們困在河面上，逼他們停火。但是那兩個寧夫斯人皇后在水上簡直勢不可擋。」

「是嗎？」法爾莉瞇起雙眼看著我。「我看那個艾芮絲在哈伯灣把你嚇壞了吧。」

我試著不去想那件事。水的重量，把我用難以想像的速度往下拉。「可能吧。」

「這樣的話，我們應該要回敬她一樣的待遇才對。」

「好吧。我帶幾個爆破人和幾個瞬移者去，看看能不能……」

我很驚訝地看著她揮手打斷我。我雙頰一熱，被她打發的態度嚇一跳。「不需要這樣。」法爾莉說，轉身背對我。她舉起對講機，扭動轉扭切換通訊頻道。「總理，你那裡狀況怎麼樣？」

大衛森的聲音傳回來，我聽見槍聲在他那邊響起。「暫時還算穩定。幾個皮蒙特士兵試著從懸崖上來，但是沒料到會正面遇上我們。我們把他們送回去了。」

我想像穿紫色和金色的皮蒙特士兵從河岸邊滾落，被新血脈軍隊擋下的模樣。

「妳那邊呢？將軍。」大衛森問。

法爾莉咧嘴一笑。「我這裡有比較講理的那個克羅爾，巴蘿去追另一個了。」

「總理，」我對對講機說，「我有幾百個銀血人分布在橋的遺骸上，仍在對著下方攻擊，你能掩護他們嗎？」

「我可以給你更好的幫助。他們得離開水面，我這就派瞬移者過去。」他回答。

「我的人也是，」法爾莉插話，「情況惡化之前，盡量能帶多少人就帶多少人。」

我瞥了她一眼，皺起眉。「另一波船艦嗎？」

她的笑容變得更燦爛了。「類似吧。」

「現在可不是什麼驚喜的好時機。」

「說真的，你是不是忘記我們有多少能耐了啊。」她笑著說。這畫面真怪，看著她大笑，後方則是砲火連連的戰場。「我們得等到水面夠高才行。幸運的是那兩個寧夫斯皇后一定樂於幫我們一把。」

我再次望向水面，還有拍打著船艦的水波，將船艙抬升到現在已經跟比較低的岩岸等高了。再來幾波水流，我們就會跟他們正面相對，所有飛彈和砲彈直往我們而來。我實在不覺得那是一個值得期待的情景。

法爾莉看著我的疑惑，樂不可支的模樣。「我很高興你決定用我們的方法看待事情，卡爾。」

「用正確的方法。」我回答道，「這才是做事的方法。」

她的笑容散去，但是不是不高興。也許是驚訝。這是第一次，她伸手帶著溫柔，帶著同情。她的手指拂過我的肩膀。

「不要再有國王了，克羅爾。」

「不要再有國王了。」我重複道。

我聽見的不是法爾莉的聲音，不是飛彈、船艦、水波、傷兵的哭喊，我聽見的是我母親的聲音。那個我想像著屬於她的聲音。

卡爾不會像其他人。

她對我有所期待，就跟我父親一樣。她想要我不同於他人，但是她還是希望我成為國王。

我希望我的選擇能讓她覺得光榮。

「說到國王。」法爾莉喃喃說道，態度瞬間改變。她的目光往遠處望去，手指指向正在穿越廣場的人影。「那個是……」

他的黑色披風在霧裡翻騰，往後掀起露出包覆在完美、鏡面般的盔甲下的手腳。他的腳步穩定、快速地朝人群移動，士兵看到他都快速移開腳步讓他通過。他刻不容緩地走向搖搖欲墜的大橋。

「沃羅．薩摩斯。」我低聲說道，咬緊牙關。不論他現在打算做什麼，對我們都不會是好事。可是他沒有減速，甚至不顧橋面在他腳下變得越來越危險。在高升的水面上，船艦幾乎在他的腳步正下方，但他仍沒有停下來。

就連走到了斷橋處也一樣。

他墜落的時候，法爾莉倒抽了一口氣。他的身子緩慢落下，在霧氣的縫隙中，絕不會錯看那身披風和盔甲。

我轉過身，不忍看他撞碎在下方的鋼鐵上。

廣場另一頭，我看見我的奶奶堅定地站著，身上的戰服閃動著紅色和橘色光芒。她的目光穿過混亂的士兵身影盯著我。

朱利安在她身邊低著頭。

我不認為他之前殺過人。

35 艾芮絲

「再來一波潮水，我們就能直接從船艦開始登陸了。」母親低聲說道，踏上船上的空橋，站到開放空間之中。大雨傾盆而下，在她外露的臉龐上留下水珠。我緊跟著她，她的守衛也是。她全身上下都包覆著盔甲，被黑色和鈷藍色鋼片包裹。我們不會冒險，隨時都可能來一顆流彈擊中她，讓我們的入侵行動瞬間潰堤。

「耐心點，母親。」我低聲說，身子幾乎像是黏在她身上。「他們再擋也擋不了多久了。」

我忍不住在心裡抱著希望。泰比瑞斯．克羅爾讓自己的國家完美地瘸了腿，背叛自己的人民還有紅血人，把任何本來能夠保有王座的機會都拋棄，從他那邪惡的弟弟手中搶來的王座。

雅啟恩就要崩落了，而且會很快。

我瞥了河岸兩邊的懸崖一眼，兩處都冒著煙和霧。閃電從天而降，帶著奇怪的顏色，我想起了自己的婚禮。那些紅血怪胎和山城來的銀血叛徒在那天攻擊這座城市，那時取得的成功比我們現在掌握的還少。水面在我們四周翻騰，輕撫著船艦的艙殼。我把能力範圍放到最大，清晰地感受著浪潮，感受著每個波動。

崩垮的雅啟恩大橋就在我們上方，仍不斷崩解中。殘骸碎片毫無破壞力地墜入水面。我舉起一隻手，把比較大的幾塊水泥用高漲的水掃到一邊去。又一塊水泥墜落，落下的模樣很怪。那東西閃了一下光，看起來像金屬，眼看它頭尾翻面，直往船艦甲板落下。

我的手指在空中移動，掀起另一波水花，可是母親抓住了我的手腕。

「讓他掉下來。」她說，目光鎖定在那個人影上。

直到東西掉到甲板上，離我們僅幾碼距離，我才發現原來墜落的是個人。他的手腳歪折，腦殼像西瓜一樣破碎，在甲板上留下銀色和白色的噴濺物。這扭曲的屍體是個男人，從破爛的臉上殘留的鬍鬚看來，他的年紀不小。黑色披肩一部分蓋住了他的身子其他部位，只見布料邊緣鑲著銀邊。

熟悉的顏色。

突然間，戰場像是離得好遠，宛若一場夢，我的眼角餘光看見的世界顯得模糊不清，一切都聚焦在這個當我們的面被粉身碎骨的男人身上。他的額上沒有皇冠，連臉都沒了。

「沃羅．薩摩斯就這樣結束了一生，還有歧異王國。」母親說道，腳步俐落地走到他的破碎骨頭旁。她毫不退縮地用腳尖把披風掀開，翻動他的頭骨殘骸。

我瞥開視線，無法直視眼前的景象。我的胃裡噁心地翻攪。「安娜貝爾皇后的交易完成了。」

母親仍在檢查遺體，嘖嘖地發出聲音。她的深色眼眸在這死去的國王身上掃動，仔細檢視一切。「她覺得這麼一來就能拯救她的城市和她的孫子。」

我重新堅定心志，逼自己把視線移回薩摩斯身上。我對血並不陌生。另一具屍體不該讓我驚嚇才對。這個男人就是我父親喪命、我國失去國王、我母親失去丈夫的原因。他的下場只是剛好而已。這下場真的是殘暴至極。

「愚蠢的女人。」我想起安娜貝爾．雷洛藍和她對於進攻行動表現出的微弱的阻止。妳是不會成功的，代價就是如此。

終於滿足之後，母親跨過屍體。她舉手示意兩名守衛開始進行把薩摩斯從甲板移除的噁心清理處置。他們把他拖走的時候，銀血像顏料一樣流得到處都是。

「在心愛的人面前，每個人都是傻瓜，親愛的。」母親輕輕說道，雙手交疊在身子前方。她沒有停下腳步，目光往其中一名中尉掃過。「城市兩邊平均火力攻擊，重點放在群聚的部隊上面。」

那軍官點點頭，縮身回到指揮艦橋上，她的命令傳遍艦隊各處。湖居者和皮蒙特的船艦都聽命行事，槍砲連番開火。河流沿岸一連串爆炸，煙霧瀰漫，懸崖碎石和城市建築物被炸毀墜落。過了一會兒，河岸兩邊的敵軍開始回火，可是火力很弱。大多數的子彈不是從艙殼上彈開，就是沒入河底。

母親帶著陰沉的微笑看著一切。「擊潰他們的前線，後面就輕鬆了，只要等河面夠高就好。」她在想的是甲板底下數以千計的士兵等著從船艦上衝出來，消滅等在上頭的一切。

一陣強風吹來，夾帶著上空飛機的呼嘯聲。我咬緊牙關。諾他王國的空軍艦隊是他們唯一占上風的項目，削弱了皮蒙特的空軍以外，我們自己的空軍火力也遠比不上對手的強度。我們只能靠風暴讓他們忙不過來，利用僅有的飛行器讓他們無法專注於船艦隊。至少現在看起來還算有用。

至於泰比瑞斯愚蠢地派來對抗我們的諾他王國士兵，甲板部隊輕易地就控制住他們了。即便有史壯亞姆人和史威風特人領隊攻擊，我們有不少奧滄諾門脈的寧夫斯人利用河水來搶占優勢。搶占我們的優勢。

即便現在，我都能看出他們的人數正在快速減弱。「瞬移者。」我吼道，看著蒙特福特的怪人瞬間出現又消失。他們把最後幾個諾他人帶走，把人送回相對安全的城市懸崖上。

「他們在從船艦上撤退。」我轉向母親，得意和失望的心情交雜。諾他人怕得知道要逃。

「反正人數也剩不多了。」

湖居地皇后抬起下巴，態度高傲、散發帝王氛圍。「召喚回去做最後一擊。很好。」

我的腦海中馬上浮現母親氣勢勇健、大步踏上凱薩廣場的模樣，踏上曾是我那華美牢籠的皇宮階梯，坐在克羅爾家最終仍保不住的王座上。等這一切都結束後，我的母親會成為女皇嗎？成為從湖邊到海邊，管理凍土地帶到廢墟荒地的輻射邊境？先別想這麼多，艾芮絲。戰爭還沒贏。

我試著讓自己把專注力回歸眼前的情景。刺鼻的煙硝味和薩摩斯的血腥味成為很好的著力點。我用力吸了一口氣，讓這氣味淹過我的感官。說來好笑，我以為心中的這股怒火會跟著薩摩斯國王一起死去，但是我仍感覺得到，就深埋在我的胸口，腐蝕著我的心。我的父親死了，沒有王座、沒有皇冠可以把他帶回來。不論怎麼樣復仇，都不能治癒這股痛。

我又深吸了一口氣，把注意力放在下方的水面上。水是我們的神祇的使者，傳頌著每個保佑和詛咒。通常這感覺會讓我平靜下來。能這麼接近這種力量總是能夠連我這樣的人都感到謙卑。而現在的我，沒有感覺到任何熟悉的神祇的氛圍。

倒是感覺到別的東西。

「妳感覺到了嗎？」我猛地轉身面對母親。我全身的盔甲都變緊了，隨著我全身的神經末梢都湧上一抹恐懼，窒息感席捲而來。水裡那是……什麼東西？

母親朝我眨眨眼，感覺到我的不安。她的目光凝視了片刻，派出相當的力量下水去追捕這個讓我這麼緊繃的東西。我看著眼前的景象，呼吸急促，等著她告訴我什麼都不是，只是我的想像，是我迷糊了、弄錯了。

她的氣勢瞬間變得銳利，雙眼瞇起，落在我背脊上的雨水突然冷得像冰棒一樣。

「另一波水流？」她不悅地低聲說，彈指召喚一名鄰近的軍官前來。一個諾他王國的叛徒，他很快移動腳步，臉色蒼白。他看起來仍對於藍色的湖居地制服不太適應。「奧滄諾，」她朝他開吼：「是不是你的寧夫斯人在召喚另一波水流……」

他搖搖頭，深深地彎下身子。奧滄諾和他人數眾多的家族成員不像我們能力這麼強大，但是他們仍算是有相當的力量，是我們不可或缺的一部分。「我沒下令這麼做，陛下。」

我咬唇，感官仍感覺得到那巨大的東西在水裡移動。當然，我試著把它趕走，但是這東西實在是太重了。「鯨魚嗎？」我喃喃自語，難以相信自己竟然有這種念頭。

母親搖搖頭，露出牙齒。「更大、更重。」她說：「而且不止一個。」

船艦軍官在我們身後手忙腳亂地衝上艦橋，處理突然亮起的十幾盞警示燈和警報器。聲音像匕首一樣擊中我。

「撞擊準備！」其中一人喊道，揮手要我們找掩護。

母親抓住我，手臂環繞我的腰間把我抱緊。我們面露驚恐，感覺水流隨著許多東西往船艦隊移動的變化。一定是機械的東西，我們不知道的戰爭武器。

第一記攻擊集中船艦隊中央，一艘戰艦突然間發出金屬撕裂的巨響往一邊傾倒。水底下出現爆炸，炸出拋物線的泡沫和碎片。一艘皮蒙特的船艦著了火，火藥庫把前半段艙殼炸開。爆炸感覺就像是在我身上燃燒一樣，但我沒有辦法轉過頭，只能驚恐地看著這艘船不到一分鐘內就沉沒，帶著船艙內不知道多少人一起沒入河底。

我們的母艦在腳下震盪不已，隨著不知道什麼東西撞擊水面下的艙殼發出鏗鏘聲響。

「快推，艾芮絲，推啊。」母親下令道，放開我的身子，跑到甲板邊查看。她傾身向前，伸長手臂，下方的水流照著她的指令一波波往後流動。

我加入她，使出我的能力。我用力壓了又推，想把撞擊船身的東西移開，可是那東西真的太重、太大，還有自己的引擎。

我們全神貫注地保護母艦，我幾乎沒有注意到其他船艦在四周也陷入苦戰。沒了命令，幾艘船極力地想要掉頭，駛過白沫急湧的河面，在越趨劇烈的鋼鐵船艙震動、下沉中移動。我的眉心冒出汗珠，逼得我眨眼、失去專注。

「母親。」我勉強開口。

她沒有回話，雙手在霧氣中緊握，像是想把這座新的武器直接從水中抓出來。她發出低吼聲，聲音在強風中被吹散。

閃電再次亮起，又一道藍色電流擊落。我的速度來不及化解閃電的攻擊力，只見電流直接擊中我們旁邊的船艦，轟得甲板上的水和血肉嘶嘶作響。士兵呼喊聲響起，跳落船體逃離電流地獄。他們馬上就被翻攪的水流給拉下水底。

「母親！」我再次開口，這次是用喊的。

她咬牙咒罵。「那些紅血混帳在水面下有船隻，船和武器。」

「我們擋不住他們嗎？」

她的雙眼炯炯有神，甚至在風暴和命運突然地扭轉之下也一樣明亮。她毫無預警地放下雙手。「可能會損失慘重，而且也不見得有任何保障。」她低聲說道，像是呆住了。

我試著讓她恢復注意。「我們得登上懸崖，踏上陸地。我們還是可以逼退他們的兵力……」

守衛在我們身後靠近，緊繃地等著衝刺，就等母親的一聲命令。

她無視他們，只盯著我看。「我們做得到嗎？」她說，聲音聽起來異常柔軟而抽離，好像她剛是在睡覺，現在才甦醒。

母親拍拍我的雙頰，感覺冰冷又潮濕。她往我身後望，目光鎖定甲板。我轉過頭沿著她的目光望去，只見到鋼板上遺留的薩摩斯血跡。那是我們的復仇行動的最後一部分。即便雨水也無法洗刷。即便神也治癒不了那種痛。

又一艘船遭到攻擊，在河面上翻覆，我身子一縮。「終於結束了嗎？」我大聲問。

她的手指與我交扣。

「結束？」她氣聲說，捏了捏我的手。「永遠不會，不會真的結束。但是現在，我要把我的女兒活著送離這裡。」

這是今天第一次，我回頭望去，看著下游，看向撤退的方向。我勉強嚥下口水，戰局突然轉變讓我頭暈目眩。感覺像是被直接開膛剖肚。

但是死和戰敗之間只有一個選擇。

「我們回家吧。」

36 馬凡

被羈押、被靜默岩悶住又和火焰手環分開這麼多天之後，火焰能帶來的沁涼感就像乾渴之人碰到水一樣。我讓火焰在我體內揚起，像是愛人的深吻般停留，接著沿著肌膚引爆，強大又憤怒，足以把那個邪惡的馭電者震開。他和梅兒隨即倒下，兩個人都重重地撞上凱薩廣場的堅硬瓷磚。

我沒多看她一眼，拔腿就跑，在身後留下火焰，形成一道牆守護著我的逃脫路線。我把另一團火焰近身保護，握在拳頭裡，用盡力氣讓它持續燃燒。我的雙腳帶著我跑過廣場，用前所未見的速度奔馳。我不是卡爾，我也並非特別快或特別強壯，但是恐懼讓我保持警覺、大膽行事。雅啟恩的混亂讓我占了上風，更別提我還對皇宮瞭若指掌。蒼火宮曾是我的家，我沒有忘記它。

突然現身的數百名赤紅衛隊士兵絕對足以讓卡爾的軍隊分心，他們還在想辦法安排武力抵禦湖居者的攻擊。不論如何，我盡量低調行動，黑色髮絲落在臉龐前方擋住我這張太好認的臉。

這些士兵曾屬於我，應該還是我的才對。

我腦海裡的聲音從我自己的聲音變成她的。

蠢貨，全是一群蠢貨。母親嘲諷地說。我幾乎能感覺到她的手撫過我的肩膀，讓我在跑的時候挺直背脊。竟然讓那沒骨氣的邪惡男孩取代你。他會結束這個王朝，結束這個時代。

她沒有說錯。她從沒真的錯過。

如果父親可以看見你現在的模樣就好了，卡爾。看看你變成什麼德行，還有你對他的王國做了什麼好事。

在我眾多的希望和悔恨之中，這是最讓我覺得惋惜的。我父親死了，但是死的時候仍愛著卡爾，相信卡爾，信任卡爾的偉大和完美。不知道當時是不是該讓情勢自然發展，讓他看看這個完美兒子有多少缺陷。

但是母親有她的道理。她最懂。

那只是另一條沒有踏上的路，一個死去的未來，瓊恩就會這樣說。

又一顆飛彈在附近引爆，我跟之前一樣利用爆炸作為我的優勢。炸彈在我身邊引燃，毫無傷害力，讓我能逃脫陣陣濃煙和火焰。我不能回去財政廳的隧道，那些紅血鼠輩都還在那裡奔走。但是還有其他方法可以前往地下鐵軌，有其他方法可以安然從雅啟恩脫身。我最熟悉的方法，就在蒼火宮裡頭，我盡快加快腳步，往皇宮內部移動。

該死的火車。我咒罵偷走它的人，那個現在安全地搭乘著火車離去的討厭鬼黃鼠狼。至少我還能沿著軌道走。我已經很熟悉黑暗了，幾哩路又算什麼？

什麼都不是。我總是能感覺到全身上下的黑暗，跟污漬一樣無法擺脫，不論我到哪裡都跟著我不放。

我要去哪裡呢？我能去哪裡？

我是被罷黜的國王，是殺人兇手，是叛徒。對所有有點理智的人來說就是個怪物。在湖居地、蒙特福特、在我自己的國家裡，他們都會殺了我。是我活該，我一邊跑一邊想，我早該死過一千次了，用一百種不同的方法處決，每次都要比上一次更痛苦。

我想著跟在後頭的梅兒倒在廣場上的樣子。她已經爬起身子準備繼續追捕我。我哥哥也是，不知道在英勇什麼勁，守衛這座城市和不當手段取得的王座。我一邊想著，露出嘲諷地笑，一邊快速跑上階梯，跳躍著穿過熟悉的石頭。我掌心裡的火焰晃動，縮小成火星閃爍，我再次把它變大，讓火焰包覆我的手。廣場上滿滿的人，宮殿裡卻是一片冷清。不論貴族或宮廷人員若不是在外面打仗，就是深藏在宮殿深處，把房門用障礙物堵起來躲在房間裡面，或者根本就已經逃了。不論如何，穿過接待大廳的時候，我的腳步聲是唯一迴盪的聲響，我的路線跟自己的心跳一樣熟悉。

雖然時間是正中午，大廳裡卻陰暗又冰冷，窗戶都被霧氣和煙遮蔽了。電網受屋外的戰事影響，電流閃爍，使得燈光毫無規律地閃爍。*很好*，我心想。我身穿灰衣，正好可以輕易融入蒼火宮的陰影裡。我還小的時候就常常這麼做，躲進壁龕或是窗簾後頭偷看偷聽，當時不是為了母親，而是因為自己好奇。

卡爾以前有時間的時候也會跟我一起偷偷偵查，或是在課堂時間替我掩護，告訴老師我生病了或是被其他事情耽擱。奇怪，我想得起這一切，但是那背後的情緒，還有我們有過的連結，卻已經幾乎完全消失。被母親給分割或是挖除了。沒有人有辦法讓這一切重新長回來。

*雖然他試過。他找過了。他想要救你。*這念頭差點讓我吐了出來，我忍下了。王宮大殿的門比我預期還要沉重。想到就好笑，我從沒親自開過這扇門。總是有守衛或哨兵人代勞，通常是特爾基人。我感覺到自己的軟弱無力，用肩膀抵著一扇門，推開小縫好側身溜入。

我的王座不見了，靜默岩被移到哪裡去，恐怕只有卡爾才知道。我們的父親的王座回來了，那座用鑽石玻璃刻成的火焰王座。我睨視那座閃閃發亮的怪物，父親的象徵，他的皇冠還有一切他欠缺的東西。其他座位擺在卡爾的王座兩邊，其中一張是朱利安．傑可斯的位置，另一張則是我們的奶奶的位置。想到他們倆，我的唇角不禁向下一撇。沒有他們，卡爾永遠不可能走到今天這麼遠，那條毒蛇艾芮絲也絕對不會把我交出去。

我希望她溺死在河裡，被自己的能力溺斃。

不，這樣更好，我希望她被燒死。這不就是她的神給的處罰嗎？永遠受到相反的元素折磨？也許艾芮絲和卡爾會殺掉彼此，畢竟他倆上次差點就成功了。

孩子總是可以期待的。

王座左邊那扇門比較小，通往國王的私人空間，包含書房、接待室還有議會。我走進那間成排擺放著書架的長形房間裡，光線再次熄滅，讓我陷入了半漆黑的環境之中。這裡的窗戶很高，正對著灰濛濛、空蕩蕩的院子。我很快地穿過窗邊，心裡默默數著。一、二、三……

到了第四扇窗戶，我停下腳步數著書架。往上三層……

好在卡爾還沒時間重新安置這裡的書架，否則他就會發現皮革裝訂的這本關於十年前經濟波動研究的大部頭背後的機關了。

輕輕地一拉，書本就往前滑動，啟動上了漆的木頭後方的旋轉機關。整座書架往前滑出來，露出一道鑲在外牆內的狹窄階梯。

我用仍燃燒著的火焰當作火炬，一股腦地開始往下走，讓書架在身後回歸原位。

陰暗的空氣很潮濕，還有一股霉味。但我還是繼續呼吸，小心地踏著階梯向下。這是一段老舊的僕人階梯，早就沒人使用，但是仍與其他宮殿裡的通道相連。我可以從其他通道走到財政廳、戰情指揮部、宮廷或任何位於凱薩廣場上的重要地點。我的祖先為了戰爭和圍城的情勢打造了這些通道，我很慶幸他們的遠見，還有我自己的遠見。

階梯最後通往一條比較寬廣的走廊，牆面上都是粗硬的石頭，地面緩緩傾斜向下。我持續前進，這才敢讓呼吸變深一點、緩一點。我的上方戰況仍很激烈，但是我早就不在現場。唯一知道這些隧道的人都忙得不可開交。

我可能真的能夠逃出這一切。

這時，前方有東西閃動了一下，是火光，但是不知怎麼地扭曲了，波動著。我慢下腳步，小心翼翼地移動，壓低腳步聲。我又深吸了一口氣，聞到了水的味道。

那些王八蛋湖居者。

眼前的斜坡緩降進入黑色的水窪裡，表面反射著我手中的火光。我想往牆面猛揍一拳，但我只咬牙咒罵了一聲。雖然潮濕，我仍往前走了幾步，直到水深達到我的腳踝，冷得刺骨。水只會繼續變得更深。我氣急敗壞，後退腳步，踹了地上的塵土一腳。幾顆小石頭被我踢飛，落入難以捉摸的水窪之中。我忍住想再次開口咒罵的衝動轉身，加快腳步往我來的方向移動。

我全身上下只感覺到熱燙燙的挫敗感，一路擴散到我的雙頰。另一段階梯，走另一條隧道，我告訴自己，雖然我知道那條路會帶我通往何處。

另一條淹水的走道。另一處被阻攔的逃生路線。

我突然覺得牆面離得太近，從四面八方夾了過來。我加快腳步，手上的火焰隨著我的腳步開始踉蹌而跟著晃動。我的手指掃過伸手就能碰到的石頭，掃過凹凸不平的表面，而我終於再次回到階梯旁。我衝出階梯最上端、進入與階梯相連的廂房裡新鮮的空氣時，腳步已近乎全速衝刺。

如果進不了隧道，我就得翻過牆。想辦法先向上再向下，然後往西邊移動，避開上游的貧民窟，那裡有一大片住宅沿著首都外圍林立。我得想辦法易容才行。我沒辦法專心思考，思緒胡亂轉動，被恐懼給癱瘓了。我必須專注在眼前的首要事項——離開這座城市——但是一切都模糊了。我需要食物、地圖、補給品。在地面上每踏出一步，都是往危險更接近一點。梅兒和我哥哥，他們會追我到底、把我殺掉，如果他們能夠生還的話。

我先在書房裡翻找了一陣，想要找到有用的東西，可是徒勞無功。最重要的是手環，火焰手環。卡爾可能把備用的放在某處，但是他這張曾經屬於我的高級書桌上這麼多抽屜和夾層裡卻什麼都沒有。我盯著一把特別銳利的拆信刀好一會兒，把匕首模樣的金屬舉到微光下審視。我手一抹，在我父親的畫像上留下一道裂口。就連破損扭曲，他的臉也像是在嘲笑我，眼神在破掉的畫布上宛若火焰燃燒。我轉身，手裡抓緊了拆信刀，無法面對他的凝視太久。

接著是皇室寢宮。我眨眨眼就到了，差點把門上鉸鏈踢斷。但我馬上停下腳步，感到疑惑。眼前不是給諾他國王的奢華套房，而是一間空蕩蕩的房間，所有家具裝飾都沒了，連畫作也搬走。沒有窗簾、沒有地毯，只有隨意放置的清潔用品。

卡爾沒睡在這。只要我的影子還在這裡他就不會睡這間房。懦夫。

這次我真的往牆壁揍了一拳，手指關節破皮疼痛。

我不知道可能會是哪間房。居住區有超過幾十間臥房，我沒有時間一間一間去找。我只能看看到了城外能偷到什麼了。打火石和鋼鐵就能跟我的手環一樣輕一點起火花，這些東西我可以拿得到。總有辦法。

我的視線邊緣變得模糊，隨著我越跳越快的心臟湧現的迷霧。我甩甩頭，想讓這感覺消失，可是沒辦法。我的腦袋一陣痛，椎心刺骨，我又吸了一口氣，逼自己大口大口呼吸好冷靜下來。就像在隧道裡的時候一樣，牆面感覺離得太近，還一直朝我逼來。不知道窗戶會不會在我頭上碎裂，讓我被千刀萬剮。

我下樓回王宮大殿的時候在階梯上跌了一跤。沒得選了，馬凡。我再次滑跤，母親的聲音在我的腦海中響起。我只得到這句話。母親從來不會建議我撤退或投降。亞樂拉．莫蘭達斯從不讓步，她也在我的身上植下這樣的直覺。我的頭痛越演越烈，整個腦袋被蜘蛛網般的激烈痛楚包覆。

燈光在我上方再次亮起，亮得燈泡都嗡嗡作響。湧入的電流太強了。

燈泡一顆接著一顆地破了，碎裂的玻璃灑在我身後的地板上。燈泡在我頭上尖聲炸開的時候，我成功閃過了。

鎢絲繼續燃燒，噴出白光。

還有紫光。

泰然、冷靜、致命，梅兒．巴蘿腳步堅定地站著，身影出現在僅開一條縫隙的門外。她眼皮眨也不眨，閃身進門，把門在身後關上。把我們倆鎖在裡頭，關在一起。

「結束了，馬凡。」她輕聲說道。

這次我拔腿往王座另一邊的門衝，進入通常是預留給皇后的房間裡。我自己修改過內裝，改成大多數人都不會同意的裝潢。

梅兒動作比我快，但她用懶散的速度跟著我、追著我、戲弄我。她可以隨時把我撲倒，用精準的閃電電流把我擊斃。

很好，我心想。*繼續跟來吧，巴蘿。*

我感覺到上方傳來一陣暗示的痛楚。那種瀰漫在所有銀血人和新血脈身上的空洞之痛。再開一扇門。最後一次在這麼多人即將送命的地方生還的機會。

我不會失敗的，母親。

我咧嘴笑著，轉身讓她看著我退進陰暗的廂房裡。唯一的一扇窗很小，為光照亮這個地方。照亮陰暗的牆面，牆面上有著棋盤般的灰和黑。灰色的部分隱隱發著光，是一道道銀色液體。亞芬人的血。*靜默人的血。*

她感覺到靜默岩的壓迫，在門外猶豫不動。我看著那感覺摧毀她。

她臉上的血色瞬間消失，在冰冷、灰暗的光線下，臉色看起來幾乎像銀色一樣。我繼續走，後退了一步又一步，走到另一扇門前，另一條通道。這是我的機會。

她沒有阻止我。

她嚇下湧上心頭的恐懼時，喉嚨上下跳動。這傷口是我給她的，我讓她戴上鎖鏈，散盡她的能力，逼她像無用的鬼魂般活著。如果她再往前一步，就會完全沒了武器。沒有盾牌。沒有保證。

我手上的拆信刀突然變得沉重。

我可以丟下刀子逃跑。

我可以讓她活下去。

我也可以殺掉她。

這選擇既容易，又困難。
我絕不讓步。
我的手抓緊了那塊鐵。

37 梅兒

這房間就是個棺材，是一座會把我吞噬的石頭無底洞。我覺得自己像死了一樣，即便只是站在門檻前，我仍猶豫著要不要完全走進這個空間、走向打造這個空間的人。

我的心臟跳得如此大聲，我知道馬凡一定聽得見。

他的目光用一種太熟悉、太親近的方式在我身上移動，即便我倆隔著數碼之遠也一樣。他直盯著我的喉嚨看，看著在我全身跳動的恐懼的脈搏。我以為他要舔嘴唇了。我的雙手轉動想要召喚閃電，可是只是徒勞。我只換出微弱的深紫色火星，在大量靜默岩的影響之下，一下子就消逝了。

他手上有東西在發亮，在微光中閃爍。是刀，我心想，輕薄短小但仍很銳利。

我的雙手往腰間摸去，找尋泰頓嘮叨著要我戴上的手槍。但是整個槍套都不在原位，可能是在大橋崩塌的時候掉了。我再次嚥下口水。我完全沒了武器。

而馬凡很清楚。

他咧嘴一笑，牙齒慘白可怕。「妳不打算阻止我嗎？」他像隻小狗般歪頭說道。

我開口，只覺得口乾舌燥。「不要逼我這麼做，馬凡。」聲音很沙啞。

馬凡只聳聳肩。他不知道怎麼弄的，讓自己一身灰色簡樸的裝束看起來像是絲綢、毛皮和鋼鐵。他已經不是國王了，但是好像沒人告訴他這件事。

「我沒有要逼妳做任何事。」他高傲地說。「妳不需要承受這種事。妳可以就站在那裡，甚至轉過身也行。對我來說沒有差別。」

我強逼自己吸了一口氣，這次比剛剛更用力。太過熟悉的靜默岩回憶慢慢爬上了我的脊椎。「不要逼我這樣殺你。」我吼道，聽起來危險又致命。

「妳打算怎麼做？用瞪的嗎？」他冷淡地說。「我嚇壞囉。」

這是一場傲慢的表演，他強裝出來的漠不關心。我夠了解馬凡，我知道他話裡真正的意思，交織在那熟練的傲慢之中真正的恐懼。他的目光掃射，速度比之前更快，不是看我的臉，而是看我的腳。準備好我一動他就要動，我一向前衝，他就會跑。

雖然手上有匕首，他也一樣沒有武器。

我緩緩踏出第一步的時候，身子沒有顫抖，就這樣進入了靜默岩牢籠裡。

「你是該嚇壞沒錯。」

馬凡腳步踉蹌地後退，一臉驚訝，差點跌倒。但是他很快就冷靜了下來，手上緊握著匕首看著我接近。他跟我的動作同步，一步步後退。這場致命舞蹈慢得令人痛苦，我們的目光從沒有中斷交會，連眨眼也沒有。我覺得自己像是走在一群狼上方的繩索，勉強維持著平衡。只要一個失誤，我就會落入尖牙之中。

或者，我才是那頭狼。

我在他眼中看見自己，看見他的母親，還有卡爾。走到今天這局面前，我們做過的事，在他的世界中的行為。我說過謊，也被人騙過。我背叛人，也被人背叛過。我傷害過人，也有這麼多人傷害過我。不知道馬凡在我眼裡看見什麼。

「不會在這裡結束的。」他喃喃說道，聲音低沉平穩。我想起朱利安和他的歌唱能力。「妳可以拖著我的屍體穿過世界，但這一切不會因此結束。」

「一樣。」我露出牙齒回答他，我倆之間的距離越來越小，我的動作比他敏捷。「紅血革命不會因為我不在而停滯。」

他露出了一個扭曲的冷笑。「看來我倆都是可以隨意取代的，我們一點也不重要。」我發出大笑聲，我從沒擁有過像他現在仍有的那種地位。「我習慣了。」

「我喜歡妳的髮型。」馬凡低聲說，聲音填滿空洞的空間。他的目光望向披散在我肩頭的棕色、紫色亂髮。我沒有回話。

他使出的最後一招非常顯而易見，但是仍能讓我心裡一揪。不是因為他給的評論，而是因為我記得有個女孩曾經會願意欣然接受。但她現在懂得多了。

「我們還是可以逃跑。」他壓低了聲音，讓這個條件懸在空中。「一起跑。」

我應該朝他大笑，扭動那把刀，在我們相處的最後時光，盡可能讓他吃盡苦頭。可是我只覺得心裡有一部分碎了，為這個迷失得無藥可救的人難過。我也為兄弟倆另一個被捲入這一切的那一位感到真心的哀傷，他試過了，但是失敗了。他不該經歷這一切的。

「馬凡。」我嘆道，對他的盲目搖搖頭。「最後一個愛著你的人，並不在這間房裡。他在外面，而你已經把你和他之間的橋梁燒毀了。」

他一動也不動，臉色跟白骨一樣顏色。連冰冷的雙眼也沒有動。我往前再踏一步，與他只剩一條手臂的距離時，他好像沒有注意到。我在身側握起一個拳頭，做好準備。

他慢慢地眨了眨眼，我在他眼中什麼都沒看見。

馬凡．克羅爾是空的。

「很好。」

匕首往我的喉嚨劃過來，以兇猛又驚人的高速接近。我往後一仰，反射地閃過這下攻擊。他一直向前，手不斷揮舞，什麼都沒說。我的身子在能思考之前先做出反應，全靠直覺反應抵禦他的攻擊。我的動作比他快，手臂與他的動作同步，在他來得及用那細小古怪的閃亮金屬造成任何傷害之前，先抓住了他的手腕。

我除了拳腳以外，什麼都沒有。我的注意力放在不讓匕首接近我肌膚這件事上，除此之外幾乎沒有任何攻擊。我的身子一扭，試圖用勾腿讓他絆倒，但他俐落地跨過了我的企圖。這是我的第一個失誤，讓我背後毫無防備。他移動的時候我也跟著移動。原本是瞄準我肺部的一記攻擊，轉變為身側長長的一道淺口。熱燙燙的紅色鮮血流了出來，讓空氣中帶著一股刺鼻的銅味。

我以為他可能會道歉。馬凡從來沒有真的樂見我受苦。但是他沒有讓步，我也沒有。

我不顧漸漸擴張的痛楚，握緊拳頭往他的喉頭出拳，用力擊中了他。他發出嗚咽聲，腳步踉蹌，跪在地上。我再次出手，往他的下巴一踢。力量把他側身揮倒在地，睜大了雙眼，一口銀血往四面八方吐出。若不是因為那把匕首，我一定會立刻用手臂勒住他的喉嚨，直到他的身子冷卻為止。

我改為縱身一躍，用身體的重量固定住他，跟他的手指糾結，直到我握住了匕首手柄。他在我身子下方低吼，雖然下巴受擊，他仍努力想把我推開。

我只得用牙齒了。

我咬著他的手指，穿透血肉直接見骨，銀血的噁心味道流入我的口中。他的吼叫聲轉為淒厲的哀號，這聲音穿透了我，在靜默岩的影響下變得更刺耳。所有的痛都變得比平時更痛。

我繼續奮力把他的手指扳開，該咬哪裡就咬，直到匕首落入我手中。匕首因為沾了他的血和我的血，變得黏滑，銀血和紅血，色澤不斷變深。

突然間，他的另一條手臂纏上了我的喉嚨，毫不保留地用力勒緊，把空氣從我的氣管中擠出。他比我還重，靠著身體的力量把我翻倒在地上，他的一腳膝蓋壓在我的肩膀上，固定住我握著匕首的手臂。另一腳則跪在我的鎖骨上，跪在他留給我的烙印上。在壓力下，烙印猛地一陣刺痛，我感覺到鎖骨在劇痛下裂開。

這下慘叫的人換我了。

「我試過了，梅兒。」他咬牙說道，冰冷的呼吸掃過我的臉龐。我仍掙扎著想呼吸，除了用力喘氣和咳嗽以外什麼事都做不了。我的視線開始模糊、出現黑點，只看得見他的雙眼在我的面前。太藍、太冰凍了，空洞的模樣已經不像是人。這不是火焰王子的雙眼，這不是馬凡·克羅爾。那個男孩已經不在了，不知何處去了。他誕生時的那個人，跟下葬時的人已經不同。

我的脖子好痛，他的手指掐得血管破裂，留下瘀傷。我幾乎無法思考，思緒焦點縮小到只剩下手裡仍緊握的匕首。我企圖再次舉起手臂，但是馬凡的重量讓我動彈不得。

我意識到這一切會如何作結，淚水不禁從眼眶裡冒了出來。沒有閃電，沒有雷聲，我會以一個紅血女孩的身分死去，銀血皇冠下被壓斃的數千人之一。

馬凡掐著我喉嚨的手指一刻也沒有放鬆，真要說的話，只有越來越緊，用力地壓迫我的頸部肌肉，直到我懷疑脊椎就要應聲斷裂。世界開始變得昏暗，視線中的黑點像是黑色的腐蝕物一樣開始擴大範圍。

但是這時馬凡微微地傾身向前，把更多壓力放在已經斷裂的鎖骨上，而非肩膀。足以讓我的手臂掙脫。

我想都沒想，猛力一揮，匕首已經準備好了，只見他的目光漸漸黯淡。

看起來哀傷又……

心滿意足。

我還沒睜開雙眼，就先注意到口中的舌頭感覺有多肥大。有這麼多東西可以想，卻只注意到這種事實在滿奇怪的。我試著吞嚥，卻只引起喉嚨一陣劇痛。我覺得咽喉像火燒一樣，憤怒地揚起火焰，而我頸部的肌肉只慘叫著抗議。疼痛之餘，我繃緊了身子，手腳在床上的被子底下移動……我不知道這是哪裡。

「給莎拉一點時間。」我聽見奇隆說道，他的聲音離我的耳朵很近。他身上滿是汗水和煙硝味。「可以的話盡量不要動。」

「好。」我啞著嗓子說，同時感到一股前所未有的疼痛襲來。

他笑了一下。「也不要說話，不過這對妳來說可能有點難。」

通常我會為此揍他一拳，或者告訴他他身上有多臭。但是只覺得現在能力有限，只好選擇閉上雙眼、咬緊下巴來忍住疼痛。莎拉在床邊移動，手指在我的左側來回移動著。

她把那雙美妙的手放在我的頸部，我意識到腰間的刀口一定已經消失了，我感覺不到傷口的存在。

她把我的頭微微往上抬，好讓我在痛楚中抬起下巴。我皺起眉，用力吸氣，奇隆伸出手放在我的手腕上。莎拉的醫療能力聚集在我的瘀青和腫脹處，很快地舒緩了不適感。

「妳的聲帶狀況沒有預期得糟。」她打趣地說。莎拉．史柯儂思的聲音很討人喜歡，銀鈴般輕巧動人。失去舌頭這麼多年，大家一定以為她會彌補失去的時間，但她的話還是很少，用字遣詞都會先經過仔細的評估。「不會很難處理。」

「慢慢來，莎拉，不趕時間。」奇隆低聲說。

我用力張開眼睛，瞪著奇隆的笑臉。

上方的燈光很亮，但是不刺眼，不像一般醫護室會有的日光燈。我眨眨眼，想弄清楚自己身在何方。我發現自己根本不是在醫護室，而是在皇宮的其中一間房裡時，身子一愣。難怪這床這麼柔軟，房間如此安靜。

奇隆讓出空間，讓我環顧四周。我移動了一下身子，轉動手腕牽住他的手。「你還活得好好的啊。」我的喉嚨疼痛已經馬上減緩了，只剩下一點刺痛，難以讓我保持安靜。

「我盡力了。」他回答道，安撫地捏了捏我的手。我看得出來他臉上有哪裡抹過了，露出幾處乾淨的肌膚，其他地方則沾了塵土和血跡。他身上其他地方則一樣骯髒，讓他在這間高雅的宮廷寢室裡顯得特別刺眼。「我大多數時候都閃得遠遠的就是了。」

「終於啊。」我低聲說道。莎拉的手指繼續在我的頸部舞動，散發一股舒緩的溫度。「有人把理智塞進你腦袋裡了。」

他咯咯地笑。「也夠久了。」

那抹微笑，還有他輕鬆的態度，連肩膀都沒有被壓垮或是緊繃的樣子——這只代表一件事。「我猜我們贏了。」我嘆道，對於自己理解的這件事感到意外。我完全不知道真正的勝利該是什麼模樣。

「不全然。」奇隆一手抹抹髒兮兮的臉，把髒污又抹到乾淨的部分去。傻瓜，我在心裡想。「沫水人成功把船艦隊嚇跑，湖居者最後是損失不少，倉皇逃回海裡。我想現在重要人物都去研議停火的協議了。」

我試著稍微坐起身，但莎拉輕輕讓我躺回原位。「沒有投降嗎？」我問道，勉強從眼角看著奇隆。

他聳聳肩。「可能會有，但是沒有人跟我說太多。」他樂觀地眨眨眼。

「停火協議不是永久的。」我咬牙，心裡想著湖居者回去一年後會怎麼樣。「他們不會讓這狀況持續……」

「妳能不能享受一下活著這件事？一秒也好啊！」奇隆笑著朝我搖搖頭。「妳至少會對於現在有兩方勢力，銀血人和紅血人合作清理整座城市這件事高興一下吧。」他挺起胸膛，對於報告內容非常榮耀的模樣。「卡麥蓉和她父親也在過來的路上了，他們與卡爾一起協議勞工補助的內容。」

勞工補助。公平薪資。至少可算是一個代表性的行為。就算卡爾不再是國王，他對這個國家的控制權力已經不復存在也一樣。我想他在財政廳的事務上大概已經沒了說話的權力，說老實話，對此我現在並不是特別在意。

奇隆明白，但他一直故意繞著我想知道的資訊不提，想把我從那上頭拉開。

我慢慢地抬起視線看著還在做事的莎拉。距離這麼近，她身上的氣味跟手上的碰觸一樣令人安心，散發著一股清爽的香氣，像是乾淨的床單。鐵灰色的雙眼凝視著我的頸部，正在完成最後一塊瘀傷的治療。

「莎拉，我們有掌握死傷人數嗎？」我低聲問。

坐在我床邊的椅子上，奇隆不自在地移動了一下，輕輕咳了一聲。他應該對我提出這問題不感到意外才對。

莎拉顯然是一點也不意外。「別拿這種事讓自己煩心。」皮膚醫療師回答我。

「每個人都活著，」奇隆馬上說，「法爾莉、大衛森、卡爾。」

這我已經知道了。如果他們之中有誰死了，他肯定笑不出來，我睜眼所見的環境也該會更混亂才對。不，他知道我在說什麼。他知道我在問誰。

「都完成了。」莎拉完全無視我的問題，只露出淡淡的微笑，從我床邊走開。「妳該休息了，妳需要的，梅兒・巴蘿。」

我點點頭，看著她走開，目送她的銀色衣襬搖曳的身影離開房間。她不像我記憶中的其他醫療師，身上沒有穿制服或類似制服的裝束。可能是在戰場上毀損了，當時她得照顧那麼多死者或瀕死之人。房門在她身後輕輕關上，留下奇隆和我面對沉重的沉默。

「奇隆。」最後我低聲說道，手指輕輕戳戳他。

他瞥向我，目光痛苦地看著我坐起身靠著枕頭。他慚愧地看了一眼已被治療好的那一側，雖然傷口已經不在，他的神情仍是一沉。

他的口氣也是。「我們找到妳的時候，妳已經因為失血過多快死了。」他輕聲說，彷彿這段回憶恐怖得無法用正常音量回憶。「我們不知道妳會不會……莎拉能不能……」他的聲音飄走，參雜著一種我已經太熟悉的痛。

我也見過奇隆流血瀕死的模樣，他在新城的時候差點就沒命了。我猜這算是我的復仇吧。我勉強嚥下口水，輕輕碰了下我的肋骨，除了乾淨的上衣底下的平滑肌膚以外什麼都沒摸到。我猜那道口子可能比我以為的還要嚴重，只是已經不重要了。

「那……馬凡呢？」我幾乎說不出他的名字。

奇隆凝視著我的視線，表情沒有改變。好一會兒令人煎熬著看不出來會是什麼回應。久到讓我開始心想自己想聽到什麼答案、我想要活在哪一種未來。

他垂下視線，看著我的手，我的毯子，除了我的臉以外的一切。我才發現他要說什麼。他咬緊牙關，臉頰上的肌肉抽動。

我體內有個東西鬆開了，一團緊繃的線團終於散開來。我嘆了口氣，往回躺下，閉上雙眼任憑思緒在我腦海中萬馬奔騰。在整個世界旋轉起來的同時，我只能默默承受。

馬凡死了。

羞愧和光榮角力著，還有哀傷和解脫。有那麼瞬間，我覺得自己可能就要吐了。但是等那種反胃感過去，我張開眼睛，發現所有東西都還在原位。

奇隆沉默地等著，展現出耐性的他真是個古怪的景象。或者說，一年前會很古怪。當時他只是個漁家男孩，另一個高棚村的孩子，日子一天天過下去，沒有未來可言。我也一樣。

「屍體在哪？」

「我不知道。」他說。我在他臉上沒看見謊言。他沒有理由為這種事撒謊。

跟亞樂拉那時候一樣，我得親眼看過屍體才行。才知道真的結束了。但是他的屍體比亞樂拉的屍體讓我更害怕，理由很簡單。死亡是一面鏡子，看著他那模樣……我怕會看見自己。或者更糟，看著他以為那是我以前認識的那個人。

「卡爾知道我做了什麼事嗎？」我開口的時候，聲音哽咽，突然間情緒翻騰。我伸手掩嘴，想要冷靜自己，我不願意為他流淚。我拒絕。

奇隆只是看著。我希望他能抱抱我，或者牽起我的手，或者給我一點甜食來塞住我的嘴。可是他只是站起身，臉上的表情充滿憐憫，讓我忍不住皺起眉。我想他大概沒辦法理解，我也不希望他理解。

他跟莎拉一樣走向房門，我突然覺得自己被拋下了。

「奇隆……」我抗議道，直到他轉動門把。

一個身影走進了房裡。

卡爾讓整個房間裡充滿了溫暖，像是有人點燃了劈啪作響的壁爐一樣。他身上已經不是那套閃耀的紅色盔甲，換成了樸素的裝束。他身上穿著不搭配的顏色，沒有一點黑或紅，因為那已經不是他的顏色了。奇隆在他身後側身出了門，留我們倆獨處。

我還來不及思考卡爾有沒有聽見我問的問題，他就已經回答了我。

「妳只是做了該做的事。」他說著，慢慢地走到奇隆的椅子旁坐下。但是他跟我保持著距離，讓我們之間那幾吋距離慢慢地延伸成巨大的裂口。

原因並不難猜。

「對不起。」眼淚湧上我的眼眶，在我面前的他也一樣。*我殺了他的弟弟，我把他帶走了。*我殺了一個殺人兇手、一個虐待狂，一個邪惡、扭曲又破碎的人。如果我不阻止他，他就會殺掉我，殺掉每個我愛的人。一個被變成怪物的男孩。一個沒有機會、沒有希望的男孩。「卡爾，我真的很抱歉。」

他傾身向前，一手放在我的毯子上，小心地保持著距離。絲綢在我們的手指下摸起來滑順又冰涼，上面有長長的藍灰色刺繡。他看著毯子上的花樣，撫摸著線條，沒有說話。我忍住想坐起身來輕撫他的臉龐的衝動，忍住不去逼他看著我的雙眼，說出他一直想說的話。

我們都知道這件事終會發生。我們都知道馬凡已經無藥可救。可是這也沒辦法淡化那種痛苦，而他的痛又比我深了好幾倍。

「接下來要怎麼樣呢？」他悄聲說，像是在自言自語。

也許我們根本就錯了，也許他其實還有辦法可以挽救。這個念頭把我撕裂，第一滴淚水從我眼眶裡滑落，也許我不過也是個殺人兇手。

只有一件事是確定的，我們永遠都不會知道了。

「接下來要怎麼樣呢？」我回答，別開頭。

我看著窗戶，天空中霧氣和星光交織。

幾分鐘過去了，我們都沒有開口。沒有人來見我，也沒有人來把卡爾帶走。我差點要在心裡希望有人來這麼做。

直到他的手指動了，掃過了我的手指。微乎其微的接觸。

但這樣就夠了。

終曲—梅兒

「妳確定不想回去看看嗎？」

我用一種像是他突然長出第二顆頭一樣的眼神看著奇隆。這提議實在太荒謬，我差點回不了話。但他看著我，一臉期盼，像個孩子般天真，或者說擺出他最天真的模樣。奇隆從來都不是特別天真的那種人，從我們還是小孩的時候就如此。

他把雙手插進蒙特福特制服的口袋裡，等著我的回覆。

「看什麼？」我嘲諷地說，聳聳肩跟他一起走過雅啟恩的機場跑道。地平線那頭的雲層很低，擋住了西下的陽光，還有仍在城市裡慢慢散去的煙霧。已經一個禮拜了，其他人還在滅火中。「撐在搖搖欲墜的竹竿上的房子？搞不好早就被洗劫一空了……如果沒有被別人占為己有的話。」我喃喃說道，想著高棚村裡的家。我沒再回去過，也沒有想要回去的意願。如果棚屋已經垮了，我不會覺得太意外。我可以輕易想像馬凡怒氣沖沖地摧毀那房子的畫面……在他還活著的時候。不過不論如何，我都不想去弄清楚。

「為什麼問？你想回高棚村嗎？」

奇隆搖搖頭，踏著階梯的腳步近乎跳躍。「沒，我在乎的一切都已經不在那裡了。」

「甜言蜜語是沒有用的。」我回答。他看起來迫不及待想要回到蒙特福特。「卡麥蓉呢？」我問，小心地壓低了音量。目前卡麥蓉跟父母親在幫助所有人協調特工城的事。顯然他們最了解這些前身是貧民窟的城市，知道該如何重新運用這些地方。

「她怎麼了？」奇隆低頭朝我聳聳肩，露出賊笑。他想要讓我放下這話題，只見他雙頰湧上一抹紅暈。「她再過一個月左右就會來蒙特福特了，跟紅血諾他王國人組成的小隊和一些新血脈一起，就等局勢穩定一點之後。」

「來訓練嗎？」

他的紅暈擴散了。「當然啊。」

我忍不住咧嘴笑了起來。晚點一定要記得再來笑他，我邊想，邊看著法爾莉帶著幾個指揮部將軍走過來。天鵝朝我低下頭點了點，打招呼。

我朝她伸出手，也點點頭。「謝謝妳，天鵝將軍。」

「叫我愛蒂森吧。」她回答。這個年長的女子對我露出一樣的微笑，「我想我們應該能過一段不用代號互稱的日子了。」

法爾莉只瞥瞥我倆，裝出一副受不了的表情。

「要是這架飛機可以用熱空氣當燃料就好了，有妳們兩個在，我們永遠不用充電了。」她的口氣兇巴巴，但是雙眼卻露出罕見的好心情。

我微笑著勾起她的手臂，她則靠向我給了我一個擁抱，完全不像她會有的行為。「妳說得好像我其實沒辦法幫飛機充電一樣，法爾莉。」

她只翻了個白眼。法爾莉跟我和奇隆一樣，都迫不及待想回到蒙特福特。我只能想像她對於終於能離開諾他王國、回到女兒身邊會有多興奮。克勞拉現在已經越來越大了，過著快樂又安全的生活，沒有她出生前的世界的回憶。

連父親的回憶也沒有。

想到謝德總是會讓我在最快樂的日子裡也難逃陰沉的心情，現在也一樣。但是痛心的感覺轉淡了，雖然仍是痛、仍那麼深，可是已經不再刺骨，已經不會讓我喘不過氣了。

「走吧。」法爾莉催促，逼我追上她加快的腳步。「我們越快登機，就能越快起飛。」

「是這樣運作的嗎？」我忍不住回嘴。

一小群人站在飛機旁邊的跑道上等著我們和其他今天要出發前往蒙特福特的成員。大衛森已經出發了，幾天前先回到自己的國家。有些官員留下來溝通協調，我注意到塔希儷也在其中。他現在大概正在把所有狀況傳給自己的兄弟，讓蒙特福特總理能繼續同步追蹤重建的狀況。

朱利安在人群中很顯眼，身上穿的恐怕是人生第一套新裝。只見那身服飾閃閃發亮，像他的門脈家族曾經閃耀的光芒，在午後陽光下十分耀眼。莎拉站在他身邊，安娜貝爾也是。這個老太太少了皇冠，模樣變得不太完整，她朝我赤裸裸地露出毫不在乎的神情。

「動作快，巴蘿。」法爾莉說道，揮手要奇隆跟著她上飛機。兩人經過時，朝那幾個銀血人點點頭，讓我有道別的空間。

我沒有看見卡爾跟他的舅舅和奶奶站在一起，但我想他本來就不會跟著隊伍一起站。他在比較接近艙門的位置等著，跟其他人分開。

朱利安朝我張開雙臂，我緊緊地給了他一個擁抱，深深吸了一口看來仍緊跟著他的那股溫暖、老舊紙張的氣味。

過了好一會兒，他才輕輕把我推開。「噢，好了啦，我大概再過一個月就會跟妳見面了。」

朱利安跟卡麥蓉一樣計畫要在幾週後來訪蒙特福特。官方上來說，他是諾他王國銀血人的使節，但是我猜他只會把時間花在大衛森為他準備的館藏書籍上頭，利用機會調查新血脈湧現的情況。

我抬頭朝恩師一笑，拍拍他的肩膀。「我想你大概沒空從蒙特福特的圖書館裡抽身來打招呼。」

莎拉在他身邊抬起頭。「我會確保他有這麼做。」她低聲說道，勾起朱利安的手臂。

安娜貝爾就沒這麼親切了。她瞪了我最後一眼，然後大聲地發出嘲弄的聲音，一副對我充滿嫌惡的模樣快速走開。我不怪她，畢竟在她眼裡，就是我導致她孫子拒絕接手整個朝代、拋棄皇冠去換一段與紅血女孩之間的愛情。

她為此恨我，即便這不是真的。

「安娜貝爾．雷洛藍可能不講道理，但她懂邏輯。妳已經打開了那扇無法再次闔上的門。」朱利安輕聲說道，看著老皇后走開的身影，「她現在沒辦法把卡爾放回王座上，就算她想要也辦不到了。」

「歧異王國呢？湖居地？皮蒙特？」

朱利安輕輕搖搖頭打斷我。「我想妳已經爭取到可以不去擔心這些事一陣子的權利了。」他親切地拍拍我的手。「到處都有暴動、有革命，數千紅血人穿過我國國界。親愛的，石頭已經開始滾起來了。」

那瞬間我只覺得情緒洶湧，既開心又害怕。這是持續不久的，我再次想起這話，知道說得並沒有錯。我嘆了口氣，放下這些念頭。還沒結束，但是對我來說結束了，暫時結束。

我得再抱朱利安一次。「謝謝你。」我悄聲說。

他再次推開我，眼神閃閃發亮。「好了，嗯……這就夠了吧？我已經太自滿了。」他結結巴巴地說。「妳已經浪費太多時間在我身上了。」他接著說，又輕推了我一把，把我往他外甥的方向推。「去吧。」

有鑑於我已經緊張得一團混亂，他的催促其實是多餘之舉。我嚥下口水，走過重新結合的重要盟友身邊，臉上帶著微笑。沒有人阻止我，任憑我直往卸任國王身邊走去。

卡爾感覺到我接近。「我們去走走。」他說道，已經開始移動腳步。我跟著他走過飛機機翼下方，踏進陰影之中。跑道上有架飛機啟動了引擎，音量正好保護了我們不讓有心偷聽的人得逞。

「如果可以，我就跟妳走。」他突然說道，轉過身用一雙炙熱的紅銅色雙眼看著我。

「我沒有要求你這麼做。」我回答。這話說來感到熟悉，因為我們已經討論過一樣的內容將近十幾次了。「你得留在這裡，把剩下的部分完成，西邊還有事要做。席朗、特萊克斯……如果我們能夠做點什麼……」我話沒說完，想像著遠方的那幾個國家，遼闊又陌生。「這樣還是比較好，我想。」

「比較好？」卡爾生氣地說，周圍的空氣熱了起來。我輕輕地把手放在他的手腕上。「妳認為走掉比較好？為什麼？我已經不是國王了，我連皇室成員都不是。我……」

「不要說『什麼都不是』，卡爾，你並非什麼都不是。」

我看見他眼中出現控訴的情緒，他的肌膚摸起來熱燙燙的。看著他、看見我造成的痛，讓我也跟著心痛。

「我現在已經是妳想要的模樣了。」他勉強說出口，聲音有點緊繃。

意識到自己不知道何時才會再見到他，讓我愣住了。但是我沒辦法抬頭回望，這只會讓事情變得更難。

「不要裝得像是你會放棄這一切，都是因為我要你這麼做一樣，我們都知道不是這樣的。」是為了你母親，為了對的事，為了你自己。「但我很高興你這麼做了。」我低聲說，仍盯著握在我手裡的他的手。

他想把我拉近他，可是我的腳步站定不動。

「我需要時間，卡爾，你也是。」

他的聲音放低到像是在低吼，讓我打了個冷顫。「我自己決定我想要什麼、需要什麼。」

「那就給我一樣的待遇啊。」我想都沒想，猛地抬頭，嚇了他一跳。雖然我只覺得自己很堅強，但我仍配合著情勢演出。「讓我好好想想現在的我是誰。」

跟隨的人一樣。

我不是梅琳娜，不是閃電女孩，連梅兒．巴蘿都不是，而是度過這一切的那個人。他也需要一點空間，不論他自己願不願意承認。我們需要癒合、重建，就跟這個國家，還有其他可能會跟隨的人一樣。

最糟、也最好的是，我們得分開來進行。

我倆之間仍有個距離，像一座深谷。就算已經死去，馬凡仍能讓我倆出現隔閡。卡爾永遠不會承認，但那天的我在他眼中看見了厭恨。那股哀痛和控訴。我殺了他弟弟，這重量仍壓在他身上，而我知道這重量也仍壓在我身上。

卡爾在我眼中搜索，他的雙眸在陽光下轉為紅色。他的雙眼可能是火焰打造的。不論他在找的是什麼，是脆弱也好，是我決心中的一條裂縫也好，但他沒找到。

熱燙燙的手撫上我的後頸，直到停在我的下巴一側，手指放在我的耳後。他的皮膚溫度雖高，但不至於燙人，不像馬凡，在我身上留下永遠的傷疤。卡爾不會那麼做，就算我要求也一樣。

「多久？」他悄聲說。

「我不知道。」這是實話，要承認不難。我完全不知道要花多久時間，我才會覺得恢復自我，或者是恢復現在的這個我。但是我才十八歲，我還有時間。

下一步就難多了，我的呼吸變得急促。「我不會要求你等我。」

他的嘴唇接觸我的雙唇時，感覺稍縱即逝。那是道別。

不知道會維持多久的一別。

天堂谷的名字取得很好。這地方延伸數哩之遠，是高山腳下綿延不絕的平原。河水和湖泊清新又陌生，與過去見過的景象全然不同，更不用說這裡的野生動物了。難怪大衛森讓我們來這裡尋找一點平靜，這地方好像從沒有被人碰觸過，與整個世界脫離。

我們在清晨時分踏上小徑，小心地避開沿著空地產生的高溫間歇泉。這裡多數的水塘都靜止不動、平靜如鏡，但七彩的顏色從水面上冉冉升起。美麗但致命，能夠在幾秒鐘內就把一個人煮熟。至少別人是這樣告訴我的。遠處其中一窪水塘將滾燙的水和蒸氣往灰濛濛的紫色天際噴灑，星光一顆顆地慢慢淡去。溫度很冷，我把肩上的厚羊毛衫拉緊。我們的腳步聲在木頭走道上迴盪，這條走道就蓋在永遠都呈現鐵鏽色的盆地底部上頭。

我瞥了身邊的吉莎一眼，看著她保持步伐。這陣子的她越顯修長苗條，深紅色髮絲編成一條長長的辮子垂落下來。她手裡提著早餐籃，輕輕地晃動著。她想要在大溫泉前看日出，而我怎麼能拒絕妹妹的願望呢？

「妳看這些顏色。」我們抵達目的地的時候，她低聲說道。沒錯，這座巨大的溫泉看起來簡直是夢境裡的景象。由紅色的光環繞，然後是黃色，然後是亮綠色，最後是最深、最純粹的藍色，看起來不像真的。

我們都已經聽過警告，雖然有這衝動，但我們都沒有把手指伸到下方的水裡。我一點都不想把手指頭燙到剩下骨頭。吉莎只是在走道上坐下，雙腿盤起。她拿出一本小筆記本開始寫生，偶一為之草寫一些筆記。

不知道這個地方會給她什麼靈感？

我比較想吃東西，所以我在籃子裡撈了一下，拿出兩個仍溫熱的早餐捲。今天早上出發前，媽已經先確認過我們都做好了萬全的準備。

「妳會想他嗎？」她突然頭也不抬地問。

這個問題來得太突然，而且還很不清楚。她說的可能是任何人。「奇隆沒事，他回到上升點之城了，卡麥蓉會在那裡幾天。」

吉莎不在乎誰會跟奇隆在一起的消息，最近的她更掛心的是那個城裡的漂亮店員。

「我不是指奇隆。」她口氣帶刺地說，對我的閃躲不太高興。

「喔？」我問道，誇張地挑起一眉。

她看起來一點也不覺得有趣。

「我當然想他。」

我指的是卡爾。我指的是謝德。我指的是馬凡，即便只是那微乎其微的一點點。

吉莎沒有繼續追問下去。

沉默跟早餐一樣讓我飽了。人在這裡，其實很容易就遺忘了，覺得在另一個時空中迷失。我很享受這種抽離感，即便之前的憂心仍在腦海邊緣隱隱約約、揮之不去。接下來要怎麼樣呢？我仍然沒想出答案。

而且我還有一段時間可以不去想。

「野牛。」吉莎輕聲說，舉起一手指向間歇泉盆地的另一頭。

我繃緊身子，準備衝刺。如果那野獸太過接近，我還是得負責讓吉莎安全離開這裡，因此我的閃電在皮膚底下跳躍，準備釋放。這段時間以來，這種感覺都有點陌生了。從我們回到蒙特福特之後，我就沒有做任何訓練，也沒有對打。我一直告訴自己我需要休息，布利和特瑞米則一直告訴我我很懶惰。

野牛離得很遠，至少有五十碼距離，而且懶散地往反方向晃去。這群野牛規模不大，但數量仍很了得，至少有十二隻以上，每一頭野牛都滿身深棕色長毛。以這麼巨大又笨重的生物來說，牠們的移動腳步其實非常優雅。我記得上次與野牛交手的情景，那時可就沒這麼平靜了。

吉莎把注意力轉回寫生上頭，一臉若有所思的模樣。「大衛森的導遊跟我說了一件很有趣的事。」總理很體貼，派了一位隨行人員跟我們一起來到河谷。

「喔？什麼事？」我問道，視線仍盯著牛群。如果牠們突然衝刺，我會做好準備。

我的妹妹繼續閒聊，對於穿越盆地的潛在威脅絲毫不在意。我暗自高興她因為知道得不夠多，還不懂得害怕。「她說野牛本來其實已經快消失了，整個大陸上只剩幾隻而已。」

「不可能吧，」我笑著質疑，「天堂谷到處都是啊，平原上也是。」

「嗯，那個導遊是這樣說的，」我的質疑讓吉莎的口氣中帶著一抹不悅，「她的工作就是要對這地方的一切瞭若指掌。」

「好吧。」我嘆道。「所以是怎麼回事？」

「牠們回來了。很慢，但是逐漸回歸中。」

我皺起眉，對於這麼簡單的答案感到一頭霧水。「怎麼會？」

「是人。」她突然說。

「我以為就是人殺掉牠們……」

「沒錯，但有東西改變了。」她回答，聲音變得銳利。我覺得她現在已經對我的理解力感到失望了。「有件足以……改變狀況的事發生了。」

不知道為什麼，但我想起了朱利安很久以前教過我的東西。

我們會摧毀和破壞，這是我們人類的習性。

我親眼看過。在雅啟恩、哈伯灣、每一個戰場上，這塊大陸上的紅血人曾經被那樣對待，現在也仍有人處於那樣的環境中。

但是世界在改變。

我們會摧毀破壞，但我們也會重建。

野牛群慢慢離開，消失到地平線上的樹叢之中，去尋找新的草原，不在乎兩個坐在水邊的小女孩。

牠們會避開屠殺衝突。我們也是。

我們回小屋的路上，在炙熱陽光下流著汗，吉莎一邊閒聊著過去這禮拜她學到的東西。她喜歡那個導遊，我認為布利也是，只是他喜歡的層面更多一點。

我的思緒飄遠，一如往常，在這種零散的時刻通常會如此。我不僅回頭望向回憶之中，也眺望著未來。再過幾個禮拜，我們就會回到蒙特福特首都了，不知道到時候這個世界會變成什麼模樣？我離開的時候就已經快認不出這個世界了。這麼多人之中，伊凡喬琳·薩摩斯居然就住在上升點之城，我還聽說她是總理家的常客。我心裡有一部分仍因為她和她的家人從我身邊奪走的人事物而感到痛恨，但是我在學著與這種憤怒共處，把怒火放在心裡的角落，不讓其反過來吞噬我。

我慢慢地摸了摸耳洞上的耳環，在心裡召喚每一個耳環的名字。是它們讓我踏實地度日。粉色、紅色、紫色、綠色。布利、特瑞米、謝德、奇隆。

我不能留在這裡，我再次心想，這念頭已經浮現了第一千次了。我還是不知道他會不會等我。但也許，等我回去的時候……

我的手指掃過最後一個耳環，最新的那一個。這是另一顆紅寶石，紅得像火，紅得像我的血。

我會回去的。

謝誌

有人問我寫完一個系列的感覺是什麼？我一直跟大家說，我還在等著那感覺降臨。我以為這段過程讓我麻木了，但這「某種感覺」最近開始悄悄浮現。解脫，這是當然的；焦慮、恐懼，但是最主要的還是感謝。感謝之情如此強烈，我已無法形容。

我要向我的家人致上最深的感謝，謝謝他們讓這件事從開始、過程到結尾成真。回頭看看人生改變之處很容易，而每個改變的時刻都有你們。謝謝媽、爸和安迪，謝謝愛芙雅和柯伊爾家的成員，謝謝你們為我做過，還有未來會為我做的一切。

我拒絕在感謝朋友的時候弄得太情緒化，主要是因為他們絕對受不了。我要謝謝摩根、珍和托利，他們確保我不會陷得太深；謝謝巴音、安琪拉、蘿倫、艾力克斯；謝謝剩下所有人，人名太多我列不完。這七年來我們一直在參加同一場派對，一點都不鬱悶。

英迪是狗，所以這樣寫有點沒用，但還是謝謝你。你是最棒的孩子，我對你的愛已超過社交認可範圍，也超過心理健康可以承受的程度了。

這個系列占據了我人生將近六年的時間，給了我一份我夢寐以求的工作。如果沒有這些了不起的人推動我和這套書，這些故事就不會存在。謝謝克里斯多弗．寇斯摩、普雅．夏巴贊和蘇西．湯森，沒有雙關的意味，但你們為一切增添了許多亮點，也讓這輛列車一路駛來盡可能地平穩順利。謝謝喬．沃普、凱薩琳．歐提茲、維洛尼卡．葛喬娃、莎拉．史翠可、米雅．羅曼、丹妮兒．巴托、賈姫．林德特、卡珊卓．拜恩、希拉蕊．派奇恩還有New Leaf Literary出版代理公司的強大團隊。謝謝莎拉．史考特、麥克斯．韓德曼、伊莉莎白．班克斯、艾莉森．史墨，以及環球電影公司和Brownstone Productions製片的英雄們。謝謝你們和我們一樣熱愛這套書。謝謝HarperCollins和HarperTeen的大軍，為了《紅皇后》戰役奮戰了這麼久。謝謝我無畏、才華洋溢的編輯們，克莉絲汀．派提和愛麗絲．哲曼，以及珍．克隆斯基、凱特．摩根．傑克森、艾瑞卡．蘇斯曼以及每個在艾芙雅手稿上留下過指紋的人。是你們成就了這套書。謝謝吉娜．里左，她成功帶著我走遍了四年來的每一場活動、巡迴、採訪和數不清的機場。謝謝伊莉莎白．華茲、瑪歌．伍德、伊蓮娜．葉，Epic Read小組和這幾年來所有《紅皇后》宣傳活動背後的團隊。我從沒想過自己會擁有一把海綿長劍，上面還印著我的書，但看看現在的我吧！當然，也要謝謝莎拉．考夫曼把我在腦海裡看見的東西變成了一個作者夢寐以求最美麗、最具代表性的封面。

我很幸運地能夠與這些傑出的同事成為好友，在這個真的很古怪的事業路上，你們都是最強大的支持。謝謝派提斯、蘇珊．丹納德、艾力克斯．巴拉肯和麗雅．巴杜格，謝謝你們與我分享友誼、才華和建議。給芮尼．阿迪赫和沙芭．塔希爾，你們打從一開始就是耀眼的星星。維諾尼卡．羅斯，妳是燈塔。珍妮．韓，謝謝妳無懼地領頭。艾瑪．里爾，謝謝妳的督促讓系列成真。亞當．席維亞，謝謝你喝了四小時的調酒，沒有從我身邊逃跑。尼可拉．尹，謝謝你不動搖的善意。莎拉．艾尼和毛樂妮．古，你們是我405東邊的強光。摩根．麥森，謝謝你的咖啡。謝謝瑪格麗特．史托和梅麗莎．迪拉克魯茲，親愛的YALL媽媽們。也要謝謝所有被我意外遺漏的人，我還是愛你們，也一樣感謝你們。

如果不是因為老師，我就不會在這裡。這話是真的，因為我的父母都是老師。謝謝公立學校系統把我從小鎮送到大城市。謝謝南加大電影藝術學院，在一個從不起眼的地方來的普通十七歲孩子身上看見了潛力。我最喜歡的教授之一曾經告訴我，好運氣是一個你準備好的機會，而厄運就是你沒準備好的時候。謝謝你給了我這麼多好運。

在我這個充滿了了不起的人的小圈圈外，我還想感謝一些人。謝謝我的參議員卡瑪拉．哈里斯和戴安・范士丹，還有我的國會代表劉雲平。你們比我書中的任何一個戰士還要更努力奮鬥，而且你們是為我們而戰。謝謝歐巴馬總統和蜜雪兒・歐巴馬，感謝你們的優雅與力量。謝謝妳，希拉蕊・羅德漢・柯林頓，妳是指標、佼佼者。謝謝賽拉俱樂部和原生部落挺身保護美國境內美麗、神聖、野生的土地。謝謝政府官員的付出與貢獻。謝謝身穿制服的那些人，也謝謝他們的家人，感謝他們為我們的國家做出的偉大犧牲和奉獻。謝謝你們面對掌權者也能說出真相。

謝謝道格拉斯高中的生還學生，你們的聲浪和信念做到了超越所有人想像的成就。

我要再一次謝謝摩根、珍和托利。謝謝蘇西・湯森。謝謝媽和爸。我深愛你們，沒有你們就沒有今天的我。

給我的讀者，我已經沒有辦法形容對你們的讚嘆和感激。我引用一位比我偉大的作家說過的話：故事要有人聽才會活起來。謝謝你們願意聽，謝謝你們讓這趟旅程不會結束。

國家圖書館出版品預行編目資料

紅皇后IV 熾風暴/維多利亞・愛芙雅著；翁雅如譯.
-- 初版. -- 臺北市：皇冠, 2019.10
面； 公分. --（皇冠叢書；第4796種）(JOY；223)
譯自：War Storm
ISBN 978-957-33-3485-9

874.57 108015145

皇冠叢書第4796種
JOY 223

紅皇后IV熾風暴

War Storm

作　者—維多利亞・愛芙雅
譯　者—翁雅如
發 行 人—平雲
出版發行—皇冠文化出版有限公司
台北市敦化北路120巷50號
電話◎02-27168888
郵撥帳號◎15261516號
皇冠出版社(香港)有限公司
香港上環文咸東街50號寶恒商業中心
23樓2301-3室
電話◎2529-1778 傳真◎2527-0904
總 編 輯—龔橞甄
責任主編—許婷婷
責任編輯—張懿祥
美術設計—王瓊瑤
著作完成日期—2018年
初版一刷日期—2019年10月

法律顧問—王惠光律師

讀者服務傳真專線◎02-27150507
電腦編號◎406223
ISBN◎978-957-33-3485-9
Printed in Taiwan
本書特價◎新台幣499元/港幣166元